LA HISTORIADORA

Elizabeth Kostova

La historiadora

Traducción de
Eduardo G. Murillo

Umbriel

Argentina • Chile • Colombia • España
Estados Unidos • México • Uruguay • Venezuela

Título original: *The Historian*
Editor original: Little Brown and Company / Time Warner Book Group, New York
Traducción: Eduardo G. Murillo

ISBN: 84-95618-87-7
Depósito legal: M-32.626-2005

Fotocomposición: Ediciones Urano, S.A.
Impreso por Mateu Cromo Artes Gráficas, S.A.
Ctra. de Fuenlabrada, s/n – 28320 Madrid

Impreso en España – *Printed in Spain*

Para mi padre,
que fue el primero en contarme
algunas de estas historias

Nota para el lector

Jamás abrigué la intención de confiar al papel el relato que sigue. No obstante, cierto acontecimiento reciente me ha impulsado a repasar los episodios más perturbadores de mi vida, así como de las vidas de varias de las personas a las que más he querido. Éste es el relato de cómo yo, a mis dieciséis años, fui en busca de mi padre y su pasado, y de cómo él fue en busca de su adorado mentor y de la historia de su mentor, y de cómo todos nos encontramos en uno de los senderos más oscuros de la historia. Es el relato de quiénes sobrevivieron a esa búsqueda y de quiénes no, y por qué. Como historiadora, he aprendido que, en realidad, nadie que investiga en la historia sobrevive a ella. Y no sólo es la investigación en sí lo que nos pone en peligro. A veces, la propia historia nos atrapa con su garra sombría.

Durante los treinta y seis años transcurridos desde que esos acontecimientos salieron a la luz, mi vida ha sido relativamente tranquila. He dedicado mi tiempo a la investigación y a viajes carentes de incidentes, a mis estudiantes y amigos, a escribir libros de una naturaleza histórica y casi siempre impersonal, y a los asuntos de la universidad en que he acabado refugiándome. Al revisar el pasado, he tenido la suerte de poder acceder a la mayoría de documentos personales en cuestión, pues han estado en mi posesión durante muchos años. Cuando lo he considerado oportuno, los he hilvanado para darle continuidad a la narración, que en ocasiones he tenido que complementar con mis propios recuerdos. Si bien he presentado los primeros relatos de mi padre tal como me los contó en voz alta, también he recurrido con bastante frecuencia a sus cartas, algunas de las cuales repetían muchos de sus relatos orales.

Además de reproducir estos documentos casi en su integridad, he explorado todas las posibilidades que brindan los recuerdos y la investigación, y en ocasiones he vuelto a visitar determinados lugares con el fin de arrojar luz sobre las lagunas de mi memoria. Uno de los mayores placeres de esta empresa han sido las entrevistas (en algunos casos, la correspondencia) que he mantenido con los pocos estudiosos supervivientes que intervinieron en los acontecimientos aquí descritos. Sus recuerdos me han proporcionado un complemento de incalculable valor para mis otras fuentes. Mi texto también se ha beneficiado de las consultas realizadas a eruditos más jóvenes de diversos campos.

Existe una fuente final a la que he recurrido cuando era necesario: la imaginación. He procedido con cautela, elaborando para el lector sólo lo que ahora considero muy probable que haya sido así, y sólo cuando una especulación bien fundada podía situar estos documentos en su contexto apropiado. Cuando he sido incapaz de explicar acontecimientos o motivaciones, los he dejado sin explicar, por respeto a su realidad oculta. He investigado en profundidad la historia más alejada en el tiempo dentro de este relato, como haría con cualquier texto académico. Los someros vistazos al conflicto territorial y religioso entre un Oriente islámico y un Occidente judeocristiano serán penosamente familiares al lector contemporáneo.

Sería difícil para mí dar las gracias de manera adecuada a los que me han ayudado en este proyecto, pero me gustaría nombrar a algunos. Mi profunda gratitud a las siguientes personas, entre muchas otras: el doctor Radu Georgescu, del Museo Arqueológico de la Universidad de Bucarest; la doctora Ivanka Lazarova, de la Academia de Ciencias búlgara; el doctor Petar Stoichev, de la Universidad de Michigan; el incansable personal de la Biblioteca del Museo Británico; los bibliotecarios del Museo y Biblioteca de Literatura Rutherford de Filadelfia; el padre Vasil, del monasterio de Zographou del monte Azos, y el doctor Turgut Bora, de la Universidad de Estambul.

Mi mayor esperanza al dar a conocer este relato es que pueda aparecer al menos un lector que entienda lo que es: un *cri de coeur*. A ti, lector perceptivo, dedico mi historia.

Oxford, Inglaterra
15 de enero de 2008

Primera Parte

*La lectura de estos documentos dejará de manifiesto
cómo fueron ordenados. Se han eliminado
todos los elementos carentes de importancia,
con el fin de que una historia que se halla
casi en discrepancia con las creencias actuales
pueda erigirse como un simple dato. No existe
la menor descripción de acontecimientos pretéritos
que haya dejado espacio a un error de la memoria,
porque todos los documentos elegidos
son rigurosamente contemporáneos, expresados
desde el punto de vista y los conocimientos
de quienes los redactaron.*

Bram Stoker, *Drácula*, 1897

1

En 1972 yo tenía dieciséis años. Mi padre decía que era joven para acompañarle en sus misiones diplomáticas. Prefería saber que estaba sentada atentamente en mi aula de la Escuela Internacional de Amsterdam. En aquel tiempo, su fundación tenía la sede en Amsterdam, y había sido mi hogar durante tanto tiempo que casi había olvidado nuestra vida anterior en Estados Unidos. Se me antoja peculiar ahora que fuera tan obediente en mi adolescencia, mientras el resto del mundo estaba experimentando con drogas y protestando contra la guerra imperialista en Vietnam, pero me habían criado en un mundo tan protegido que, en comparación, mi vida académica adulta parece positivamente aventurera. Para empezar, era huérfana de madre, y un doble sentido de responsabilidad impregnaba el amor que me deparaba mi padre, de manera que me protegía de una forma más abrumadora que en circunstancias normales. Mi madre había muerto cuando yo era pequeña, antes de que mi padre fundara el Centro por la Paz y la Democracia. Mi padre nunca hablaba de ella, y desviaba la cabeza en silencio cuando yo hacía preguntas. Desde muy pequeña comprendí que era un tema demasiado doloroso para él, y que no deseaba hablar de ello. A cambio, se ocupó de mí de manera ejemplar y me proporcionó toda una serie de institutrices y amas de llaves. El dinero no significaba nada para él en lo tocante a mi educación, aunque vivíamos al día con bastante sencillez.

La última de estas amas de llaves fue la señora Clay, que cuidaba de nuestra casa holandesa del siglo XVII situada en el Raamgracht, un canal que atravesaba el corazón de la ciudad vieja. La señora Clay me abría la puerta cada día cuando volvía del colegio, y era como un sustituto de mi padre cuando éste viajaba, lo cual sucedía con frecuencia. Era inglesa, mayor de lo que habría sido mi madre de estar viva, experta con el plumero y torpe con los adolescentes. A veces, en la mesa del comedor, cuando miraba su rostro de dientes largos y demasiado compasivo, yo experimentaba la sensación de que debía estar pensando en mi madre, y la odiaba por ello. Cuando mi padre se hallaba ausente, la hermosa casa se llenaba de ecos como si estuviera vacía. Nadie podía ayudarme con mi álgebra, nadie admiraba mi nuevo abrigo o pedía que me acercara para abrazarme, ni expresaba sorpresa por lo mucho que había crecido. Cuando mi padre regresaba de algún nombre del mapa de Europa colgado en la pared de nuestro comedor, olía a otros tiempos y lugares, especiado y cansado. Para las vacaciones íbamos a París o Roma, estudiaba con diligencia los lugares de interés turístico que mi padre pensaba que debía ver, pero anhelaba esos otros lugares en los que desaparecía, aquellos extraños lugares antiguos en los que yo nunca había estado.

Durante sus ausencias, yo iba y venía de la escuela, dejaba caer mis libros con estrépito sobre la pulida mesa del vestíbulo. Ni la señora Clay ni mi padre me dejaban salir de noche, excepto a la ocasional película seleccionada con sumo cuidado, en compañía de amigas aprobadas con sumo cuidado, y ahora me doy cuenta con estupor de que nunca quebranté esas normas. De todos modos, prefería la soledad. Era el medio en el que me había criado, en el que nadaba con comodidad. Destacaba en mis estudios, pero no en mi vida social. Las chicas de mi edad me aterrorizaban, sobre todo las sofisticadas de nuestro círculo diplomático, que hablaban con apabullante seguridad y no paraban de fumar. Con ellas siempre pensaba que mi vestido era demasiado largo, o demasiado corto, o que tendría que haberme puesto algo muy diferente. Los chicos me desconcertaban, aunque soñaba vagamente con hombres. De hecho, era muy feliz sola en la biblioteca de mi padre, una estancia amplia y elegante situada en la primera planta de nuestra casa.

Es probable que la biblioteca de mi padre fuera en otro tiempo una sala de estar, pero se sentaba en ella sólo para leer, y consideraba que una biblioteca grande era más importante que una sala de estar grande. Desde hacía mucho tiempo me había dado permiso para inspeccionar su colección. Durante sus ausencias, me pasaba horas haciendo los deberes en el escritorio de caoba, o examinando las estanterías que revestían cada pared. Comprendí más adelante que mi padre, o bien había medio olvidado lo que había en una de las estanterías superiores, o bien, lo más probable, daba por sentado que yo nunca podría acceder a ella. Llegó el día en que no sólo bajé una traducción del *Kama sutra*, sino también un volumen mucho más antiguo y un sobre con papeles amarillentos.

Ni siquiera ahora sé lo que me impulsó a bajarlos, pero la imagen que había en el centro del libro, el olor a vejez que proyectaba y el descubrimiento de que los papeles eran cartas personales, todo ello llamó poderosamente mi atención. Sabía que no debía examinar los papeles privados de mi padre, ni de nadie, y también tenía miedo de que la señora Clay entrara de repente para sacar el polvo al inmaculado escritorio. Tal vez por eso no dejé de mirar hacia la puerta, pero no pude evitar leer el primer párrafo de la carta situada encima de las demás. La sostuve durante un par de minutos, cerca de los estantes.

12 de diciembre de 1930
Trinity College, Oxford

Mi querido y desventurado sucesor:

Con pesar te imagino, seas quien seas, leyendo el informe que debo consignar en estas páginas. En parte lo lamento por mí, porque sin duda me veré metido en dificultades, estaré muerto, o algo peor, si esto llega a tus manos. Pero también lo lamento por ti, mi todavía desconocido amigo, porque sólo alguien que necesite una información tan horripilante leerá esta carta algún día. Si no es mi sucesor en algún otro sentido, pronto será mi heredero, y me apena transmitir a otro ser humano mi experiencia de la maldad, acaso increíble. Ignoro por qué la heredé, pero espero descubrirlo a la larga, tal vez mientras escribo esta carta, o tal vez en el curso de futuros acontecimientos.

En aquel momento, mi sentido de culpa (y también algo más) me empujó a devolver la carta a toda prisa al sobre, pero estuve pensando en ello todo aquel día y el siguiente. Cuando mi padre volvió de su último viaje, busqué una oportunidad de preguntarle por las cartas y el extraño libro. Esperé a que estuviera ocioso, a que estuviéramos solos, pero estaba muy ocupado aquellos días, y algo relativo a lo que yo había encontrado me dificultaba abordarle. Por fin, le pedí que me dejara acompañarle en su siguiente viaje. Era la primera vez que le ocultaba algo, y la primera vez que insistía en algo.

Mi padre accedió a regañadientes. Habló con mis profesores y con la señora Clay, y me recordó que tendría tiempo de sobra para hacer los deberes mientras él estuviera en sus reuniones. No me sorprendió. Los hijos de los diplomáticos siempre tenían que esperar. Hice mi maleta azul marino, metí mis libros del colegio y demasiados pares de limpios calcetines largos hasta la rodilla. Aquella mañana, en lugar de salir de casa para ir al colegio, me fui con mi padre, caminé en silencio y muy contenta a su lado hasta la estación. Un tren nos condujo a Viena. Mi padre odiaba los aviones, pues decía que eliminaban todo placer del acto de viajar. Allí pasamos una breve noche en un hotel. Otro tren nos llevó a través de los Alpes, todas aquellas alturas blancas y azules del mapa de casa. Ante una polvorienta estación amarilla, mi padre puso en marcha nuestro coche alquilado, y yo contuve el aliento hasta entrar por las puertas de una ciudad que él me había descrito muchas veces, y que yo ya podía ver en mis sueños.

El otoño llega pronto al pie de los Alpes eslovenos. Aun antes de septiembre, repentinas y feroces tormentas, que se prolongan durante días y siembran de hojas las calles de los pueblos, siguen a las abundantes cosechas. Ahora, ya adentrada en la cincuentena, me descubro viajando en esa dirección cada tantos años, reviviendo mi primer vislumbre de la campiña eslovena. Es un país antiguo. Cada otoño lo madura un poco más, *in aeternum*, y cada uno empieza con los mismos tres colores: un paisaje verde, dos o tres hojas amarillas que caen en el curso de una tarde gris. Supongo que los romanos (que dejaron sus murallas aquí y sus gigantescos circos en la costa, a sólo unas horas en coche hacia el oeste) vieron el mismo otoño y experimentaron el mismo escalofrío. Cuando el coche de mi padre atravesó las puertas de la más antigua de las ciudades julianas, me sentí impresionada. Por primera vez, había experimentado la emoción del viajero que mira el sutil rostro de la historia.

Como es en esta ciudad donde comienza mi relato, la llamaré Emona, su nombre romano, para protegerla un poco del tipo de turista que camina a la perdición con una guía. Emona fue construida sobre columnas de la Edad del Bronce, a lo largo de un río flanqueado ahora por arquitectura *art nouveau*. Durante los dos días siguientes paseamos ante la mansión del alcalde, las casas del siglo XVII adornadas con flores de lis, la sólida parte posterior dorada de un gran mercado, cuyos peldaños descendían hasta la superficie del agua desde viejas puertas provistas de pesados barrotes. Durante siglos, los cargamentos procedentes del río se habían depositado en este lugar para alimentar a la ciudad. En la orilla, donde antes habían proliferado cabañas primitivas, crecían ahora sicomoros (el plátano europeo), los cuales formaban un inmenso dosel sobre las paredes del río y dejaban caer rulos de corteza en la corriente.

Cerca del mercado, la plaza principal de la ciudad se extendía bajo el cielo encapotado. Emona, como sus hermanas del sur, exhibía florituras de un pasado camaleónico: decoración vienesa a lo largo de la línea del horizonte, grandes iglesias rojas del Renacimiento de sus católicos de habla eslovena, capillas medievales de color pardo con rasgos de las islas Británicas (san Patricio había enviado misioneros a esta región, haciendo que el círculo del nuevo credo se cerrara volviendo a sus orígenes mediterráneos, de modo que la ciudad reivindica una de las historias cristianas más antiguas de Europa). De vez en cuando, un elemento otomano se destacaba en portales o en el marco puntiagudo de una ventana. Cerca del mercado sonaron las campanas de una pequeña iglesia austríaca, llamando a la misa vespertina. Hombres y mujeres vestidos con monos de trabajo azul de algodón volvían a casa al final del día laborable socialista, sosteniendo paraguas sobre sus bultos. Cuando mi padre y yo nos internamos en el corazón de Emona, cruzamos el río por un hermoso puente antiguo, custodiado en cada extremo por dragones de bronce de piel verde.

—Allí está el castillo —dijo mi padre. Se detuvo al borde de la plaza y señaló entre la muralla de lluvia—. Sé que te gustará verlo.

Era cierto. Me estiré y alargué el cuello hasta ver el castillo entre las ramas empapadas de los árboles, torres marrones muy antiguas sobre una colina empinada que se elevaba en el centro de la ciudad.

—Siglo catorce —musitó mi padre—. ¿O trece? No soy experto en estas ruinas medievales. Nunca me acuerdo del siglo exacto. Pero lo miraremos en la guía.

—¿Podemos subir a explorarlo?

—Lo averiguaremos después de mis reuniones de mañana. No parece que esas torres sean seguras ni para alojar un pájaro, pero nunca se sabe.

Aparcó el coche cerca del Ayuntamiento y me ayudó a bajar con galantería, su mano huesuda enfundada en un guante de piel.

—Es un poco pronto para presentarnos en el hotel. ¿Te apetece un té bien caliente? Si no, podríamos tomar algo sólido en esa *gastronomia*. La lluvia ha arreciado —añadió en tono dubitativo, al tiempo que lanzaba una mirada a mi chaqueta y falda de lana.

Saqué al instante la capa impermeable con capucha que mi padre me había traído de Inglaterra el año anterior. El viaje en tren desde Viena había durado casi un día, y yo volvía a estar hambrienta, pese a que habíamos comido en el coche restaurante.

Pero no fue la *gastronomia*, con sus luces rojas y azules que brillaban a través de una sucia ventana, las camareras con sus sandalias de plataforma azul marino (cómo no), ni el hosco retrato del camarada Tito lo que nos sedujo. Mientras nos abríamos paso entre la multitud empapada, mi padre se lanzó hacia delante de repente.

—¡Aquí!

Le seguí corriendo, con la capucha aleteando, hasta el punto de que casi me cegaba. Había descubierto la entrada de un salón de té *art nouveau*, un gran ventanal adornado con volutas en el que había dibujadas cigüeñas, puertas de bronce verde en forma de cien tallos de nenúfares. Las puertas se cerraron a nuestra espalda y la lluvia se redujo a una neblina, simple vapor en las ventanas, que a través de aquellas aves plateadas se veía como agua borrosa.

—Es asombroso que haya sobrevivido a estos últimos treinta años. —Mi padre se estaba desprendiendo de su niebla londinense—. El socialismo no siempre es amable con sus tesoros.

En una mesa cercana a la ventana bebimos té con limón, que quemaba a través de las gruesas tazas, y comimos sardinas sobre pan blanco con mantequilla, e incluso unos cuantos pedazos de *torta*.

—Será mejor que paremos —dijo mi padre. En los últimos tiempos yo había llegado a detestar su costumbre de soplar sobre el té una y otra vez para que se enfriara, y a temer el inevitable momento en que diría que debíamos parar de comer, parar de hacer algo agradable, hacer sitio para la cena. Mientras le miraba, con su chaqueta de *tweed* y el jersey de cuello alto, pensé que se había negado todas las aventuras de la vida, excepto la diplomacia, que le absorbía. Habría sido más feliz de haber vivido un poco, pensé. Para él, todo era serio.

Pero guardé silencio, porque sabía que detestaba mis críticas, y yo tenía que preguntarle algo. Primero debía dejar que terminara su té, de modo que me recliné en la silla, sólo lo suficiente para que mi padre no me reprendiera. A través de la ventana moteada de plata vi una ciudad mojada, tenebrosa en el atardecer, y la gente atravesaba a toda prisa la lluvia horizontal. El salón de té, que debería estar lleno de señoras con vestidos largos de raso marfileño, o caballeros de barba puntiaguda y abrigos de terciopelo, estaba vacío.

—No me había dado cuenta de que conducir me había agotado tanto. —Mi padre dejó la taza en el platillo—. ¿Te has fijado? —Señaló el castillo, apenas visible entre la lluvia—. Vinimos de esa dirección, del otro lado de la colina. Podremos ver los Alpes desde lo alto.

Recordé las montañas nevadas y pensé que respiraban sobre esta ciudad. Estábamos solos en su extremo más alejado. Vacilé, respiré hondo.

—¿Me cuentas un cuento?

Los cuentos eran uno de los consuelos que mi padre siempre había ofrecido a su hija huérfana de madre. Algunos se inspiraban en su plácida niñez en Boston, y otros en sus viajes exóticos. Algunos los inventaba sin más, pero yo había empezado a cansarme de ésos, pues los consideraba menos asombrosos de lo que había pensado en otro tiempo.

—¿Un cuento sobre los Alpes? —preguntó mi padre.

—No. —Experimenté una inexplicable oleada de miedo—. Encontré algo sobre lo que quería preguntarte.

Se volvió y me miró con placidez, al tiempo que enarcaba sus cejas grises.

—Estaba en tu biblioteca —dije—. Lo siento. Estaba fisgoneando y encontré unos papeles y un libro. No miré los papeles... mucho. Pensé...

—¿Un libro?

Seguía con su expresión plácida, buscando la última gota de té, escuchando a medias.

—Parecían... El libro era muy antiguo, con un dragón impreso en el centro.

Inclinó el cuerpo hacia delante, se quedó inmóvil, y luego se estremeció visiblemente. Este alarmante gesto adusto me puso en guardia al instante. Si me contaba un cuento, sería muy distinto de los que me había contado hasta aquel momento. Me miró, y me sorprendió su aspecto demacrado y triste.

—¿Estás enfadado?

Yo también tenía la vista clavada en la taza.

—No, cariño.

Exhaló un profundo suspiro, un sonido casi henchido de dolor. La menuda camarera rubia volvió a llenar nuestras tazas y nos dejó solos de nuevo, pero a mi padre le costó mucho empezar.

2

Como ya sabes —dijo mi padre—, antes de que tú nacieras yo daba clases en una universidad de Estados Unidos. Antes de eso, estudié durante muchos años para llegar a ser profesor. Al principio pensé en estudiar literatura. Después, sin embargo, me di cuenta de que me gustaban más las historias verdaderas que las imaginarias. Todas las historias literarias que leí me condujeron a una especie de exploración de la historia. Al final me entregué a ello. Y estoy muy contento de que la historia te guste a ti también.

Una noche de primavera, cuando todavía era estudiante, estaba en mi cubículo de la biblioteca de la universidad, solo, a una hora ya avanzada, entre hileras e hileras de libros. Levanté la vista de mi trabajo y me di cuenta de repente de que alguien había dejado un libro, cuyo lomo nunca había visto, entre mis libros de texto, que descansaban sobre un estante encima de mi escritorio. El lomo de este nuevo libro plasmaba un pequeño dragón muy elegante, verde sobre piel clara.

No recordaba haber visto el libro, ni allí ni en ninguna otra parte, de manera que lo bajé y examiné sin pensarlo dos veces. Estaba encuadernado en piel suave y descolorida, y las páginas del interior parecían muy antiguas. Se abrió con facilidad por el centro exacto. Ambas páginas estaban ocupadas por la xilografía de un dragón con las alas desplegadas y una larga cola enroscada, una bestia rabiosa y enfurecida, con las garras extendidas. De las garras del dragón colgaba una bandera con una sola palabra en letras góticas: DRAKULYA.

Reconocí la palabra al instante y pensé en la novela de Bram Stoker, que aún no había leído, y en aquellas noches en el cine de mi infancia, con Bela Lugosi al acecho del blanco cuello de alguna estrella en ciernes. Pero la ortografía de la palabra era rara, y el libro muy viejo. Además, yo era un estudioso, muy interesado en la historia de Europa, y después de contemplarla unos segundos, recordé algo que había leído. El nombre procedía de la raíz latina de «dragón» o «demonio», el título honorario de Vlad Tepes, el «Empalador», de Valaquia, un señor feudal de los Cárpatos que torturó a sus súbditos y a sus prisioneros de guerra de las formas más crueles imaginables. Yo estaba estudiando el comercio en la Amsterdam del siglo XVII, de modo que no se me ocurrió ningún motivo para que un libro sobre ese tema estuviera mezclado con los míos, y decidí que lo habrían dejado allí sin querer, tal vez alguien que estaba trabajando en la historia de la Europa Central, o en símbolos feudales.

Pasé el resto de las páginas (cuando manejas libros todo el día, cada uno supone un nuevo amigo y una tentación). Comprobé con sorpresa que las demás, todas aquellas hermosas hojas antiguas de color marfil, estaban en blanco. No había ni la página del título, ni la menor información sobre dónde o cuándo se había impreso el libro, ni mapas, guardas o más ilustraciones. No vi pie de imprenta, ni ficha, sello o etiqueta de la biblioteca.

Después de mirar el libro unos minutos más, lo dejé sobre la mesa y bajé al primer piso, al fichero. Había, en efecto, una ficha temática sobre «Vlad III ("Tepes") de Valaquia, 1431-1476. *Véase también Valaquia, Transilvania y Drácula*». Pensé que debía consultar un mapa ante todo; rápidamente descubrí que Valaquia y Transilvania eran dos antiguas regiones situadas en lo que ahora es Rumanía. Transilvania parecía más montañosa, y Valaquia la rodeaba por el sudoeste. En las estanterías encontré lo que parecía ser la única fuente informativa de primera mano que había en la biblioteca sobre el tema, una extraña y breve traducción inglesa de la década de 1890 de unos folletos sobre «Drakula». Los folletos originales habían sido impresos en Núremberg en las décadas de 1470 y 1480, algunos de ellos antes de la muerte de Vlad. La mención de Núremberg me produjo un escalofrío. Unos pocos años antes había seguido muy de cerca los juicios de los líderes nazis. Por un año no pude servir en la guerra antes de su finalización, por ser demasiado joven, y había estudiado sus consecuencias con el fervor de los excluidos. El volumen que recopilaba los folletos tenía una ilustración de portada, una tosca xilografía de la cabeza y los hombros de un hombre, un hombre con cuello de toro, ojos oscuros y hundidos, largo bigote, con un gorro provisto de una pluma. La imagen era sorprendentemente realista, teniendo en cuenta el primitivo medio.

Sabía que debía ponerme a trabajar, pero no pude evitar leer el principio de uno de los folletos. Era una lista de algunos de los crímenes cometidos por Drácula contra su propio pueblo, y también contra otros grupos. Podría repetir de memoria lo que ponía, pero creo que no lo haré. Era muy desagradable. Cerré con un chasquido el pequeño volumen y volví a mi cubículo. El siglo XVII consumió mi atención hasta casi medianoche. Dejé el extraño libro cerrado sobre mi mesa, con la esperanza de que su propietario lo encontraría allí al día siguiente, y después fui a casa y me acosté.

Por la mañana tenía que acudir a una reunión. Estaba cansado de la larga noche, pero después de clase bebí dos tazas de café y reanudé mis investigaciones. El libro continuaba en el mismo sitio, abierto para mostrar el gran dragón remolineante. Después de mi breve sueño y el desayuno a base de café, me produjo un sobresalto, como decían en las novelas antiguas. Volví a examinar el libro, esta vez con más detenimiento. No cabía duda de que la imagen era una xilografía, tal vez un dibujo medieval, un excelente ejemplo de diseño de libros. Pensé que podría sacar un buen precio por él, y que tal vez sería de valor personal para algún estudioso, pues parecía evidente que no era un libro de biblioteca.

Pero debido a mi estado de ánimo, no me gustó su aspecto. Cerré el libro con cierta impaciencia, y me senté a escribir sobre gremios mercantiles hasta bien entrada la tarde. Cuando salía de la biblioteca, me paré ante la mesa de recepción y entregué el volumen, tras explicar lo sucedido. Uno de los bibliotecarios prometió que lo colocaría en el armario de objetos perdidos.

A la mañana siguiente, cuando subí a las ocho a mi cubículo para trabajar un poco más en mi capítulo, el libro se hallaba de nuevo sobre mi escritorio, abierto por su única y cruel ilustración. Esta vez sentí irritación y pensé que el bibliotecario me había entendido mal. Guardé al punto el libro en mi estantería y me pasé todo el día sin echarle ni un solo vistazo. Al caer la tarde tenía una cita con el director de mi tesis, de modo que recogí mis papeles para revisarlos con él, saqué el libro extraño y lo añadí a la pila. Lo hice guiado por un impulso. No era mi intención quedármelo, pero al profesor Rossi le gustaban los misterios históricos, y pensé que podría divertirle. Cabía la posibilidad de que lo identificara, gracias a sus vastos conocimientos sobre historia de Europa.

Tenía la costumbre de reunirme con Rossi cuando terminaba su clase de la tarde, y me gustaba colarme en el aula antes de que finalizara, para verle en acción. Este semestre estaba dando un curso sobre el Mediterráneo antiguo, y ya había pillado el final de varias clases, cada una brillante y teatral, cada una imbuida de su gran don para la oratoria. Avancé con sigilo hasta un asiento del fondo, a tiempo de oírle concluir una disertación sobre la restauración del palacio de Minos en Creta, llevada a cabo por sir Arthur Evans. El aula estaba poco iluminada, un enorme auditorio gótico con capacidad para quinientos alumnos. El silencio era digno de una catedral. No se movía ni un alma. Todos los ojos estaban clavados en la pulcra silueta de la parte delantera.

Rossi estaba de pie sobre un estrado iluminado. A veces paseaba de un lado a otro, exploraba ideas en voz alta como si reflexionara para sí en la intimidad de su estudio. Otras veces se paraba de repente, dirigía a sus alumnos una mirada intensa, un gesto elocuente, una sorprendente declaración. Hacía caso omiso del estrado, desdeñaba los micrófonos y jamás utilizaba notas, aunque de vez en cuando pasaba diapositivas, mientras daba golpecitos en la enorme pantalla con una vara para apoyar sus ideas. A veces se entusiasmaba hasta el punto de levantar ambos brazos y atravesar a grandes zancadas el estrado. Corría la leyenda de que, en una ocasión, había caído al suelo embelesado por el florecimiento de la democracia griega, y después se había levantado sin perder la continuidad de su discurso. Nunca me atreví a preguntarle si era verdad.

Hoy se le veía pensativo, y paseaba de un lado a otro con las manos a la espalda.

—Sir Arthur Evans, por favor no lo olviden, restauró en parte el palacio del rey Minos en Knossos a partir de lo que encontró allí, y en parte siguiendo los dictados de su imaginación, su visión de la civilización minoica. —Alzó la vista hacia la bóveda—. La documentación era escasa, y casi todo eran misterios. En lugar de ceñirse a una precisión limitada, utilizó su imaginación para crear un estilo de palacio global... y erróneo. ¿Se equivocó por hacer esto?

Hizo una pausa, con una expresión casi melancólica mientras miraba por encima del mar de cabezas desgreñadas, pelos revueltos, cortes al cero, las a propósito desaseadas chaquetas y serias caras masculinas (recuerda que en esa época sólo los chicos iban a universidades como ésa, aunque tú, querida hija, es muy probable que puedas ir a donde te dé la gana). Quinientos pares de ojos le miraron.

—Dejaré que reflexionen sobre esa pregunta.

Rossi sonrió, dio media vuelta con brusquedad y abandonó la escena.

Todo el mundo respiró hondo. Los estudiantes se pusieron a hablar y a reír, recogieron sus cosas. Por lo general, Rossi iba a sentarse al borde del estrado al acabar la clase, y algunos de sus discípulos más ávidos se abalanzaban hacia él para acosarle a preguntas, que él contestaba con seriedad y buen humor hasta que el último estudiante se marchaba, y después yo iba a su encuentro.

—¡Paul, amigo mío! Vamos a poner los pies en alto y hablar en holandés.

Me dio unas palmadas afectuosas en el hombro y salimos juntos.

El despacho de Rossi siempre me divertía porque desafiaba la convención del estudio del profesor loco: libros colocados ordenadamente en los estantes, una pequeña cafetera muy moderna junto a la ventana que alimentaba su vicio, su escritorio siempre adornado con plantas a las que nunca faltaba agua, y él siempre iba vestido de manera impecable con pantalones de *tweed*, camisa inmaculada y corbata. Su rostro era de impoluto molde inglés, de facciones afiladas e intensos ojos azules. En una ocasión me había contado que de su padre, un toscano que emigró a Sussex, sólo había heredado el gusto por la buena comida. Mirar la cara de Rossi era ver un mundo tan definido y ordenado como el cambio de guardia en el palacio de Buckingham.

Su mente era algo muy distinto. Incluso después de cuarenta años de estricto autoaprendizaje, rebosaba de reliquias del pasado, hervía con los misterios por resolver. Su producción enciclopédica le había ganado desde hacía mucho tiempo alabanzas en un mundo editorial mucho más amplio que el de las publicaciones académicas. En cuanto terminaba una obra iniciaba otra, a menudo un cambio brusco de dirección. Como resultado, estudiantes procedentes de una miríada de disciplinas iban en su busca, y yo me consideraba afortunado por haber logrado que me asesorara. También era el amigo más amable y afectuoso que he tenido nunca.

—Bien —dijo, al tiempo que enchufaba la cafetera y me indicaba con un gesto que tomara asiento—. ¿Cómo va la obra?

Le informé sobre el trabajo de varias semanas, y sostuvimos una breve discusión acerca del comercio entre Utrecht y Amsterdam a principios del siglo XVII. Sirvió su excelente café en tazas de porcelana y ambos nos estiramos, él detrás del enorme escritorio. Una agradable penumbra bañaba la habitación incluso a esa hora, más tarde cada noche ahora que la primavera estaba avanzando. Después recordé mi pieza de anticuario.

—Te he traído una curiosidad, Ross. Alguien se dejó por error un objeto bastante morboso en mi cubículo, y al cabo de dos días no me importó tomarlo prestado para que le echaras un vistazo.

—Dámelo. —Dejó sobre la mesa la delicada taza y se inclinó para coger mi libro—. Buena encuadernación. Esta piel podría ser incluso una especie de vitela gruesa. Y un lomo repujado.

Algo relacionado con el lomo del libro le hizo fruncir el ceño.

—Ábrelo —sugerí.

No pude comprender el leve desfallecimiento de mi corazón cuando esperé a que repitiera mi propia experiencia con el libro casi en blanco. Se abrió bajo sus manos expertas en el centro exacto. Yo no podía ver lo que él veía detrás de su escritorio, pero vi cómo lo miraba. Su rostro se tornó serio de repente, un rostro petrificado, que yo no conocía. Pasó las otras páginas, adelante y atrás, pero la seriedad no se convirtió en sorpresa.

—Sí, vacío. —Lo dejó abierto sobre el escritorio—. Todo en blanco.

—¿No es extraño?

El café se me estaba enfriando en la mano.

—Y muy antiguo. Pero no está en blanco por un defecto de impresión. Lo está para destacar el adorno del centro.

—Sí. Sí, es como si el ser del medio haya devorado todo cuanto había a su alrededor.

Había empezado con frivolidad, pero terminé con lentitud.

Daba la impresión de que Rossi era incapaz de apartar sus ojos de la imagen central abierta ante él. Por fin, cerró el libro con firmeza y revolvió el café sin beberlo.

—¿De dónde lo has sacado?

—Bien, como ya he dicho, alguien lo dejó por accidente en mi cubículo, hace dos días. Supongo que habría debido llevarlo de inmediato a Libros Raros, pero creo que es posesión personal de alguien, así que no lo hice.

—Ah, sí lo es —dijo Rossi, y me miró fijamente—. Es posesión personal de alguien.

—¿Sabes de quién?

—Sí. Es tuyo.

—No, me refiero a que sólo lo encontré en mi... —La expresión de su rostro me enmudeció. Parecía diez años más viejo, debido a algún efecto de la luz procedente de la ventana oscura.—. ¿Qué quieres decir con eso de que es mío?

Rossi se levantó poco a poco y se dirigió a una esquina del estudio, detrás del escritorio, subió dos peldaños del taburete de la biblioteca y bajó un volumen pequeño y oscuro. Me miró un momento, como si no se decidiera a ponerlo en mis manos. Después me lo entregó.

—¿Qué opinas de esto?

El libro era pequeño, cubierto de un terciopelo marrón de aspecto antiguo, como un viejo misal o un libro de horas, sin nada en el lomo o la portada que lo identificara. Tenía un broche color bronce que cedió con un poco de presión. El libro se abrió por la mitad. Allí, desplegado en el centro, estaba mi (digo «mi») dragón, esta vez desbordando los límites de las páginas, con las garras extendidas, el salvaje pico abierto para revelar sus colmillos, con la misma bandera y su única palabra escrita en letra gótica.

—Por supuesto —estaba diciendo Rossi—, he tenido tiempo y lo he identificado. Es un diseño centroeuropeo, impreso alrededor de 1512. De haber existido texto, habría estado compuesto con tipos móviles.

Pasé con lentitud las delicadas hojas. No había títulos en las portadillas. No, ya lo sabía.

—Qué coincidencia más extraña.

—La contratapa está manchada de agua salada, tal vez debido a viajar por el mar Negro. Ni siquiera la Smithsonian pudo decirme lo que presenció en el curso de sus viajes. De hecho, hasta me tomé la molestia de someterlo a un análisis químico. Me costó trescientos dólares averiguar que este objeto estuvo guardado en un entorno muy cargado de polvo de roca en algún momento. Incluso fui a Estambul con la intención de saber algo más sobre sus orígenes. Pero lo más extraño es la forma en que llegó a mis manos este libro.

Extendió la mano y le devolví el libro de buen grado, pues era muy antiguo y frágil.

—¿Lo compraste en algún sitio?

—Lo encontré sobre mi escritorio cuando aún era estudiante.

Un escalofrío me recorrió, y lo reprimí, avergonzado.

—¿En tu escritorio?

—En el cubículo de mi biblioteca. Nosotros también teníamos. La costumbre se remonta a los monasterios del siglo séptimo.

—¿De dónde...? ¿De dónde salió? ¿Fue un regalo?

—Quizá. —Rossi sonrió de una manera extraña. Daba la impresión de estar controlando alguna emoción oculta—. ¿Te apetece otra taza?

—Pues sí, la verdad —dije con la garganta seca.

—Mis esfuerzos por localizar a su propietario fueron en vano, y la biblioteca fue incapaz de identificarlo. Ni siquiera la biblioteca del Museo Británico lo había visto antes, y me ofreció una suma considerable por él.

—Pero no quisiste venderlo.

—No. Me gustan los rompecabezas. Eso le pasa a todos los estudiosos de verdad. Es la recompensa de la profesión, mirar a la bonita cara de la historia y decir: «Sé quién eres. No puedes engañarme».

—Entonces, ¿qué es? ¿Piensas que este ejemplar más grande fue hecho por el mismo impresor al mismo tiempo?

Sus dedos tamborilearon sobre el antepecho de la ventana.

—Hace años que no he pensado en él, al menos lo he intentado, aunque siempre lo noto... allí, sobre mi hombro. —Indicó el hueco oscuro que había entre los compañeros del libro—. Ese estante de arriba del todo es mi fila de fracasos. Y de cosas en las que prefiero no pensar.

—Bien, tal vez ahora que te he encontrado un compañero para él, podrás encajar mejor las piezas. Tienen que estar relacionados.

—Tienen que estar relacionados.

Era un eco vacío, aunque viniera acompañado por el olor a café recién hecho.

La impaciencia, y una sensación algo febril que solía asaltarme en aquellos días de falta de sueño y agotamiento mental, me impelió a insistir para saber más sobre el libro.

—¿Y tu investigación? No me refiero a los análisis químicos. ¿Intentaste averiguar más...?

—Intenté averiguar más. —Volvió a sentarse y extendió a ambos lados de su taza de café las menudas manos—. Temo que te debo algo más que una historia —dijo en voz baja—. Tal vez te debo una especie de disculpa, ya verás por qué, aunque jamás desearía de manera consciente que uno de mis estudiantes cargara con ese legado. La mayoría de mis estudiantes, al menos. —Sonrió con afecto, pero también con tristeza, pensé—. ¿Has oído hablar de Vlad Tepes, el Empalador?

—Sí, Drácula. Un señor feudal de los Cárpatos, también conocido como Bela Lugosi.

—Ése es..., o uno de ellos. Ya eran una familia antigua antes de que su miembro más desagradable accediera al poder. ¿Le buscaste en las enciclopedias antes de salir de la biblioteca? ¿Sí? Mala señal. Cuando mi libro apareció de una forma tan rara, aquella misma tarde busqué la palabra, el nombre, así como *Transilvania, Valaquia* y los *Cárpatos*. Obsesión instantánea.

Me pregunté si sería un cumplido velado (a Rossi le gustaba que sus estudiantes trabajaran a pleno rendimiento), pero lo dejé correr, temeroso de interrumpir su relato con un comentario fuera de lugar.

—Bien, los Cárpatos. Siempre ha sido un lugar místico para los historiadores. Un estudiante de Occam viajó allí, a lomos de un asno, supongo, y como resultado de sus experiencias escribió una obrita llamada *Filosofía del horror*. La historia básica de Drácula ha sido explotada hasta la saciedad, y no queda gran cosa por explorar. Tenemos al príncipe valaco, un gobernante del siglo quince, odiado por el imperio otomano y por su propio pueblo al mismo tiempo. Se cuenta entre los tiranos medievales europeos más detestables. Se calcula que mató como mínimo a veinte mil de sus compatriotas valacos y transilvanos. Drácula significa «hijo de Dracul», hijo del dragón, más o menos. El emperador del Sacro Imperio Romano Germánico Segismundo introdujo a su padre en la Orden del Dragón, una organización destinada a defender el imperio de los turcos otomanos. De hecho, existen pruebas de que el padre de Drácula cedió su hijo a los turcos como rehén durante un tiempo tras un pacto político, y Drácula adquirió el gusto por la crueldad observando los métodos de tortura otomanos.

Rossi meneó la cabeza.

—En cualquier caso, Vlad murió en el curso de una batalla contra los turcos, o tal vez por accidente a manos de sus propios soldados, y fue enterrado en un monasterio de una isla del lago Snagov, ahora en posesión de nuestra amiga socialista Rumanía. Su memoria se convirtió en leyenda, pasó de generación en generación de campesinos supersticiosos. Y a finales del siglo diecinueve, un escritor perturbado y melodramático, Abraham Stoker, se apodera del nombre de Drácula y lo vincula con un ser de su invención, un vampiro. Vlad Tepes era horriblemente cruel, pero no era un vampiro, por supuesto. No encontrarás ninguna mención a Vlad en el libro de Stoker, pero éste reunió información útil sobre leyendas relacionadas con los vampiros, y también sobre Transilvania, sin haberla pisado nunca, aunque Vlad Drácula gobernó Valaquia, que tiene frontera con Transilvania. En el siglo veinte, Hollywood toma las riendas y el mito continúa viviendo, resucitado. Ahí termina mi frivolidad, por cierto.

Rossi dejó la taza a un lado y enlazó las manos. Por un momento, pareció incapaz de continuar.

—Puedo ser frívolo en relación con la leyenda, que ha sido comercializada hasta extremos aberrantes, pero no sobre el resultado de mi investigación. Me sentí incapaz de publicarla, en parte por la existencia de esa leyenda. Pensé que nadie tomaría el tema en serio. Pero también había otro motivo.

Lo cual me dejó paralizado mentalmente. Rossi no dejaba piedra por publicar. Era parte de su productividad, su genio prolífico. Aconsejaba con severidad a sus estudiantes que hicieran lo mismo, que no desperdiciaran nada.

—Lo que descubrí en Estambul era demasiado grave para tomarlo a burla. Tal vez me equivoqué en mi decisión de mantener oculta esta información, pues así la considero, pero cada uno tiene sus supersticiones particulares. La mía es propia de historiadores. Tuve miedo.

Le miré y exhaló un suspiro, como si no se decidiera a continuar.

—Vlad Drácula siempre había sido estudiado en los grandes archivos de la Europa Central y del Este, o en su región natal. Pero empezó su carrera exterminando turcos, y descubrí que nadie había buscado material sobre la leyenda de Drácula en el mundo otomano. Eso fue lo que me llevó a Estambul, una desviación secreta de mi investigación sobre la economía de la antigua Grecia. Oh, sí, publiqué todo ese rollo griego, a modo de venganza.

Guardó silencio un momento y volvió la vista hacia la ventana.

—Supongo que debería contarte sin más lo que descubrí en la escapada a Estambul y no volver a pensar en ello. A fin y al cabo, has heredado uno de esos bonitos libros. —Apoyó la mano con semblante grave sobre los dos volúmenes—. Si no te lo digo yo mismo, lo más probable es que sigas mis pasos, tal vez con algún riesgo añadido. —Esbozó una sonrisa algo sombría—. Podría ahorrarte un montón de problemas.

No conseguí expulsar la risita seca de mi garganta. ¿Qué demonios quería decir? Se me ocurrió que tal vez había subestimado cierto peculiar sentido del humor de mi mentor. Tal vez se trataba de una broma pesada muy elaborada: guardaba dos versiones del libro amenazador en su biblioteca y había introducido una subrepticiamente en mi cubículo, convencido de que iría a verle, y yo, como un idiota, le había seguido la corriente. No obstante, le vi muy pálido a la luz de la lámpara de su escritorio, sin afeitar al final del día, con la mirada apagada y los ojos hundidos en las cuencas. Me incliné hacia delante.

—¿Qué estás intentando decirme?

—Drácula... —Hizo una pausa—. Drácula, Vlad Tepes, aún vive.

—Santo Dios —dijo mi padre de repente, y consultó su reloj—. ¿Por qué no me has avisado? Son casi las siete.

Introduje las manos dentro de mi chaqueta azul marino.

—No me he dado cuenta —dije—, pero no interrumpas la historia, por favor. No te pares ahí.

Por un momento, el rostro de mi padre se me había antojado irreal. Jamás había considerado la posibilidad de que estuviera... No sabía cómo decirlo. ¿Mentalmente desequilibrado? ¿Había perdido la cordura unos minutos, mientras contaba su historia?

—Es tarde para un relato tan largo.

Mi padre alzó su taza de té y la volvió a bajar. Observé que sus manos temblaban.

—Sigue, por favor —supliqué.

No me hizo caso.

—De todos modos, no sé si te he asustado o sólo te he aburrido. Supongo que habrías preferido un buen cuento de dragones.

—Había un dragón —dije. Yo también deseaba creer que se había inventado la historia—. Dos dragones. ¿Me contarás algo más mañana, al menos?

Mi padre se masajeó lo brazos, como para calentarse, y advertí que, de momento, estaba firmemente decidido a no decir nada más. Su cara se veía sombría, reservada.

—Vamos a cenar algo, pero antes dejaremos nuestro equipaje en el Hotel Turist.

—De acuerdo —dije.

—En cualquier caso, si no nos vamos, nos echarán de un momento a otro.

Vi a la camarera de pelo rubio apoyada en la barra. Daba la impresión de que le importaba un comino que nos fuéramos o nos quedáramos. Mi padre sacó la cartera, alisó algunos de aquellos grandes billetes descoloridos, siempre con un minero o un agricultor sonriendo heroicamente en el dorso, y los dejó en la bandeja de peltre. Sorteamos sillas y mesas de hierro forjado y salimos por la puerta vaporosa.

La noche había caído, una noche de la Europa del Este, fría, neblinosa, húmeda, y la calle estaba casi desierta.

—Ponte el sombrero —dijo mi padre, como siempre. Antes de salir bajo los plátanos empapados por la lluvia se detuvo de repente, me contuvo tras su mano extendida, un gesto protector, como si un coche hubiera pasado a toda velocidad. Pero no había ningún coche, y la calle goteaba silenciosa y tosca bajo las luces amarillas de las farolas. Mi padre miró a derecha e izquierda. No me pareció ver a nadie, aunque la capucha me impedía ver bien. Se quedó escuchando, con la cara vuelta, el cuerpo inmóvil.

Después dejó escapar el aliento y continuamos andando, hablando de lo que íbamos a pedir para cenar en el Turist cuando llegáramos.

No se habló más de Drácula en el curso de aquel viaje. Pronto aprendí la pauta de los temores de mi padre: sólo podía contarme su historia en breves andanadas, no para producir un efecto dramático, sino para proteger algo... ¿Su firmeza? ¿Su cordura?

3

De vuelta a nuestra casa de Amsterdam, mi padre se mostraba anormalmente ocupado y silencioso, y yo esperaba inquieta que apareciera alguna oportunidad de preguntarle por el profesor Rossi. La señora Clay cenaba con nosotros todas las noches en el comedor de paneles oscuros, y aunque nos servía del aparador y era como un miembro más de la familia, yo intuía que mi padre no quería seguir contándome su historia delante de ella. Si iba a buscarle a la biblioteca, se apresuraba a preguntarme cómo me había ido el día, o pedía ver mis deberes. Investigué en secreto los estantes de su biblioteca, poco después de regresar de Emona, pero los libros y papeles ya habían desaparecido de su sitio. Si era la noche libre de la señora Clay, sugería que fuéramos al cine, o me llevaba a tomar café y pastas al ruidoso local que había al otro lado del canal. Habría llegado a pensar que me evitaba, de no ser porque a veces, cuando me sentaba a leer a su lado, en busca del momento apropiado para hacerle preguntas, me acariciaba el pelo con una tristeza abstraída en su rostro. En aquellos momentos era yo quien no podía decidirse a sacar a colación la historia.

Cuando mi padre fue al sur de nuevo, me llevó con él. Sólo tenía una reunión, y de cariz informal, de modo que el largo viaje casi no merecía la pena, pero quería que viera el paisaje. Esta vez fuimos en tren mucho más lejos de Emona, y después tomamos un autobús hasta nuestro destino. A mi padre le gustaban los transportes públicos, siempre que podía utilizarlos. Ahora, cuando viajo, suelo pensar en él y cambio el coche de alquiler por el metro.

—Ya verás que Ragusa no es un lugar para ir en coche —dijo, mientras nos aferrábamos a la barra metálica que había tras el asiento del conductor—. Si te sientas en los asientos de más adelante, nunca te marearás.

Apreté la barra hasta que los nudillos se me pusieron blancos.

Daba la impresión de que volábamos entre las altas columnas de roca gris pálido que hacían las veces de montañas en esta nueva región.

—¡Santo Dios! —exclamó mi padre después de un horrible salto al doblar una curva cerrada. Los demás pasajeros parecían de lo más tranquilos. Al otro lado del pasillo, una anciana vestida de negro hacía ganchillo, la cara enmarcada por el fleco de su pañoleta, que bailaba cuando el autobús traqueteaba—. Fíjate bien —dijo mi padre—. Vas a ver una de las vistas más espectaculares de esta costa.

Miré obediente por la ventanilla, fastidiada por recibir tantas instrucciones, pero sin perder detalle de las montañas y las aldeas de piedra que las coronaban. Justo antes del ocaso me vi recompensada por la visión de una mujer parada en la cuneta, tal vez a la espera de un autobús que fuera en dirección contraria. Era alta, vestida con una falda larga y pesada, coronada por un fabuloso tocado que semejaba una mariposa de organdí. Estaba sola entre las rocas, bañada por el sol poniente, y a su lado, en el suelo, había una cesta. Habría pensado que era una estatua, de no ser porque volvió su magnífica cabeza cuando pasamos. Su rostro era un óvalo pálido, pero estaba demasiado lejos de mí para distinguir su expresión. Cuando la describí a mi padre, dijo que debía llevar la indumentaria tradicional de esta parte de Dalmacia.

—¿Una toca grande, con alas a cada lado? Las he visto en fotos. Podría decirse que esa mujer es una especie de fantasma. Debe vivir en un pueblo muy pequeño. Supongo que ahora la mayoría de jóvenes irán en tejanos.

Yo tenía la cara pegada a la ventanilla. No aparecieron más fantasmas, pero no me perdí ni una sola perspectiva del milagro: Ragusa, muy abajo, una ciudad de marfil con un mar fundido iluminado por el sol, tejados más rojos que el cielo nocturno en el interior del imponente recinto medieval. La ciudad estaba aposentada sobre una amplia península redondeada, y sus murallas parecían inexpugnables a las tempestades y las invasiones, un gigante a orillas del Adriático. Al mismo tiempo, desde la imponente altura de la carretera, poseía una apariencia diminuta, como algo tallado a mano a escala y colocado en la base de las montañas.

La calle principal de Ragusa, cuando llegamos un par de horas más tarde, tenía el suelo de mármol, pulido por siglos de suelas de zapatos, así como salpicaduras de luz procedentes de las tiendas y palacios circundantes, de modo que relucía como la superficie de un gran canal. En el extremo de la calle que daba al puerto, a salvo en el corazón antiguo de la ciudad, nos derrumbamos en las sillas de un café y yo volví la cara hacia el viento, que olía a las olas que rompían y (algo extraño para mí, dado lo avanzado de la estación) a naranjas maduras. El mar y el cielo estaban casi oscuros. Barcos de pesca bailaban sobre una extensión de agua más embravecida al final del puerto. El viento me traía sonidos y perfumes marinos, y una suavidad nueva.

—Sí, el sur —dijo mi padre satisfecho, provisto de un vaso de whisky y un plato de sardinas sobre tostadas—. Pongamos que tienes tu barco amarrado aquí y hace una noche clara para navegar. Podrías guiarte por las estrellas e ir directamente a Venecia, a la costa de Albania o al Egeo.

—¿Cuánto tardaríamos en llegar a Venecia?

Revolví mi té y la brisa se llevó el humo hacia el mar.

—Oh, una semana o más, supongo, en un barco medieval. —Me sonrió, relajado un momento—. Marco Polo nació en esta costa, y los venecianos la invadían con frecuencia. En este momento estamos sentados en una especie de puerta al mundo.

—¿Cuándo viniste aquí antes?

Sólo estaba empezando a creer en la vida anterior de mi padre, en su existencia previa a mí.

—He venido varias veces. Unas cuatro o cinco. La primera fue hace años, cuando aún estudiaba. El director de mi tesis me recomendó que visitara Ragusa desde Italia, sólo para ver esta maravilla, cuando yo estudiaba... Ya te dije que estudié italiano un verano en Florencia.

—Te refieres al profesor Rossi.

—Sí.

Mi padre me miró fijamente, y luego desvió la vista hacia su whisky.

Siguió un breve silencio, roto por el toldo del café, que aleteaba sobre nosotros debido a aquella brisa cálida impropia de la estación. Desde el interior del bar-restaurante llegaba una mezcla de voces de turistas, porcelana al ser depositada sobre las mesas, un saxo y un piano. Desde más allá se oía el chapoteo de los barcos en el puerto a oscuras. Mi padre habló por fin.

—Debería contarte algo más sobre él.

No me miró, pero creí percibir cierta ironía en su voz.

—Me gustaría —dije con cautela.

Bebió su whisky.

—Eres tozuda con lo de las historias, ¿eh?

Tú sí que eres tozudo, quise decir, pero me contuve. Me interesaba la historia más que discutir.

Mi padre suspiró.

—De acuerdo. Te contaré algo más sobre él mañana, a la luz del día, cuando no esté tan cansado y tengamos un poco de tiempo para pasear por las murallas. —Señaló con el vaso las almenas blanco-grisáceas iluminadas que se alzaban sobre el hotel—. Será un momento mejor para contar historias. Especialmente esa historia.

A media mañana estábamos sentados a treinta metros sobre el oleaje, que se estrellaba y lanzaba espuma alrededor de las gigantescas raíces de la ciudad. El cielo de noviembre era tan brillante como el de un día de verano. Mi padre se puso sus gafas de sol, consultó su reloj, dobló el folleto que hablaba de la arquitectura rojiza de abajo y dejó que un grupo de turistas alemanes se alejara hasta perderse de vista. Miré hacia el mar, al otro lado de una isla boscosa, hacia el lejano horizonte azul. De esa dirección habían llegado los barcos venecianos, trayendo guerra o comercio, con sus banderas rojas y doradas tremolando sin descanso bajo el mismo arco de cielo centelleante. Mientras esperaba a que mi padre hablara, sentí un estremecimiento de aprensión muy poco docto. Tal vez esos barcos que imaginaba en el horizonte no eran sólo parte de una exhibición abigarrada. ¿Por qué le costaba tanto a mi padre empezar?

4

Como ya te he dicho —empezó mi padre, después de carraspear una o dos veces—, el profesor Rossi era un gran estudioso y un verdadero amigo. No me gustaría que pensaras algo diferente. Sé que lo que dije antes de él puede llevarte a pensar que está... loco. Recordarás que me explicó algo muy difícil de creer, y yo me quedé asombrado, hasta llegué a dudar de él, aunque vi sinceridad y aceptación en su cara. Cuando terminó de hablar, me miró con aquellos ojos acerados.

—¿Qué demonios quieres decir?

Debí de tartamudear.

—Lo repito —dijo Rossi tajantemente—. Descubrí en Estambul que Drácula sigue viviendo entre nosotros. O, al menos, vivía entonces.

Le miré con ojos desorbitados.

—Sé que pensarás que estoy loco —prosiguió, más calmado—. Te aseguro que cualquier persona que husmea en la historia mucho tiempo puede volverse loca. —Suspiró—. En Estambul hay un depósito de materiales muy poco conocido, fundado por el sultán Mehmet II, quien conquistó la ciudad a los bizantinos en 1453. Este archivo se reduce a fragmentos dispersos reunidos con posterioridad por los turcos, a medida que iban siendo expulsados de los límites de su imperio. No obstante, también contiene documentos de finales del siglo quince, y entre ellos encontré algunos mapas que, en teoría, indicaban el emplazamiento de la Tumba Impía del mataturcos, quien supuse que sería Vlad Drácula. De hecho, había tres mapas, graduados en escala para plasmar la misma región cada vez en mayor detalle. No reconocí nada en dichos mapas, ni los relacioné con ninguna zona que yo conociera. Casi todos los nombres estaban en árabe, y databan de finales del siglo quince, según los bibliotecarios del archivo. —Dio unos golpecitos sobre el extraño volumen, que como ya te dije se parecía mucho al mío—. La información que había en el centro del tercer mapa estaba en un dialecto eslavo muy antiguo. Sólo un erudito ayudado por muchos especialistas en lingüística habría podido descifrarlo. Hice lo que pude, pero fue un trabajo incierto.

En ese momento, Rossi meneó la cabeza, como si todavía lamentara sus limitaciones.

—El esfuerzo que invertí en este descubrimiento me alejó de manera irracional de mi investigación oficial de aquel verano sobre el comercio en la antigua Creta, pero creo que había perdido un poco la razón, sentado en aquella calurosa y pegajosa biblioteca de Estambul. Recuerdo que podía ver los minaretes de Santa Sofía a través de las mugrientas ventanas. Trabajaba con las pistas sobre la versión turca del reino de Vlad sobre el escritorio, consultando mis diccionarios, tomando numerosas notas y copiando los mapas a mano.

»Para abreviar la historia de una larga investigación, una tarde me encontré concentrado en el punto cuidadosamente marcado de la Tumba Impía, en el tercer mapa, el más desconcertante. Recordarás que, en teoría, Vlad Tepes está enterrado en el monasterio de la isla del lago Snagov, en Rumanía. Este mapa, como los demás, no plasmaba ningún lago con isla, aunque sí un río que atravesaba la zona, el cual se ensanchaba hacia la mitad. Yo había traducido todo cuanto rodeaba los bordes, con la ayuda de un profesor de lenguas árabe y otomana de la Universidad de Estambul: proverbios crípticos sobre la naturaleza del mal, muchos del Corán. En algunos puntos del mapa, escondidos entre montañas toscamente dibujadas, había palabras escritas que, a primera vista, parecían nombres de lugares en un dialecto eslavo, pero traducidas como acertijos, tal vez lugares reales en código: el Valle de los Ocho Robles, la Aldea de los Cerdos Robados, etcétera. Nombres campesinos extraños que no significaban nada para mí.

»Bien, en el centro del mapa, sobre el punto de la Tumba Impía, estuviera donde estuviera situada, había el dibujo tosco de un dragón, que llevaba un castillo a modo de corona. El dragón no se parecía en nada al de mis, nuestros, libros antiguos, pero supuse que había llegado a los turcos con la leyenda de Drácula. Debajo del dragón alguien había escrito con tinta palabras diminutas, que al principio juzgué árabes, como los proverbios anotados en los bordes del mapa.

Cuando las examiné con una lupa, comprendí de repente que estaban en griego, y las traduje en voz alta antes de pensar en la cortesía, aunque la sala de la biblioteca estaba vacía, de no ser por mí y un aburrido bibliotecario que entraba y salía de vez en cuando, por lo visto para asegurarse de que yo no robaba nada. En aquel momento yo estaba solo por completo. Las letras infinitesimales bailaron bajo mis ojos cuando las pronuncié en voz alta: "En este lugar, él se aloja en la maldad. Lector, desentiérrale con una palabra".

»En aquel momento, oí que una puerta se abría con estrépito en el vestíbulo de abajo. Pasos pesados ascendieron la escalera. No obstante, yo todavía estaba abstraído con una idea: la lupa acababa de revelarme que este mapa, al contrario que los dos primeros, más generales, había sido anotado por tres personas diferentes, y en tres idiomas diferentes. La caligrafía, así como los idiomas, eran distintos. Como los colores de las antiquísimas tintas. Entonces tuve una repentina visión; ya sabes, esa intuición en la que un estudioso casi puede confiar cuando le respaldan semanas de trabajo minucioso.

»Tenía la impresión de que, al principio, el mapa había consistido en este dibujo central y las montañas que lo rodeaban, con la exhortación en griego en el centro. Probablemente, sólo más tarde se habían añadido los nombres en el dialecto eslavo, para identificar los lugares a que hacía referencia, al menos codificados. Después, había caído en manos otomanas, que lo habían rodeado de material procedente del Corán, dando así la impresión de albergar o encarcelar el ominoso mensaje del centro, o de rodearlo de talismanes contra la oscuridad. Si eso era cierto, ¿quién, conocedor del griego, había sido el primero en anotar el mapa, y tal vez en dibujarlo? Sabía que los estudiosos bizantinos utilizaban el griego en los tiempos de Drácula, pero casi ningún erudito del mundo otomano lo empleaba.

»Antes de que pudiera redactar ni una sola nota sobre esta teoría, que podía implicar análisis más allá de mis posibilidades, la puerta situada al otro lado de las estanterías se abrió y entró un hombre alto y corpulento, que avanzó a grandes zancadas y se plantó ante la mesa donde yo estaba trabajando. Tenía el aire de un intruso consciente de serlo, lo cual me convenció de que no se trataba de ningún bibliotecario. Por el mismo motivo, pensé que debía ponerme en pie, pero el orgullo me lo impidió. Podría haber parecido una actitud deferente, cuando la interrupción había sido inesperada y bastante grosera.

»Nos miramos a la cara, y yo me quedé más sorprendido que nunca. El hombre estaba completamente fuera de lugar en aquel entorno esotérico, apuesto y elegante al estilo turco o eslavo del sur, con un poblado mostacho y ropas oscuras hechas a medida, como un ejecutivo occidental. Sus ojos se encontraron con los míos de manera beligerante, y sus largas pestañas se me antojaron desagradables en aquel rostro severo. Tenía la piel cetrina, aunque inmaculada, y los labios muy rojos.

»—Señor —dijo en voz baja y hostil, casi un gruñido en inglés con acento turco—, creo que no tiene el permiso pertinente para lo que está haciendo.

»—¿Para qué?

»Me enfurecí al instante.

»—Para este trabajo de investigación. Está trabajando con material que el Gobierno turco considera perteneciente a archivos privados de nuestro país. ¿Puedo ver sus papeles, por favor?

»—¿Quién es usted? —pregunté con idéntica frialdad—. ¿Puedo ver los suyos?

»Extrajo un billetero del bolsillo interior de la chaqueta, lo abrió sobre la mesa con gesto enérgico delante de mí y volvió a cerrarlo. Sólo tuve tiempo de ver una tarjeta marfileña con un montón de títulos en árabe y turco. La mano del hombre era de un repelente tono cerúleo y tenía largas uñas, con vello oscuro en el dorso.

»—Ministerio de Cultura —dijo con frialdad—. Tengo entendido que carece de un acuerdo de intercambio con el Gobierno turco para examinar esos materiales. ¿Es eso cierto?

»—Por supuesto que no.

»Le mostré una carta de la Biblioteca Nacional, la cual me autorizaba a investigar en cualquiera de sus dependencias de Estambul.

»—No es suficiente —replicó el hombre, y tiró sobre la mesa mis papeles—. Lo mejor será que me acompañe.

»—¿Adónde?

»Me levanté, pues me sentía más seguro de pie, y confié en que no lo tomara como un gesto de obediencia.

»—A la policía si es necesario.

»—Esto es indignante. —Había aprendido que, en caso de duda burocrática, era conveniente alzar la voz—. Estoy preparando un doctorado por la Universidad de Oxford, y soy ciudadano del Reino Unido. Me presenté en la universidad el día que llegué y recibí esta carta como prueba de mi situación. No permitiré que la policía me interrogue..., ni tampoco usted.

»—Entiendo.

»Sonrió de una forma que me provocó un nudo en el estómago. Había leído algo sobre las cárceles turcas y sus ocasionales presos occidentales, y mi situación se me antojó precaria, aunque no entendía en qué clase de problema podía haberme metido. Confiaba en que alguno de los aburridos bibliotecarios me oiría y vendría a silenciarnos. Entonces comprendí que ellos habrían sido los responsables de admitir a este personaje, con su tarjeta intimidatoria, en mi presencia. Tal vez sí que era alguien importante. Se inclinó hacia delante.

»—Déjeme ver lo que está haciendo aquí. Apártese, por favor.

»Obedecí a regañadientes y el hombre se inclinó sobre mi mesa, cerró de golpe mis diccionarios para leer la cubierta, siempre con aquella sonrisa inquietante. Era una presencia enorme al otro lado de la mesa, y percibí que olía de una forma rara, como una colonia usada sin demasiado éxito para disimular algo desagradable. Por fin, cogió el mapa en el que yo había estado trabajando, con manos de pronto delicadas, y lo sostuvo casi con ternura. Dio la impresión de que no necesitaba examinarlo mucho rato para saber lo que era, aunque yo pensé que se estaba echando un farol.

»—Esto es su material de archivo, ¿verdad?

»—Sí —dije irritado.

»—Se trata de una posesión muy valiosa del Estado turco. No creo que usted lo necesite para propósitos relacionados con países extranjeros. Y este pedazo de papel, este pequeño mapa, ¿lo ha traído desde su universidad inglesa hasta Estambul?

»Pensé en contestar que también tenía otros asuntos, para despistarle, pero comprendí que eso podría prolongar el interrogatorio.

»—Sí, por decirlo así.

»—¿Por decirlo así? —preguntó, más apaciguado—. Bien, creo que lo vamos a confiscar temporalmente. Qué deshonra para un investigador extranjero.

»Me hervía la sangre, tan cerca estaba de la solución, y agradecí el hecho de no haberme traído mis copias de los antiguos mapas de los Cárpatos, que quería empezar a comparar con este mapa al día siguiente. Estaban escondidos en mi maleta, en la habitación del hotel.

»—No tiene el menor derecho a confiscar material que me han autorizado a estudiar —dije con los dientes apretados—. Denunciaré este caso de inmediato a la biblioteca de la universidad, y a la embajada británica. De todos modos, ¿por qué se opone a que estudie estos documentos? Son fragmentos oscuros de historia medieval. Estoy seguro de que no tienen nada que ver con los intereses del Gobierno turco.

»El burócrata miraba a lo lejos, como si las agujas de Santa Sofía presentaran un interesante ángulo nuevo que nunca hubiera tenido ocasión de ver.

»—Es por su bien —dijo en tono desapasionado—. Sería mucho mejor dejar que otro trabajara en eso. En otro momento.

»Se quedó inmóvil, con la cabeza vuelta hacia la ventana, casi como si quisiera que siguiera su mirada. Experimenté la sensación infantil de que no debía hacerlo, porque podía ser una añagaza, de modo que le miré a él, a la espera. Y entonces vi, como si el desconocido hubiera deseado que la luz aceitosa del día cayera sobre él, su cuello. A un lado, en la carne más profunda de una garganta musculosa, había dos marcas de pinchazos con restos de costras de color parduzco, no recientes pero no totalmente curados, como si dos espinas gemelas le hubieran atravesado, o bien hubieran sido ocasionados por la punta de un cuchillo afilado.

»Me alejé de la mesa, y pensé que había perdido la razón por culpa de mis morbosas lecturas, que me había desequilibrado. Pero la luz del día era muy normal, el hombre del traje oscuro parecía muy real, incluso con el olor debido a falta de higiene y sudor, y algo más debajo de su colonia. Nada desapareció o cambió. No podía apartar mis ojos de aquellas dos pequeñas heridas. Al cabo de unos segundos se volvió, como satisfecho de lo que había visto (o yo había visto), y sonrió de nuevo.

»—Por su bien, profesor.

»Le vi salir de la sala con el mapa enrollado en la mano, falto de palabras, y escuché sus pasos que se alejaban escaleras abajo. Pocos minutos después apareció un anciano bibliotecario de espeso cabello gris, cargado con dos infolios antiguos, que empezó a guardar en un estante cercano al suelo.

»—Perdone —le dije, casi sin voz—. Perdone, pero ha sido indignante. —Me miró, perplejo—. ¿Quién era ese hombre? El burócrata.

»—¿El burócrata?

»El bibliotecario repitió mi palabra, vacilante.

»—Deben facilitarme enseguida un escrito oficial sobre mi derecho a trabajar en este archivo.

»—Pero usted tiene todo el derecho a trabajar aquí —dijo el anciano en tono tranquilizador—. Yo mismo le registré.

»—Lo sé, lo sé. Alcáncele y oblíguele a devolverme el mapa.

»—¿A quién he de alcanzar?

»—Al hombre del ministerio de... El hombre que acaba de subir. ¿No le dejó entrar usted?

»El bibliotecario me miró con curiosidad.

»—¿Alguien acaba de entrar? No ha venido nadie desde hace tres horas. Estoy en la entrada. Por desgracia, poca gente viene a investigar.

»—El hombre... —dije, y enmudecí. Me vi de repente como un extranjero demente y gesticulante—. Se llevó mi mapa. Me refiero al mapa del archivo.

»—¿Qué mapa, *Herr* profesor?

»—Estaba trabajando con un mapa. Esta mañana firmé cuando me lo entregaron, en recepción.

»—¿No será ese mapa?

»El hombre indicó mi mesa. En el centro había un mapa de carreteras de los Balcanes que no había visto en mi vida. No estaba allí cinco minutos antes, de eso estaba seguro. El bibliotecario estaba guardando su segundo infolio.

»—Da igual.

»Recogí mis libros con la mayor celeridad posible y me fui de la biblioteca. No vi ni rastro del burócrata en la bulliciosa calle llena de tráfico, aunque varios hombres de su corpulencia y estatura, vestidos con trajes similares, me adelantaron portando maletines. Cuando llegué a la habitación donde me hospedaba, descubrí que habían trasladado mis pertenencias, debido a problemas prácticos relacionados con la habitación. Mis primeros bocetos de los mapas antiguos, así como las notas que no había necesitado llevarme, habían desaparecido. Habían vuelto a hacer mi equipaje a la perfección. Los empleados del hotel dijeron que no sabían nada al respecto. Estuve despierto toda la noche, escuchando los ruidos del exterior. A la mañana siguiente recogí mi ropa sucia y mis diccionarios, y tomé el barco de vuelta a Grecia.

El profesor Rossi enlazó las manos de nuevo y me miró, como si esperara con paciencia señales de incredulidad. Pero me encontré de repente conmocionado por la credulidad, no por la duda.

—¿Volviste a Grecia?

—Sí, y pasé el resto del verano haciendo caso omiso de mis recuerdos de la aventura vivida en Estambul, si bien no pude hacer caso omiso de sus implicaciones.

—¿Te marchaste porque estabas... asustado?

—Aterrorizado.

—Pero ¿más adelante llevaste a cabo toda esa investigación, o se la encargaste a otro, sobre tu extraño libro?

—Sí, en especial los análisis químicos en el Smithsonian. Pero como no revelaron datos determinantes, y debido a otras influencias, dejé correr el asunto y guardé el libro en su estante. Allí, de hecho. —Indicó el punto exacto—. Es curioso. Pienso en esos acontecimientos de vez en cuando, y en ocasiones creo recordarlos con mucha claridad, y en otras sólo fragmentos. Supongo que la familiaridad erosiona incluso los recuerdos más espantosos. Y en determinados períodos, que a veces se prolongan años, no quiero pensar en eso de ninguna manera.

—Pero ¿de verdad crees... que ese hombre de las heridas en el cuello...?

—¿Qué habrías pensado si hubiera aparecido ante ti, sabiendo que estabas cuerdo?

Se apoyó contra la estantería, y por un momento habló en tono vehemente.

Tomé un último sorbo de café frío. Era muy amargo, los posos.

—¿Nunca intentaste averiguar qué significaba ese mapa, o de dónde procedía?

—Nunca. —Hizo una pausa—. No. Estoy seguro de que es una de las pocas labores de investigación que nunca terminaré. No obstante, sostengo la teoría de que esta siniestra senda de erudición, como tantas otras menos aterradoras, es algo en lo que una persona va haciendo pequeños progresos, y luego viene otra, y cada una va contribuyendo un poco a lo largo de su vida. Tal vez tres personas de ese tipo, hace siglos, hicieron eso al dibujar esos mapas y añadir las anotaciones, si bien admito que todos esos dichos talismánicos del Corán no aclaran a nadie el paradero de la verdadera tumba de Vlad Tepes. Aparte de que todo podrían ser tonterías, claro está. Bien pudo ser enterrado en su monasterio de la isla, como indica la tradición rumana, y permanecido allí como un alma bondadosa..., cosa que no era.

—Pero tú no te lo crees.

Rossi vaciló de nuevo.

—El conocimiento ha de continuar. Para bien o para mal, pero de manera inevitable, en todos los campos.

—¿Fuiste en persona a Snagov alguna vez?

Negó con la cabeza.

—No. Abandoné la investigación.

Dejé sobre la mesa mi taza helada y escudriñé su cara.

—Pero conservas cierta información —especulé poco a poco.

Buscó entre los libros del último estante y bajó un sobre marrón cerrado.

—Por supuesto. ¿Quién destruye una investigación por completo? Copié de memoria lo que pude de aquellos tres mapas y salvé mis demás notas, las que llevaba encima aquel día en el archivo.

Dejó el paquete sin abrir sobre la mesa, entre nosotros, y lo tocó con una ternura que no me pareció acorde con el horror que sentía por su contenido. Tal vez fue ese contrasentido, o el avance de la noche primaveral, lo que me puso aún más nervioso.

—¿No crees que eso podría ser una especie de legado peligroso?

—Pido a Dios que pudiera contestar «no», pero quizá sólo sea peligroso en un sentido psíquico. La vida es mejor, más sana, cuando no meditamos de manera innecesaria en horrores. Como ya sabes, la historia de la humanidad está plagada de maldades, y tal vez deberíamos pensar en ellas con lágrimas, no con fascinación. Han pasado tantos años, que ya no estoy seguro de mis recuerdos de Estambul, y nunca he querido volver. Además, tengo la sensación de que me llevé todo cuanto me bastaba saber.

—¿Para continuar adelante?

—Sí.

—Pero aún no sabes quién pudo inventar un mapa que mostrara el emplazamiento de su tumba, ¿verdad?

—No.

Extendí la mano hacia el sobre marrón.

—¿Necesitaré un rosario para seguir con esto, o algún amuleto?

—Estoy seguro de que llevas contigo tu bondad, tu sentido moral, como quieras llamarlo. De todos modos, me gusta pensar que la mayoría somos capaces de eso. No iría por ahí con ajos en los bolsillos, de ninguna manera.

—Pero sí con un potente antídoto mental.

—Sí. Lo he intentado. —Su rostro estaba triste, casi sombrío—. Tal vez me he equivocado al no utilizar esas antiguas supersticiones, pero supongo que soy un racionalista, y a eso me atengo.

Cerré mis dedos sobre el paquete.

—Toma tu libro. Es interesante, y deseo que seas capaz de identificar su origen. —Me tendió mi volumen encuadernado en vitela, y pensé que la tristeza de su cara desmentía la frivolidad de sus palabras—. Vuelve dentro de dos semanas, y retornaremos al comercio en Utrecht.

Supongo que parpadeé. Hasta mi tesis me sonó irreal.

—Sí, claro.

Rossi se llevó las tazas de café y yo cerré el maletín con dedos agarrotados.

—Una última cosa —dijo con seriedad cuando me volví hacia él.

—¿Sí?

—No volveremos a hablar de esto.

—¿No quieres saber cómo me va?

Me quedé espantado, solo.

—Podría decirse así. No quiero saber. A menos que te halles en apuros, por supuesto.

Estrechó mi mano con el afecto habitual. Su cara expresaba un dolor nuevo para mí, y después tuve la impresión de que forzaba una sonrisa.

—De acuerdo —dije.

—Dentro de dos semanas —repitió casi con júbilo cuando yo salía—. Tráeme un capítulo terminado, o lo que sea.

Mi padre calló. Ante mi vergüenza estupefacta, vi lágrimas en sus ojos. Aquella muestra de emoción habría interrumpido mis preguntas aunque no hubiera hablado.

—Ya ves, escribir una tesis es lo más espeluznante —dijo en tono jovial—. En cualquier caso, no tendríamos que habernos metido en esto. Es una vieja historia muy retorcida, y es evidente que todo salió bien, porque aquí estoy, ya no soy un profesor fantasmal, y aquí estás tú. —Parpadeó. Se estaba recuperando—. Final feliz, como suele pasar.

—Pero quizás hay muchos acontecimientos en medio —logré articular.

El sol se filtraba a través de mi piel, pero sin llegar a los huesos, que percibían la brisa fría procedente del mar. Nos estiramos y miramos la ciudad que se extendía bajo nuestros pies. El último grupo de turistas había pasado delante de nosotros y se había detenido en una glorieta lejana, señalando las islas o posando para la cámara de algún compañero. Miré a mi padre, pero estaba contemplando el mar. Detrás de los demás turistas, y muy delante de nosotros, había un hombre en el que no me había fijado antes, que se alejaba lenta pero inexorablemente, alto y de hombros anchos, vestido con un traje de lana oscura. Habíamos visto otros hombres altos vestidos de oscuro en la ciudad, pero por alguna razón no pude dejar de mirar a este último.

5

Como me sentía tan limitada por mi padre, decidí explorar un poco yo sola, y un día, al salir del colegio, fui a la biblioteca de la universidad. Mi holandés era razonablemente bueno, llevaba años estudiando francés y alemán, y la universidad albergaba una inmensa colección de libros en inglés. Los bibliotecarios fueron corteses, y sólo necesité un par de tímidas peticiones para encontrar el material que estaba buscando: el texto de los folletos de Núremberg sobre Drácula de los que mi padre había hablado. La biblioteca no estaba en posesión de ningún folleto original. Eran muy raros, me explicó un anciano bibliotecario, pero encontró el texto en un compendio de documentos medievales alemanes, traducidos al inglés.

—¿Son ésos los que necesitas, querida? —preguntó con una sonrisa. Tenía uno de esos rostros muy blancos y pálidos que se ven a veces entre los holandeses, una mirada azul y directa, y un cabello que daba la impresión de hacerse más claro en lugar de encanecer. Los padres de mi padre habían muerto en Boston cuando yo era pequeña, y pensé que me habría gustado un abuelo de este tipo.—. Me llamo Johan Binnerts —añadió—. Puedes llamarme siempre que necesites ayuda.

Le dije que eso era exactamente lo que necesitaba, *dank u*, y palmeó mi hombro antes de alejarse en silencio. Releí la primera sección de mi cuaderno de notas en la sala vacía:

En el año de Nuestro Señor de 1456, Drakula hizo muchas cosas curiosas y terribles. Cuando fue nombrado señor de Valaquia, mandó quemar a todos los jóvenes que habían ido a su país para aprender el idioma, cuatrocientos de ellos. Ordenó empalar a una familia numerosa y enterrar desnudos hasta el ombligo a muchos de sus súbditos, para luego asaetearlos. Algunos fueron asados y desollados.

Había una nota al pie de la primera página. El tipo de letra era tan fino que casi no la vi. Cuando miré con más detenimiento, me di cuenta de que era un comentario sobre la palabra «empalado». Afirmaba que Vlad Tepes había aprendido esta forma de tortura de los otomanos. El empalamiento del tipo que practicaba implicaba la penetración del cuerpo con una estaca de madera puntiaguda, por lo general a través del ano o los genitales hacia arriba, de manera que a veces la estaca salía por la boca y a veces por la cabeza.

Por un momento intenté no ver aquellas palabras. Después traté de olvidarlas durante varios minutos, con el libro cerrado.

Lo que más me atormentó aquel día, cuando cerré el cuaderno de notas y me puse el abrigo para ir a casa, no fue la imagen siniestra de Drácula o la descripción del empalamiento, sino el hecho de que estas cosas habían ocurrido de verdad, por lo visto. Si prestaba la suficiente atención, pensé, escucharía los chillidos de los muchachos, de la «familia numerosa» que murió junta. Pese a toda la atención que había dedicado a mi educación en historia, mi padre no me había contado esto: los momentos terribles de la historia eran reales. Ahora comprendo, muchos años más tarde, que no podía decírmelo. Sólo la propia historia puede convencerte de una verdad de este tipo. Y en cuanto has visto esa verdad, cuando la has visto realmente, ya no puedes apartar la vista.

Cuando llegué a casa aquella noche, sentía una especie de energía diabólica, y planté cara a mi padre. Estaba leyendo en su biblioteca, mientras la señora Clay se las entendía con los platos de la cena en la cocina. Entré en la biblioteca, cerré la puerta a mi espalda y me paré frente a su butaca. Sostenía uno de sus queridos volúmenes de Henry James, una clara señal de tensión. No hablé hasta que alzó la vista.

—Hola —dijo, y colocó el punto de libro con una sonrisa—. ¿Deberes de álgebra?

Su ojos ya estaban ansiosos.

—Quiero que termines la historia —dije.

Guardó silencio y tamborileó con los dedos sobre el brazo de la butaca.

—¿Por qué no me quieres contar más cosas? —Era la primera vez que me veía como una amenaza para él. Miró el libro que acababa de cerrar. Experimenté la sensación de estar siendo cruel con él de una manera que no podía comprender, pero ya había empezado mi faena, de modo que debía terminar—. No quieres que sepa algunos detalles.

Me miró por fin. Su rostro era triste e inescrutable, con la frente arrugada a la luz de la lámpara.

—No, no quiero.

—Sé más de lo que crees —dije, aunque se me antojó una puñalada infantil. No habría querido decirle lo que sabía, en caso de que me lo hubiera preguntado.

Enlazó las manos bajo la barbilla.

—Lo sé —dijo al fin—. Y como sabes algo, te lo tendré que contar todo.

Le miré sorprendida.

—Pues hazlo —dije con determinación.

Bajó la vista de nuevo.

—Te lo contaré, lo antes posible. Pero ahora no. ¡No puedo soportarlo todo de golpe! —soltó mi padre de sopetón—. Ten paciencia conmigo.

Pero la mirada que me dirigió no era acusadora, sino suplicante. Me acerqué a él y rodeé con los brazos su cabeza inclinada.

Marzo iba a ser frío y desapacible en la Toscana, pero mi padre pensó que un breve viaje a la campiña era necesario después de cuatro días de conversaciones (siempre había llamado «conversaciones» a su ocupación) en Milán. Esta vez no me había sido necesario pedirle que me llevara.

—Florencia es maravillosa, sobre todo fuera de temporada —dijo una mañana, mientras íbamos en coche hacia el sur desde Milán—. Me gustaría que la vieras en uno de esos días. Antes tendrás que aprender algo más acerca de su historia y sus cuadros para quedarte realmente prendada. Pero la campiña toscana es lo mejor. Descansa tus ojos y al mismo tiempo los estimula. Ya lo verás.

Asentí y me arrellané en el asiento del Fiat alquilado. El amor de mi padre por la libertad era contagioso, y me gustaba que se aflojara el cuello de la camisa y la corbata cuando nos dirigíamos a un lugar nuevo. El coche zumbaba por la agradable autopista del norte.

—De todos modos, hace años que vengo prometiendo a Massimo y Giulia que iríamos a verlos. Nunca me perdonarían que pasara tan cerca sin hacerlo. —Se reclinó en el asiento y estiró las piernas—. Son un poco raros, *excéntricos*, por decirlo de alguna manera, pero muy amables. ¿Te apetece?

—Ya te dije que sí —indiqué. Prefería estar sola con mi padre que visitar a desconocidos, cuya presencia siempre sacaba a flote mi natural timidez, pero parecía ansioso por ver a sus viejos amigos. En cualquier caso, el ronroneo del Fiat me estaba adormeciendo. Estaba cansada del viaje en tren. Algo nuevo me había ocurrido aquella mañana, el hilillo de sangre alarmantemente retrasado por el que siempre se preocupaba mi médico, y debido al cual la señora Clay había metido en mi maleta un montón de compresas de algodón. El primer vislumbre de este cambio me había provocado lágrimas de sorpresa en el lavabo del tren, como si alguien me hubiera herido. La mancha que apareció en mis cómodas bragas de algodón se me antojó la huella del pulgar de un asesino. No dije nada a mi padre. Valles surcados por ríos y colinas lejanas coronadas por pueblos se convirtieron en un panorama brumoso al otro lado de la ventanilla del coche, y después en un borrón. Aún seguía adormilada a la hora de comer, cosa que hicimos en una ciudad formada por cafés y bares oscuros, mientras los gatos callejeros se aovillaban y desaovillaban alrededor de los portales.

Pero cuando ascendimos con el ocaso hacia uno de los veinte pueblos alzados sobre colinas, que se amontonaban a nuestro alrededor como los temas de un fresco, me descubrí muy despierta. La noche ventosa y nublada mostraba grietas de ocaso en el horizonte. Hacia el Mediterráneo, dijo mi padre, hacia Gibraltar y otros lugares a los que iríamos algún día. Encima de nosotros se alzaba un pueblo construido sobre soportes de piedra, con calles casi verticales y callejones formando terrazas con estrechos escalones de piedra. Mi padre guiaba el cochecito de un lado a otro, y en una ocasión pasamos ante la puerta de una *trattoria* que arrojaba luz sobre los adoquines húmedos. Después se desvió con cautela hacia el otro lado de la colina.

—Está por aquí, si no recuerdo mal. —Se desvió entre una hilera de cipreses oscuros por una pista llena de baches—. Villa Montefollinoco, en Monteperduto. Monteperduto es el pueblo, ¿recuerdas?

Lo recordaba. Habíamos mirado el mapa durante el desayuno. Mi padre lo había reseguido con el dedo por encima de su taza de café.

—Aquí, Siena. Es tu punto central. Está en la Toscana. Después, entramos en Umbría. Aquí está Montepulciano, un famoso lugar antiguo, y sobre esta colina siguiente se encuentra nuestro pueblo, Monteperduto.

Los nombres se confundían en mi mente, pero *monte* significa «montaña», y estábamos entre montañas dignas de una casa de muñecas grande, pequeñas montañas pintadas como si fuesen hijas de los Alpes, que ya había atravesado dos veces.

En la inminente oscuridad la villa parecía pequeña, una granja de piedra con cipreses y olivos apelotonados alrededor de sus tejados rojizos, y un par de postes de piedra inclinados que indicaban un sendero de entrada. Brillaban luces en las ventanas del primer piso, y de repente me sentí cansada, hambrienta, poseída por una irritabilidad adolescente que tendría que disimular delante de mis anfitriones. Mi padre bajó nuestro equipaje del maletero y yo le seguí por el sendero.

—Hasta la campanilla sigue en su sitio —dijo satisfecho, al tiempo que tiraba de una corta cuerda en la entrada y se alisaba su pelo oscuro en la oscuridad.

El hombre que contestó salió como un tornado, abrazó a mi padre, le palmeó con fuerza en la espalda, le besó ruidosamente en ambas mejillas y se agachó demasiado para estrechar mi mano. Su mano era enorme y caliente, y la apoyó sobre mi hombro para guiarme al interior. En el vestíbulo, de techo bajo y lleno de muebles antiguos, vociferó como un animal de granja.

—¡Giulia! ¡Giulia! ¡Deprisa! ¡La gran invasión! ¡Ven enseguida!

Su inglés era feroz y seguro, potente, clamoroso.

La mujer alta y sonriente que apareció me cayó bien al instante. Tenía el pelo gris, pero con destellos plateados, recogido por atrás de su cara alargada. Sonrió nada más verme y no se agachó para saludarme. Su mano era cálida, como la de su marido, y besó a mi padre en ambas mejillas, mientras agitaba la cabeza y soltaba una parrafada en italiano.

—Y tú —me dijo en inglés— has de tener una habitación para ti sola, y buena, ¿de acuerdo?

—De acuerdo —contesté, y me gustó el sonido de la frase, y confié en que estaría cerca de la de mi padre, y que tendría una vista del valle circundante, desde el que habíamos ascendido con tanta precipitación.

Después de cenar en el comedor de baldosas, todos los adultos se repantigaron y suspiraron.

—Giulia —dijo mi padre—, cada año cocinas mejor. Eres una de las mejores cocineras de Italia.

—*Nonsense*, Paolo. —Su inglés tenía resonancias de Oxford y Cambridge—. Siempre dices tonterías.

—Puede que sea el *chianti*. Déjame echar un vistazo a la botella.

—Deja que te vuelva a llenar la copa —intervino Massimo—. ¿Y qué estudias tú, encantadora hija?

—En mi colegio estudiamos de todo —contesté como una cursi.

—Creo que le gusta la historia —dijo mi padre—. También le gusta viajar.

—¿Historia? —Massimo volvió a llenar la copa de Giulia, por segunda vez, y después la suya, de un vino color granate o sangre oscura—. Como tú y yo, Paolo. Bautizamos así a tu padre —me dijo en un aparte—, porque no soporto vuestros aburridos patronímicos anglosajones. Lo siento, me es imposible. Paolo, amigo mío, sabes que me dejaste sorprendido cuando me dijiste que abandonabas tu vida académica para participar en conferencias de paz a lo largo y ancho del mundo. Así que le gusta más hablar que leer, me dije. El mundo ha perdido un gran erudito, y ése es tu padre.

Me pasó media copa de vino sin pedir permiso a mi padre, pero lo mezcló con un poco de agua de la jarra que había en la mesa. Me cayó mejor todavía.

—Ahora eres tú el que dice tonterías —repuso mi padre de buen humor—. Me gusta viajar, así de sencillo.

—Ah. —Massimo meneó la cabeza—. Usted, *signor professore*, dijo en una ocasión que sería el más grande de todos. Sé que su fundación no ha sido un éxito rotundo.

—Necesitamos paz y esclarecimiento diplomático, no más investigaciones sobre cuestiones insignificantes que a nadie interesan

—replicó mi padre sonriente. Giulia encendió un farol que descansaba sobre el aparador y apagó la luz eléctrica. Llevó el farol a la mesa y empezó a cortar la *torta* que yo había procurado no mirar antes. Su superficie brillaba como obsidiana bajo el cuchillo.

—En historia, no hay cuestiones insignificantes. —Massimo me guiñó un ojo—. Además, hasta el gran Rossi dijo que tú eras su mejor estudiante. Los demás apenas podíamos complacerle.

—¡Rossi!

Salió de mi boca antes de que pudiera impedirlo. Mi padre me dirigió una mirada inquieta.

—¿De modo que conoces las leyendas acerca de los éxitos académicos de tu padre, jovencita?

Massimo se llenó la boca de chocolate.

Mi padre me dirigió otra mirada.

—Le he contado algunas historias sobre esos días —dijo. No pasé por alto la advertencia que transmitía su tono. No obstante, un momento después pensé que iba dirigida a Massimo, no a mí, pues el siguiente comentario de Massimo me produjo un escalofrío, antes de que mi padre se pusiera a hablar de política para matar el tema.

—Pobre Rossi —dijo Massimo—. Un hombre trágico, maravilloso. Resulta raro pensar que alguien a quien has conocido en persona pueda desaparecer así de golpe, *puf*.

A la mañana siguiente nos sentamos en la *piazza* situada en lo alto del pueblo, bañada por el sol, con las chaquetas abrochadas y los folletos en ristre, mirando a dos chicos que, como yo, deberían estar en el colegio. Gritaban mientras jugaban a la pelota delante de la iglesia, y yo esperaba con paciencia. Había estado esperando toda la mañana, durante la visita guiada a las pequeñas capillas «con elementos de Brunelleschi», según el confuso y aburrido guía, y al *Palazzo Púbblico*, con su salón de recepciones que había servido durante siglos de granero del pueblo. Mi padre suspiró y me dio una de las dos primorosas botellas de Orangina.

—Vas a preguntarme algo —dijo en tono algo sombrío.

—No, sólo quiero saber qué fue del profesor Rossi.

Introduje mi pajita en la botella.

—Eso pensaba. Massimo estuvo falto de tacto al mencionarlo. Temía la respuesta, pero tenía que preguntar.

—¿El profesor Rossi murió? ¿Se refería a eso Massimo cuando dijo que «desapareció»?

Mi padre miró hacia el otro lado de la plaza bañada por el sol, con sus cafés y carnicerías.

—Sí. No. Bien, fue algo muy triste. ¿De veras quieres saberlo?

Asentí. Mi padre paseó la vista a nuestro alrededor con rapidez. Estábamos sentados en un banco de piedra que sobresalía de uno de los antiguos *palazzi*, solos, a excepción de los chicos que jugaban en la plaza.

—De acuerdo —dijo por fin.

6

Aquella noche —dijo mi padre—, cuando Rossi me dio el paquete de papeles, le dejé sonriente en la puerta de su despacho, y cuando di media vuelta, me embargó la sensación de que tal vez habría debido volver para hablar con él un poco más. Sabía que sólo era el resultado de nuestra extraña conversación, la más extraña de mi vida, y desdeñé la ocurrencia al instante. Pasaron otros dos estudiantes de nuestro departamento, enfrascados en su conversación, saludaron a Rossi antes de que éste cerrara su puerta, y bajaron la escalera a buen paso detrás de mí. La animada conversación me dio la sensación de que la vida continuaba como de costumbre, pero aún me sentía inquieto. Mi libro, adornado con el dragón, era una presencia candente en mi maletín, y ahora Rossi había añadido el paquete de notas cerrado. Me pregunté si debería examinarlas aquella misma noche, sentado solo a la mesa de mi diminuto apartamento. Estaba agotado. Pensé que sería incapaz de enfrentarme a su contenido.

También sospechaba que la luz del día, a la mañana siguiente, me devolvería la confianza y la razón. Tal vez ni siquiera me creería la historia de Rossi cuando despertara, si bien estaba seguro de que me atormentaría tanto si la creía como si no. ¿Y cómo?, me pregunté al pasar bajo las ventanas de Rossi y alzar la vista de manera involuntaria hacia su lámpara, que todavía brillaba, ¿cómo no iba a creer al director de mi tesis en algo relacionado con su especialidad? ¿Acaso no significaría eso poner en duda todo el trabajo que habíamos hecho juntos? Pensé en los primeros capítulos de mi tesis, que descansaban formando columnas de hojas pulcramente mecanografiadas sobre mi escritorio, y me estremecí. Si no creía la historia de Rossi, ¿podríamos seguir trabajando juntos? ¿Debería suponer que estaba loco?

Tal vez debido a que no podía apartar a Rossi de mi mente, cuando pasé por debajo de sus ventanas fui muy consciente de que su lámpara seguía brillando. En cualquier caso, estaba pisando la isleta iluminada que proyectaba la luz de la lámpara contra el pavimento de la calle que conducía a mi barrio, cuando ésta se desvaneció literalmente bajo mis pies. Ocurrió en una fracción de segundo, pero un estremecimiento de horror me recorrió de pies a cabeza. En un momento dado estaba absorto en mis pensamientos, pisando la isleta iluminada que la lámpara arrojaba sobre el pavimento, y al siguiente estaba petrificado. Había reparado en dos cosas casi al mismo tiempo. Una era que nunca había visto esta luz sobre esa zona de pavimento, entre los edificios de aulas góticos, pese a que había pasado por la calle quizás un millar de veces. Nunca la había visto porque nunca había sido visible. Ahora lo era porque todas las farolas de la calle se habían apagado de repente. Estaba solo en la calle, y el único sonido que persistía era mi último paso. A excepción de aquellos fragmentos luminosos procedentes del estudio donde habíamos estado sentados diez minutos antes, la calle estaba a oscuras.

Mi segundo descubrimiento, si es que en realidad puede hablarse de un segundo descubrimiento, se abatió sobre mí como una parálisis cuando me detuve. Digo que se abatió porque así fue como lo percibió mi vista, no a mi razón o mi instinto. En aquel momento, paralizado como estaba, la luz cálida procedente de la ventana de mi mentor se apagó. Quizá pienses que es de lo más normal: la jornada laborable termina y el último profesor que abandona el edificio apaga las lámparas, deja a oscuras una calle cuyas farolas han fallado momentáneamente. Pero el efecto no fue así. No tuve la sensación de que habían apagado una lámpara de mesa normal próxima a una ventana. Fue como si algo se precipitara sobre la ventana desde detrás de mí y ocultara la fuente de luz. Después la calle quedó por completo a oscuras.

Por un momento me quedé sin aliento. Me volví, aterrorizado, y vi las ventanas a oscuras, casi invisibles sobre la calle también a oscuras, y corrí hacia ellas guiado por un impulso. La puerta por la que había salido estaba cerrada con llave. No brillaban más luces en la fachada del edificio. A esta hora, debía ser normal que hubieran cerrado la puerta tras salir el último visitante. Estaba sopesando la posibilidad de correr hacia alguna de las demás puertas, cuando las farolas se encendieron de nuevo, y me sentí avergonzado. No vi ni rastro de los dos estudiantes que habían salido detrás de mí. Pensé que debían haberse marchado en otra dirección.

Pero ahora desfilaba otro grupo de estudiantes, riendo. La calle ya no estaba desierta. ¿Y si Rossi salía de un momento a otro, como sin duda haría después de apagar las luces y cerrar con llave la puerta de su despacho, y me encontraba allí esperando? Había dicho que no quería seguir hablando de lo que habíamos hablado. ¿Cómo podría explicarle mis temores irracionales, en el umbral de la puerta, cuando había dejado caer un telón sobre el tema, sobre todos los temas morbosos, tal vez? Di media vuelta, avergonzado, antes de que me sorprendiera, y corrí a casa. Dejé el sobre sin abrir en mi maletín y dormí (aunque no muy bien) toda la noche.

Estuve ocupado los dos días siguientes y no me permití pensar en los papeles de Rossi. De hecho, aparté de mi mente categóricamente todo tema esotérico. Por consiguiente, me pilló por sorpresa que un compañero de mi departamento me parara en la biblioteca, ya avanzada la tarde del segundo día.

—¿Te has enterado de lo de Rossi? —preguntó, al tiempo que agarraba mi brazo y me obligaba a girar en redondo—. ¡Espera, Paolo!

Sí, lo has adivinado. Era Massimo. Ya era grande y vocinglero de estudiante, tal vez más vocinglero que ahora. Lo cogí por el brazo.

—¿Rossi? ¿Qué? ¿Qué le ha pasado?

—Ha desaparecido. La policía está registrando su despacho.

Corrí sin parar hasta el edificio, que ahora parecía vulgar, brumoso por dentro debido al sol del atardecer y abarrotado de estudiantes que salían de las aulas. En el segundo piso, delante del despacho de Rossi, un policía de la ciudad estaba hablando con el jefe del departamento y varios hombres que yo no había visto nunca. Cuando llegué, dos hombres con chaquetas oscuras estaban saliendo del estudio del profesor. Cerraron la puerta con firmeza a sus espaldas y se encaminaron hacia la escalera y las aulas. Me abrí paso y hablé con el policía.

—¿Dónde está el profesor Rossi? ¿Qué le ha pasado?

—¿Le conoces? —preguntó el policía, mientras me miraba de arriba abajo.

—Es el director de mi tesis. Estuve aquí hace dos noches. ¿Quién dice que ha desaparecido?

El jefe del departamento avanzó y estrechó mi mano.

—¿Sabes algo de esto? Su ama de llaves telefoneó a mediodía para avisar de que no había vuelto a casa anoche, ni la noche anterior. No llamó para que le sirviera la cena ni el desayuno. La mujer dice que nunca lo había hecho. Dejó de acudir a una reunión del departamento esta tarde sin telefonear antes, cosa que tampoco había hecho nunca. Un estudiante vino a comentar que su despacho estaba cerrado con llave, cuando habían concertado una cita en horas de tutoría, y que Rossi no había hecho acto de aparición. Hoy no dio su clase, y al final he ordenado que abrieran la puerta.

—¿Estaba dentro?

Intenté no jadear en busca de aliento.

—No.

Me precipité hacia la puerta de Rossi, pero el policía me retuvo por el brazo.

—No tan deprisa —dijo—. ¿Dices que estuviste aquí hace dos noches?

—Sí.

—¿Cuándo le viste por última vez?

—A eso de las ocho y media.

—¿Viste a alguien más por aquí?

Pensé.

—Sí, a dos estudiantes del departamento. Bertrand y Elias, me parece. Salieron al mismo tiempo que yo.

—Bien. Comprueba eso —dijo el policía a uno de los hombres—. ¿Notaste algo raro en el comportamiento del profesor Rossi?

¿Qué podía decir? Sí, la verdad. Me dijo que los vampiros eran reales, que el conde Drácula camina entre nosotros, que tal vez yo había heredado una maldición por culpa de sus investigaciones, y entonces me pareció que un gigante ocultaba la luz de su lámpara...

—No —contesté—. Nos reunimos para hablar de mi tesis y estuvimos charlando hasta las ocho y media.

—¿Os fuisteis juntos?

—No. Yo fui el primero en irme, él me acompañó hasta el vestíbulo, y después volvió a entrar en su despacho.

—¿Viste algo o a alguien sospechoso en las cercanías del edificio cuando te fuiste? ¿Oíste algo?

Vacilé de nuevo.

—No, nada. Bien, hubo un breve apagón en la calle. Las farolas se apagaron.

—Sí, ya nos han informado. Pero ¿no viste ni oíste nada anormal?

—No.

—Hasta el momento, eres la última persona que vio al profesor Rossi —insistió el policía—. Piensa bien. Cuando estuviste con él, ¿dijo o hizo algo raro? ¿Habló de depresión, suicidio, cosas por el estilo? ¿Habló de marcharse, de hacer un viaje?

—No, nada por el estilo —dije con sinceridad. El policía me miró con suspicacia.

—Necesito tu nombre y dirección. —Lo anotó todo y se volvió hacia el jefe del departamento—. ¿Puede dar garantías de este joven?

—Es quien dice que es, desde luego.

—De acuerdo —me dijo el policía—. Quiero que entres conmigo y me digas si ves algo extraño. Sobre todo, algo diferente de hace dos noches. No toques nada. La verdad es que la mayoría de estos casos resultan bastante predecibles, urgencias familiares o colapsos nerviosos no demasiado graves. Es probable que reaparezca dentro de uno o dos días. Lo he visto muchas veces. Pero habiendo sangre en el escritorio no queremos arriesgarnos.

¿Sangre en el escritorio? Sentí que mis piernas flaqueaban, pero me obligué a caminar poco a poco detrás del policía. La habitación tenía el mismo aspecto que las docenas de veces anteriores que la había visto a la luz del día: pulcra, agradable, los muebles dispuestos en plan acogedor, libros y papeles formando pilas exactas sobre las mesas y el escritorio. Me acerqué más. En el escritorio, sobre el papel secante de Rossi, había una mancha oscura. El policía apoyó una mano firme sobre mi hombro.

—La pérdida de sangre no fue suficiente para causar la muerte —dijo—. Tal vez una hemorragia nasal, o de algún otro tipo. ¿Viste si le sangraba la nariz al profesor Rossi cuando estuviste con él? ¿Te pareció enfermo aquella noche?

—No —contesté—. Nunca le vi... sangrar, y nunca me hablaba de su salud.

Comprendí de pronto, con apabullante claridad, que había hablado de nuestras conversaciones en pasado, como si hubieran terminado para siempre. Sentí un nudo de emoción en la garganta cuando pensé en Rossi despidiéndome risueño en la puerta. ¿Se habría hecho un corte de alguna manera, quizás a propósito, en un momento de inestabilidad, para luego salir corriendo de la habitación y cerrarla con llave? Traté de imaginarle desvariando en un parque, quizá muerto de frío y hambriento, o subiendo a un autobús hacia un destino elegido al azar. Nada de eso encajaba. Rossi era una estructura sólida, el hombre más frío y cuerdo que había conocido.

—Mira con mucho detenimiento.

El policía soltó mi hombro. Me estaba mirando fijamente, e intuí que el jefe del departamento y los demás estaban acechando detrás de la puerta. Se me ocurrió que, hasta que se demostrara lo contrario, yo sería uno de los sospechosos en caso de que hubieran asesinado a Rossi. Pero Bertrand y Elias responderían por mí, como yo por ellos. Miré todo cuanto contenía la habitación. Fue un ejercicio frustrante. Todo era real, normal, sólido, y Rossi había desaparecido por completo de aquel entorno.

—No —dije por fin—. No veo nada diferente.

—De acuerdo. —El policía me hizo volver hacia las ventanas—. Mira hacia arriba.

Muy por encima del escritorio, en el techo de yeso blanco, una mancha oscura de unos doce centímetros de largo parecía avanzar de costado, como si apuntara hacia algo en el exterior.

—Eso también parece sangre. No te preocupes. Puede que sea del profesor Rossi, o no. El techo es demasiado alto para que una persona lo alcance con facilidad, aunque sea con un taburete. Lo analizaremos todo. Ahora, piensa. ¿Rossi comentó algo aquella noche acerca de que hubiera entrado un pájaro? ¿Oíste algún ruido cuando te marchaste, como si algo quisiera entrar? ¿Te acuerdas de si estaba abierta la ventana?

—No —dije—. El profesor no habló de nada parecido. Además, las ventanas estaban cerradas, estoy seguro.

No podía apartar los ojos de la mancha. Experimentaba la sensación de que, si me fijaba bien, tal vez leyera algo en su horrible forma jeroglífica.

—Hemos tenido aves en este edificio alguna vez —colaboró el jefe del departamento a nuestra espalda—. Palomas. De vez en cuando, se cuelan por las claraboyas.

—Ésa es una posibilidad —dijo el policía—. Aunque no hemos encontrado deyecciones, es una posibilidad.

—O murciélagos —siguió el jefe del departamento—. Podrían ser murciélagos. Es muy probable que haya todo tipo de cosas vivas en este edificio.

—Bien, ésa es otra posibilidad, sobre todo si Rossi intentó ahuyentar algo con una escoba o un paraguas y se hizo daño —sugirió un profesor desde el umbral de la puerta.

—¿Alguna vez viste algo parecido a un murciélago o un pájaro aquí? —me volvió a preguntar el policía.

Me costó unos segundos formar la sencilla palabra y expulsarla de mis labios resecos.

—No —dije, pero apenas me enteré de la pregunta. Mis ojos se habían fijado por fin en el extremo interior de la mancha oscura, y en lo que parecía desprenderse de ella. En el último estante de la librería de Rossi, en su fila de «fracasos», faltaba un libro. Una estrecha hendidura negra se abría entre los lomos, en el punto en que el profesor había devuelto el misterioso libro dos noches antes.

Mis colegas salieron conmigo de la habitación, me daban palmaditas en la espalda y decían que no me preocupara. Debía estar blanco como el papel. Me volví hacia el policía, que estaba cerrando con llave la puerta a nuestras espaldas.

—¿Existe alguna probabilidad de que el profesor Rossi esté en algún hospital, si se cortó o alguien le hirió?

El agente meneó la cabeza.

—Nos hemos puesto en contacto con los hospitales y de momento no hay ni rastro de él. ¿Por qué? ¿Crees que pudo hacerse daño? Dijiste que no parecía deprimido ni albergaba ideas suicidas.

—Desde luego que no.

Respiré hondo y me serené. El techo parecía demasiado alto para que un corte en la muñeca lo pudiera haber manchado. Un triste consuelo.

—Bien, vámonos todos.

Se volvió hacia el jefe del departamento y se alejaron para conversar en voz baja. La gente parada alrededor de la puerta del despacho empezó a dispersarse, y yo me adelanté a ellos. Necesitaba antes que nada un lugar tranquilo donde sentarme.

Los últimos rayos del sol de la tarde primaveral estaban calentando todavía mi banco favorito de la nave de la vieja biblioteca universitaria. A mi alrededor, tres o cuatro estudiantes leían o hablaban en voz baja, y noté que la calma familiar de aquel refugio cultural impregnaba mis huesos. La gran sala de la biblioteca estaba perforada por vitrales, algunos de los cuales daban a salas de lectura y corredores y patios similares a los de un claustro, así que podía ver a gente moviéndose dentro o fuera, o estudiando ante grandes mesas de roble. Era el final de un día normal. El sol no tardaría en abandonar las losas de piedra que yo pisaba, y sumiría al mundo en el crepúsculo, lo cual señalaría que habían transcurrido cuarenta y ocho horas desde la última vez que había hablado con mi mentor. De momento, el estudio y la actividad prevalecían en la biblioteca, rechazando los límites de la oscuridad.

Debería decirte que, cuando estudiaba en aquel tiempo, me gustaba estar a solas por completo, sin ser molestado, en un silencio monástico. Ya he descrito los cubículos de estudio en los que trabajaba con asiduidad, en la parte alta de las estanterías de la biblioteca, donde tenía mi propio nicho y donde había encontrado aquel libro siniestro que había cambiado mi vida e ideas casi de la noche a la mañana. Dos días antes, a esta misma hora, había estado estudiando aquí solo, ocupado y sin miedo, a punto de recoger mis libros sobre Holanda y correr hacia una agradable velada con mi mentor. No había pensado en otra cosa que en lo que Heller y Herbert habían escrito sobre la historia económica de Utrecht el año anterior, y en cómo podría refutarlo en un artículo, tal vez un artículo pergeñado a partir de uno de los capítulos de mi tesis.

De hecho, si había imaginado algún fragmento del pasado, eran esos inocentes y algo codiciosos holandeses debatiendo los pequeños problemas de su gremio, o de pie, con los brazos en jarras, en portales elevados sobre los canales, mirando cómo alzaban hasta el último piso de sus casas provistas de almacén una nueva caja de mercancías. Si había tenido alguna visión del pasado, sólo había visto sus rostros rubicundos y curtidos por la intemperie, las cejas espesas, las manos hábiles, oído el crujido de sus excelentes barcos, percibido el olor de las especias, el alquitrán y las aguas residuales del muelle, y disfrutado del sólido ingenio de su forma de comprar y regatear.

Pero, por lo visto, la historia podía ser algo muy diferente, una salpicadura de sangre cuya agonía no se desvanecía de la noche a la mañana, ni con el transcurso de los siglos. Y hoy mis estudios iban a ser de una nueva clase, nueva para mí, pero no para Rossi y para tantos otros que habían elegido su camino entre la misma maleza oscura. Deseaba iniciar este nuevo tipo de investigación entre los alegres murmullos y ruidos de la sala principal, no en las estanterías silenciosas, con sus pisadas ocasionales sobre lejanas escaleras. Quería abrir la siguiente fase de mi vida como historiador bajo los ojos ingenuos de jóvenes antropólogos, bibliotecarios canosos, adolescentes que pensaban en partidos de squash o zapatos blancos nuevos, estudiantes sonrientes e inofensivos profesores eméritos lunáticos, el tráfico habitual de la noche universitaria. Miré una vez más la bulliciosa sala, los retazos de luz solar que desaparecían a toda prisa, la incesante actividad de las puertas de la entrada principal, que se abrían y cerraban sobre goznes de bronce. Después recogí mi sobado maletín, lo abrí y extraje un grueso sobre oscuro, que tenía una leyenda escrita por Rossi: RESERVAR PARA EL SIGUIENTE.

¿El siguiente? No lo había mirado con atención dos noches antes. ¿Se refería a reservar la información guardada para la siguiente vez que atacara este proyecto, esta fortaleza oscura? ¿O era yo el «siguiente»? ¿Era una prueba de su locura?

Dentro del sobre abierto vi una pila de papeles de diferentes gramajes y tamaños, muchos desteñidos y en mal estado debido a la antigüedad. Había hojas de papel cebolla impresas con apretadas líneas mecanografiadas. Una gran cantidad de material. Tendría que clasificarlo, decidí. Me acerqué a la mesa de color miel más cercana, contigua al fichero. Aún había mucha gente a mi alrededor, pero eché una mirada supersticiosa por encima del hombro antes de sacar los documentos y colocarlos sobre la mesa.

Había manejado algunos manuscritos de Tomás Moro dos años antes, y algunas cartas de Hans Albrecht de Amsterdam, y en fechas más recientes había ayudado a catalogar una colección de libros de contabilidad flamencos de la década de 1680. Como historiador, sabía que el orden de cualquier hallazgo archivístico es una parte importante de la lección que imparte. Saqué papel y lápiz, e hice una lista del orden de los materiales a medida que los retiraba. El primer documento, el de encima de todo, lo formaban las hojas de papel cebolla. Como ya dije, estaban mecanografiadas de la manera más pulcra posible, como si fuesen cartas.

El segundo documento era un mapa, dibujado a mano con torpe pulcritud. Ya se estaba descolorando, y las marcas y nombres de lugares destacaban poco en un grueso papel de cuaderno, de aspecto extranjero, arrancado sin duda de alguna vieja libreta. A continuación había dos mapas similares. Después venían tres páginas de notas dispersas escritas a mano, con tinta y muy legibles a primera vista. Luego había un folleto ilustrado que invitaba a los turistas a la «Rumanía romántica» en inglés, que debido a sus adornos *art déco* parecía un producto de las décadas de 1920 o 1930. Después, dos recibos de un hotel y de las comidas tomadas en él. De Estambul, para ser preciso. Luego un antiguo mapa de carreteras de los Balcanes, impreso de manera deficiente a dos colores. El último objeto era un pequeño sobre color marfil, cerrado y sin inscripción alguna. Lo dejé a un lado heroicamente, sin tocar la solapa.

Eso fue todo. Di la vuelta al sobre marrón, hasta lo sacudí, de modo que ni siquiera una mosca muerta habría pasado desapercibida. Mientras lo estaba haciendo, de repente (y por primera vez) experimenté una sensación que me acompañaría durante todos los posteriores esfuerzos que se me exigieron: sentí la presencia de Rossi, su orgullo por mi minuciosidad, algo así como si su espíritu viviera y me hablara por mediación de los meticulosos métodos que él me había enseñado. Sabía que, como investigador, trabajaba con celeridad, pero también que no desdeñaba ni rechazaba nada, ni un solo documento, ni un archivo, por más lejos que estuviera, y desde luego ninguna idea, por impopular que fuera entre sus colegas. Su desaparición, y su necesidad de mí, pensé desatinadamente, nos habían convertido casi en iguales. También intuí que me había estado prometiendo este desenlace, esta igualdad, desde el primer momento, y aguardaba el momento en que yo lo alcanzaría.

Ahora tenía ya todos los objetos diseminados sobre la mesa ante mí. Empecé con las cartas, aquellas largas y densas epístolas mecanografiadas en papel cebolla, con pocas erratas y pocas correcciones. Había una copia de cada, y daba la impresión de que ya estaban en orden cronológico. Todas estaban fechadas en diciembre de 1930, hacía más de veinte años. Cada una llevaba el encabezamiento TRINITY COLLEGE, OXFORD, sin más detalles sobre la dirección. Examiné la primera carta. Contaba la historia del descubrimiento del misterioso libro, y de la investigación inicial en Oxford. La carta estaba firmada: «Le acompaña en su aflicción, Bartholomew Rossi». Y comenzaba (sujeté la hoja de papel cebolla con firmeza, incluso cuando me empezó a temblar un poco la mano), en tono afectuoso: «Mi querido y desventurado sucesor...»

Mi padre calló de repente, y el temblor de su voz me impelió a efectuar una retirada táctica antes de que se obligara a seguir hablando. Por un mutuo acuerdo no verbalizado, recogimos nuestras chaquetas y atravesamos la pequeña *piazza*, y fingimos que la fachada de la iglesia aún conservaba cierto interés para nosotros.

7

Mi padre estuvo varias semanas sin ausentarse de Amsterdam, y durante ese tiempo sentí que me protegía de una nueva manera. Un día llegué a casa más tarde de lo habitual, y encontré a la señora Clay hablando por teléfono con él. Me pasó con mi padre al instante.

—¿Dónde has estado? —preguntó mi padre. Llamaba desde su despacho en el Centro por la Paz y la Democracia—. He telefoneado dos veces y la señora Clay no sabía nada de ti. La has puesto muy nerviosa.

Más bien me pareció que era él el que estaba nervioso, aunque mantenía la voz serena.

—Estaba leyendo en una nueva cafetería que hay cerca del colegio —expliqué.

—Muy bien —dijo mi padre—. Llama a la señora Clay o avísame a mí cuando vayas a llegar tarde, eso es todo.

No me gustaba la idea, pero dije que lo haría. Mi padre llegó a casa temprano aquella noche y me leyó en voz alta *Grandes esperanzas*. Después sacamos algunos álbumes de fotografías y los miramos juntos: París, Londres, Boston, mis primeros patines, mi graduación en tercer grado, París, Londres, Roma. Siempre estaba yo sola, delante del Panteón o las puertas del cementerio de Père Lachaise, porque mi padre tomaba las fotos y sólo estábamos él y yo. A las nueve comprobó todas las puertas y ventanas y me fui a la cama.

La siguiente vez que me iba a retrasar llamé a la señora Clay. Le expliqué que algunos compañeros de clase y yo íbamos a hacer los deberes juntos mientras merendábamos. Dijo que le parecía bien. Colgué y me fui sola a la biblioteca de la universidad. Johan Binnerts, el bibliotecario de la colección medieval de Amsterdam, ya se estaba acostumbrando a verme, pensé. Al menos, sonreía con gravedad siempre que yo le hacía una nueva pregunta, y siempre me preguntaba por mis trabajos de historia. El señor Binnerts me encontró un pasaje de un texto del siglo XIX que me complació sobremanera, y pasé un rato tomando notas. Ahora tengo una copia del texto en mi estudio de Oxford. Volví a encontrar el libro hace años en una librería: *Historia de Europa Central*, de lord Gelling. Después de tantos años le he tomado cariño, aunque nunca lo abro sin un mal presagio. Recuerdo muy bien la visión de mi propia mano, suave y joven, copiando párrafos en mi cuaderno escolar:

Además de desplegar una gran crueldad, Vlad Drácula poseía gran valor. Su osadía era tal que en 1462 cruzó el Danubio y atacó de noche a caballo el campamento del mismísimo sultán Mehmet II y su ejército, que se había congregado allí para atacar Valaquia. Durante esta incursión Drácula mató a varios miles de turcos, y el sultán escapó en el último instante gracias a que la guardia otomana obligó a los valacos a retroceder.

Una cantidad similar de material podría desenterrarse en relación con el nombre de cualquier gran señor feudal de esta época en Europa. Más que ésta, en muchos casos, y mucho más, en unos pocos. Lo extraordinario de la información disponible sobre Drácula es su longevidad, es decir, su rechazo a morir como presencia histórica, la persistencia de su leyenda. Las pocas fuentes disponibles en Inglaterra se refieren directa o indirectamente a otras fuentes, cuya diversidad despertaría la curiosidad de cualquier historiador. Da la impresión de haber sido famoso en Europa incluso en vida, un gran logro en unos tiempos en que Europa era un mundo inmenso y, según nuestros criterios actuales, desarticulado, cuyos gobiernos se comunicaban mediante emisarios a caballo y cargueros fluviales, y cuando la crueldad más horripilante era una característica habitual entre la nobleza. La fama de Drácula no terminó con su misteriosa muerte y extraño entierro en 1476, sino que da la impresión de haber continuado casi incólume hasta que se eclipsó debido al brillo del Siglo de las Luces en Occidente.

La entrada sobre Drácula terminaba aquí. Ya tenía suficiente historia para reflexionar durante un día, pero entré en la sección de literatura inglesa y me alegró descubrir que la biblioteca poseía un ejemplar del *Drácula* de Bram Stoker. De hecho, me costó unas cuantas visitas leerlo. Ignoraba si estaba permitido sacar libros de aquella zona, pero aunque hubiera podido, no habría querido llevarlo a casa, donde me habría enfrentado a la difícil elección de esconderlo, o dejarlo con cuidado a la vista. En cambio, leí *Drácula* sentada en una silla junto a una ventana de la biblioteca. Si miraba fuera, veía uno de mis canales favoritos, el Singel, con su mercado de flores y gente comprando arenques en un puesto callejero. Era un lugar maravillosamente aislado, y la parte posterior de una estantería me protegía de los demás lectores de la sala.

Allí, en aquella silla, permití poco a poco que el horror gótico de Stoker, alternado con amables historias de amor victorianas, me absorbiera. Ignoro qué deseaba yo del libro. Según mi padre, el profesor Rossi lo había considerado una fuente de información inútil sobre el verdadero Drácula. El repulsivo y elegante conde de la novela era una figura atrayente, pensaba yo, aunque no tuviera nada en común con Vlad Tepes. Pero el propio Rossi estaba convencido de que Drácula se había convertido en uno de los No Muertos en vida, en el curso de la historia. Me pregunté si una novela poseería el poder de conseguir que algo tan extraño ocurriera en realidad. Al fin y al cabo, Rossi había hecho su descubrimiento mucho después de la publicación de *Drácula*. Por otra parte, Vlad Drácula había sido una fuerza del mal casi cuatrocientos años antes del nacimiento de Stoker. Era muy desconcertante.

¿Acaso no había dicho también el profesor Rossi que Stoker había desenterrado montones de información útil sobre el mito de los vampiros? Yo nunca había visto una película de vampiros (a mi padre no le gustaba el terror de ningún tipo), y las convenciones de la narración eran nuevas para mí. Según Stoker, un vampiro sólo podía atacar a sus víctimas entre el ocaso y el amanecer. El vampiro vivía indefinidamente, se alimentaba de la sangre de los mortales y los convertía a su vez en No Muertos. Podía adoptar la forma de un murciélago, de un lobo o de niebla. Era posible repelerlo con ajos o un crucifijo. Se le podía destruir atravesándole el corazón con una estaca y llenando su boca de ajos, mientras dormía en su ataúd durante el día. También se le podía destruir disparándole una bala de plata en el corazón.

Nada de esto me habría asustado. Todo parecía demasiado remoto, demasiado supersticioso, pintoresco. Pero había un aspecto de la historia que me atormentaba después de cada sesión, una vez que devolvía el libro a su estante, tras anotar con cuidado el número de la página en que lo había dejado. Era la idea que me perseguía cuando bajaba la escalera de la biblioteca y recorría los puentes sobre los canales, hasta llegar a nuestra puerta. El Drácula surgido de la imaginación de Stoker tenía un tipo favorito de víctimas: mujeres jóvenes.

Mi padre dijo que anhelaba más que nunca el sur en primavera. Quería que yo también viera sus bellezas. De todos modos, mis vacaciones se acercaban, y sus reuniones en París sólo le retendrían unos días. Yo había aprendido que no debía presionarle, ni para viajar ni para que me contara historias. Cuando estaba preparado, llegaba la siguiente, pero nunca, nunca, cuando estábamos en casa. Creo que no quería introducir abiertamente aquella presencia oscura en nuestra casa.

Tomamos el tren a París y luego fuimos en coche al corazón de las Cévennes. Por las mañanas redactaba dos o tres trabajos, en mi francés cada vez más brillante, y los enviaba por correo al colegio. Todavía conservo uno. Incluso ahora, tantos años después, hojearlo me devuelve aquella sensación del intraducible corazón de Francia en mayo, el olor de la hierba que no era hierba, sino *l'herbe*, fresca y comestible, como si toda la vegetación francesa fuera fantásticamente gastronómica, los ingredientes de una ensalada o algo que pudiera mezclarse con queso artesanal.

Nos deteníamos en granjas cercanas a la carretera para comprar delicias que no habríamos podido encontrar en ningún restaurante: cajas de fresas nuevas que proyectaban un brillo rojizo bajo el sol y no parecía necesario lavarlas; pesados cilindros de queso de cabra con moho gris en la corteza, como si los hubieran enrollado sobre el suelo de una bodega. Mi padre bebía vino tinto de un rojo oscuro, sin etiqueta y que sólo costaba unos *centimes* la botella, que volvía a tapar con el corcho después de cada comida. Viajaba también con una pequeña copa envuelta en una servilleta. De postre devorábamos hogazas enteras de pan recién salido del horno de la última población, dentro de las cuales introducíamos tabletas de chocolate oscuro. Mi estómago gemía de placer, y mi padre decía con pesar que debería hacer dieta de nuevo cuando regresáramos a nuestra vida normal.

La carretera nos condujo hacia el sudeste, y uno o dos días después avistamos una cadena de montañas.

—*Les Pyrénées-Orientales* —dijo mi padre, mientras desplegaba nuestro mapa de carreteras sobre la mesa donde comíamos—. Hace años que quería venir aquí.

Seguí nuestra ruta con el dedo y descubrí que estábamos sorprendentemente cerca de España. Esta idea, y la hermosa palabra «orientales», me estremeció. Nos estábamos acercando a los límites de mi mundo conocido, y por primera vez me di cuenta de que quizás algún día llegaría mucho más allá. Mi padre dijo que quería ver un monasterio en particular.

—Creo que podremos llegar a la población que se halla al pie esta noche, y mañana subiremos andando.

—¿Está muy alto? —pregunté.

—A mitad de camino de la cumbre. Estas montañas lo protegieron de todo tipo de invasores. Fue construido justo en el año 1000. Increíble. Un pequeño lugar tallado en la roca, de difícil acceso hasta para los peregrinos más entusiastas. El pueblo te gustará tanto o más. Es una antigua población con balnearios de aguas termales. Es encantadora.

Mi padre sonrió cuando dijo esto, pero estaba inquieto, dobló el mapa demasiado deprisa. Presentí que pronto me contaría otra historia. Quizás esta vez no tendría que pedírselo.

Me gustó Les Bains cuando entramos al atardecer. Era un pueblo con casas de piedra color arena, esparcido sobre una pequeña terraza. Los imponentes Pirineos se cernían sobre él y casi sumían en sombras sus calles más anchas, que se estiraban hacia los valles y granjas de secano de más abajo. Los plátanos podados que rodeaban una serie de plazas polvorientas no daban sombra a los paseantes, ni a las mesas donde ancianas vendían manteles de punto y frascos de extracto de lavanda. Desde allí pudimos ver la típica iglesia de piedra, invadida de golondrinas, en lo alto del pueblo, y el campanario flotando en una enorme sombra de montañas, un largo pico de oscuridad que cayó sobre las calles de este lado del pueblo cuando el sol se puso.

Cenamos con apetito un gazpacho, y luego chuletas de buey, en el restaurante situado en el primer piso de un hotel del siglo XIX. El jefe de comedor del restaurante apoyó un pie contra la barra de latón del bar, contigua a nuestra mesa, y preguntó cortésmente por nuestros viajes. Era un hombre sencillo, vestido impecablemente de negro, de cara estrecha y tez olivácea. Hablaba en un francés entrecortado, con un acento desconocido para mí, que apenas entendí. Mi padre tradujo.

—Ah, por supuesto... Nuestro monasterio —empezó el jefe de comedor, en respuesta a la pregunta de mi padre—. ¿Sabe que Saint-Matthieu atrae a ocho mil visitantes cada verano? Sí, en serio. Todos son muy amables, silenciosos, montones de católicos extranjeros que suben a pie, auténticos peregrinos. Se hacen la cama por la mañana, y apenas nos damos cuenta de que entran y salen. Mucha otra gente viene por *les bains*, claro. Tomarán las aguas, ¿no?

Mi padre contestó que debíamos volver al norte de nuevo después de dormir dos noches aquí, y que pensábamos pasar todo el día siguiente en el monasterio.

—Circulan muchas leyendas en este lugar, algunas notables, todas ciertas —dijo el jefe de comedor sonriente, lo cual consiguió que su cara estrecha pareciera hermosa de repente—. ¿La jovencita me entiende? Quizá le interesaría conocerlas.

—*Je comprends, merci* —dije cortésmente.

—*Bon*. Les contaré una. ¿Les importa? Coman su chuleta, por favor. Cuanto más caliente mejor.

En aquel momento, la puerta del restaurante se abrió y una pareja de ancianos sonrientes, que sólo podían ser huéspedes del hotel, entraron y eligieron una mesa. «*Bon soir, buenas tardes*», dijo nuestro jefe de comedor de una tacada. Dirigí una mirada interrogadora a mi padre y éste rió.

—Aquí hay mucha mezcla —dijo el jefe de comedor, quien también rió—. Somos *la salade*, todos de diferentes culturas. Mi abuelo hablaba muy bien el español, un español perfecto, y combatió en la guerra civil española cuando ya era mayor. Aquí amamos todos nuestros idiomas.

»Bien, les contaré una historia. Estoy orgulloso de decirles que me llaman el historiador de nuestro pueblo. Coman. Nuestro monasterio fue fundado en el año 1000, eso ya lo saben. En realidad, en el año 999, porque los monjes que eligieron este lugar se estaban preparando para el Apocalipsis inminente, ya saben, el del milenio. Subieron a estas montañas en busca de un lugar para su iglesia. Entonces uno de ellos tuvo una visión mientras dormía, y vio que san Mateo bajaba del cielo y depositaba una rosa blanca en el pico que tenían encima. Al día siguiente ascendieron y consagraron la montaña con sus oraciones. Muy bonito, les encantará. Pero ésa no es la gran leyenda, sino tan sólo la fundación de la abadía.

»Bien, cuando el monasterio y su pequeña iglesia cumplieron un siglo, uno de los monjes más piadosos, que enseñaba a los más jóvenes, murió de manera misteriosa a una edad no muy avanzada. Se llamaba Miguel de Cuxà. Le lloraron mucho y fue enterrado en su cripta. Ésa es la cripta que nos ha hecho famosos, porque es el edificio románico más antiguo de Europa. ¡Sí! —Tamborileó sobre la barra con dedos largos y robustos—. ¡Sí! Algunas personas dicen que ese honor corresponde a Saint-Pierre, en las afueras de Perpiñán, pero sólo mienten para atraer turistas.

»Fuera como fuera, este gran erudito fue enterrado en la cripta, y poco después una maldición se abatió sobre el monasterio. Varios monjes murieron a causa de una extraña plaga. Los fueron encontrando muertos, uno tras otro, en el claustro. El claustro es muy bonito, les encantará. Es el más hermoso de Europa. Bien, los monjes muertos fueron encontrados blancos como fantasmas, como si no tuvieran sangre en las venas. Todo el mundo sospechó que habían sido envenenados.

»Por fin, un monje joven, el favorito del que había fallecido, bajó a la cripta y exhumó a su maestro en contra de la voluntad del abad, que estaba muy asustado. Y encontraron al maestro vivo, pero tampoco estaba vivo en realidad, ya saben a qué me refiero. Un muerto viviente. Se levantaba por las noches para tomar las vidas de sus hermanos. Con el fin de enviar el alma del pobre hombre al lugar adecuado, trajeron agua bendita de un altar de las montañas y se hicieron con una estaca muy afilada.

Dibujó una forma exagerada en el aire, para que yo comprendiera lo afilado que era el objeto. Había estado concentrada en él y en su extraño francés, asimilando su relato con un gran esfuerzo mental. Mi padre había dejado de traducirme, y en aquel momento su tenedor golpeó el plato. Cuando alcé la vista, vi de repente que estaba tan blanco como el mantel, y miraba fijamente a nuestro nuevo amigo.

—¿Podríamos...? —Carraspeó y se secó la boca con la servilleta una o dos veces—. ¿Podríamos tomar café?

—Pero aún no han tomado la *salade*. —Nuestro anfitrión parecía disgustado—. Es excepcional. Además, esta noche tenemos *poires belle-Hélène*, y un queso excelente, y un *gâteau* para la jovencita.

—Desde luego, desde luego —se apresuró a decir mi padre—. Tomaremos todo eso, sí.

Cuando salimos a la polvorienta plaza situada más abajo, retumbaba música por unos altavoces. Se estaba celebrando alguna fiesta local, con diez o doce niños disfrazados de algo que me recordó a *Carmen*. Las niñas pataleaban sin moverse del sitio, agitando sus volantes de tafetán amarillo desde las caderas a los tobillos, y sus cabezas oscilaban con gracia bajo mantillas de encaje. Los niños pateaban el suelo y se arrodillaban, o bien daban vueltas alrededor de las niñas con aire desdeñoso; iban vestidos con una chaquetilla negra y pantalones ajustados, y se tocaban con un sombrero de terciopelo. La música se encrespaba de vez en cuando, acompañada por ruidos similares al chasquido de un látigo, y aumentó de volumen a medida que nos íbamos acercando. Algunos turistas estaban mirando a los bailarines, y una fila de padres y abuelos se habían acomodado en sillas plegables junto a la fuente vacía, y aplaudían siempre que la música o los pataleos de los niños alcanzaban un *crescendo*.

Nos quedamos unos minutos, y después nos desviamos por la calle que subía hasta la iglesia. Mi padre no dijo nada sobre el sol, que estaba desapareciendo a marchas forzadas, pero yo noté que la repentina muerte del día marcaba el ritmo de nuestro paso, y no me sorprendí cuando toda la luz de la campiña se desvaneció. El contorno de los Pirineos negroazulados se recortaba en el horizonte mientras ascendíamos. Después se fundieron con el cielo negroazulado. La vista desde la iglesia era enorme, no vertiginosa como las vistas que brindaban aquellos pueblos italianos con las que todavía soñaba, sino inmensa: llanuras y colinas que se resolvían en estribaciones que se alzaban hasta convertirse en picos oscuros que ocultaban fragmentos enteros del mundo lejano. Bajo nuestros pies, las luces del pueblo empezaron a encenderse, la gente paseaba por las calles o por los callejones, hablaba y reía, y un olor que recordaba al de los claveles nos llegó desde los estrechos jardines amurallados. Las golondrinas entraban y salían del campanario de la iglesia, y evolucionaban como si estuvieran trazando algo invisible con filamentos de aire. Observé que una giraba como borracha entre el resto, ingrávida y torpe en lugar de veloz, y caí en la cuenta de que era un murciélago, apenas visible contra la luz moribunda.

Mi padre suspiró y apoyó los pies sobre un bloque de piedra. ¿Un poste para atar caballos, algo para subirse a un burro? Se lo preguntó en voz alta en mi honor. Fuera lo que fuera, había contemplado siglos de esta panorámica, incontables anocheceres similares, el cambio relativamente reciente de la luz de las velas a las luces eléctricas de los cafés y las calles amuralladas. Mi padre parecía relajado de nuevo, apoyado allí después de una opípara cena y un paseo al aire libre, pero tuve la impresión de que estaba relajado a propósito. No me había atrevido a preguntarle sobre su extraña reacción a la historia que nos había contado el jefe de comedor, pero me había dado la sensación de que mi padre conocía historias mucho más terroríficas que la que había empezado a contarme. No tenía que pedirle que continuara nuestra historia. Era como si, de momento, la prefiriera a algo peor.

8

13 de diciembre de 1930
Trinity College, Oxford

Mi querido y desventurado sucesor:

Hoy me consuela en parte el hecho de que esta fecha está dedicada, en el calendario eclesiástico, a Lucía, santa de la luz, una sagrada presencia traída hasta aquí por comerciantes vikingos desde el sur de Italia. ¿Qué podría ofrecer mejor protección contra las fuerzas de las tinieblas (internas, externas, eternas) que la luz y el calor, cuando uno se acerca al día más breve y frío del año? Y aquí sigo todavía, después de otra noche de insomnio. ¿Estarías menos perplejo si te dijera que ahora duermo con una guirnalda de ajos debajo de la almohada, o que siempre llevo un pequeño crucifijo de oro colgado de una cadena alrededor de mi cuello ateo? No es cierto, por supuesto, pero dejaré que imagines esas formas de protección, si quieres. Poseen sus equivalentes intelectuales, psicológicos. A estos últimos, al menos, me aferro día y noche.

Para continuar la narración de mi investigación: sí, cambié mis planes de viaje el pasado verano para incluir Estambul, y los cambié debido a la influencia de un pequeño pergamino. Había examinado toda la documentación que pude encontrar en Oxford y en Londres susceptible de pertenecer al Drakulya de mi misterioso libro en blanco. Había recogido un fajo de notas sobre el tema, que tú, desasosegado futuro lector, encontrarás con estas cartas. Las he ampliado un poco desde entonces, como averiguarás más adelante, y espero que te protejan y te guíen.

Tenía toda la intención de abandonar esta absurda investigación, esta persecución de un indicio fortuito en un libro descubierto de manera fortuita, la víspera de partir a Grecia. Sabía muy bien que me lo había tomado como un desafío lanzado por el destino, en el cual, al fin y al cabo, no creía, y que debía de estar persiguiendo la escurridiza y malvada palabra Drakulya hasta las profundidades de la historia, impelido *por una especie de jactancia erudita, para demostrar que era capaz de encontrar las huellas históricas de lo que fuera, cualquier cosa. De hecho, había caído hasta tal punto en un estado de ánimo tan disciplinado, aquella última tarde, mientras guardaba en el equipaje mis camisas limpias y el sombrero para protegerme del sol, que casi estuve a punto de abandonar por completo todo el asunto.*

Pero, como de costumbre cuando viajo, me había comportado con excesiva diligencia y aún me quedaba un poco de tiempo antes de mi último sueño y el tren de la mañana. O bien podía llegarme al Golden Wolf para pedir una pinta de cerveza y ver si mi buen amigo Hedges estaba allí, o (bien a mi pesar, efectué un desafortunado desvío) podía pasarme una última vez por la sección de libros raros, que estaba abierta hasta las nueve. Había un archivo que quería examinar (si bien dudaba de que fuera esclarecedor), una entrada debajo de «otomano» que debía pertenecer al período exacto de la vida de Vlad Drácula, puesto que los documentos listados eran de mediados/finales del siglo XV.

Claro que, razoné, no podía recorrer Europa y Asia de cabo a rabo en busca de toda la documentación de esa época. Tardaría años (la vida entera), y pensaba que no podría sacar ni un artículo de esa maldita empresa condenada al fracaso. Pero desvié mis pies del alegre pub (una equivocación que ha significado la desgracia para más de un pobre erudito) y me encaminé a Libros Raros.

El archivador, que encontré sin dificultad, contenía cuatro o cinco rollos de pergamino alisados de manufactura otomana, todos parte de un regalo hecho a la universidad en el siglo XVIII. Cada rollo estaba escrito con caligrafía árabe. En la parte delantera del archivador, una descripción en inglés me aseguró que no se trataba de la cueva del tesoro, por lo que a mí concernía (me remití de inmediato al inglés porque mi árabe es deprimentemente rudimentario, y temo que así seguirá. Uno sólo tiene tiempo para aprender un puñado de los grandes idiomas, a menos que lo abandone todo en favor de la lingüística). Tres de los rollos de pergamino eran inventarios de impuestos recaudados en los pueblos de Anatolia por el sultán Mehmet II. El último recogía la lista de los impuestos recaudados en las ciudades de Sarajevo y Skopje, un poco más cerca de casa, si «casa» significaba para mí de momento la residencia de Drácula en Valaquia, pero todavía una parte lejana de su imperio en aquel tiempo. Los recogí con un suspiro y pensé en la breve pero sa-

tisfactoria visita que todavía podía hacer al Golden Wolf. Cuando esta-
ba a punto de devolver los pergaminos al clasificador de cartón, unas lí-
neas de escritura en la parte posterior del último atrajeron mi atención.

Se trataba de una breve lista, un apunte improvisado, un antiguo
garabato en el reverso de la documentación oficial de Sarajevo y Skopje
destinada al sultán. Lo leí con curiosidad. Daba la impresión de ser una
lista de gastos. Los objetos adquiridos habían sido anotados en la parte
izquierda, y el coste, en una moneda que no se especificaba, en la dere-
cha. «Cinco leones de montaña jóvenes para su Gloria el sultán, 45
—leí con interés—. Dos cinturones de oro con piedras preciosas para el
sultán, 290. Doscientas pieles de oveja para el sultán, 89.» Y la partida
final, que erizó el vello de mi brazo cuando alcé de nuevo el pergamino:
«Mapas y documentos militares de la Orden del Dragón, 12».

¿Cómo logré abarcar todo esto de una sola mirada, cuando mis co-
nocimientos del árabe son tan escasos, como ya he confesado?, te pre-
guntarás. Mi sagaz lector, te estás manteniendo despierto en mi honor,
siguiendo mis elucubraciones con atención, y te bendigo por ello. Este
garabato, esta minuta medieval, estaba escrita en latín. Debajo, una fe-
cha medio borrada grabó la lista a fuego en mi cerebro: 1490.

Recordé que en 1490 la Orden del Dragón estaba destruida, aplas-
tada por el poder otomano. Hacía catorce años que Vlad Drácula estaba
muerto y enterrado, según la leyenda, en el monasterio del lago Snagov.
Los mapas, documentos y secretos de la Orden, todo aquello a lo que se
refiriera la escurridiza frase, había sido comprado a un precio barato,
baratísimo, comparado con los cinturones incrustados de joyas y el car-
gamento de apestosa lana de oveja. Tal vez el comerciante lo había in-
cluido en el lote en el último momento a modo de curiosidad, una de-
mostración de que la burocracia de los conquistadores sabía halagar y
divertir a un sultán erudito, cuyo padre y cuyo abuelo habían expresado
a regañadientes su admiración por la bárbara Orden del Dragón, que los
había acosado en los límites del imperio. ¿Era mi comerciante un viaje-
ro balcánico, que sabía escribir en latín, hablar algún dialecto eslavo o
latino? Sin duda era culto, puesto que sabía escribir, tal vez un merca-
der judío capaz de expresarse en tres o cuatro idiomas. Fuera quien fue-
ra, bendije sus cenizas por anotar aquellos gastos. Si había enviado la ca-
ravana de despojos sin incidentes, y si ésta había llegado sana y salva al
sultán, y si, aunque se me antojaba improbable, había sobrevivido en la

cámara del tesoro del sultán, repleta de joyas, cobre batido, cristal bizantino, reliquias de iglesias bárbaras, obras de poesía persas, libros sobre la Cábala, atlas, cartas astronómicas...

Fui al mostrador de recepción, donde el bibliotecario estaba examinando un cajón.

—Perdone —dije—, ¿tiene una lista de archivos históricos por países? Archivos de... Turquía, por ejemplo.

—Sé lo que está buscando, señor. Existe dicha lista, para universidades y museos, aunque no está ni mucho menos completa. No la tenemos aquí. Se la enseñarán en el mostrador de recepción central. Abren mañana a las nueve.

Mi tren a Londres, recordé, no salía hasta las 10.14. Sólo tardaría unos diez minutos en examinar las posibilidades. Y si el nombre del sultán Mehmet II, o los nombres de sus sucesores inmediatos, aparecían entre cualquiera de las posibilidades..., bien, tampoco tenía tantas ganas de ver Rodas.

Tuyo con profundo dolor, Bartholomew Rossi

Experimenté la impresión de que el tiempo se había detenido en la sala de la biblioteca, pese a la actividad que me rodeaba. Sólo había leído una carta entera, pero había al menos cuatro más en la pila que tenía delante. Alcé la vista y observé que una profundidad azul se había abierto tras las ventanas superiores: el crepúsculo. Tendría que volver a casa solo, pensé como un niño asustado. Una vez más, sentí la necesidad de correr al despacho de Rossi y llamar a la puerta. Seguramente le encontraría sentado, pasando páginas de un manuscrito a la luz amarillenta de su lámpara de escritorio. Yo estaba perplejo, como suele suceder tras la muerte de un amigo, por lo irreal de la situación, la imposibilidad que desafiaba a la mente. De hecho, estaba tan perplejo como asustado, y mi perplejidad aumentaba mi miedo porque, en ese estado, no era capaz de reconocer mi forma habitual de ser.

Mientras reflexionaba, miré las pulcras montañas de papeles que descansaban sobre mi mesa. Al tener el material esparcido, había ocupado una gran cantidad de superficie de la mesa. Como consecuencia, nadie había intentado sentarse delante de mí ni ocupar ninguna de las otras sillas de la mesa. Me estaba preguntando si debería recogerlo todo y marcharme a casa, para continuar allí más tarde, cuando una joven se acercó y tomó asiento al extremo de la mesa. Paseé la vista a mi alrededor y vi que las mesas estaban todas ocupadas, invadidas de libros, hojas mecanografiadas, ficheros y cuadernos de notas. La chica no podía sentarse en otro sitio, comprendí, pero de pronto sentí la necesidad de proteger los documentos de Rossi. Temía la mirada involuntaria de los ojos de un extraño. ¿Se le antojarían obra de un demente? ¿Pensaría que era yo el loco?

Estaba a punto de recoger los papeles con sumo cuidado, a fin de conservar el orden original y llevármelos, con esos movimientos lentos y educados que pretenden falsamente convencer a la otra persona que acaba de sentarse a la mesa de la cafetería, con aire de disculpa, de que de veras te vas a marchar, cuando me fijé de pronto en el libro que la joven había dejado abierto ante ella. Ya estaba pasando las páginas de la parte central, con una libreta y una pluma al lado. Miré el título del libro y al cabo de unos segundos su rostro, estupefacto, y después me fijé en el otro libro que había dejado cerca. Luego, volví a mirar su cara.

Era un rostro joven, pero que ya estaba empezando a envejecer, de forma muy lenta y hermosa, con las leves arrugas de la piel que yo reconocía cada mañana en el espejo alrededor de mis ojos, una fatiga apenas velada, por lo que debía estar estudiando para la licenciatura. También era un rostro elegante y anguloso, que no habría estado fuera de lugar en el cuadro de un altar medieval, salvado de un aspecto severo por el delicado ensanchamiento de los pómulos. Su tez era pálida, pero podría adquirir un tono aceitunado después de una semana de tomar el sol. Tenía la vista inclinada sobre el libro, la boca firme y las cejas anchas, como en estado de alerta debido a lo que sus ojos leían en la página. Su pelo oscuro, casi como el hollín, se retiraba de su frente con más vigor del conveniente en aquellos tiempos tan peripuestos. El título de su lectura, en ese lugar de incontables investigaciones (lo miré otra vez, estupefacto), era *Los Cárpatos*. Bajo el codo cubierto con un jersey oscuro descansaba el *Drácula* de Bram Stoker.

En aquel momento la joven alzó la vista y sus ojos se encontraron con los míos, y caí en la cuenta de que la había estado mirando directamente, lo cual debía ser ofensivo. De hecho, la mirada profunda y oscura que recibí era de lo más hostil. Yo no era lo que la gente llama un «mujeriego». En realidad, era una especie de recluso. No obstante, sabía que debía sentirme avergonzado y me apresuré a dar explicaciones. Más tarde, descubrí que su hostilidad era la defensa que erige una mujer atractiva a la que miran una y otra vez.

—Perdone —dije a toda prisa—. No pude evitar fijarme en sus libros. Me refiero a lo que está leyendo.

Me miró sin pestañear, con el libro abierto delante de ella, y enarcó las curvas oscuras de sus cejas.

—Resulta que estoy estudiando el mismo tema —insistí. Las cejas se elevaron un poco más, pero yo indiqué los papeles que tenía delante—. No, de veras. He estado leyendo acerca de...

Miré las pilas de documentos de Rossi y callé con brusquedad. La desdeñosa inclinación de sus párpados consiguió ruborizarme.

—¿Drácula? —preguntó ella con sarcasmo—. Da la impresión de que ahí tiene documentación de primera mano.

Tenía un marcado acento que no conseguí identificar, y su voz era suave, pero como la que se usa en una biblioteca, lo cual presagiaba que podía adquirir una gran energía si se le daba rienda suelta.

Probé una táctica diferente.

—¿Lo lee para pasar el rato? Como diversión, quiero decir. ¿O está investigando algo?

—¿Diversión?

El libro continuaba abierto, tal vez para desalentarme con todas las armas posibles.

—Bien, es un tema poco habitual, y si también se ha procurado una obra sobre los Cárpatos, significa que ha de estar muy interesada en el tema. —No había hablado tan deprisa desde el examen oral del máster—. Estaba a punto de consultar ese libro. Los dos, de hecho.

—Vaya —dijo ella—. ¿Y por qué?

—Bien —me arriesgué—, tengo unas cartas de... de una fuente histórica insólita..., y hablan de Drácula. Giran en torno a Drácula.

Un tenue interés se insinuó en su mirada, como si la luz ámbar se hubiera encendido y me enfocase a regañadientes. Se arrellanó un poco en la silla, relajada con una especie de desenvoltura masculina, sin apartar las manos del libro. Pensé que había presenciado este gesto un centenar de veces, esta disminución de la tensión que acompañaba al pensamiento, esta introducción a la conversación. ¿Dónde lo había visto?

—¿Qué son exactamente esas cartas? —preguntó con su serena voz extranjera.

Pensé apesadumbrado en que tendría que haberme presentado, a mí mismo y mis credenciales, antes de meterme en este lío. Por algún motivo, creía que no podía empezar de cero en este momento, no podía extender la mano de repente para estrechar la suya y decirle en qué departamento estaba, etcétera. También me vino a la mente de pronto que nunca la había visto, de modo que no podía estar en el Departamento de Historia, a menos que fuera nueva, que hubiera pedido el traslado desde alguna otra universidad. ¿Debía mentir para proteger a Rossi? Opté por no hacerlo. Me limité a callar su nombre.

—Estoy trabajando con alguien que tiene ciertos problemas, y escribió estas cartas hace más de veinte años. Me las confió pensando que podría ayudarle en su actual... situación... Está relacionada con sus estudios, quiero decir, con lo que estaba estudiando...

—Entiendo —dijo ella con fría cortesía. Se levantó y empezó a recoger sus libros, sin prisas, de manera decidida. Levantó su maletín. De pie parecía tan alta como yo me la había imaginado, un poco nervuda, de hombros anchos.

—¿Por qué estudia a Drácula? —pregunté desesperado.

—Bien, debo decirle que eso a usted no le importa —replicó sin más, y dio media vuelta—, pero estoy planeando un viaje futuro, aunque no sé cuándo lo haré.

—¿A los Cárpatos?

De pronto, me sentí desconcertado por toda la conversación.

—No. —Me lanzó las últimas palabras con desdén. Y después, como si no pudiera contenerse, pero con tanto desprecio que no me atreví a seguirla—: A Estambul.

—Santo Dios —exclamó mi padre de repente, y alzó la vista hacia el cielo gorjeante. Las últimas golondrinas estaban volando sobre nuestras cabezas, y la población, con sus luces veladas, se iba hundiendo en el valle—. No deberíamos estar sentados aquí, teniendo en cuenta la excursión que nos espera mañana. Se supone que los peregrinos se retiran pronto, estoy seguro. Con la llegada de la oscuridad, o algo por el estilo.

Moví las piernas. Un pie se me había dormido debajo del cuerpo, y de repente sentí las piedras del cementerio afiladas, imposiblemente incómodas, sobre todo pensando en la cama que me esperaba. Padecería agujetas de vuelta al hotel. También sentía una fuerte irritación, mucho más aguda que las sensaciones de mi pie. Una vez más, mi padre había interrumpido la historia demasiado pronto.

—Mira —dijo, y señaló justo enfrente de nosotros—. Creo que debe ser Saint-Matthieu.

Seguí su gesto hacia la oscura masa de montañas y vi, a mitad de camino de la cumbre, una pequeña luz fija. No brillaba ninguna otra luz cerca de ésta, ni se veían otros lugares habitados. Era como una sola chispa sobre inmensos pliegues de tela negra, a considerable altura aunque lejos de los picos más elevados. Colgaba entre el pueblo y el cielo nocturno.

—Sí, ahí debe estar el monasterio, estoy seguro —repitió mi padre—. Y mañana nos espera una buena subida, aunque vayamos por la carretera.

Mientras recorríamos las calles a oscuras, experimenté esa tristeza que te asalta cuando desciendes de un punto elevado y todo lo demás queda por encima de ti. Antes de doblar la esquina del viejo campanario, miré hacia atrás de nuevo para grabar aquel diminuto punto de luz en mi memoria. Ahí estaba otra vez, brillando sobre la pared de una casa coronada de buganvilla oscura. Me paré un momento y la miré fijamente. Entonces, sólo una vez, la luz parpadeó.

9

14 de diciembre de 1930
Trinity College, Oxford

Mi querido y desventurado sucesor:

Concluiré mi relato con la mayor prontitud posible, puesto que has de extraer información vital de él si ambos queremos..., ah, sobrevivir, como mínimo, y sobrevivir en un estado de bondad y misericordia. Existen diversas formas de supervivencia, aprende el historiador para su mal. Los peores impulsos de la humanidad pueden sobrevivir generaciones, siglos, incluso milenios. Y lo mejor de nuestros esfuerzos individuales puede morir con nosotros al final de una sola vida.

Pero para continuar: en mi viaje de Inglaterra a Grecia, experimenté una de las travesías más placenteras de mi vida. El director del museo de Creta me estaba esperando en el muelle para darme la bienvenida, y más adelante, aquel mismo verano, me invitó a regresar para asistir a la apertura de una tumba minoica. Además, dos estadounidenses versados en la antigua Grecia, a quienes deseaba conocer desde hacía años, se alojaban en mi pensión. Me animaron a interesarme por un puesto docente que acababa de quedar libre en su universidad, perfecto para alguien de mis conocimientos, y colmaron mi trabajo de cumplidos. Tenía fácil acceso a todas las colecciones que quería ver, incluidas algunas privadas. Por las tardes, cuando los museos cerraban y la ciudad hacía la siesta, yo me sentaba en mi encantador balcón emparrado y repasaba mis notas, y de paso encontraba ideas para varios otros trabajos, que más adelante desarrollaría. En estas idílicas circunstancias, sopesé la posibilidad de abandonar por completo lo que ahora se me antojaba un capricho morboso, la persecución de esa palabra tan peculiar, Drakulya. Había traído el libro conmigo, pues no deseaba apartarme de él, aunque hacía una semana que no lo abría. En conjunto, me sentía libre de su hechizo. Pero algo (la pasión del historiador por la rigurosidad, o tal vez el puro placer de la caza) me impelía a ceñirme a mis planes e ir a Estambul unos cuantos días.

Y ahora debo contarte mi singular aventura en un archivo de dicha ciudad. Quizá sea el primero de los diversos acontecimientos que describiré que despertarán tu incredulidad. Te suplico que leas hasta el final.

Obedeciendo a este ruego, leí cada palabra —dijo mi padre—. Esa carta me habló una vez más de la escalofriante experiencia de Rossi entre los documentos de la colección del sultán Mehmet II: encontrar un mapa anotado en tres idiomas que, al parecer, indicaba el paradero de la tumba de Vlad el Empalador, mapa robado por un siniestro burócrata, y las dos diminutas heridas ampolladas en el cuello del burócrata.

Al referir esta historia, su estilo literario perdió algo de la concisión y control que había observado en las anteriores dos cartas, se hizo más inconsistente y apresurado, plagado de pequeños errores, como si hubiera mecanografiado la carta presa de una gran agitación. Y pese a mi inquietud (porque era de noche, había regresado a mi apartamento y estaba leyendo solo, con la puerta cerrada con llave y las cortinas supersticiosamente corridas), reparé en el lenguaje que utilizaba para describir estos acontecimientos. Se ceñía a lo que me había contado tan sólo dos noches antes. Era como si la historia se hubiera grabado hasta tal punto en su mente, casi un cuarto de siglo antes, que sólo necesitara leerla en voz alta a un nuevo oyente.

Quedaban tres cartas, y empecé la siguiente con ansiedad.

15 de diciembre de 1930
Trinity College, Oxford

Mi querido y desventurado sucesor:

Desde el momento en que aquel desagradable funcionario me arrebató el mapa, mi suerte empezó a fallar. Al regresar a mis aposentos, descubrí que la casera había trasladado mis pertenencias a una habitación más pequeña y sucia porque, en la mía, se había desprendido una esquina de techo. De paso, algunos de mis papeles habían desaparecido, así como un par de gemelos de oro que tenía en gran aprecio.

Sentado en mi nueva y estrecha habitación, intenté al punto resucitar mis notas sobre la historia de Vlad Drácula, así como los mapas que había visto en los archivos, de memoria. Después volví a toda prisa a Grecia, donde traté de reanudar mis estudios sobre Creta, pues ahora tenía tiempo extra a mi disposición.

El viaje en barco a Creta fue horrendo, dado que el mar estaba muy revuelto. Un viento caliente y enloquecedor, como el infame mistral *francés, soplaba sin cesar sobre la isla. Mis anteriores habitaciones estaban ocupadas, y sólo pude encontrar los más lamentables aposentos, oscuros y húmedos. Mis colegas de Estados Unidos se habían ido. El amable director del museo había caído enfermo y nadie parecía recordar que me había invitado a la apertura de una tumba. Intenté seguir escribiendo sobre Creta, pero repasaba en vano mis notas en busca de inspiración. Mis nervios no conseguían calmarse, debido a las primitivas supersticiones que encontraba incluso entre gente de ciudad, supersticiones en que no había reparado durante mis viajes anteriores, aunque en Grecia estaban tan extendidas que tendría que haberme topado con ellas antes. En la tradición griega, como en muchas otras, el origen del vampiro, el* vrykolakas, *es cualquier cadáver que no ha sido bien enterrado, o que tarda en descomponerse, por no hablar de alguien que ha sido enterrado vivo por accidente. Los viejos de las tabernas de Creta parecían mucho más inclinados a contarme sus mil y una historias de vampiros que a explicarme dónde podría encontrar otros fragmentos de cerámica como aquél, o qué antiguos barcos naufragados habían saqueado sus abuelos. Una noche dejé que un desconocido me invitara a una ronda de una especialidad local llamada, curiosamente,* amnesia, *con el resultado de que estuve enfermo todo el día siguiente.*

De hecho, nada me fue bien hasta que llegué a Inglaterra, cosa que hice bajo una terrible tormenta que me provocó el mareo más espantoso de mi vida.

Hago constar estas circunstancias por si arrojan alguna luz sobre otros aspectos de mi caso. Al menos, te explicarán mi estado de ánimo cuando llegué a Oxford: estaba agotado, desalentado, aterrado. Me vi en el espejo pálido y delgado. Cuando me cortaba afeitándome, cosa que sucedía con frecuencia debido a la torpeza fruto de los nervios, me encogía, al recordar aquellas heridas a medio cicatrizar en el cuello del burócrata turco, y dudaba cada vez más de la precisión de mis recuerdos. A veces me asaltaba la sensación, que me atormentaba casi hasta extremos de locura, de que había dejado algo por hacer, alguna intención cuya forma era incapaz de reconstruir. Me sentía solo y nostálgico. En una palabra, mis nervios se hallaban en un estado desconocido para mí hasta entonces.

Por supuesto, intenté continuar mi existencia como de costumbre, sin decir nada de estos asuntos a nadie y preparando el siguiente trimestre con mi habitual dedicación. Escribí a los expertos norteamericanos en la Antigüedad clásica que había conocido en Grecia, y confesé que estaría interesado en ocupar un empleo en Estados Unidos, aunque fuera por un breve período de tiempo, si ellos me ayudaban a conseguir uno. Estaba a punto de sacarme el título, sentía cada vez más la necesidad de empezar de nuevo, y pensaba que el cambio me sentaría bien. Asimismo, terminé dos artículos breves sobre la complementación de las pruebas arqueológicas y literarias en el estudio de la producción de cerámica en Creta. No sin esfuerzo, utilicé mi autodisciplina nata para perseverar cada día, y cada día me sentía más calmado.

Durante el primer mes después de mi regreso, intenté no sólo borrar todo recuerdo de mi desagradable viaje, sino también renovar mi interés por el extraño librito que guardaba en mi equipaje, o en la investigación que había precipitado. Sin embargo, al reafirmarse mi confianza y volver a aumentar mi curiosidad (de una manera perversa), cogí el volumen una noche y reordené mis notas de Inglaterra y Estambul. La consecuencia (y a partir de ese momento lo consideré una consecuencia) fue inmediata, terrorífica y trágica.

Debo detenerme aquí, valiente lector. No puedo decidirme a escribir más, de momento. Te ruego que no desistas de tu lectura, sino que la prosigas, tal como yo intentaré mañana.

Tuyo con profundo dolor, Bartholomew Rossi

10

De adulta, he reconocido con frecuencia ese legado tan peculiar que el tiempo otorga al viajero: el anhelo de ver un lugar por segunda vez, de encontrar de manera deliberada aquello con lo que nos topamos en alguna ocasión anterior, para volver a capturar la sensación del descubrimiento. A veces, buscamos de nuevo un lugar que ni siquiera es notable en sí mismo. Lo buscamos porque lo recordamos, así de sencillo. Si lo encontramos, todo es diferente, por supuesto. La puerta tallada a mano sigue en su sitio, pero es mucho más pequeña. Hace un día nublado en lugar de glorioso. Es primavera en vez de otoño. Estamos solos y no con tres amigos. O todavía peor, estamos con tres amigos en lugar de solos.

El viajero muy joven conoce poco este fenómeno, pero antes de experimentarlo yo lo vi en mi padre, en Saint-Matthieu-des-Pyrénées-Orientales. Presentí, antes que saberlo a ciencia cierta, el misterio de la repetición, pues ya sabía que había estado en aquel lugar años antes. Cosa rara, le impelía a abstraerse más que ningún otro lugar de los que habíamos visitado. Había estado en la región de Emona una vez antes de nuestra visita, y en Ragusa varias veces. Había visitado la villa de piedra de Massimo y Giulia para compartir otras cenas dichosas, en otros años. Pero en Saint-Matthieu presentí que anhelaba volver a dicha población, que pensaba en ella una y otra vez por algún motivo que yo no lograba dilucidar, la revivía sin decirlo a nadie. Tampoco me dijo nada, aparte de reconocer en voz alta la curva de la carretera antes de que ascendiera por fin hasta la muralla de la abadía, y recordar después la puerta que daba acceso al santuario, al claustro y, por fin, a la cripta. Esta memoria para el detalle no entrañaba ninguna novedad para mí. Ya le había visto antes encaminarse a la puerta correcta en famosas iglesias antiguas, o encontrar el desvío correcto al antiguo refectorio, o pararse a comprar entradas en la taquilla correcta del sendero de grava correcto, o recordar dónde había tomado el mejor café.

La diferencia en Saint-Matthieu era una diferencia de atención, un examen casi superficial de los muros y los pasillos de los claustros. En lugar de aparentar decirse: «Ah, ahí está ese espléndido tímpano sobre las puertas. Creía recordar que estaba al otro lado», daba la impresión de que mi padre estaba inspeccionando cosas que habría podido describir con los ojos cerrados. Fui comprendiendo poco a poco que, incluso antes de terminar la ascensión del empinado terreno, al que prestaban sombra los cipreses, y llegar a la entrada principal, lo que recordaba no eran detalles arquitectónicos, sino acontecimientos.

Un monje con un largo hábito marrón se hallaba de pie junto a las puertas de madera, y entregaba en silencio folletos a los turistas.

—Como ya te dije, es un monasterio donde todavía se trabaja —estaba diciendo mi padre con voz normal. Se había puesto las gafas de sol, aunque el muro del monasterio arrojaba una profunda sombra sobre nosotros—. Sólo dejan entrar a unos cuantos turistas cada hora, y así el ruido no es excesivo. —Sonrió al hombre cuando nos acercamos y extendió la mano para coger el folleto—. *Merci beaucoup*. Sólo llevaremos uno —dijo en su educado francés. Pero esta vez, con la precisión intuitiva que impulsa al joven a confiar en sus padres, supe con todavía mayor seguridad que no sólo había visto este lugar antes, cámara en ristre. No sólo lo había «hecho» como se debía, aunque conociera todas sus características artísticas e históricas gracias a la guía. Estaba segura de que algo le había pasado aquí.

Mi segunda impresión fue tan fugaz como la primera, pero más nítida: cuando abrió el folleto y puso un pie en el umbral de piedra, e inclinó la cabeza con excesiva indiferencia sobre las palabras, en lugar de mirar las bestias en relieve talladas sobre nuestras cabezas (que, en circunstancias normales, habrían reclamado su atención), vi que no había perdido cierto antiguo sentimiento por el santuario en el que estábamos a punto de entrar. Ese sentimiento, comprendí sin respirar entre mi intuición y el pensamiento que la siguió, ese sentimiento era dolor o miedo, o alguna terrible mezcla de ambos.

Saint-Matthieu-des-Pyrénées-Orientales se halla situado a una altitud de mil doscientos metros sobre el nivel del mar, y éste no está tan lejos de este paisaje amurallado, con sus águilas vigilantes, como se podría creer. De tejados rojos y enclavado de manera precaria sobre la cumbre, da la impresión de haber brotado de un solo pináculo de roca montañosa, lo cual es cierto, en un sentido, pues la primitiva encarnación de la iglesia fue tallada directamente en la roca en el año 1000. La entrada principal de la abadía es una tardía expresión del románico, influido por el arte de los musulmanes que combatieron para conquistar el pico a lo largo de los siglos: un pórtico de piedra cuadrado, coronado por orlas islámicas geométricas, y dos feroces monstruos cristianos en bajorrelieve, seres que podían ser leones, osos, murciélagos o grifos, animales imposibles de raza indefinible.

Dentro se encuentra la diminuta iglesia de Saint-Matthieu y su maravilloso claustro, encerrado entre rosales incluso a esa tremenda altitud, rodeado de retorcidas columnas de mármol rojo, tan frágiles en apariencia que podrían haber sido modeladas por un Sansón de veleidades artísticas. La luz del sol salpica las baldosas del patio abierto al aire libre, y el cielo azul se arquea de repente en lo alto.

Pero lo que llamó mi atención en cuanto entramos fue el sonido del agua, inesperado y arrebatador en un lugar tan elevado y seco, y no obstante tan natural como el murmullo de un arroyo de montaña. Procedía de la fuente del claustro, alrededor de la cual, en tiempos pretéritos, los monjes habían paseado mientras meditaban: era una pila de mármol rojo hexagonal, adornada en su parte exterior lisa con un relieve tallado que plasmaba un claustro en miniatura, un reflejo del auténtico que nos rodeaba. La gran pila de la fuente se alzaba sobre seis columnas de mármol rojo (y un soporte central a través del cual subía el agua del manantial, me parece). En torno a su parte exterior, seis espitas lanzaban agua burbujeante al estanque situado más abajo. Producía una música hechizante.

Cuando me acerqué al borde exterior del claustro y me senté en un muro bajo, vi un precipicio de varios cientos de metros y delgadas cascadas de montaña, blanco contra el azul del bosque vertical. Ya en la cumbre, estábamos rodeados por las murallas inescalables de los Pirineos Orientales más altos. A lo lejos, las cascadas caían en silencio o adoptaban la forma de simple niebla, mientras la fuente viva que había a mi espalda cantaba sin cesar.

—La vida monacal —murmuró mi padre, sentado a mi lado sobre el muro. Su expresión era extraña, y pasó un brazo alrededor de mi espalda, algo que muy pocas veces hacía—. Parece plácida, pero es muy dura. Y también desagradable, en ocasiones.

Mirábamos hacia el otro lado del abismo, tan profundo que la luz de la mañana aún no había llegado al fondo. Algo colgaba y centelleaba en el aire debajo de nosotros, y me di cuenta, incluso antes de que mi padre lo señalara, de que se trataba de un ave de presa, de caza mientras volaba lentamente a lo largo de las empinadas murallas, suspendida como una escama de cobre a la deriva.

—Construido más alto que las águilas —musitó mi padre—. Como sabes, el águila es un símbolo cristiano muy antiguo, el símbolo de san Juan. Mateo, san Mateo, es el ángel, y Lucas es el buey, y san Marcos, por supuesto, es el león alado. Ese león se ve en todo el Adriático, porque es el patrón de Venecia. Sujeta un libro en sus garras. Si el libro está abierto, la estatua o el relieve fue tallado en un momento en que Venecia vivía en paz. Cerrado, significa que Venecia estaba en guerra. Lo vimos en Ragusa, ¿te acuerdas?, con el libro cerrado, sobre una de las puertas. Y ahora hemos visto el águila, que custodia este lugar. Bien, necesita guardianes. —Frunció el ceño, se levantó y dio media vuelta. Me sorprendió que lamentara, casi hasta el punto de llorar, nuestra visita—. ¿Damos una vuelta?

No fue hasta bajar la escalera de la cripta que observé de nuevo en mi padre aquella indescifrable actitud de miedo. Habíamos terminado nuestro atento paseo por el claustro, las capillas, la nave y los edificios de la cocina, erosionados por el viento. La cripta era la última parte de nuestra visita autoguiada, postre para los morbosos, como decía mi padre en algunas iglesias. Al descender la escalera, daba la impresión de avanzar con excesiva determinación, y me precedía sin ni siquiera levantar un brazo a medida que íbamos bajando hacia el corazón de la roca. Una corriente sorprendentemente fría subió hacia nosotros desde la oscuridad de la tierra. Los demás turistas ya habían terminado la visita a esta atracción, de manera que estábamos solos.

—Ésta era la nave de la primera iglesia —explicó otra vez mi padre con una voz de lo más normal—. Cuando la abadía aumentó su poder y pudieron continuar construyendo, salieron al aire libre y erigieron una iglesia nueva sobre la vieja.

Velas colocadas en candelabros que remataban los pesados pilares interrumpían la oscuridad. Habían tallado una cruz en la pared del ábside. Se cernía como una sombra sobre el altar de piedra, o sarcófago (costaba dilucidarlo) que se alzaba en la curva del ábside. A lo largo de los lados de la nave había otros dos sarcófagos, pequeños y primitivos, anónimos. Mi padre respiró hondo y miró a su alrededor.

—El lugar de descanso del abad fundador, y de varios abades más. Aquí termina nuestra visita. Vamos a comer algo.

Me detuve antes de salir. La necesidad perentoria de preguntar a mi padre qué sabía sobre Saint-Matthieu, incluso qué recordaba, me invadió casi como una oleada de pánico. Pero su espalda, ancha dentro de la chaqueta de hilo negro, decía con tanta claridad como si articulara las palabras: «Espera. Todo a su tiempo». Dirigí una veloz mirada hacia el sarcófago que había al final de la antigua basílica. Su forma era tosca, impasible a la luz parpadeante. Lo que ocultaba pertenecía al pasado, y especular no serviría para desenterrarlo.

Y yo sabía algo más ahora, sin necesidad de entrar en conjeturas. La historia que escucharía mientras comía en la terraza monástica, situada muy convenientemente bajo los aposentos de los monjes, tal vez giraría alrededor de algún lugar muy alejado de éste, pero, al igual que nuestra visita, sería sin duda otro paso hacia el miedo que había visto nacer en mi padre. ¿Por qué no me había querido hablar de la desaparición de Rossi hasta que Massimo la sacó a colación? ¿Por qué se había puesto pálido cuando el jefe de comedor del restaurante nos había hablado de una leyenda sobre muertos vivientes? Lo que atormentaba la memoria de mi padre era fruto de este lugar, que debería haber sido más sagrado que horrible, aunque para él era horrible, tanto que cuadraba los hombros para protegerse. Debería trabajar, como había hecho Rossi, para reunir mis propias pistas. Me estaba volviendo sabia a la manera de la historia.

11

En mi siguiente visita a la biblioteca de Amsterdam, descubrí que el señor Binnerts me había buscado algunas cosas durante mi ausencia. Cuando entré en la sala de lectura, directamente desde el colegio, con la bolsa de libros todavía a la espalda, me miró con una sonrisa.

—Aquí estás —dijo en su hermoso inglés—. Mi joven historiadora. Tengo algo para ti, para tu proyecto. —Le seguí hasta su escritorio y sacó un libro—. No es un libro tan antiguo —dijo—, pero contiene algunas historias muy viejas. No constituyen una lectura alegre, querida mía, pero tal vez te ayudarán a redactar tu trabajo.

El señor Binnerts me acomodó en una mesa, y miré agradecida como se alejaba con pasos pausados. Resultaba conmovedor que me confiaran algo terrible.

El libro se titulaba *Cuentos de los Cárpatos*, un deslustrado tomo del siglo XIX publicado de manera privada por un coleccionista inglés llamado Robert Digby. El prefacio de Digby resumía sus andanzas entre montañas feroces e idiomas todavía más feroces, aunque también había acudido a fuentes rusas y alemanas para ayudarse en su trabajo. Sus cuentos también poseían un sonido feroz, y la prosa era bastante romántica, pero cuando los examiné mucho después descubrí que sus versiones eran mejores al compararlas con las de posteriores coleccionistas y traductores. Había dos cuentos sobre el «príncipe Drácula», y los leí con ansia. El primero narraba cómo se refocilaba Drácula extramuros entre los cadáveres de sus súbditos empalados. Un día, leí, un criado se quejó delante de Drácula del terrible hedor, tras lo cual el príncipe ordenó a sus hombres que empalaran al criado sobre los demás, para que el hedor no ofendiera el delicado olfato del sirviente agonizante. Digby presentaba otra versión, en la cual Drácula pedía a gritos una estaca tres veces más larga que las otras utilizadas.

La segunda historia era igual de horripilante. Explicaba que el sultán Mehmet II envió dos embajadores a Drácula. Cuando los embajadores llegaron ante su presencia, no se quitaron los turbantes. Drácula quiso saber por qué le faltaban al respeto de aquella manera, y ellos contestaron que sólo estaban actuando de acuerdo con sus costumbres. «En tal caso, os ayudaré a fortalecer vuestras costumbres», replicó el príncipe, y ordenó que les clavaran los turbantes a la cabeza.

Copié las versiones de Digby de estas dos historias en mi libreta. Cuando el señor Binnerts vino para saber cómo me iba, le pregunté si podíamos buscar información sobre Drácula escrita por sus contemporáneos, en caso de existir.

—Desde luego —dijo, y asintió con gravedad. Tenía que volver a su escritorio, me explicó, pero buscaría algo en cuanto tuviera un poco de tiempo. Tal vez después de eso (meneó la cabeza, sonriente), tal vez después de eso yo me buscaría un tema más agradable, arquitectura medieval, por ejemplo. Le prometí (también sonriente) que me lo pensaría.

No hay lugar de la tierra más exuberante que Venecia en un día ventoso, cálido y sin nubes. Las góndolas se mecen y oscilan en la laguna como si se lanzaran sin tripulación a la aventura. Las fachadas adornadas brillan a la luz del sol. El agua huele bien, por una vez. Toda la ciudad se hincha como una vela, un barco baila sin amarras, preparado para zarpar. Las olas que lamen el borde de la plaza de San Marco se embravecen en la estela de las lanchas motoras, y producen una música festiva pero vulgar, como el entrechocar de unos címbalos. En Amsterdam, la Venecia del Norte, este clima gozoso conseguiría que la ciudad reluciera con renovados bríos. Aquí terminaba exhibiendo grietas en la perfección, una fuente cubierta de malas hierbas en una plaza escondida, por ejemplo, cuyo chorro debería brotar con generosidad, en lugar de ser un oxidado goteo sobre el borde de la pila. Los caballos de San Marcos cabriolaban zarrapastrosos bajo la luz rutilante. Las columnas del palacio de los dux parecían desagradablemente sucias.

Comenté este aire de celebración pobretona y mi padre rió.

—Tienes buen ojo para la atmósfera —dijo—. Venecia es famosa por su teatralidad, y no le importa arruinarse un poco con tal de que el mundo venga a adorarla. —Indicó con un ademán circular el café al aire libre (nuestro local favorito después del Florián), los turistas sudorosos, sus sombreros y camisas color pastel, que aleteaban con la brisa procedente del agua—. Espera a la noche y no te llevarás ninguna decepción. Un escenario necesita una luz más suave que ésta. La transformación te sorprenderá.

De momento, mientras sorbía mi naranjada, estaba demasiado cómoda para moverme, de todos modos. Esperar una agradable sorpresa era justo lo que anhelaba. Era la última ola de calor del verano antes de que llegara el otoño. Con el otoño vendría más colegio, y con suerte, un poco de estudio viajero con mi padre, mientras él trazaba un mapa de negociaciones, compromisos y amargos regateos. Este otoño volvería a ir a la Europa del Este, y yo ya estaba conspirando para que me llevara con él.

Mi padre vació su cerveza y pasó las páginas de una guía.

—Sí. —Dio un pequeño bote de repente—. Aquí está San Marcos. Venecia fue rival del mundo bizantino durante siglos, y también un gran poder marítimo. De hecho, Venecia robó a Bizancio algunas cosas notables, incluyendo esos animales de carrusel que ves allí. —Miré desde debajo de nuestro toldo hacia San Marcos, donde los caballos cobrizos parecían arrastrar el peso de las cúpulas de plomo tras ellos. Toda la basílica parecía fundida bajo esta luz, brillante y ardiente, un infierno de tesoros—. En cualquier caso —continuó mi padre—, San Marcos fue diseñada en parte como una imitación de Santa Sofía de Estambul.

—¿Estambul? —pregunté con astucia, mientras buscaba el hielo de la bebida—. ¿Te refieres a que se parece a Santa Sofía?

—Bien, es evidente que Santa Sofía fue conquistada por el imperio otomano, por eso están esos minaretes que vigilan el exterior, y dentro los enormes escudos con textos sagrados musulmanes. Allí se ve con claridad la colisión entre Oriente y Occidente. Pero encima están las grandes cúpulas, claramente cristianas y bizantinas, como las de San Marcos.

—¿Y se parecen a éstas?

Señalé al otro lado de la plaza.

—Sí, se parecen mucho a éstas, pero son más grandiosas. La escala del lugar es abrumadora. Te deja sin aliento.

—Oh —dije—. ¿Puedo tomar otro refresco, por favor?

Mi padre me miró de repente, pero era demasiado tarde. Ahora yo sabía que él había estado en Estambul.

12

16 de diciembre de 1930
Trinity College, Oxford

Mi querido y desafortunado sucesor:

En este punto, mi historia casi me ha atrapado, o yo a ella, y debo narrar acontecimientos que transportarán mi relato hasta el presente.

Como ya he referido, al final volví a coger mi extraño libro, como un hombre espoleado por una adicción. Me había dicho antes que mi vida había recobrado la normalidad, que mi experiencia en Estambul había sido extraña pero sin duda explicable, y había adquirido exageradas proporciones en mi cerebro agotado por el viaje. De modo que volví a coger literalmente el libro, y pienso que debería contarte ese momento en los términos más literales.

Era una noche lluviosa de octubre, hace tan sólo dos meses. Había empezado el trimestre, y yo estaba sentado en la agradable soledad de mi habitación, una hora después de cenar. Estaba esperando a mi amigo Hedges, un rector sólo diez años mayor que yo, al que apreciaba mucho. Era una persona torpe y bondadosa, cuyos encogimientos de hombros a modo de disculpa y tímida sonrisa disfrazaban un ingenio tan agudo, que a menudo me sentía agradecido por el hecho de que lo consagrara a la literatura del siglo XVIII y no a sus colegas. A excepción de su timidez, podría haberse encontrado como en casa entre Addison, Swift y Pope, reunidos en alguna cafetería londinense. Tenía muy pocos amigos, nunca había mirado directamente a una mujer que no fuera pariente suya, y sus sueños no traspasaban los límites de la campiña de Oxford, por donde le gustaba pasear, y apoyarse en una valla de vez en cuando para ver rumiar a las vacas. Su bondad era visible en la forma de su gran cabeza, en sus manos morcilludas y mansos ojos castaños, de modo que también él parecía bovino, o similar a un tejón, hasta que su inteligente sarcasmo hendía el aire. Me gustaba oírle hablar de su trabajo, que comentaba de una manera modesta pero entusiasta, y nunca dejaba de interesarse por mis investigaciones. Se llamaba... Bien, podrías localizarlo en cualquier biblioteca, tan sólo husmeando un poco, porque resucitó para el lector llano varios genios de la literatura inglesa. Pero yo le llamaré Hedges, un seudónimo de mi invención, con el fin de concederle en esta narración la privacidad y el decoro que definieron su vida.

Aquella noche en particular, Hedges iba a dejarse caer por mis aposentos con los borradores de los dos artículos que yo había pergeñado gracias a mi trabajo en Creta. Los había leído y corregido, a petición mía. Si bien no podía comentar la precisión o imprecisión de mis descripciones del comercio en el Mediterráneo antiguo, escribía como un ángel, el tipo de ángel cuya precisión le habría permitido bailar sobre la cabeza de un alfiler, y me sugería con frecuencia correcciones de estilo. Yo anticipaba media hora de críticas cordiales, después jerez y ese gratificante momento en que un amigo de verdad estira las piernas al lado de tu chimenea y pregunta cómo te ha ido. No iba a contarle la verdad sobre el estado lamentable de mis nervios, por supuesto, pero podríamos conversar de todo lo demás.

Mientras esperaba, aticé el fuego, añadí otro leño, preparé dos vasos e inspeccioné mi escritorio. Mi estudio también hacía las veces de sala de estar, y yo procuraba que estuviera tan ordenado y confortable como la solidez de los muebles del siglo XIX exigía. Había trabajado mucho aquella tarde, cenado de una bandeja que me habían subido a las seis, y después me dediqué a guardar mis últimos papeles. Había oscurecido temprano, y con el ocaso llegó una lluvia lóbrega y oblicua. Se me antoja el tipo de noche de otoño más atractivo, nada deprimente, de modo que sólo experimenté un leve escalofrío premonitorio cuando mi mano, que estaba buscando alguna lectura para ocupar diez minutos, cayó por casualidad sobre el antiguo volumen que había estado evitando. Lo había dejado encajado entre volúmenes menos inquietantes en un estante situado encima de mi escritorio. Palpé con furtivo placer la antigua cubierta, suave como el raso, que se amoldaba de nuevo a mi mano, y abrí el libro.

Al punto fui consciente de algo muy extraño. Se alzaba de sus páginas un olor que no era sólo el delicado perfume del papel envejecido y el pergamino agrietado. Se trataba de un hedor a putrefacción, un olor terrible y repugnante, a carne envejecida o corrupta. Nunca lo había percibido antes, y me incliné más, oliendo, incrédulo, y después cerré el libro. Volví a abrirlo al cabo de un momento, y nuevos hedores nauseabundos surgieron de sus páginas. El pequeño volumen parecía vivo en mis manos, aunque olía a muerte.

El inquietante hedor trajo a mi memoria el miedo nervioso de mi viaje de vuelta al continente, y sólo pude aplacar mis sensaciones con un gran esfuerzo. Los libros antiguos se pudrían, eso era cierto, y yo había viajado con éste bajo lluvia y tormentas. Ésa debía ser la explicación del olor. Tal vez lo llevaría de nuevo a la sala de Libros Raros y pediría consejo sobre cómo podía limpiarlo, fumigarlo, lo que fuera preciso.

De no haber estado evitando con estudiada estrategia mi reacción a esta desagradable presencia, habría guardado de nuevo el libro. Pero, por primera vez en muchas semanas, me obligué a localizar aquella extraordinaria imagen central, el dragón alado rugiendo sobre su bandera. De pronto, con desagradable precisión, vi algo nuevo, y lo asimilé por primera vez. Nunca he estado dotado de una gran agudeza en mi comprensión visual del mundo, pero algún destello de los sentidos intensificados me mostró el perfil de todo el dragón, sus alas extendidas y la cola ensortijada. Espoleado por la curiosidad rebusqué entre el paquete de notas que había traído de Estambul, que había quedado olvidado en el cajón de mi escritorio. Rebuscando, encontré la página que quería. Arrancada de mi libreta, mostró un dibujo que yo había hecho en los archivos de Estambul, una copia del primer mapa que había encontrado allí.

Recordarás que había tres mapas, graduados en escala para plasmar la misma región anónima cada vez en más detalle. Dicha región, incluso dibujada con mi mano nada artística aunque minuciosa, poseía una forma muy definida. Parecía una bestia de alas simétricas. Un largo río surgía de ella hacia el sudoeste, ensortijado como la cola del dragón. Estudié la xilografía y mi corazón palpitó de una manera extraña. La cola del dragón estaba provista de púas, y su extremo era una flecha que apuntaba (aquí casi lancé una exclamación en voz alta, olvidando todas las semanas transcurridas desde que me había recuperado de mi antigua obsesión) hacia el punto que correspondía en mi mapa al emplazamiento de la Tumba Impía.

El parecido visual entre las dos imágenes era tan sorprendente que no podía ser una coincidencia. ¿Cómo era posible que no me hubiera dado cuenta, en el archivo, de que la región representada en aquellos mapas tenía la forma exacta de mi dragón, como si arrojara su sombra desde lo alto? La xilografía que tanto me había intrigado antes de mi viaje debía contener un significado preciso, un mensaje. Estaba pensada para amenazar e intimidar, para conmemorar el poder. Pero, para los testarudos, podía ser una pista. Su cola apuntaba a la tumba al igual que un dedo apunta a uno mismo: éste soy yo. Estoy aquí. ¿Y quién estaba allí, en el punto central, en aquella Tumba Impía? El dragón sostenía la respuesta en sus garras cruelmente afiladas: DRAKULYA.

Percibí el sabor de una tensión acre, como si fuera mi sangre, en el fondo de la garganta. Sabía que debía defenderme de estas conclusiones, tal como me advertía mi preparación, pero sentía una convicción más profunda que la razón. Ninguno de los mapas plasmaba el lago Snagov, donde se suponía que Vlad Tepes había sido enterrado. Esto debía significar que Tepes (Drácula) descansaba en otro lugar, un lugar que ni siquiera la leyenda había conservado. Pero ¿dónde se hallaba esa tumba?, me pregunté en voz alta, bien a mi pesar. ¿Y por qué se había conservado en secreto su emplazamiento?

Mientras intentaba ensamblar estas piezas del rompecabezas, oí el sonido familiar de unos pasos en el corredor (el paso lento y entrañable de Hedges), y pensé distraído que debía esconder estos materiales, ir a la puerta, servir jerez, prepararme para una charla cordial. Estaba ya medio levantado, recogiendo papeles, cuando de pronto oí el silencio. Era como un error en una pieza musical, una nota sostenida demasiado rato, de manera que paralizaba al oyente como ningún otro acorde podría conseguirlo. Los pasos familiares se habían detenido ante mi puerta, pero Hedges no había llamado, tal como era su costumbre. Mi corazón reprodujo como un eco aquella nota errónea. Sobre el crujido de mis papeles y el tamborileo de la lluvia sobre el canalón que había encima de mi ventana, ahora oscurecida, oí un zumbido, el sonido de la sangre que retumbaba en mis oídos. Dejé caer el libro, corrí hacia la puerta exterior de mis aposentos, giré la llave y la abrí.

Hedges estaba allí, pero tendido en el suelo, con la cabeza echada hacia atrás y el cuerpo torcido de costado, como si una gran fuerza le hubiera derrumbado. Caí en la cuenta, casi al borde de la náusea, de que no le había oído gritar ni caer. Tenía los ojos abiertos, perdidos en la lejanía. Durante un segundo eterno pensé que estaba muerto. En-

tonces, su cabeza se movió y mi amigo emitió un gruñido. Me agaché a
su lado.

—¡Hedges!

Gimió de nuevo y parpadeó varias veces.

—¿Me oyes? —pregunté con voz estrangulada, casi sollozando de
alivio porque estaba vivo. En aquel momento, su cabeza giró de manera convulsiva y reveló un corte sanguinolento en un lado del cuello. No
era grande, pero parecía profundo, como si un perro le hubiera desgarrado la carne; la sangre manaba en abundancia sobre el cuello de su camisa y caía al suelo, al lado de su hombro—. ¡Socorro! —grité. Dudo de
que alguien hubiera roto de forma tan violenta el silencio que reinaba
en el pasillo chapado en roble en todos los siglos transcurridos desde su
construcción. Tampoco sabía si serviría de algo. Era la noche en que la
mayoría de compañeros cenaban con el director del colegio. Entonces
una puerta se abrió al final del corredor y el mayordomo del profesor Je-
remy Forester vino corriendo, un tipo estupendo llamado Ronald Egg,
que ya se ha marchado de la institución. Dio la impresión de que comprendió la situación al punto, con los ojos desorbitados, y después se
arrodilló para atar su corbata sobre la herida del cuello de Hedges.

—Hemos de sentarle, señor —me dijo—, curar ese corte, si no tiene más heridas. —Palpó con cuidado el cuerpo rígido de Hedges, y como
mi amigo no protestó lo apoyamos contra la pared. Yo le sostenía con mi
hombro, en el que se apoyó con fuerza, los ojos cerrados—. Voy a buscar
al médico —dijo Ronald, y se alejó por el pasillo.

Tomé el pulso a Hedges. Su cabeza descansó en mi hombro, pero los
latidos de su corazón parecían firmes. Intenté que recuperara el sentido.

—¿Qué ha pasado, Hedges? ¿Alguien te atacó? ¿Me oyes, Hedges?

Abrió los ojos y me miró. Tenía la cabeza inclinada a un lado, y la
mitad de su cara parecía flácida, azulina, pero habló de manera inteli-
gible.

—Me dijo que te dijera...

—¿Qué? ¿Quién?

—Me dijo que te dijera que él no tolerará intromisiones.

La cabeza de Hedges se apoyó de nuevo contra la pared, aquella excelente cabeza grande que alojaba una de las mentes más brillantes de
Inglaterra. El vello de mis brazos se erizó cuando le sostuve.

—¿Quién, Hedges? ¿Quién te dijo eso? ¿Te hizo daño? ¿Le viste?

Unas burbujas de saliva se formaron en la comisura de su boca, y movió las manos.

—No tolerará intromisiones —gorjeó.

—Estáte quieto —le urgí—. No hables. El médico llegará enseguida. Intenta relajarte y respirar.

—Qué pena —murmuró Hedges—. Pope y los aliterativos. Dulce ninfa. Para polemizar.

Le miré, y sentí un nudo en el estómago.

—¿Hedges?

—«La violación de la cerradura»* —dijo cortésmente Hedges—. Sin duda.

El médico de la universidad que le ingresó en el hospital me dijo que Hedges había sufrido una apoplejía además de la herida.

—Producida por el shock. Ese corte en el cuello... —añadió ante la habitación de Hedges—. Da la impresión de que fue producido por algo afilado, lo más probable unos dientes afilados, de un animal. ¿No tendrán un perro?

—Por supuesto que no. No se permiten en los aposentos del colegio.

El médico meneó la cabeza.

—Qué raro. Creo que fue atacado por un animal cuando se dirigía a su habitación, y el shock desencadenó una apoplejía que tal vez iba a producirse tarde o temprano. De momento, no está en sus cabales, aunque es capaz de formar palabras coherentes. Temo que habrá una investigación, debido a la herida, pero a mí me parece que al final encontraremos el perro guardián de alguien. Intente pensar qué camino pudo seguir Hedges para llegar a sus aposentos.

La investigación no descubrió nada satisfactorio, pero tampoco fui acusado, pues la policía no encontró ningún móvil ni pruebas de que hubiera atacado a Hedges. Éste fue incapaz de testificar, y al final calificaron el incidente de «autolesión», lo cual me pareció una mancha que podría haberse evitado en su reputación. Un día, cuando fui a verle a la residencia, pedí a Hedges que reflexionara sobre las palabras «No toleraré intromisiones».

* Poema épico-burlón de Alexander Pope. (*N. del T.*)

Volvió hacia mí sus ojos desprovistos de curiosidad, y se tocó con los dedos morcilludos la herida del cuello.

—Si es así, Boswell* —dijo con placidez, casi con humor—. Si no, lárgate.

Murió pocos días después, a consecuencia de una segunda apoplejía sufrida por la noche. La residencia no informó de heridas externas en el cuerpo. Cuando el director del colegio vino a decírmelo, me juré que trabajaría sin descanso para vengar la muerte de Hedges, si conseguía imaginar cómo.

No tengo ánimos para describir con detalle el dolor del funeral celebrado en nuestra capilla del Trinity, los sollozos ahogados de su anciano padre cuando el coro infantil inició los salmos para consolar a los vivos, la rabia que sentí hacia la impotente Eucaristía en su bandeja. Hedges fue enterrado en su pueblo de Dorset, y visité la tumba, yo solo, un templado día de noviembre. La lápida reza REQUIESCAT IN PACE, *que habría sido mi elección exacta, de haber dependido de mí la decisión. Para mi infinito alivio, es el más tranquilo de los cementerios rurales, y el párroco habla del entierro de Hedges como si se tratara de un honor para la localidad. No oí historias de* vrykolakas *ingleses en el pub de la calle mayor, ni siquiera cuando dejé caer descaradas insinuaciones. Al fin y al cabo, Hedges sólo fue atacado una vez, no las diversas que Stoker describe como necesarias para contaminar a una persona viva el mal de los No Muertos. Creo que fue sacrificado como mera advertencia... dirigida a mí. ¿Y también a ti, desventurado lector?*

Tuyo con profundo dolor, Bartholomew Rossi

Mi padre agitó los cubitos en el vaso, como para mantener la mano firme y poder hacer algo. El calor de la tarde estaba dando paso a una serena noche veneciana, y las sombras de turistas y edificios se alargaban sobre la *piazza*. Una bandada enorme de palomas alzó el vuelo desde las piedras del pavimento, asustadas por algo. El frío de las bebidas se me había contagiado por fin, se me había metido en los huesos. Alguien rió a lo lejos, y oí que los chillidos de las gaviotas se imponían al ruido de las palomas. Un joven con camisa blanca y teja-

* James Boswell, biógrafo de Alexander Pope. (*N. del T.*)

nos se acercó para hablar con nosotros. Llevaba colgada al hombro una bolsa de lona, y su camisa estaba manchada de colores.

—¿Compra un cuadro, *signore*? —dijo, y sonrió a mi padre—. Usted y la *signorina* son las estrellas de mi cuadro de hoy.

—No, no, *grazie* —contestó como un autómata mi padre. Las plazas y callejuelas estaban plagadas de aquellos teóricos estudiantes de arte. Era la tercera escena de Venecia que nos ofrecían aquel día. Mi padre echó un vistazo fugaz al cuadro. El joven, sin dejar de sonreír, tal vez por no querer marcharse sin recibir al menos un cumplido, lo alzó para que yo lo viera, y yo asentí. Un segundo después, se alejó en busca de otros turistas, y yo me quedé petrificada, mientras le seguía con la mirada.

El cuadro que me había enseñado era una acuarela ejecutada con tonos intensos. Plasmaba nuestro café y la esquina del Florián, una impresión luminosa y no provocativa de la tarde. El artista debía estar situado detrás de mí, pensé, pero bastante cerca del café. Había una mancha de color que reconocí como la parte posterior de mi sombrero de paja rojo, y mi padre era un borrón canela y azul un poco más allá. Era una obra elegante e informal, la imagen de la indolencia veraniega, algo que a un turista le gustaría guardar como recuerdo de un glorioso día en el Adriático. Pero mi vistazo me había revelado una figura solitaria sentada más allá de mi padre, una figura de hombros anchos y cabeza oscura, una silueta negra entre los alegres colores del toldo y los manteles. Recordaba muy bien que la mesa había estado desocupada toda la tarde.

13

Nuestro siguiente viaje nos llevó una vez más hacia el este, más allá de los Alpes Julianos. La pequeña ciudad de Kostanjevica, «lugar del castaño», estaba llena de castañas en esta época del año, algunas ya en el suelo, de forma que si pisabas mal en las calles adoquinadas corrías el peligro de resbalar. Delante de la residencia del alcalde, construida para albergar a un burócrata austrohúngaro, había castañas por todas partes, con sus cáscaras de aspecto agresivo, un enjambre de diminutos puerco espines.

Mi padre y yo paseábamos con parsimonia, disfrutando del final de un templado día otoñal (en el dialecto local se llamaba «verano zíngaro», nos dijo una mujer en una tienda), y yo reflexionaba sobre las diferencias entre el mundo occidental, que se hallaba a unos pocos centenares de kilómetros, y este oriental, un poco al sur de Emona. Aquí, todos los comercios parecían iguales, y también los empleados, con sus guardapolvos de color azul marino y sus pañuelos de flores, y sus dientes de oro o acero inoxidable que nos enviaban destellos desde el otro lado del mostrador medio vacío. Habíamos comprado una enorme tableta de chocolate como complemento de nuestro almuerzo de lonchas de salami, pan moreno y queso, y mi padre llevaba botellas de Naranća, mi refresco de naranja favorito, que ya me recordaba Ragusa, Emona, Venecia.

La última reunión celebrada en Zagreb había concluido el día anterior, mientras yo daba el toque final a mi trabajo de historia. Mi padre quería ahora que también estudiara alemán, y yo estaba ansiosa, no por su insistencia, sino a pesar de ella. Iba a empezar al día siguiente, con un método de la librería de idiomas extranjeros de Amsterdam. Tenía un nuevo vestido corto verde y calcetines amarillos largos hasta la rodilla, mi padre sonreía debido a un chiste ininteligible que aquella mañana habían intercambiado dos diplomáticos, y las botellas de Naranća tintineaban en nuestra bolsa. Ante nosotros se extendía un puente de piedra que cruzaba el río Kostan. Corrí para echar mi primer vistazo, pues quería disfrutarlo en privado, sin ni siquiera mi padre al lado.

El río se curvaba hasta perderse de vista cerca del puente, y su curva acunaba un diminuto castillo eslavo del tamaño de una villa, con cisnes que nadaban bajo sus muros y se alimentaban en la orilla. Mientras miraba, una mujer vestida con una chaqueta azul abrió la ventana de arriba empujándola hacia fuera, de manera que sus cristales emplomados centellearon al sol, y sacudió el trapo de sacar el polvo. Bajo el puente se agrupaban sauces jóvenes, y por entre los huecos de sus raíces entraban y salían golondrinas. Vi en el parque del castillo un banco de piedra (no demasiado cerca de los cisnes, que todavía me daban miedo, aunque ya era adolescente), con castaños inclinados sobre él, resguardado a la sombra que arrojaban los muros de la propiedad. El pulcro traje de mi padre estaría a salvo si se sentaba en él, y podría quedarse más tiempo del previsto y hablar aunque no quisiera.

Durante todo el tiempo que estuve examinando esas cartas en mi apartamento —dijo mi padre, mientras se limpiaba los restos de salami de sus manos con un pañuelo de algodón—, algo relacionado con el trágico problema de la desaparición de Rossi seguía atormentándome. Cuando dejé sobre la mesa la carta que relataba el horripilante accidente de su amigo Hedges, me sentí demasiado mal durante unos momentos para pensar con claridad. Tuve la impresión de haber penetrado en un mundo enfermo, un submundo del universo académico que había conocido durante tantos años, un subtexto de la narrativa habitual de la historia que siempre había dado por supuesta. Según mi experiencia de historiador, los muertos se quedaban respetuosamente muertos, la Edad Media había conocido horrores de verdad, no sobrenaturales, Drácula era una pintoresca leyenda de la Europa del Este resucitada gracias a las películas de mi infancia, y en 1930 faltaban tres años para que Hitler asumiera poderes dictatoriales en Alemania, un terror que sin duda excluía todas las demás posibilidades.

De manera que me sentí asqueado un segundo, e irritado con mi desaparecido mentor por haberme legado estas desagradables ilusiones. Después, el tono apesadumbrado y afectuoso de sus cartas me afectó una vez más, y sentí remordimientos por mi deslealtad. Rossi dependía de mí, y sólo de mí. Si yo me negaba a suspender la incredulidad por culpa de principios pedantes, jamás volvería a verle.

Y algo más me atormentaba. Mientras mi cabeza se despejaba un poco, me di cuenta de que era mi recuerdo de la joven de la biblioteca, a la que había conocido tan sólo dos horas antes, aunque se me antojaban días. Recordé la extraordinaria luminosidad de sus ojos cuando escuchó mi explicación sobre las cartas de Rossi, la forma tan masculina de enarcar las cejas en señal de concentración. ¿Por qué estaba leyendo *Drácula*, nada menos que en mi mesa, nada menos que aquella noche, justo a mi lado? ¿Por qué había mencionado Estambul? Ya estaba bastante perturbado por lo que había leído en las cartas de Rossi, lo cual había suspendido mi incredulidad, me había impulsado a rechazar la idea de una coincidencia en favor de algo más fuerte. ¿Y por qué no? Si aceptaba un acontecimiento sobrenatural, debería aceptar otros. Era de pura lógica.

Suspiré y levanté la última carta de Rossi. Después, sólo necesitaría revisar los demás materiales ocultos en aquel sobre de aspecto inofensivo, y continuaría adelante solo. Con independencia de lo que significara la aparición de la chica (y lo más probable era que no significara nada anormal, ¿verdad?), yo no tenía tiempo para averiguar quién era o por qué compartía ese interés por lo oculto. Me resultaba extraño pensar en alguien interesado en lo oculto. En el fondo, pensándolo bien, yo no lo estaba. Sólo me interesaba encontrar a Rossi.

La última carta, al contrario que las otras, estaba escrita a mano. En papel de libreta rayado, con tinta oscura. La desdoblé.

19 de agosto de 1931

Mi querido y desventurado sucesor:
   Bien, no puedo fingir que ya no estés esperándome en algún lugar, dispuesto a salvarme si mi vida se viene abajo algún día. Y como poseo más información para añadir a todo cuanto ya habrás (imagino) examinado, creo que debería apurar la copa hasta las heces. «Un poco de erudición es algo peligroso», habría citado mi amigo Hedges. Pero ha

muerto, y por mi mano, con tanta certeza como si yo hubiera abierto la puerta del estudio, asestado el golpe y pedido auxilio a gritos después. No lo hice, por supuesto. Si has consentido en leer hasta aquí, no dudes de mi palabra.

Pero hace unos meses sí que dudé por fin de mis propias fuerzas, y ello debido a motivos relacionados con el final enfurecedor y terrible de Hedges. Hui de su tumba a Estados Unidos, casi literalmente. Mi empleo se había convertido en realidad, y ya estaba preparando mis cajas cuando me fui un día a Dorset para ver dónde descansaba en paz. Después partí para Estados Unidos, temo que con la consiguiente decepción de algunos compañeros de Oxford y la profunda tristeza de mis padres, y me encontré en un mundo nuevo y más luminoso, donde el trimestre (he sido contratado para tres pero haré lo posible para poder estar más tiempo) empieza antes y los estudiantes tienen un punto de vista abierto y práctico, desconocido en Oxford. Pero a pesar de esto, no logré renunciar del todo a mi relación con los No Muertos. Como consecuencia, aparentemente, él, Eso, no logró renunciar a su relación conmigo.

Recordarás que la noche en que Hedges fue atacado, yo había descubierto de manera inesperada el significado de la xilografía central de mi siniestro libro, y verificado que la Tumba Impía de los mapas que había encontrado en Estambul debía ser la tumba de Vlad Drácula. Había pronunciado en voz alta mi pregunta restante (¿dónde estaba la tumba, pues?), al igual que había hablado en voz alta en el archivo de Estambul, conjurando esta segunda vez una terrible presencia, que me lanzó una advertencia acabando con la vida de mi querido amigo. Tal vez sólo un ego anormal plantaría cara a fuerzas naturales (sobrenaturales en este caso), pero te juro que, por un tiempo, este castigo me enfureció más que aterró, y me llevó a jurar que desentrañaría las últimas pistas y, si aguantaban mis fuerzas, perseguiría a mi perseguidor hasta su guarida. Este extravagante pensamiento se convirtió para mí en algo tan normal como el deseo de publicar mi siguiente artículo, o ganarme un puesto permanente en la alegre universidad nueva que estaba conquistando mi hastiado corazón.

Después de habituarme a la rutina de las responsabilidades académicas, y de preparar un breve regreso a Inglaterra al final del trimestre para ver a mis padres y entregar las páginas de mi tesis doctoral a la editorial de Londres que cada vez me mimaba más, me dispuse a seguir de nuevo el aroma de Vlad Drácula, el histórico o el sobrenatural, eso habría que verse. Pensaba que mi siguiente tarea era aprender algo más sobre mi extraño libro: de dónde procedía, quién lo había diseñado, cuál era su antigüedad. Lo entregué (a regañadientes, debo admitirlo) a los laboratorios del Smithsonian. Menearon la cabeza al escuchar mis preguntas tan concretas, e insinuaron que la consulta a poderes que se hallaban más allá de sus medios me costaría más. Pero yo estaba empecinado, y pensé que no debía destinar una parte irrisoria de la herencia de mi abuelo, o mis escasos ahorros de Oxford, a vestirme, alimentarme o divertirme mientras Hedges yaciera sin ser vengado (pero en paz, gracias a Dios) en un cementerio que no habría debido recibir su ataúd hasta cincuenta años después. Ya no tenía miedo de las consecuencias, puesto que lo peor que habría podido imaginar ya había ocurrido. En este sentido, al menos, las fuerzas de la oscuridad habían calculado mal.

Pero no fue la brutalidad de lo que ocurrió a continuación lo que cambió mi opinión o me reveló el verdadero significado del miedo. Fue su brillantez.

Un bibliófilo menudo del Smithsonian llamado Howard Martin se encargó de mi libro. Era un hombre amable pero taciturno, que adoptó mi causa de todo corazón, como si conociera mi historia. (No, pensándolo mejor, si hubiera conocido mi historia, tal vez me habría puesto de patitas en la calle el día de mi primera visita.) Al parecer, sólo vio mi pasión por la historia, se compadeció e hizo lo que pudo por mí. Fue muy diligente, muy minucioso, y asimiló lo que le enviaron los laboratorios con un cariño más propio de Oxford que de aquellas oficinas de museo burocráticas de Washington. Me quedé impresionado, y aún más por su conocimiento de las publicaciones europeas en los siglos justo antes y después de Gutenberg.

Cuando, en apariencia, ya había hecho todo cuanto podía por mí, me escribió para que pasara a recoger los resultados, explicando que me entregaría el libro en persona, tal como yo había hecho con él, si yo no deseaba que me lo enviaran por correo. Hice el viaje en tren, me dediqué al turismo por la mañana, y me planté ante su puerta diez minutos antes de la hora acordada. Mi corazón estaba acelerado y tenía la garganta seca. Ansiaba sostener el libro en mis manos y saber qué habían descubierto sobre sus orígenes.

El señor Martin abrió la puerta y me invitó a entrar con una leve sonrisa.

—*Me alegro de que haya podido venir* —*dijo con su insulso gangueo estadounidense, que se había convertido para mí en el habla más placentera del mundo.*

Cuando estuvimos sentados en su despacho rebosante de manuscritos, le miré y me quedé impresionado al instante por el cambio sufrido en su apariencia. Le había visto brevemente unos meses antes y recordaba su cara, y nada en su correspondencia pulcra y profesional insinuaba que estuviera enfermo. Ahora estaba demacrado y pálido, de forma que su piel parecía de un amarillo grisáceo, y sus labios estaban teñidos de un escarlata anormal. Había perdido mucho peso, de manera que su traje pasado de moda colgaba flácido sobre sus hombros. Estaba sentado encorvado, un poco inclinado hacia delante, como si algún dolor o debilidad le impidiera sentarse tieso. Daba la impresión de que la vida le había abandonado.

Intenté decirme que iba con prisas en mi primera visita, y que mi correspondencia con el hombre me había hecho más observador esta vez, o más piadoso en lo tocante a mis observaciones, pero no pude sacudirme de encima la sensación de haberle visto decaer en un período de tiempo muy breve. Pensé que tal vez padecía alguna desgraciada enfermedad degenerativa, o un cáncer galopante. La cortesía, por supuesto, impedía cualquier comentario sobre su apariencia.

—*Bien, doctor Rossi* —*dijo, al estilo norteamericano*—, *creo que no es consciente del valor de este tomito.*

—*¿Valor?*

No podía saber el valor que tenía para mí, pensé, ni con todos los análisis químicos del mundo. Era mi instrumento de venganza.

—*Sí, es un raro ejemplar de impresión medieval centroeuropea, algo muy interesante y poco usual, y estoy bastante convencido de que se imprimió alrededor de 1512, tal vez en Buda, o quizás en Valaquia. Esta fecha lo situaría de forma muy satisfactoria después del San Lucas de Corvino, pero antes del Nuevo Testamento húngaro de 1520, en el que muy probablemente pudo haber influido, en el caso de que ya existiera.* —*Se removió en su silla chirriante*—. *Incluso es posible que la xilografía de su libro influyera en el Nuevo Testamento de 1520, que posee una ilustración similar, un Satán alado. Pero no existe forma de demostrarlo. De todos modos, sería una influencia curiosa, ¿no? Me refiero a ver parte de la Biblia adornada con ilustraciones tan diabólicas como ésta.*

—¿Diabólica?

Me encantó el sonido de la condenación en labios ajenos.

—Claro. Usted me informó sobre la leyenda de Drácula, pero ¿cree que me paré ahí?

El tono del señor Martin era tan práctico y jovial, tan norteamericano, que tardé un momento en reaccionar. Nunca había percibido aquella siniestra profundidad en una voz tan normal. Le miré perplejo, pero el tono había desaparecido. Estaba examinando una pila de papeles que había sacado de una carpeta.

—Aquí están los resultados de los análisis —dijo—. Le he hecho copias, junto con mis notas, y creo que le resultarán interesantes. No dicen mucho más de lo que ya le he contado. Ah, existen dos importantes datos adicionales. Parece desprenderse de los análisis químicos que su libro fue guardado, seguramente durante un largo tiempo, en una atmósfera saturada de polvo de roca, y que eso ocurrió antes de 1700. Además, la contratapa se manchó en algún momento de agua salada, tal vez debido a un viaje por mar. Supongo que pudo ser el mar Negro, si nuestras suposiciones sobre el lugar de la publicación son correctas, pero existen montones de posibilidades, por supuesto. Temo que no le hemos ayudado a avanzar mucho en su investigación... ¿No dijo que estaba escribiendo una historia de la Europa medieval?

Levantó la vista y me dedicó su sonrisa afable y despreocupada, siniestra en aquel rostro estragado, y me di cuenta al mismo tiempo de dos cosas que me helaron la sangre en las venas.

La primera fue que nunca le había dicho nada sobre que estaba escribiendo una historia de la Europa medieval. Había dicho que quería información sobre mi volumen para ayudarme a completar una bibliografía de materiales relacionados con la vida de Vlad el Empalador, conocido en la leyenda como Drácula. Howard Martin era un hombre tan preciso, en su estilo de conservador de museo, como yo lo era en mi estilo de estudioso, y nunca habría cometido sin querer tal error. Su memoria se me había antojado casi fotográfica en su capacidad para captar el detalle, algo que observo y aprecio de todo corazón cuando lo encuentro en otras personas.

Lo segundo que percibí en aquel momento fue que, tal vez debido a la enfermedad que padecía (pobre hombre, casi me obligué a decir para mis adentros), sus labios tenían un aspecto flácido y putrefacto cuando sonrió y reveló sus caninos superiores, algo prominentes, de una forma que prestaban a su cara una apariencia desagradable. Recordaba demasiado bien al burócrata de Estambul, aunque no vi nada anormal en el cuello de Howard Martin. Reprimí mis temblores y cogí el libro y las notas de su mano cuando volvió a hablar.

—El mapa, por cierto, es notable.

—¿Mapa?

Me quedé petrificado. Yo sólo conocía un mapa, tres, en realidad, a escala graduada, relacionado con mis intenciones presentes, y estaba seguro de que jamás había mencionado su existencia a ese desconocido.

—¿Lo dibujó usted mismo? No es antiguo, desde luego, pero no le habría catalogado a usted como artista. Ni del tipo morboso, en cualquier caso, si no le importa que se lo diga.

Le miré, incapaz de descifrar sus palabras y temeroso de revelar algo preguntándole a qué se refería. ¿Había dejado uno de mis dibujos en el libro? Qué estupidez, en ese caso. Sin embargo, había comprobado con minuciosidad que no hubiera hojas sueltas en el volumen antes de entregárselo.

—Bien, lo guardé dentro del libro, y ahí sigue —dijo con placidez—. Ahora, doctor Rossi, puedo acompañarle a nuestro departamento de contabilidad si así lo desea, o puedo encargarme de que le envíen la factura a casa.

Abrió la puerta para dejarme salir y me dedicó su habitual mueca profesional. Tuve la presencia de ánimo de no buscar entre las páginas del volumen allí mismo, y vi a la luz del pasillo que debía de haber imaginado la peculiar sonrisa de Martin, y tal vez incluso su enfermedad. Su piel era normal, estaba sólo un poco encorvado tras décadas de trabajar entre hojas del pasado, nada más. Estaba parado junto a la puerta con la mano extendida, en un gesto de despedida muy de Washington, y se la estreché, murmurando que prefería recibir la factura en mi dirección de la universidad.

Me alejé hasta perder de vista su puerta, salí del pasillo y, por fin, dejé atrás el gran castillo rojo que albergaba todos sus esfuerzos y los de sus colegas. Al salir al aire fresco del Mall, crucé la hierba lustrosa, llegué a un banco y me senté, y traté de aparentar y sentir despreocupación.

El volumen se abrió en mi mano con su habitual servidumbre siniestra, y busqué en vano una hoja suelta que me sorprendiera. Sólo al volver hacia atrás las páginas la encontré: un calco muy fino en papel carbón, como si alguien hubiera sostenido el tercero y más íntimo de mis mapas secretos ante mí, y hubiera copiado todas sus misteriosas características. Los nombres de lugares en dialecto eslavo eran los mismos que conocía por mi mapa («Aldea de los Cerdos Robados», «Valle de los Ocho Robles»). De hecho, este dibujo me resultaba desconocido por un solo detalle. Bajo la inscripción de «Tumba Impía», había otra inscripción en latín con una tinta que parecía idéntica a la de los demás encabezados. Sobre el supuesto emplazamiento de la tumba, arqueado a su alrededor como para demostrar su rotunda relación con ese punto, leí las palabras BARTOLOMEO ROSSI.

Lector, júzgame cobarde si es preciso, pero desistí a partir de aquel momento. Soy un profesor joven y vivo en Cambridge, Massachusetts, donde doy clases, salgo a cenar con mis nuevos amigos y escribo a mis ancianos padres una vez a la semana. No llevo ajos, ni crucifijos, ni me persigno cuando oigo pasos en el pasillo. Tengo una protección mejor: he dejado de investigar sobre esa horrenda encrucijada de la historia. Algo ha de sentirse satisfecho por verme tranquilo, porque ninguna tragedia posterior me ha perturbado.

Bien, si tuvieras que elegir tu cordura, tu vida tal como la recuerdas, antes que la verdadera inestabilidad, ¿qué elegirías como manera adecuada de vivir para un estudioso? Sé que Hedges no me habría exigido una zambullida en la oscuridad. Y no obstante, si estás leyendo esto, significa que el mal me ha alcanzado por fin. Tú también tienes que elegir. Te he transmitido todos los conocimientos que poseo relacionados con esos horrores. Sabiendo mi historia, ¿te negarás a socorrerme?

Tuyo con profundo dolor, Bartholomew Rossi

Las sombras bajo los árboles se habían alargado hasta proporciones desmesuradas, y mi padre pisó una castaña con sus excelentes zapatos. Tuve la sensación de que, si hubiera sido un hombre grosero, habría escupido en el suelo en aquel momento, para expulsar algún sabor desagradable. En cambio, se limitó a tragar saliva y recobró la serenidad con una sonrisa.

—¡Señor! ¿De qué estábamos hablando? Parece que esta tarde nos sentimos muy tristes.

Intentó sonreír, pero también me lanzó una mirada que hablaba de preocupación, como si alguna sombra pudiera caer sobre mí, sobre mí en particular, y borrarme sin previo aviso de la escena.

Retiré mi mano entumecida del borde del banco y también procuré mostrarme jovial con un esfuerzo. ¿Cuándo se había convertido en un esfuerzo?, me pregunté, pero ya era demasiado tarde. Estaba trabajando por él, le distraía como antes me distraía él. Me refugié en una leve petulancia, no excesiva, por temor a despertar sus sospechas.

—Debo decir que vuelvo a tener hambre, pero de comida de verdad.

Sonrió con algo más de naturalidad, y sus estupendos zapatos golpearon el suelo cuando me alargó una mano galante invitándome a ponerme de pie y se puso a llenar nuestra bolsa con botellas de Naranca vacías y las demás reliquias de nuestro picnic. Recogí mi parte de buena gana, aliviada ahora porque eso significaba que se marcharía conmigo en lugar de demorarse contemplando la fachada del castillo. Yo me había vuelto una vez, cerca del final de la historia, y había mirado la ventana superior, donde una forma oscura había sustituido a la anciana que limpiaba la casa. Hablé a toda prisa, dije lo primero que me vino a la cabeza. Mientras mi padre no la viera, no habría enfrentamiento. Ambos estaríamos a salvo.

14

Me había mantenido alejada de la biblioteca de la universidad un tiempo, en parte porque mis investigaciones en ella me ponían nerviosa, y en parte porque intuía que la señora Clay sospechaba de mis ausencias después de clase. Yo siempre la llamaba, tal como había prometido, pero cierta timidez cada vez más acentuada en su voz cuando hablábamos por teléfono me impelía a imaginarla sosteniendo embarazosas discusiones con mi padre. No la imaginaba experta en vicios, y por lo tanto capaz de sospechar algo concreto, pero quizá mi padre se había forjado alguna teoría (¿drogas?, ¿chicos?). Y en ocasiones me dirigía miradas tan angustiadas, que no deseaba preocuparla más.

Por fin, sin embargo, la tentación fue demasiado fuerte, y decidí volver a la biblioteca, pese a mi inquietud. Esta vez fingí que iba a ver una película nocturna con una aburrida chica de mi clase (sabía que Johan Binnerts trabajaba en la sección medieval los miércoles por la noche, y que mi padre tenía una reunión en el Centro), y me marché con mi nuevo abrigo antes de que la señora Clay pudiera abrir la boca.

Resultaba raro ir a la biblioteca de noche, sobre todo cuando encontré la sala principal tan llena como siempre de estudiantes de aspecto cansado. No obstante, la sala de lectura medieval estaba vacía. Me acerqué en silencio al escritorio del señor Binnerts, y le encontré examinando una pila de libros nuevos. Nada que pudiera interesarme, me informó con una dulce sonrisa, puesto que a mí sólo me gustaban las cosas horribles. Pero me había apartado un volumen, ¿por qué no había ido antes a buscarlo? Aduje unas débiles excusas y el hombre lanzó una risita.

—Temía que te hubiera pasado algo, o que hubieras seguido mi consejo y encontrado un tema más agradable para una señorita, pero también habías despertado mi interés, así que te encontré esto.

Tomé el libro agradecida, y el señor Binnerts dijo que iba a su cuarto de trabajo, pero que volvería pronto para ver si necesitaba algo. Me había enseñado el cuarto de trabajo una vez, un pequeño cubículo con ventanas situado al fondo de la sala de lectura, donde los bibliotecarios restauraban libros antiguos maravillosos y pegaban tarjetas en los nuevos. La sala de lectura se quedó más silenciosa que nunca cuando el hombre se fue, pero yo abrí ansiosamente el libro que me había dado.

Era un hallazgo notable, aunque ahora sé que es un documento esencial para conocer la historia del siglo xv en Bizancio, una traducción de la *Istoria Turco-Bizantina* de Michael Doukas. Doukas tiene mucho que decir sobre el conflicto entre Vlad Drácula y Mehmet II, y fue en esa mesa donde leí por primera vez la famosa descripción del espectáculo que vieron los ojos de Mehmet cuando invadió Valaquia en 1462 y llegó a Târgoviste, la capital desierta de Drácula. En las afueras de la ciudad, afirmaba Doukas, Mehmet fue recibido por «miles y miles de estacas cargadas de muertos en lugar de fruta». En el centro de este jardín de muerte estaba el plato fuerte de Drácula: el general favorito de Mehmet, Hamza, empalado entre los demás con su «delgada vestidura púrpura».

Yo recordaba el archivo del sultán Mehmet, el que Rossi había ido a examinar a Estambul. El príncipe de Valaquia había sido una espina clavada en el costado del sultán, de eso no cabía duda. Pensé que sería una buena idea leer algo sobre Mehmet. Tal vez habría información sobre él que explicara su relación con Drácula. No sabía por dónde empezar, pero el señor Binnerts había dicho que pronto volvería para ver cómo me iba.

Había dado vueltas, impaciente, a la idea de ir a ver dónde estaba, cuando oí un ruido al fondo de la sala. Fue una especie de golpe sordo, más una vibración en el suelo que un sonido, como el ruido que haría un pájaro al estrellarse en pleno vuelo contra una ventana pulida. Algo me impulsó a dirigirme hacia el punto del impacto, fuera cual fuera, y me descubrí entrando a toda prisa en el cuarto de trabajo situado al final de la sala. No vi al señor Binnerts a través de las ventanas, cosa que por un momento me tranquilizó, pero cuando abrí la puerta de madera vi una pierna en el suelo, una pierna dentro de una pernera gris sujeta a un cuerpo retorcido, el jersey azul vuelto hacia arriba sobre el torso dislocado, el pelo cano manchado de sangre, la cara por suerte semioculta, aplastada, parte de ella todavía pegada a la esquina del escritorio. Al parecer, un libro había resbalado de las manos del señor Binnerts. Estaba en el suelo, como él. En la pared, encima del escritorio, había una mancha de sangre con la huella de una mano grande estampada, como el dibujo ejecutado por un niño. Me esforcé tanto por no emitir el menor sonido que mi grito, cuando se produjo, dio la impresión de pertenecer a otra persona.

Pasé un par de noches en el hospital. Mi padre insistió, y el doctor que me atendía era un viejo amigo. Mi padre se mostró tierno y serio, sentado en el borde de la cama, o de pie junto a la ventana con los brazos cruzados mientras el agente de policía me interrogaba por tercera vez. No había visto entrar a nadie en la sala de la biblioteca. Había estado leyendo tranquilamente en la mesa. Había oído un golpe sordo. No conocía al bibliotecario demasiado, pero me caía bien. El agente aseguró a mi padre que yo no era sospechosa, sino lo más parecido al único testigo con el que contaban. Pero yo no había sido testigo de nada, nadie había entrado en la sala de lectura, de eso estaba segura, y el señor Binnerts no había gritado. No había heridas en otras partes de su cuerpo. Alguien había aplastado el cráneo del pobre hombre contra la esquina del escritorio. Fue precisa una fuerza prodigiosa.

El agente de policía meneó la cabeza, perplejo. La mano impresa en la pared no pertenecía al bibliotecario. No se encontró sangre en sus manos. Además, la huella no coincidía con las de él, y era una impresión extraña, con las huellas dactilares singularmente borrosas. Habrían sido fáciles de identificar, explicó el policía a mi padre, pero no las tenían archivadas. Un caso difícil. Amsterdam ya no era la ciudad en que había crecido, ahora la gente arrojaba bicicletas al canal, por no hablar de aquel terrible incidente del año pasado con la prostituta que... Mi padre le silenció con la mirada.

Cuando el agente se fue, mi padre volvió a sentarse en el borde de la cama y me preguntó por primera vez qué estaba haciendo en la biblioteca. Expliqué que había ido a estudiar, que me gustaba ir allí después de clase para hacer los deberes, porque la sala de lectura era silenciosa y confortable. Tenía miedo de que estuviera a punto de preguntar por qué había elegido la sección medieval, pero guardó silencio para mi alivio.

No le conté que, cuando la gente entró corriendo en la biblioteca después de mi chillido, había metido instintivamente en mi bolsa el volumen que el señor Binnerts sujetaba al morir. La policía registró mi bolsa, por supuesto, cuando entró en la sala, pero no dijeron nada acerca del libro. ¿Por qué habrían tenido que fijarse en él? No estaba manchado de sangre. Era un volumen francés del siglo XIX sobre iglesias rumanas, y había caído abierto por la página de la iglesia del lago Snagov, sufragada con generosidad por Vlad III de Valaquia. La tradición afirmaba que su tumba estaba situada en ella, delante del altar, según un pequeño texto escrito debajo de un plano del ábside. No obstante, el autor señalaba que aldeanos cercanos a Snagov sostenían otras teorías. ¿Qué teorías?, me pregunté, pero no había nada más en aquella iglesia en particular. El dibujo del ábside tampoco mostraba nada especial.

Sentado en el borde de la cama del hospital, mi padre meneó la cabeza.

—Quiero que estudies en casa a partir de ahora —dijo en voz baja. Habría preferido que no lo hubiera dicho. Tampoco habría vuelto a entrar por nada del mundo en aquella biblioteca.—. La señora Clay podría dormir en tu habitación una temporada si te sientes inquieta, y siempre que quieras iremos a ver al médico. Bastará con que me avises.

Yo asentí, aunque pensé que prefería estar sola con la descripción de la iglesia de Snagov que con la señora Clay. Sopesé la idea de tirar el volumen a nuestro canal (el destino de las bicicletas que había mencionado el policía), pero sabía que, a la larga, querría volver a abrirlo, a la luz del día, para leerlo de nuevo. Lo querría hacer no sólo por mí, sino por el señor Binnerts, que ahora yacía en algún depósito de cadáveres de la ciudad.

Unas semanas más tarde, mi padre dijo que a mis nervios les sentaría bien hacer un viaje, y comprendí que, en realidad, eso significaba que prefería no dejarme en casa. Los franceses, explicó, querían conferenciar con representantes de la fundación antes de iniciar las conversaciones sobre la Europa del Este aquel invierno, y nosotros íbamos a reunirnos con ellos por última vez. Sería el mejor momento en la costa mediterránea, después de que las hordas de turistas se largaran, pero antes de que el paisaje empezara a adquirir un aspecto yermo. Examinamos el mapa con detenimiento, y nos alegramos de que los franceses hubieran variado su elección habitual de París como punto de reunión y propuesto la privacidad de un complejo vacacional cercano a la frontera española, cerca de esa pequeña joya de Colliure, se regocijó mi padre, y tal vez algo parecido. Justo hacia el interior se hallaban Les Bains y Saint-Matthieu-des-Pyrénées-Orientales, señalé, pero cuando lo dije la cara de mi padre se ensombreció y empezó a buscar en la costa otros nombres interesantes.

El desayuno al aire libre en la terraza de Le Corbeau, donde nos hospedábamos, fue tan estupendo que me quedé un rato más, después de que mi padre se reuniera con otros hombres encorbatados en la sala de conferencias. Saqué mis libros a regañadientes y eché frecuentes miradas al agua azul, a unos escasos cientos de metros de distancia. Estaba tomando mi segunda taza de *chocolat* amargo, soportable gracias a un terrón de azúcar y un montón de panecillos recién hechos. La luz del sol que bañaba las fachadas de las viejas casas parecía eterna en el seco clima mediterráneo, con su transparente luz preternatural, como si ninguna tormenta hubiera osado jamás acercarse a ese lugar. Desde donde estaba sentada veía un par de veleros madrugadores en el borde del mar, y unos niños pequeños que iban con su madre, sus cubos y sus (para mí) peculiares trajes de baño franceses a la playa que había nada más salir del hotel. La bahía se curvaba a nuestro alrededor hacia la derecha, en forma de colinas dentadas. Una de ellas estaba coronada por una fortaleza desmoronada del mismo color de las rocas y la hierba agostada, olivos que se elevaban sin éxito hacia ella, con el delicado cielo azul de la mañana extendiéndose al otro lado.

Me sentí por un momento abandonada, experimenté una punzada de envidia por aquellos niños tan contentos con su madre. Yo no tenía madre ni una vida normal. No estaba muy segura de lo que quería decir con una «vida normal», pero mientras pasaba las páginas de mi libro de biología, en busca del comienzo del tercer capítulo, pensé vagamente que tal vez quisiera decir vivir en un único lugar, con un padre y una madre que siempre estaban a la hora de cenar, en un hogar en el que ir de vacaciones significara ir a la playa habitual, no una existencia nómada incesante. Al contemplar a aquellos niños acomodarse en la arena con sus palas, estaba segura de que nunca se verían amenazados por la sordidez de la historia.

Después, al contemplar sus cabezas rutilantes, comprendí que sí estaban amenazados, sólo que no eran conscientes de ello. Todos éramos vulnerables. Me estremecí y consulté mi reloj. Dentro de cuatro horas, mi padre y yo comeríamos en esta terraza. Después volvería a estudiar, y pasadas las cinco de la tarde iríamos de paseo hasta la erosionada fortaleza que adornaba el horizonte cercano, desde la cual, dijo mi padre, se podía ver la pequeña iglesia bañada por el mar del otro lado, en Colliure. Durante este nuevo día aprendería más álgebra, algunos verbos alemanes, leería un capítulo sobre la Guerra de las Rosas, y después... ¿qué? En lo alto del acantilado reseco escucharía la historia de mi padre. La relataría de mala gana, con la vista clavada en el suelo arenoso o tamborileando sobre la roca excavada siglos atrás, absorto en sus propios temores. Y me tocaría estudiarla de nuevo, ordenar las piezas del rompecabezas. Un niño chilló más abajo, tuve un sobresalto y derramé mi cacao.

15

Cuando terminé de leer la última carta de Rossi —dijo mi padre—, me sentí desolado de nuevo, como si mi mentor hubiera desaparecido por segunda vez. Pero ahora estaba convencido de que su desaparición no tenía nada que ver con un viaje en autocar a Hartford o la enfermedad de algún familiar residente en Florida (o Londres), tal como la policía había intentado dar por sentado. Alejé estos pensamientos de mi mente y me puse a examinar sus demás papeles. Leer primero, asimilarlo todo. Después, construir una cronología y empezar, con mucha parsimonia, a extraer conclusiones. Me pregunté si Rossi habría llegado a intuir que, al aleccionarme, tal vez estaba asegurando su propia supervivencia. Era como un examen final horripilante, aunque yo esperaba con todo mi corazón que no fuera el final de ninguno de ambos. No haría planes hasta no haberlo leído todo, me dije, pero ya imaginaba lo que debería hacer. Abrí de nuevo el paquete descolorido.

Los tres siguientes documentos consistían en mapas, tal como Rossi había prometido, cada uno dibujado a mano, y ninguno parecía más antiguo que las cartas. Evidente: debían ser sus versiones de los mapas que había visto en el archivo de Estambul, copiados de memoria después de sus aventuras en dicha ciudad. En el primero que me cayó en las manos vi una gran región erizada de montañas, dibujadas como pequeñas muescas triangulares. Formaban dos largas medias lunas dibujadas sobre la página de este a oeste, arracimadas hacia el oeste. Un ancho río serpenteaba a lo largo del límite norte del mapa. No se veían ciudades, aunque tres o cuatro equis pequeñas dibujadas entre las montañas occidentales habrían podido indicar ciudades. No aparecían nombres de lugares en el mapa, pero Rossi (era su caligrafía de esta última carta) había escrito alrededor de los bordes: «Sobre los que no creen y mueren sin creer recaerá la maldición de Alá, de los ángeles y de los hombres (el Corán)», y varios párrafos similares. Me pregunté si el río que yo estaba viendo podía ser el que a Rossi le había parecido que simbolizaba la cola del dragón en su libro. Pero no. En ese caso se refería al mapa a mayor escala, que debía estar entre el resto de documentos. Maldije las circunstancias, todas y cada una, que me impedían ver y tocar los originales. Pese a la buena caligrafía y excelente memoria de Rossi, debían existir omisiones o discrepancias entre los originales y las copias.

El siguiente mapa parecía concentrarse con más precisión en la región montañosa occidental plasmada en el primero. Una vez más, vi unas cuantas equis, dispuestas de la misma forma que mostraba el primer mapa. Aparecía un pequeño río, que serpenteaba entre las montañas. De nuevo, no había nombres de lugares. Rossi había anotado en la parte superior del documento: «(Algunos lemas coránicos, repetidos)». Bien, había sido tan meticuloso en aquella época como el Rossi que yo conocía, pero estos mapas, hasta el momento, eran demasiado sencillos, demasiado toscos, como para sugerir alguna región concreta que yo hubiera visto o estudiado alguna vez. Me invadió una frustración similar a una fiebre, y la reprimí con dificultad, para luego hacer un gran esfuerzo de concentración.

El tercer mapa era más esclarecedor, aunque no estaba muy seguro, en ese momento, de qué podía revelarme. Su contorno general era la feroz silueta que yo conocía por mi libro del dragón y el de Rossi, aunque si él no hubiera descubierto el hecho, tal vez no me habría dado cuenta al instante. Este mapa plasmaba el mismo tipo de montañas triangulares. Las montañas eran muy altas, formaban impresionantes cordilleras de norte a sur. Corría un río entre ellas y desembocaba en una especie de presa. ¿Por qué no podía ser el lago Snagov de Rumanía, tal como insinuaban las leyendas sobre el entierro de Drácula? No obstante, como Rossi había observado, no había isla en la parte más ancha del río, y tampoco parecía un lago. Las equis aparecían otra vez, esta vez acompañadas de diminutas letras cirílicas. Supuse que eran los pueblos mencionados por Rossi.

Entre esos pueblos dispersos vi un cuadrado, comentado por Rossi: «(En árabe.) La Tumba Impía del Matador de Turcos». Encima había un pequeño dragón bastante bien dibujado, tocado con un castillo, y debajo vi más letras griegas, y la traducción al inglés de Rossi: «En este lugar él se aloja en la maldad. Lector, desentiérrale con una palabra». Estas líneas poseían un atractivo irresistible, como un encantamiento, y había abierto la boca para entonarlas en voz alta, cuando me detuve y cerré los labios. Crearon una especie de poesía en mi cabeza, no obstante, que ejecutó una danza infernal durante un par de segundos.

Dejé los mapas a un lado. Era aterrador verlos ahí, exactamente como Rossi los había descrito, pero resultaba extraño no ver los originales, sino las copias dibujadas con su mano. ¿Qué podía demostrarme que no se había inventado toda la historia y había dibujado esos mapas a modo de broma? En este asunto yo carecía de información fidedigna, aparte de sus cartas. Tamborileé con los dedos sobre el escritorio. Daba la impresión de que esa noche el reloj del estudio sonaba más alto de lo habitual, y la penumbra urbana parecía demasiado inmóvil detrás de mis persianas. Hacía horas que no probaba bocado y me dolían las piernas, pero ya no podía parar. Eché un breve vistazo al mapa de carreteras de los Balcanes, pero no vi nada extraño, en principio. No había marcas escritas a mano, por ejemplo. El folleto de Rumanía no contenía nada sorprendente, aparte del peculiar inglés en que estaba impreso: «Aprovéchense de nuestra frondosa y deliciosa campiña», por ejemplo. Sólo me quedaba por examinar las notas escritas por Rossi, y aquel pequeño sobre cerrado en el que había reparado al empezar a inspeccionar los papeles. Había dejado el sobre para el final porque estaba cerrado, pero ya no podía esperar más. Localicé mi abrecartas entre los papeles diseminados sobre mi escritorio, rompí el sello con mucho cuidado y saqué una hoja de libreta.

Era otra vez el tercer mapa, con su forma de dragón, el río serpenteante, los altos picos montañosos. Estaba copiado en tinta negra, como en la versión de Rossi, pero la caligrafía era algo diferente, un buen facsímil, pero ilegible, arcaico, un poco recargado, cuando te fijabas con detenimiento. La carta de Rossi tendría que haberme preparado para distinguir la única diferencia con la primera versión del mapa, pero aun así me afectó como un puñetazo: sobre el emplazamiento de la tumba y su dragón guardián se curvaban las palabras BARTOLOMEO ROSSI.

Rechacé suposiciones, temores y conclusiones, y me obligué a dejar el papel aparte y leer las páginas de las notas de Rossi. Al parecer, había escrito las dos primeras en los archivos de Oxford y la biblioteca del Museo Británico, y no me revelaron nada que él no me hubiera contado ya. Había un breve resumen de la vida y hazañas de Drácula y una lista de algunos documentos literarios e históricos en los que se le mencionaba. Seguía otra página, de una libreta diferente, anotada y fechada de su viaje a Estambul. «Reconstruida de memoria», decía su veloz pero cuidadosa caligrafía, y comprendí que debían ser notas escritas después de su experiencia en el archivo, cuando había dibujado los mapas de memoria antes de abandonar Grecia.

Esas notas contenían la lista de los documentos que albergaba la biblioteca de la época de Mehmet II (al menos los que habían interesado a Rossi para sus investigaciones), los tres mapas, rollos de pergamino con cuentas de las guerras cárpatas contra los otomanos, y libros mayores de mercancías intercambiadas entre mercaderes otomanos en el límite de la región. Nada de esto me pareció muy esclarecedor, pero me pregunté en qué punto había interrumpido el burócrata de aspecto ominoso el trabajo de Rossi. ¿Podían los rollos de cuentas y libros mayores mencionados contener pistas sobre el fallecimiento o entierro de Vlad Tepes? ¿Los había examinado Rossi, o sólo había tenido tiempo de consignar las posibilidades en el archivo antes de que el miedo le hubiera alejado de él?

Había un último elemento en la lista del archivo, y éste me pilló por sorpresa, de modo que lo examiné durante varios minutos. «Bibliografía, Orden del Dragón (parte de un rollo)». Lo que me sorprendió de la nota y me hizo vacilar fue el hecho de que fuera tan poco informativa. Por lo general, las notas de Rossi eran minuciosas y esclarecedoras. Ése era el objetivo de tomar notas, decía. ¿Era esta bibliografía que mencionaba tan de pasada una lista que el bibliotecario había confeccionado, para consignar todo el material perteneciente a la Orden del Dragón que obraba en su poder? En tal caso, ¿por qué sería «parte de un rollo»? Debía ser algo antiguo, pensé, tal vez de los tiempos de la Orden del Dragón. Pero ¿por qué no había aportado Rossi más explicaciones en esa muda nota de papel de libreta? ¿Acaso había comprobado que la bibliografía, fuera cual fuera, no tenía valor para su investigación?

Estas meditaciones sobre un archivo muy lejano, que Rossi había examinado tan a fondo mucho tiempo atrás, no parecían constituir un camino directo que condujera a su desaparición, y dejé caer la hoja disgustado, cansado de pronto de las trivialidades de la investigación. Anhelaba respuestas. A excepción de lo que contuvieran los rollos de cuentas, los libros mayores y aquella bibliografía antigua, Rossi había sido sorprendentemente minucioso a la hora de compartir conmigo sus descubrimientos. Esta concisión era muy propia de él. Además, se había permitido el lujo, si puede decirse así, de explicarse en muchas páginas de cartas. No obstante, yo sabía poca cosa, salvo lo que debía hacer a continuación. El sobre ya estaba vacío por completo, y los documentos que contenía no me habían revelado mucho más de lo que ya había descubierto gracias a sus cartas. También me di cuenta de que debía actuar lo antes posible. Ya había pasado otras noches en vela, y durante la hora siguiente tal vez podría recopilar lo que Rossi me había contado sobre las amenazas anteriores a su vida, tal como él lo veía.

Me levanté con las articulaciones doloridas, y fui a mi deprimente cocina para prepararme una sopa. Cuando bajé una olla limpia, me di cuenta de que mi gato no había venido a cenar, la única comida que compartíamos. Era un vagabundo, y sospechaba que nuestro acuerdo no era del todo monógamo. No obstante, más o menos a la hora de cenar aparecía en mi estrecha cocina, mirando desde la escalera de incendios para avisarme de que quería su lata de atún o, cuando deseaba mimarle, su plato de sardinas. Había llegado a apreciar el momento en que saltaba a mi soso apartamento, se estiraba y maullaba en una extravagante demostración de afecto. Solía quedarse un rato después de cenar, durmiendo en un extremo del sofá o mirándome mientras planchaba mis camisas. A veces creía ver una expresión de ternura en sus ojos amarillos de una redondez perfecta, aunque tal vez era de compasión. Era fuerte y nervudo, de suave pelaje blanco y negro. Le había puesto el nombre de *Rembrandt*. Pensando en él, alcé el borde de la persiana, levanté la ventana y lo llamé, a la espera del ruido sordo de patas felinas sobre el antepecho de la ventana. Sólo oí el tráfico nocturno a lo lejos, en el centro de la ciudad. Bajé la cabeza y me asomé.

Su forma llenó el espacio de una manera grotesca, como si hubiera rodado hasta allí jugando y después se hubiera desplomado. Lo entré en la cocina con manos cariñosas y aprensivas, consciente al instante de la columna vertebral rota y la cabeza oscilante. *Rembrandt* tenía los ojos más abiertos que nunca, la boca retraída en un chillido de miedo y las garras delanteras desplegadas y erizadas. Supe enseguida que no había podido caer allí con tamaña precisión, sobre el estrecho antepecho. Haría falta una mano grande y fuerte para matar al animal. Acaricié su pelaje suave, y la rabia se impuso al terror. Tal vez el culpable había recibido arañazos, hasta mordiscos feroces. Pero mi amigo estaba definitivamente muerto. Lo deposité con ternura sobre el suelo de la cocina, y mis pulmones se llenaron de un odio brumoso, y entonces me di cuenta de que su cuerpo aún estaba caliente.

Giré en redondo, cerré la ventana con pestillo y pensé frenéticamente en mi siguiente movimiento. ¿Cómo podría protegerme? Todas las ventanas estaban cerradas, y la puerta con doble pasador. Pero ¿qué sabía yo sobre los horrores del pasado? ¿Se colaban en las casas como niebla, por debajo de la puerta, o las ventanas estallaban y algo se materializaba ante ti? Busqué un arma. No tenía pistola, pero en las películas de vampiros las balas no servían de nada contra Bela Lugosi, a menos que el héroe fuera provisto de una bala de plata especial. ¿Qué había aconsejado Rossi? «Yo no iría por ahí con ajos en los bolsillos, no». Y también algo más: «Estoy seguro de que llevas contigo tu bondad, tu sentido moral, como quieras llamarlo. De todos modos, me gusta pensar que la mayoría somos capaces de eso».

Encontré una toalla limpia en un cajón de la cocina y envolví el cuerpo de mi amigo con ella, para luego sacarlo al vestíbulo. Tendría que enterrarlo al día siguiente, si es que el día llegaba como de costumbre. Lo enterraría en el patio trasero del edificio de apartamentos, a una buena profundidad, donde los perros no pudieran encontrarlo. Me costaba pensar en comida en este momento, pero preparé mi taza de caldo y me corté una rebanada de pan para seguir trabajando.

Después me senté al escritorio, guardé los documentos de Rossi en un sobre y lo cerré. Dejé encima mi misterioso libro del dragón, con cuidado de que no se abriera. Coloqué encima mi ejemplar del clásico de Hermann *Golden Age of Amsterdam*, que era uno de mis libros favoritos desde hacía mucho tiempo. Abrí mis notas para la tesis sobre el centro del escritorio y apoyé en vertical delante de mí un

folleto sobre los gremios de comerciantes de Utrecht, una reproducción de la biblioteca que aún no había examinado. Dejé mi reloj al
lado y vi con un estremecimiento supersticioso que indicaba las doce
menos cuarto. Por la mañana, me dije, iría a la biblioteca y me pondría a leer todo lo que encontrara con vistas a prepararme para los
próximos días. No me vendría mal saber algo más acerca de estacas
de plata, guirnaldas de ajos y crucifijos, los remedios campesinos
prescritos contra los No Muertos durante tantos siglos. Eso demostraría fe en la tradición, al menos. De momento sólo contaba con el
consejo de Rossi, pero él nunca me había fallado cuando estaba en
condiciones de ayudarme. Recogí la pluma e incliné la cabeza sobre
el folleto.

Nunca me había costado tanto concentrarme. Todos los nervios
de mi cuerpo parecían atentos a la presencia del exterior, si de una
presencia se trataba, como si mi mente, antes que mis oídos, fuera
capaz de oír su roce contra las ventanas. Con un esfuerzo, me planté
con firmeza en Amsterdam, 1690. Escribí una frase, luego otra. Cuatro minutos para la medianoche. «Busca algunas anécdotas sobre la
vida de los marineros holandeses», apunté en mis papeles. Pensé en
los comerciantes, reunidos en sus ya antiguos gremios para obtener
lo máximo posible de sus vidas y mercancías, actuando día tras día
en consonancia con su sentido del deber más bien sencillo, utilizan-
do parte de sus ganancias para construir hospitales destinados a los
pobres. Dos minutos para la medianoche. Apunté el nombre del autor del folleto, para volver a buscar más tarde. «Explorar el significado que poseían para los comerciantes las imprentas de la ciudad»,
anoté.

El minutero de mi reloj saltó de repente y yo también. Eran casi
las doce. Comprendí que las imprentas podían ser tremendamente
significativas, y me obligué a no mirar atrás, sobre todo si los gremios habían controlado algunas. ¿Era posible que hubieran obtenido con dinero el control de unas cuantas, hasta convertirse en propietarios? ¿Tenían los impresores su propio gremio? ¿Cómo se
conciliaban las ideas sobre la libertad de prensa defendidas por los
intelectuales holandeses con la propiedad de las imprentas? El tema
me absorbió un momento, pese a todo, y traté de recordar lo que había leído sobre las primeras publicaciones en Amsterdam y Utrecht.

De pronto sentí un gran silencio en el ambiente, y después un chasquido de tensión. Consulté mi reloj. Las doce y tres minutos. Yo respiraba con normalidad y mi pluma se movía con libertad sobre la página.

Lo que me acechaba, fuera lo que fuera, no era tan inteligente como yo temía, pensé, con cuidado de no parar de trabajar. Por lo visto, los No Muertos adoptaban apariencias a voluntad, y daba la impresión de que yo había hecho caso omiso de la advertencia de *Rembrandt* y retomado mi tarea habitual. No podría seguir ocultando durante mucho tiempo más lo que estaba haciendo en realidad, pero esa noche mi apariencia era la única protección de que gozaba. Acerqué más la lámpara y me sumí en el siglo XVII durante otra hora, para aumentar la impresión de que estaba absorto en el trabajo. Mientras fingía escribir, razonaba para mis adentros. La amenaza final contra Rossi, en 1931, había sido ver su nombre en el emplazamiento de la tumba de Vlad el Empalador. No habían encontrado a Rossi muerto sobre su escritorio, dos días antes, como me pasaría a mí si no iba con cuidado. No le habían encontrado herido en el pasillo, como a Hedges. Le habían secuestrado. Tal vez estuviera muerto en algún sitio, por supuesto, pero hasta que no lo supiera con certeza, debía confiar en que seguía con vida. Al día siguiente intentaría encontrar la tumba.

Sentado en aquella antigua fortaleza francesa, mi padre estaba mirando el mar, de la misma manera que había mirado al otro lado de aquella brecha de aire de montaña en Saint-Matthieu, cuando observaba al águila dar vueltas y evolucionar.

—Volvamos al hotel —dijo por fin—. El día es cada vez más corto, ¿no te has dado cuenta? No quiero quedarme atrapado aquí cuando anochezca.

Impaciente, me atreví a formular una pregunta directa.

—¿Atrapado?

Me miró con seriedad, como si calculara los peligros relativos de las respuestas que podía darme.

—El sendero es muy empinado —dijo por fin—. No me gustaría tener que orientarme entre esos árboles en la oscuridad. ¿Y a ti?

Él también podía ser osado, comprobé.

Clavé la vista en los bosquecillos de olivos, blancogrisáceos ahora en lugar de melocotón y plateados. Todos los árboles se veían retorcidos, se estiraban hacia las ruinas de la fortaleza que en otro tiempo los había protegido, o al menos a sus antepasados, de las antorchas sarracenas.

—No —contesté—. No me gustaría.

16

Era a principios de diciembre, estábamos de viaje otra vez y la lasitud de nuestros periplos veraniegos por el Mediterráneo parecía muy lejana. El viento del Adriático estaba revolviendo mi pelo una vez más, y me gustaba la sensación, su torpe rudeza. Era como si una bestia de pesadas patas gateara sobre todo cuanto había en el puerto, agitara con brusquedad las banderas izadas en la fachada del moderno hotel y estirara las ramas superiores de los plátanos del paseo.

—¿Qué? —grité. Mi padre dijo algo ininteligible y señaló el último piso del palacio del emperador. Ambos echamos la cabeza hacia atrás para mirar.

La elegante fortaleza de Diocleciano se alzaba sobre nosotros, iluminada por el sol de la mañana, y por poco pierdo el equilibrio al empinarme para ver su parte superior. Habían llenado muchos de los espacios que separaban sus hermosas columnas (a menudo gente que había dividido el edificio para crear apartamentos, me había explicado antes mi padre), de manera que un batiburrillo de piedra, en gran parte mármol cortado por los romanos, saqueado de otros edificios, brillaba sobre toda la extraña fachada. El agua o los terremotos habían abierto algunas grietas en la fachada. Pequeñas plantas tenaces, incluso algunos árboles, sobresalían de las fisuras. El viento agitaba los anchos cuellos de las camisas de los marineros que paseaban por el muelle en grupos de dos y tres, y sus rostros del color del latón contrastaban con los uniformes blancos y el corto pelo oscuro, que brillaba como arbustos de alambre. Seguí a mi padre alrededor del perímetro del edificio, sobre nueces negras caídas y el mantillo de los sicomoros, hasta la plaza bordeada de monumentos que había detrás, que olía a orina. Delante de nosotros se elevaba una fantástica torre, abierta a los vientos y adornada como un trozo de pastel, una tarta de boda alta y delgada. Aquí había menos ruido, y pudimos dejar de gritar.

—Siempre he querido ver esto —dijo mi padre con voz nor-mal—. ¿Te gustaría subir arriba del todo?

Yo fui la primera en subir con entusiasmo los peldaños de acero. En el mercado al aire libre próximo al muelle, que divisaba de vez en cuando a través de un marco de mármol, los árboles se habían teñido de un tono castaño dorado, de manera que los cipreses alineados jun-to al agua parecían más negros que verdes. A medida que subíamos se podía ver el agua azul marino del puerto, las diminutas formas de los marineros de permiso que paseaban entre las terrazas de los cafés. La lejana tierra curva, que se extendía más allá de nuestro gran hotel, apuntaba como una flecha a la región interior del mundo de habla es-lava, cuya avalancha de distensión pronto atraería a mi padre.

Nos paramos a recuperar el aliento justo debajo del tejado de la torre. Sólo una plataforma de hierro nos suspendía sobre el abismo. Desde el punto donde estábamos podíamos ver el suelo a través de la telaraña de peldaños de acero trenzados que acabábamos de subir. El mundo que nos rodeaba se extendía más allá de las aberturas enmarca-das en piedra, todas lo bastante bajas para que un turista desprevenido se precipitara al patio de losas desde nueve pisos de altura. Elegimos un banco en el centro, miramos hacia el agua y nos sentamos tan inmóviles que entró un vencejo, con las alas arqueadas para protegerse del fuerte viento marino, y desapareció bajo el alero. Llevaba algo brillante en el pico, algo que captó el resplandor del sol cuando se alejó del agua.

La mañana siguiente de terminar de leer los papeles de Rossi —dijo mi padre— me desperté temprano. Nunca me alegré tanto de ver la luz del sol como aquella mañana. Mi primera y triste ocupación fue enterrar a *Rembrandt*. Después, no me costó ningún trabajo llegar a la biblioteca justo cuando estaban abriendo las puertas. Quería pre-pararme durante todo el día para la noche, el siguiente embate de la oscuridad. Durante muchos años la noche había sido cordial conmi-go, el capullo de silencio en el que leía y escribía. Ahora era una ame-naza, un peligro inevitable del que sólo me separaban unas pocas ho-ras. Era posible que pronto me embarcara en un viaje, con todos los preparativos que conllevaba. Sería un poco más fácil, pensé con tris-teza, si supiera adónde ir.

Reinaba un gran silencio en el vestíbulo principal de la biblioteca, salvo por el eco de los pasos de los bibliotecarios que iban a ocuparse de sus asuntos. Algunos estudiantes ya habían llegado para gozar de paz y silencio durante media hora, como mínimo. Entré en el laberinto del fichero, abrí mi libreta y empecé a sacar los cajones que necesitaba. Había varios catálogos de los Cárpatos, uno de folclore transilvano. Un libro sobre vampiros, leyendas de la tradición egipcia. Me pregunté qué tendrían en común los vampiros de todo el mundo. ¿Se parecían los vampiros egipcios a los vampiros de Europa del Este? Era un estudio adecuado para un arqueólogo, no para mí, pero de todos modos copié el número de catálogo del libro sobre la tradición egipcia.

Después busqué «Drácula». Temas y títulos estaban mezclados en el catálogo: entre «Drab-Ali el Grande» y «Dragones, Asia» habría al menos una entrada: la ficha de *Drácula* de Bram Stoker, el libro que había visto que tenía la joven de cabello oscuro el día anterior. Tal vez la biblioteca poseía dos ejemplares del clásico. Lo necesitaba en ese mismo instante. Rossi había dicho que era la destilación de las investigaciones de Stoker sobre el mito de los vampiros, y tal vez contendría sugerencias de protección que podría utilizar. No había ni una sola entrada bajo «Drácula», ni una. No había esperado que la leyenda fuera un tema capital, pero ese libro debería estar catalogado en algún sitio.

Entonces reparé en lo que había entre «Drab-Ali» y «Dragones». Un pequeño fragmento de papel retorcido en el fondo del cajón demostraba sin la menor duda que habían arrancado al menos una ficha. Corrí al cajón de «St». Tampoco aparecían entradas de «Stoker», sólo nuevas señales de un robo apresurado. Me senté en el taburete de madera más cercano. Esto era demasiado extraño. ¿Por qué iba alguien a arrancar esas fichas en particular?

La chica morena era la última que había sacado el libro, eso lo sabía. ¿Había querido borrar las pruebas de lo que había retirado? Pero si quería robar o esconder el ejemplar, ¿por qué lo había leído en público, en mitad de la biblioteca? Otra persona había robado las fichas, tal vez alguien (pero ¿por qué?) interesado en que nadie localizara el libro. Lo había hecho con prisas, sin eliminar las huellas de su fechoría. Reflexioné. El fichero era sacrosanto en la biblioteca. Cualquier estudiante que dejaba un cajón sobre una mesa y era pillado en falta recibía un severo sermón de los empleados o los bibliotecarios. Cualquier violación del catálogo tendría que haberse hecho a toda prisa, sin la menor duda, en uno de los escasos momentos en que no hubiera nadie cerca o en que el bibliotecario mirara en otra dirección. Si la joven no había cometido el delito, tal vez ignoraba que otra persona no quería que el libro fuera solicitado. Era probable que todavía se hallara en su posesión. Casi corrí hacia el escritorio principal.

La biblioteca, construida en estilo neogótico en la época en que Rossi estaba terminando sus estudios en Oxford (donde estaba rodeado de un gótico auténtico, por supuesto), siempre se me había antojado hermosa y cómica a la vez. Para llegar al mostrador de préstamos tenía que recorrer una larga nave de catedral. El mostrador ocupaba el lugar donde estaría emplazado el altar mayor de una auténtica catedral. Bajo un mural de Nuestra Señora (del Conocimiento, supongo) vestida de azul cielo, con los brazos cargados de volúmenes celestiales. Sacar un libro allí estaba impregnado de toda la santidad de tomar la comunión. Ese día se me antojaba la más cínica de las bromas, por lo cual hice caso omiso del rostro soso y poco colaborador de Nuestra Señora cuando hablé a la bibliotecaria, al tiempo que procuraba disimular mi irritación.

—Estoy buscando un libro que no se encuentra en los estantes en este momento —empecé—, y me pregunto si alguien lo tiene o está a punto de devolverlo.

La bibliotecaria, una mujer menuda y hosca de unos sesenta años, alzó la vista de su trabajo.

—El título, por favor —dijo.

—*Drácula*, de Bram Stoker.

—Un momento, por favor. Voy a ver si está. —Miró en un fichero pequeño, con el rostro inexpresivo—. Lo siento. Está en préstamo.

—Qué pena —dije con vehemencia—. ¿Cuándo lo devolverán?

—Dentro de tres semanas. Lo sacaron ayer.

—Temo que no puedo esperar tanto tiempo. Estoy *dando un curso...* Éstas solían ser las palabras mágicas.

—Puede reservarlo, si quiere —repuso con frialdad la bibliotecaria. Desvió su cabeza gris, como si quisiera reanudar su trabajo.

—Tal vez lo ha pedido uno de mis estudiantes, para leerlo antes del curso. Si me da su nombre, me pondré en contacto con él.

La mujer me miró con los ojos entornados.

—No solemos hacer eso —dijo.

—Se trata de una situación excepcional —confesé—. Seré sincero con usted. Debo utilizar una parte de ese libro para preparar el
examen que les voy a poner y... Bien, presté mi ejemplar a un estudiante que lo ha extraviado. Fue culpa mía, pero ya sabe lo que pasa
con los estudiantes. Tendría que haberlo pensado dos veces.

El rostro de la bibliotecaria se suavizó, y casi me miró con compasión.

—Es terrible, ¿verdad? —dijo moviendo la cabeza—. Perdemos
un montón de libros cada trimestre, estoy segura. Bien, déjeme ver si
puedo conseguirle el nombre, pero no vaya diciendo por ahí que le he
hecho este favor, ¿eh?

Buscó en un archivador que había a su espalda, mientras yo meditaba sobre la duplicidad que había descubierto de repente en mi
propia naturaleza. ¿Cuándo había aprendido a mentir con tal desenvoltura? Me produjo una inquietante sensación de placer. Reparé en
que había otro bibliotecario detrás del gran mostrador. Se había acercado más y me estaba observando. Era un hombre delgado de edad
madura al que había visto con frecuencia, sólo un poco más alto que
su colega y vestido desastradamente con una chaqueta de *tweed* y una
corbata manchada. Tal vez porque le había visto antes me sorprendió
el cambio obrado en su apariencia. Tenía la cara demacrada y chupa-
da, como si estuviera muy enfermo.

—¿Puedo ayudarle? —dijo de pronto, como si sospechara que
pudiera robar algo del mostrador si no me atendían al instante.

—Oh, no, gracias. —Indiqué la espalda de la bibliotecaria—. Ya
me están atendiendo.

—Entiendo.

Se apartó al tiempo que la mujer volvía con una hoja de papel,
que puso delante de mí. Y entonces no supe dónde mirar. El papel
bailaba ante mis ojos, pero el segundo bibliotecario, que se había
dado media vuelta y se había inclinado para examinar unos libros que
habían devuelto al mostrador y estaban esperando el momento de
volver a sus estantes, se agachó para posar su vista miope sobre ellos,
y entonces su cuello quedó al descubierto un momento por encima
del de la camisa y vi dos pequeñas heridas costrosas de aspecto sucio,

con un poco de sangre seca que formaba un feo encaje sobre la piel justo debajo. Después se incorporó y se alejó con los libros.

—¿Es esto lo que quería? —me estaba preguntando la bibliotecaria. Miré el papel que me estaba mostrando—. Como ve, es el resguardo de Bram Stoker, *Drácula*. Sólo tenemos un ejemplar.

El desaliñado bibliotecario dejó caer un libro al suelo, y el ruido resonó en la cavernosa nave. Se incorporó y me miró, y nunca había visto (o hasta aquel momento nunca había visto) una mirada humana tan henchida de odio y cautela.

—Es lo que usted quería, ¿verdad? —insistió la bibliotecaria.

—Oh, no —dije pensando a toda prisa—. Creo que me ha entendido mal. Estoy buscando la *Historia de la decadencia y caída del imperio romano* de Gibbon. Le dije que voy a dar un curso sobre el libro y necesitamos más ejemplares.

La mujer frunció el ceño.

—Pero yo creí...

Detestaba sacrificar sus sentimientos, incluso en ese desagradable momento, cuando me había tratado tan bien.

—No pasa nada —dije—. Quizá no he buscado bien. Volveré a mirar el catálogo.

En cuanto pronuncié la palabra «catálogo», supe que había perdido mi nueva influencia. Los ojos del alto bibliotecario se entornaron todavía más y movió la cabeza apenas, como un animal que siguiera los movimientos de su presa.

—Muchísimas gracias —murmuré cortésmente, y me alejé, sintiendo aquellos ojos penetrantes clavados en mi nuca mientras recorría el largo pasillo. Fingí examinar el catálogo un momento, y después cerré el maletín y salí decidido por la puerta principal, por la que los fieles ya estaban afluyendo en manadas para estudiar. Encontré un banco iluminado por el sol, y apoyé la espalda contra una pared neogótica, desde donde podía ver a toda la gente que entraba y salía. Necesitaba sentarme cinco minutos para pensar. La reflexión, predicaba siempre Rossi, debía ocupar el tiempo pertinente.

Sin embargo, había demasiadas cosas que asimilar. En aquel momento de confusión no sólo había visto el cuello herido del bibliotecario, sino también el nombre de la usuaria de la biblioteca que había tomado prestado *Drácula* antes que yo. Se llamaba Helen Rossi.

El viento era frío y cada vez más fuerte. Mi padre se detuvo y sacó de la bolsa de la cámara dos impermeables, uno para cada uno. Los guardaba muy bien enrollados para que cupieran con el equipo fotográfico, el sombrero de lona y un pequeño botiquín de primeros auxilios. Sin hablar, nos los pusimos encima de nuestras chaquetas cruzadas y continuamos.

Sentado bajo el sol de finales de primavera, mientras veía cómo la universidad despertaba a sus actividades habituales, experimenté una repentina envidia de todos aquellos estudiantes de aspecto corriente que iban de un lado a otro. Pensaban que el examen del día siguiente era un serio desafío, o que la política del departamento constituía un drama increíble, reflexioné con amargura. Ninguno de ellos hubiera podido comprender mi apuro, ni ayudarme a salir de él. De pronto, sentí la soledad de estar fuera de mi institución, de mi universo, una abeja obrera expulsada de la colmena. Y este estado de cosas, comprendí con sorpresa, se había producido en menos de cuarenta y ocho horas.

Tenía que pensar con claridad y rapidez. En primer lugar, había observado lo que el propio Rossi había denunciado. Alguien ajeno a la amenaza inmediata que acechaba a Rossi (en este caso un bibliotecario sucio de aspecto excéntrico) había sido mordido en el cuello. Supongamos, me dije, y casi me reí de la ridiculez de lo que empezaba a creer, supongamos que un vampiro mordió a nuestro bibliotecario, y hace muy poco. Rossi había desaparecido de su despacho (con derramamiento de sangre, me recordé) tan sólo dos noches antes. Daba la impresión de que Drácula, si andaba suelto, tenía predilección no sólo por lo mejor del mundo académico (me acordé del pobre Hedges), sino también por los bibliotecarios, los archivistas. No (me senté muy tieso tras ver la pauta), tenía predilección por aquellos que manipulaban archivos relacionados con su leyenda. Primero teníamos a aquel burócrata que se había apoderado del mapa de Rossi en Estambul. También al investigador del Smithsonian, pensé, al recordar la última carta de Rossi. Y, por supuesto, amenazado desde el primer momento, al propio Rossi, quien poseía un ejemplar de «uno de esos bonitos libros» y había examinado otros documentos, posiblemente importantes. Y después al bibliotecario, aunque yo no tenía pruebas de que hubiera manejado ningún documento relacionado con Drácula. Y por fin... ¿yo?

Recogí mi maletín y corrí a una cabina telefónica cercana al refectorio de los estudiantes.

—Información de la universidad, por favor. —Nadie me había seguido, por lo que yo podía ver, pero cerré la puerta y vigilé a los transeúntes—. ¿Consta inscrita una tal señorita Helen Rossi? Sí, estudiante de posgrado —aventuré.

La operadora de la universidad era lacónica. La oí mover papeles con parsimonia.

—Tenemos a una H. Rossi en el dormitorio femenino de posgrado.

—Ésa es. Muchísimas gracias. —Apunté el número y marqué de nuevo. Contestó un ama de llaves, de voz penetrante y protectora.

—¿La señorita Rossi? ¿Quién llama, por favor?

Oh, Dios. No había pensado en eso.

—Su hermano —me apresuré a contestar—. Me dijo que la localizaría en este número.

Oí pasos que se alejaban del teléfono, otros más firmes que se acercaban, el roce de una mano al levantar el auricular.

—Gracias, señorita Lewis —dijo una voz lejana, a modo de despedida. Después habló en mi oído y escuché el tono bajo y enérgico que recordaba de la biblioteca—. No tengo ningún hermano —dijo. Sonó como una advertencia, no como una mera información—. ¿Quién es usted?

Mi padre se frotó las manos para calentarlas, y las mangas de su chaqueta crujieron como papel de seda. Helen, pensé, aunque no osé repetir el nombre en voz alta. Era un nombre que siempre me había gustado. Me evocaba algo hermoso y valiente, como la portada prerrafaelita que plasmaba a Helena de Troya en mi ejemplar de *La Ilíada para niños*, que tenía en mi casa de Estados Unidos. Por encima de todo, había sido el nombre de mi madre, un tema del que mi padre nunca hablaba.

Le miré fijamente, pero ya estaba volviendo a hablar.

—Un té caliente en uno de esos cafés de ahí abajo —dijo—. Eso es lo que necesito. ¿Qué opinas?

Observé por primera vez en su cara (la cara hermosa y discreta de un diplomático), las espesas ojeras que dotaban a su nariz de una apariencia de haber sido estrujada en la base, como si nunca durmiera bastante. Se levantó y estiró, y después nos asomamos a cada una de las vistas enmarcadas por última vez. Me retuvo un poco, como temeroso de que fuera a caer.

17

Atenas puso nervioso a mi padre, además de cansarlo. Lo vi con toda claridad nada más pasado un día después de nuestra llegada. Por mi parte, me pareció estimulante. Me gustaban las sensaciones combinadas de decadencia y vitalidad, el tráfico asfixiante y maloliente que daba vueltas alrededor de sus parques, plazas y restos de antiguos monumentos, el Jardín Botánico con un león enjaulado en el centro, la Acrópolis en lo alto, con toldos de restaurantes de aspecto frívolo aleteando alrededor de su base. Mi padre prometió que subiríamos a ver el panorama en cuanto tuviéramos tiempo. Era febrero de 1974, la primera vez en casi tres meses que él viajaba, y me había traído a regañadientes, porque no le gustaba la presencia de los militares en las calles. Yo tenía la intención de disfrutar al máximo de cada momento.

En el ínterin, trabajaba con diligencia en la habitación de nuestro hotel, mirando por una ventana las alturas coronadas de templos, como si pudieran ponerse a volar después de dos mil quinientos años y desaparecer sin que yo los hubiera explorado. Veía las calles, callejas y callejuelas que ascendían hasta la base del Partenón. Sería un paseo largo y lento (estábamos otra vez en un país cálido, donde el verano empezaba pronto), entre casas encaladas y tiendas de albañilería donde servían limonadas, un sendero que desembocaba en antiguos mercados y templos de vez en cuando, y después atravesaba barrios con los techos de tejas. Veía parte de ese laberinto desde la mugrienta ventana. Ascendíamos de una panorámica a otra, veíamos lo que los habitantes del barrio de la Acrópolis veían desde su puerta cada día. Imaginaba desde aquí las vistas de ruinas, edificios municipales, parques semitropicales, calles serpenteantes, iglesias coronadas de oro o de tejas rojas que destacaban en la luz nocturna como rocas de colores diseminadas en una playa grisácea.

Más lejos, veíamos las cordilleras lejanas de edificios de apartamentos, hoteles más nuevos que el nuestro, una extensión de suburbios que habíamos atravesado en tren el día anterior. Más allá, la distancia era excesiva para dar rienda suelta a la imaginación. Mi padre se secó la cara con el pañuelo. Y supe, al mirarle de reojo, que cuando llegáramos a la cumbre no sólo me enseñaría las ruinas antiguas, sino también otro destello de su pasado.

El restaurante que había elegido —dijo mi padre— estaba lo bastante lejos del campus para sentirme fuera del alcance del siniestro bibliotecario (quien no debía abandonar su puesto de trabajo, pero probablemente hacía un alto para comer en algún sitio), pero lo bastante cerca para constituir una proposición razonable, no un lugar solitario donde un asesino múltiple se citaría con una mujer a la que apenas conocía. No estoy seguro de si esperaba que llegaría con retraso, vacilante acerca de mis motivos, pero Helen se me adelantó, de manera que cuando abrí la puerta del restaurante, la vi quitándose su pañuelo de seda azul en un rincón alejado, y también sus guantes blancos. Recuerda que aún vivíamos en una época de complementos encantadores pero poco prácticos, incluso para las universitarias menos feministas. Llevaba el pelo apartado de la cara, de manera que cuando se volvió a mirarme, tuve la sensación de que sus ojos eran todavía más enormes de lo que había pensado el día anterior, en la mesa de la biblioteca.

—Buenos días —dijo con voz fría—. Le he pedido un café, pues sonaba muy fatigado por teléfono.

Esto se me antojó presuntuoso (¿cómo podía diferenciar mi voz fatigada de la descansada, y qué pasaría si mi café llegaba frío?), pero esta vez me presenté y estreché su mano, mientras intentaba disimular mi inquietud. Deseaba interrogarla de inmediato sobre su apellido, pero pensé que sería mejor esperar una buena oportunidad. Sentí su mano suave, seca y fría en la mía, como si aún llevara los guantes. Me senté ante ella, y me arrepentí de no haberme puesto una camisa limpia, aunque fuera a cazar vampiros. Su blusa blanca masculina, severa bajo la chaqueta negra, tenía un aspecto inmaculado.

—¿Por qué pensé que volvería a saber de usted?

Su tono era casi insultante.

—Sé que le parecerá extraño. —Me senté muy tieso y traté de mirarla a los ojos, mientras me preguntaba si podría hacerle todas las preguntas que quería antes de que se levantara y me dejara plantado otra vez—. Lo siento. No se trata de ninguna broma pesada, y no es mi intención molestarla o inmiscuirme en su trabajo.

Ella asintió, como si me siguiera la corriente. Al examinar su rostro, me sorprendió que su apariencia general (y su voz, sin la menor duda) era una mezcla de fealdad y elegancia, lo cual me dio ánimos, como si la revelación la hiciera más humana.

—Esta mañana he descubierto algo extraño —empecé con renovada confianza—. Por eso la llamé sin pensarlo dos veces. ¿Aún conserva el ejemplar de *Drácula* de la biblioteca?

Fue rápida, pero yo más, puesto que estaba esperando el estremecimiento y la pérdida de color de la cara ya de por sí pálida.

—Sí —dijo con cautela—. ¿Por qué le interesa lo que otra persona pide prestado en la biblioteca?

Hice caso omiso de su cebo.

—¿Arrancó todas las fichas del catálogo pertenecientes a ese libro?

Esta vez su reacción fue sincera y sin disimulos.

—¿Cómo dice?

—Esta mañana fui al fichero para buscar información sobre..., sobre el tema que, al parecer, los dos estamos estudiando. Descubrí que todas las fichas sobre Drácula y Stoker habían sido arrancadas del cajón.

Su rostro se había puesto tenso y me estaba mirando, la fealdad muy cerca de la superficie ahora, los ojos demasiado brillantes. Pero en aquel momento, por primera vez desde la desaparición de Rossi, sentí un alivio infinitesimal de mi carga, un desplazamiento del peso de la soledad. Ella no se había reído de mi melodrama, como habría podido llamarlo, ni había fruncido el ceño, perpleja. Lo más importante: no había astucia en su expresión, nada que indicara que estaba hablando con una enemiga. Su rostro sólo registró una emoción, lo máximo que se permitió: un destello fugaz de miedo.

—Las fichas estaban en su sitio ayer por la mañana —dijo poco a poco, como si dejara un arma sobre la mesa y se preparara para hablar—. Primero busqué *Drácula*, y había una entrada, sólo un ejemplar. Después me pregunté si tendrían otras obras de Stoker, y también las busqué. Había algunas entradas bajo su nombre, incluyendo una de *Drácula*.

El indiferente camarero del restaurante dejó los cafés sobre la mesa, y Helen acercó el suyo sin mirarlo. Pensé en Rossi con repentina añoranza, cuando nos servía un café muchísimo mejor que ése, parte de su exquisita hospitalidad. Oh, tenía que hacer más preguntas a esa extraña joven.

—Es evidente que alguien no quiere que usted, yo, o quien sea tome prestado ese libro —indiqué. Lo dije en voz baja, sin dejar de observarla.

—Eso es lo más ridículo que he oído en mi vida —replicó con brusquedad ella, al tiempo que añadía azúcar en el café y lo removía. No obstante, no parecía muy convencida de sus propias palabras, de manera que insistí.

—¿Aún conserva el libro?

—Sí. —Su cuchara cayó con un estruendo iracundo—. Está en mi bolso.

Bajó la vista y observé a su lado el maletín que llevaba el día anterior.

—Señorita Rossi —dije—, le ruego que me disculpe, y temo que voy a parecer un maníaco, pero creo que la posesión de ese libro comporta cierto peligro, pues es evidente que alguien desea que usted no lo tenga.

—¿Por qué cree eso? —contestó sin mirarme a los ojos—. ¿Quién cree que es esa persona?

Un leve rubor se había extendido sobre sus pómulos una vez más, y miró su taza con aspecto culpable. Era la única forma de describirlo: su aspecto era claramente culpable. Me pregunté horrorizado si no estaría confabulada con el vampiro: la novia de Drácula, pensé espantado, y las sesiones matinales cinematográficas de los domingos me asaltaron con veloces fotogramas. El pelo oscuro encajaría, el fuerte acento inidentificable, los labios como una mancha de moras sobre la piel pálida, la elegante indumentaria blanca y negra. Aparté esa idea de mi mente con firmeza. Era una fantasía, propia de mi estado de ánimo agitado.

—¿Conoce a alguien que querría apartarla de ese libro?

—Pues sí, la verdad, pero no es asunto suyo. —Me fulminó con la mirada y se concentró en su café—. ¿Por qué anda en busca de ese libro? Si quería mi número de teléfono, ¿por qué no se limitó a pedírmelo, sin tantas alharacas?

Esta vez fui yo quien se ruborizó. Hablar con esa mujer era como recibir una serie de bofetadas, asestadas de una manera arrítmica para que no pudieras adivinar cuándo iba a llegar la siguiente.

—No tenía la menor intención de pedirle su número de teléfono, hasta que me di cuenta de que habían arrancado esas fichas del archivador, y se me ocurrió que usted sabría algo al respecto —dije tirante—. Necesitaba muchísimo el libro, así que fui a la biblioteca para saber si tenían un segundo ejemplar y poder utilizarlo.

—Y como no lo tenían —dijo ella con vehemencia—, encontró la excusa perfecta para llamarme. Si quería mi libro, ¿por qué no lo reservó?

—Lo necesito ya —repliqué.

Su tono empezaba a exasperarme. Era muy posible que estuviéramos metidos en un lío grave, y ella estaba hablando de nuestro encuentro como si fuera una excusa por mi parte para obtener una cita, cosa que no era cierta. Me recordé que ella no podía saber en qué espantosa situación me hallaba. Después se me ocurrió que, si le contaba toda la historia, tal vez no pensara que estaba loco, aunque podía ponerla en un peligro todavía mayor. Suspiré en voz alta sin querer.

—¿Intenta intimidarme para que le dé el libro? —Su tono era un poco más suave, y capté el humor que hizo temblar su enérgica boca—. Creo que sí.

—No, de ninguna manera, pero me gustaría saber quién cree que se opone a que haya pedido prestado el libro.

Dejé mi taza sobre la mesa y la miré.

Movió los hombros inquieta bajo la lana ligera de su chaqueta. Vi un pelo largo pegado a la solapa, una hebra de su oscuro cabello, pero que lanzaba destellos cobrizos sobre la tela negra. Dio la impresión de que estaba meditando antes de decir algo.

—¿Quién es usted? —preguntó de repente.

Tomé la pregunta en su sentido académico.

—Soy estudiante de posgrado, de la rama de historia...

—¿Historia?

Fue una interrupción veloz, casi airada.

—Estoy escribiendo mi tesis sobre el comercio holandés en el siglo diecisiete.

—Ah. —Permaneció en silencio un momento—. Yo soy antropóloga —dijo por fin—, pero también me interesa mucho la historia. Estudio las costumbres y tradiciones de los Balcanes y la Europa Central, sobre todo de mi nativa... —su voz bajó un poco de volumen, pero con tristeza, no en tono de secretismo—, de mi nativa Rumanía.

Esta vez fui yo quien dio un respingo. Esto era cada vez más peculiar.

—¿Por eso quería leer *Drácula*? —pregunté.

Su sonrisa me sorprendió (blanca, uniforme, los dientes algo pequeños para una cara de rasgos tan marcados, los ojos brillantes). Después apretó los labios de nuevo.

—Supongo que podría decirse así.

—No está contestando a mi pregunta —señalé.

—¿Debería hacerlo? —Se encogió de hombros—. Es usted un completo desconocido, y encima quiere llevarse mi libro.

—Puede que esté en peligro, señorita Rossi. No intento amenazarla, sino que hablo muy en serio.

Sus ojos se entornaron.

—Usted también está ocultando algo —dijo—. Hablaré si usted habla.

Yo nunca había visto, conocido ni hablado a una mujer así. Era combativa sin flirtear ni un ápice. Tuve la sensación de que sus palabras eran un estanque de agua fría, en el cual me zambullía sin pararme a pensar en las consecuencias.

—De acuerdo. Usted contesta antes a mi pregunta —dije, imitando su tono—. ¿Quién cree que se opone a que el libro se halle en su posesión?

—El profesor Bartholomew Rossi —replicó con voz sarcástica, áspera—. Usted estudia historia. Puede que haya oído hablar de él.

Me quedé patidifuso.

—¿El profesor Rossi? ¿Qué...? ¿Qué quiere decir?

—Yo he contestado a su pregunta —dijo. Se enderezó, ajustó su chaqueta y colocó un guante sobre el otro, una vez más, como si hubiera finalizado una tarea. Me pregunté por un momento si estaba disfrutando del efecto que sus palabras habían obrado en mí al verme tartamudear—. Ahora hábleme de ese melodrama sobre el peligro que supone un libro.

—Señorita Rossi —dije—, se lo diré. Lo que pueda. Pero haga el favor de explicarme cuál es su relación con el profesor Bartholomew Rossi.

La mujer se inclinó, abrió la bolsa donde guardaba el libro y sacó un estuche de piel.

—¿Le importa si fumo? —Por segunda vez, vi aquella desenvoltura masculina que parecía apoderarse de ella cuando dejaba a un lado sus gestos defensivos femeninos—. ¿Le apetece uno?

Negué con la cabeza. Detestaba los cigarrillos, aunque casi habría aceptado uno de aquella suave mano. Inhaló el humo sin florituras, como una experta.

—No sé por qué cuento esto a un desconocido —dijo en tono pensativo—. Supongo que me afecta la soledad de este lugar. Apenas he hablado con nadie desde hace dos meses, salvo sobre trabajo. Usted no me parece un chismoso, aunque bien sabe Dios que mi departamento está lleno de ellos. —Oí que su acento tomaba forma bajo las palabras, que pronunció con suave resentimiento—. Pero si cumple su promesa... —Apareció de nuevo la mirada dura. Se estiró, con el cigarrillo sobresaliendo de manera desafiante de su mano—. Mi relación con el famoso profesor Rossi es muy sencilla. O debería serlo. Es mi padre. Conoció a mi madre mientras estaba en Rumanía buscando información sobre Drácula.

Mi café se derramó sobre la mesa, sobre mi regazo, sobre la pechera de mi camisa (que de todos modos no estaba demasiado limpia), y salpicó su mejilla. Se secó con una mano y me miró.

—Santo Dios, lo siento, lo siento

Intenté limpiar el desastre, con la ayuda de las dos servilletas.

—Esto sí que le ha sorprendido —dijo sin moverse—. Debe conocerle, pues.

—Sí —admití—. Es el director de mi tesis. Pero nunca me habló de Rumanía, ni de que... tenía una familia.

—No la tiene. —La frialdad de su voz me atravesó como un cuchillo—. Yo no le conozco, aunque supongo que ya sólo es cuestión de tiempo. —Se reclinó en la silla y hundió los hombros, como desafiándome a acercarme—. Le he visto una vez desde lejos, en una conferencia. Imagínese usted, ver a tu padre por primera vez desde lejos, así.

Yo había convertido las servilletas en un montón de tela empapada, y lo aparté todo a un lado, montón, café, taza, cuchara.

—¿Por qué?

—Es una historia muy rara —dijo. Me miró, pero no como abstraída. Daba la impresión de estar estudiando mis reacciones—. De acuerdo. Es una historia de un romance pasajero. —Esto sonó extraño con su acento, aunque no se me ocurrió sonreír—. Quizá no sea tan rara. Conoció a mi madre en el pueblo de ella, disfrutó un tiempo de su compañía y se fue al cabo de unas semanas, dejando una dirección de Inglaterra. Después de marcharse, mi madre descubrió que estaba embarazada, y después, su hermana, que estaba en Hungría, la ayudó a huir antes de que yo naciera.

—Nunca me dijo que había estado en Rumanía —dije con voz ronca.

—No me sorprende. —La mujer fumó con amargura—. Es lo mismo que me dijo mi madre. Le escribió desde Hungría a la dirección que había dejado, y le habló de mí, su hija. Él contestó diciendo que no tenía ni idea de quién era ella o de cómo había encontrado su nombre, y que nunca había estado en Rumanía. ¿Puede imaginar algo tan cruel?

Clavó en mí sus ojos, enormes y negros como el carbón.

—¿En qué año nació?

No se me ocurrió pedir perdón antes de hacer esta pregunta a una dama. Era tan diferente a todas las que había conocido que no parecía posible aplicarle las reglas habituales.

—En 1931 —anunció—. En una ocasión, mi madre me llevó unos días a Rumanía, antes incluso de que yo supiera algo sobre Drácula, pero ni siquiera entonces ella quiso regresar a Transilvania.

—Dios mío —susurré inclinándome sobre la cubierta de formica—. Dios mío. Pensaba que me lo había contado todo, pero no me habló de esto.

—¿Qué le contó? —preguntó con brusquedad.

—¿Por qué no se ha reunido con él? ¿No sabe que usted está aquí?

Me miró de una forma extraña, pero contestó sin más dilación.

—Supongo que podríamos decir que es una especie de juego. Una fantasía mía. —Hizo una pausa—. No me iba nada mal en la Universidad de Budapest. De hecho, me consideraban un genio.

Lo anunció casi con modestia. Su inglés era fenomenalmente bueno, me di cuenta por primera vez, sobrenaturalmente bueno. Tal vez sí que era un genio.

—Mi madre no terminó la escuela primaria, aunque le parezca increíble, si bien recibió más educación en una época posterior de su vida, pero yo iba a la universidad a los dieciséis años. Mi madre me habló de mi herencia paterna, por supuesto, y conocemos los notables libros del profesor Rossi incluso en las lóbregas profundidades del bloque socialista: la civilización minoica, los cultos religiosos mediterráneos, la era de Rembrandt. Como escribió con simpatía sobre el socialismo británico, nuestro Gobierno permite la distribución de sus obras. Estudié inglés en el instituto. ¿Quiere saber por qué? Para leer la asombrosa obra del doctor Rossi en su lengua original. Tampoco fue muy difícil averiguar dónde estaba. Vi el nombre de la universidad en las solapas de sus libros, y me juré que iría allí algún día. Lo pensé todo concienzudamente. Establecí los contactos políticos pertinentes. Empecé fingiendo que quería estudiar la gloriosa revolución laborista en Inglaterra. Y cuando llegó el momento, pude escoger una beca. Gozamos de cierta libertad en Hungría en los últimos tiempos, aunque, ya que hablamos de empaladores, todo el mundo se pregunta durante cuánto tiempo más seguirán permitiendo los soviéticos esa libertad. En cualquier caso, fui a Londres por primera vez para pasar seis meses, y después me concedieron una beca para venir aquí, hace cuatro meses.

Exhaló una espiral de humo gris, pensativa, sin dejar de mirarme. Se me ocurrió que Helen Rossi corría más peligro de ser perseguida por los gobiernos comunistas, a los que se refería con tanto cinismo, que por Drácula. Tal vez ya había desertado a Occidente. Tomé nota mentalmente de preguntárselo más adelante. ¿Más adelante? ¿Qué había sido de su madre? ¿Se había inventado todo esto en Hungría, con el objetivo de anclarse a la reputación de un famoso académico occidental?

Helen estaba siguiendo su propia línea de pensamiento.

—¿No le parece bonita la película? La hija perdida resulta ser un genio, encuentra a su padre, feliz reunión. —La amargura de su tono revolvió mi estómago—. Pero no era eso lo que tenía en mente. He venido para que oiga hablar de mí, como por accidente. Mis publicaciones, mis conferencias. Veremos si entonces puede esconderse de su pasado, hacer caso omiso de mí como lo hizo de mi madre. Y sobre lo de Drácula... —Me apuntó con el cigarrillo—. Mi madre, bendita sea su sencilla alma por pensar en eso, me dijo algo al respecto.

—¿Qué? —pregunté con voz débil.

—Me habló de la investigación especial de Rossi sobre el tema. No supe nada de eso hasta el verano pasado, antes de venir a Londres. Fue así como se conocieron. Él iba preguntando por el pueblo acerca del mito de los vampiros, y ella sabía algo de los vampiros locales por su padre y sus compinches. En ese ambiente, un hombre solo no aborda en público a una chica joven así como así, pero supongo que no se le ocurrió nada más. Es historiador, ya sabe, no antropólogo. Estaba en Rumanía buscando información sobre Vlad el Empalador, nuestro querido conde Drácula. ¿Y no le parece extraño —se inclinó hacia delante de repente, y acercó su cara a la mía más que nunca, pero con ferocidad, no para seducirme—, no le parece de lo más raro que no haya publicado nada sobre el tema? Nada de nada, como sin duda sabrá. ¿Por qué?, me pregunté. ¿Por qué el famoso explorador de territorios históricos, y de mujeres, al parecer, puesto que quién sabe cuántas otras hijas geniales habrá abandonado por ahí, no ha publicado nada sobre esta investigación tan peculiar?

—¿Por qué? —pregunté sin moverme.

—Yo se lo diré. Porque lo está reservando para una *grande finale*. Es su secreto, su pasión. ¿Por qué, si no, iba a guardar silencio un erudito? Pero le aguarda una sorpresa. —Su adorable sonrisa era como una mueca esta vez, y no me gustó—. No se creerá cuánto terreno he cubierto en un año, desde que me enteré de su pequeña afición. No me he puesto en contacto con el profesor Rossi, pero me he encargado de que el departamento se haya enterado de mi erudición. Qué vergüenza supondrá para él que otra persona publique antes la obra definitiva sobre el tema, alguien de su mismo apellido. Es hermoso. Hasta adopté su apellido cuando llegué, un *nom-de-plume* académico, como si dijéramos. Además, en el bloque socialista no nos gusta que otra gente robe nuestra herencia y haga comentarios al respecto. No suelen entenderla bien.

Debí de gruñir en voz alta, porque la joven hizo una pausa y me miró con el ceño fruncido.

—Cuando acabe este verano, sabré más que nadie en el mundo sobre la leyenda de Drácula. Quédese con su libro, por cierto. —Abrió de nuevo la bolsa y lo dejó caer sobre la mesa con un ruido horrible, entre ambos—. Sólo estaba comprobando algo ayer, y no tenía tiempo de ir a casa a buscar mi ejemplar. Como ve, ni siquiera lo necesito. Sólo es literatura, en cualquier caso, y me conozco el maldito asunto casi de memoria.

Mi padre miró a su alrededor como lo haría un hombre perdido en un sueño. Llevábamos de pie en la Acrópolis un cuarto de hora sin decir nada, con los pies plantados sobre aquella cumbre de la civilización antigua. Yo estaba admirada por las columnas musculosas que se alzaban sobre nosotros, y sorprendida al descubrir que la vista más lejana era un horizonte montañoso, largas cordilleras resecas que se cernían sobre la ciudad a esa hora del crepúsculo. Pero cuando empezamos a bajar, y salió de su ensueño para preguntar si me gustaba el gran panorama, tardé un minuto en concentrarme y contestar. Había estado pensando sobre la noche anterior.

Había ido a su cuarto un poco más tarde de lo habitual para que repasara mis deberes de álgebra, y le había encontrado escribiendo, reflexionando sobre los documentos del día, como hacía con frecuencia por las noches. Estaba sentado muy inmóvil, con la cabeza inclinada sobre el escritorio, encorvado sobre los papeles, no erguido y pasando las páginas con su habitual eficiencia. Desde la puerta yo no podía saber si estaba repasando algo que acababa de escribir, concentrado, casi sin verlo, o si estaba esforzándose por no dormirse. Su forma arrojaba una gran sombra sobre la pared desnuda de la habitación, la figura de un hombre inclinado sobre otro escritorio, más oscuro. De no saber lo cansado que estaba, si no hubiera reconocido la forma familiar de sus hombros encorvados sobre la página, tal vez por un segundo habría pensado, de no conocerle, que estaba muerto.

18

Un tiempo diáfano y triunfal, días interminables como un cielo de montaña, nos siguieron con la primavera hasta Eslovenia. Cuando pregunté si tendríamos tiempo de volver a ver Emona (ya la relacionaba con una etapa anterior de mi vida, de un sabor diferente por completo, y con un principio, y ya he dicho antes que uno procura volver a visitar esos lugares), mi padre se apresuró a decir que estaríamos demasiado ocupados, que nuestro destino era un gran lago al norte de Emona mientras durara su congreso, y luego regresaríamos a Amsterdam para que no me retrasara en los estudios. Cosa que nunca sucedía, pero la posibilidad preocupaba a mi padre.

El lago Bled, cuando llegamos, no me decepcionó. Había inundado un valle alpino al final de una era glaciar y proporcionó a los primitivos nómadas un lugar de descanso, en casas con techo de paja alzadas sobre el agua. Ahora se extendía como un zafiro en las manos de los Alpes, y la brisa del atardecer levantaba cabrillas en su superficie bruñida. Desde un borde empinado se alzaba un acantilado más alto que los demás, sobre el cual descansaba uno de los grandes castillos de Eslovenia, restaurado por la Dirección de Turismo con un buen gusto increíble. Sus almenas dominaban una isla, donde un ejemplo de aquellas modestas iglesias de tejado rojo, al estilo austríaco, flotaba como un pato, y había barcos que iban a la isla cada pocas horas. El hotel, como de costumbre, era de acero y vidrio, modelo de turismo socialista número cinco, y nos escapamos el segundo día para dar un paseo por la parte más baja del lago. Dije a mi padre que no creía poder aguantar veinticuatro horas más sin ver el castillo que dominaba el panorama lejano en cada comida, y él lanzó una risita.

—Si es así, iremos —dijo. El nuevo período de distensión era todavía más prometedor de lo que su equipo había supuesto, y algunas arrugas de su frente se habían relajado desde nuestra llegada.

La mañana del tercer día, tras acabar una nueva redacción diplomática de lo que ya había redactado el día anterior, tomamos un pequeño autobús que rodeaba el lago y llegaba casi a la altura del castillo, y luego bajamos para subir andando hasta la cumbre. El castillo estaba construido con piedras color pardo, como hueso descolorido, ensambladas pulcramente tras un largo período de degradación. Cuando atravesamos el primer pasadizo y desembocamos en una cámara real (supuse), lancé una exclamación ahogada: a través de una vidriera emplomada, la superficie del lago brillaba trescientos metros más abajo, una extensión blanca bajo la luz del sol. Daba la impresión de que el castillo se aferraba al borde del precipicio tan sólo con las uñas de los pies. La iglesia amarilla y roja de la isla, el alegre barco que estaba atracando en aquel momento entre diminutos macizos de flores rojas y amarillas, el enorme cielo azul, todo había servido de acicate a siglos de turistas.

Pero el castillo, con sus rocas desgastadas desde el siglo XII, sus hachas de combate, lanzas y hachuelas dispuestas en forma de tienda india en cada esquina, que amenazaban con derrumbarse si las tocabas, era la esencia del lago. Aquellos primitivos moradores, que ascendieron hacia el cielo desde sus cabañas de techo de paja inflamables, habían elegido al fin encaramarse aquí con las águilas, gobernados por un señor feudal. Pese a la excelente restauración, una vida antigua respiraba en el palacio. Me volví hacia la siguiente estancia y vi, en un ataúd de cristal y madera, el esqueleto de una mujer menuda, muerta mucho antes de la aparición del cristianismo, con una capa de bronce que descansaba sobre su esternón desmoronado, anillos de bronce verde que resbalaban de los huesos de sus dedos. Cuando me incliné sobre el ataúd para mirarla, me sonrió de repente con cuencas oculares como pozos gemelos.

En la terraza del castillo llegó el té en teteras de porcelana, una elegante concesión al turismo. Era fuerte y bueno, y por una vez, los terrones de azúcar envueltos en papel no estaban rancios. Mi padre había enlazado con fuerza las manos sobre la mesa de hierro. Tenía los nudillos blancos. Contemplé el lago, y luego le serví otra taza.

—Gracias —dijo. Había un dolor distante en sus ojos. Reparé

de nuevo en lo cansado y delgado que parecía últimamente. ¿Debería ir al médico?—. Escucha, cariño —dijo, y se volvió un poco para que pudiera ver su perfil recortado contra aquel terrorífico precipicio y el agua centelleante. Hizo una pausa—. ¿Has pensado en escribirlas?

—¿Las historias? —pregunté. Mi corazón se encogió y aceleró.

—Sí.

—¿Por qué? —repliqué al final. Era una pregunta adulta, sin rastro de trucos infantiles. Me miró y pensé que, detrás de toda la fatiga, sus ojos estaban henchidos de bondad y dolor.

—Porque si no lo haces tú, tendré que ocuparme yo —contestó. Después dedicó su atención al té y comprendí que no volvería a hablar de ello.

Aquella noche, en la habitación pequeña y lúgubre del hotel contigua a la suya, empecé a escribir todo cuanto me había contado mi padre. Él siempre había dicho que yo tenía una memoria excelente, demasiado buena, subrayaba a veces.

A la mañana siguiente, mi padre me dijo durante el desayuno que quería descansar dos o tres días. Me costó imaginarle descansando, pero vi círculos oscuros bajo sus ojos y me gustó la idea de que se tomara un tiempo libre. Me dio la impresión de que le había pasado algo, que una nueva y silenciosa angustia le estaba minando. Pero sólo me dijo que echaba de menos las playas adriáticas. Tomamos un tren expreso que nos llevó hacia el sur, atravesando estaciones con los nombres escritos tanto en alfabeto latino como en cirílico, y luego otras cuyos nombres sólo estaban en cirílico. Mi padre me enseñó el nuevo alfabeto, y yo me divertía intentando leer en voz alta los letreros de las estaciones, cada uno de los cuales se me antojaron palabras codificadas capaces de abrir una puerta secreta.

Se lo expliqué a mi padre y sonrió un poco, reclinado en nuestro compartimiento con un libro apoyado sobre el maletín. Su mirada vagaba con frecuencia desde su trabajo a la ventanilla, por donde veíamos jóvenes a bordo de pequeños tractores provistos de arados, a veces un caballo que tiraba de un carro, ancianas encorvadas en sus huertos, escardando y raspando. Seguimos avanzando hacia el sur, y la tierra se tiñó de oro y verde, y luego trepamos a montañas grises rocosas, que descendían a nuestra izquierda hasta un mar rutilante. Mi padre exhaló un profundo suspiro, pero de satisfacción, no la leve exclamación fatigada que cada vez se le escapaba con más frecuencia.

Bajamos del tren en una bulliciosa ciudad, y mi padre alquiló un coche con el que recorrimos las sinuosas curvas de la carretera de la costa. Los dos estiramos el cuello para ver el agua a un lado (se extendía hasta un horizonte invadido por la bruma del atardecer), y al otro lado las ruinas esqueléticas de fortalezas otomanas, que se alzaban hacia el cielo.

—Los turcos retuvieron esta tierra durante muchísimo tiempo —musitó mi padre—. Su invasión implicó todo tipo de crueldades, pero gobernaron con bastante tolerancia, como suele ocurrir con los imperios una vez que la conquista se ha consolidado, y también con eficacia, durante cientos de años. Es una tierra yerma, pero les facilitó el control del mar. Necesitaban estos puertos y bahías.

La ciudad donde nos detuvimos estaba al lado del mar. El pequeño puerto estaba abarrotado de barcas de pesca que entrechocaban mutuamente en un oleaje transparente. Mi padre quería alojarse en una isla cercana, y alquiló una barca con un ademán dirigido a su propietario, un anciano con una boina negra encasquetada en la parte posterior de la cabeza. El aire era caliente, incluso a esa hora avanzada de la tarde, y la espuma que rozaba mis dedos era fresca, pero no fría. Me incliné sobre la proa, sintiéndome un mascarón.

—Cuidado —dijo mi padre, al tiempo que me sujetaba por el jersey.

El barquero nos acercó al puerto de la isla, un pueblo antiguo con una elegante iglesia de piedra. Pasó un cabo alrededor de una bita en el muelle y me ofreció una mano marchita para bajar de la barca. Mi padre le pagó con unos cuantos billetes socialistas de colores, y el hombre se llevó la mano a la boina. Antes de volver a su asiento se volvió.

—¿Su chica? —gritó en inglés—. ¿Hija?

—Sí —dijo mi padre, sorprendido.

—Le doy mi bendición —dijo el hombre, y dibujó una cruz en el aire cerca de mí.

Mi padre encontró unas habitaciones que daban al interior, y después salimos a cenar a un restaurante al aire libre cercano a los muelles. El crepúsculo descendía con parsimonia, y observé las primeras estrellas que se hacían visibles sobre el mar. Una brisa, más fría ahora que la de la tarde, transportaba los aromas que ya había aprendido a amar: cipreses y lavanda, tomillo, romero.

—¿Por qué los buenos olores aumentan de intensidad cuando oscurece? —pregunté a mi padre. Era algo que me intrigaba, pero servía también para aplazar cualquier otra conversación. Necesitaba tiempo para recuperarme en un lugar donde hubiera luces y gente hablando, necesitaba, al menos, apartar la vista de las manos envejecidas y temblorosas de mi padre.

—¿Es eso cierto? —preguntó con aire ausente, pero me aportó cierto alivio. Aferré su mano para impedir que temblara, y él la cerró, todavía ausente, sobre la mía. Era demasiado joven para hacerse viejo. En el interior, las siluetas de las montañas bailaban casi hasta hundirse en el agua, se cernían sobre las playas, casi sobre nuestra isla. Cuando estalló la guerra civil en aquellas montañas costeras casi veinte años después, cerré los ojos y las recordé, estupefacta. Era incapaz de imaginar que sus pendientes albergaran suficiente gente para combatir en una guerra. Parecían absolutamente vírgenes cuando las vi, desprovistas de viviendas humanas, hogar de ruinas desiertas, guardianas sólo del monasterio sobre el mar.

19

Después de que Helen Rossi tirara sobre la mesa el libro de *Drácula*, que sin duda debía considerar nuestra manzana de la discordia, casi esperé que todo el mundo se levantara y huyera, o que alguien gritara «¡Ajá!» y se abalanzara sobre nosotros con intención de matarnos. Nada de esto sucedió, por supuesto, y ella se quedó mirándome con aquella misma expresión de amargo placer. ¿Podía esta mujer, me pregunté poco a poco, con su legado de resentimiento y la venganza erudita que maquinaba contra Rossi, haberle hecho daño, causado su desaparición?

—Señorita Rossi —dije con la mayor calma posible, mientras levantaba el libro de la mesa y lo dejaba boca abajo al lado de mi maletín—, su historia es extraordinaria y debo decir que tardaré un poco en asimilar todo esto. Pero debo decirle también algo importante. —Respiré hondo una, dos veces—. Conozco muy bien al profesor Rossi. Ha sido el director de mi tesis durante dos años y hemos pasado muchas horas juntos, hablando y trabajando. Estoy seguro de que cuando le conozca, si llega la ocasión, descubrirá a una persona mucho mejor y más bondadosa de lo que imagina en este momento. —Hizo un movimiento como si fuera a hablar, pero yo continué—. La cuestión es..., la cuestión es que, por la forma en que ha hablado de él, usted ignora que el profesor Rossi, su padre, ha desaparecido.

Me miró fijamente y no detecté la menor astucia en su cara, sólo confusión. Esta noticia era una sorpresa. El dolor de mi corazón se apaciguó un poco.

—¿Qué quiere decir? —preguntó.

—Quiero decir que hace tres noches estaba hablando con él, como de costumbre, y al día siguiente había desaparecido. La policía le está buscando. Por lo visto, desapareció de su despacho, y tal vez resultó herido en él, porque encontraron sangre en su escritorio.

Hice un breve resumen de los acontecimientos de aquella noche, empezando por el momento en que le llevé mi extraño libro, pero no dije nada sobre la historia que Rossi me había contado.

La joven me miró, perpleja.

—¿Es que quiere gastarme alguna broma?

—No, ni mucho menos. De veras. Casi no he podido comer ni dormir desde entonces.

—¿La policía tiene alguna idea de su paradero?

—No, que yo sepa.

De repente puso una expresión de astucia.

—¿Y usted?

Vacilé.

—Es posible. Es una larga historia, y da la impresión de que se alarga a cada hora que pasa.

—Espere. —Me dirigió una dura mirada—. Cuando ayer estaba leyendo aquellas cartas en la biblioteca, dijo que estaban relacionadas con un problema de cierto profesor. ¿Se refería a Rossi?

—Sí.

—¿Cuál era, o es, ese problema?

—No quiero mezclarla en algo desagradable o peligroso contándole lo poco que sé.

—Prometió contestar a mis preguntas después de que yo contestara a las suyas.

De haber tenido ojos azules en lugar de oscuros, su cara habría sido la reproducción de la de Rossi en ese momento. Imaginé que ahora advertía cierta semejanza, una extraña transformación de las facciones británicas de Rossi en la estructura morena y definida de Rumanía, aunque bien habría podido ser el efecto de la afirmación de que era su hija. Pero ¿cómo podía ser su hija si él había negado con contumacia haber estado en Rumanía? Al menos, había dicho que nunca había estado en Snagov. Por otra parte, había dejado el folleto de Rumanía entre sus papeles. Ella me estaba fulminando con la mirada, algo que Rossi nunca había hecho.

—Es demasiado tarde para decirme que no debería hacer preguntas —continuó—. ¿Qué relación tienen esas cartas con su desaparición?

—Aún no estoy seguro, pero es posible que necesite la ayuda de un experto. No sé qué descubrimientos ha hecho usted en el curso de su investigación. —Una vez más, recibí su mirada cautelosa—. Estoy convencido de que, antes de desaparecer, Rossi estaba seguro de correr peligro.

Tuve la impresión de que estaba tratando de asimilar todo lo que le decía, las noticias sobre un padre al que tan sólo había conocido como un símbolo de desafío.

—¿Peligro? ¿De qué?

Me lancé al vacío. Rossi me había pedido que no comentara a mis colegas su historia demencial. Yo no lo había hecho, pero ahora, de manera inesperada, se abría ante mí la posibilidad de recibir ayuda de un experto. Esa mujer tal vez sabía ya lo que yo tardaría meses en averiguar. Tal vez incluso tenía razón al pensar que ella sabía más que el propio Rossi. Éste siempre subrayaba la importancia de buscar la ayuda de expertos. Bien, pues ahora lo haría. Perdonadme, recé a las fuerzas del bien, si esto la pone en peligro. Además, existía una especie de lógica peculiar. Si de veras era su hija, quizá tenía más derecho que nadie a conocer la historia de Rossi.

—¿Qué significa Drácula para usted?

Ella frunció el ceño.

—¿Qué significa para mí? ¿Como concepto? Mi venganza, supongo. Amargura eterna.

—Sí, eso lo comprendo, pero ¿significa Drácula algo más para usted?

—¿A qué se refiere?

No sabía si me estaba dando largas o si era sincera.

—Rossi —dije, todavía vacilante—, su padre, estaba..., está, convencido de que Drácula todavía camina sobre la tierra. —Me miró fijamente—. ¿Qué opina de esto? ¿Le parece una locura?

Esperaba que reiría, o que se levantaría y me dejaría con la palabra en la boca como en la biblioteca.

—Es curioso —contestó poco a poco Helen Rossi—. En circunstancias normales diría que es una leyenda rural, supersticiones basadas en el recuerdo de un tirano sanguinario. Pero lo extraño es que mi madre está absolutamente convencida de lo mismo.

—¿Su madre?

—Sí. Ya le dije que nació en el campo. Tiene derecho a este tipo de supersticiones, aunque supongo que está menos convencida que sus padres. Pero ¿por qué un eminente estudioso occidental?

Ella era antropóloga, pese a su amarga búsqueda. La forma en que su veloz inteligencia se desentendía de cuestiones personales me resultaba asombrosa.

—Señorita Rossi —dije tras tomar una decisión—, no me cabe la menor duda de que le gustaría examinar la documentación en persona. ¿Por qué no lee las cartas de Rossi? Le advierto con absoluta sinceridad de que toda la gente que ha entrado en contacto con sus documentos sobre el tema se ha visto sometida a algún tipo de amenaza, por lo que yo sé. Pero si usted no tiene miedo, léalas. Nos ahorrará a los dos el tiempo que tardaría en convencerla de que esta historia es cierta, cosa de la que estoy completamente convencido.

—¿Ahorrarnos tiempo? —repitió en tono desdeñoso—. ¿Qué piensa hacer con mi tiempo?

Yo estaba demasiado desesperado para dejarme ofender.

—En todo caso, leerá estas cartas con un ojo mejor educado que el mío.

Dio la impresión de que meditaba mi propuesta, con la barbilla apoyada sobre el puño.

—De acuerdo —dijo por fin—. Me ha tocado un punto débil. No puedo resistir a la tentación de averiguar más cosas sobre Rossi, sobre todo si eso me permite adelantarle en su investigación. Pero si me parece una locura, le advierto que no me despertará la menor compasión. Sería una suerte para él que le encerraran en un manicomio antes de que tenga la oportunidad de torturarle.

Su sonrisa no era una sonrisa.

—Bien.

Hice caso omiso de su último comentario y de la fea mueca, y me obligué a no mirar sus caninos, que eran más largos de lo normal. No obstante, antes de que concluyera nuestra transacción, debía mentir en un punto.

—Lamento decir que no he traído las cartas. Tenía miedo de llevarlas encima hoy.

De hecho, había tenido mucho miedo de dejarlas en mi apartamento, y estaban escondidas en mi maletín. Pero no estaba dispuesto a sacarlas en el restaurante. No tenía ni idea de si alguien nos estaba espiando... ¿Los amiguitos del siniestro bibliotecario, quizá? También existía otro motivo, que debía poner a prueba antes de que mi corazón se hundiera bajo su desagradable realidad. Debía asegurarme de que Helen Rossi, fuera quien fuera, no estaba confabulada con... Bien, ¿no era posible que el enemigo de su enemigo fuera ya su amigo?

—Tendré que ir a buscarlas a casa. Y deberé pedirle que las lea en mi presencia. Son frágiles y muy valiosas para mí.

—De acuerdo —contestó ella con frialdad—. ¿Podemos encontrarnos mañana por la tarde?

—Demasiado tarde. Me gustaría que las viera de inmediato. Lo siento mucho. Sé que suena raro, pero entenderá mi urgencia cuando las haya leído.

La joven se encogió de hombros.

—Siempre que no me lleve demasiado tiempo.

—No se preocupe. ¿Podemos encontrarnos... en la iglesia de Santa María? —Al fin y al cabo, esta prueba podía llevarla a cabo con la meticulosidad de Rossi. Helen me miró sin inmutarse, sin el menor cambio en su expresión dura e irónica—. Está en Broad Street, a dos manzanas de...

—Sé dónde está —dijo al tiempo que recogía los guantes y se los calzaba. Se arrolló al cuello la bufanda azul, que brilló en torno a su garganta como lapislázuli—. ¿A qué hora?

—Concédame media hora para recoger los papeles en mi apartamento y encontrarnos allí.

—En la iglesia. De acuerdo. Pasaré por la biblioteca a buscar un artículo que necesito hoy. Le ruego que sea puntual. Tengo muchas cosas que hacer.

Su espalda, cubierta con la chaqueta negra, se veía esbelta y fuerte cuando salió por la puerta del restaurante. Me di cuenta demasiado tarde de que había pagado la cuenta.

20

La iglesia de Santa María —dijo mi padre— era un pequeño ejemplo sin pretensiones de arquitectura victoriana que se alzaba en el límite de la parte antigua del campus. Había pasado cientos de veces por delante sin entrar nunca, pero en ese momento me pareció que una iglesia católica era el acompañante ideal de aquellos horrores. ¿Acaso no se las veía el catolicismo con la sangre y la resurrección de la carne a diario? ¿No era experto en supersticiones? Dudaba de que las sencillas capillas protestantes de la universidad fueran de mucha ayuda. No parecían cualificadas para combatir a los No Muertos. Estaba seguro de que aquellas grandes iglesias puritanas cuadradas de la ciudad serían impotentes ante un vampiro europeo. Un poco de quema de brujas estaba más en su línea, algo limitado a los vecinos. Yo iba a presentarme en Santa María mucho antes que mi reacia invitada, eso estaba claro. ¿Llegaría ella a hacer acto de aparición? Eso significaba la mitad del examen.

Santa María estaba abierta, por suerte, y su interior olía a cera y tapicería polvorienta. Dos ancianas tocadas con sombreros adornados con flores falsas estaban disponiendo flores verdaderas en el altar tallado. Entré con cierta torpeza y me acomodé en un banco de la parte de atrás, desde el cual podía ver las puertas sin que me vieran los que entraban. Fue una espera larga, pero el interior silencioso y la conversación entre susurros de las ancianas me calmó un poco. Empecé a sentirme cansado por primera vez, después de acostarme tarde la noche anterior. Por fin, la puerta principal se abrió sobre sus goznes de noventa años y Helen Rossi vaciló un momento, miró hacia atrás y entró.

La luz del sol que penetraba por los ventanales laterales tiñó de malva y turquesa su ropa. Vi que paseaba la vista alrededor de la entrada alfombrada. Al no ver a nadie, avanzó. Me esforcé por captar alguna señal extraña, siniestras arrugas en la piel o cambios de color en su rostro enérgico, lo que fuera, no sabía qué, cualquier cosa que revelara alergia al viejo enemigo de Drácula, la iglesia. Tal vez una reliquia victoriana no sería suficiente para espantar a las fuerzas de las tinieblas, pensé sin convicción. Pero, al parecer, el edificio albergaba un poder capaz de convencer a Helen Rossi, porque al cabo de un momento avanzó entre los colores radiantes del ventanal hacia el frente. Avergonzado en cierta manera por espiarla de aquella forma, vi que se quitaba un guante y hundía una mano en la pila, y después se tocaba la frente. El gesto fue tierno. Su rostro estaba serio. Bien, yo estaba haciendo aquello por Rossi. Y ahora sabía con absoluta seguridad que Helen Rossi no era una *vrykolakas*, por dura y siniestra que fuera su apariencia en ocasiones.

Se internó en la nave y retrocedió unos pasos al ver que me levantaba.

—¿Ha traído las cartas? —susurró, y sus ojos me lanzaron una mirada acusadora—. He de volver a mi departamento a la una.

Volvió a mirar alrededor de ella.

—¿Qué pasa? —pregunté al punto, y un nerviosismo instintivo erizó mis brazos. Daba la impresión de que había desarrollado un sexto sentido morboso durante los dos últimos días—. ¿Tiene miedo de algo?

—No —dijo en un susurro. Estrujó los guantes en una mano, de forma que se me antojaron una flor contra su vestido oscuro—. Sólo me preguntaba... ¿Acaba de entrar alguien?

—No.

Yo también miré a mi alrededor. La iglesia estaba agradablemente vacía, a excepción de las dos ancianas del altar.

—Alguien me estaba siguiendo —dijo la joven en la misma voz baja. Su rostro, enmarcado por la mata de espeso cabello oscuro, albergaba una extraña expresión, una mezcla de suspicacia y bravuconería. Por primera vez me pregunté cuánto le habría costado aprender a ser valiente—. Creo que me estaba siguiendo. Un hombre menudo y delgado, vestido con ropa raída. Chaqueta de *tweed*, corbata verde.

—¿Está segura? ¿Dónde le vio?

—En el fichero —dijo la joven sin alzar la voz—. Fui a verificar su historia sobre las fichas desaparecidas. No estaba segura de creerla. —Hablaba desapasionadamente, sin disculparse—. Le vi allí, y enseguida me di cuenta de que me estaba siguiendo, pero de lejos, por Broad Street. ¿Le conoce?

—Sí —dije desalentado—. Es un bibliotecario.

—¿Un bibliotecario?

Dio la impresión de que esperaba algo más, pero no me decidí a hablarle de la herida que había visto en el cuello del hombre. Era demasiado increíble, demasiado extraño. Si se lo decía, creería que estaba loco.

—Parece sospechar de todos mis movimientos. Ha de mantenerse alejada de él —afirmé—. Le contaré algo más sobre ese hombre en otro momento. Venga, siéntese y póngase cómoda. Tenga las cartas.

Le hice sitio en uno de los bancos almohadillados de terciopelo y abrí mi maletín. Su rostro se concentró al instante. Levantó el paquete con manos cautelosas y sacó las cartas casi con reverencia, como yo había hecho el día anterior. Sólo pude preguntarme qué sensación experimentaría al ver en algunas de ellas la letra del supuesto padre que sólo conocía como instigador de su ira. La miré por encima de sus hombros. Sí, era una letra firme, amable, vertical. Tal vez ya había conseguido que su hija le imaginara como un ser casi humano. Después pensé que no debía seguir mirando, y me incorporé.

—Me pasearé por aquí y le concederé el tiempo que necesite. Si hay algo que pueda explicarle, o si necesita ayuda...

Asintió con aire ausente, los ojos clavados en la primera carta, y me alejé. Sabía que trataría con cuidado mis preciados papeles, y que ya estaba leyendo las líneas de Rossi con gran celeridad. Dediqué la siguiente media hora a examinar el altar tallado, los cuadros de la capilla, las colgaduras con borlas del púlpito, la figura de la madre agotada y su hijo inquieto. Uno de los cuadros llamó en particular mi atención: un macabro Lázaro prerrafaelita, levantándose tambaleante de la tumba en brazos de sus hermanas, los tobillos verdegrisáceos y las ropas funerarias sucias. El rostro, descolorido después de un siglo de humo e incienso, tenía aspecto amargado y cansado, como si lo último que sintiera después de haber sido llamado de entre los muertos fuera gratitud. El Cristo que se erguía impaciente en la entrada de la tumba, con la mano alzada, tenía un semblante que expresaba maldad pura, codiciosa y vehemente. Parpadeé y di media vuelta. No cabía duda de que la falta de sueño estaba emponzoñando mis pensamientos.

—Ya he terminado —dijo Helen Rossi a mi espalda. Habló en voz baja, con la cara pálida y cansada—. Tenía razón —dijo—. No habla de su relación con mi madre, ni de su viaje a Rumanía. Me dijo la verdad al respecto. No puedo comprenderlo. Tiene que haber ocurrido durante el mismo período, el mismo viaje al continente, porque yo nací nueve meses después.

—Lo siento.

Su rostro sombrío no había pedido compasión, pero yo la sentía.

—Ojalá pudiera proporcionarle algunas pistas, pero ya ve cómo son las cosas. Tampoco tengo explicaciones.

—Al menos nos creemos mutuamente, ¿verdad? —Al decirme esto, me miró fijamente.

Me sorprendió descubrir que sentía placer en mitad de tanto dolor y aprensión.

—¿De veras?

—Sí. No sé si algo llamado Drácula existe, o qué es, pero le creo cuando dice que Rossi, mi padre, se sentía en peligro. Está claro que se sintió así hace muchos años, de modo que ¿por qué no iban a regresar sus temores cuando vio su libro, una coincidencia incómoda y un recordatorio del pasado?

—¿Qué opina de su desaparición?

La joven meneó la cabeza.

—Pudo ser un colapso nervioso, por supuesto, pero ahora comprendo lo que quiere decir. Sus cartas llevan el sello de... —vaciló— una mente intrépida y lógica, al igual que sus demás obras. Además, se pueden deducir muchas cosas a partir de los libros de un historiador. Lo sé muy bien. Son el fruto de los esfuerzos de una mente preclara y lúcida.

Caminamos hacia donde estaban las cartas y mi maletín. Me ponía nervioso dejarlas abandonadas, aunque fuera por unos pocos minutos. Ella había guardado todo el material en el sobre, en su orden original, no me cabía duda. Nos sentamos juntos en el banco, casi como camaradas.

—Digamos que podría existir una fuerza sobrenatural implicada en esta desaparición —aventuré—. No puedo creer que yo esté diciendo esto. ¿Qué me aconseja que haga a continuación?

—Bien —empezó. Su perfil era afilado y pensativo, cerca de mí a la tenue luz—. No creo que esto le sirva de mucha ayuda en una investigación moderna, pero si tuviera que obedecer los dictados del mito de Drácula, supondría que Rossi fue atacado y secuestrado por un vampiro, que o bien le mató o, lo que es más probable, le contagió la maldición de los No Muertos. Y como ya sabe, si una persona es mordida tres veces por Drácula o por uno de sus discípulos, se convierte en vampiro para siempre. Así que si ya le habían mordido una vez, tendrá usted que descubrir su paradero lo antes posible.

—Pero ¿por qué Drácula iba a presentarse aquí, de entre todos los lugares? ¿Para qué raptar a Rossi? ¿Por qué no atacarle y corromperle sin que nadie notara el cambio?

—No lo sé —dijo la joven, y meneó la cabeza—. Se trata de un comportamiento extraño, según la tradición popular. Rossi debía ser, si estuviéramos hablando de acontecimientos sobrenaturales, de especial interés para Vlad Drácula. Hasta es posible que significara una amenaza para él.

—¿Cree que el hecho de haber encontrado yo ese libro y enseñárselo a Rossi tuvo algo que ver con su desaparición?

—La lógica me dice que es una idea absurda. Pero... —Dobló los guantes pulcramente sobre el regazo de su falda negra—. Me pregunto si no estaremos olvidando otra fuente de información.

Sus labios se relajaron. Le di las gracias en silencio por aquel plural.

—¿Cuál?

Suspiró y desdobló los guantes.

—Mi madre.

—¿Su madre? ¿Qué va a saber ella de...?

Sólo había empezado mi ristra de preguntas, cuando un cambio en la luz y la corriente de aire me impelió a volver la cabeza. Desde donde estábamos sentados veíamos las puertas de la iglesia sin que nos pudieran ver los que entraban, la posición estratégica que había elegido para vigilar la llegada de Helen. Una mano se introdujo entre ambas puertas, y luego apareció una cara huesuda y puntiaguda. El siniestro bibliotecario se introdujo en la iglesia.

No puedo describirte la sensación que experimenté en aquella silenciosa iglesia cuando el rostro del bibliotecario apareció entre las puertas. Me vino la repentina imagen de un animal de nariz afilada, algo furtivo y concentrado siempre en olfatear, una comadreja o una rata. A mi lado, Helen se había quedado petrificada, con la vista clavada en la puerta. De un momento a otro localizaría nuestro olor. Pero calculé que nos quedaban uno o dos segundos, de modo que recogí el maletín y el fajo de papeles con un brazo, agarré a Helen con el otro (no quedaba tiempo para pedirle permiso) y la arrastré desde el extremo del banco hasta el pasillo lateral. Había una puerta abierta, que daba acceso a una pequeña cámara, entramos y la cerramos en silencio. No había manera de asegurarla con llave desde dentro, observé angustiado, aunque el ojo de la cerradura era muy grande, con reborde de hierro.

La oscuridad era mayor en esa pequeña habitación que en la nave. Había una pila bautismal en medio, uno o dos bancos almohadillados pegados a las paredes. Helen y yo nos miramos en silencio. No pude descifrar su expresión, sólo que albergaba tanta viveza y desafío como miedo. Sin necesidad de palabras o gestos, avanzamos con cautela por detrás de la pila, y Helen apoyó una mano sobre ella para no perder el equilibrio. Al cabo de otro minuto, ya no pude seguir quieto. Le di los papeles y volví hacia la cerradura. Miré por el ojo y vi al bibliotecario dejar atrás una columna. Parecía una comadreja, con la cara puntiaguda proyectada hacia delante, examinando los bancos. Se volvió en mi dirección y retrocedió un poco. Dio la impresión de estudiar la puerta de nuestro escondrijo, e incluso avanzó uno o dos pasos hacia él, pero luego se alejó de nuevo. De repente, un jersey lavanda se interpuso en mi campo de visión. Era una de las ancianas del altar. Oí su voz apagada.

—¿Puedo ayudarle? —preguntó con amabilidad.

—Bien, estoy buscando a alguien. —La voz del bibliotecario era penetrante y sibilante, demasiado alta para un santuario—. ¿Ha visto entrar a una joven vestida de negro, morena?

—Pues sí. —La mujer miró a su alrededor—. Hace poco vi a alguien que responde a esa descripción. Estaba con un joven, sentados en un banco de atrás. Pero ahora ya no está.

La comadreja miró a uno y otro lado.

—¿Podría estar escondida en una de esas habitaciones?

No era sutil, eso estaba claro.

—¿Escondida? —La dama del jersey lavanda se volvió también en nuestra dirección—. Estoy segura de que no hay nadie escondido en nuestra iglesia. ¿Quiere que llame al párroco? ¿Necesita ayuda?

El bibliotecario reculó.

—Oh, no, no —dijo—. Debo haber cometido un error.

—¿Le interesa alguno de nuestros libros?

—Oh, no. —Retrocedió por el pasillo—. No, gracias.

Le vi mirar en torno a él una vez más, y después desapareció de mi vista. Se oyó un pesado crujido, un golpe sordo: la puerta principal que se cerraba a su espalda. Hice una señal con la cabeza en dirección a Helen, y ella suspiró aliviada, pero esperamos unos minutos más, mirándonos por encima de la pila. Helen fue la primera en bajar la vista, con el ceño fruncido. Sabía que se estaría preguntando cómo demonios se había metido en aquella situación, y qué significaba en realidad. Su pelo era lustroso, negro como el ébano. Hoy tampoco llevaba sombrero.

—La está buscando —dije en voz baja.

—Tal vez le está buscando a usted.

Indicó el sobre que yo sostenía.

—Se me ocurre una idea extraña —dije poco a poco—. Quizá sepa dónde está Rossi.

Ella volvió a fruncir el ceño.

—Nada de esto tiene demasiado sentido, ¿verdad? —murmuró.

—No puedo permitir que vuelva a la biblioteca. Ni a su residencia. La buscará en ambos lugares.

—¿Permitirme? —repitió en tono ominoso.

—Señorita Rossi, por favor. ¿Quiere protagonizar la próxima desaparición?

La joven guardó silencio.

—¿Cómo piensa protegerme?

Su voz transmitía una nota burlona, y pensé en su extraña infancia, su huida a Hungría en el útero de su madre, la astucia política que le había permitido viajar al otro lado del mundo para perpetrar su venganza académica. Siempre que su historia fuera cierta, por supuesto.

—Tengo una idea —dije lentamente—. Sé que esto va a sonar... indecoroso, pero me sentiría mejor si me hiciera caso. Podemos llevarnos algunos... amuletos de la iglesia. —Enarcó las cejas—. Encontraremos algo... Velas, crucifijos, o algo por el estilo. Un poco de ajo camino de casa..., quiero decir, de mi apartamento... —Las cejas de Helen se elevaron más—. O sea, si consintiera en acompañarme y pudiera...Es posible que mañana tenga que irme de viaje, pero usted podría...

—¿Dormir en el sofá?

Se había puesto los guantes de nuevo y se cruzó de brazos. Sentí que me ruborizaba.

—No puedo permitir que vuelva a su residencia, sabiendo que tal vez la persiguen... Ni a la biblioteca, por supuesto. Además, hemos de hablar de más cosas. Me gustaría saber qué opina su madre...

—Podemos hablar de eso aquí, ahora mismo —replicó con frialdad, pensé—. En cuanto al bibliotecario, dudo que sea capaz de seguirme hasta donde vivo, a menos que... —¿Tenía una especie de hoyuelo en un lado de la severa barbilla, o era el sarcasmo?—. A menos que ya pueda convertirse en murciélago. Verá usted, nuestra ama de llaves no permite vampiros en nuestras habitaciones. Ni hombres, por descontado. Además, espero que me siga hasta la biblioteca.

—¿Espera?

Me quedé de una pieza.

—Ese hombre sabía que no iba a hablar con nosotros aquí, en la iglesia. Nos estará esperando fuera. Tengo que habérmelas con él —de nuevo aquel extraordinario inglés—, porque está intentando entrometerse en los privilegios que he conseguido en la biblioteca, y usted cree que puede proporcionarle información sobre mi...; sobre el profesor Rossi. ¿Por qué no dejamos que me siga? Hablaremos de mi madre por el camino. —Un gran escepticismo debió reflejarse en mi rostro, porque rió de repente y mostró sus dientes, blancos y regulares—. No va a saltar sobre ti a plena luz del día, Paul.

21

No vimos ni rastro del bibliotecario al salir de la iglesia. Nos encaminamos hacia la biblioteca (mi corazón martilleaba, aunque Helen aparentaba frialdad), con los dos crucifijos que cogimos en el vestíbulo de la iglesia en nuestros bolsillos («Llévese un crucifijo y deje una limosna»). Para mi decepción, Helen no habló de su madre. Yo tenía la sensación de que sólo estaba cooperando momentáneamente con mi locura, de que iba a desaparecer de nuevo en cuanto llegáramos a la biblioteca, pero volvió a sorprenderme.

—Está ahí detrás —dijo en voz baja, a unas dos manzanas de la iglesia—. Le vi cuando doblamos la esquina. No mires atrás. —Reprimí una exclamación y seguimos andando—. Voy a subir a las estanterías de los últimos pisos de la biblioteca —dijo—. ¿Qué te parece el séptimo? Es la primera zona tranquila de verdad. No subas conmigo. Es más probable que me siga a mí, si voy sola, que no a ti. Eres más fuerte.

—No vas a hacer nada por el estilo —murmuré—. Conseguir información sobre Rossi es mi problema.

—Conseguir información sobre Rossi es, precisamente, mi problema —masculló en respuesta—. Haz el favor de no pensar que te estoy haciendo un favor, señor Comerciantes Holandeses.

La miré de soslayo. Me estaba acostumbrando a su humor áspero, me di cuenta, y algo en la curva de su mejilla, al lado de aquella larga nariz recta, parecía casi juguetón, humorístico.

—De acuerdo. Pero te seguiré muy de cerca, y si te metes en algún lío, apareceré en una fracción de segundo para ayudarte.

Nos separamos en las puertas de la biblioteca con muestras de cordialidad.

—Buena suerte en su investigación, señor Holandés —dijo Helen, y estrechó mi mano con la suya enguantada.

—Y usted con la suya, señorita...

—Chsss —dijo ella, y se alejó.

Deambulé entre las pilas de cajones del fichero y saqué uno al azar para fingir que estaba ocupado: «*Ben Hur*. Benedictine». Con la cabeza agachada, aún podía ver el mostrador de préstamos. Helen estaba solicitando una hoja de permiso para consultar las estanterías, su forma alta y delgada envuelta en la chaqueta negra, dando la espalda con decisión a la larga nave de la biblioteca. Entonces vi que el bibliotecario se deslizaba con sigilo al otro lado de la nave, pegado a la otra mitad del fichero. Había llegado a la «H» cuando Helen avanzó hacia la puerta de las estanterías. Yo conocía esa puerta muy bien, la atravesaba casi a diario, y nunca antes se me había antojado amenazadora. Quedaba abierta de día, pero un guardia verificaba los permisos de entrada. Al cabo de un momento, la figura oscura de Helen había desaparecido en la escalera de hierro. El bibliotecario se demoró un minuto en la «G», y después buscó algo en el bolsillo de la chaqueta (comprendí que debía tener una identificación especial), exhibió una tarjeta y desapareció.

Corrí a la mesa de préstamos.

—Me gustaría consultar esas estanterías, por favor —dije a la encargada. Nunca la había visto (era muy lenta), y me dio la impresión de que sus manos, redondas y pequeñas, manipulaban durante una eternidad las hojas de permiso antes de entregarme una. Por fin atravesé la puerta. Apoyé con cautela un pie en la escalera y alcé la vista. Desde cada piso sólo podías ver el nivel siguiente a través de los peldaños metálicos, pero nada más. No vi ni rastro del bibliotecario, ni capté el menor sonido.

Subí al segundo piso, Economía y Sociología. El tercero también estaba desierto, a excepción de un par de estudiantes en sus cubículos. En el cuarto piso empecé a sentirme preocupado. Había demasiado silencio. Nunca habría debido permitir que Helen se ofreciera como cebo en esa misión. Recordé de repente la historia de Rossi sobre su amigo Hedges, lo cual me animó a acelerar el paso. El quinto piso (Arqueología y Antropología) estaba lleno de estudiantes que participaban en una especie de grupo de estudios, y comparaban notas *sotto voce*. Su presencia me alivió un poco. Nada espantoso podía suceder dos pisos más arriba. En el sexto oí pasos encima de mí, y en el séptimo (Historia) me detuve, sin saber cómo entrar en las estanterías sin delatar mi presencia.

Al menos, conocía bien ese piso. Era mi reino, y habría podido recitar de memoria el emplazamiento de cada cubículo y cada silla, cada fila de libros grandes. Al principio, Historia parecía tan silencioso como los demás pisos, pero al cabo de un momento capté una conversación apagada procedente de un rincón de las estanterías. Avancé con sigilo hacia allí, dejé atrás Babilonia y Asiria, procurando no hacer el menor ruido. Entonces oí la voz de Helen. Estaba seguro de que era la de Helen, y después una desagradable voz rasposa, que debía de ser la del bibliotecario. El corazón me dio un vuelco. Estaban en la sección medieval (ya la conocía muy bien), y me acerqué lo bastante para oír sus palabras, aunque no podía correr el riesgo de asomarme al extremo de la siguiente estantería. Daban la impresión de encontrarse al otro lado de los estantes que habían a mi derecha.

—¿Es eso cierto? —estaba preguntando Helen en tono hostil.

Sonó de nuevo la voz rasposa.

—No tiene ningún derecho a husmear en esos libros, jovencita.

—¿Esos libros? ¿No son propiedad de la biblioteca? ¿Quién es usted para confiscar libros de la biblioteca universitaria?

La voz del bibliotecario sonó irritada y plañidera al mismo tiempo.

—No ha de tocar esos libros. No son apropiados para una señorita. Devuélvalos hoy y no se hable más.

—¿Quién los desea hasta tal punto? —La voz de Helen era firme y clara—. ¿Acaso están relacionados con el profesor Rossi?

Agazapado detrás del Feudalismo inglés, no estaba seguro de si encogerme o lanzar vítores. No sabía lo que pensaba Helen de todo aquello, pero al menos estaba intrigada. Al parecer, no me consideraba loco. Y quería ayudarme, aunque sólo fuera para recabar información sobre Rossi y utilizarla para sus propios fines.

—¿El profesor qué? No sé a qué se refiere —replicó con brusquedad el bibliotecario.

—¿Sabe dónde está? —contraatacó Helen.

—Jovencita, no tengo ni idea de qué está hablando, pero necesito que devuelva esos libros, para los cuales la biblioteca tiene otros planes, o se producirán graves consecuencias para su carrera académica.

—¿Mi carrera? —se burló Helen—. No puedo devolver esos libros en este momento. Tengo que hacer un trabajo importante con ellos.

—En ese caso, tendré que obligarla a devolverlos. ¿Dónde están?

Oí un paso, como si Helen se hubiera apartado. Yo estaba a punto de doblar el extremo de la estantería y golpear a la desagradable comadreja con un infolio de las abadías cistercienses, cuando Helen jugó una nueva carta.

—Le propongo algo —dijo—. Si me dice alguna cosa sobre el profesor Rossi, tal vez le enseñe... —hizo una pausa— un pequeño mapa que vi hace poco.

El estómago me dio un vuelco. ¿El mapa? ¿En qué estaba pensando Helen? ¿Por qué proporcionaba una información tan vital? El mapa podía ser nuestra posesión más peligrosa, si el análisis efectuado por Rossi sobre su significado era cierto, y la más importante. *Mi* posesión más peligrosa, me corregí. ¿Me estaba traicionando Helen? Lo comprendí en un segundo: quería usar el mapa para adelantar a Rossi, completar su investigación, utilizarme para averiguar todo lo que él había averiguado y entregado a mi consideración, publicarlo, desenmascararle... Sólo tuve tiempo para esa fugaz revelación, porque enseguida el bibliotecario lanzó un rugido.

—¡El mapa! ¡Usted tiene el mapa de Rossi! ¡La mataré con tal de obtener ese mapa! —Una exclamación ahogada de Helen, después un grito y un golpe sordo—. ¡Deje eso! —chilló el bibliotecario.

Me abalancé sobre él. Su pequeña cabeza golpeó el suelo con un impacto que también hizo vibrar mis sesos. Helen se acuclilló a mi lado. Estaba muy pálida, pero serena. Estaba sosteniendo en alto el crucifijo que había cogido en la iglesia, extendido hacia el hombre, que se revolvía y escupía bajo mi peso. El bibliotecario era débil, y pude inmovilizarle más o menos durante unos minutos, por suerte para mí, porque había pasado los tres últimos años examinando frágiles documentos holandeses, no levantando pesas. Se debatió y apoyé la rodilla sobre sus piernas.

—¡Rossi! —chilló—. ¡No es justo! Yo tendría que haber ido en su lugar. ¡Me tocaba a mí! ¡Déme el mapa! Esperé tanto tiempo... ¡Veinte años de investigaciones para esto!

Empezó a sollozar, un sonido feo, lastimero. Cuando su cabeza se agitó de un lado a otro, vi la doble herida cerca del borde del cuello de su camisa, dos agujeros cubiertos de costras. Mantuve las manos alejadas de ellos lo máximo posible.

—¿Dónde está Rossi? —rugí—. Dinos ahora mismo dónde está. ¿Le atacaste?

Helen acercó más la cruz y el hombre volvió la cara hacia el otro lado, mientras se retorcía bajo mis rodillas. Era asombroso para mí, incluso en ese momento, ver el efecto del símbolo en aquel ser. ¿Era Hollywood, superstición o historia? Me pregunté cómo había podido entrar en la iglesia, pero recordé que se había mantenido alejado del altar y las capillas, y hasta de la anciana que cuidaba del altar.

—¡Yo no le toqué! ¡No sé nada de eso!

—Oh, sí, ya lo creo que sabes.

Helen se acercó un poco más a nosotros. Su expresión era feroz, pero estaba muy pálida, y observé que con la mano libre se cubría el cuello.

—¡Helen!

Debí de lanzar una exclamación en voz alta, pero ella me acalló con un ademán y fulminó con la mirada al bibliotecario.

—¿Dónde está Rossi? ¿Qué habías esperado durante años? —El hombre se encogió—. Voy a apoyarte esto en la cara —dijo, y bajó el crucifijo.

—¡No! —chilló el bibliotecario—. Se lo diré. Rossi no quería ir. Yo sí. No fue justo. ¡Se llevó a Rossi en lugar de a mí! Se lo llevó por la fuerza. Yo habría ido por mi propia voluntad para servirle, para ayudarle, para catalogar...

De pronto, cerró la boca.

—¿Qué? —Le di un leve golpe contra el suelo para advertirle—. ¿Quién se llevó a Rossi? ¿Le oculta en algún sitio?

Helen sostuvo el crucifijo delante de su nariz, y el hombre se puso a sollozar de nuevo.

—Mi amo —lloriqueó. Helen, a mi lado, respiró hondo y se meció hacia atrás, como si las palabras la hubieran obligado a retroceder.

—¿Quién es tu amo? —Hundí la rodilla en su pierna—. ¿Adónde llevó a Rossi?

Los ojos de la comadreja echaban chispas. Era una visión terrible: la contorsión, las facciones humanas normales convertidas en un horrible jeroglífico.

—¡Donde tendría que haberme llevado a mí! ¡A la tumba!

Tal vez había aflojado mi presa, o quizá su confesión le dotó de nuevas fuerzas, como aterrorizado de ella, comprendí más tarde. En cualquier caso, consiguió liberar de pronto una mano, giró en redondo como un escorpión y dobló hacia atrás la muñeca de la mano con la que lo sujetaba por los hombros. El dolor fue insoportable y retiré la mano, enfurecido. Desapareció antes de que yo pudiera comprender lo sucedido, y le perseguí escaleras abajo, dejando atrás el seminario de estudiantes y los reinos silenciosos de conocimiento. Pero me estorbaba el maletín, que aún asía en la mano. Incluso en el primer momento de la persecución, comprendí, no había querido soltarlo. O arrojarlo a Helen. Ella le había hablado del mapa. Era una traidora. Y él la había mordido, aunque sólo por un instante. ¿Estaría contaminada?

Por primera y última vez atravesé corriendo la nave silenciosa de la biblioteca en lugar de hacerlo andando, viendo tan sólo a medias los rostros atónitos que se volvían hacia mí. Ni rastro del bibliotecario. Podía haberse escondido en cualquier zona apartada, comprendí desesperado, en cualquier mazmorra de catalogación o en el armario de los artículos de limpieza. Abrí la pesada puerta principal, una abertura practicada en las grandes puertas dobles de estilo gótico, que nunca estaban abiertas del todo. Entonces paré en seco. El sol de la tarde me cegó como si yo también hubiera estado viviendo en un mundo subterráneo, una cueva infestada de murciélagos y roedores. En la calle, delante de la biblioteca, se habían detenido varios coches. De hecho, el tráfico estaba parado, y una muchacha con uniforme de camarera estaba llorando en la acera y señalaba algo. Alguien estaba gritando, y había un par de hombres arrodillados junto a una de las ruedas delanteras de uno de los coches parados. Las piernas del bibliotecario sobresalían por debajo del coche, torcidas en un ángulo imposible. Tenía un brazo alzado por encima de su cabeza. Estaba tumbado cabeza abajo sobre el pavimento, en un pequeño charco de sangre, dormido para siempre.

22

Mi padre se resistía a llevarme a Oxford. Estaría allí seis días, dijo, mucho tiempo para saltarme el colegio de nuevo. Me sorprendió que aceptara dejarme en casa. No lo había hecho desde que había descubierto el libro del dragón. ¿Pensaba dejarme con precauciones especiales? Indiqué que nuestro periplo por la costa yugoslava había durado casi dos semanas, sin la menor señal de detrimento en la calidad de mis deberes. Dijo que la educación siempre era lo primero. Señalé que él siempre había defendido que viajar era la mejor forma de educación posible, y que mayo era el mes más agradable para viajar. Le mostré mis últimas notas, llenas de sobresalientes, y un examen de historia en que mi profesor, bastante ampuloso, había escrito: «Demuestras una perspicacia extraordinaria en la naturaleza de la investigación histórica, especialmente en alguien de tu edad», un comentario que me había aprendido de memoria y repetía a menudo antes de dormir como si fuera un mantra.

Mi padre vaciló visiblemente, y dejó el tenedor y el cuchillo sobre la mesa de una forma que significaba una pausa en la cena, que tomábamos en el viejo comedor holandés, no el final del primer plato. Dijo que su trabajo le impediría esta vez enseñarme la ciudad como se merecía, y que no quería estropear mis primeras impresiones de Oxford teniéndome encerrada en algún sitio. Dije que prefería estar encerrada en Oxford que en casa con la señora Clay. En ese momento bajamos la voz, aunque era la noche libre de la mujer. Además, yo ya era lo bastante mayor, dije, para ir a pasear sola. Él dijo que no sabía si era una buena idea que yo fuera, puesto que aquellas conversaciones prometían ser bastante... tensas. Quizá no fuera muy... Pero no pudo continuar y supe por qué. Al igual que yo no podía esgrimir mi verdadera razón de querer ir a Oxford, él no podía utilizar la suya para impedirlo. No podía decirle en voz alta que no podía soportar dejarle, con sus ojeras y los hombros y la cabeza encorvados por el agotamiento, lejos de mi vista. Y él no podía replicar en voz alta que tal vez no estaría a salvo en Oxford, y que por lo tanto yo no estaría a salvo en su compañía. Guardó silencio uno o dos minutos, y después me preguntó con mucha gentileza qué había de postre, y yo traje el temible budín de arroz con pasas de Corinto que la señora Clay siempre dejaba a modo de compensación por ir al cine en el British Center sin nosotros.

Yo había imaginado Oxford silencioso y verde, una especie de catedral al aire libre donde rectores vestidos a la usanza medieval paseaban por los terrenos, cada uno con un solo estudiante a su lado, hablando de historia, literatura, teología abstrusa. La realidad era mucho más animada: motos ruidosas, coches pequeños que corrían de un lado a otro, y que no atropellaban a los estudiantes de milagro cuando cruzaban las calles, una multitud de turistas que fotografiaban una cruz en la acera, donde hacía cuatrocientos años habían quemado en la hoguera a dos obispos, antes de que existieran aceras. Tanto los rectores como los estudiantes iban vestidos a la moda, sobre todo con jerseys de lana, pantalones de franela oscura los rectores, y tejanos los alumnos. Pensé con pesar que, en los tiempos de Rossi, unos cuarenta años antes de que bajáramos del autobús en Broad Street, en Oxford debía vestirse con más dignidad.

Entonces vi por primera vez un colegio mayor, que se alzaba sobre su recinto amurallado bajo la luz de la mañana, y cerca de éste la forma perfecta de la Cámara Radcliffe, que tomé al principio por un observatorio pequeño. Al otro lado se elevaban las agujas de una gran iglesia color pardo amarillento, y a lo largo de la calle corría una pared, tan vieja que hasta los líquenes parecían antiguos. Fui incapaz de imaginar qué habrían pensado de nosotros quienes nos hubieran visto en aquellas calles cuando la pared era joven, yo con mi vestido rojo corto, las medias blancas de punto y la bolsa de los libros, mi padre con la chaqueta azul marino y los pantalones grises, el jersey negro de cuello de cisne y el sombrero de *tweed*, cada uno cargado con una maleta pequeña.

—Ya hemos llegado —anunció mi padre, y con gran placer mío nos paramos ante una puerta practicada en la pared cubierta de líquenes. Estaba cerrada con llave, y esperamos hasta que un estudiante la abrió.

En Oxford, mi padre debía hablar en un congreso sobre las relaciones políticas entre Estados Unidos y la Europa del Este, ahora en pleno deshielo. Como la universidad iba a ser la sede del congreso, estábamos invitados a hospedarnos en casa del director de un colegio. Los directores, explicó mi padre, eran dictadores benévolos que cuidaban de los estudiantes que vivían en cada colegio. Cuando atravesamos la entrada, baja y oscura, y salimos al sol cegador del patio del colegio, caí en la cuenta por primera vez de que en poco tiempo yo también iría a la universidad, de modo que crucé los dedos sobre el asa de la bolsa de los libros y recé en voz baja para encontrar un paraíso como ése.

Estábamos rodeados de losas desgastadas, interrumpidas de vez en cuando por umbrosos árboles, viejos, serios y melancólicos, con algún banco debajo. A los pies del edificio principal del colegio había un rectángulo de hierba perfecta y un estrecho estanque de agua. Era uno de los más antiguos de Oxford, fundado por Eduardo III en el siglo XIII, con nuevos añadidos de arquitectos isabelinos. Hasta la parcela de hierba inmaculada parecía venerable. Nunca vi a nadie que la pisara.

Rodeamos el agua y la hierba y nos encaminamos a la oficina del portero, que encontramos nada más entrar, y desde allí a una serie de aposentos contiguos a la casa del director. Dichos aposentos debían pertenecer al proyecto original del colegio, aunque era difícil decir para qué habían sido utilizados. Eran de techo bajo, chapados en madera oscura y con diminutas ventanas emplomadas. La habitación de mi padre tenía colgaduras azules. La mía, para mi infinita satisfacción, una alta cama con dosel de calicó estampado.

Deshicimos un poco el equipaje, nos lavamos las caras de viajeros en una jofaina de color amarillo pálido, en el cuarto de baño que compartíamos, y fuimos a conocer a Master James, quien nos estaba esperando en su despacho, situado al otro lado del edificio. Resultó ser un hombre cordial y afable, de pelo cano y una cicatriz abultada en un pómulo. Me gustó su apretón de manos cálido y la expresión de sus grandes ojos color avellana, algo protuberantes. No pareció resultarle extraño que acompañara a mi padre al congreso, y hasta llegó a sugerir que visitara el colegio en compañía de su asistente aquella tarde. Su asistente, explicó, era un estudiante muy cortés y bien informado, todo un caballero. Mi padre dijo que era una idea excelente. Iba a estar muy ocupado con sus reuniones, y sería estupendo que yo pudiera ver todos los tesoros del lugar durante mi estancia.

Aparecí impaciente a las tres de la tarde, con mi nueva boina en una mano y la libreta en la otra, pues mi padre había sugerido que tomara notas de la visita para algún futuro trabajo del colegio. Mi guía era un estudiante larguirucho de pelo rubio a quien Master James presentó como Stephen Barley. Me gustaron las manos finas, surcadas por venas azules, de Stephen, así como el grueso jersey de pescador. Atravesar el patio a su lado me dio la sensación de ser aceptada temporalmente en aquella comunidad elitista. También me proporcionó mi primer y leve temblor de pertenencia sexual, la sensación escurridiza de que si deslizaba la mano en la de él mientras paseábamos se abriría una puerta en la larga pared de la realidad que yo conocía y nunca más volvería a cerrarse. Ya he explicado que había llevado una vida muy protegida, tan protegida, comprendo ahora, que a los diecisiete años aún no me había dado cuenta de lo estrechos que eran sus confines. El temblor de rebeldía que experimenté caminando al lado de un apuesto estudiante universitario se abalanzó sobre mí como un son musical procedente de una cultura extraña. No obstante, agarré mi libreta y mi infancia con más fuerza y le pregunté por qué el patio era sobre todo de piedra en lugar de hierba. Me sonrió.

—La verdad, no lo sé. Nadie me lo había preguntado nunca.

Me condujo al comedor, un granero de techo alto y vigas, de estilo Tudor, lleno de mesas de madera, y me enseñó el lugar donde un joven conde de Rochester había grabado algo obsceno en un banco mientras cenaba. La sala estaba rodeada de ventanas emplomadas, cada una adornada en el centro con una escena antigua de buenas obras: Thomas Becket arrodillado ante un lecho de muerte, un sacerdote con hábito largo sirviendo sopa a una fila de pobres, un médico medieval vendando la pierna de alguien. Sobre el banco de Rochester había una escena que me intrigó: un hombre con una cruz alrededor del cuello y un palo en una mano, inclinado sobre lo que parecía un montón de trapos negros.

—Ah, eso es una verdadera curiosidad —me dijo Stephen Barley—. Estamos muy orgullosos de él. Este hombre es un catedrático de los primeros tiempos del colegio, y está atravesando con una estaca el corazón de un vampiro.

Le miré sin habla durante un momento.

—¿Había vampiros en Oxford en aquellos tiempos? —pregunté por fin.

—No sé nada de eso —admitió mi acompañante, sonriente—, pero existe la tradición de que los primeros estudiosos del colegio ayudaron a proteger al campesinado de los vampiros. De hecho, recogieron una gran cantidad de leyendas sobre los vampiros, un material muy pintoresco que aún podrás ver en la Cámara Radcliffe, al otro lado de la calle. La leyenda afirma que ni siquiera los primeros rectores tenían libros de ocultismo guardados en el colegio, de modo que los fueron colocando en diversos sitios, hasta que terminaron en la Cámara Radcliffe.

De pronto me acordé de Rossi y me pregunté si habría visto algo de esa vieja colección.

—¿Hay alguna manera de averiguar los nombres de estudiantes del pasado, de hará unos cincuenta años, de este colegio? ¿Estudiantes de posgrado?

—Por supuesto. —Mi acompañante me miró con curiosidad—. Puedo preguntarle al director, si quieres.

—Oh, no. —Sentí que me ruborizaba, la maldición de mi juventud—. No es nada importante. Pero... ¿podría ver la colección sobre los vampiros?

—Te gustan las historias de terror, ¿eh? —Parecía divertido—. No hay gran cosa que ver, algunos infolios antiguos y un montón de libros encuadernados en piel. Como quieras. Ahora iremos a ver la biblioteca del colegio, no te la puedes perder, y luego te acompañaré a la Cámara.

La biblioteca era, por supuesto, una de las joyas de la universidad. Desde aquel día inocente he visto casi todos esos colegios y conocido algunos de ellos íntimamente, paseado por sus bibliotecas, capillas y refectorios, dado conferencias en sus salas de seminarios y tomado té en sus salones sociales. Puedo decir que no hay nada comparable a aquella primera biblioteca universitaria que vi, salvo quizá la capilla del Colegio de la Magdalena, con su divina ornamentación. En primer lugar entramos en una sala de lectura rodeada de vidrieras, similar a un terrario alto, en la cual los estudiantes, raras plantas cautivas, estaban sentados a mesas cuya antigüedad era casi tan grande como la del propio colegio. Lámparas extrañas colgaban del techo, y enormes esferas de la era de Enrique VIII se alzaban sobre pedestales en las esquinas. Stephen Barley señaló los numerosos volúmenes de la edición original del *Oxford English Dictionary* que llenaban los estantes de una pared. Otros estaban ocupados por atlas de muchos siglos de antigüedad, otros por antiguos libros nobiliarios y obras sobre historia de Inglaterra, otros por libros de texto en latín y griego de todas las épocas de la existencia del colegio. En el centro de la sala se alzaba una gigantesca enciclopedia sobre un estrado barroco tallado, y cerca de la entrada de la siguiente sala descansaba una vitrina en la que podía verse un libro antiguo de aspecto severo. Stephen me dijo que era una Biblia de Gutenberg. Sobre nosotros, una claraboya redonda, como el *oculus* de una iglesia bizantina, dejaba entrar largos chorros de luz solar. Volaban palomas sobre nuestras cabezas. La luz polvorienta bañaba las caras de los estudiantes que leían y volvían páginas en las mesas y acariciaba sus gruesos jerseys y rostros serios. Era un paraíso de la cultura, y recé para que algún día me admitieran en él.

La siguiente estancia era una enorme sala con balcones, escaleras de caracol, un triforio alto de cristal antiguo. Todas las paredes disponibles estaban tapizadas de libros desde el suelo de piedra al techo abovedado. Vi centenares de metros de volúmenes encuadernados en piel, hileras de carpetas, masas de pequeños volúmenes del siglo XIX de color rojo oscuro. ¿Qué podía haber en todos esos libros?, me pregunté. ¿Comprendería algo de ellos? Mis dedos ardían en deseos de bajar unos cuantos de los estantes, pero no me atrevía ni a tocarlos. No estaba segura de si esto era una biblioteca o un museo. Debía de estar mirando a mi alrededor con la emoción pintada en la cara, porque de repente vi que mi guía estaba sonriendo, divertido.

—No está mal, ¿eh? Debes de ser un ratón de biblioteca. Ven, ahora que ya has visto lo mejor, iremos a la Cámara.

El día transparente y los ruidosos coches eran todavía más molestos después del silencio de la biblioteca. No obstante, tuve que darles las gracias por un repentino regalo: cuando cruzamos la calle a toda prisa, Stephen me cogió de la mano hasta llegar al otro lado. Podría haber sido el perentorio hermano mayor de cualquiera, pensé, pero el contacto de aquella palma seca y cálida envió señales hormigueantes a la mía, que siguió ardiendo después de que él la soltara. Estaba segura, después de mirar con disimulo su perfil risueño e impertérrito, de que el mensaje había sido unidireccional. Pero para mí fue suficiente haberlo recibido.

La Cámara Radcliffe, como sabe todo anglófilo, es uno de los atractivos más grandes de la arquitectura inglesa, hermosa y extraña, un gigantesco barril lleno de libros. Una orilla se alza casi en la calle, pero un amplio jardín rodea el resto del edificio. Entramos en silencio, aunque un grupo de turistas parlanchines ocupaban el centro del glorioso interior redondo. Stephen indicó varios aspectos del diseño del edificio, estudiado en todos los cursos de arquitectura inglesa, descrito en todas las guías. Era un lugar encantador y conmovedor, y yo no dejaba de mirar a mi alrededor, mientras pensaba en que era un depósito extraño para guardar material siniestro. Por fin, Stephen me guió hasta una escalera y subimos al balcón.

—Hacia allí. —Indicó una puerta en la pared, practicada tras una verdadera muralla de libros—. Ahí dentro hay una pequeña sala de lectura. Sólo he entrado una vez, pero creo que es donde guardan la colección sobre vampirismo.

La habitación, poco iluminada, era muy pequeña, y también silenciosa, muy alejada de las voces de los turistas de abajo. Volúmenes de aspecto antiguo abarrotaban los estantes, con encuadernaciones de color caramelo y quebradizas como hueso viejo. Entre ellos, una calavera humana alojada en el interior de una pequeña vitrina dorada daba testimonio de la naturaleza morbosa de la colección. La cámara era tan pequeña, de hecho, que sólo había espacio en el centro para una mesa de lectura, contra la cual casi tropezamos al entrar. Eso tuvo como resultado que nos encontramos cara a cara con el estudioso sentado a ella, que pasaba las páginas de un quebradizo volumen y tomaba rápidas notas en un bloc de papel. Era un hombre pálido, bastante demacrado. Sus ojos eran pozos oscuros, sobresaltados y perentorios, pero también absortos cuando levantó la vista. Era mi padre.

23

En la confusión de ambulancias, coches de policía y espectadores que acompañó al traslado del cadáver del bibliotecario, me quedé petrificado un momento. Era horrible, impensable, que hasta la vida del hombre más desagradable hubiera terminado de una forma tan repentina, pero mi siguiente preocupación fue Helen. Se estaba congregando una multitud con gran celeridad, y me abrí paso para ir en su busca. Sentí un alivio infinito cuando ella me encontró antes, y anunció su presencia dándome un golpecito sobre el hombro desde atrás con su mano enguantada. Estaba pálida, pero serena. Se había envuelto la garganta con el pañuelo, y la visión de su suave cuello me hizo temblar.

—Esperé unos minutos, y después te seguí escaleras abajo —me dijo—. Quiero darte las gracias por venir en mi ayuda. Ese hombre era un bruto. Fuiste muy valiente.

Me sorprendió la expresión cariñosa de su cara.

—De hecho, tú fuiste la valiente. Y te hizo daño —dije en voz baja. Intenté no señalar en público su cuello—. ¿Te...?

—Sí —dijo en voz baja. Instintivamente, nos acercamos más, para que nadie pudiera oír nuestra conversación—. Cuando se precipitó sobre mí, me mordió en la garganta. —Dio la impresión de que sus labios temblaban un momento, como si fuera a llorar—. No chupó mucha sangre, no hubo tiempo. Y duele muy poco.

—Pero tú... tú...

Yo estaba tartamudeando, sin dar crédito a mis oídos.

—No creo que se haya infectado —dijo Helen—. Sangró muy poco y he cerrado la herida lo mejor posible.

—¿Deberíamos ir al hospital? —Me arrepentí en cuanto lo dije, en parte por su aspecto agotado—. ¿O podríamos curarla sin ayuda? —Creo que casi estaba imaginando que podríamos eliminar el veneno, como si fuera una mordedura de serpiente. El dolor que expresaba su rostro consiguió oprimirme el corazón. Entonces recordé que ella había traicionado el secreto del mapa—. Pero ¿por qué? ¿Por qué?

—Sé lo que te estás preguntando —me interrumpió al punto, y su acento se hizo más pronunciado—. No se me ocurrió ofrecerle otro cebo, y quería ver su reacción. No le habría dado el mapa, ni más información. Te lo prometo.

La estudié con suspicacia. Su expresión era seria, su boca cerrada en una curva sombría.

—¿No?

—Te doy mi palabra —se limitó a decir—. Además —su sonrisa sarcástica sustituyó a la mueca—, no tengo por qué compartir lo que puedo utilizar sólo en mi beneficio, ¿verdad?

Pasé esta frase por alto, pero algo en su expresión calmó mis temores.

—Su reacción fue sumamente interesante, ¿no?

Ella asintió.

—Dijo que habrían debido permitirle ir a la tumba, y que a Rossi se lo llevó alguien. Es muy extraño, pero daba la impresión de saber algo sobre el paradero de mi..., del director de tu tesis. Me cuesta creer toda esta historia de Drakulya, pero puede que algún grupo ocultista haya secuestrado al profesor Rossi o algo por el estilo.

Esta vez fui yo quien asintió, aunque mi credulidad era ciertamente superior a la de ella.

—¿Qué harás ahora? —preguntó con curiosa indiferencia.

No había pensado mi respuesta antes de verbalizarla.

—Ir a Estambul. Estoy convencido de que allí hay un documento, como mínimo, que Rossi nunca tuvo la oportunidad de examinar, y que tal vez contenga información sobre una tumba, quizá la tumba de Drácula en el lago Snagov.

Ella rió.

—¿Por qué no te tomas unas pequeñas vacaciones en mi Rumanía natal? Podrías ir al castillo de Drácula con una estaca de plata en la mano, o visitar Snagov. Me han dicho que es un lugar muy agradable para ir de excursión.

—Escucha —dije irritado—, sé que todo esto es muy peculiar, pero debo seguir cualquier pista sobre la desaparición de Rossi. Y tú sabes muy bien que un ciudadano norteamericano no puede atravesar el Telón de Acero para buscar a alguien. —Mi lealtad debió avergonzarla un poco, porque no contestó—. Quiero preguntarte algo. Cuando salíamos de la iglesia, dijiste que tal vez tu madre poseyera información sobre la investigación de Rossi acerca de Drácula. ¿Qué querías decir?

—Sólo que cuando se conocieron, él le dijo que había ido a Rumanía para estudiar la leyenda de Drácula, y que ella cree en esa leyenda. Tal vez sabe más sobre la investigación de Rossi de lo que me ha dicho, no estoy segura. No habla con facilidad de estas cosas, y yo he estado siguiendo esta pequeña afición del querido *pater familias* por mediación de canales académicos, no en el seno de la familia. Tendría que haberla interrogado más a fondo sobre su experiencia.

—Un fallo curioso en una antropóloga —repliqué malhumorado. Convencido una vez más de que estaba de mi parte, sentí toda la irritación del alivio. Su cara se iluminó, risueña.

—*Touchée*, Sherlock. Se lo preguntaré la próxima vez que la vea.

—¿Cuándo será eso?

—Dentro de un par de años, supongo. Mi valioso visado no me permite saltar a voluntad del Este a Occidente.

—¿Nunca le escribes o la llamas?

Helen me miró fijamente.

—Ay, Occidente es un lugar tan inocente —dijo por fin—. ¿Crees que tiene teléfono? ¿Crees que no abren y leen mis cartas cada vez que llega una?

Me quedé en silencio, mortificado.

—¿Cuál es ese documento que tanto ansías encontrar, Sherlock? —preguntó—. ¿Es bibliografía, algo sobre la Orden del Dragón? Lo vi en la última lista de sus papeles. Es lo único que no describe con minuciosidad. ¿Es eso lo que quieres encontrar?

Lo había adivinado, por supuesto. Me estaba haciendo una buena idea de sus poderes intelectuales, y pensé con cierta nostalgia en las conversaciones que podríamos compartir si las circunstancias fueran diferentes. Por otra parte, no me gustaba que fuera tan perspicaz.

—¿Por qué lo quieres saber? —repliqué—. ¿Para tu investigación?

—Por supuesto —contestó con seriedad—. ¿Te pondrás en contacto conmigo cuando vuelvas?

De repente, me sentí muy cansado.

—¿Cuando vuelva? No tengo ni idea de en qué me estoy metiendo, y mucho menos de cuándo volveré. Quizá me ataque el vampiro cuando llegue adonde sea.

Había intentado expresarme con ironía, pero fui consciente de la irrealidad de toda la situación en cuanto hablé. Ahí estaba yo, delante de la biblioteca, como tantos cientos de veces antes, sólo que esa vez estaba hablando de vampiros (como si creyera en ellos) con una antropóloga rumana, y estábamos viendo un enjambre de conductores de ambulancia y agentes de policía en el lugar de una muerte en la que yo estaba implicado, al menos de manera indirecta. Intenté no contemplar su siniestra ocupación. Pensé que debía marcharme del patio cuanto antes, pero sin aparentar prisa. No podía permitir que la policía me detuviera en ese momento, ni siquiera para interrogarme unas pocas horas. Tenía mucho que hacer, y cuanto antes. Necesitaría un visado para Turquía, y un billete de avión, y dejar en casa una copia de la información que ya poseía. Ese trimestre no daba clases, gracias a Dios, pero debería presentar una excusa aceptable para el departamento, y dar una explicación a mis padres que les ahorrara preocupaciones.

Me volví hacia Helen.

—Señorita Rossi —dije—, Si no dices nada de esto a nadie te prometo que te llamaré en cuanto regrese. ¿Puedes contarme algo más? ¿Se te ocurre alguna manera de ponerme en contacto con tu madre antes de marchar?

—Ni yo misma puedo ponerme en contacto con ella, excepto por carta —dijo la joven—. Además, no habla inglés. Cuando vuelva a casa dentro de dos años, la interrogaré acerca de estos asuntos.

Suspiré. Dos años era demasiado tarde. Ya estaba experimentando una especie de angustia por tener que separarme de esa extraña compañera de pocos días (horas, en realidad), la única persona, además de mí, que sabía todo sobre la naturaleza de la desaparición de Rossi. Después de esto, estaría solo en un país en el que apenas había pensado nunca. No obstante, tenía que hacerlo. Extendí la mano.

—Gracias por aguantar a un lunático inofensivo durante un par de días. Si vuelvo sano y salvo, no dudes de que te informaré... Quiero decir que si regreso con tu padre sano y salvo...

Hizo un vago ademán con la mano enguantada, como si no le interesara en absoluto el regreso de Rossi, pero después estrechó mi mano con cordialidad. Tuve la impresión de que su firme apretón era mi último contacto con el mundo que conocía.

—Adiós —dijo—. Te deseo la mejor suerte posible en tu investigación.

Dio media vuelta y se abrió paso entre la multitud. Los conductores de la ambulancia estaban cerrando las puertas. Yo también di media vuelta. Empecé a bajar la escalera para atravesar el patio. A unos treinta metros de la biblioteca, me detuve y miré hacia atrás, con la esperanza de ver la figura vestida de negro entre los curiosos. Sorprendido, vi que corría hacia mí. Me alcanzó enseguida y vi que un rubor acentuado cubría sus pómulos. Su expresión era perentoria.

—He estado pensando —dijo, y entonces enmudeció. Dio la impresión de que respiraba hondo—. Esto concierne a mi vida más que cualquier otra cosa en el mundo. —Su mirada era directa, desafiante—. No sé muy bien cómo hacerlo, pero creo que iré contigo.

24

Mi padre ofreció diversas excusas afables por haber estado estudiando la colección sobre vampiros de Oxford en lugar de acudir a su reunión. La habían cancelado, dijo, al tiempo que estrechaba la mano de Stephen Barley con su acostumbrada cordialidad. Mi padre dijo que había ido a la Cámara espoleado por una antigua obsesión. Entonces calló, se mordió el labio y probó de nuevo. Había estado buscando un poco de paz y tranquilidad (cosa muy creíble). Su gratitud por la presencia de Stephen, por la buena salud de Stephen, por su solidez, era palpable. Al fin y al cabo, ¿qué habría dicho mi padre si me hubiera presentado allí sola? ¿Cómo habría podido explicar, o cerrar como si tal cosa, el infolio que había bajo su mano? Lo hizo, pero demasiado tarde. Yo ya había visto el título de un capítulo que se destacaba sobre el grueso papel marfileño: «Vampires de Provence et des Pyrénées».

Dormí muy mal aquella noche en la cama con dosel de calicó, y cada pocas horas despertaba de algún sueño extraño. En una ocasión vi luz bajo la puerta del cuarto de baño que separaba mi habitación de la de mi padre, lo cual me tranquilizó. A veces, no obstante, esta sensación de que no estaba dormido, de silenciosa actividad en la habitación de al lado, me arrancaba de pronto de mi descanso. Cerca del amanecer, cuando una neblina color pizarra empezaba a insinuarse entre las cortinas, desperté por última vez.

Esta vez fue el silencio lo que me despertó. Todo estaba demasiado quieto: la tenue silueta de los árboles en el patio (aparté un poco las cortinas para mirar), el enorme armario contiguo a mi cama y, sobre todo, la habitación de mi padre. No esperaba que estuviera levantado a esa hora. En todo caso, estaría dormido todavía, tal vez roncando un poco si estaba tumbado de espaldas, intentando borrar las preocupaciones del día anterior, aplazando el agotador calendario de conferencias y seminarios y debates que le aguardaban. Durante nuestros viajes, solía dar un leve golpecito en mi puerta cuando ya se había levantado, una invitación a darme prisa para reunirme con él y dar un paseo antes de desayunar.

Esa mañana el silencio me abrumaba, por ningún motivo en concreto, de modo que bajé de mi gran cama, me vestí y colgué una toalla de mi hombro. Me lavaría en la palangana del cuarto de baño e intentaría escuchar la respiración nocturna de mi padre. Llamé con suavidad a la puerta del cuarto de baño para asegurarme de que no estaba dentro. El silencio se hizo aún más intenso cuando me sequé la cara delante del espejo. Apliqué el oído a la puerta. Dormía sin emitir el menor sonido. Sabía que sería cruel interrumpir su bien merecido reposo, pero el pánico había empezado a trepar por mis piernas y brazos. Llamé con suavidad. No se oyó nada dentro. Durante años habíamos respetado nuestra intimidad, pero ahora, con la luz grisácea del amanecer que entraba por la ventana del cuarto de baño, giré el pomo de la puerta.

Los pesados cortinajes del cuarto de mi padre seguían corridos, de manera que tardé unos segundos en vislumbrar el tenue perfil de muebles y cuadros. El silencio me erizó el vello de la nuca. Avancé un paso hacia la cama, le hablé, pero la cama estaba impecable en la habitación oscura. La habitación estaba vacía. Expulsé el aire contenido en mis pulmones. Él se había ido, había salido a pasear solo, tal vez necesitaba soledad y tiempo para reflexionar. No obstante, algo me impulsó a encender la luz de la mesita de noche, mirar a mi alrededor con más detenimiento. Dentro del círculo de luminosidad había una nota dirigida a mí, y sobre la nota descansaban dos objetos que me sorprendieron: un pequeño crucifijo de plata colgado de una robusta cadena y una cabeza de ajos. La hiriente realidad de esos objetos consiguió revolver mi estómago, incluso antes de leer las palabras de mi padre.

Querida hija:

Siento sorprenderte así, pero he sido requerido para un nuevo asunto y no quería molestarte durante la noche. Estaré ausente unos días, espero. He acordado con Master James que vuelvas a casa en compañía de nuestro joven amigo Stephen Barley. Le han excusado de sus clases durante dos días, y te acompañará a Amsterdam esta noche. Yo quería que la señora Clay viniera a buscarte, pero su hermana está enferma y ha vuelto a Liverpool. Intentará estar en casa esta noche. En cualquier caso, estarás en buenas manos, y espero que sepas cuidar de ti con sensatez. No te preocupes por mi ausencia. Es un asunto confidencial, pero volveré a casa lo antes posible y te lo explicaré todo. En el ínterin, te pido con todo mi corazón que lleves el crucifijo en todo momento y que pongas unos ajos en cada uno de tus bolsillos. Ya sabes que nunca he querido obligarte a aceptar ninguna religión o superstición, y sigo siendo un firme incrédulo respecto a ambas. Pero hemos de enfrentarnos al mal con sus propias armas, en la medida de lo posible, y tú ya conoces el alcance de dichas armas. Desde mi corazón de padre te ruego que no hagas caso omiso de mis deseos en este punto.

Estaba firmada con cariño, pero vi que la había escrito a toda prisa. Mi corazón estaba martilleando en el pecho. Me ceñí de inmediato la cadena al cuello y dividí el ajo para alojarlo en los bolsillos de mi vestido. Era muy propio de mi padre, pensé mientras paseaba la vista alrededor del cuarto, hacer la cama con tal pulcritud en mitad de una silenciosa huida del colegio. Pero ¿a qué venían tantas prisas? Fuera cual fuera el asunto, no podía tratarse de una sencilla misión diplomática, de lo contrario me lo habría dicho. Con frecuencia debía reaccionar con celeridad a emergencias profesionales. Sabía que a veces debía marchar casi sin previo aviso cuando se producía una crisis al otro lado de Europa, pero siempre me decía adónde iba. Esta vez, me dijo mi corazón acelerado, no se había ido por trabajo. Además, debía estar en Oxford esta semana, dando conferencias y asistiendo a reuniones. No era de los que se zafaban de sus obligaciones a la primera de cambio.

No. Su desaparición debía estar relacionada con la tensión que delataba en los últimos tiempos. Me di cuenta de que había estado temiendo algo parecido desde el primer momento. Además, había que tener en cuenta la escena de ayer en la Cámara Radcliffe, con mi padre absorto en... ¿Qué había estado leyendo exactamente? ¿Y adónde, oh, adónde habría ido? ¿Adónde, sin mí? Por primera vez en todos los años que recordaba, todos esos años en que mi padre me había protegido de la soledad de la vida sin una madre, sin hermanos, sin país natal, todos los años de ser padre y madre al mismo tiempo, por primera vez, me sentí huérfana.

El director fue muy amable cuando aparecí con la maleta hecha y el impermeable colgado del brazo. Le expliqué que estaba dispuesta a viajar sola. Le aseguré que agradecía la oferta de que un solícito estudiante me acompañara a casa y que jamás olvidaría su gesto. Sentí una punzada al decirlo, una leve pero inconfundible punzada de decepción. ¡Qué agradable habría sido viajar un día con Stephen Barley, que me sonreiría desde el asiento de enfrente! Pero había que decirlo. Llegaría a casa sana y salva dentro de unas horas, repetí, reprimiendo la repentina imagen mental de una palangana de mármol rojo llena de agua melódica, temerosa de que aquel hombre sonriente pudiera adivinar mis pensamientos, pudiera leer en mi cara. Pronto llegaría a casa sana y salva y le llamaría para tranquilizar sus preocupaciones. Y luego, por supuesto, añadí con mayor duplicidad todavía, mi padre volvería a casa al cabo de unos pocos días.

Master James estaba seguro de que yo era capaz de viajar sola. Parecía una chica independiente, sin la menor duda. Pero no podía (me dedicó una sonrisa todavía más bondadosa), no podía romper la palabra dada a mi padre, un viejo amigo. Yo era el tesoro más preciado de mi padre, y no podía enviarme de vuelta a casa sin la protección adecuada. No era porque no confiara en mí, sino por mi padre. Teníamos que mimarle un poco. Stephen Barley se materializó antes de que yo pudiera seguir discutiendo, o asimilar la idea de que el director era un viejo amigo de mi padre, cuando yo creía que le había conocido dos días antes. Pero yo no tenía tiempo para digerir esta novedad. Stephen estaba esperando como si también fuera un viejo amigo mío, la chaqueta y la bolsa de viaje en la mano, y la verdad es que no me arrepentí de verle. Lamenté el rodeo que me iba a costar que me acompañara, aunque era imposible para mí no dar la bienvenida a su sonrisa o su «¡Me has librado de un trabajo!»

Master James fue más sobrio.

—Aún tienes trabajo, jovencito —le dijo—. Quiero que me llames desde Amsterdam en cuanto llegues, y quiero que hables con el ama de llaves. Aquí tienes dinero para tus billetes y algunas comidas, y me traerás las facturas. —Sus ojos color avellana destellaron—. Eso no quiere decir que no puedas comprar un poco de chocolate holandés en la estación. Tráeme a mí también una tableta. No es tan bueno como el belga, pero qué le vamos a hacer. Iros ya, y sed sensatos. —Me dio un apretón de manos serio y su tarjeta—. Adiós, querida. Ven a vernos cuando pienses en ir a la universidad.

Ya fuera del despacho, Stephen tomó mi maleta.

—Vámonos. Tenemos billetes para las diez y media, pero no estaría mal llegar un poco antes.

El director y mi padre se habían ocupado de todos los detalles, observé, y me pregunté cuántas cerraduras más debería asegurar en casa. Sin embargo, ahora me aguardaban otros asuntos.

—Stephen —empecé.

—Llámame Barley. —Rió—. Todo el mundo me llama así, y ya estoy tan acostumbrado que me da escalofríos oír mi verdadero nombre.

—De acuerdo. —Su sonrisa era tan contagiosa hoy...—. Barley, ¿podría pedirte un favor antes de marcharnos? —Asintió—. Me gustaría entrar en la Cámara una vez más. Era tan bonita..., y me gustaría ver la colección de vampirismo. No pude mirarla bien.

Gimió.

—No cabe duda de que te gustan las cosas siniestras. Debe de ser herencia familiar.

—Lo sé.

Me sentí enrojecer.

—De acuerdo. Vamos a echar un vistazo rápido, pero luego tendremos que darnos prisa. Master James me atravesará el corazón con una estaca si perdemos el tren.

La Cámara estaba tranquila aquella mañana, casi vacía, y subimos por una escalera pulimentada hasta el macabro rincón donde habíamos sorprendido a mi padre el día anterior. Reprimí un amago de lágrimas cuando entramos en la diminuta estancia. Horas antes, mi padre había estado sentado aquí, con aquella extraña mirada distante en sus ojos, y ahora ni siquiera sabía dónde estaba.

Me acordaba de dónde había guardado el libro, que había devuelto a su sitio como sin darle importancia mientras hablábamos. Tenía que estar debajo de la vitrina con la calavera, a la izquierda. Recorrí con un dedo el borde del estante. Barley estaba cerca de mí (era imposible no estar muy juntos en aquel estrecho espacio, pero yo deseaba que se alejara hacia el balcón), observando con franca curiosidad. Donde debería estar el libro había un hueco, como si faltara un diente. Me quedé petrificada. Mi padre jamás robaría un libro, de modo que ¿quién podía haberlo cogido? Pero un segundo después reconocí el libro, a un palmo de distancia. Alguien lo había movido desde la última vez que yo había entrado allí. ¿Había vuelto mi padre para echarle un segundo vistazo? ¿Otra persona lo había bajado del estante? Desvié la vista con suspicacia hacia la calavera de la vitrina, pero me devolvió una mirada insulsa, anatómica. Después bajé el volumen con mucho cuidado, la encuadernación era de color hueso y una cinta negra de seda sobresalía del lomo. Lo deposité sobre la mesa y lo abrí. La portada rezaba: *Vampires du Moyen Âge*, Barón de Hejduke, Bucarest, 1886.

—¿Por qué te interesa esta basura morbosa?

Barley estaba mirando por encima de mi hombro.

—Un trabajo para el colegio —murmuré. El libro estaba dividido en capítulos, tal como recordaba: «Vampires de la Toscane», «Vampires de la Normandie», y así sucesivamente. Encontré el que buscaba al fin: «Vampires de Provence et des Pyrénées». Oh, Señor, ¿estaría mi francés a la altura? Barley estaba empezando a consultar su reloj. Pasé un dedo con rapidez sobre la página, con cuidado de no tocar los magníficos caracteres tipográficos o el papel marfileño. «*Vampires dans les villages de Provence*». ¿Qué estaba buscando mi padre? Había estado examinando la primera página del capítulo. «Il y a aussi une légende...». Me incliné más.

Desde aquel momento, he vivido muchas veces lo que experimenté entonces. Hasta ese momento, mis incursiones en el francés escrito habían sido puramente utilitarias, la conclusión de ejercicios casi matemáticos. Cuando comprendía una nueva frase, era un simple puente hasta el siguiente ejercicio. Nunca antes había experimentado el repentino estremecimiento de comprensión que viaja desde la palabra hasta el corazón pasando por el cerebro, la forma en que un idioma nuevo se mueve, se enrosca, cobra vida bajo los ojos, el salto casi salvaje de entendimiento, la liberación instantánea y dichosa del significado, la forma en que las palabras se despojan de sus cuerpos impresos en un destello de luz y calor. Desde entonces, he conocido este momento de verdad con otras compañías: alemán, ruso, latín, griego y, durante una breve hora, sánscrito.

Pero esta primera vez contenía la revelación de todas las demás.

—*Il y a aussi une légende* —susurré, y Barley se inclinó de súbito para seguir las palabras. De lo que tradujo en voz alta yo ya había tomado nota mental.

—«Existe también la leyenda de que Drácula, el más noble y peligroso de todos los vampiros, adquirió su poder no en la región de Valaquia, sino mediante una herejía surgida en el monasterio de Saint-Matthieu-des-Pyrénées-Orientales, un convento benedictino fundado en el año 1000 de Nuestro Señor.» ¿Qué es esto? —preguntó Barley.

—Un trabajo para el colegio —repetí, pero nuestros ojos se encontraron de manera extraña sobre el libro, y dio la impresión de que me estuviera viendo por primera vez.

—¿Es muy bueno tu francés? —pregunté con humildad.

—Por supuesto. —Sonrió y volvió a inclinarse sobre la página—. «Se dice que Drácula visitaba el monasterio cada dieciséis años para rendir tributo a sus orígenes y renovar las influencias que le han permitido vivir en la muerte.»

—Continúa, por favor.

Aferré el borde de la mesa.

—Desde luego —dijo—. «Los cálculos efectuados por el hermano Pierre de Provence a principios del siglo diecisiete indican que Drácula visita Saint-Matthieu durante la media luna del mes de mayo.»

—¿En qué fase está la luna ahora? —pregunté con voz estrangulada, pero Barley tampoco lo sabía. No había más menciones a Saint-Matthieu. Las siguientes páginas reproducían un documento de una iglesia de Perpiñán, relativo a disturbios sucedidos en relación con ovejas y cabras de la región en 1428. No estaba claro si el sacerdote autor culpaba a los vampiros o a los ladrones de ganado de estos problemas.

—Qué cosas más raras —comentó Barley—. ¿Es esto lo que tu familia lee para divertirse? ¿Te interesa saber algo sobre los vampiros de Chipre?

No había nada más en el libro que pudiera interesarme, y cuando Barley volvió a consultar su reloj, me alejé con tristeza de las tentadoras paredes llenas de volúmenes.

—Bien, esto ha sido muy estimulante —dijo Barley mientras bajábamos la escalera—. Eres una chica poco corriente, ¿verdad?

No sabía qué quería decir, pero esperaba que fuera un cumplido.

En el tren, Barley me entretuvo hablando de sus compañeros, un puñado de tarambanas y chivos expiatorios, y después me cogió la maleta cuando subimos al transbordador en el que cruzaríamos las aguas grises y aceitosas del Canal de la Mancha. Era un día transparente y frío, y nos sentamos en un espacioso salón en asientos de vinilo, protegidos del viento.

—No duermo mucho durante el trimestre —me informó Barley, y no tardó en dormirse con su chaqueta arrollada bajo un hombro.

Ya me fue bien que durmiera un par de horas, porque tenía mucho en qué pensar, cuestiones tanto de naturaleza práctica como académica. Mi problema inmediato no era establecer relaciones entre acontecimientos históricos, sino la señora Clay. Estaría esperando en el vestíbulo de nuestra casa de Amsterdam, muy preocupada por mi padre y por mí. Su presencia me mantendría atada a casa al menos de noche, y si al día siguiente no aparecía después de clase, me seguiría la pista como una manada de lobos, tal vez acompañada de la mitad de la policía de Amsterdam. Además, estaba Barley. Contemplé su rostro dormido. Roncaba discretamente contra su chaqueta. Barley tenía que ir al puerto a tomar el transbordador de regreso a Inglaterra cuando yo me marchara al colegio, y yo debería procurar no cruzarme con él en el camino.

La señora Clay estaba en casa cuando llegamos. Barley se quedó a mi lado en el umbral mientras yo buscaba las llaves. Estaba admirando las viejas casas mercantiles y los canales relucientes.

—¡Excelente! ¡Y todas esas caras de Rembrandt en las calles!

Cuando la señora Clay abrió de repente la puerta y me hizo entrar, casi no consiguió seguirme. Me alivió ver que hacía gala de sus buenos modales. Mientras los dos desaparecían en la cocina para llamar a Master James, corrí arriba, mientras gritaba que iba a lavarme la cara. De hecho (la idea logró que mi corazón se acelerara a causa de la culpabilidad), mi intención era asaltar la ciudadela de mi padre cuanto antes. Ya pensaría después qué les diría a la señora Clay y a Barley. Ahora debía encontrar lo que, sin duda, debía estar escondido allí.

Nuestra casa-torre, construida en 1620, tenía tres dormitorios en el segundo piso, habitaciones estrechas de vigas oscuras que mi padre adoraba porque, decía, se le antojaban todavía habitadas por la gente sencilla y trabajadora que había vivido en ellas. Su habitación era la más grande, un ejemplo admirable de muebles holandeses antiguos. Había combinado los muebles espartanos con una alfombra turca y colgaduras de cama, un dibujo menor de Van Gogh y doce sartenes de cobre de una granja francesa. Formaban una galería en una pared y captaban destellos de luz del canal. Ahora soy consciente de que era una habitación notable, no sólo por ese despliegue de gustos eclécticos, sino por su sencillez monástica. No contenía ni un solo libro, todos habían sido relegados a la biblioteca de abajo. Ninguna prenda de ropa colgaba nunca del respaldo de la butaca del siglo XVII. Ningún periódico profanaba nunca el escritorio. No había teléfono, ni siquiera reloj. Mi padre se despertaba siempre al amanecer. Era un espacio dedicado a la vida, una estancia en la que dormir, despertar y, tal vez, rezar (aunque ignoraba si se había rezado alguna vez en ese lugar), como cuando era nueva. Me encantaba la habitación, pero raras veces entraba.

Me colé con el mismo sigilo que un ladrón, cerré la puerta y abrí el escritorio. Era una sensación terrible, como abrir un ataúd, pero saqué todo lo que había en los compartimientos, registré los cajones, aunque devolví todo a su sitio con sumo cuidado: las cartas de sus amigos, sus bonitas plumas, su papel de notas con monograma. Por fin, mi mano se posó sobre un paquete cerrado. Lo abrí sin el menor reparo y vi unas líneas finas, dirigidas a mí, exhortándome a leer las cartas adjuntas sólo en el caso del fallecimiento inesperado o la desaparición prolongada de mi padre. ¿Acaso no le había visto escribir noche tras noche algo que tapaba con un brazo cuando yo me acercaba? Me apoderé del paquete con avaricia, cerré el escritorio y llevé el hallazgo a mi habitación, al tiempo que aguzaba el oído por si escuchaba los pasos de la señora Clay en la escalera.

El paquete estaba lleno de cartas, cada una doblada dentro de un sobre y dirigida a mí en nuestra dirección, como si pensara que, en algún momento, me las tendría que enviar desde otra localidad. Las guardé en orden (oh, había aprendido cosas sin saberlo) y abrí con cautela la primera. Databa de seis meses antes y parecía empezar, no con simples palabras, sino con un grito del corazón. «Mi querida hija —su caligrafía tembló bajo mis ojos— si estás leyendo esto, perdóname. He ido a buscar a tu madre.»

Segunda Parte

¿A qué clase de lugar había ido a parar,
y entre qué clase de gente?
¿En qué especie de sombría aventura me había embarcado?
Empecé a frotarme los ojos y me pellizqué
para comprobar que estaba despierto.
Todo se me antojaba una horrible pesadilla,
y esperaba que despertaría de repente y me encontraría en casa,
mientras la aurora se filtraba lentamente por las ventanas,
tal como me había sentido una y otra vez por las mañanas
después de uno o dos días de trabajo excesivo.
Pero mi carne respondió a la prueba del pellizco,
y mis ojos no podían engañarse.
Estaba despierto en los Cárpatos.
Lo único que podía hacer ahora era tener paciencia
y esperar la llegada del amanecer.

Bram Stoker, *Drácula,* 1897

25

La estación de tren de Amsterdam era un lugar familiar para mí. La había cruzado docenas de veces. Pero nunca había ido sola. Nunca había viajado sola, y cuando me senté en el banco para esperar el expreso de la mañana a París, sentí una aceleración en el pulso que no se debía tan sólo a la angustia que sentía por mi padre, sino a una nueva vitalidad que tenía que ver con el primer momento de libertad total que había conocido. La señora Clay, que estaría lavando los platos del desayuno en casa, pensaba que iba camino del colegio. Barley, despachado al muelle del transbordador, también creía que iba camino del colegio. Sentí mucho tener que engañar a la aburrida y bondadosa señora Clay, y todavía más separarme de Barley, quien me había besado la mano con repentina galantería en la puerta y entregado una de sus tabletas de chocolate, aunque yo le recordé que podía comprar delicias holandesas siempre que me diera la gana. Pensé que le escribiría una carta cuando todos mis problemas se hubieran solucionado, pero me resultaba imposible vislumbrar ese futuro.

De momento, la mañana de Amsterdam centelleaba, relucía, mudaba a mi alrededor. Incluso en esa mañana encontré cierto consuelo en pasear a lo largo de los canales desde nuestra casa hasta la estación, el aroma del pan en el horno y el olor a humedad de los canales, la limpieza ajetreada, no demasiado elegante, de todo. Revisé mi equipaje en el banco de la estación: una muda, las cartas de mi padre, pan, queso y zumos envasados. También había cogido dinero de la generosa caja que estaba en la cocina (si iba a cometer una fechoría, daba igual que fueran veinte) como complemento de lo que llevaba en el bolso. Eso pondría en guardia a la señora Clay enseguida, pero no había otro remedio. No podía esperar hasta que los bancos abrieran para sacar dinero de mi humilde libreta de ahorros. Tenía un jersey grueso, una gabardina, mi pasaporte, un libro para los trayectos largos en tren y mi diccionario de francés de bolsillo.

Había robado algo más. Había cogido de nuestro salón un cuchillo de plata que descansaba en la vitrina de curiosidades, entre los recuerdos de las primeras misiones diplomáticas de mi padre, los viajes que habían constituido sus primeros intentos de establecer su fundación. En aquel tiempo yo era demasiado pequeña para acompañarle, y me había dejado en Estados Unidos con diversos parientes. El cuchillo estaba siniestramente afilado y tenía un mango repujado. Estaba guardado dentro de una funda, también muy adornada. Era la única arma que había visto en nuestro hogar. A mi padre no le gustaban las armas de fuego, y sus gustos de coleccionista no abarcaban espadas ni hachas de guerra. No tenía ni idea de cómo iba a protegerme con el pequeño cuchillo, pero me sentía más segura sabiendo que viajaba en mi bolso.

La estación estaba abarrotada cuando el expreso se detuvo. Sentí entonces, igual que ahora, que no existe alegría comparable a la de la llegada de un tren, por más grave que sea tu situación, en especial un tren europeo, y en especial uno que te lleva al sur. Durante aquel período de mi vida, el último cuarto del siglo XX, oí el silbato de una de las últimas locomotoras a vapor que cruzaban los Alpes con regularidad. Subí aferrando mi bolsa del colegio, casi sonriente. Tenía horas por delante, e iba a necesitarlas, no para leer mi libro sino para examinar de nuevo aquellas preciosas cartas de mi padre. Pensaba que había elegido bien mi punto de destino, pero necesitaba reflexionar sobre por qué había elegido bien.

Encontré un compartimiento tranquilo y corrí las cortinas que daban al pasillo, con la esperanza de que nadie entraría. Al cabo de un momento, una mujer de edad madura con abrigo y sombrero azul entró, pero me sonrió y se acomodó con una pila de revistas holandesas. En mi confortable rincón, mientras veía desfilar la ciudad vieja, y después los verdes suburbios, desdoblé de nuevo la primera carta de mi padre. Me sabía de memoria las primeras líneas, la forma sorprendente de las palabras, el lugar y fecha asombrosos, la caligrafía firme y perentoria.

Mi querida hija:
    Si estás leyendo esto, perdóname. He ido a buscar a tu madre. Durante muchos años he creído que estaba muerta, y ahora ya no es-

toy tan seguro. La incertidumbre es casi peor que el dolor, como tal vez comprendas algún día. Tortura mi corazón día y noche. Nunca te he hablado mucho de ella, y eso ha sido una cobardía por mi parte, lo sé, pero nuestra historia fue demasiado dolorosa para contártela con facilidad. Siempre tuve la intención de revelarte más cosas a medida que te fueras haciendo mayor y pudieras entender mejor sin ser presa del pánico, si bien nuestra historia me ha asustado hasta tal punto, siempre y en todo momento, que ésta ha sido la más débil de mis excusas.

Durante los últimos meses he intentado compensar esta cobardía contándote poco a poco lo que podía de mi pasado, y albergaba la intención de introducir a tu madre en la historia de manera gradual, aunque ella entró en mi vida de una forma bastante repentina. Ahora temo que no haya conseguido contarte todo lo que deberías saber de tu herencia antes de que sea silenciado (literalmente incapacitado para informarte), o caiga presa de mi propio silencio.

Te he descrito parte de mi vida como estudiante de posgrado antes de tu nacimiento, y te he referido algunos detalles de las extrañas circunstancias que rodearon la desaparición del director de mi tesis después de las revelaciones que me hizo. También te he dicho que conocí a una joven llamada Helen, tan interesada como yo en encontrar al profesor Rossi, tal vez más que yo. En todas las oportunidades que la tranquilidad nos ha deparado he intentado anticiparte fragmentos de esta historia, pero ahora creo que debería empezar a escribir el resto, encomendarlo a la seguridad del papel. Si has de leerla ahora, en lugar de escucharme en alguna colina rocosa o en una *piazza* silenciosa, en algún puerto protegido o en un confortable café, la culpa es mía por no habértelo contado antes.

Mientras escribo estas líneas estoy mirando las luces de un antiguo puerto, mientras tú duermes tranquila e inocente en la habitación de al lado. Estoy cansado después de todo un día de trabajo, y cansado sólo de pensar en empezar este largo relato, una triste tarea, una desventurada precaución. Creo que cuento con semanas, tal vez meses, para continuar el relato en persona, de manera que no repetiré lo que ya te he desvelado durante nuestros paseos por tantos países. Pasado ese período de tiempo, semanas o meses, mi certeza disminuye. Estas cartas son mi seguro contra tu soledad. En el peor de los casos, heredarás mi casa, mi dinero, mis muebles y libros, pero no me cuesta creer que atesorarás estos documentos escritos por mi mano más que cualquier otro objeto, porque contendrán tu relato, tu historia.

¿Por qué no te he contado todos los hechos de esta historia de golpe, para acabar de una vez por todas, para informarte del todo? La respuesta reside una vez más en mi cobardía, pero también en el hecho de que una versión abreviada sería exactamente eso: un golpe. No te deseo tal dolor, aunque sólo fuera una simple fracción del mío. Además, tal vez no acabarías de creerla si te fuera revelada de golpe, del mismo modo que yo no podría creer en la historia del director de mi tesis, Rossi, sin recorrer todo el camino de sus recuerdos. Y por fin, ¿qué historia puede reducirse a sus elementos objetivos? Por consiguiente, relato mi historia paso a paso. También he de conjeturar cuánto te habré contado ya si estas cartas llegan a tus manos.

Las conjeturas de mi padre no habían sido muy acertadas, y había reanudado su historia algo después de lo que yo ya sabía. Tal vez jamás sabría cuál había sido su reacción a la asombrosa determinación de Helen Rossi de acompañarle en su investigación, pensé con tristeza, ni los interesantes detalles de su viaje desde Nueva Inglaterra a Estambul. ¿Cómo habían logrado llevar a cabo todos los trámites burocráticos, saltarse los obstáculos de las desavenencias políticas, los visados, las aduanas?, me pregunté. ¿Habría dicho mi padre alguna mentira a sus progenitores, amables y razonables bostonianos, sobre sus repentinos planes de viaje? ¿Helen y él habían ido a Nueva York de inmediato, tal como habían planeado? ¿Habían dormido en la misma habitación de hotel? Mi mente adolescente era incapaz de descifrar este acertijo, del mismo modo que me era imposible no pensar en él. Tuve que contentarme por fin con la imagen de ambos como dos personajes de una película de cuando eran jóvenes, Helen tendida con recato bajo las sábanas de la cama doble, mi padre dormido de cualquier manera en un butacón tras quitarse los zapatos (pero nada más), y las luces de Times Square enviando con sus destellos una sórdida invitación justo al otro lado de la ventana.

Seis días después de la desaparición de Rossi volamos a Estambul desde el aeropuerto de Idlewild en una noche de niebla, y cambiamos de avión en Frankfurt. Nuestro segundo avión aterrizó a la mañana siguiente, y desembarcamos con el resto del rebaño de turistas. Yo ya había estado en la Europa del Este dos veces, pero aquellas escapadas se me antojaron ahora excursiones a un planeta muy diferente de éste, Turquía, que en 1954 era todavía un mundo más distinto que hoy. En un momento dado estaba hundido en mi incómodo asiento del avión, secándome la cara con una toalla caliente, y al siguiente nos hallábamos en una pista de aterrizaje igualmente caliente, invadida por olores desconocidos, y polvo, y el tremolante pañuelo de un árabe que iba delante de mí en la fila y que no paraba de metérseme en la boca. Helen se reía a mi lado al ver mi asombro. Se había cepillado el pelo y pintado los labios en el avión, de modo que parecía muy descansada después de nuestra incómoda noche. Llevaba al cuello su pañuelo. Aún no había visto qué había debajo, y no me habría importado pedirle que se lo quitara.

—Bienvenido al gran mundo, yanqui —dijo sonriente. Esta vez fue una sonrisa verdadera, no la mueca de costumbre.

Mi interés aumentó durante el traslado a la ciudad en taxi. No sé con exactitud qué me esperaba de Estambul (nada, quizá, pues había tenido muy poco tiempo para pensar en el viaje), pero la belleza de esta ciudad me dejó sin aliento. Poseía una cualidad de las *Mil y una noches* que ni los bocinazos de los coches ni los ejecutivos vestidos al estilo occidental podían disolver. La primera ciudad, Constantinopla, capital de Bizancio y primera capital de la Roma cristiana, debió de ser espléndida hasta extremos inconcebibles, pensé, el matrimonio de la riqueza romana con el primitivo misticismo cristiano. Cuando encontramos habitaciones en el antiguo barrio de Sultanahmet, había captado un vislumbre vertiginoso de docenas de mezquitas y minaretes, bazares abarrotados de excelentes productos textiles, incluso un destello de Santa Sofía, con sus numerosas cúpulas y los cuatro alminares, que se elevaba sobre la península.

Helen tampoco había estado nunca en la ciudad, y lo estudiaba todo con serena concentración, y sólo se volvió una vez hacia mí durante el viaje en taxi para comentar lo extraño que era ver el manantial (creo que ésa fue la palabra) del imperio otomano, que tantas huellas había dejado en su país natal. Esto iba a convertirse en un tema recurrente durante nuestra estancia, sus breves y cáusticos comentarios sobre todo cuanto ya le resultaba familiar: nombres de lugares en turco, una ensalada de pepino consumida en un restaurante al aire libre, el arco puntiagudo del marco de una ventana. Esto también obró un efecto peculiar en mí, una especie de experiencia doble, de modo que me parecía ver Estambul y Rumanía al mismo tiempo, y a medida que la pregunta se iba suscitando entre nosotros —la pregunta de si tendríamos que ir a Rumanía—, experimenté la sensación de que determinados hechos del pasado me conducían hacia aquel país, tal como los veía a través de los ojos de Helen. Pero estoy divagando. Hablo de un episodio posterior de mi historia.

El vestíbulo de nuestra casera estaba fresco después del resplandor y el polvo de la calle. Me hundí agradecido en una butaca de la entrada, y dejé que Helen reservara dos habitaciones en su excelente francés de acento peculiar. La casera, una mujer armenia a quien caían bien los viajeros y que al parecer había aprendido sus idiomas, tampoco conocía el nombre del hotel de Rossi. Quizás había desaparecido años antes.

A Helen le gustaba llevar la voz cantante, medité, de manera que ¿por qué no concederle esa satisfacción? Se llegó al acuerdo no verbalizado pero firme de que yo pagaría la cuenta más adelante. Había retirado todos mis escasos ahorros del banco en casa. Rossi merecía todos los esfuerzos posibles, aunque fracasara. Lo máximo que podía pasar era que volviera a casa arruinado. Sabía que Helen, una estudiante extranjera, debía tener menos que nada, que estaba sin blanca. Ya había reparado en que, al parecer, sólo tenía dos trajes, que combinaba con una selección de blusas serias.

—Sí, tomaremos dos habitaciones separadas pero contiguas —le dijo a la armenia, una anciana de hermosas facciones—. Mi hermano, *mon frère, ronfle terriblement.*

—*Ronfle?* —pregunté desde el salón.

—Roncar —replicó con acritud ella—. Roncas, por si no lo sabías. En Nueva York no pegué sueño.

—No pegué ojo —corregí.

—Bien —dijo ella—. Ten la puerta cerrada, *s'il te plaît.*

Con o sin ronquidos, tuvimos que echar un sueñecito para descansar del viaje antes de hacer otra cosa. Helen quería ir al archivo cuanto antes, pero yo insistí en descansar y comer, de modo que fue al atardecer cuando iniciamos nuestra primera exploración de aquellas calles laberínticas, con sus vislumbres de jardines y patios coloridos.

Rossi no había dejado constancia del nombre del archivo en sus cartas, y durante nuestras conversaciones sólo había dicho que era un pequeño depósito de materiales fundado por Mehmet II. En sus cartas añadió que estaba contiguo a una mezquita del siglo XVII. Además, sabíamos que había podido ver Santa Sofía desde una ventana, que el archivo tenía más de una planta, y que en el primer piso había una puerta que comunicaba con la calle. Yo había intentado con cautela encontrar información sobre dicho archivo en la biblioteca de la universidad, justo antes de nuestra partida, pero sin éxito. Me pregunté por qué Rossi no había revelado el nombre del archivo en sus cartas. No era propio de él callar ese detalle, pero quizá no había querido recordarlo. Yo llevaba en el maletín todos sus papeles, incluida la lista de documentos que había encontrado en el archivo, con aquella extraña línea incompleta al final: «Bibliografía, Orden del Dragón». Buscar por toda una ciudad, un laberinto de cúpulas y minaretes, el origen de aquella críptica línea de Rossi era una perspectiva como mínimo aterradora.

Lo único que podíamos hacer era desviar nuestros pies hacia un punto de referencia, la *Hagia Sophia*, en un principio la gran iglesia bizantina de Santa Sofía. En cuanto nos acercamos, nos resultó imposible no entrar. Las puertas estaban abiertas, y el enorme santuario nos atrajo entre los demás turistas como si penetráramos en una caverna cabalgando a lomos de una ola. Durante cuatrocientos años, reflexioné, había atraído a los peregrinos, igual que ahora. Ya en el interior, caminé con parsimonia hacia el centro y eché la cabeza hacia atrás para ver aquel inmenso espacio divino, con sus famosos arcos y cúpulas que parecían girar sin descanso, la luz celestial que entraba, los escudos redondos cubiertos de caligrafía árabe en las esquinas superiores, la mezquita imponiéndose a la iglesia, la iglesia imponiéndose a las ruinas del viejo mundo. Se arqueaba muy por encima de nosotros, y reproducía el cosmos bizantino. Apenas daba crédito a mis ojos. Estaba estupefacto.

Cuando pienso en aquel momento, me doy cuenta de que había vivido tanto tiempo entre libros, en mi cerrado ambiente universitario, que me habían comprimido por dentro. De pronto, en esta resonante casa de Bizancio, una de las maravillas de todos los tiempos, mi espíritu escapó de sus confines. Supe en aquel instante que, pasara lo que pasara, nunca podría volver a mis antiguos límites. Quería seguir la vida hacia el firmamento, expandirme con ella, del mismo modo que ese enorme interior se henchía hacia arriba y hacia fuera. Mi corazón se hinchó con él, como nunca había ocurrido durante mis vagabundeos entre los comerciantes holandeses.

Miré a Helen y vi que ella también estaba conmovida, con la cabeza inclinada hacia atrás como la mía, de modo que sus rizos oscuros caían sobre el cuello de su blusa; su cara, por lo general cautelosa y escéptica, invadida de una trascendencia pálida. Tomé su mano guiado por un impulso. Ella la asió con fuerza, con aquella presa firme y casi huesuda que ya conocía de su apretón de manos. En otra mujer, habría sido un gesto de sumisión o coquetería, un asentimiento romántico. En Helen era un gesto tan sencillo y decidido como su mirada o la altivez de su postura. Al cabo de un momento pareció echarse atrás. Soltó mi mano, pero sin turbación, y paseamos juntos por la iglesia admirando el hermoso púlpito, el centelleante mármol bizantino. Me costó un tremendo esfuerzo olvidar que, durante nuestra estancia en Estambul, podríamos volver a Santa Sofía en cualquier momento, y que nuestro principal objetivo en esa ciudad era localizar el archivo. Por lo visto, Helen pensó lo mismo, pues se desvió hacia la entrada cuando yo lo hice, nos abrimos paso entre las multitudes y salimos a la calle.

—Es posible que el archivo esté muy lejos —observó—. Santa Sofía es tan grande que puede verse casi desde cualquier edificio de esta parte de la ciudad, creo, o incluso desde la otra ribera del Bósforo.

—Lo sé. Hemos de encontrar otra pista. Las cartas decían que el archivo estaba contiguo a una pequeña mezquita del siglo diecisiete.

—La ciudad está llena de mezquitas.

—Cierto. —Pasé las páginas de mi guía, comprada a toda prisa—. Empecemos con ésta, la Gran Mezquita de los Sultanes. Cabe la posibilidad de que Mehmet II y su corte fueran a rezar a ella en ocasiones, pues fue construida a finales del siglo quince, y sería lógico que su biblioteca acabara en ese barrio, ¿no te parece?

Helen pensó que valía la pena intentarlo, y nos pusimos en marcha. Durante el camino, consulté la guía de nuevo.

—Escucha esto. Dice que *Estambul* es una palabra bizantina que significa «la ciudad». Ni siquiera los otomanos pudieron destruir Constantinopla, sólo le cambiaron el nombre... por un nombre bizantino, a propósito. Dice aquí que el imperio bizantino duró desde 333 hasta 1453. Imagínate. Qué larguísimo atardecer de poder.

Helen asintió.

—No es posible pensar en esta parte del mundo sin Bizancio —dijo con seriedad—. En Rumanía se ven destellos de ella por todas partes. En todas las iglesias, en los frescos, en los monasterios, incluso en las caras de la gente. En algunos aspectos, está más cerca de tus ojos que aquí, con todo este sedimento otomano encima. —Su rostro se nubló—. La conquista de Constantinopla en 1453 por Mehmet II fue una de las mayores tragedias de la historia. Derribó estos muros a cañonazos, y después envió a sus ejércitos al pillaje y la masacre durante tres días. Los soldados violaron a jóvenes de uno y otro sexo sobre los altares de las iglesias, incluso en Santa Sofía. Robaron los iconos y todos los demás tesoros sagrados para fundir el oro, y tiraron las reliquias de los santos a las calles para que los perros las devoraran. Antes de eso, ésta fue la ciudad más hermosa de la historia.

Cerró el puño a la altura de la cintura.

Yo guardé silencio. La ciudad aún era hermosa, con sus colores intensos y delicados, sus exquisitas cúpulas y minaretes, pese a las atrocidades cometidas tanto tiempo atrás. Empecé a comprender por qué un momento de maldad sucedido quinientos años antes era tan real para Helen, pero ¿qué tenía que ver con nuestras vidas en el presente? De pronto pensé que tal vez había venido para nada, a ese mágico lugar con esa complicada mujer, en busca de un inglés que podía estar viajando a Nueva York en autocar. Deseché la idea y traté de tomarle el pelo un poco.

—¿Cómo es que sabes tanto de historia? Pensaba que eras antropóloga.

—Y lo soy —respondió con seriedad—, pero no puedes estudiar una cultura sin conocer su historia.

—Entonces, ¿por qué no te hiciste historiadora? También hubieras podido estudiar la cultura de las diversas civilizaciones.

—Tal vez. —Ahora parecía recelosa, y no me miró a los ojos—. Pero quería un campo que mi padre aún no hubiera invadido.

La Gran Mezquita todavía estaba abierta bajo la luz dorada del anochecer, tanto para los turistas como para los fieles. Probé mi mediocre alemán con el guardia de la entrada, un chico de cabello rizado y piel olivácea (¿cuál habría sido el aspecto de aquellos bizantinos?), pero dijo que no había ninguna biblioteca en el interior, ni archivos, nada por el estilo, y que no sabía de ninguna que estuviera cerca. Preguntamos si podía sugerirnos algo.

—Podrían probar en la universidad —murmuró.

En cuanto a mezquitas pequeñas, las había a cientos.

—Es demasiado tarde para ir a la universidad hoy —dijo Helen. Estaba estudiando la guía—. Mañana iremos a verla y pediremos información a alguien sobre los archivos que datan de la época de Mehmet. Creo que eso será lo mejor. Vamos a ver las murallas antiguas de Constantinopla. Hay restos no lejos de aquí.

La seguí por las calles mientras me precedía con la guía en su mano enguantada, el bolsito negro colgado del brazo. Las bicicletas nos adelantaban, las vestiduras otomanas se mezclaban con vestidos occidentales, coches extranjeros y carritos tirados por caballos coexistían sin problemas. Adonde miraba veía hombres con chalecos oscuros y pequeños gorros de punto, mujeres con blusas de alegres colores y pantalones abombados debajo, la cabeza cubierta con pañuelos. Cargaban con bolsas de tiendas y cestos, bultos de ropa, pollos dentro de cajas, pan, flores. Las calles rebosaban de vida, tal como habría sido, pensé, durante los últimos mil seiscientos años. A lo largo de esas calles, los emperadores romanos habían sido transportados a hombros por sus séquitos, flanqueados por sacerdotes, trasladados desde palacio a la iglesia para recibir el Santísimo Sacramento. Habían sido firmes gobernantes, grandes protectores de las artes, ingenieros, teólogos. Y muy desagradables, algunos de ellos, proclives a descuartizar a sus cortesanos y a cegar a miembros de su familia, siguiendo la tradición romana. Aquí era donde los antiguos políticos bizantinos habían conspirado. Al fin y al cabo, tal vez no era un lugar demasiado inapropiado para uno o dos vampiros.

Helen se había detenido ante un alto recinto de piedra semiderruido. Había tiendas acurrucadas en su base, y algunas higueras hundían las raíces en su flanco. Un cielo sin nubes se estaba tiñendo de cobre sobre las almenas.

—Mira lo que queda de las murallas de Constantinopla —dijo en voz baja—. Se ve muy bien lo enormes que eran cuando estaban intactas. El libro dice que las bañaba el mar en aquellos tiempos, de modo que el emperador podía subir a bordo de un barco desde el palacio. Y allí, aquella muralla formaba parte del Hipódromo.

Nos quedamos mirando hasta que caí en la cuenta de que me había olvidado de Rossi durante diez minutos seguidos.

—Vamos a buscar un sitio para cenar —dije con brusquedad—. Pasan ya de las siete y esta noche hemos de acostarnos temprano. Estoy decidido a localizar el archivo mañana.

Helen asintió y atravesamos como buenos camaradas el corazón de la ciudad antigua.

Cerca de nuestra pensión descubrimos un restaurante decorado con jarrones de latón y bonitas baldosas, con una mesa en una ventana delantera arqueada, una abertura carente de cristal ante la cual podíamos sentarnos y ver a la gente pasar por la calle. Mientras esperábamos la cena, observé con sorpresa por primera vez un fenómeno de este mundo oriental que había escapado a mi atención hasta entonces: nadie iba apresurado, sino que se limitaba a pasear. Lo que aquí se habría tomado por prisa, en las aceras de Nueva York o Washington habría parecido un paseo relajado. Se lo comenté a Helen y rió con aire burlón.

—Cuando no hay mucho dinero que ganar, nadie corre a buscarlo —dijo.

El camarero nos trajo rebanadas de pan, un plato de yogur con rodajas de pepino y un té fuerte y aromático en jarras de cristal. Comimos con apetito después del cansancio del día, y acabábamos de atacar unas brochetas de pollo asado, cuando un hombre de bigote plateado y una mata de pelo color argenta, vestido con un traje gris, entró en el restaurante y miró a su alrededor. Ocupó una mesa cercana a la nuestra y dejó un libro junto al plato. Pidió la cena en turco, sin alzar la voz, después pareció reparar en el placer con el que cenábamos, y se inclinó hacia nosotros con una sonrisa cordial.

—Veo que les gustan nuestros platos típicos —dijo en un inglés con acento, pero excelente.

—Desde luego —contesté sorprendido—. Son deliciosos.

—Déjeme adivinar —continuó, y volvió hacia mí su rostro apuesto y apacible—. Usted no es de Inglaterra. ¿Norteamericano?

—Sí —dije. Helen guardaba silencio, cortaba su pollo y miraba con cautela a nuestro interlocutor.

—Ah, sí. Estupendo. ¿Están visitando nuestra hermosa ciudad?

—Sí, exacto —admití, y deseé que Helen pusiera una expresión más cordial. La hostilidad podía despertar sospechas.

—Bienvenidos a Estambul —dijo con una sonrisa muy agradable, al tiempo que alzaba su copa de cristal hacia nosotros. Le di las gracias y sonrió—. Perdonen que un desconocido les aborde así, pero ¿qué les ha gustado más de lo que han visto?

—Bien, sería difícil elegir. —Me gustaba su cara. Era imposible no contestar con sinceridad—. Estoy muy asombrado por la forma en que Oriente y Occidente se funden en una sola ciudad.

—Una sabia observación, amigo mío —dijo con afabilidad, al tiempo que se secaba el bigote con una gran servilleta blanca—. Esa mezcla es nuestro tesoro y nuestra maldición. Tengo colegas que se han pasado la vida estudiando Estambul y dicen que nunca tendrán tiempo de explorarla toda, aunque siempre viven aquí. Es un lugar asombroso.

—¿Cuál es su profesión? —pregunté con curiosidad, aunque a juzgar por el silencio de Helen, supuse que me daría un pisotón en cualquier momento.

—Soy profesor de la Universidad de Estambul —contestó en el mismo tono digno.

—¡Oh, qué suerte! —exclamé—. Estamos... —Entonces Helen me aplastó el pie. Calzaba zapatos de tacón alto, como todas las mujeres de su tiempo, y el tacón era bastante afilado—. Estamos encantados de conocerle —terminé—. ¿De qué da clases?

—Mi especialidad es Shakespeare —dijo nuestro nuevo amigo, mientras se servía con prudencia de su ensalada—. Enseño literatura inglesa a nuestros estudiantes de posgrado más avanzados. Son estudiantes valientes, debo admitirlo.

—Es maravilloso —logré articular—. Yo también soy estudiante de posgrado, pero de historia, en Estados Unidos.

—Una rama estupenda —dijo con seriedad el hombre—. Encontrará muchas cosas interesantes en Estambul. ¿Cómo se llama su universidad?

Se lo dije, mientras Helen consumía con semblante grave su cena.

—Una universidad excelente. He oído hablar de ella —observó el profesor. Bebió de su copa y tamborileó con los dedos sobre su libro—. ¡Caramba! —exclamó por fin—. ¿Por qué no viene a ver nuestra universidad, aprovechando su estancia en Estambul? También es una institución venerable, y me encantaría servirles de guía a usted y a su encantadora esposa.

Capté un leve resoplido de Helen y me apresuré a disimularlo.

—Mi hermana... Mi hermana.

—Oh, perdón. —El especialista en Shakespeare inclinó la cabeza en dirección a Helen—. Soy el doctor Turgut Bora, a su servicio.

Nos presentamos, o más bien me presenté yo, porque Helen seguía empecinada en un obstinado silencio. Me di cuenta de que no aprobaba que utilizara mi verdadero apellido, de modo que me apresuré a decir que el suyo era Smith, una torpeza que la enfurruñó todavía más. Todos nos estrechamos la mano, y ya no tuvimos más remedio que invitarle a compartir nuestra mesa.

El hombre protestó cortésmente, pero sólo un momento, y después se sentó con nosotros, acompañado de su ensalada y su copa, que alzó de inmediato.

—Brindo por ustedes y les doy la bienvenida a nuestra hermosa ciudad —entonó—. ¡Salud! —Incluso Helen sonrió un poco, pero siguió sin decir nada—. Tendrá que perdonar mi falta de discreción —le dijo Turgut en tono de disculpa, como si intuyera su cautela—. Es muy poco frecuente que tenga la oportunidad de practicar mi inglés con hablantes nativos.

Aún no se había dado cuenta de que ella no era una hablante nativa, aunque tal vez no se diera cuenta nunca, pensé, porque Helen todavía no había pronunciado ni una palabra.

—¿Cómo llegó a especializarse en Shakespeare? —le pregunté cuando reanudamos la cena.

—¡Ah! —dijo Turgut en voz baja—. Es una extraña historia. Mi madre era una mujer muy poco corriente, una mujer brillante, una gran amante de los idiomas, así como una ingeniera *diminuta*. —¿*'Distin-guida'?*, me pregunté—. Estudió en la Universidad de Roma, donde conoció a mi padre. Él, hombre atractivo, era un estudioso del Renacimiento italiano, con una *concupiscencia* especial por...

En este momento tan interesante, nos interrumpió la aparición de una joven que se asomó a la ventana desde la calle. Aunque nunca había visto ninguna, salvo en fotos, la tomé por una gitana. Era de piel morena y facciones afiladas, vestida con colores chillones, el pelo negro cortado de cualquier manera alrededor de unos ojos oscuros y penetrantes. Podría tener quince o cuarenta años. Era imposible calcular su edad en la cara delgada. Iba cargada con ramos de flores rojas y amarillas, que al parecer nos quería vender. Tiró algunos sobre la mesa y se puso a cantar algo estridente que no entendí. Helen parecía asqueada y Turgut irritado, pero la mujer era insistente. Había empezado a sacar mi cartera con la idea de obsequiar a Helen (en broma, claro) con un ramo turco, cuando la gitana se volvió de repente hacia ella, la señaló con el dedo y lanzó frases airadas. Turgut se sobresaltó, y Helen, por lo general intrépida, se encogió.

Esto pareció resucitar a Turgut. Se había levantado a medias, y con expresión indignada apostrofó a la gitana. No fue difícil comprender su tono y gestos, los cuales la invitaban sin la menor ambigüedad a largarse. Nos fulminó con la mirada a todos y desapareció de repente tal como se había materializado, entre los demás peatones. Turgut volvió a sentarse, miró a Helen sumamente sorprendido, y al cabo de un momento buscó en el bolsillo de la chaqueta y extrajo un pequeño objeto, que dejó al lado de su plato. Era una piedra azul plana de unos tres centímetros de largo, rodeada de blanco y de un azul más pálido, como el burdo esbozo de un ojo. Helen palideció cuando la vio, y extendió la mano instintivamente para tocarla con el dedo.

—¿Qué demonios está pasando aquí?

No pude reprimir el desasosiego de considerarme excluido.

—¿Qué ha dicho? —Helen habló a Turgut por primera vez—. ¿Estaba hablando en turco o en el idioma de los gitanos? No la entendí.

Nuestro nuevo amigo vaciló, como si no quisiera repetir las palabras de la mujer.

—En turco —murmuró—. Casi no me atrevo a repetírselo. Dijo algo muy grosero. Y extraño. —Estaba mirando a Helen con interés, pero también con algo similar a un destello de miedo, pensé, en sus ojos cordiales—. Utilizó una palabra que no traduciré —explicó poco a poco—. Y después dijo: «Fuera de aquí, hija de lobos rumana. Tú y tu amigo traeréis la maldición del vampiro a nuestra ciudad».

Helen tenía los labios exangües, y reprimí el impulso de coger su mano.

—Una coincidencia —le dije en tono tranquilizador, a lo cual ella reaccionó con una mirada iracunda. Yo estaba hablando demasiado delante del profesor.

Turgut nos miró.

—Esto es muy extraño, amables compañeros —dijo—. Creo que hemos de abundar en el tema sin más dilación.

Casi me había dormido en el asiento del tren, pese al enorme interés de la historia de mi padre. Leer todo esto por primera vez durante la noche anterior me había mantenido despierta hasta tarde, y estaba cansada. Una sensación de irrealidad se apoderó de mí en el soleado compartimiento, y me volví para mirar por la ventanilla las granjas holandesas que iban desfilando. Cuando nos acercábamos y partíamos de cada ciudad, el tren pasaba ante numerosos huertos, verdes bajo el cielo encapotado, los jardines traseros de miles de personas dedicadas a sus asuntos, la parte posterior de sus casas vuelta hacia la vía. Los campos eran de un verde maravilloso, un verde que, en Holanda, empieza a principios de primavera y dura casi hasta que la nieve vuelve a caer, alimentado por la humedad del aire y la tierra, y por el agua que centellea en todas las direcciones a las que mires. Ya habíamos dejado atrás una dilatada región de canales y puentes, y nos encontrábamos entre vacas congregadas en pastos delineados con extrema pulcritud. Una pareja de ancianos de porte digno pedaleaba en una carretera paralela a la vía, engullida al instante siguiente por más pastos. Pronto llegaríamos a Bélgica, y yo sabía por mi experiencia que bastaba una breve siesta para perdértela por completo en este viaje.

Sujetaba con fuerza las cartas en mi regazo, pero mis párpados estaban empezando a rendirse. La mujer de rostro apacible sentada delante de mí ya estaba dormitando, con la revista en la mano. Mis ojos se habían cerrado apenas un segundo, cuando la puerta de nuestro compartimiento se abrió. Se oyó una voz exasperada, y una figura larguirucha se interpuso entre mí y mi ensueño.

—¡Bien, qué descarada eres! Ya me lo imaginaba. Te he buscado en todos los vagones.

Era Barley, que se estaba secando la frente y me miraba con el ceño fruncido.

26

Barley estaba muy enfadado. No podía culparle, pero aquel giro de los acontecimientos era muy inconveniente para mí, y yo también estaba un poco furiosa. Todavía me irritaba más que a mi primera punzada de irritación le siguiera una secreta sensación de alivio. Antes de verle, no me había dado cuenta de lo sola que me sentía en aquel tren, camino de lo desconocido, camino tal vez de la soledad aún mayor de ser incapaz de encontrar a mi padre, o incluso camino de la soledad galáctica de perderle para siempre. Barley era un extraño para mí tan sólo unos días antes, y ahora su rostro era la familiaridad personificada.

En ese momento, sin embargo, aún me miraba con el ceño fruncido.

—¿Adónde demonios crees que vas? Menuda persecución. ¿Me puedes decir qué estás tramando?

Soslayé la pregunta de momento.

—No quería preocuparte, Barley. Pensé que te habías ido en el transbordador y no te enterarías.

—Sí, esperabas que me presentara ante Master James, que le dijera que estabas sana y salva en Amsterdam, y que luego él se enterara de que habías desaparecido. Estoy seguro de que eso le habría hecho mucha gracia. —Se dejó caer a mi lado, cruzó los brazos y las piernas larguiruchas. Llevaba su pequeña maleta, y la parte delantera de su pelo color paja estaba erizada—. ¿Qué te ha dado?

—¿Por qué me estabas espiando? —contraataqué.

—Retrasaron el transbordador de la mañana para efectuar unas reparaciones. —Dio la impresión de que no podía contener una sonrisa—. Tenía un hambre de lobo, de modo que retrocedí unas cuantas calles para tomar unos bollos y té, y entonces me pareció verte pasar en dirección contraria, calle arriba, pero no estaba seguro. Pensé que eran imaginaciones mías, de modo que me quedé a desayunar.

Después, me entraron remordimientos de conciencia, porque si eras tú, me iba a meter en un buen lío. Así que corrí en aquella dirección y vi la estación, y después subiste al tren y pensé que me iba a dar un ataque. —Me fulminó con la mirada de nuevo—. Tuve que correr a comprar un billete, casi me quedo sin dinero, y encima me vi obligado a perseguirte por todo el tren. Hemos recorrido tantos kilómetros que no podemos bajar ahora mismo. —Sus estrechos ojos brillantes se desviaron hacia la ventanilla, y después hacia la pila de cartas que descansaban sobre mi regazo—. ¿Te importaría explicarme por qué estás en el expreso de París y no en el colegio?

¿Qué podía hacer?

—Lo siento, Barley —contesté con humildad—. No quería implicarte en esto por nada del mundo. De veras pensaba que hacía rato que te habías ido y podías presentarte ante Master James con la conciencia tranquila. No quería causarte problemas.

—¿De veras? —Estaba esperando más explicaciones—. ¿Sólo querías darte una vueltecita por París en lugar de ir a clase de historia?

—Bien —empecé, intentando ganar tiempo—, mi padre me envió un telegrama diciendo que estaba bien y que me reuniera con él en París para pasar unos días.

Barley guardó silencio un momento.

—Lo siento, pero eso no lo explica todo. Si hubieras recibido un telegrama, habría sido anoche, y yo me habría enterado. Además, nadie habló de que tu padre no estuviera bien. Creía que estaba ausente por motivos de trabajo. ¿Qué estás leyendo?

—Es una larga historia —dije poco a poco—, y ya sé que me consideras rara...

—Muy rara —me corrigió Barley—, pero será mejor que me digas en qué andas metida. Tendrás tiempo antes de que bajemos en Bruselas y cojamos el siguiente tren de vuelta a Amsterdam.

—¡No! —No había sido mi intención gritar así. La señora de delante se removió en su tranquilo sueño y yo bajé la voz—. He de ir a París. Estoy bien. Si quieres, puedes bajarte allí, y luego volver a Londres por la noche.

—Bajar allí, ¿eh? ¿Significa eso que tú no bajarás allí? ¿Hasta dónde continúa este tren?

—No continúa, acaba en París...

Se había cruzado de brazos y estaba esperando otra vez. Era peor que mi padre. Tal vez peor que el profesor Rossi. Tuve una breve visión de Barley ante los alumnos de un aula, los brazos cruzados, mientras sus ojos escudriñaban a los desventurados estudiantes, con voz aguda: «¿Qué impulsa a Milton a llegar a su terrible conclusión sobre la caída de Satanás? ¿O es que *nadie* lo ha leído todavía?»

Tragué saliva.

—Es una larga historia —repetí aún con más humildad.

—Tenemos tiempo —dijo Barley.

Helen, Turgut y yo intercambiamos miradas, sentados a la mesa de nuestro pequeño restaurante, y yo percibí que una señal de camaradería pasaba entre nosotros. Quizá para retrasar el momento, Helen levantó la piedra azul que Turgut había dejado al lado de su plato y me la entregó.

—Es un símbolo antiguo —explicó—. Un talismán contra el mal de ojo.

Yo la acepté, palpé su superficie suave, caliente por haber estado en la mano de Helen, y la dejé sobre la mesa de nuevo.

Turgut no había perdido el hilo de la conversación.

—¿Es usted rumana, señora? —Helen guardó silencio—. Si eso es cierto, hemos de proceder con cautela. —Bajó la voz un poco—. La policía podría interesarse por usted. Nuestro país no mantiene lazos amistosos con Rumanía.

—Lo sé —repuso ella con frialdad.

—Pero ¿cómo lo supo la gitana? —Turgut frunció el ceño—. Usted no habló con ella.

—No lo sé.

Helen se encogió de hombros.

Turgut meneó la cabeza.

—Algunas personas dicen que los gitanos poseen el talento de la clarividencia. Yo nunca lo he creído, pero... —Calló y se secó el bigote con la servilleta—. Es raro que hablara de vampiros.

—Sí —dijo Helen—. Debía estar loca. Todas las gitanas están locas.

—Quizá, quizá. —Turgut guardó silencio—. Sin embargo, me resultó muy extraña su forma de hablar, porque es mi otra especialidad.

—¿Los gitanos? —pregunté.

—No, buen señor, los vampiros. —Helen y yo le miramos, con cuidado de no cruzar nuestras miradas—. Me gano la vida enseñando Shakespeare, pero la leyenda de los vampiros es mi afición excéntrica. En Turquía hay una tradición de vampiros muy arraigada.

—¿Es una tradición... turca? —pregunté atónito.

—Oh, la leyenda se remonta por lo menos al antiguo Egipto, queridos colegas, pero aquí, en Estambul... Para empezar, se dice que los emperadores bizantinos más sanguinarios eran vampiros, y que algunos de ellos consideraban la comunión cristiana una invitación a solazarse en la sangre de los mortales. Pero yo no lo creo. Creo que el vampirismo apareció con posterioridad.

—Bien... —No quería demostrar excesivo interés, más por temor a que Helen volviera a pisotearme por debajo de la mesa que por creer que Turgut estaba confabulado con los poderes de las tinieblas. Pero ella también le estaba mirando.

—¿Ha oído hablar de la leyenda de Drácula?

—¿Qué si he oído hablar? —resopló Turgut. Sus ojos oscuros relampaguearon y convirtió la servilleta en un nudo—. ¿Sabe que Drácula fue un personaje real, una figura histórica? Un compatriota de usted, señora. —Inclinó la cabeza en dirección a Helen—. Era un señor feudal, un *voivoda*, de los Cárpatos occidentales, en el siglo quince. No era una persona admirable.

Helen y yo asentimos. No pudimos evitarlo. Yo no, al menos, y ella parecía demasiado concentrada en las palabras de Turgut para reprimirse. Se había inclinado un poco hacia delante, escuchando, y sus ojos brillaban con la misma oscuridad intensa que los del hombre. El color había florecido bajo la palidez habitual de Helen. Era uno de esos numerosos momentos, observé, pese a mi entusiasmo, en que la belleza se imponía a su semblante adusto y la iluminaba desde el interior.

—Bien... —Dio la impresión de que Turgut se aferraba a su tema—. No es mi intención aburrirles, pero sostengo la teoría de que Drácula es una figura muy importante en la historia de Estambul. Pocos saben que, cuando era un muchacho, fue cautivo del sultán

Mehmet II en Gallípoli, y después en Anatolia. Su propio padre le entregó al padre de Mehmet, el sultán Murad II, como rehén a cambio de un tratado, desde 1442 a 1448, seis largos años. El padre de Drácula tampoco era un caballero. —Turgut rió—. Los soldados que vigilaban al joven Drácula eran maestros en el arte de la tortura, y debió aprender demasiado observándolos. Pero, mis buenos señores —dijo, olvidando por un momento el sexo de Helen, llevado por su fervor erudito—, yo sostengo la teoría de que también dejó su marca en ellos.

—¿Qué demonios quiere decir?

Una sensación de ahogo empezaba a apoderarse de mí.

—Más o menos desde esa época hay noticia de la existencia de vampiros en Estambul. Creo, y mi teoría aún no ha sido publicada, y no puedo demostrarla, que sus primeras víctimas fueron otomanas, tal vez los guardias, que se hicieron amigos de él. Dejó contaminado nuestro imperio, y la plaga se propagó después a Constantinopla con el conquistador.

Le miramos estupefactos. Pensé que, según la leyenda, sólo los muertos se convertían en vampiros. ¿Significaba eso que Vlad Drácula había muerto en Asia Menor y se había convertido en un No Muerto, cuando era muy joven, o sólo tenía debilidad por las libaciones impías desde su más tierna infancia y la había inspirado en otros? Lo archivé para preguntárselo a Turgut, en el caso de que algún día nos llegáramos a conocer mejor.

—Bien, es una afición un poco excéntrica. —Turgut esbozó de nuevo una sonrisa cordial—. Perdónenme si les parece que hablo demasiado. Mi mujer dice que soy intolerable. —Brindó por nosotros con un gesto sutil y cortés, antes de volver a beber de su copa—. ¡Pero tengo pruebas importantes, por todos los cielos! ¡Pruebas de que los sultanes le temían como si fuera un vampiro!

Indicó el techo.

—¿Pruebas? —repetí.

—¡Sí! Las descubrí hace unos años. El sultán estaba tan interesado en Vlad Drácula que obtuvo algunos de sus documentos y posesiones después de que éste muriera en Valaquia. Drácula mató a muchos soldados turcos en su país y nuestro sultán le odiaba por ello, pero ésa no fue la causa de que fundara este archivo. ¡No! El sultán llegó a escribir una carta al bajá de Valaquia en 1478 para pedirle cualquier obra escrita sobre Vlad Drácula. ¿Por qué? Porque, dijo, estaba creando una biblioteca que combatiría el mal que Drácula había esparcido por su ciudad después de morir. ¿Por qué iba a temer el sultán a Drácula si éste estaba muerto, si no creyera que Drácula podía volver? He encontrado una copia de la carta que el bajá le escribió en respuesta. —Dio un puñetazo sobre la mesa y nos sonrió—. Incluso he encontrado la biblioteca que fundó para luchar contra el mal.

Helen y yo estábamos inmóviles. La coincidencia era de una extrañeza casi inverosímil. Por fin aventuré una pregunta.

—Profesor, ¿esa colección fue creada por el sultán Mehmet II?

Esta vez fue él quien nos miró fijamente.

—Por mis botas, es usted un estupendo historiador. ¿Está interesado en ese período de nuestra historia?

—Ah, ya lo creo —dije—. Y nos... Bueno, me interesaría mucho ver el archivo que usted descubrió.

—Por supuesto —dijo el hombre—. Con sumo placer. Se lo enseñaré. Mi esposa se asombrará de que alguien quiera verlo. —Lanzó una risita—. Pero, ay, el hermoso edificio que una vez lo albergó fue derruido para dejar sitio a una oficina del Ministerio de Obras Públicas, hará unos ocho años. Era un bonito edificio pequeño cercano a la Mezquita Azul. Una pena.

Sentí que me ponía lívido. Por eso nos había costado localizar el archivo de Rossi.

—Pero los documentos...

—No se preocupe, amable señor. Yo mismo me aseguré de que pasaran a engrosar los fondos de la Biblioteca Nacional. Aunque nadie los adore como yo, han de conservarse. —Una sombra cruzó su cara por primera vez desde que había apostrofado a la gitana—. Aún hay que luchar contra el mal en nuestra ciudad, como en todas partes. —Nos miró fijamente—. Si les gustan las curiosidades antiguas, será un placer acompañarles allí mañana. Esta noche está cerrado, por supuesto. Conozco bien al bibliotecario, y les dejará examinar la colección.

—Muchísimas gracias. —No me atrevía a mirar a Helen—. ¿Y cómo...? ¿Cómo llegó a interesarse en este tema tan peculiar?

—Oh, es una larga historia —contestó muy serio Turgut—. No puedo permitirme aburrirles tanto.

—No nos aburre —insistí.

—Es usted muy amable. —Guardó silencio unos minutos, mientras limpiaba su tenedor entre el índice y el pulgar.

En el exterior, los coches esquivaban a las bicicletas en las calles abarrotadas y los transeúntes iban y venían como actores en un escenario: mujeres con faldas estampadas que revoloteaban al viento, pañuelos y pendientes de oro, o vestidos negros y pelo rojizo, hombres con trajes, corbatas y camisas blancas occidentales. Nos llegó a la mesa el aliento de un aire tibio y salado, e imaginé barcos procedentes de toda Eurasia que llevaban su botín al corazón de un imperio (primero cristiano, luego musulmán) y atracaban en una ciudad cuyas murallas se internaban en el mar. La fortaleza arbolada de Vlad Drácula, con sus bárbaros rituales de violencia, parecía muy lejos de ese mundo antiguo y cosmopolita. No era de extrañar que Drácula odiara a los turcos, y viceversa, pensé. Y no obstante, los turcos de Estambul, con sus piezas de artesanía en oro, latón y seda, sus bazares, librerías y numerosos centros religiosos, habrían tenido más cosas en común con los bizantinos cristianos a los que habían conquistado que las que pudiera haber tenido Vlad, que los desafiaba desde su frontera. Visto desde ese centro de cultura, parecía un matón inculto, un ogro provinciano, un patán medieval. Recordé la imagen que había visto de él en la enciclopedia de casa, aquella xilografía de un rostro elegante y bigotudo, enmarcado por un atuendo cortesano. Era una paradoja.

Estaba completamente absorto en esa imagen cuando Turgut volvió a hablar.

—Díganme, amigos míos, ¿por qué están interesados en este tema de Drácula?

Se había vuelto hacia nosotros con una sonrisa caballerosa (¿o tal vez suspicaz?).

Miré a Helen.

—Bien, estoy estudiando el siglo quince en Europa como base de mi tesis —dije, y la sensación de que esa mentira ya podía haberse convertido en realidad castigó mi falta de sinceridad. Sólo Dios sabía cuándo volvería a trabajar en mi tesis, pensé, y lo último que me hacía falta era un tema más amplio—. Y usted —insistí—, ¿cómo saltó de Shakespeare a los vampiros?

Turgut sonrió, con tristeza, pensé, y su serena sinceridad me castigó todavía más.

—Ah, es algo muy extraño. Hace mucho tiempo, estaba trabajando en mi segundo libro sobre Shakespeare: las tragedias. Me ponía a trabajar cada día en un..., ¿cómo se dice?, un cubículo, en nuestra sala inglesa de la universidad. Un día encontré un libro que nunca había visto antes. —Se volvió hacia mí de nuevo con aquella triste sonrisa de antes. Mi sangre ya se había helado en todas las extremidades—. Este libro no se parecía a ningún otro, un libro vacío, muy antiguo, con un dragón en el medio y una palabra: DRAKULYA. Nunca había oído hablar de Drácula. Pero el dibujo era muy potente y extraño. Y luego pensé, he de saber qué es esto. De modo que intenté averiguarlo todo.

Helen se había petrificado a mi lado, pero ahora se removió, como ansiosa.

—¿Todo? —repitió en voz baja.

Barley y yo casi habíamos llegado a Bruselas. Me había costado mucho tiempo, aunque se me antojaron unos pocos minutos, contar a Barley con toda la sencillez y claridad posibles lo que mi padre había relatado acerca de sus experiencias en el curso de posgrado. Él miraba por la ventanilla las pequeñas casas y jardines belgas, que parecían tristes bajo una cortina de nubes. De vez en cuando veíamos un rayo de sol reflejado en la aguja de una iglesia o en la chimenea de una antigua fábrica, a medida que nos acercábamos a Bruselas. La holandesa roncaba sin hacer mucho ruido y la revista había caído a sus pies.

Estaba a punto de embarcarme en una descripción del nerviosismo reciente de mi padre, su palidez malsana y extraño comportamiento, cuando Barley se volvió hacia mí de repente.

—Esto es espantosamente peculiar —dijo—. No sé por qué debería creer esta historia inverosímil, pero la creo. Quiero creerla, al menos. —Me di cuenta, sorprendida, de que nunca le había visto serio, tan sólo risueño o, brevemente, irritado. Sus ojos, azules como astillas de cielo, se entornaron más—. Lo más curioso es que todo eso me recuerda algo.

—¿Qué?

Casi me desmayé de alivio al ver que aceptaba mi historia.

—Bien, eso es lo raro. No se me ocurre qué. Algo relacionado con Master James. Pero ¿qué era?

27

Barley meditaba en nuestro compartimiento del tren, con la barbilla apoyada en sus manos de dedos largos, intentando en vano recordar algo acerca de Master James. Por fin me miró, y me quedé impresionada por la belleza de su rostro estrecho y sonrosado cuando estaba serio. Sin aquella nerviosa jovialidad, podría haber sido la cara de un ángel, o quizá de un monje en un claustro de Northumberland. Estas comparaciones las percibía de manera difusa. Sólo florecieron más tarde.

—Bien —dijo por fin—, tal como yo lo veo, existen dos posibilidades. O estás loca, en cuyo caso he de quedarme contigo y devolverte a casa sana y salva, o no estás loca, en cuyo caso te vas a meter en un montón de líos, y también he de quedarme contigo. Se supone que mañana debo estar en clase, pero ya pensaré en cómo solucionar eso. —Suspiró y me miró, al tiempo que se reclinaba en su asiento de nuevo—. No sé por qué, pero creo que París no es tu destino final. ¿Podrías aclararme qué piensas hacer después?

Si el profesor Bora nos hubiera dado una bofetada en aquel agradable restaurante de Estambul, no nos habría asombrado más que su «afición excéntrica». No obstante, fue una bofetada beneficiosa. Ahora estábamos completamente despiertos. Mi *jet lag* había desaparecido, y con él mi falta de esperanzas de encontrar más información sobre la tumba de Drácula. Habíamos ido al lugar perfecto. Tal vez (el corazón me dio un vuelco, y no sólo debido a la renovada esperanza), tal vez la tumba de Drácula se hallaba en la mismísima Turquía.

Nunca se me había ocurrido antes, pero ahora pensé que era lógico. Al fin y al cabo, uno de los esbirros de Drácula había reprendido severamente a Rossi. ¿Era posible que los No Muertos vigilaran no sólo el archivo, sino también la tumba? La arraigada presencia de los vampiros, a la que Turgut se había referido, ¿podía ser un legado de la perenne invasión a la que Drácula había sometido a la ciudad? Repasé lo que ya sabíamos sobre la carrera y leyenda de Vlad el Empalador. Si en su juventud le habían encarcelado aquí, ¿no podría haber regresado después de su muerte al lugar donde le habían instruido desde muy temprana edad en las artes de la tortura? Tal vez sentía nostalgia por el lugar, como la gente que, cuando se jubila, vuelve a vivir a la ciudad donde creció. Y si había que dar crédito a la novela de Stoker en lo tocante a las costumbres de los vampiros, era posible que el monstruo se trasladara de un sitio a otro, que escogiera su tumba donde le apeteciera. En la novela había viajado en su ataúd a Inglaterra. ¿Por qué no habría podido ir a Estambul, viajando de noche, después de su muerte, al corazón del imperio cuyos ejércitos había aniquilado? Al fin y al cabo, habría sido una venganza apropiada sobre los otomanos.

Pero aún no podía formular estas preguntas a Turgut. Acabábamos de conocernos, y todavía me estaba preguntando si podíamos confiar en él. Parecía sincero, pero su aparición en nuestra mesa con su «afición» era demasiado extraña para ser casual. Ahora estaba hablando con Helen, y ella, por fin, estaba hablando con él.

—No, querida *madame*, la verdad es que no lo sé «todo» sobre la historia de Drácula. De hecho, mis conocimientos están lejos de ser arrebatadores, pero sospecho que tuvo una gran influencia maléfica sobre nuestra ciudad y eso me impele a seguir investigando. ¿Y ustedes, amigos míos? —Paseó una mirada penetrante entre Helen y yo—. Parecen muy interesados en el tema. ¿Exactamente sobre qué versa su tesis, joven?

—El mercantilismo holandés en el siglo diecisiete —dije de manera poco convincente. A mí me sonó poco convincente, en cualquier caso, y estaba empezando a preguntarme si siempre había sido un empeño baldío. Al fin y al cabo, los comerciantes holandeses no vagaban de siglo en siglo atacando a la gente para robarle su alma inmortal.

—Ah. —Pensé que Turgut parecía perplejo—. Bien —dijo por fin—, si le interesa también la historia de Estambul, puede venir conmigo mañana por la mañana a ver la colección del sultán Mehmet.

Fue un espléndido tirano. Coleccionaba muchas cosas interesantes, además de mis documentos favoritos. Ahora he de volver a casa con mi esposa, pues debe de estar preocupada por mi tardanza. —Sonrió, como si ello le pareciera agradable—. Sin duda deseará que vengan a cenar con nosotros mañana, al igual que yo. —Medité sobre sus palabras un momento. Las esposas turcas debían ser todavía tan sumisas como en los harenes legendarios. ¿O quería decir que su mujer era tan hospitalaria como él? Imaginé que Helen resoplaría, pero guardó silencio y nos miró a los dos—. Bien, amigos míos —Turgut se levantó. Tuve la impresión de que sacaba dinero como por arte de magia y lo deslizaba bajo su plato. Después, brindó por nosotros una última vez y vació los restos de su té—. *Adieu*, hasta mañana.

—¿Dónde nos encontraremos? —pregunté.

—Oh, vendré aquí a buscarlos. ¿Les parece bien a las diez de la mañana? Estupendo. Les deseo una feliz velada.

Hizo una inclinación de cabeza y se fue. Al cabo de un momento me di cuenta de que había dejado casi intacta su cena, había pagado nuestra cuenta al mismo tiempo que la suya y nos había dejado el talismán contra el mal de ojo, que brillaba en el centro del mantel blanco.

Aquella noche dormí como un tronco, después del agotamiento del viaje y la visita a la ciudad. Cuando los sonidos urbanos me despertaron, ya eran las seis y media. Mi pequeña habitación apenas estaba iluminada. En el primer momento de conciencia paseé la vista por el dormitorio y vi las paredes encaladas, los muebles sencillos, de diseño extranjero, y el brillo del espejo que había sobre el lavabo, y experimenté una extraña confusión. Pensé en la estancia de Rossi en Estambul, su alojamiento en otro hotelito (¿dónde?), de la cual habían robado sus bocetos de los valiosos mapas, y me pareció recordar todo eso como si yo hubiera estado allí, o como si reviviera la escena en ese momento. Al cabo de un instante caí en la cuenta de que la habitación seguía tal como la había dejado. Mi maleta estaba sobre la cómoda y —lo más importante de todo— mi maletín, con su valioso contenido, continuaba en el mismo sitio, al lado de la cama, y podía tocarlo con sólo estirar la mano. Incluso durmiendo había sido consciente de aquel libro antiguo y silencioso que descansaba en su interior.

Oí a Helen en el cuarto de baño del pasillo. Había abierto el agua y se movía de un lado a otro. Al cabo de un momento, caí en la cuenta de que esto podía considerarse espionaje y me sentí avergonzado. Para aplacar esa sensación, me levanté y me lavé la cara y los brazos en el lavabo de la habitación. En el espejo, mi cara (soy incapaz de comunicarte, hija mía, lo joven que parecía entonces, incluso a mis ojos) se veía como de costumbre. Mis ojos estaban bastante cansados después de tanto viajar, pero vivaces. Me unté el pelo con la brillantina típica de la época, lo peiné hacia atrás y me vestí con mis pantalones y chaqueta arrugados, además de una camisa y corbata limpias, aunque también arrugadas. Mientras alisaba la corbata en el espejo, oí que enmudecían los ruidos del cuarto de baño, y al cabo de unos momentos saqué mis útiles de afeitar y me obligué a llamar con vigor a la puerta. Como no hubo respuesta, entré. El perfume de Helen, una colonia de olor barato y fuerte, tal vez la que había traído de su casa, perduraba en el diminuto cuarto. Casi había llegado a gustarme.

El desayuno del restaurante consistió en un café fuerte, muy fuerte, servido en una cafetera de cobre de asa larga, acompañado de pan, queso salado y aceitunas, junto con un diario que éramos incapaces de leer. Helen comió y bebió en silencio, mientras yo meditaba y percibía el olor a humo de cigarrillo que nos llegaba desde el rincón del camarero. El local estaba vacío esa mañana, aparte del sol que entraba por las ventanas arqueadas, pero el estruendo del tráfico matutino lo llenaba de sonidos agradables, además de los vislumbres de la gente que pasaba, vestida para ir a trabajar o cargada con cestas de productos del mercado. Habíamos buscado instintivamente una mesa que estuviera lo más alejada posible de las ventanas.

—El profesor aún tardará dos horas en llegar —observó Helen al tiempo que añadía más azúcar al café y lo revolvía vigorosamente—. ¿Qué vamos a hacer?

—Estaba pensando en volver a Santa Sofía —dije—. Quiero verla otra vez.

—¿Por qué no? —murmuró ella—. No me importa hacer de turista mientras estemos aquí.

Parecía descansada, y reparé en que se había puesto una blusa azul claro con el traje negro, el primer color que la veía llevar, una excepción a su indumentaria blanca y negra habitual. Como siempre, se había envuelto con su pequeño pañuelo el punto del cuello donde la había mordido el bibliotecario. Su expresión era irónica y cautelosa, pero yo albergaba la sensación (sin poseer ninguna prueba) de que se estaba acostumbrando a mi presencia al otro lado de la mesa, casi hasta el punto de que su ferocidad se había relajado un poco.

Las calles estaban atestadas de gente y coches cuando salimos, y atravesamos entre ellos el corazón de la ciudad vieja, hasta entrar en uno de los bazares. Todos los pasillos estaban llenos de clientes, ancianas vestidas de negro que examinaban arco iris de hermosas telas, mujeres jóvenes ataviadas con brillantes colores, la cabeza cubierta, que regateaban cuando compraban frutas que yo no había visto nunca o examinaban bandejas llenas de joyas de oro, ancianos con gorros de punto sobre el pelo blanco o la calva, que leían periódicos o se inclinaban para examinar una selección de pipas talladas en madera. Algunos llevaban en la mano sartas de cuentas para orar. Dondequiera que mirase veía rostros oliváceos, armoniosos, astutos y de facciones pronunciadas, manos gesticulantes, dedos perentorios, sonrisas amplias que a veces dejaban al descubierto destellos de dientes dorados. A nuestro alrededor se oía el clamor de voces enfáticas, seguras al regatear, y en ocasiones alguna carcajada.

Helen exhibía su sonrisa perpleja y miraba a esos desconocidos como si le gustaran, pero también como si creyera comprenderlos a la perfección. Para mí, la escena era deliciosa, pero yo también experimentaba cierta cautela, una sensación que, según mis cálculos, no tenía más de una semana de antigüedad, sensación que me embargaba en todos los lugares públicos. Una sensación de escudriñar la multitud, de mirar por encima del hombro, de examinar las caras en busca de buenas o malas intenciones... y también, quizá, de ser vigilado. Era una sensación desagradable, una nota áspera en la armonía de todas aquellas animadas conversaciones que se mantenían a nuestro alrededor, y me pregunté, no por primera vez, si se debía en parte a que se me hubiera contagiado la actitud escéptica de Helen en relación con la raza humana. También me pregunté si dicha actitud formaba parte de su idiosincrasia o sólo era el resultado de vivir en un Estado policial.

Fueran cuales fueran sus raíces, consideraba mi paranoia una afrenta a mi yo anterior. Una semana antes era un estudiante de posgrado norteamericano normal, satisfecho en mi insatisfacción con el trabajo y, en el fondo, disfrutando con la sensación de prosperidad y elevada tesitura moral de mi cultura, aunque fingiera poner en cuestión tanto esa cultura como todo lo demás. Ahora la Guerra Fría había cobrado realidad para mí, en la persona de Helen y en su postura desilusionada, y una guerra fría aún más antigua se insinuaba en mis venas. Pensé en Rossi, que había recorrido aquellas calles en el verano de 1930, antes de que su aventura en el archivo le expulsara precipitadamente de Estambul, y él también era real para mí, no sólo el Rossi que yo conocía, sino el Rossi joven de sus cartas.

Helen dio unos golpecitos sobre mi hombro mientras andábamos y movió la cabeza en dirección a un par de ancianos que estaban sentados a una pequeña mesa de madera, encajada cerca de un puesto ambulante.

—Mira: ahí tienes tu teoría del ocio personificada —dijo—. Son las nueve de la mañana y ya están jugando al ajedrez. Es raro que no jueguen a la *tabla*. Es el juego favorito en esta parte del mundo. Pero yo creo que eso es ajedrez. —Los dos hombres estaban disponiendo sus piezas en un tablero de madera que parecía muy usado. Negras contra marfil, caballeros y torres protegían a sus vasallos, los peones plantaban cara en formación de combate. La misma disposición guerrera en todo el mundo, reflexioné, y me detuve a mirar—. ¿Sabes jugar al ajedrez? —preguntó Helen.

—Por supuesto —repliqué algo indignado—. Jugaba con mi padre.

—Ah. —El sonido fue amargo, y recordé demasiado tarde que ella no había gozado de lecciones semejantes en su infancia, y que jugaba su versión particular del ajedrez con su padre, con la imagen paterna, en cualquier caso. No obstante, parecía absorta en una reflexión de tipo histórico—. No es occidental, ¿sabes? Es un juego procedente de India. Jaque mate, en persa, se dice: *shahmat*. *Shah* significa rey. Una batalla de reyes.

Vi que los dos hombres empezaban a jugar, y sus dedos deformes elegían los primeros guerreros. Intercambiaron bromas. Debían ser viejos amigos. Podría haberme quedado todo el día mirando, pero

Helen se alejó y yo la seguí. Cuando pasamos a su lado, los hombres parecieron reparar en nosotros por primera vez y nos miraron con aire intrigado un momento. Debíamos parecer extranjeros, comprendí, si bien la cara de Helen se mezclaba de maravilla con los semblantes que nos rodeaban. Me pregunté cuánto se prolongaría su partida (tal vez toda la mañana) y cuál de los dos ganaría esa vez.

Estaban abriendo el puesto cerca del cual se habían sentado. En realidad, era una especie de cobertizo, alojado bajo una higuera venerable que se alzaba en el límite del bazar. Un joven de camisa blanca y pantalones oscuros estaba tirando con vigor de las puertas y cortinas del puesto, disponiendo mesas fuera y desplegando su mercancía: libros. Pilas de libros sobre los mostradores de madera, cajas de madera rebosantes en el suelo, estantes atestados en el interior.

Me acerqué ansioso y el joven propietario movió su cabeza a modo de saludo y sonrió, como si reconociera a un bibliófilo fuera cual fuera su nacionalidad. Helen me siguió con más parsimonia y nos dedicamos a hojear volúmenes en tal vez una docena de idiomas. Muchos estaban escritos en árabe y en turco moderno. Algunos estaban en alfabeto cirílico o en griego, otros en inglés, francés, alemán, italiano. Encontré un tomo en hebreo y todo un estante repleto de clásicos en latín. La impresión y encuadernación de la mayoría eran de escasa calidad, y sus cubiertas de tela ya estaban gastadas de tanto manosearlas. Había libros de bolsillo nuevos con tapas espeluznantes y unos cuantos parecían muy viejos, en especial los que estaban en árabe.

—A los bizantinos también les gustaban los libros —murmuró Helen, mientras pasaba las páginas de lo que parecía una colección en dos volúmenes de poesía alemana—. Tal vez compraban libros en este mismo lugar.

El joven había terminado los preparativos y se acercó a saludarnos.

—¿Hablan alemán? ¿Inglés?

—Inglés —me apresuré a decir, puesto que Helen no contestó.

—Tengo libros en inglés —me dijo con una plácida sonrisa—. Ningún problema. —Su rostro era delgado y expresivo, con grandes ojos verdes y nariz larga—. También periódicos de Londres, de Nueva York. —Le di las gracias y pregunté si tenía libros antiguos—. Sí, muy antiguos.

Me entregó una edición del siglo XIX de *Mucho ruido y pocas nueces*, de aspecto barato, encuadernada en tela raída. Me pregunté de qué librería habría salido y cómo había viajado (desde la burguesa Manchester, digamos) hasta esa encrucijada del viejo mundo. Pasé las páginas por educación y se lo devolví.

—¿No es lo bastante antiguo? —preguntó sonriente el joven.

Helen había estado mirando por encima de mi hombro, y consultó su reloj sin el menor disimulo. Ni siquiera habíamos llegado a Santa Sofía.

—Sí, hemos de irnos —dije.

El joven librero nos hizo una reverencia, sin soltar el volumen. Le miré un segundo, casi como si le hubiera reconocido, pero ya había dado media vuelta y estaba atendiendo a un nuevo cliente, un anciano que habría podido acompañar a los jugadores de ajedrez. Helen me dio un codazo, nos alejamos del puesto y recorrimos el perímetro del bazar, de vuelta hacia nuestra pensión.

El pequeño restaurante estaba desierto cuando entramos, pero Turgut apareció en el umbral al cabo de pocos minutos, nos saludó inclinando la cabeza y sonrió. Nos preguntó cómo habíamos dormido. Esa mañana vestía un traje de lana color aceituna, pese al calor, y parecía contener su entusiasmo. Sus zapatos relucían, y se apresuró a sacarnos del restaurante. Observé una vez más que era una persona muy enérgica y me sentí aliviado de contar con un guía semejante. Yo también empezaba a entusiasmarme. Los papeles de Rossi iban seguros en mi maletín y tal vez las horas siguientes me acercarían un poco más a su paradero. Pronto, al menos, podría comparar las copias de sus documentos con los originales que Rossi había examinado tantos años antes.

Mientras seguíamos a Turgut por las calles, nos explicó que el archivo del sultán Mehmet no se hallaba en el edificio principal de la Biblioteca Nacional, aunque todavía seguía bajo la protección del Estado. Se encontraba ahora en una biblioteca anexa a lo que había sido una *madraza*, una escuela coránica tradicional. Ataturk había cerrado estas escuelas cuando secularizó el país, y ésta albergaba los libros raros y antiguos de la Biblioteca Nacional sobre la historia del imperio.

Encontraríamos la colección del sultán Mehmet entre otras sobre los siglos de la expansión otomana.

El edificio anexo a la biblioteca era bellísimo. Entramos desde la calle a través de puertas de madera tachonadas de clavos de latón. Las ventanas estaban cubiertas de una tracería de mármol. La luz del sol se filtraba a través de ellas dibujando delicadas formas geométricas, que decoraban el suelo de la entrada con estrellas y octágonos caídos. Turgut nos enseñó dónde debíamos firmar el registro, en un mostrador de la entrada (observé que Helen garrapateaba algo ilegible), y él mismo firmó con una rúbrica espectacular.

Después entramos en la sala de la colección, un espacio amplio y silencioso bajo una cúpula adornada con mosaicos verdes y blancos. Había mesas bruñidas que abarcaban toda la longitud de la sala, y ya había tres o cuatro investigadores sentados a ellas. Las paredes no sólo estaban revestidas de libros, sino también de cajones y cajas de madera, y delicadas lámparas eléctricas de latón colgaban del techo. El bibliotecario, un hombre delgado de unos cincuenta años, de cuya muñeca colgaba una ristra de cuentas de orar, dejó su trabajo y se acercó para estrechar las manos de Turgut entre las suyas. Hablaron un momento (cuando Turgut habló reconocí el nombre de nuestra universidad) y después el bibliotecario nos habló en turco, al tiempo que hacía reverencias y sonreía.

—Les presento al señor Erozan. Les da la bienvenida a la colección —explicó Turgut con expresión satisfecha—. Le gustaría serles de *futilidad*. —Me encogí, bien a mi pesar, y Helen esbozó una sonrisa afectada—. Les traerá de inmediato los documentos del sultán Mehmet sobre la Orden del Dragón. Pero antes hemos de acomodarnos y esperarle.

Nos sentamos a una mesa, bastante lejos de los demás estudiosos. Nos miraron con fugaz curiosidad y después volvieron a su trabajo. Al cabo de un momento, el señor Erozan regresó cargado con una caja de madera de buen tamaño, con un candado delante y letras árabes talladas en la tapa.

—¿Qué pone ahí? —pregunté al profesor.

—Ah. —Tocó la tapa con las yemas de los dedos—. Dice: «Esto contiene...» o, mmm...: «Esto aloja el mal. Enciérralo con las llaves del sagrado Corán».

El corazón me dio un vuelco. Las frases eran demasiado similares a las que Rossi había leído en los márgenes del misterioso mapa y pronunciado en voz alta en los viejos archivos donde una vez había estado almacenado. No había hablado de esa caja en sus cartas, pero quizá nunca la había visto, si un bibliotecario le había prestado tan sólo los documentos. O tal vez los habían guardado en la caja después de la estancia de Rossi.

—¿Qué antigüedad tiene la caja? —pregunté a Turgut.

Meneó la cabeza.

—No lo sé, ni tampoco mi amigo. Como es de madera, no creo que sea de la época de Mehmet. Mi amigo me dijo una vez —sonrió en dirección al señor Erozan, y el hombre sonrió a su vez sin entender nada— que guardaron estos documentos en la caja alrededor de 1930 para que no se estropearan. Lo sabe porque habló de ello con el anterior bibliotecario. Mi amigo es muy meticuloso.

¡Mil novecientos treinta! Helen y yo intercambianos una mirada. Era muy probable que en la época en que Rossi había escrito sus cartas (diciembre de 1930) a quienquiera que fuese a recibirlas los documentos que había examinado ya estuvieran guardados en esa caja. Un receptáculo de madera normal habría mantenido a raya la humedad y los ratones, pero ¿qué había impulsado al bibliotecario de aquella época a guardar bajo llave los documentos de la Orden del Dragón dentro de una caja adornada con una sagrada advertencia?

El amigo de Turgut sacó un llavero e introdujo una llave en la cerradura. Estuve a punto de reír cuando recordé nuestros modernos ficheros, el poder acceder a miles de libros raros gracias al sistema de clasificación de la universidad. Jamás me había imaginado enfrascado en una investigación que requiriera una vieja llave. La llave chasqueó en la cerradura.

—Ya está —murmuró Turgut, y el bibliotecario se retiró. Turgut nos sonrió a ambos, con cierta tristeza, pensé, y levantó la tapa.

En el tren, Barley había acabado de leer las dos primeras cartas de mi padre. Sentí una punzada de dolor al verlas abiertas en sus manos, pero sabía que Barley confiaría en la voz autoritaria de mi padre, mientras que sólo confiaría a medias en la mía, más débil.

—¿Has estado ya en París? —pregunté, en parte para disimular mi emoción.

—Por supuesto que sí —dijo Barley indignado—. Estudié allí un año antes de ir a la universidad. Mi madre quería que mejorara mi francés. —Me habría gustado preguntarle por qué su madre había insistido en ese delicioso deber y también qué se sentía al tener una madre, pero Barley estaba absorto de nuevo en la carta—. Tu padre ha de ser un conferenciante muy bueno —musitó—. Esto es mucho más entretenido que lo que tenemos en Oxford.

Esto me abrió otro reino de posibilidades. ¿Había clases en Oxford que fueran aburridas? ¿Era eso posible? Barley era un saco sin fondo de cosas que yo deseaba saber, un mensajero de un mundo tan amplio que ni siquiera era capaz de empezar a imaginarlo. Esa vez me interrumpió un revisor que pasó a nuestro lado como una exhalación.

—¡Bruselas! —anunció.

El tren ya estaba aminorando la velocidad, y al cabo de pocos minutos estábamos viendo por la ventanilla la estación de Bruselas. Los agentes de aduanas subieron al tren. En el andén, la gente corría hacia sus trenes y las palomas buscaban restos de comida.

Tal vez porque me gustaban en secreto las palomas, estaba tan atenta a la muchedumbre que, de repente, me fijé en una figura que no se movía. Una mujer, alta y vestida con un largo abrigo negro, inmóvil en el andén. Se cubría la cabeza con un pañuelo negro, que enmarcaba su cara blanca. Estaba demasiado lejos para ver sus facciones con claridad, pero distinguí un destello de ojos oscuros y una boca de un rojo casi anormal, debido tal vez a un lápiz de labios intenso. La silueta de su ropa era extraña. Entre las minifaldas y espantosas botas de pesados tacones de moda, calzaba ajustados zapatos negros de finos tacones.

Pero lo primero que llamó mi atención, y la retuvo un momento antes de que el tren empezara a moverse de nuevo, fue su actitud vigilante. Estaba examinando nuestro tren con gran detenimiento. Me aparté de la ventana instintivamente y Barley me lanzó una mirada inquisitiva. Al parecer, la mujer no nos vio, aunque avanzó un paso en nuestra dirección. Después dio la impresión de que cambiaba de opinión y se volvía para examinar otro tren que acababa de parar al

otro lado del andén. Algo en su espalda recta y severa me obligó a seguir mirando, hasta que empezamos a salir de la estación, y después
la mujer desapareció entre las oleadas de gente, como si jamás hubiera existido.

28

Esta vez fui yo quien se durmió, en lugar de Barley. Cuando desperté, me descubrí acurrucada contra él, con la cabeza apoyada en el hombro de su jersey azul marino. Estaba mirando por la ventanilla, con las cartas de mi padre guardadas de nuevo cuidadosamente en los sobres sobre su regazo, las piernas cruzadas, con la cara (encima de mí, pero cerca) vuelta hacia el paisaje, que a esas alturas ya sabía que era la campiña francesa. Abrí los ojos y vi su barbilla huesuda. Cuando bajé la vista, vi las manos de Barley enlazadas flojamente sobre las cartas. Reparé por primera vez en que se mordía las uñas, como yo. Cerré los ojos de nuevo, fingiendo que continuaba dormida, porque el calor de su hombro me resultaba muy confortable. Después tuve miedo de que no le gustara que estuviera apoyada contra él o de que hubiera babeado su jersey sumida en mi sueño profundo, de modo que me senté muy tiesa. Barley se volvió a mirarme, con los ojos invadidos de pensamientos lejanos, o tal vez del país que desfilaba ante las ventanillas, que ya no era liso sino ondulado, modestas tierras de labranza francesas. Al cabo de un momento sonrió.

Cuando la tapa de la caja que contenía los secretos del sultán Mehmet se levantó, surgió un olor que yo conocía. Era el olor a documentos muy antiguos, a pergamino o vitela, a polvo y siglos, a páginas que el tiempo había empezado a mancillar muchos años atrás. También era el olor del pequeño libro con sus hojas en blanco y el dragón en el centro, mi libro. Jamás había osado acercar mi nariz a él, como había hecho en secreto con otros volúmenes que había manejado. Temía, supongo, descubrir algo repulsivo en el perfume o, peor aún, un poder, una droga malvada que no quería inhalar.

Turgut estaba extrayendo documentos de la caja con delicadeza. Todos estaban envueltos en papel de seda amarillento y variaban en

tamaño y forma. Los desplegó sobre la mesa con cuidado ante nosotros.

—Yo mismo les enseñaré estos papeles y les explicaré lo que sé
de ellos —explicó—. Después tal vez quieran sentarse a meditar sobre su contenido, ¿no creen?

Sí, tal vez lo haríamos. Asentí y él desenvolvió y extendió un rollo, que sometió a nuestro examen. Era pergamino sujeto con finos
listones de madera, muy diferente de las anchas páginas lisas y libros
mayores encuadernados a los que estaba acostumbrado durante mi
investigación del mundo de Rembrandt. Los bordes del pergamino
estaban decorados con ribetes coloreados de dibujos geométricos,
dorados, azules y escarlata. El texto manuscrito estaba, para mi decepción, escrito en caligrafía árabe. No sé muy bien qué esperaba.
Ese documento había llegado desde el corazón de un imperio que hablaba el idioma otomano y escribía en el alfabeto árabe, y sólo recu-
rría al griego para intimidar a los bizantinos, o el latín para tomar al
asalto las puertas de Viena.

Turgut vio mi expresión y se apresuró a dar explicaciones.

—Esto, amigos míos, es un libro mayor de gastos de una guerra
contra la Orden del Dragón. Fue escrito en una ciudad de la parte sur
del Danubio por un burócrata que estaba gastando el dinero del sultán allí. Es un informe comercial, en otras palabras. El padre de Drácula, Vlad Dracul, costó muchísimo dinero al imperio otomano a mediados del siglo quince. Este burócrata encargó armaduras y, ¿cómo
se dice?, cimitarras para trescientos hombres, responsables de vigilar
la frontera de los Cárpatos occidentales e impedir que los habitantes
de la zona se rebelaran, y también les compró caballos. Aquí —señaló con un largo dedo el pie del pergamino—, aquí pone que Vlad
Dracul era un gasto y un..., un maldito incordio, y les había costado
más dinero del que el bajá quería gastar. El bajá lo lamenta mucho y
se siente muy desdichado, y desea larga vida al Incomparable en el
nombre de Alá.

Helen y yo intercambiamos una mirada, y creí leer en sus ojos
algo del sobrecogimiento que yo también sentía. Esa esquina de la
historia era tan real como el suelo embaldosado que pisábamos o
el sobre de madera de la mesa que tocaban nuestras manos. La gente
de ese período había vivido, respirado, sentido, pensado y muerto, tal

como nos pasaría a nosotros. Aparté la vista, incapaz de soportar el destello de emoción que brillaba en su rostro enérgico.

Turgut había vuelto a enrollar el pergamino y estaba abriendo un segundo paquete que contenía dos rollos más.

—Aquí hay una carta del bajá de Valaquia en la que promete enviar al sultán Mehmet todos los documentos que pueda encontrar sobre la Orden del Dragón. Y esto es un informe sobre el comercio a lo largo del Danubio en 1461, no lejos de la zona controlada por la Orden del Dragón. Las fronteras de esta zona no eran fijas, cambiaban continuamente. Aquí hay una lista de sedas, especias y caballos que el bajá solicita para cambiar por lana de los pastores de sus dominios.

Los siguientes dos rollos eran informes similares. Después Turgut desenrolló un paquete más pequeño que contenía un dibujo liso sobre pergamino.

—Un mapa —dijo.

Yo efectué un movimiento involuntario en dirección a mi maletín, que contenía los bocetos y notas de Rossi, pero Helen sacudió la cabeza de manera casi imperceptible. Comprendí lo que quería decir: no conocíamos lo bastante bien a Turgut para desvelarle todos nuestros secretos. Aún no, me corregí mentalmente. Al fin y al cabo, en apariencia, nos había abierto todas sus fuentes de información.

—Jamás he sido capaz de comprender qué es este mapa, amigos —nos dijo. Había pesar en su voz, y se acarició el bigote con una mano pensativa. Miré con detenimiento el pergamino y vi con emoción una pulcra, desteñida versión del primer mapa que Rossi había copiado, la larga media luna de montañas, el río que se curvaba al norte de la cordillera—. No se parece a ninguna región que yo haya estudiado, y no hay forma de saber..., ¿cómo se dice...?, la escala del mapa. —Lo dejó a un lado—. Aquí hay otro mapa, y parece representar la misma zona, pero a mayor escala que el primero. —Yo sabía lo que era. Ya había visto todo eso y mi entusiasmo aumentó—. Creo que son las montañas que aparecen al oeste del primer mapa, ¿no? —Suspiró—. Pero no hay más información, y no hay muchos rótulos, salvo algunas líneas del Corán y este extraño lema (en una ocasión lo traduje con mucho cuidado), que dice algo así como: «En este lugar él se aloja en la maldad. Lector, desentiérrale con una palabra».

Extendí temeroso una mano para detenerle, pero Turgut había hablado con demasiada rapidez y me pilló desprevenido.

—¡No! —grité, pero era demasiado tarde, de modo que Turgut me miró estupefacto. Helen me lanzó una mirada y el señor Erozan se volvió al otro lado de la sala y también me miró—. Lo siento —susurré—. Estoy muy emocionado por ver todos estos documentos. Son muy... interesantes.

—Ah, me alegro de que los encuentre interesantes. —Turgut casi sonreía, pese a su expresión seria—. Estas palabras suenan algo raras. Te dan un, no sé, un susto.

En aquel momento se oyeron pasos en la sala. Me volví, nervioso, casi esperando ver al mismísimo Drácula, fuera cual fuera su aspecto, pero sólo era un hombrecillo con un gorro de punto y una barba gris desaliñada. El señor Erozan fue a la puerta a recibirle y nosotros devolvimos la atención a los documentos. Turgut sacó otro pergamino de la caja.

—Éste es el último documento —dijo—. Nunca he conseguido desvelar sus secretos. Consta en el catálogo de la biblioteca como una bibliografía de la Orden del Dragón.

Mi corazón dio un vuelco y vi que Helen se animaba.

—¿Una bibliografía?

—Sí, amigo mío.

Turgut lo extendió sobre la mesa ante nosotros. Parecía muy antiguo y bastante frágil, escrito en griego con buena caligrafía. La parte superior se curvaba de manera irregular, como si hubiera formado parte de un rollo más largo, y el borde inferior estaba claramente rasgado. No había adornos de ningún tipo en el manuscrito, sólo las palabras cuidadosamente alineadas. Suspiré. Nunca había estudiado griego, aunque dudaba de que algo que no fuera un dominio absoluto del idioma me hubiera ayudado a descifrar aquel documento.

Como si adivinara mi problema, Turgut sacó una libreta de su maletín.

—Pedí a un experto en Bizancio perteneciente a nuestra universidad que me lo tradujera. Posee extensos conocimientos de su idioma y documentos. Esto es una lista de obras literarias, aunque algunas nunca las había oído mencionar en ningún otro ejemplar.

Abrió la libreta y alisó una página. Estaba cubierta de pulcra escritura turca. Esta vez fue Helen quien suspiró. Turgut se dio una palmada en la frente.

—Oh, un millón de perdones —dijo—. Se lo voy a traducir, ¿de acuerdo? «Heródoto: *El trato de los prisioneros de guerra*; Feseo: *Sobre razón y tortura*; Orígenes: *Tratado sobre los principios fundamentales*; Eutimio el Viejo: *El hado de los condenados*; Gubent de Gante: *Tratado sobre la naturaleza*; santo Tomás de Aquino: *Sísifo*.» Como ven, una selección muy extraña, y algunos de los libros son muy raros. Mi amigo, el experto en Bizancio, me dijo, por ejemplo, que sería un milagro que una versión hasta ahora desconocida de este tratado del primitivo filósofo cristiano Orígenes hubiera sobrevivido. Casi todas las obras de Orígenes fueron destruidas porque fue acusado de herejía.

—¿Qué herejía? —Helen parecía interesada—. Estoy segura de haber leído algo acerca de él.

—Fue acusado de defender en este tratado que es una cuestión de lógica cristiana que hasta Satanás se salvará y resucitará —explicó Turgut—. ¿Sigo con la lista?

—Si no le importa —dije—, ¿podría apuntarnos los títulos en inglés tal como los va leyendo?

—Con sumo placer.

Turgut se sentó con su libreta y sacó una pluma.

—¿Qué sacas en limpio de esto? —pregunté a Helen. Su rostro era más expresivo que mil palabras. *¿Habíamos ido hasta allí por una lista confusa de libros?*—. Sé que aún no tiene sentido —le dije en voz baja—, pero vamos a ver adónde nos conduce.

—Bien, amigos míos, déjenme que les lea los siguientes títulos. —Turgut estaba escribiendo muy animado—. Casi todos están relacionados con la tortura, el asesinato o algo desagradable, como verán. «Erasmo: *Peripecias de un asesino*; Henricus Curtius: *Los caníbales*; Giorgio de Padua: *Los condenados*.»

—¿No aparecen fechas? —pregunté al tiempo que me inclinaba sobre los documentos.

Turgut suspiró.

—No, y nunca he podido encontrar más referencias sobre estos títulos, pero ninguno de los que he localizado fue escrito después de 1600.

—Pero eso es posterior a la muerte de Vlad Drácula —comentó Helen. La miré sorprendido. No había pensado en eso. Era una sencilla puntualización, pero verdadera y desconcertante.

—Sí, querida señora —dijo Turgut, y alzó la vista hacia ella—. Las más recientes de esas obras fueron escritas más de cien años después de su muerte, y también después de la muerte del sultán Mehmet. Ay, he sido incapaz de encontrar más información sobre cómo o cuándo esta bibliografía pasó a formar parte de la colección del sultán Mehmet. Alguien debió añadirla más tarde, tal vez mucho después de que la colección llegara a Estambul.

—Pero antes de 1930 —murmuré.

Turgut me dirigió una mirada penetrante.

—Ésa es la fecha en que esta colección fue puesta a buen recaudo —dijo—. ¿Por qué ha dicho eso, profesor?

Sentí que me ruborizaba, tanto porque había hablado demasiado, y tan más de la cuenta que Helen se había dado media vuelta, desesperada por mi estupidez, como porque aún no era profesor. Guardé silencio unos momentos. Siempre he detestado mentir y procuro, querida hija, no hacerlo nunca si puedo evitarlo.

Turgut me estaba estudiando, y me sentí incómodo porque, antes de ese momento, no había reparado en la extrema profundidad de sus ojos oscuros, con sus afables patas de gallo. Respiré hondo. Ya lo hablaría con Helen más tarde. Había confiado en Turgut desde el primer momento, y tal vez nos sería de más ayuda si sabía más cosas. Para ganar un poco de tiempo, no obstante, miré la lista de documentos que nos estaba traduciendo y después eché un vistazo a la traducción turca en la que estaba trabajando. No podía mirarle a los ojos. ¿Debía contarle todo lo que sabíamos? Si le ponía al corriente de lo que sabía hasta el momento sobre las experiencias de Rossi, ¿pondría en duda nuestra seriedad y cordura? Fue precisamente por haber bajado los ojos que de repente vi algo extraño. Mi mano voló hacia el documento griego original, la bibliografía de la Orden del Dragón. No todo estaba en griego. Pude leer con toda claridad el último nombre de la lista: *Bartolomeo Rossi*. Le seguía una frase en latín.

—¡Santo Dios!

Mi exclamación encrespó a todos los silenciosos investigadores de la sala, comprendí demasiado tarde. El señor Erozan, que aún estaba hablando con el hombre del gorro y la barba larga, se volvió hacia nosotros con mirada inquisitiva.

Turgut se alarmó al instante y Helen se removió en su asiento.

—¿Qué pasa?

Turgut extendió una mano hacia el documento. Yo seguía mirando. Fue bastante fácil para él seguir mi mirada. Después se puso en pie de un salto, emitió algo que habría podido ser un eco de mi agitación, tan claro que me produjo un extraño consuelo entre tantas cosas extrañas que estaban sucediendo.

—¡Dios mío! ¡El profesor Rossi!

Los tres nos miramos y por un momento nadie habló. Al fin hice un esfuerzo.

—¿Conoce ese nombre? —pregunté a Turgut en voz baja.

Él paseó su mirada por nosotros dos.

—¿Y usted? —contestó por fin.

La sonrisa de Barley era amable.

—Debías de estar cansada, de lo contrario no habrías dormido tan profundamente. Yo también estoy cansado, sólo de pensar en el lío en que te has metido. ¿Qué diría cualquiera si le hablaras de esto? Esa señora de ahí, por ejemplo. —Movió la cabeza en dirección a nuestra dormida acompañante, que no había bajado en Bruselas y, al parecer, tenía la intención de dormir durante todo el trayecto hasta París—. O un policía. Todo el mundo pensaría que estás loca. —Suspiró—. ¿Y pretendías viajar sola hasta el sur de Francia? Ojalá me dijeras el sitio exacto, en lugar de obligarme a adivinarlo. Así podría enviar un telegrama a la señora Clay y meterte en un lío aún más complicado.

Esta vez me tocó a mí sonreír. Ya habíamos discutido un par de veces sobre esto.

—Eres espantosamente tozuda —gruñó Barley—. Jamás habría pensado que una niña pudiera provocarme tantos problemas... Sobre todo el tipo de problemas que tendría con Master James si te abandonara en mitad de Francia. —Casi consiguió hacerme llorar, pero sus siguientes palabras secaron mis lágrimas antes de que empezaran a formarse—. Al menos, tendremos tiempo de comer antes de subir al siguiente tren. En la Gare du Nord hacen unos bocadillos deliciosos. Esperemos que nos permitan pagar con moneda extranjera.

Fue la utilización del plural lo que conmovió mi corazón.

29

Bajar, incluso de un tren moderno, en ese gran templo de viajeros, la Gare du Nord, con su elevada estructura de hierro y cristal, su belleza luminosa y aérea, equivale a entrar en París. Barley y yo bajamos del tren, bolsas en mano, y dedicamos dos minutos a asimilarlo todo. Al menos, eso fue lo que yo hice, aunque ya había estado muchas veces en la estación, que atravesaba en el curso de los viajes con mi padre. La *gare* devolvía el eco del sonido de los trenes al frenar, las conversaciones de la gente, pasos, silbidos, el aleteo de las palomas, el tintineo de monedas. Un anciano tocado con una boina negra pasó ante nosotros con una joven del brazo. Ella tenía el pelo rojo, muy bien peinado, llevaba lápiz de labios rosa, y por un momento imaginé que me cambiaba por ella. ¡Oh, poseer ese aspecto, ser parisina, adulta, calzar botas de tacón alto, tener pechos de verdad y llevar al lado a un artista elegante de edad avanzada! Entonces se me ocurrió que bien podía ser su padre, y me sentí muy sola.

Me volví hacia Barley, quien al parecer había estado asimilando los olores antes que los sonidos.

—Dios, qué hambre tengo —gruñó—. Ya que estamos aquí, comamos algo bueno al menos.

Se dirigió como una flecha hacia una esquina de la estación, como si se supiera el camino de memoria. Resultó que no sólo conocía el camino, sino también la mostaza y la selección de jamón cortado en finas laminillas, y no tardamos en ponernos a comer dos bocadillos de buen tamaño envueltos en papel blanco. Barley ni se tomó la molestia de sentarse en el banco que yo había encontrado.

Yo también estaba hambrienta, pero sobre todo preocupada por lo que haría a continuación. Ahora que habíamos bajado del tren, Barley podía utilizar cualquier teléfono público que se le ofreciera a la vista y encontrar una forma de llamar a Master James o a la señora Clay, o tal vez a un ejército de gendarmes que me devolverían a Amsterdam esposada. Le miré con cautela, pero el bocadillo ocultaba casi por completo su rostro. Cuando emergió de él para beber un poco de naranjada, le hablé.

—Barley, me gustaría que me hicieras un favor.

—¿Qué quieres ahora?

—No hagas ninguna llamada telefónica. No me traiciones, Barley. Iré al sur pese a quien pese. Comprenderás que no puedo volver a casa sin saber dónde está mi padre y qué le ha pasado, ¿verdad?

Él bebió con semblante serio.

—Lo comprendo.

—Por favor, Barley.

—¿Por quién me tomas?

—No lo sé —dije desconcertada—. Creía que estabas enfadado conmigo por haberme fugado y que aún pensabas que debías denunciarme.

—Piensa un poco —dijo Barley—. Si de veras estuviera enfadado, estaría camino de casa para no perderme las clases de mañana (y una buena reprimenda de James), contigo pisándome los talones. En cambio estoy aquí, obligado por la galantería y la curiosidad a acompañar a una dama al sur de Francia. ¿Crees que me iba a perder eso?

—No lo sé —repetí, pero más agradecida.

—Será mejor que preguntemos cuándo sale el próximo tren a Perpiñán —dijo Barley al tiempo que doblaba el papel del bocadillo con decisión.

—¿Cómo lo sabes? —pregunté estupefacta.

—Oh, te crees tan enigmática. —Barley parecía exasperado otra vez—. ¿No te traduje todo aquel rollo de la colección de vampiros? ¿Adónde podrías ir, sino a ese monasterio de los Pirineos Orientales? ¿Te crees que no he visto un mapa de Francia? Venga, no empieces a fruncir el ceño. Tu cara se pone mucho menos traviesa.

Y nos fuimos al *bureau de change* cogiditos del brazo.

Cuando Turgut pronunció el nombre de Rossi con aquel inconfundible tono de familiaridad, experimenté la repentina sensación de que el mundo se tambaleaba, de que fragmentos de color y forma se desconfiguraban y formaban una visión de compleja absurdidad. Era como si estuviera viendo una película conocida y, de repente, un personaje que nunca había pertenecido a ella apareciera en la pantalla y se sumara a la acción como si tal cosa, pero sin la menor explicación.

—¿Conoce al profesor Rossi? —repitió Turgut en el mismo tono.

Yo seguía sin habla, pero Helen, por lo visto, había tomado una decisión.

—El profesor Rossi es el director de la tesis de Paul en el Departamento de Historia de nuestra universidad.

—Pero eso es increíble —dijo poco a poco Turgut.

—¿Usted le conocía? —pregunté.

—No, no llegué a conocerle en persona —dijo—. Oí hablar de él en circunstancias muy peculiares. Por favor, es una historia que debo contarles, me parece. Siéntense, amigos míos. —Hizo un gesto hospitalario, pese a su asombro. Helen y yo nos habíamos puesto en pie de un salto, pero nos acomodamos cerca de él—. Hay algo demasiado extraordinario... —Se interrumpió, y después dio la impresión de que se esforzaba por darnos una explicación—. Hace años, cuando me enamoré de este archivo, pedí al bibliotecario toda la información posible sobre él. Me dijo que no tenía memoria de que alguien más lo hubiera examinado, pero creía que su antecesor, o sea, el bibliotecario anterior, sabía algo al respecto. Fui a ver al antiguo bibliotecario.

—¿Está vivo? —pregunté con voz estrangulada.

—Oh, no, amigo mío. Lo siento. Era terriblemente viejo y murió un año después de que yo hablara con él. Pero su memoria era excelente y me dijo que había guardado bajo llave la colección porque tenía un mal presagio. Dijo que un profesor extranjero la había consultado una vez, y luego se puso muy, ¿cómo se dice?, muy preocupado y casi loco, y salió corriendo del edificio de repente. El viejo bibliotecario dijo que, unos días después de que esto sucediera, estaba sentado solo en la biblioteca trabajando un poco, levantó la vista y reparó de súbito en un hombre grande que estaba examinando los mismos documentos. Nadie había entrado y la puerta de la calle estaba cerrada con llave porque era de noche, después de las horas en que la biblioteca estaba abierta al público. No pudo entender cómo había entrado. Pensó que tal vez no había cerrado con llave la puerta, ni oído al hombre subir la escalera, aunque le parecía casi imposible. Después me dijo... —Turgut se inclinó hacia delante y bajó la voz todavía más—, me dijo que cuando se acercó a él para preguntarle qué estaba haciendo, el hombre alzó la vista y le caía un hilillo de sangre por la comisura de la boca.

Experimenté una oleada de náuseas y Helen alzó los hombros como si quisiera reprimir un escalofrío.

—Al principio el viejo bibliotecario no me quiso hablar de eso. Creo que tenía miedo de que yo creyera que estaba perdiendo la cabeza. Me dijo que aquella visión le provocó un vahído, y cuando volvió a mirar, el hombre había desaparecido, pero los documentos seguían esparcidos sobre la mesa, y al día siguiente compró esta caja sagrada en el mercado de antigüedades y guardó los documentos dentro. Cerró la caja con llave y dijo que nadie más los perturbó mientras él fue el bibliotecario. Tampoco volvió a ver al hombre extraño.

—¿Qué fue de Rossi? —pregunté.

—Bien, yo estaba decidido a seguir todas las pistas de esta historia, así que le pregunté el nombre del investigador extranjero, pero no recordaba nada, salvo que le pareció italiano. Me dijo que buscara 1930 en el registro, si quería, y mi amigo de aquí me dejó hacerlo. Encontré el nombre del profesor Rossi después de buscar un poco, y descubrí que era de Inglaterra, de Oxford. Después le escribí una carta a Oxford.

—¿Contestó?

Helen casi estaba fulminando con la mirada a Turgut.

—Sí, pero ya no estaba en Oxford. Había ido a una universidad estadounidense, la de ustedes, aunque no relacioné el nombre cuando hablamos por primera vez, y él recibió la carta pasado mucho tiempo, y luego me contestó. Me dijo que lo sentía mucho, pero no sabía nada sobre el archivo al que yo me refería y no podía ayudarme. Les enseñaré la carta en mi apartamento cuando vengan a cenar conmigo. Llegó justo antes de la guerra.

—Esto es muy raro —murmuré—. No puedo entenderlo.

—Bien, pues esto no es lo más raro —dijo Turgut en tono perentorio.

Concentró su atención en el pergamino que estaba encima de la mesa, la bibliografía, y siguió con el dedo el nombre de Rossi. Al mirarlo, reparé de nuevo en las palabras que seguían al nombre. Estaban en latín, sin duda, aunque mi latín, que se remontaba a mis dos primeros años de universidad, nunca había sido gran cosa, y ahora estaba oxidado por completo.

—¿Qué dice? ¿Sabe latín?

Para mi alivio, Turgut asintió.

—Pone: «Bartolomeo Rossi, El Espíritu (el Fantasma) en el Ánfora».

La cabeza me daba vueltas.

—Pero yo conozco esta frase, me parece... Estoy seguro de que es el título de un artículo en el que ha estado trabajando esta primavera. —Callé—. Estaba. Me lo enseñó hará un mes. Versa sobre la tragedia griega y los objetos que utilizaban en ocasiones los teatros griegos como accesorios en el escenario. —Helen me estaba mirando fijamente—. Es... Estoy casi seguro de que es la obra que está escribiendo.

—Lo que es extraño, muy extraño —dijo Turgut, y ahora percibí cierto miedo en su voz—, es que he leído esta lista muchas veces y nunca había visto esta entrada. Alguien ha añadido el nombre de Rossi.

Le miré asombrado.

—Averigüe quién —dije con voz ahogada—. Hemos de saber quién ha estado manipulando estos documentos. ¿Cuándo estuvo aquí por última vez?

—Hará unas tres semanas —contestó Turgut con semblante sombrío—. Espere, por favor. Se lo preguntaré al señor Erozan. No se muevan.

En cuanto se levantó, el atento bibliotecario avanzó a su encuentro. Intercambiaron unas rápidas palabras.

—¿Qué dice? —pregunté.

—¿Por qué no se le ocurrió decírmelo antes? —gruñó Turgut—. Un hombre vino ayer y examinó el contenido de esta caja. —Siguió interrogando a su amigo, y el señor Erozan indicó la puerta—. Era ese hombre —dijo Turgut, y también señaló—. Dice que era el hombre que vino hace poco, con el que estuvo hablando.

Todos nos volvimos, horrorizados, pero ya era demasiado tarde. El hombrecillo del gorro blanco y la barba gris se había esfumado.

Barley estaba contando el dinero que llevaba en su billetero.

—Bien, tendremos que cambiar todo lo que llevo encima —dijo pesaroso—. Tengo el dinero de Master James y unas cuantas libras más de mi asignación semanal.

—Yo he traído algo —dije—. De Amsterdam, claro está. Compraré los billetes de tren, y creo que podré pagar las comidas y el alojamiento al menos durante unos días.

Me estaba preguntando si podría sufragar el apetito de Barley. Era extraño que alguien tan flaco pudiera comer tanto. Yo también era delgaducha todavía, pero no podía imaginarme devorando dos bocadillos a la velocidad de Barley. Pensaba que la preocupación por el dinero era la más acuciante hasta que llegamos al mostrador de cambio de dinero y una joven vestida con una chaqueta cruzada azul marino nos miró de arriba abajo. Barley habló con ella de tipos de cambio y al cabo de un minuto la chica descolgó el teléfono y dio media vuelta para hablar.

—¿Por qué hace eso? —susurré a Barley nerviosa.

Me miró sorprendido.

—Por algún motivo, está comprobando los tipos de cambio —me dijo—. No lo sé. ¿Qué opinas?

No podía explicarlo. Tal vez se debía a la influencia de las cartas de mi padre, pero todo se me antojaba sospechoso. Era como si ojos invisibles nos estuvieran siguiendo.

Turgut, que parecía disponer de más presencia de ánimo que yo, corrió hacia la puerta y desapareció en el pequeño vestíbulo. Regresó un segundo después sacudiendo la cabeza.

—Se ha ido —nos informó—. No vi ni rastro de él en la calle. Desapareció entre la multitud.

Dio la impresión de que el señor Erozan se disculpaba, y Turgut habló con él pasados unos segundos. Después se volvió hacia nosotros.

—¿Tienen algún motivo para pensar que los han seguido hasta aquí en el curso de su investigación?

—¿Seguido?

Tenía todos los motivos para pensarlo, pero no tenía ni idea de quién exactamente.

Turgut me miró fijamente y me acordé de la gitana que había aparecido la anoche anterior junto a nuestra mesa.

—Mi amigo el bibliotecario dice que ese hombre quería ver los documentos que hemos estado examinando y se enfadó cuando supo que estaban siendo consultados. Dice que hablaba turco, pero por su acento cree que es extranjero. Por eso pregunto si alguien les ha seguido hasta aquí. Amigos míos, vámonos cuanto antes, pero vigilemos. Le he dicho a mi amigo que custodie los documentos y que se fije bien en ese hombre o en quienquiera que venga a mirarlos. Intentará averiguar quién es si vuelve. Quizá si nos vamos vuelva antes.

—¡Pero los mapas!

Me preocupaba dejar aquellos valiosos documentos en la caja. Además, ¿qué habíamos averiguado? Ni siquiera habíamos empezado a resolver el enigma de los tres mapas, pese a que habíamos contemplado su milagrosa realidad en la mesa de la biblioteca.

Turgut se volvió hacia el señor Erozan y dio la impresión de que una sonrisa, una señal de mutua comprensión, pasaba entre ellos.

—No se preocupe, profesor —me dijo Turgut—. He hecho copias de todas estas cosas con mi propia mano y esas copias están a salvo en mi apartamento. Además, mi amigo no permitirá que les pase nada a los originales. Pueden creerme.

Yo quería hacerlo. Helen estaba mirando con semblante inquisitivo a nuestros nuevos conocidos, y me pregunté qué deducía de todo esto.

—De acuerdo —dije.

—Vengan, amigos míos. —Turgut empezó a guardar los documentos con una ternura que yo no habría podido igualar—. Creo que hemos de hablar en privado de muchas cosas. Los llevaré a mi apartamento y allí hablaremos. También les enseñaré otros materiales que he recogido sobre este tema. No hablemos de estos asuntos en la calle. Saldremos de la manera más visible posible y —cabeceó en dirección al bibliotecario— dejaremos a nuestro mejor general en la brecha.

El señor Erozan nos estrechó la mano a todos, cerró la caja con sumo cuidado y desapareció con ella entre las estanterías situadas al fondo de la sala. Le seguí con la mirada hasta perderle de vista y después suspiré en voz alta bien a mi pesar. No podía sacudirme de encima la sensación de que el destino de Rossi seguía escondido en aquella caja, incluso, que Dios me perdone, que el propio Rossi estaba enterrado en ella y nosotros no habíamos sido capaces de rescatarle.

Después nos fuimos del edificio y nos quedamos en la escalinata a propósito unos minutos, mientras fingíamos conversar. Tenía los nervios a flor de piel y Helen estaba pálida, pero Turgut mantenía la calma.

—Si está al acecho —dijo en voz baja—, el muy cobarde sabrá que nos vamos.

Ofreció el brazo a Helen, que lo aceptó con menos renuencia de lo que yo habría imaginado, y nos alejamos por las calles abarrotadas. Era la hora de comer y estábamos rodeados por olores de carne asada y pan horneado que se mezclaban con un olor húmedo que habría podido ser de humo de carbón o de motor diésel, un olor que todavía recuerdo a veces sin previo aviso y que significa para mí el límite del mundo oriental. Ignoraba lo que sucedería a continuación, pero sabía que sería otro acertijo, al igual que este lugar. Miré a mi alrededor y contemplé los rostros de las multitudes turcas, las esbeltas agujas de los minaretes en el horizonte de cada calle, las antiguas cúpulas entre las higueras, las tiendas repletas de mercancías misteriosas. El mayor acertijo de todos tironeaba de mi corazón, que volvía a dolerme: ¿dónde estaba Rossi? ¿Estaba allí, en esa ciudad, o muy lejos? ¿Vivo, muerto, o en un estado intermedio?

30

A las cuatro y dos minutos de la tarde, Barley y yo tomamos el expreso a Perpiñán. Barley subió los empinados escalones con su bolsa y extendió una mano para ayudarme a subir. Había pocos pasajeros en el tren, y el compartimiento que encontramos siguió vacío después de que el tren arrancara. Yo me sentía cansada. A esa hora ya habría llegado a casa, la señora Clay me habría estado esperando en la cocina con un vaso de leche y un trozo de pastel amarillo. Por un momento, casi eché de menos sus irritantes atenciones. Barley se había sentado a mi lado, aunque tenía cuatro asientos para elegir, y yo pasé la mano bajo su brazo.

—Debería estudiar —dijo, pero no abrió su libro enseguida. Había demasiado que ver cuando el tren aceleró al cruzar la ciudad. Pensé en todas las veces que había estado allí con mi padre: cuando subimos a Montmartre, o cuando contemplamos el camello deprimido del Jardin des Plantes. Ahora se me antojaba una ciudad que nunca hubiera visto antes.

Ver a Barley mover los labios sobre Milton me dio sueño, y cuando dijo que quería ir al vagón restaurante a merendar, negué con la cabeza, amodorrada.

—Eres un desastre —me dijo sonriente—. Quédate a dormir, y yo me llevaré el libro. Siempre podemos ir a cenar si te entra hambre.

Mis ojos se cerraron casi en cuanto salió por la puerta, y cuando los abrí de nuevo, descubrí que estaba aovillada en el asiento vacío como una niña, con la larga falda de algodón subida por encima de los tobillos. Alguien estaba sentado en el banco opuesto leyendo un diario, y no era Barley. Me enderecé al instante. El hombre estaba leyendo *Le Monde*, y el periódico le ocultaba casi por completo. No veía su torso ni su cara. Un maletín de piel negra descansaba a su lado.

Durante una fracción de segundo imaginé que era mi padre, y una oleada de gratitud y confusión me invadió. Después vi los zapatos del hombre, que también eran de piel negra y muy relucientes, la punta perforada con un dibujo elegante y los cordones de piel terminados en borlas negras. Tenía las piernas cruzadas, y los pantalones negros del traje eran impecables, así como los calcetines de seda negros. No eran los zapatos de mi padre. De hecho, eran unos zapatos un poco raros, o tal vez lo eran los pies que encerraban, aunque no logré entender esa sensación. Pensé que un desconocido no tendría que haber entrado mientras yo dormía. Se trataba de un hecho también desagradable, y confié en que no me hubiera estado observando mientras estaba dormida. Me pregunté si podría levantarme y abrir la puerta del compartimiento sin que se diera cuenta. Después reparé en que había corrido las cortinas que daban al pasillo. Nadie que atravesara el vagón podría vernos. ¿O las había corrido Barley antes de salir, para que pudiera dormir sin ser molestada?

Lancé una mirada subrepticia a mi reloj. Eran casi las cinco. Un maravilloso paisaje desfilaba al otro lado de la ventanilla. Estábamos entrando en el sur. El hombre parapetado tras el periódico estaba tan inmóvil que empecé a temblar. Al cabo de unos momentos comprendí lo que me estaba asustando. Ya llevaba despierta muchos minutos, pero durante todo el rato que había estado mirando y escuchando el hombre no había pasado ni una sola página del periódico.

El apartamento de Turgut se hallaba en otra parte de Estambul, sobre el mar de Mármara, y tomamos un transbordador para llegar. Helen se quedó de pie ante la barandilla, mirando las gaviotas que seguían el barco, así como la impresionante silueta de la ciudad vieja. Me coloqué a su lado y Turgut señaló agujas y cúpulas, y su voz potente se impuso al viento. Cuando desembarcamos, descubrimos que su barrio era más moderno que el que habíamos visto antes, pero en este caso moderno significaba del siglo XIX. Mientras paseábamos por calles cada vez más silenciosas, lejos del muelle del transbordador, vi un segundo Estambul, nuevo para mí: árboles majestuosos e inclinados, hermosas casas viejas de piedra y madera, edificios de apartamentos que habrían podido pertenecer a un barrio parisino, aceras limpias, macetas con flores, cornisas adornadas. De vez en cuando, el viejo imperio islámico irrumpía en la forma de un arco en ruinas o una mezquita aislada, una casa turca con un segundo piso proyectado hacia fuera. Pero en la calle de Turgut, Occidente había efectuado una pacífica y completa invasión. Más adelante, vi sus equivalentes en otras ciudades: Praga y Sofía, Budapest y Moscú, Belgrado y Beirut. Esa elegancia prestada se encontraba en todo Oriente.

—Entren, por favor. —Turgut se detuvo ante una hilera de casas antiguas, nos precedió por la escalera frontal doble y miró el interior de un pequeño buzón, en apariencia vacío, con el nombre de «Profesor Bora». Abrió la puerta y se apartó—. Por favor, bienvenidos a mi humilde morada, donde todo es de ustedes.

Entramos primero en un vestíbulo de suelo y paredes de madera pulimentada, donde imitamos a Turgut y nos quitamos los zapatos para calzarnos las zapatillas bordadas que nos dio. Después nos condujo hasta una sala de estar, y Helen emitió una nota de admiración, que yo no pude evitar repetir. La sala estaba bañada por una luz verdosa muy agradable, mezclada con tonos rosas y amarillos. Al cabo de un momento caí en la cuenta de que era la luz del sol, que se filtraba a través de unos árboles que se alzaban ante dos ventanas grandes con vaporosas cortinas de un antiguo encaje blanco. La habitación contaba con muebles extraordinarios, muy bajos, tallados en madera oscura, con cojines de ricas telas. Un banco repleto de almohadas cubiertas de encaje corría a lo largo de tres paredes. Las paredes encaladas estaban llenas de grabados y cuadros de Estambul, el retrato de un anciano con fez y otro de un hombre más joven con traje negro, un pergamino enmarcado cubierto de fina caligrafía árabe. Había descoloridas fotografías viradas en sepia de la ciudad y vitrinas que albergaban servicios de café de latón. Las esquinas estaban llenas de jarrones vidriados rebosantes de rosas. Pisábamos mullidas alfombras de color escarlata, rosa y verde claro. En el centro de la sala se alzaba sobre unas patas una gran bandeja redonda, muy pulimentada, como si esperara la siguiente comida.

—Es muy bonita —dijo Helen, al tiempo que se volvía hacia nuestro anfitrión, y recordé el agradable aspecto que adoptaba cuando la sinceridad relajaba las duras arrugas que rodeaban su boca y ojos—. Es como en *Las mil y una noches*.

Turgut rió y desechó el cumplido con un ademán de su enorme mano, pero no cabía duda de que estaba satisfecho.

—Es todo gracias a mi mujer —dijo—. Quiere mucho nuestras viejas artes y artesanías, y su familia le pasó muchas cosas hermosas. Hasta puede que haya algo del imperio del sultán Mehmet. —Me sonrió—. No hago el café tan bien como ella, eso es lo que me dice, pero haré un esfuerzo máximo.

Nos acomodó en los muebles, muy juntos, y pensé con placer en todos aquellos objetos dignificados por el tiempo que significaban comodidad: almohadón, diván y, al fin y al cabo, una otomana.

El «esfuerzo máximo» de Turgut resultó ser la comida, que trajo de una pequeña cocina situada al otro lado del vestíbulo. Rehusó nuestros insistentes ofrecimientos de ayudarle. Cómo había conseguido pergeñar un banquete en tan poco tiempo desafiaba a mi imaginación. Debía estar esperándole. Trajo bandejas con salsas y ensaladas, un cuenco con melón, un guiso de carne y verduras, brochetas de pollo, la mezcla omnipresente de pepinos y yogur, café y una avalancha de dulces rellenos de almendras y miel. Comimos con apetito, y Turgut nos animó a devorar hasta que nos quejamos.

—Bien —dijo—. No puedo permitir que mi mujer piense que los he matado de hambre.

A todo esto siguió un vaso de agua con algo blanco y dulce en el plato que lo acompañaba.

—Esencia de rosas —dijo Helen, y lo probó—. Muy bueno. En Rumanía también hay.

Dejó caer un poco de la pasta blanca en el vaso y bebió, y yo la imité. No estaba seguro de qué efecto obraría el agua en mi digestión, pero no era el momento de preocuparse por esas minucias.

Cuando estábamos a punto de estallar, nos reclinamos contra los bajos divanes (ahora comprendí su uso, recuperarse tras una gigantesca comida) y Turgut nos miró con satisfacción.

—¿Están seguros de que han comido bastante? —Helen rió y yo gemí un poco, pero de todos modos él volvió a llenar nuestros vasos y las tazas de café—. Estupendo. Bien, vamos a hablar de lo que aún no hemos podido comentar. Antes que nada, me asombra pensar que ustedes también conocen al profesor Rossi, pero aún no entiendo su relación. ¿Es el director de su tesis, joven?

Y se sentó en una otomana, inclinado hacia nosotros con aire expectante.

Miré a Helen y ella hizo un leve movimiento de cabeza. Me pregunté si la esencia de rosas había suavizado sus sospechas.

—Bien, profesor Bora, temo que no hemos sido del todo sinceros con usted en este punto —confesé—. Pero nos hemos embarcado en una misión peculiar y no sabemos en quién confiar.

—Entiendo. —Sonrió—. Tal vez son más sagaces de lo que creen.

Eso me dio que pensar, pero Helen volvió a asentir y continué.

—El profesor Rossi también posee un interés especial para nosotros, no sólo porque es el director de mi tesis, sino debido a cierta información que nos comunicó, me comunicó, y porque ha..., bien, ha desaparecido.

La mirada de Turgut era penetrante.

—¿Desaparecido, amigo mío?

—Sí.

Le hablé a toda prisa de mi relación con Rossi, de mi tesis doctoral, en la que estábamos trabajando, y del extraño libro que había encontrado en mi cubículo de la biblioteca. Cuando empecé a describir el libro, Turgut se incorporó en su asiento y dio una palmada, pero sin decir nada. Se limitó a escuchar con mayor atención. Proseguí explicando que había enseñado el libro a Rossi y conté la historia del hallazgo de su libro. Tres libros, pensé cuando hice una pausa para recuperar el aliento. Conocíamos la existencia de tres de esos extraños libros: un número mágico. Pero ¿cómo estaban relacionados, cosa indudable? Hablé de lo que Rossi nos había revelado sobre su investigación en Estambul (en este punto Turgut meneó la cabeza, como desconcertado) y de su descubrimiento en el archivo de que la imagen del dragón coincidía con la silueta de los mapas antiguos.

Conté a Turgut el modo en que Rossi había desaparecido, y también hablé de la grotesca sombra que había visto pasar sobre la ventana de su despacho la noche de su desaparición, y de que había empezado a buscarle sin ayuda de nadie, al principio escéptico acerca de su historia. Hice una nueva pausa, para dejar hablar a Helen, pues no quería revelar su historia sin permiso. Se removió y me miró en silencio desde las profundidades del diván, y ante mi sorpresa retomó la historia donde yo la había interrumpido y contó a Turgut todo lo que ya me había dicho, hablando con su voz grave y a veces áspera: la historia de su nacimiento, su venganza personal contra Rossi, la intensidad de su investigación de la historia de Drácula y su intención de investigar la leyenda en esta ciudad. Las cejas de Turgut se enarcaron hasta el borde de su pelo untado con brillantina. Las palabras de Helen, su profunda y clara articulación, la evidente magnificencia de su mente y tal vez también el rubor de sus mejillas en contraste con el azul claro del cuello de su blusa tiñeron de admiración el rostro del turco, o eso pensé yo, y por primera vez desde que habíamos conocido a Turgut sentí una punzada de hostilidad hacia él.

Cuando Helen hubo terminado nuestra historia, todos guardamos silencio unos momentos. La luz verde que bañaba aquella hermosa sala dio la impresión de acentuarse a nuestro alrededor, y una sensación de irrealidad todavía mayor me invadió. Por fin, Turgut habló.

—Su experiencia es muy notable y les agradezco que me la hayan contado. Y siento la triste historia de su familia, señorita Rossi. Aún me gustaría saber por qué el profesor Rossi se vio impelido a escribirme diciendo que no conocía nuestros archivos, lo cual parece una mentira, ¿verdad? Pero es terrible la desaparición de un erudito tan brillante. El profesor Rossi fue castigado por algo..., o tal vez esté padeciendo el castigo en estos mismos momentos.

La sensación de languidez en mi mente se desvaneció al instante, como si una brisa fresca la hubiera barrido.

—¿Por qué está tan seguro de eso? ¿Cómo demonios podremos encontrarle si es cierto?

—Soy un racionalista, como usted —dijo en voz baja Turgut—, pero creo instintivamente en lo que el profesor Rossi le dijo aquella noche. Y tenemos pruebas de sus palabras en lo que el antiguo bibliotecario del archivo me dijo, acerca de que un investigador extranjero huyó aterrado de allí, y en mi descubrimiento del nombre del profesor Rossi en el archivo. Por no hablar de la aparición de un monstruo con sangre... —Calló—. Y ahora esa horrible aberración, su nombre, el nombre de su artículo, añadido a la bibliografía del archivo. ¡Me confunde ese añadido! Han hecho lo correcto, amigos, al venir a Estambul. Si el profesor Rossi está aquí, le encontraremos. Hace tiempo que me pregunto si la tumba de Drácula podría estar aquí. Me parece que si alguien ha puesto hace poco el nombre de

Rossi en esa bibliografía, es probable que el profesor esté aquí. Y usted cree que le encontraremos en el lugar donde Drácula fue enterrado. Me dedicaré por entero a su servicio en este asunto. Me siento... responsable de ustedes en esto.

—Debo hacerle una pregunta. —Helen nos miró a los dos con los ojos entornados—. Profesor Bora, ¿cómo es que apareció en nuestro restaurante anoche? Me parece una coincidencia excesiva que se presentara cuando acabábamos de llegar a Estambul en busca de un archivo que a usted tanto le ha interesado durante todos estos años.

Turgut se había levantado, cogió una pequeña caja de latón de una mesita auxiliar y la abrió para ofrecernos cigarrillos. Yo me negué, pero Helen tomó uno y dejó que él se lo encendiera. El hombre encendió uno para él y ambos se miraron, de modo que por un momento me sentí excluido de una manera sutil. El tabaco tenía un perfume delicado y no cabía duda de que era de excelente calidad. Me pregunté si era el mismo tabaco turco tan famoso en Estados Unidos. Turgut exhaló el humo, mientras Helen se quitaba las zapatillas y doblaba las piernas bajo su cuerpo, como si estuviera acostumbrada a descansar sobre almohadones orientales. Era una faceta que no había observado hasta entonces, esa elegancia espontánea bajo el hechizo de la hospitalidad.

Por fin Turgut habló.

—¿Cómo fue que coincidí con ustedes en el restaurante? Me he hecho esta pregunta varias veces, porque yo tampoco encuentro la respuesta. Pero puedo decirles con absoluta sinceridad, amigos míos, que no sabía quiénes eran ustedes o qué estaban haciendo en Estambul cuando me senté cerca de su mesa. De hecho, voy a comer con frecuencia a ese lugar porque es mi favorito del barrio viejo, y a veces me llego paseando entre clase y clase. Aquel día entré casi sin pensarlo, y como sólo vi a dos extranjeros, me sentí solo y no quise sentarme en un rincón. Mi esposa dice que soy un caso perdido de entablar amistades.

Sonrió y dejó caer la ceniza del cigarrillo en un platillo de cobre, al tiempo que lo empujaba hacia Helen.

—Pero no es una costumbre tan mala, ¿verdad? En cualquier caso, cuando vi su interés en mi archivo, me sorprendí y conmoví, y ahora que he escuchado una historia tan notable, siento que debo ayudarles durante su estancia en Estambul. Al fin y al cabo, ¿por qué fueron ustedes a mi restaurante favorito? ¿Por qué entré a cenar con mi libro? Veo que es usted suspicaz, *madame*, pero no puedo darle ninguna respuesta, excepto decir que esa coincidencia me da esperanzas. «Hay más cosas en el cielo y en la tierra...»

Nos miró con aire pensativo, y su rostro era franco y sincero, y algo más que triste.

Helen exhaló una bocanada de humo turco hacia la luz vaporosa del sol.

—Muy bien —dijo—. Tendremos esperanza. Y ahora, ¿qué haremos con nuestra esperanza? Hemos visto los mapas originales y hemos visto la bibliografía de la Orden del Dragón, que Paul deseaba tanto ver. Pero ¿adónde nos conduce eso?

—Acompáñenme —dijo de repente Turgut. Se puso en pie y la última lasitud de la tarde se desvaneció. Helen apagó el cigarrillo y también se levantó, de modo que su manga rozó mi mano. Los seguí.

—Hagan el favor de venir a mi estudio un momento.

Turgut abrió una puerta entre los pliegues de seda y lana antiguas y se apartó a un lado educadamente.

31

Me quedé muy quieta en el asiento del tren, mirando el periódico del hombre sentado delante de mí. Pensé que debía moverme un poco, actuar con naturalidad, de lo contrario atraería su atención, pero estaba tan inmóvil que empecé a imaginar que no le había oído respirar, y hasta me costó respirar a mí. Al cabo de un momento, mis peores temores se hicieron realidad: habló sin bajar el diario. Su voz era igual que sus zapatos y sus pantalones a medida. Me habló en inglés con un acento que no pude identificar, aunque poseía cierto toque francés... ¿O acaso yo lo estaba mezclando con los titulares que bailaban en la portada de *Le Monde*, desordenándose ante mis ojos agonizantes? Estaban sucediendo cosas terribles en Camboya, en Argelia, en lugares de los que nunca había oído hablar, y mi francés había mejorado mucho ese último año. Pero el hombre me habló desde detrás del periódico, sin moverlo ni un milímetro. Se me puso la carne de gallina cuando escuché su voz, porque no di crédito a mis oídos. Su voz era serena, culta. Formuló una sola pregunta:

—¿Dónde está tu padre, querida?

Me arranqué del asiento y salté hacia la puerta. Oí que el periódico caía a mi espalda, pero toda mi concentración estaba dedicada al pestillo. La puerta no estaba cerrada con llave. La abrí en un momento de miedo desmesurado. Salí sin mirar atrás y corrí en la dirección que había tomado Barley para ir al vagón restaurante. Había más personas en los compartimientos, con las cortinas descorridas, sus libros, periódicos y cestas de picnic colocadas a su lado, y volvieron la cara con curiosidad cuando crucé el pasillo como una exhalación. No pude detenerme ni para escuchar si me seguían pasos. Recordé de repente que había dejado nuestras bolsas en el compartimiento, en la rejilla de los equipajes. ¿Se apoderaría de ellos? ¿Las registraría? El bolso colgaba de mi brazo. Me había quedado dormida con él alrededor de la muñeca, como siempre que lo llevaba en público.

Barley estaba al final del vagón restaurante, con el libro abierto sobre una amplia mesa. Había pedido té y varias cosas más y tardó un momento en alzar la vista de su pequeño reino y registrar mi presencia. Mi aspecto debía ser terrible, porque me sentó a su lado enseguida.

—¿Qué pasa?

Apreté la cara contra su cuello e hice un esfuerzo para contener el llanto.

—Desperté y había un hombre en nuestro compartimiento, leyendo el diario, y no podía ver su cara.

Barley apoyó una mano en mi pelo.

—¿Un hombre con un periódico? ¿Por qué estás tan trastornada?

—No me dejó ver su cara —susurré, y me volví a mirar la entrada del vagón restaurante. No había nadie, ninguna figura vestida de oscuro entró—. Pero me habló desde detrás del periódico.

—¿Sí?

Al parecer, Barley había descubierto que le gustaban mis rizos.

—Me preguntó dónde estaba mi padre.

—¿Cómo? —Barley se enderezó—. ¿Estás segura?

—Sí, en inglés. —Yo también me incorporé—. Huí, y creo que no me siguió, pero está en el tren. Tuve que dejar nuestras bolsas en el compartimiento.

Barley se mordió el labio. Casi esperé ver sangre sobre su piel clara. Después hizo una seña al camarero, se puso de pie, habló un momento con él y buscó en sus bolsillos una generosa propina, que dejó al lado de su taza de té.

—Nuestra siguiente parada es Boulois —dijo—, dentro de dieciséis minutos.

—¿Qué haremos con nuestras bolsas?

—Tú tienes tu bolso y yo mi cartera con el dinero. —De pronto, Barley calló y me miró—. Las cartas...

—Están en mi bolso —me apresuré a decir.

—Gracias a Dios. Quizá debamos abandonar el resto de nuestro equipaje, pero da igual.

Barley tomó mi mano y fuimos al final del vagón restaurante, hasta entrar en la cocina, ante mi sorpresa. El camarero corrió detrás de nosotros y nos indicó un pequeño hueco cerca de los frigoríficos. Barley señaló. Había una puerta al lado. Allí permanecimos dieciséis minutos, yo aferrada a mi bolso. Parecía natural que nos abrazáramos en aquel reducido espacio, como dos refugiados. De repente, recordé el regalo de mi padre y subí la mano hacia él: el crucifijo colgaba sobre mi garganta a plena vista. No era de extrañar que no hubiera bajado el periódico en ningún momento.

Por fin, el tren empezó a disminuir la velocidad, los frenos se estremecieron y chirriaron, y nos detuvimos. El camarero empujó una palanca y la puerta que había cerca de nosotros se abrió. Dedicó a Barley una mirada conspiratoria. Debía pensar que eran asuntos del corazón y que mi padre, airado, nos perseguía por el tren, o algo por el estilo.

—Baja del tren, pero quédate pegada al vagón —me aconsejó Barley sin alzar la voz, y descendimos al andén. La rústica estación estaba rodeada de árboles plateados, y el aire era tibio y fragante—. ¿Lo ves?

Miré hasta que vi a alguien entre los pasajeros que desembarcaban, casi al final del tren, una figura alta de hombros anchos vestida de negro, una figura con algo de malignidad en todo su ser, provista de una cualidad tenebrosa que me revolvió el estómago. Ahora se tocaba con un sombrero oscuro, de modo que no pude ver su cara. Sostenía un maletín oscuro y algo blanco enrollado, tal vez el periódico.

—Es él.

Intenté no señalar, y Barley, sin pérdida se tiempo, me obligó a subir enseguida al tren.

—Manténte fuera de su vista. Veré adónde va. Está mirando arriba y abajo. —Barley se asomó, mientras yo reculaba cobardemente, con el corazón martilleando en el pecho. Él sujetaba mi brazo con firmeza—. Bien... Se aleja en dirección contraria. No, ahora vuelve. Mira por las ventanillas. Creo que va a subir al tren otra vez. Dios, qué sangre fría. Consulta su reloj. Va a subir. Vuelve a bajar y viene hacia aquí. Prepárate. Subiremos y recorreremos todo el tren si hace falta. ¿Estás preparada?

En aquel momento, los ventiladores zumbaron, el tren dio una sacudida y Barley maldijo en voz alta.

—¡Vuelve a subir! Creo que se ha dado cuenta de que no hemos bajado.

De pronto, me hizo bajar al andén. A nuestro lado, el tren dio otro tirón y se puso en movimiento. Varios pasajeros habían bajado las ventanillas y estaban asomados para fumar o mirar el paisaje. Entre ellos, a varios vagones de distancia, vi una cabeza oscura vuelta en nuestra dirección, un individuo de hombros cuadrados. Pensé que estaba poseído por una furia fría. Después el tren aceleró y dobló una curva. Me volví hacia Barley y los dos nos miramos. A excepción de unos cuantos aldeanos sentados en la pequeña estación rural, estábamos solos en mitad de Francia.

32

Si había esperado que el estudio de Turgut fuera otro sueño oriental, el paraíso de un estudioso otomano, me había equivocado. La habitación a la cual nos condujo era mucho más pequeña que la grande que acabábamos de dejar, pero también de techo alto, y la luz del día que entraba por las dos ventanas realzaba la belleza de los muebles. Había dos paredes revestidas de libros de arriba abajo. Cortinas de terciopelo negro caían hasta el suelo junto a cada ventana y un tapiz de caballos y perros en plena cacería dotaba a la habitación de una sensación de esplendor medieval. Montañas de obras de referencia en inglés descansaban sobre una mesa en el centro de la estancia. Una inmensa colección de Shakespeare ocupaba su propia vitrina cerca del escritorio.

Pero la primera impresión que tuve del estudio de Turgut no fue la superioridad aplastante de la literatura inglesa. Lo que advertí de inmediato, en cambio, era una presencia más tenebrosa, una obsesión que poco a poco se había ido imponiendo a la influencia de las obras inglesas sobre las que escribía. Esta presencia se abalanzó sobre mí de repente como un rostro, un rostro que estaba en todas partes, que sostenía mi mirada con arrogancia desde un grabado que había detrás del escritorio, desde un pedestal que descansaba sobre la mesa, desde un extraño bordado colgado de la pared, desde la tapa de una carpeta, desde un dibujo cercano a una ventana. Era el mismo rostro en todos los casos, reproducido en diferentes posiciones y diferentes medios, pero siempre el rostro medieval, bigotudo, de mejillas hundidas.

Turgut me estaba observando.

—Ah, sabe quién es —dijo en tono sombrío—. Lo he coleccionado de muchas maneras, como puede ver.

Estábamos mirando codo con codo el grabado enmarcado colgado en la pared de detrás del escritorio. Era una reproducción de la xilografía que había visto en casa, pero la cara estaba vuelta por completo hacia el frente, de modo que daba la impresión de que los ojos, negros como la tinta, se clavaban en los nuestros.

—¿Dónde encontró todas esas imágenes diferentes? —le pregunté.

—En muchas partes. —Turgut indicó el infolio de la mesa—. A veces pedía que me las dibujaran a partir de libros antiguos y a veces las encontraba en tiendas de antigüedades o en subastas. Es extraordinaria la cantidad de imágenes de su rostro que todavía pululan por nuestra ciudad, una vez que te pones a buscarlas. Pensé que si las reunía todas, podría leer en sus ojos el secreto de mi extraño libro vacío. —Suspiró—. Pero estas xilografías son tan toscas, tan... en blanco y negro. No acababan de satisfacerme, así que pedí a un amigo mío artista que las fundiera en una sola para mí.

Nos condujo a un hueco practicado al lado de una ventana, donde unas cortinas cortas, también de terciopelo negro, estaban corridas sobre algo. Experimenté una especie de temor incluso antes de que el hombre subiera la mano para tirar del cordel, y cuando la cortina se descorrió, mi corazón dio un vuelco. El terciopelo se abrió y dejó al descubierto un óleo de tamaño natural y pletórico de vida, la cabeza y los hombros de un joven viril de cuello grueso. Llevaba el pelo largo. Espesos rizos negros caían sobre sus hombros. El rostro era hermoso y cruel en extremo, de luminosa piel pálida, ojos verdes de un brillo anormal, nariz larga y recta de aletas dilatadas. Sus labios rojos estaban curvados de manera sensual bajo un largo bigote oscuro, pero también apretados con fuerza, como para controlar un tic de la barbilla. Tenía pómulos salientes y espesas cejas negras, bajo un gorro picudo de terciopelo verde oscuro provisto de una pluma blanca y marrón encajada en la parte delantera. Era una cara llena de vida, pero carente por completo de compasión, que rezumaba energía y vitalidad, y al mismo tiempo delataba inestabilidad de carácter. Los ojos constituían el rasgo más inquietante del cuadro. Nos taladraban con una intensidad casi real, y al cabo de un segundo aparté la vista para buscar un poco de alivio. Helen, de pie a mi lado, se acercó un poco más a mi hombro, más para ofrecer solidaridad que para confortarse.

—Mi amigo es un artista muy bueno —dijo en voz baja Turgut—. Ya comprenderán por qué guardo este cuadro detrás de una cortina. No me gusta mirarlo mientras trabajo. —También habría podido decir que no le gustaba que el retrato le mirara, pensé—. Es una idea sobre la apariencia de Vlad Drácula alrededor de 1456, cuando empezó su largo reinado sobre Valaquia. Tenía veinticinco años y era culto según los cánones de su época, además de un jinete excelente. Durante los siguientes veinte años, mató a unos quince mil súbditos, a veces por motivos políticos, a menudo por el placer de verlos morir.

Turgut corrió la cortina de nuevo y yo me alegré de ver desaparecer aquellos ojos terribles y brillantes.

—Tengo otras curiosidades que enseñarles —dijo al tiempo que señalaba una vitrina de madera—. Esto es un sello de la Orden del Dragón que encontré en un mercado de anticuarios cerca del puerto de la ciudad vieja. Y esto es una daga, hecha de plata, que procede de la primera era otomana de Estambul. Creo que se utilizaba para cazar vampiros, porque unas palabras en la funda indican algo por el estilo. Estas cadenas y púas —nos enseñó otra vitrina— eran instrumentos de tortura, me temo, de la propia Valaquia. Y aquí, amigos míos, hay una joya.

Del borde del escritorio tomó una caja de madera con hermosas incrustaciones y abrió el cierre. Dentro, entre pliegues de raso negro herrumbrado, había varias herramientas afiladas que parecían instrumentos quirúrgicos, así como una diminuta pistola de plata y un cuchillo de plata.

—¿Qué es esto?

Helen extendió una mano vacilante hacia la caja, pero enseguida la retiró.

—Es un auténtico equipo de cazar vampiros, de cien años de antigüedad —informó Turgut con orgullo—. Creo que procede de Bucarest. Un amigo mío, coleccionista de antigüedades, lo compró para mí hace varios años. Había muchos como éste. Los vendían a quienes viajaban por la Europa del Este en los siglos dieciocho y diecinueve. En este espacio de aquí se ponía ajo, pero yo cuelgo los míos.

Señaló con el dedo, y vi con un nuevo escalofrío largas ristras de ajos secos a cada lado de la puerta, encarados hacia su escritorio. Se me ocurrió, al igual que con Rossi la semana anterior, que tal vez el profesor Bora no sólo era meticuloso, sino que también estaba loco.

Años después comprendí mejor esta primera reacción, la cautela que experimenté cuando vi el estudio de Turgut, que bien habría podido ser una habitación del castillo de Drácula, una estancia medieval con instrumentos de tortura. Es un hecho que los historiadores nos interesamos por lo que es, en parte, un reflejo de nosotros, tal vez un aspecto que preferimos no examinar salvo por mediación de la erudición. También es cierto que, a medida que profundizamos en nuestros intereses, cada vez arraigan más en nuestro ser. Cuando visité una universidad norteamericana (no era la mía) varios años después de esto, me presentaron a uno de los primeros historiadores norteamericanos de la Alemania nazi, uno de los mejores en su especialidad. Vivía en una cómoda casa situada en el límite del campus, donde coleccionaba no sólo libros sobre el tema, sino también la vajilla oficial del Tercer Reich. Sus perros, dos enormes pastores alemanes, patrullaban el patio delantero día y noche. Mientras tomábamos unas copas en su sala de estar, en compañía de otros miembros de la facultad, me confesó sin el menor asomo de ambigüedad lo mucho que despreciaba los crímenes de Hitler y cuánto deseaba revelar hasta el más ínfimo detalle de ellos al mundo civilizado. Me fui de la fiesta temprano, después de pasar con suma cautela junto a los enormes perros, incapaz de sacudirme de encima mi asco.

—Tal vez piensen que es demasiado —dijo Turgut un poco como disculpándose, como si hubiera captado mi expresión. Aún señalaba los ajos—. Es que no me gusta estar aquí rodeado de estos malvados pensamientos del pasado sin protección, ¿saben? Y ahora permítanme enseñarles lo que ha hecho que les traiga aquí.

Nos invitó a tomar asiento en unas butacas algo desvencijadas tapizadas en damasco. El respaldo de la mía parecía incrustado de... ¿Era hueso? No quise apoyarme en él. Turgut sacó un grueso expediente de una librería. Extrajo de él copias hechas a mano de los documentos que habíamos examinado en los archivos (dibujos similares a los de Rossi, sólo que éstos habían sido ejecutados con más cuidado) y luego una carta, que me tendió. Estaba mecanografiada con membrete de una universidad y firmada por Rossi. No cabía duda en lo tocante a la firma, pensé. Conocía muy bien sus bes y erres ensortijadas. Y Rossi había estado dando clases en Estados Unidos cuando había sido escrita. Las pocas líneas de la carta confirmaban lo que

Turgut nos había contado: él, Rossi, no sabía nada sobre el archivo del sultán Mehmet. Lamentaba decepcionarle y esperaba que el trabajo del profesor Bora saliera adelante. Era una carta muy desconcertante.

A continuación, Turgut sacó un pequeño libro encuadernado en piel envejecida. Me costó no lanzarme sobre él de inmediato, pero esperé inmerso en una fiebre de autocontrol mientras él lo abría con delicadeza y nos enseñaba las páginas en blanco del principio y el final, y después la xilografía del centro, aquel perfil ya familiar, el dragón coronado con las malvadas alas extendidas, y en sus garras la bandera que albergaba una sola y amenazadora palabra. Abrí mi maletín, que había traído conmigo, y saqué mi libro. Turgut puso los dos volúmenes uno al lado del otro sobre el escritorio. Cada uno comparó su tesoro con el otro regalo maléfico y comprobamos que los dos dragones eran iguales, que el suyo llenaba las páginas hasta los bordes, con la imagen más oscura, la mía más desteñida, pero eran iguales, iguales. Incluso había una mancha similar cerca de la punta de la cola del dragón, como si la xilografía hubiera tenido un punto rugoso que hubiera corrido un poco la tinta en cada impresión. Helen meditaba en silencio mientras los examinaba.

—Es notable —susurró Turgut por fin—. Nunca había soñado que un día vería otro libro como éste.

—Y oiría hablar de un tercero —le recordé—. Éste es el tercer libro que yo he visto con mis propios ojos, recuerde. La xilografía del de Rossi también era la misma.

Turgut asintió.

—¿Y qué puede significar esto, amigos míos? —Pero ya estaba colocando las copias de los mapas al lado de nuestros libros y comparando con un grueso dedo los perfiles de los dragones y el río y las montañas—. Asombroso —murmuró—. Pensar que nunca me había dado cuenta. Es muy similar. Un dragón que es un mapa. Pero un mapa ¿de qué?

Sus ojos brillaban.

—Eso era lo que Rossi vino a descubrir en los archivos de aquí —dije con un suspiro—. Ojalá hubiera dado más pasos para averiguar lo que significaba.

—Quizá lo hizo.

La voz de Helen era pensativa, y me volví hacia ella para preguntarle qué quería decir. En aquel momento, la puerta que había entre las siniestras ristras de ajos se abrió más y los dos pegamos un bote. No obstante, en lugar de una terrible aparición, vimos a una menuda y sonriente dama vestida de verde. Era la esposa de Turgut, y todos nos levantamos para saludarla.

—Buenas tardes, querida. —Turgut la invitó a entrar enseguida—. Éstos son mis amigos, los profesores de Estados Unidos de los que te hablé.

Hizo las presentaciones con mucha galantería, y la señora Bora estrechó nuestra mano con una sonrisa afable. Medía exactamente la mitad de Turgut, tenía ojos verdes de largas pestañas, una delicada nariz aguileña y una mata de rizos rojizos.

—Siento muchísimo no haber venido antes. —Su inglés era lento, pronunciado con cuidado—. Es probable que mi marido no les haya dado de comer, ¿verdad?

Dijimos que nos había alimentado de maravilla, pero ella meneó la cabeza.

—El señor Bora nunca da bien de comer a nuestros invitados. Le... ¡reñiré!

Agitó un diminuto puño en dirección a su marido, quien parecía muy complacido.

—Le tengo un miedo horroroso a mi esposa —nos dijo—. Es tan feroz como una amazona.

Helen, que le sacaba una cabeza a la señora Bora, sonrió a los dos. Eran irresistibles.

—Y ahora —dijo la señora Bora—, los aburre con sus horribles colecciones. Lo siento.

Al cabo de unos minutos, volvíamos a estar en los divanes, mientras la señora Bora nos servía café y sonreía. Comprobé que era muy hermosa, delicada como un pájaro, una mujer de modales tranquilos, tal vez de unos cuarenta años. Su inglés era limitado, pero lo hablaba con buen humor, como si su marido tuviera la costumbre de arrastrar hasta su casa a visitantes angloparlantes. Su vestido era sencillo y elegante, y sus gestos exquisitos. Imaginé a los niños de la guardería donde trabajaba arremolinados a su alrededor. Debían llegarle a la barbilla, pensé. Me pregunté si Turgut y ella tendrían hijos. No había fotografías de niños en la sala, ni pruebas de su existencia, y no quise preguntar.

—¿Mi marido les ha dado un buen paseo por la ciudad? —estaba preguntando la señora Bora a Helen.

—Sí, lo ha hecho —contestó Helen—. Temo que hoy le hemos robado mucho tiempo.

—No, soy yo quien les ha robado tiempo. —Turgut bebía su café con evidente placer—. Pero aún nos queda mucho trabajo por hacer. Querida —se volvió hacia su mujer—, vamos a buscar a un profesor desaparecido, de modo que estaré ocupado unos cuantos días.

—¿Un profesor desaparecido? —La señora Bora le sonrió con calma—. Muy bien, pero antes hemos de cenar. Espero que les apetezca cenar, ¿no?

Se volvió hacia nosotros.

Pensar en más comida era imposible, y procuré no mirar a Helen. Ella, sin embargo, dio la impresión de considerar normal la situación.

—Gracias, señora Bora. Es usted muy amable, pero deberíamos regresar a nuestra pensión porque tenemos una cita a las cinco.

¿De veras? Me dejó perplejo, pero le seguí la corriente.

—Exacto. Otros norteamericanos van a venir para tomar una copa, pero esperamos verles a ustedes cuanto antes.

Turgut asintió.

—Voy a buscar de inmediato en mi biblioteca cualquier cosa que pueda ayudarnos. Hemos de pensar en la posibilidad de que la tumba de Drácula esté en Estambul. Tal vez estos planos sean de alguna zona de la ciudad. Tengo algunos libros antiguos sobre la ciudad y amigos que poseen buenas colecciones sobre Estambul. Buscaré esta noche.

—Drácula. —La señora Bora meneó la cabeza—. Me gusta más Shakespeare que Drácula. Un interés más saludable. Además —nos dirigió una mirada traviesa—, Shakespeare paga nuestras facturas.

Nos despidieron con gran ceremonia, y Turgut nos obligó a prometer que nos encontraríamos con él en el vestíbulo de nuestra pensión a las nueve de la mañana siguiente. Traería nueva información si podía y volveríamos al archivo para ver si se había producido alguna novedad. En el ínterin, advirtió, debíamos proceder con gran cautela, espiando cualquier señal de que nos siguieran u otros peligros. Turgut quiso acompañarnos hasta nuestro alojamiento, pero le aseguramos que tomaríamos el transbordador sin necesidad de su ayuda. Salía dentro de veinte minutos, dijo. Los Bora nos acompañaron hasta la puerta principal del edificio y nos dijeron adiós cogidos de la mano. Miré hacia atrás una o dos veces mientras nos alejábamos por el túnel que formaban en la calle higueras y álamos.

—Creo que es un matrimonio feliz —comenté a Helen, y me arrepentí de inmediato, porque emitió su característica risita burlona.

—Vamos, yanqui —dijo—. Hemos de ocuparnos de nuevos asuntos.

En circunstancias normales, aquel epíteto me habría hecho sonreír, pero esa vez algo me impulsó a volverme y mirarla con un profundo escalofrío. Otra idea había germinado durante esa extraña visita, y yo la había reprimido hasta el último momento. Cuando me volví hacia Helen y ella sostuvo mi mirada, me quedé asombrado por el parecido entre sus pronunciadas pero bellas facciones y aquella imagen, luminosa y atrayente, oculta tras la cortina de Turgut.

33

Cuando el expreso de Perpiñán hubo desaparecido por completo más allá de los árboles plateados y los tejados del pueblo, Barley se puso en acción.

—Bien, él va en el tren y nosotros no.

—Sí —dije—, y sabe exactamente dónde estamos.

—No por mucho tiempo. —Se acercó a la taquilla de los billetes, donde un anciano parecía estar durmiendo de pie, aunque pronto se recuperó, con aspecto mortificado—. El siguiente tren a Perpiñán no sale hasta mañana por la mañana —informó—. Además, no hay servicio de autobuses a una ciudad importante hasta mañana por la tarde. Sólo dan alojamiento en una granja que se halla a medio kilómetro del pueblo. Podemos dormir allí y volver andando para coger el tren de la mañana.

Podía enfadarme o ponerme a llorar.

—Barley, no puedo esperar hasta mañana por la mañana para tomar un tren a Perpiñán. Perderemos demasiado tiempo.

—Bien, pues no hay nada más —repuso él irritado—. He preguntado por taxis, coches, tractores, carritos tirados por burro, autostop... ¿Qué más quieres que haga?

Atravesamos el pueblo en silencio. La tarde ya estaba avanzada, un día caluroso y soñoliento, y todas las personas que veíamos en puertas o jardines parecían semiatontadas, como víctimas de un encantamiento. La granja, cuando llegamos, tenía fuera un letrero pintado a mano, y una mesa donde vendían huevos, queso y vino. La mujer que salió, secándose las manos en el proverbial delantal, no pareció sorprendida de vernos. Cuando Barley me presentó como su hermana, sonrió con afabilidad y no hizo preguntas, aunque no llevábamos equipaje. Barley preguntó si tenía sitio para dos personas, y ella contestó «*Oui, oui*», aspirando las vocales, como si estuviera hablando para sí. El corral era de tierra apelmazada, con pocas flores, algunas gallinas y una fila de cubos de plástico bajo el alero, con los establos y la casa de piedra acurrucados a su alrededor de una forma amigable y caprichosa. Podíamos cenar en el jardín que había detrás de la casa, explicó la mujer, y nuestra habitación daba a éste, pues estaba en la parte más antigua del edificio.

Seguimos a nuestra anfitriona en silencio a través de la cocina de vigas bajas, hasta entrar en una pequeña ala donde la ayudante de la cocinera tal vez habría dormido en otra época. El dormitorio contaba con dos camas individuales en paredes opuestas (lo cual me tranquilizó), así como un gran armario de madera. El cuarto de baño de al lado tenía un retrete pintado y un lavabo. Todo estaba inmaculado, las cortinas almidonadas, el antiguo bordado colgado en una pared bañado por el sol. Entré en el cuarto de baño y me mojé la cara con agua fría, mientras Barley pagaba a la mujer.

Cuando salí, me sugirió que diéramos un paseo. Antes de una hora no estaría la cena preparada. Al principio no quise abandonar los brazos protectores de la granja, pero el sendero estaba fresco bajo los árboles y paseamos junto a las ruinas de lo que debía haber sido una casa muy bonita. Barley saltó sobre la valla y yo le seguí. Las piedras se habían desmoronado, componiendo un plano de los muros originales, y la torre que aún quedaba en pie dotaba al lugar de un aspecto de grandeza pretérita. Había un poco de heno en un pajar semiabierto al aire libre, como si aún utilizaran el edificio como almacén. Una viga de buen tamaño había caído entre los pesebres de los establos.

Barley se sentó en las ruinas y me miró.

—Bien, ya veo que estás furiosa —dijo en tono provocador—. No te importa que te salve de un peligro inmediato, pero sí que estropee tus planes inmediatos.

Su grosería me dejó sin aliento por un instante.

—¿Cómo te atreves? —dije por fin, y me alejé entre las piedras. Oí que él se levantaba y me seguía.

—¿Te habría gustado quedarte en ese tren? —preguntó con voz algo más civilizada.

—Pues claro que no. —No volví la cara—. Pero tú sabes tan bien como yo que mi padre podría estar ya en Saint-Matthieu.

—Pero Drácula, o quien sea, aún no ha llegado.

—Nos lleva un día de ventaja —repliqué, y miré entre los campos. La iglesia del pueblo se elevaba por encima de una fila lejana de álamos. Todo estaba tan sereno como en un cuadro, y sólo faltaban cabras o vacas.

—En primer lugar —dijo Barley (y le odié por su tono didáctico)—, no sabemos quién iba en ese tren. Tal vez no era el malo en persona. Tiene sus acólitos, según las cartas de tu padre, ¿verdad?

—Peor aún —contesté—. Si era uno de sus esbirros, tal vez esté ya en Saint-Matthieu.

—O... —empezó Barley, pero calló. Sabía lo que había estado a punto de decir—. O quizás esté aquí, con nosotros.

—Indicamos con toda precisión dónde nos bajábamos —dije para sacarle del apuro.

—¿Quién se muestra desagradable ahora? —Barley se detuvo detrás de mí y me pasó un brazo sobre los hombros con bastante torpeza, y me di cuenta de que, al menos, había hablado como si creyera en la historia de mi padre. Las lágrimas que se habían esforzado por no brotar se liberaron y resbalaron sobre mis mejillas—. Venga, venga —dijo. Cuando apoyé la cabeza sobre su hombro, noté la camisa caliente debido al sudor y el sol. Al cabo de un momento, me separé y nos dirigimos a nuestra cena silenciosa en el jardín de la granja.

Helen no dijo nada más durante nuestro viaje de vuelta a la pensión, de modo que me contenté con mirar a los transeúntes por si distinguía alguna señal de hostilidad, y miraba a nuestro alrededor y hacia atrás de vez en cuando para ver si nos seguían. Cuando llegamos a nuestras habitaciones, mi mente se había concentrado de nuevo en la frustrante falta de información sobre cómo buscar a Rossi. ¿Cómo iba a ayudarnos una lista de libros, algunos de los cuales, por lo visto, ni siquiera existían ya?

—Ven a mi habitación —dijo Helen sin más ceremonias en cuanto llegamos a la pensión—. Hemos de hablar en privado.

Su falta de gazmoñería me habría divertido en otro momento, pero ahora su cara era tan decidida que sólo pude preguntarme qué tenía en mente. De todos modos, nada habría podido ser menos seductor que su expresión. La cama de su habitación estaba hecha y sus pocas pertenencias ocultas a la vista. Se sentó en el antepecho de la ventana y me señaló una silla.

—Escucha —dijo, al tiempo que se quitaba los guantes y el sombrero—, he estado pensando en algo. Tengo la impresión de que hemos topado con una verdadera barrera que nos impide acceder a Rossi.

Asentí con semblante sombrío.

—Le he estado dando vueltas a eso desde hace media hora. Sin embargo, es posible que los amigos de Turgut le proporcionen alguna información.

Ella negó con la cabeza.

—Es una búsqueda inane.

—Inútil —corregí.

—Una búsqueda inútil —se corrigió ella—. Creo que hemos dejado de lado una fuente de información muy importante.

La miré fijamente.

—¿Cuál?

—Mi madre —anunció—. Tenías razón cuando me preguntaste por ella, cuando aún estábamos en Estados Unidos. He estado pensando en ella todo el día. Conoció al profesor Rossi mucho antes que tú, y yo nunca le pregunté por él, después de que me dijera que era mi padre. No sé por qué, salvo porque era un tema muy doloroso para ella. También... —Suspiró—. Mi madre es una persona muy simple. No creía que pudiera aumentar mis conocimientos sobre el trabajo de Rossi. Nunca la presioné demasiado, ni siquiera el año pasado, cuando me dijo que Rossi creía en la existencia de Drácula. Sé lo supersticiosa que es. Pero ahora me pregunto si sabe algo que pudiera ayudarnos a encontrarle.

Sus primeras palabras me habían despertado esperanzas.

—Pero ¿cómo podemos hablar con ella? ¿No dijiste que no tenía teléfono?

—No tiene.

—Entonces...

Helen apretó los guantes y dio una leve palmada sobre su rodilla.

—Tendremos que ir a verla en persona. Vive en una pequeña ciudad a las afueras de Budapest.

—¿Qué? —Ahora fui yo quien empezó a irritarse—. Ah, muy sencillo. Saltamos a un tren, tú con tu pasaporte húngaro y yo con mi pasaporte estadounidense, y nos dejamos caer a charlar sobre Drácula con tu madre.

Helen sonrió, una reacción inesperada.

—No hay motivos para que te enfades, Paul —dijo—. En Hungría tenemos un proverbio: «Si algo es imposible, significa que puede hacerse».

No tuve otro remedio que reír.

—De acuerdo —dije—. ¿Cuál es el plan? He observado que siempre tienes uno.

—Pues sí, lo tengo. —Alisó sus guantes—. De hecho, confío en que mi tía tenga un plan.

—¿Tu tía?

Helen miró por la ventana, hacia las viejas casas del otro lado de la calle. Casi había anochecido y la luz del Mediterráneo, que me gustaba cada vez más, estaba tiñendo de oro todas las superficies de la ciudad.

—Mi tía ha trabajado en el Ministerio del Interior húngaro desde 1948 y es una persona bastante importante. Conseguí la beca gracias a ella. En mi país no logras nada sin un tío o una tía. Es la hermana mayor de mi madre, y fue quien la ayudó a huir de Rumanía a Hungría, donde mi tía ya estaba viviendo, justo antes de que yo naciera. Ella y yo estamos muy unidas, y hará cualquier cosa que le pida. Al contrario que mi madre, tiene teléfono, y creo que voy a llamarla.

—¿Quieres decir que podría conseguir que tu madre se pusiera al teléfono para hablar con nosotros?

Helen gimió.

—Oh, Señor, ¿crees que podríamos hablar con ellas por teléfono de algo privado o controvertido?

—Lo siento —dije.

—No. Iremos en persona. Mi tía lo arreglará. Así podremos hablar con mi madre. Además —adoptó un tono más suave—, se alegrarán de verme. No está muy lejos de aquí, y hace dos años que no las veo.

—Bien —dije—, estoy dispuesto a hacer casi cualquier cosa por

Rossi, aunque me cuesta imaginarme entrando como si tal cosa en la Hungría comunista.

—Ah —dijo Helen—. Entonces aún te costará más imaginarte entrando como si tal cosa, para utilizar tus palabras, en la Rumanía comunista.

Esta vez guardé silencio un momento.

—Lo sé —dije por fin—. Yo también lo he estado pensando. Si resulta que la tumba de Drácula no está en Estambul, ¿dónde podría estar?

Nos callamos un rato, cada uno absorto en sus pensamientos, muy lejos el uno del otro, hasta que Helen se removió.

—Preguntaré a la dueña de la pensión si nos deja llamar desde abajo —dijo—. Mi tía no tardará en llegar a casa del trabajo, y me gustaría hablar con ella cuanto antes.

—¿Puedo acompañarte? —pregunté—. Al fin y al cabo, esto también me concierne.

—Por supuesto.

Helen se puso los guantes y bajamos a acorralar a la casera en su salón. Nos costó diez minutos explicar nuestras intenciones, pero la exhibición de unas cuantas liras turcas, junto con la promesa de pagar hasta el último céntimo la llamada telefónica, facilitó las cosas. Helen se sentó en una silla y marcó un laberinto de números. Por fin vi que su cara resplandecía.

—Está sonando. —Me dirigió su hermosa y franca sonrisa—. A mi tía no le va a hacer ni un pelo de gracia —dijo. Entonces su cara cambió de nuevo, como si se pusiera en guardia—. ¿Eva? —dijo—. ¡Elena!

Escuché con atención y deduje que debía estar hablando en húngaro. Sabía al menos que el rumano era una lengua romance, y pensé que podría entender algunas palabras, pero lo que Helen decía sonaba como caballos al galope, una estampida que fui incapaz de detener con el oído ni un segundo. Me pregunté si alguna vez hablaba en rumano con su familia, o si tal vez esa faceta de sus vidas había muerto mucho tiempo antes, debido a la presión de tener que adaptarse. Su tono subía y bajaba, interrumpido a veces por una sonrisa y a veces por un leve fruncimiento del ceño. Por lo visto, su tía Eva, al otro lado de la línea, tenía muchas cosas que decir, y a veces Helen escuchaba con atención, para luego desencadenar otra vez aquel extraño retumbar de cascos de caballo silábico.

Daba la impresión de que Helen había olvidado mi presencia, pero de repente alzó la vista y me dedicó una leve sonrisa irónica y un movimiento de cabeza triunfal, como si el resultado de su conversación fuera favorable. Sonrió al auricular y colgó. Al instante, la dueña de la pensión se abalanzó sobre nosotros, al parecer preocupada por la factura del teléfono, de modo que conté a toda prisa la cantidad acordada, más una pequeña propina, y la deposité en sus manos extendidas. Helen ya estaba camino de su habitación y me hizo un gesto para que la siguiera. Consideré innecesario su secretismo, pero ¿qué sabía yo al fin y al cabo?

—Deprisa, Helen —masculle, y me derrumbé de nuevo en la butaca—. La incertidumbre me está matando.

—Buenas noticias —dijo con calma—. Sabía que mi tía procuraría ayudarnos.

—¿Qué demonios le dijiste?

Helen sonrió.

—Bien, no he podido revelar gran cosa por teléfono, y he tenido que hacerlo con mucha formalidad, pero le he dicho que estoy en Estambul, trabajando en una investigación académica con un colega, y que necesitamos cinco días en Budapest para concluir nuestra tarea. Le he explicado que eres un profesor norteamericano y que estamos escribiendo un artículo conjunto.

—¿Sobre qué? —pregunté con cierta aprensión.

—Sobre las relaciones laborales en Europa bajo la ocupación otomana.

—No está mal. No tengo ni idea de eso.

—No pasa nada. —Helen sacudió un poco de pelusa de la rodilla de su pulcra falda negra—. Te explicaré algo sobre el tema.

—Eres digna de tu padre.

Su despreocupada erudición me recordó de repente a Rossi, y el comentario escapó de mi boca antes de pensarlo. La miré enseguida, temeroso de haberla ofendido. Me sorprendió que ésta fuera la primera vez que pensara en ella, con toda naturalidad, como la hija de Rossi, como si en algún momento que no podía concretar hubiera aceptado la idea.

Helen me sorprendió cuando mostró una expresión triste.

—Es un buen argumento para los que defienden la preponde-rancia de la genética sobre los factores ambientales —fue todo cuan-to dijo—. En cualquier caso, Eva sonaba irritada, sobre todo cuando le dije que eras estadounidense. Sabía que se enfadaría, porque siem-pre cree que soy impulsiva y que corro demasiados riesgos. Es cierto, desde luego. Y también lo es que al principio tenía que parecer enfa-dada para que sonara convincente por teléfono.

—¿Para que sonara convincente?

—Ha de pensar en su trabajo y en su posición social. No obstan-te, dijo que nos arreglaría algo y que la llamara mañana por la noche. Así están las cosas. Mi tía es muy lista, de modo que no me cabe duda de que encontrará una manera. Iremos a buscar billetes de ida y vuel-ta de Budapest a Estambul, tal vez en avión, cuando sepamos algo más.

Suspiré. Pensé en los gastos probables y me pregunté cuánto du-rarían mis fondos.

—Creo que será un milagro si consigue que yo entre en Hungría y que no tengamos problemas durante la estancia —me limité a decir.

Helen rió.

—Ella hace milagros. Por eso no estoy en mi país, trabajando en el centro cultural del pueblo de mi madre.

Bajamos otra vez y, como por mutuo consenso, salimos a la calle.

—No hay gran cosa que hacer —musité—. Hemos de esperar hasta mañana para saber lo que habrán conseguido Turgut y tu tía. Debo decir que esta espera me resulta difícil. ¿Qué vamos a hacer en-tre tanto?

Helen pensó un momento, parada en la luz cada vez más dorada de la calle. Se había puesto de nuevo los guantes y el sombrero, pero los rayos del sol, ya en declive, arrancaban algún reflejo rojo de su ca-bello negro.

—Me gustaría seguir visitando la ciudad —contestó por fin—. Al fin y al cabo, es posible que no vuelva nunca. ¿Volvemos a Santa Sofía? Podríamos pasear por la zona antes de ir a cenar.

—Sí, a mí también me gustaría.

No volvimos a hablar durante nuestro paseo hasta el enorme edi-ficio, pero a medida que nos acercábamos y veía sus cúpulas y minaretes llenar el paisaje, noté que nuestro silencio se intensificaba, como si nuestra intimidad hubiera aumentado durante la caminata. Me pregunté si Helen experimentaba la misma sensación y si ello se debía al embrujo de la gigantesca iglesia, ante cuyo tamaño nos sentíamos muy pequeños. Aún seguía meditando sobre lo que Turgut nos había dicho el día anterior: su convicción de que Drácula había dejado una estela de vampirismo en la gran ciudad.

—Helen —dije, aunque no tenía muchas ganas de romper el silencio—, ¿crees que podría estar enterrado aquí, en Estambul? Eso explicaría la angustia del sultán Mehmet después de su muerte, ¿verdad?

—¿Eh? Ah, sí. —Asintió, como si aprobara que no hubiera pronunciado el nombre en la calle—. Una idea interesante, pero ¿no se habría enterado Mehmet del hecho? ¿Y no habría descubierto Turgut algunas pruebas al respecto? Me resulta imposible creer que algo semejante pueda estar oculto en esta ciudad durante siglos.

—También cuesta creer que, de haberse enterado, Mehmet hubiera permitido que uno de sus enemigos fuera enterrado en Estambul.

Dio la impresión de que Helen le daba vueltas a la idea. Casi habíamos llegado a la gran entrada de Santa Sofía.

—Helen —dije poco a poco.

—¿Sí?

Nos detuvimos entre la gente, los turistas y peregrinos que entraban en manadas por la inmensa puerta. Me acerqué más a ella para poder hablar en voz baja, muy cerca de su oído.

—Si existe alguna posibilidad de que la tumba se encuentre aquí, eso podría significar que Rossi también está aquí.

Se volvió y escudriñó mi cara. Sus ojos brillaban y habían aparecido finas arrugas, debidas a la preocupación, en su frente.

—Eso es evidente, Paul.

—He leído en la guía que Estambul también tiene ruinas subterráneas (catacumbas, cisternas), como en Roma. Nos queda al menos un día más antes de irnos. Quizá podríamos hablar de eso con Turgut.

—No es mala idea —admitió Helen—. El palacio de los emperadores bizantinos debía tener una zona subterránea. —Casi sonrió, pero se llevó la mano al pañuelo del cuello, como si algo la preocupara en esa zona—. En cualquier caso, lo que quede del palacio debe estar invadido de espíritus malignos: emperadores que sacaron los ojos a sus primos y ese tipo de cosas. La compañía adecuada.

Como estábamos leyendo con tanta precisión los pensamientos escritos en el rostro de cada uno, e imaginábamos al unísono la extraña e inmensa búsqueda a la que nos podían conducir, al principio no miré con detenimiento la figura que, de repente, parecía estar mirándome fijamente. Además, no era un espectro alto y amenazador, sino un hombre menudo y enclenque, que no destacaba entre la multitud, apoyado en la pared de la iglesia a unos seis metros de distancia.

Entonces, estupefacto, reconocí al pequeño erudito de la barba gris, tocado con un gorro de punto, vestido con camisa y pantalones de tonos oscuros, que había aparecido en el archivo aquella mañana. Pero al instante siguiente la sorpresa fue aún mayor. El hombre había cometido el error de mirarme con tal descaro que de pronto pude ver su cara con claridad entre la muchedumbre. Desapareció en un abrir y cerrar de ojos, como un espíritu entre los alegres turistas. Eché a correr hacia él y casi tiré a Helen al suelo con la precipitación, pero fue inútil. El hombre se había desvanecido. Se había dado cuenta de que le había visto. Su rostro, la desaliñada barba y el gorro nuevo, era un rostro de mi universidad. Lo había mirado antes de que lo cubrieran con una sábana. Era el rostro del bibliotecario muerto.

34

Tengo varias fotografías de mi padre del período inmediatamente anterior a su partida de Estados Unidos en busca de Rossi, aunque cuando vi por primera vez esas imágenes, durante mi infancia, no sabía nada acerca de lo que precedían. Una de ellas, que enmarqué hace años y que ahora cuelga sobre mi escritorio, es una imagen en blanco y negro de una época en que el blanco y negro estaba siendo desplazado por las instantáneas en color. Plasma a mi padre como yo nunca le conocí. Mira directamente a la cámara, la barbilla un poco alzada, como si estuviera a punto de contestar a algo que está diciendo el fotógrafo. Nunca sabré quién fue ese fotógrafo. Me olvidé de preguntar a mi padre si lo recordaba. No pudo haber sido Helen, pero tal vez fue otro amigo, algún compañero de estudios. En 1952 (sólo consta la fecha, con letra de mi padre, en el reverso) estaba en primero de posgrado y ya había empezado su investigación sobre los comerciantes holandeses.

En la fotografía, parece que mi padre está posando al lado de un edificio de la universidad, a juzgar por las obras de sillería gótica del fondo. Tiene un pie apoyado en un banco, con el brazo colgando por encima y la mano cerca de la rodilla. Viste una camisa blanca o de color claro y una corbata a rayas diagonales, pantalones oscuros bien planchados, zapatos relucientes. Tiene la misma complexión que recuerdo de su vida posterior (estatura normal, anchura de espaldas normal, una delgadez agradable, pero no destacable, y que no perdió en la madurez). Sus ojos hundidos se ven grises en la foto, pero eran azul oscuro en la realidad. Con aquellos ojos hundidos y cejas pobladas, los pómulos prominentes, la nariz grande y los labios gruesos entreabiertos en una sonrisa, tiene un aspecto algo simiesco, un aspecto de inteligencia animal. Si la fotografía fuera en color, su pelo lustroso sería del color del bronce bajo la luz del sol. Lo sé porque me lo describió en una ocasión. Cuando le conocí, desde que tengo uso de memoria, tenía el pelo blanco.

Aquella noche, en Estambul, supe lo que era una noche de insomnio. Para empezar, el horror del momento en que vi viva una cara muerta y traté de comprender lo que había visto. Ese solo momento hubiera bastado para mantenerme despierto. Y luego, saber que el bibliotecario muerto me había visto, desapareciendo a continuación, me hizo tomar conciencia de la terrible vulnerabilidad de los papeles guardados en mi maletín. Sabía que Helen y yo poseíamos una copia del mapa. ¿Había aparecido en Estambul porque nos estaba siguiendo o había imaginado que el original del mapa estaba en la ciudad? O bien, si no lo había descubierto sin ayuda, ¿tenía acceso a alguna fuente de información desconocida para mí? Había examinado los documentos del archivo del sultán Mehmet al menos en una ocasión. ¿Había visto los mapas originales y luego los había copiado? Yo no podía responder a estos acertijos y no podía correr el riesgo de dormirme cuando pensaba en lo mucho que codiciaba aquel ser nuestra copia del mapa y en la forma en que había saltado sobre Helen para estrangularla en la biblioteca de nuestra universidad. El hecho de que la había mordido, de que tal vez le había empezado a gustar su sabor, me ponía aún más nervioso.

Si todo eso no hubiera sido suficiente para mantenerme con los ojos bien abiertos aquella noche, mientras las horas transcurrían en un silencio cada vez más abrumador, estaba aquel rostro dormido no muy lejos del mío..., pero tampoco tan cerca. Había insistido en que Helen durmiera en mi cama, mientras yo ocupaba la raída butaca. Si mis párpados se cerraron una o dos veces, una mirada a aquel rostro enérgico y serio me embargaba de angustia, tonificante como agua fría. Helen había querido quedarse en su habitación (¿qué pensaría la casera si nos descubría?), pero yo insistí hasta que ella accedió, aunque irritada, a permanecer bajo mi ojo vigilante. Yo había visto demasiadas películas, o leído demasiadas novelas, incluyendo la de Stoker, para dudar de que una dama abandonada de noche a su soledad, siquiera unas pocas horas, podía ser la siguiente víctima del monstruo. Ella estaba lo bastante cansada para dormir, y yo intuía que también estaba asustada. Ese tufillo a miedo que proyectaba me asustaba más que los sollozos de terror de otra mujer y enviaba una sutil descarga de cafeína a mis venas. Y tal vez era posible que algo de la languidez y suavidad de su forma, por lo general derecha como un huso, su determinación diurna, mantuviera mis ojos abiertos. Estaba tendida de costado, con una mano bajo mi almohada, sus rizos más oscuros que nunca en contraste con aquella blancura.

No podía decidirme a leer o escribir. Tampoco albergaba el menor deseo de abrir mi maletín, que en cualquier caso había escondido debajo de la cama donde dormía Helen. Pero las horas pasaban, y no había misteriosos arañazos en el pasillo, ni chasquidos en la cerradura, ni humo que se colara en silencio bajo la puerta, ni batir de alas en la ventana. Por fin, una luz grisácea se insinuó en la habitación y Helen suspiró como si presintiera la llegada del día. Después un haz de luz se filtró a través de los postigos y ella se removió. Cogí mi chaqueta, saqué el maletín de debajo de la cama con el mayor sigilo posible y me fui con prudencia, para esperarla en la entrada de abajo.

Aún no eran las seis, pero un potente olor a café venía de algún sitio de la casa, y ante mi sorpresa encontré a Turgut sentado en una de las butacas adornadas con bordados, con una carpeta negra sobre el regazo. Parecía muy despejado y despierto, y cuando entré se levantó de un brinco para estrechar mi mano.

—Buenos días, amigo mío. Gracias a los dioses que le he encontrado enseguida.

—Yo también le doy las gracias por su presencia —contesté, y me hundí en una butaca a su lado—. ¿Qué demonios le trae por aquí tan temprano?

—No podía esperar más, porque tengo noticias para usted.

—Yo también tengo noticias para usted —dije con semblante sombrío—. Usted primero, doctor Bora.

—Turgut —me corrigió con aire ausente—. Mira esto. —Empezó a desanudar el hilo de la carpeta—. Tal como te prometí, anoche revisé mis papeles. He hecho copias del material de los archivos, tal como has visto, y también he reunido muchos informes diferentes de acontecimientos ocurridos en Estambul durante el período de la vida de Vlad y posteriores a su muerte.

Suspiró.

—Algunos de estos papeles hablan de misteriosos sucesos acaecidos en la ciudad, de muertes, y de rumores de vampirismo. También he reunido toda la información posible procedente de libros sobre la Orden del Dragón de Valaquia. Pero anoche no pude encontrar nada nuevo. Entonces, llamé a mi amigo Selim Aksoy. No está en la universidad, tiene una tienda, pero es un hombre muy instruido. Sabe más sobre libros que nadie en Estambul, y en especial sobre libros acerca de historias y leyendas de nuestra ciudad. Es una persona muy atenta y me permitió buscar en su librería durante casi toda la noche. Le pedí que tratara de encontrar cualquier pista de algún valaco que hubiera sido enterrado en Estambul a finales del siglo quince o de una tumba relacionada con Valaquia, Transilvania o la Orden del Dragón. También le enseñé, no por primera vez, mis copias de los planos y mi libro del dragón, y le expliqué tu teoría de que esas imágenes representan un emplazamiento, el emplazamiento de la tumba del Empalador.

Juntos examinamos muchas, muchas páginas de la historia de Estambul y miramos grabados antiguos y las libretas en que él copia muchas cosas que descubre en bibliotecas y museos. Es muy trabajador este Selim Aksoy. No tiene mujer, ni familia, ni otros intereses. La historia de Estambul le consume. Trabajamos hasta bien entrada la noche, porque su biblioteca personal es tan amplia que nunca la ha explorado a fondo y no sabía qué podíamos descubrir. Por fin encontramos algo extraño, una carta, reimpresa en un volumen de correspondencia entre los ministros de la corte del sultán y muchos puestos fronterizos del imperio en los siglos quince y dieciseis. Selim Aksoy me dijo que compró este libro a un librero de Ankara. Fue impreso en el siglo diecinueve, compilado por un historiador de Estambul que estaba interesado en todos los documentos de ese período. Selim me dijo que nunca había visto otro ejemplar de ese libro.

Esperé con paciencia, presintiendo la importancia de toda esta introducción, consciente de la minuciosidad de Turgut. Para ser un experto en literatura, era un historiador estupendo.

—No, Selim no conoce otra edición de este libro, pero cree que los documentos reproducidos en él no son..., ¿cómo se dice...?, falsificaciones, porque ha visto una de estas cartas en el original, en la misma colección que visitamos ayer. También siente mucha pasión por ese archivo y me encuentro con él allí a menudo. —Sonrió—. Bien, en este libro, cuando nuestros ojos casi se cerraban de cansancio y la aurora estaba a punto de llegar, descubrimos una carta que quizá sea de importancia para tu investigación. El coleccionista que la imprimió creía que databa de finales del siglo quince. La he traducido para ti.

Turgut sacó una hoja de papel de su carpeta.

—La carta anterior a la que se refiere ésta no viene en el libro, lástima. Bien sabe Dios que tal vez no exista ya, de lo contrario mi amigo Selim la habría encontrado hace mucho tiempo.

Carraspeó y leyó en voz alta.

—«Al muy honorable Rumeli Kadiasker...» —Hizo una pausa—. Era el juez militar supremo de los Balcanes, ya sabes. —Yo no lo sabía, pero Turgut asintió y continuó—. «Honorable, he llevado a cabo las investigaciones que ordenasteis. Algunos monjes han colaborado con entusiasmo por la suma convenida, y yo en persona he examinado la tumba. Lo que me informaron al principio es cierto. No pueden ofrecerme más explicaciones, sólo reiteraciones de su terror. Recomiendo una nueva investigación de este asunto en Estambul. He dejado dos guardias en Snagov para vigilar cualquier actividad sospechosa. Por curioso que parezca, aquí no se han producido casos de esta epidemia. Vuestro en nombre de Alá.»

—¿Y la firma? —pregunté. Mi corazón estaba martilleando en el pecho. Incluso después de mi noche de insomnio, estaba muy despierto.

—No hay firma. Selim piensa que tal vez la rasgaron del original, ya fuera por accidente o para proteger la identidad del hombre que escribió la carta.

—O tal vez ya iba sin firmar, para guardar el secreto —sugerí—. ¿No hay más cartas en el libro que se refieran a ese asunto?

—Ninguna. Ni cartas anteriores, ni posteriores. Es un fragmento, pero ese tal Rumeli Kadiasker era muy importante, de modo que el asunto debía ser grave. Hemos mirado a fondo en los demás libros y papeles de mi amigo y no hemos encontrado nada relacionado con ello. Me dijo que nunca había visto la palabra *Snagov* en ninguna crónica de la historia de Estambul que pueda recordar. Leyó esas cartas hace años. Fue al hablarle del supuesto lugar donde los seguidores de Drácula le enterraron cuando cayó en la cuenta, mientras examinábamos los papeles. Tal vez sí la ha visto en otro sitio y no se acuerda.

—Dios mío —dije, pero no por pensar en las tenues probabilidades de que el señor Aksoy hubiera visto la palabra en otro sitio, sino en la naturaleza tentadora de esa relación entre Estambul y la lejana Rumanía.

—Sí —Turgut sonreía con tanta jovialidad como si estuviéramos hablando del menú del desayuno—. Los inspectores públicos de los Balcanes estaban muy preocupados por algo que estaba sucediendo en Estambul, tan preocupados que enviaron a alguien a la tumba de Drácula en Snagov.

—Pero, maldita sea, ¿qué descubrieron? —Di un puñetazo sobre el brazo de la butaca—. ¿Sobre qué les habían informado los sacerdotes? ¿Por qué estaban aterrorizados?

—Eso es exactamente lo que me tiene perplejo —me tranquilizó Turgut—. Si Vlad Drácula estaba descansando en paz allí, ¿por qué estaban preocupados por él a cientos de kilómetros de distancia, en Estambul? Y si la tumba de Vlad se halla en Snagov desde el primer momento, ¿por qué los mapas no coinciden con esa región?

Me impresionó la precisión de esas preguntas.

—Hay otra cosa —dije—. ¿Crees que existe la posibilidad de que Drácula fuera enterrado en Estambul? ¿Explicaría eso la preocupación de Mehmet por él después de su muerte y la presencia del vampirismo en esta ciudad a partir de esa época?

Turgut enlazó las manos y apoyó la barbilla sobre un grueso dedo.

—Una pregunta importante. Necesitaremos ayuda para desentrañarla, y tal vez mi amigo Selim sea la persona adecuada.

Nos miramos en silencio un instante en el oscuro vestíbulo de la pensión, mientras el aroma del café nos impregnaba, nuevos amigos unidos por una vieja causa. Después, Turgut se animó.

—Es evidente que hemos de seguir investigando. Selim dice que nos acompañará al archivo en cuanto estemos preparados. Conoce informes del Estambul del siglo quince que yo no he examinado en profundidad, porque se alejan de mi interés por el tema de Drácula. Los miraremos juntos. Sin duda el señor Erozan, si le llamo, se alegrará de prestarnos esos materiales antes de que la biblioteca abra al público. Vive cerca del archivo y lo abrirá para nosotros antes de que Selim tenga que ir a trabajar. Pero ¿dónde está la señorita Rossi? ¿Ha salido ya de su habitación?

Esta frase aceleró mis pensamientos, de modo que no supe a qué problema dirigir mi atención en primer lugar. La mención del amigo bibliotecario de Turgut me recordó de pronto a mi bibliotecario enemigo, a quien casi había olvidado a causa de mi entusiasmo por la carta. Ahora me enfrentaba a la peculiar tarea de poner a prueba la credulidad de Turgut cuando le informara de la visita del muerto, aunque era probable que su creencia en vampiros históricos se extendiera a los contemporáneos. No obstante, su pregunta acerca de Helen me recordó que la había dejado sola durante un lapso de tiempo imperdonable. Había querido proporcionarle privacidad cuando despertara, y esperaba que me seguiría hasta la planta baja en cuanto le fuera posible. ¿Por qué no había aparecido todavía? Turgut continuaba hablando.

—Selim, que, como ya te he dicho, nunca duerme, ha ido a tomar su café matutino, porque no quería presentarse en el hotel demasiado pronto... ¡Ah, ahí está!

Sonó el timbre de la pensión y entró un hombre delgado, que cerró la puerta a su espalda. Supongo que yo esperaba una presencia augusta, un hombre de edad avanzada y trajeado, pero Selim Aksoy era joven y delgado, vestido con unos pantalones oscuros holgados y bastante raídos y una camisa blanca. Avanzó hacia nosotros con una expresión intensa y ansiosa en su cara, que no llegaba a ser una sonrisa. No reconocí los ojos verdes y la nariz larga y delgada hasta que estreché su mano huesuda. Había visto su cara, y de cerca. Tardé otro segundo en identificarle, hasta recordar la mano delgada que me había pasado un volumen de Shakespeare. Era el librero de la tienda del bazar.

—¡Pero si ya nos conocemos! —exclamé, y él dijo algo similar en el mismo momento, en lo que se me antojó una amalgama de turco e inglés. Turgut nos miró, muy perplejo, y cuando le expliqué mi reacción se puso a reír, y luego meneó la cabeza como asombrado.

—Coincidencias —se limitó a decir.

—¿Estáis preparados para irnos?

El señor Aksoy rechazó con un ademán la oferta de Turgut de sentarnos en el salón.

—Aún no —contesté—. Si no les importa, iré a ver cómo está la señorita Rossi y le preguntaré cuándo podrá reunirse con nosotros.

Turgut asintió con excesiva candidez, y estuve a punto de arrollar a Helen en la escalera. Se agarró a la barandilla para conservar el equilibrio.

—¡Caramba! —exclamó—. ¿Qué demonios estás haciendo?

Se estaba masajeando el codo, mientras yo intentaba olvidar el contacto de su vestido negro y su firme hombro contra mi brazo.

—Ir a buscarte —contesté—. Lo siento. ¿Te he hecho daño? Estaba un poco preocupado por haberte dejado sola durante tanto rato.

—Estoy bien —dijo más calmada—. Se me han ocurrido algunas ideas. ¿Has visto al profesor Bora?

—Ya ha llegado —le informé—. Ha venido con un amigo.

Helen también reconoció al joven librero, y hablaron de forma bastante vacilante, mientras Turgut llamaba por teléfono al señor Erozan y gritaba en el auricular.

—Ha habido una tormenta —explicó cuando regresó—. Las comunicaciones van mal cuando llueve en esta parte de la ciudad. Mi amigo puede reunirse con nosotros en el archivo enseguida. Parecía enfermo, tal vez resfriado, pero ha dicho que iría enseguida. ¿Le apetece café, *madame*? Le compraré unos bollos de sésamo por el camino.

Besó la mano de Helen, para mi disgusto, y todos salimos deprisa.

Confiaba en retener a Turgut mientras andábamos para poder contarle en privado la aparición del siniestro bibliotecario de mi universidad. Pensaba que no podía explicarle lo ocurrido delante de un desconocido, sobre todo uno al que Turgut había descrito como poco simpatizante con las cacerías de vampiros. No obstante, Turgut se enfrascó en una profunda conversación con Helen antes de haber recorrido una sola manzana, y yo padecí la doble desdicha de ver que ella le dedicaba su avara sonrisa y de saber que no podía transmitir a nuestro amigo una información fundamental. El señor Aksoy caminaba a mi lado y me miraba de vez en cuando, pero casi siempre parecía tan absorto en sus pensamientos que no tuve ganas de interrumpirle con observaciones sobre la belleza de las calles a aquella hora de la mañana.

Encontramos abierta la puerta exterior de la biblioteca (Turgut dijo sonriente que, como siempre, su amigo había sido puntual) y entramos en silencio. Turgut tuvo la galantería de dejar que Helen nos precediera. El pequeño vestíbulo de entrada, con sus hermosos mosaicos y el libro de registro abierto a la atención de los visitantes, estaba desierto. Turgut abrió la puerta interior a Helen, y ella se había internado lo bastante en el pasillo oscuro y silencioso de la biblioteca, cuando oí su exclamación ahogada y la vi detenerse con tal brusquedad que nuestro amigo casi tropezó con ella. Algo provocó que se me erizara el vello de la nuca antes de saber qué estaba pasando, y después algo muy diferente me impulsó a correr al lado de Helen.

El bibliotecario que nos esperaba se hallaba inmóvil en mitad de la sala, con la cabeza vuelta como ansioso por nuestra llegada. Sin embargo, no era la figura amistosa que esperábamos, ni sostenía la caja que esperábamos volver a examinar, ni una pila de antiguos manuscritos sobre la historia de Estambul. Tenía la cara pálida, como desprovista de vida. Exactamente como desprovista de vida. No era el bibliotecario amigo de Turgut, sino el nuestro, con los ojos brillantes y vivaces, los labios de un rojo anormal, la mirada codiciosa desviada en nuestra dirección. Cuando sus ojos se posaron en mí, sentí una punzada en la mano que él me había retorcido en la biblioteca de la universidad. Estaba ansioso por algo. Aunque hubiera tenido la tranquilidad de espíritu de poder preguntarme por esa ansia (si era de conocimiento o de otra cosa), no habría tenido tiempo de formar el pensamiento. Antes de poder interponerme entre Helen y la figura fantasmal, ella sacó una pistola del bolsillo de la chaqueta y disparó contra él.

35

Más adelante vi actuar a Helen en toda clase de situaciones, incluidas las que conforman la vida cotidiana, y nunca dejó de sorprenderme. Lo que me asombraba de ella a menudo eran las rápidas asociaciones que efectuaba entre un hecho y otro, asociaciones que solían dar lugar a deducciones que yo habría tardado en alcanzar. También me desconcertaban sus extensos conocimientos. Era una caja de sorpresas, y llegué a considerarlas mi manjar diario, una agradable adicción que desarrollé a su capacidad de pillarme desprevenido. Pero nunca me sorprendió más que en aquel momento, en Estambul, cuando disparó sin previo aviso al bibliotecario.

Sin embargo, no tuve tiempo para continuar estupefacto, porque el hombre se tambaleó a un lado y nos lanzó un libro, que pasó rozando mi cabeza. Helen volvió a disparar, mientras avanzaba y apuntaba con una resolución que me dejó sin respiración. Nunca había visto disparar a nadie, salvo en las películas, en las que había visto morir a miles de indios a punta de pistola cuando tenía once años, y después a toda clase de bandidos, ladrones de bancos y villanos, incluidos montones de nazis creados expresamente para ser liquidados por un Hollywood entusiasta en tiempos de guerra. Lo raro de ese tiroteo, ese tiroteo real, fue que, si bien apareció una mancha oscura en la ropa del bibliotecario, un poco más abajo de su esternón, no se llevó una mano agonizante a dicho punto. El segundo disparo rozó su hombro, pues el hombre ya había echado a correr. Luego desapareció entre las estanterías que había al final de la sala.

—¡Una puerta! —gritó Turgut a mi espalda—. ¡Hay una puerta ahí!

Todos corrimos tras él, tropezando con sillas y esquivando mesas. Selim Aksoy, veloz y ligero como un antílope, fue el primero en llegar a las estanterías y desapareció entre ellas. Oímos el fragor de una escaramuza y un estrépito, y después una puerta al cerrarse con violencia, y encontramos al señor Aksoy poniéndose de pie entre un montón de frágiles manuscritos otomanos, con un bulto púrpura en un costado de la cara. Turgut corrió hacia la puerta y yo le seguí, pero estaba cerrada a cal y canto. Cuando conseguimos abrirla, sólo descubrimos un callejón, desierto salvo por una pila de cajas de madera. Registramos a toda prisa el laberíntico barrio, pero no vimos ni rastro del ser. Turgut interrogó a varios transeúntes, pero nadie había visto a nuestro hombre.

Volvimos a regañadientes al archivo por la puerta trasera y encontramos a Helen apretando un pañuelo contra la mejilla del señor Aksoy. La pistola había desaparecido y los manuscritos estaban apilados de nuevo sobre el estante. Levantó la vista cuando entramos.

—Se desmayó un momento —dijo en voz baja—, pero ahora ya se encuentra bien.

Turgut se arrodilló al lado de su amigo.

—Mi querido Selim, menudo golpe te han dado.

Selim Aksoy forzó una sonrisa.

—Estoy en buenas manos —dijo.

—Ya lo veo —admitió Turgut—. *Madame*, la felicito por su intentona, pero es inútil tratar de matar a un hombre muerto.

—¿Cómo lo sabías? —exclamé.

—Oh, lo sé —contestó él con semblante sombrío—. Conozco esa expresión de la cara. Es la expresión de los No Muertos. No hay otra cara igual. La he visto antes.

—Era una bala de plata, por supuesto. —Helen apretó el pañuelo con más firmeza contra la mejilla del señor Aksoy, y apoyó la cabeza del librero contra su hombro—. Pero, como ya visteis, se movió y erré su corazón. Sé que corrí un gran riesgo —me miró un momento, pero fui incapaz de leer sus pensamientos—, pero ya visteis que calculé bien. Esos disparos habrían herido de gravedad a un hombre mortal.

Suspiró y apretó el pañuelo contra la mejilla del herido.

Los miré a ambos estupefacto.

—¿Has llevado encima esa pistola todo el tiempo? —pregunté.

—Oh, sí. —Pasó el brazo de Aksoy sobre su hombro—. Ayúdame a levantarle. —Los dos le izamos (era ligero como un niño) y le pusimos en pie. Sonrió y asintió, pero desechó nuestra ayuda—. Sí, siempre llevo mi pistola encima cuando siento alguna especie de... inquietud. No es tan difícil conseguir una o dos balas de plata.

—Eso es cierto —asintió Turgut.

—Pero ¿dónde aprendiste a disparar así?

Aún estaba asombrado por ese momento en que Helen había sacado el arma y disparado con tanta rapidez.

Ella rió.

—En nuestro país, nuestra educación es tan profunda como estrecha —dijo—. Recibí un premio de nuestra brigada juvenil por mi buena puntería cuando tenía dieciséis años. Me alegra descubrir que no la había olvidado.

De pronto Turgut lanzó una exclamación y se dio una palmada en la frente.

—¡Mi amigo! —Todos le miramos—. ¡Mi amigo, el señor Erozan! Me había olvidado de él.

Sólo tardamos un segundo en comprender el significado de sus palabras. Selim Aksoy, quien ya parecía recuperado, fue el primero en correr hacia las estanterías donde había sido herido, y los demás nos diseminamos a toda prisa por la larga sala, buscando debajo de las mesas y detrás de las sillas. Durante algunos minutos la búsqueda fue infructuosa. Después oímos que Selim nos llamaba y todos corrimos a su lado. Estaba arrodillado entre las estanterías, al pie de una muy alta que estaba llena de todo tipo de libros, bolsas y rollos de pergamino. La caja que contenía los papeles de la Orden del Dragón estaba en el suelo a su lado, con la tapa adornada abierta y su contenido esparcido alrededor.

Entre esos documentos, el señor Erozan estaba tendido de espaldas, blanco e inmóvil, con la cabeza vuelta hacia un lado. Turgut se arrodilló y aplicó el oído al pecho del hombre.

—Gracias a Dios —dijo al cabo de un momento—. Todavía respira.

Después, cuando le examinó con más detenimiento, señaló el cuello de su amigo. En la piel pálida que sobresalía por encima del cuello de la camisa, había una herida desigual. Helen se arrodilló al lado de Turgut. Todos guardamos silencio un momento. Incluso después de la descripción que había hecho Rossi del burócrata con el que había discutido muchos años antes, incluso después de la herida sufrida por Helen en la biblioteca de nuestra universidad, me costó dar crédito a mis ojos. El rostro del hombre estaba muy pálido, casi gris, y su respiración apenas era audible.

—Está contaminado —anunció Helen en voz baja—. Creo que ha perdido mucha sangre.

—¡Maldito sea este día!

La expresión de Turgut delató su angustia, y apretó la mano de su amigo entre sus dos manazas.

Helen fue la primera en reaccionar.

—Pensemos con sensatez. Tal vez sea la primera vez que le atacan. —Se volvió hacia Turgut—. ¿Tenía esta herida cuando estuvimos aquí ayer?

El hombre negó con la cabeza.

—Estaba muy normal.

—Bien.

Helen buscó en el bolsillo de su chaqueta, y yo me encogí un instante, pensando que iba a sacar la pistola otra vez. En cambio, extrajo una cabeza de ajos y la depositó sobre el pecho del bibliotecario. Turgut sonrió pese a lo espantoso de la escena y sacó otra cabeza de ajos de su bolsillo, que colocó al lado de la de Helen. Yo fui incapaz de imaginar de dónde la había sacado. ¿Tal vez durante nuestro paseo por el *souk*, cuando yo estaba absorto mirando otras cosas?

—Veo que las mentes superiores piensan igual —le dijo Helen.

Después sacó un paquete de papel y lo desenvolvió, revelando un diminuto crucifijo de plata. Reconocí el que había cogido en la iglesia cercana a nuestra universidad, el que había utilizado para intimidar al pérfido bibliotecario cuando la atacó en la sección de historia de la biblioteca.

Esta vez Turgut detuvo su mano.

—No, no —dijo—. Aquí tenemos nuestras propias supersticiones.

Del interior de su chaqueta extrajo una ristra de cuentas de madera, como las que yo había visto en las manos de algunos hombres por las calles de Estambul. Ésta terminaba en un medallón tallado con letras árabes. Rozó los labios del señor Erozan con el medallón, y el bibliotecario hizo una mueca, como de asco involuntario. Fue una escena atroz, pero breve, y luego el hombre abrió los ojos y frunció el ceño. Turgut se inclinó sobre él, habló en turco sin alzar la voz y tocó su frente, para luego dar al hombre un sorbo de un pequeño frasco que había sacado de la chaqueta.

Al cabo de unos instantes el señor Erozan se incorporó y miró a su alrededor, tocándose el cuello como si le doliera. Cuando sus dedos encontraron la pequeña herida, con su hilillo de sangre seca, sepultó la cara en las manos y sollozó, un sonido estremecedor.

Turgut rodeó sus hombros con el brazo, y Helen apoyó una mano sobre el brazo del bibliotecario. Yo pensé que ésta era la segunda vez en una hora que la veía consolar a un ser afligido. Turgut empezó a interrogar al hombre en turco, y al cabo de un momento se sentó en cuclillas y nos miró.

—El señor Erozan dice que el desconocido fue a su apartamento esta mañana, muy temprano, mientras aún estaba oscuro, y le amenazó con matarle a menos que le abriera la biblioteca. El vampiro le acompañaba cuando le llamé esta mañana, pero no se atrevió a revelarme su presencia. Cuando el extraño oyó quién llamaba, dijo que debían ir cuanto antes al archivo. El señor Erozan tuvo miedo de desobedecer, y cuando llegaron aquí el hombre le obligó a abrir la caja. En cuanto la abrió, el demonio saltó sobre él, le retuvo contra el suelo (mi amigo dice que su fuerza era increíble) y le mordió el cuello. Esto es todo lo que Erozan recuerda.

Turgut meneó la cabeza entristecido. De pronto su amigo le agarró del brazo, y dio la impresión de que le imploraba algo en una catarata de palabras en turco.

Turgut guardó silencio un momento, y después tomó la mano de su amigo entre las suyas, apretó en ellas las cuentas de oración y contestó en voz baja.

—Me dice que es consciente de que este demonio sólo le puede morder dos veces más, antes de convertirse él mismo en vampiro. Me pide que, si esto sucediera, le mate con mis propias manos.

Turgut desvió la cara y creí ver un brillo de lágrimas en sus ojos.

—Eso no sucederá —dijo Helen con determinación—. Vamos a encontrar el origen de esta plaga.

No supe si se refería al malvado bibliotecario o al propio Drácula, pero cuando vi su mandíbula apretada, casi estuve a punto de creer que lograríamos vencer a ambos. Ya había observado en alguna otra ocasión aquella expresión, y verla me devolvió a la mesa del restaurante donde habíamos hablado por primera vez de sus padres. Después juró que encontraría a su padre desleal y le desenmascararía ante el mundo académico. ¿Eran imaginaciones mías, o su objetivo había cambiado en algún momento sin que ella se diera cuenta?, me pregunté.

Selim Aksoy habló en aquel momento a Turgut. Éste asintió.

—El señor Aksoy me recuerda el trabajo que hemos venido a hacer, y tiene razón. No tardarán en empezar a llegar otros estudiosos, y o bien hemos de cerrar el archivo, o abrirlo al público. Se ofrece a abandonar su tienda hoy y trabajar de bibliotecario aquí. Pero antes hemos de ordenar estos documentos y ver qué daños han sufrido, y sobre todo hemos de encontrar un lugar donde nuestro amigo pueda descansar sano y salvo. Además, al señor Aksoy le gustaría enseñarnos algo de los archivos antes de que aparezca más gente.

Comencé a recoger enseguida los documentos diseminados por el suelo y mis peores temores se confirmaron al instante.

—Los mapas originales han desaparecido —informé con semblante lúgubre. Registramos las estanterías, pero los mapas de aquella extraña región similar a un dragón de larga cola efectivamente habían desaparecido. Sólo pudimos llegar a la conclusión de que el vampiro los había escondido en su persona antes de que llegáramos. Era un pensamiento aterrador. Teníamos copias, por supuesto, efectuadas por Rossi y Turgut, pero los originales representaban para mí la clave del paradero de Rossi, un vínculo más cercano que cualquier otro.

Además del disgusto de perder ese tesoro, se me ocurrió la idea de que el malvado bibliotecario podría desentrañar sus secretos antes que nosotros. Si Rossi estaba en la tumba de Drácula, fuera cual fuera su paradero, el vampiro contaba con bastantes posibilidades de adelantársenos. Sentí más que nunca la premura e imposibilidad de encontrar a mi amado mentor. Al menos —una vez más tuve ese extraño pensamiento— tenía a mi lado la presencia sólida de Helen.

Turgut y Selim estaban conversando al lado del enfermo, y al parecer se volvieron hacia él para hacerle una pregunta, porque intentó incorporarse y señaló con mano temblorosa la parte posterior de las estanterías. Selim desapareció, y regresó al cabo de unos minutos con un pequeño libro. Estaba encuadernado en piel roja, bastante gastada, con una inscripción en árabe en la portada. Lo dejó sobre una mesa cercana y lo inspeccionó un rato, para luego llamar con un gesto a Turgut, que estaba doblando su chaqueta para convertirla en una almohada improvisada sobre la cual apoyar la cabeza de su amigo. El hombre parecía un poco más cómodo ahora. Estuve a punto de sugerir que llamáramos a una ambulancia, pero luego pensé que Turgut sabía lo que hacía. Se había levantado para reunirse con Selim, y hablaron con semblante grave durante varios minutos, mientras Helen y yo evitábamos mirarnos, los dos anhelando que se produjera algún descubrimiento y los dos temerosos de sufrir más decepciones. Por fin Turgut nos llamó.

—Esto es lo que Selim Aksoy deseaba enseñarnos esta mañana —dijo con semblante muy serio—. Ignoro, con sinceridad, si nos ayudará en nuestra búsqueda. Os lo leeré. Se trata de un volumen compilado a principios del siglo diecinueve por unos editores cuyos nombres no había visto nunca, expertos en la historia de Estambul. Reunieron aquí toda la información que pudieron encontrar sobre la vida en Estambul en los primeros años de nuestra ciudad, o sea, a principios de 1453, cuando el sultán Mehmet la conquistó y la proclamó capital de su imperio.

Señaló una página escrita en árabe y pensé por enésima vez en la maldición de que los idiomas humanos, incluso los alfabetos, estuvieran separados entre sí por aquella frustrante babel de diferencias, de modo que cuando miré una página impresa en otomano sólo vi un batiburrillo de símbolos tan impenetrables para mí como un seto de brezo mágico.

—Este párrafo lo recordaba el señor Aksoy de una de las investigaciones que llevó a cabo aquí. El autor es anónimo y relata algunos acontecimientos ocurridos en el año 1477. Sí, amigos míos, el año después de que Drácula muriera en combate en Valaquia. Aquí dice que aquel año se produjeron casos de la epidemia en Estambul, una epidemia causante de que los imanes enterraran algunos cadáveres con una estaca clavada en el corazón. Después cuenta que entró en la ciudad un grupo de monjes procedentes de los Cárpatos en una carreta tirada por mulas. Los monjes suplicaron asilo en un monasterio de Estambul y residieron en él durante nueve días y nueve noches. Eso es todo cuanto refiere, y las relaciones entre ambos hechos no están claras. No dice nada más sobre los monjes, ni explica qué fue de ellos. La palabra *Cárpatos* impulsó a mi amigo Selim a citarnos aquí.

Selim Aksoy asintió enérgicamente, pero yo no pude reprimir un suspiro. El párrafo poseía una siniestra resonancia. Me provocó la inquietante sensación de que no arrojaría la menor luz sobre nuestros problemas. El año 1477... Eso sí que era extraño, pero podía tratarse de una coincidencia. No obstante, la curiosidad me impulsó a formular una pregunta a Turgut.

—Si la ciudad ya estaba gobernada por los otomanos, ¿cómo es que existía un monasterio que pudiera alojar a los monjes?

—Una buena pregunta, amigo mío —comentó con aire solemne Turgut—. Pero debo decirte que hubo cierto número de iglesias y monasterios en Estambul desde el mismísimo principio de la dominación otomana. El sultán tuvo la bondad de permitirlos.

Helen meneó la cabeza.

—Después de dar permiso a su ejército para que destruyera casi todas las iglesias de la ciudad o se apoderara de ellas para convertirlas en mezquitas.

—Es cierto que el sultán Mehmet conquistó la ciudad y permitió que sus tropas se entregaran al pillaje durante tres días —admitió Turgut—, pero no lo hubiera hecho si la ciudad se hubiera rendido en lugar de resistir. De hecho, ofreció un acuerdo pacífico. También está escrito que cuando entró en Constantinopla y vio los daños que habían causado sus soldados (los edificios destruidos, las iglesias profanadas, los ciudadanos asesinados) lloró por la hermosa ciudad. Desde aquel momento permitió que abrieran cierto número de iglesias y concedió muchas ventajas a los habitantes bizantinos.

—También hizo esclavos a más de cincuenta mil de ellos —replicó Helen con sequedad—. No lo olvide.

Turgut le dedicó una sonrisa de admiración.

—*Madame*, es usted implacable. Yo sólo quería demostrar que nuestros sultanes no fueron monstruos. En cuanto conquistaban una región, se mostraban más bien permisivos, para lo que eran aquellos tiempos. Era la conquista lo que no se hacía de forma placentera.

—Señaló la pared del fondo del archivo—. Allí está Su Gloriosa Majestad Mehmet en persona, por si quieren saludarle.

Yo me acerqué a mirar, aunque Helen se negó a moverse de donde estaba, testaruda. La reproducción enmarcada (la copia barata de una acuarela, al parecer) mostraba a un hombre corpulento, sentado, con un turbante blanco y rojo. Tenía la piel clara y una barba delicada, con cejas caligráficas y ojos color avellana. Sostenía una sola rosa frente a su gran nariz aguileña, que olía mientras miraba a la distancia. A mí me pareció más un sufí místico que un conquistador cruel.

—Una imagen bastante sorprendente —comenté.

—Sí. Fue un fervoroso mecenas de las artes y la arquitectura, y construyó muchos edificios hermosos. —Turgut se dio unos golpecitos en la barbilla con un grueso dedo—. Bien, amigos míos, ¿qué opináis de esta información que Selim Aksoy ha descubierto?

—Es interesante —dije por cortesía—, pero no veo cómo nos ayudará a descubrir la tumba.

—Yo tampoco —reconoció Turgut—. Sin embargo, observo cierta similitud entre este párrafo y el fragmento de la carta que te leí esta mañana. Los sucesos ocurridos en la tumba de Snagov, fueran cuales fueran, tuvieron lugar en el mismo año: 1477. Ya sabemos que es el año posterior a la muerte de Drácula y que un grupo de monjes estaba muy preocupado por algo que ocurrió en Snagov. ¿Pudieron ser los mismos monjes que vinieron a Estambul, o se trataba de otro grupo relacionado con Snagov?

—Es posible —admití—, pero no es más que una conjetura. Esta información sólo documenta que los monjes procedían de los Cárpatos. Los Cárpatos debían estar llenos de monasterios en aquella época. ¿Cómo podemos estar seguros de que procedían del monasterio de Snagov? ¿Qué opinas, Helen?

Debí pillarla por sorpresa, porque descubrí que me estaba mirando con una especie de anhelo que nunca había percibido en su cara. La impresión, sin embargo, se desvaneció al instante, y pensé que la había imaginado o que tal vez estaba pensando en su madre y en nuestro inminente viaje a Hungría. Fueran cuales fueran sus pensamientos, se recuperó al instante.

—Sí, había muchos monasterios en los Cárpatos. Paul tiene razón. No podemos relacionar a los dos grupos sin más información.

Tuve la impresión de que Turgut parecía decepcionado, y empezó a decir algo, pero en aquel momento nos interrumpió una exclamación ahogada. Era el señor Erozan, que todavía reposaba sobre la chaqueta de Turgut.

—¡Se ha desmayado! —gritó Turgut—. Aquí estamos, charlando como cotorras... —Acercó el ajo de nuevo a la nariz de su amigo, y el hombre farfulló y revivió un poco—. Hemos de llevarle a casa, deprisa. Profesor, *madame*, ayudadme. Llamaremos un taxi y le llevaremos a mi apartamento. Mi esposa y yo le cuidaremos. Selim se quedará al frente del archivo. Ha de abrir dentro de unos minutos.

Dio a Aksoy unas veloces órdenes en turco.

Después Turgut levantó al pálido y débil hombre del suelo, le enderezó entre nosotros y le condujo con cuidado hacia la puerta posterior. Helen nos siguió con la chaqueta de Turgut, cruzamos el callejón, y un momento después salimos al sol de la mañana. Cuando la luz bañó el rostro del señor Erozan, éste dio un respingo, se encogió contra mi hombro y alzó una mano para taparse los ojos, como para parar un golpe.

36

La noche que pasé en aquella granja de Boulois, con Barley al otro lado de la habitación, fue una de las más insomnes de mi vida. Nos acostamos alrededor de las nueve, puesto que no había gran cosa que hacer, salvo escuchar a las gallinas y ver la luz desvanecerse sobre los combados techos de los corrales. Ante mi asombro, descubrimos que no había luz eléctrica en la granja («¿No te has dado cuenta de que no hay cables?», preguntó Barley), y la granjera nos prestó un farol y dos velas antes de desearnos buenas noches. Debido a su luz, las sombras de los muebles antiguos aumentaron de altura y se cernieron sobre nosotros. El bordado que colgaba de la pared osciló un poco.

Al cabo de unos cuantos bostezos, Barley se acostó vestido en una cama y no tardó en caer dormido. Yo no me atreví a imitarle, pero también tenía miedo de dejar arder las velas toda la noche. Por fin, las apagué y dejé tan sólo la luz del farol, la cual consiguió intensificar de una forma horripilante las sombras que me rodeaban, así como la oscuridad que revelaba nuestra única ventana. Las enredaderas murmuraban contra el cristal, los árboles parecieron acercarse más y un ruido amortiguado, que habrían podido ser búhos o palomas, llegó hasta mí cuando me aovillé en la cama. Barley se me antojaba muy lejos. Antes me había alegrado de tener camas separadas, porque así no habría problemas a la hora de dormir, pero ahora deseé que nos hubiéramos visto obligados a dormir espalda contra espalda.

Después de permanecer acostada el tiempo suficiente para sentirme petrificada en una sola posición, vi que una luz suave se insinuaba poco a poco sobre las tablas del piso a través de la ventana. La luna estaba saliendo, y con ella sentí que mi terror se despertaba, como si un viejo amigo hubiera venido a hacerme compañía. Intenté no pensar en mi padre. En cualquier otro viaje habría estado con él, acostado en la otra cama con su decoroso pijama, el libro abandonado a su lado. Habría sido el primero en fijarse en esta vieja granja, habría sabido que la parte central se remontaba a los tiempos de Aquitania, habría comprado tres botellas de vino a la agradable granjera y hablado de viñedos con ella.

Me pregunté, bien a mi pesar, qué haría si mi padre no sobrevivía a su viaje a Saint-Matthieu. No podría regresar a Amsterdam, pensé, sola en casa con la señora Clay. Eso sólo serviría para exacerbar el dolor de mi corazón. En el sistema educativo europeo, me faltaban aún dos años para ir a la universidad. Pero ¿quién me acogería antes de eso? Barley volvería a su vida habitual. No podía esperar que siguiera preocupándose por mí. Pasó por mi mente Master James, con su triste sonrisa y las entrañables arrugas alrededor de los ojos. Después pensé en Giulia y Massimo, en su villa de Umbría. Vi a Massimo sirviéndome vino («¿Y tú qué estudias, encantadora hija?»), y Giulia diciendo que debían darme la mejor habitación. No tenían hijos. Querían a mi padre. Si mi mundo se desmoronaba, iría a verles.

Apagué el farol, más valiente, y fui de puntillas a echar un vistazo al exterior. Sólo pude vislumbrar la luna, semioculta en un cielo de nubes desgarradas. Sobre ella se deslizó una sombra que conocía demasiado bien... No, sólo fue un momento, y no era más que una nube, ¿verdad? ¿Las alas extendidas, la cola enroscada? Se desvaneció al instante, pero yo me fui a la cama de Barley, y estuve temblando durante horas contra su espalda dormida.

Las diligencias para transportar al señor Erozan hasta el salón de Turgut, donde quedó tendido en uno de los largos divanes, pálido pero sereno, nos ocuparon casi toda la mañana. Aún seguíamos en el apartamento cuando la señora Bora regresó a mediodía del parvulario. Entró muy animada, cargada con una bolsa en cada mano enguantada. Llevaba un vestido amarillo y un sombrero con una flor, de manera que parecía un narciso en miniatura. Su sonrisa era dulce y radiante, incluso cuando nos vio en la sala de estar alrededor de un hombre postrado. Por lo visto, nada de lo que hacía su marido la sorprendía, pensé. Tal vez era una de las claves del triunfo de su relación.

Turgut le explicó la situación en turco, y la expresión risueña de la mujer cambió a otra de evidente escepticismo, hasta desembocar en una de horror incipiente, cuando él le enseñó la herida en la garganta de su huésped. La señora Bora nos dirigió a Helen y a mí una mirada de silenciosa consternación, como si eso representara para ella la oleada inicial de una certeza maléfica. Después tomó la mano del bibliotecario, que no sólo estaba blanca, sino también fría, tal como yo había comprobado un momento antes. La sostuvo unos instantes, se secó los ojos y se fue a la cocina, donde oímos el lejano fragor de ollas y sartenes. Pasara lo que pasara, el enfermo disfrutaría de una buena comida. Turgut nos instó a quedarnos, y Helen, ante mi sorpresa, fue a ayudar a la señora Bora.

Cuando nos aseguramos de que el señor Erozan descansaba a gusto, Turgut me condujo a su imponente estudio. Comprobé con alivio que las cortinas estaban corridas sobre el retrato. Estuvimos unos minutos comentando la situación.

—¿Crees que es seguro para ti y tu mujer alojar a ese hombre en vuestra casa? —no pude por menos que preguntarle.

—Me ocuparé de tomar todas las precauciones posibles. Si mejora dentro de uno o dos días, buscaré un lugar donde pueda hospedarse, con alguien que le vigile. —Turgut había acercado una silla para mí, y se había acomodado detrás de su escritorio. Era casi como estar con Rossi en su despacho de la universidad, pensé, salvo que el despacho de Rossi era muy alegre, con sus espléndidas plantas y café humeante, y éste era excéntricamente tétrico—. No espero más ataques en casa, pero si se produce uno, nuestro amigo norteamericano se encontrará con una formidable defensa.

Cuando contemplé su cuerpo fornido detrás del escritorio, no me costó creerle.

—Lo siento —dije—. Parece que te hemos traído un montón de problemas, profesor, hasta tu propia puerta.

Le resumí nuestros encuentros con el malvado bibliotecario y confesé que le había visto delante de Santa Sofía la noche anterior.

—Extraordinario —dijo Turgut. Un sombrío interés brillaba en sus ojos y tamborileó con los dedos sobre el escritorio.

—Yo también he de hacerte una pregunta —admití—. Antes has dicho en el archivo que habías visto una cara parecida en otra ocasión. ¿Cuándo y cómo fue?

—Ah. —Mi erudito amigo enlazó las manos sobre el escritorio—. Sí, te lo voy a contar. Han pasado muchos años, pero lo recuerdo como si fuera ayer. De hecho, ocurrió unos días después de recibir la carta del profesor Rossi en la que me explicaba que no sabía nada del archivo de aquí. Había estado en la colección por la tarde, después de mis clases. (Entonces la colección estaba en los antiguos edificios de la biblioteca, antes de que la trasladaran a su actual emplazamiento.) Recuerdo que yo estaba enfrascado en una investigación para un artículo sobre una obra perdida de Shakespeare, *El rey de Tashkani*, que algunos creen ambientada en una versión ficticia de Estambul. ¿Has oído hablar de ella?

Negué con la cabeza.

—Se la cita en las obras de varios historiadores ingleses. Gracias a ellos sabemos que, en la obra original, un fantasma maligno llamado Dracole se aparece al monarca de una hermosa ciudad antigua que él, el monarca, ha tomado por la fuerza. El fantasma dice que en otra época fue enemigo del rey, pero que ahora viene a felicitarle por su sed de sangre. Después anima al monarca a beber la sangre de los habitantes de la ciudad, quienes son ahora los súbditos del monarca. Es un pasaje escalofriante. Algunos dicen que no es de Shakespeare, pero yo —dio una palmada decidida sobre el borde del escritorio—, yo creo que el lenguaje, si la cita está hecha con precisión, sólo puede ser de él, y que la ciudad es Estambul, rebautizada con el nombre pseudoturco de «Tashkani». —Se inclinó hacia delante—. También creo que el tirano al que se aparece el fantasma no es otro que el sultán Mehmet II, conquistador de Constantinopla.

El vello de mi nuca se erizó.

—¿Cual crees que puede ser el significado de todo esto? Me refiero en lo concerniente a Drácula.

—Bien, amigo mío, es muy interesante para mí que la leyenda de Vlad Drácula penetrara incluso en la Inglaterra protestante hacia, digamos, 1590, tal era su poder. Además, si Tashkani era Estambul, eso demostraría la realidad de la presencia de Drácula en los tiempos de Mehmet. El sultán entró en la ciudad en 1453. Sólo habían pasado cinco años desde que el joven Drácula regresara a Valaquia de su encarcelamiento en Asia Menor y no existen pruebas fehacientes de que volviera en vida a nuestra región, aunque algunos estudiosos piensan que rindió tributo en persona al sultán. No creo que eso pueda demostrarse. Sostengo la teoría de que Vlad Drácula dejó un legado de vampirismo aquí, si no durante su vida, sí después de su muerte. Pero —suspiró— la frontera que separa la literatura de la historia es con frecuencia borrosa, y yo no soy historiador.

—Eres un excelente historiador —dije con humildad—. Estoy impresionado por la cantidad de pistas históricas que has seguido, y con tanto éxito.

—Eres muy amable, joven amigo. Bien, un día estaba trabajando en mi artículo sobre esta teoría (que nunca, ay, fue publicado, porque los editores de la revista a quienes lo presenté dijeron que su contenido era demasiado condescendiente con las supersticiones), era ya bastante tarde, y después de tres horas en el archivo fui al restaurante que hay enfrente para tomar un poco de *börek**. ¿Has probado el *börek*?

—Aún no —admití.

—Has de probarlo cuanto antes, es una de nuestras especialidades más deliciosas. Bien, fui al restaurante. Ya estaba oscureciendo, porque era invierno. Me senté a una mesa y mientras esperaba saqué la carta del profesor Rossi y la volví a leer. Tal como ya he dicho, la tenía en mi posesión desde hacía muy pocos días, y me había dejado muy perplejo. El camarero trajo mi plato y me fijé en su cara cuando lo dejó sobre la mesa. Miraba hacia abajo, y tuve la impresión de que se fijaba en la carta que yo estaba leyendo, con el nombre de Rossi en el encabezado. La miró atentamente una o dos veces y después pareció borrar toda expresión de su cara, pero noté que se ponía detrás de mí para dejar otro plato en la mesa, y me pareció que leía la carta por encima de mi hombro.

»No me pude explicar su comportamiento, pero como me inquietó, doblé la carta y me dispuse a comer. Se fue sin hablar y le observé mientras se movía por el restaurante. Era un hombre corpulento de hombros anchos, de pelo negro peinado hacia atrás y grandes ojos oscuros. Habría sido apuesto de no ser por su aspecto, ¿cómo se dice?, algo siniestro. Dio la impresión de que no me hacía caso durante una hora, incluso después de que terminé de comer. Saqué un libro para leer unos minutos, y entonces apareció de repente junto a mi mesa y dejó una taza de té humeante delante de mí. Yo no había

* Hojaldre relleno de yogur, queso blanco e hinojo picado que se prepara al horno. (*N. del T.*)

pedido té, y me quedé sorprendido. Pensé que podía ser una invitación de la casa o una equivocación. "Su té —dijo cuando lo depositó sobre la mesa—. Lo he pedido muy caliente."

»Entonces me miró a los ojos y soy incapaz de explicar lo mucho que me aterrorizó su cara. Era de tez pálida, casi amarilla, como si estuviera, ¿cómo decirlo?, podrido por dentro. Sus ojos eran oscuros y brillantes, casi como los de un animal, bajo unas grandes cejas. Su boca era como cera roja y tenía los dientes muy blancos y largos. Parecían extrañamente sanos en una cara enfermiza. Sonrió cuando se inclinó sobre el té y percibí su extraño olor, que me provocó náuseas y estuve a punto de desmayarme. Puedes reírte, amigo mío, pero recordaba un poco un olor que siempre he considerado agradable en otras circunstancias: el olor a libros viejos. ¿Sabes ese olor a pergamino, piel y... algo más?

Lo sabía, y no tenía ganas de reírme.

—Se fue un segundo después, y caminó sin darse prisa hacia la cocina del restaurante, y yo me quedé con la sensación de que había querido enseñarme algo... Su cara, quizás. Había querido que le mirara con atención, pero no había nada concreto capaz de justificar mi terror. —Turgut parecía pálido ahora, cuando se reclinó en su butaca medieval—. Para calmar mis nervios, añadí un poco de azúcar al té, cogí la cuchara y lo revolví. Tenía toda la intención de calmarme con la bebida caliente, pero entonces ocurrió algo muy, muy peculiar.

Enmudeció como si lamentara haber empezado a contar la historia. Yo conocía muy bien esa sensación, y asentí para animarle.

—Continúa, por favor.

—Parece raro decirlo ahora, pero es la verdad. El vapor se elevó de la taza... ¿Sabes cómo remolinea el vapor cuando remueves algo caliente? Pues cuando revolví el té, el humo se elevó en la forma de un dragón diminuto, que remolineó sobre mi taza. Flotó unos segundos antes de desvanecerse. Lo vi con mis propios ojos. Ya puedes imaginar cómo me sentí, sin confiar en mis sentidos por un momento, y después recogí a toda prisa mis papeles, pagué y me fui.

Yo tenía la boca seca.

—¿Volviste a ver al camarero?

—Nunca. Estuve unas semanas sin volver al restaurante, pero luego la curiosidad me pudo, y entré otra vez después de anochecer, pero no le vi. Incluso pregunté por él a uno de los camareros, y dijo que aquel hombre había trabajado allí muy poco tiempo, y ni siquiera sabía su apellido. El hombre se llamaba Akmar. Nunca más volví a verle.

—Y crees que su cara demostraba que era...

Me interrumpí.

—Yo estaba aterrorizado. Es lo único que habría sido capaz de decirte en aquel momento. Cuando vi la cara del bibliotecario que os persigue, pensé que ya la conocía. No es sólo la cara de la muerte. Hay algo en la expresión... —Se volvió inquieto y miró hacia el hueco donde estaba alojado el cuadro, cubierto por las cortinas—. Lo que más me intimida de tu historia, de la información que acabas de darme, es que ese bibliotecario estadounidense ha progresado más hacia su condenación espiritual desde la primera vez que le viste.

—¿Qué quieres decir?

—Cuando atacó a la señorita Rossi en la biblioteca de vuestra universidad, pudiste derribarle. Pero mi amigo del archivo, a quien atacó esta mañana, dice que es muy fuerte, y mi amigo no es mucho más delgado que tú. El monstruo, ay, también extrajo una gran cantidad de sangre a mi amigo. Y no obstante, ese vampiro estaba a plena luz del día cuando le vimos, de manera que no puede estar corrompido por completo. Conjeturo que el ser fue vaciado de vida una segunda vez, bien en tu universidad, o aquí en Estambul, y si tiene contactos en la ciudad recibirá su tercera bendición maligna muy pronto y se convertirá en un No Muerto.

—Sí —dije—. No podemos hacer nada por el bibliotecario estadounidense si no le encontramos, y tú tendrás que vigilar con mucho cuidado a tu amigo.

—Lo haré —dijo Turgut con sombrío énfasis. Guardó silencio un momento y dirigió su atención de nuevo a la estantería. Sacó de su colección sin decir palabra un álbum grande con letras latinas en la portada—. Rumano —me dijo—. Es una colección de imágenes de iglesias de Transilvania y Valaquia, obra de un historiador de arte que murió hace poco. Reprodujo muchas imágenes de iglesias que fueron destruidas durante la guerra, lamento decirlo. Por lo tanto, este libro es de gran valor. —Puso el volumen en mi mano—. ¿Por qué no miras la página veinticinco?

Obedecí. La lámina en color de un mural ocupaba las dos páginas. Había una pequeña fotografía en blanco y negro de la iglesia que lo había alojado, un edificio elegante de campanarios retorcidos. Pero fue la fotografía más grande la que llamó mi atención. A la izquierda asomaba la figura de un feroz dragón en pleno vuelo, con la cola ensortijada no una, sino dos veces, con un ojo dorado de mirada maníaca, y de cuya boca surgían llamas. Parecía a punto de abalanzarse sobre la figura de la derecha, un hombre agachado con cota de malla y turbante a rayas. El hombre lo miraba aterrorizado, con la curva cimitarra en una mano y un escudo redondo en la otra. Al principio creí que se hallaba en un campo sembrado de extrañas plantas, pero cuando miré con detenimiento vi que los objetos dispersos alrededor de sus rodillas eran personas, todo un bosque en miniatura, y que todas se retorcían, empaladas en una estaca. Algunas llevaban turbante, como el gigante que se alzaba en medio, pero otras iban vestidas como campesinos. Unas pocas exhibían brocados ondeantes y altos gorros de piel. Había cabezas rubias y morenas, nobles de largos bigotes castaños, e incluso algunos sacerdotes o monjes con hábitos negros y gorros altos. Había mujeres con trenzas colgantes, jóvenes desnudos, niños. Incluso uno o dos animales. Todos padeciendo una agonía atroz.

Turgut me estaba mirando.

—La iglesia fue fundada por Drácula durante su segundo reinado —dijo en voz baja.

Me quedé mirando la foto un momento más. Después ya no pude aguantar más y cerré el libro. Turgut lo tomó de mi mano y lo guardó. Cuando se volvió hacia mí, su mirada era feroz.

—Y bien, amigo mío, dime, ¿cómo piensas encontrar al profesor Rossi?

Su pregunta a bocajarro me recordó que este asunto descansaba sobre todo en mis manos, al fin y al cabo, y suspiré en voz alta bien a mi pesar.

—Aún estoy intentando reunir información —admití—, y a pesar de tu generoso trabajo de anoche y el del señor Aksoy, creo que no sabemos gran cosa. Tal vez Vlad Drácula hizo alguna aparición en Estambul después de su muerte, pero ¿cómo podemos averiguar si fue enterrado aquí y si aún sigue enterrado en esta ciudad? Eso continúa siendo un misterio para mí. En cuanto a nuestro próximo paso, sólo puedo decirte que nos vamos a Budapest unos días.

—¿A Budapest?

Casi vi como las conjeturas se reflejaban en su ancha cara.

—Sí. Recordarás que Helen te contó la historia de su madre y el profesor, su padre. Ella está convencida de que su madre puede poseer información que nunca ha revelado, de modo que vamos a hablar con ella en persona. La tía de Helen es alguien importante del Gobierno y arreglará las cosas para que podamos ir, espero.

—Ah. —Casi sonrió—. Hay que dar gracias a los dioses por los amigos importantes. ¿Cuándo os iréis?

—Tal vez mañana o pasado. Nos quedaremos cinco o seis días, me parece, y luego volveremos.

—Muy bien. Has de llevarte esto.

Turgut se levantó sin previo aviso y sacó de un armarito el equipo de cazar vampiros que nos había enseñado el día anterior. Lo dejó delante de mí.

—Pero esto es uno de tus tesoros —protesté—. En cualquier caso, no nos lo dejarán pasar en la aduana.

—Ah, pero no hay que enseñarlo en la aduana. Tenéis que esconderlo con sumo cuidado. Mira en la maleta, a ver si puedes guardarlo entre la ropa blanca o, mejor aún, que lo lleve la señorita Rossi. No registrarán con demasiado detenimiento el equipaje de una dama. —Cabeceó para darme ánimos—. Pero mi corazón no estará tranquilo a menos que lo aceptes. Mientras estés en Budapest, yo examinaré muchos libros para intentar ayudarte, pero tú irás en pos de un monstruo. De momento, guárdalo en el maletín. Es muy delgado y ligero. —Cogí el estuche de madera sin decir palabra y lo guardé al lado de mi libro del dragón—. Y mientras interrogas a la madre de Helen, yo buscaré por aquí cualquier pista de una tumba. Aún no he renunciado a la idea. —Entornó los ojos—. Eso explicaría las plagas que han maldecido nuestra ciudad desde el período del que estamos hablando. Si además de poderlas explicar pudiéramos ponerles fin...

En aquel momento, la puerta de su estudio se abrió y la señora Bora asomó la cabeza para llamarnos a comer. Fue un banquete tan delicioso como el del día anterior, aunque mucho más sombrío. Helen estaba callada y parecía cansada, la señora Bora pasaba platos con elegancia silenciosa, y el señor Erozan, si bien se levantó un rato para estar con nosotros, no comió gran cosa. Sin embargo, la señora Bora le obligó a beber unas cuantas copas de vino tinto y a comer un poco de carne, lo cual pareció reanimarle un poco. Hasta Turgut estaba retraído, con aspecto melancólico. Helen y yo nos marchamos en cuanto la cortesía nos lo permitió.

Turgut nos despidió en la puerta del edificio y estrechó nuestras manos con su cordialidad habitual. Nos rogó que le llamáramos en cuanto hubiéramos trazado nuestros planes de viaje y prometió su inquebrantable hospitalidad a nuestro regreso. Después me hizo una señal con la cabeza y dio unas palmaditas sobre mi maletín, y me di cuenta de que se estaba refiriendo en silencio al equipo que contenía. Asentí a modo de respuesta e hice un ademán en dirección a Helen para indicarle que se lo explicaría más tarde. Turgut agitó la mano hasta que ya no pudimos verle bajo los tilos y álamos, y cuando le perdimos de vista, Helen me cogió del brazo. El aire olía a lilas, y por un momento, en aquella señorial calle gris, paseando entre manchas de sol polvorientas, casi creí que estábamos de vacaciones en París.

37

Helen estaba muy cansada, y la dejé a regañadientes para que desca-
bezara un sueñecito en la pensión. No me gustaba que se quedara
sola, pero ella señaló que la luz del día debía ser protección suficiente. Aunque el pérfido bibliotecario conociera nuestro paradero, no
era probable que pudiera entrar en habitaciones cerradas con llave en
pleno día, y además Helen llevaba encima su crucifijo. Faltaban varias horas para que pudiera volver a llamar a su tía, y debíamos esperar sus instrucciones para preparar el viaje. Dejé mi maletín a su cuidado y me obligué a salir a la calle, pues pensaba que me volvería loco
si me quedaba y fingía leer o intentaba pensar.

Me pareció una buena oportunidad de ver algo más de Estambul, y me encaminé hacia el complejo del palacio de Topkapi, una
especie de laberinto con cúpulas, encargado por el sultán Mehmet
como nueva sede de su conquista. Me había atraído desde la primera
tarde que habíamos pasado en la ciudad, tanto por el aspecto que
presentaba desde lejos como por la descripción de la guía. Topkapi
abarca una amplia zona de la punta de Estambul, y el agua lo protege
por tres lados: el Bósforo, el Cuerno de Oro y el mar de Mármara.
Sospechaba que, si me lo perdía, me perdería la esencia de la historia
otomana de Estambul. Quizá me estaba alejando una vez más de Rossi, pero pensé que él habría hecho lo mismo si hubiera tenido a su disposición varias horas libres.

Me decepcionó averiguar, mientras paseaba por los parques, patios y pabellones donde había latido el corazón del imperio durante
cientos de años, que se exhibían muy pocas cosas de la época del sultán Mehmet, aparte de unos pocos objetos de su tesoro y algunas espadas que le pertenecieron, melladas y rayadas a causa de su prodigioso uso. Creo que, más que nada, esperaba ver otra faceta del
sultán cuyo ejército había luchado contra Vlad Drácula y cuya policía se había preocupado por la seguridad de su supuesta tumba en

Snagov. Era más bien, pensé (al recordar la partida que jugaban los ancianos en el bazar), como intentar determinar la posición del *shah* de tu contrincante en una partida de *shahmat*, cuando sólo conoces la del tuyo.

No obstante, había muchas cosas en el palacio capaces de ocupar mis pensamientos. Según lo que Helen me había contado el día anterior, se trataba de un mundo en el que más de cinco mil sirvientes, con títulos como «Gran Enrollador de Turbantes», habían obedecido en otro tiempo la voluntad del sultán, donde los eunucos protegían la virtud de su enorme harén en lo que no dejaba de ser una cárcel lujosa. Desde aquí, Solimán el Magnífico, que reinó a mediados del siglo XVI, había consolidado el imperio, codificado sus leyes y convertido Estambul en una metrópolis tan gloriosa como lo había sido bajo el gobierno de los emperadores bizantinos. Al igual que ellos, el sultán había peregrinado una vez a la semana a esta ciudad para rezar en Santa Sofía, pero los viernes, el día santo de los musulmanes, no los domingos. Era un mundo de rígidos protocolos y banquetes suntuosos, de telas maravillosas y bellas baldosas sensuales, de visires vestidos de verde y chambelanes vestidos de rojo, de botas coloreadas con gran fantasía y altos turbantes.

Me había sorprendido en particular la descripción que me había hecho Helen de los jenízaros, un soberbio cuerpo de guardia formado por niños robados a lo largo y ancho del imperio. Sabía que había leído algo sobre esos muchachos cristianos, nacidos en lugares como Serbia y Valaquia y educados en el islam, adiestrados para odiar a los pueblos de donde procedían y lanzados contra ellos cuando llegaban a la madurez, como halcones asesinos. Había visto imágenes de los jenízaros en alguna parte, de hecho, tal vez en un libro de pintura. Cuando pensé en sus jóvenes rostros inexpresivos, en formación para defender al sultán, sentí intensificarse el frío de los edificios que me rodeaban.

Mientras pasaba de una habitación a otra, se me ocurrió que el joven Vlad Drácula habría podido ser un excelente jenízaro. El imperio había perdido una gran oportunidad, la oportunidad de añadir un poco más de crueldad a su enorme fuerza. Tendrían que haberle capturado muy joven, pensé, para luego retenerle tal vez en Asia Menor en lugar de devolverlo a su padre. Había sido demasiado independiente después de eso, un renegado, leal sólo a sí mismo, tan veloz a la hora de exterminar a sus propios seguidores como a los enemigos turcos. Como Stalin. Me sorprendí con este salto mental cuando desvié la vista hacia el brillo del Bósforo. Stalin había muerto el año anterior, y nuevos relatos de sus atrocidades se habían filtrado a la prensa occidental. Recordé un informe acerca de un general, en apariencia leal, al que Stalin había acusado, justo antes de la guerra, de querer derrocarle. Habían secuestrado al general en su apartamento en plena noche, para luego colgarlo cabeza abajo de las vigas de una transitada estación de tren, en las afueras de Moscú, durante varios días, hasta que murió. Todos los pasajeros que habían subido y bajado de los trenes le habían visto, pero nadie osó mirar dos veces en su dirección. Mucho después la gente del barrio ni siquiera había sido capaz de ponerse de acuerdo sobre la veracidad del hecho.

Este inquietante pensamiento me siguió de una maravillosa habitación del palacio a otra. En todas partes presentía algo siniestro o peligroso, que bien podía ser la abrumadora evidencia del supremo poder del sultán, un poder no tanto oculto como revelado por los estrechos corredores, los pasillos serpenteantes, las ventanas con barrotes, los jardines con claustros. Por fin, en busca de un poco de alivio de la mezcla de sensualidad y encarcelamiento, de elegancia y opresión, volví al exterior, a los árboles iluminados por el sol del patio exterior.

Una vez allí, no obstante, me topé con el fantasma más alarmante de todos, porque mi guía explicaba que ahí había estado el tajo del verdugo y describía, con todo lujo de detalles, la costumbre del sultán de decapitar a los oficiales, y a quien fuera, con quienes discrepaba. Sus cabezas eran exhibidas en las verjas del palacio, un severo ejemplo para el populacho. El sultán y el renegado de Valaquia formaban una agradable pareja, pensé, y di media vuelta asqueado. Un paseo por el parque circundante calmó mis nervios, y el centelleo rojizo del sol sobre las aguas, que convirtieron un barco que pasaba en una silueta negra, me recordó que la tarde estaba agonizando y debía volver con Helen, y quizá saber noticias de su tía.

Helen estaba esperando en el vestíbulo con un periódico inglés cuando yo llegué.

—¿Qué tal tu paseo? —preguntó al tiempo que alzaba la vista.

—Horripilante —dije—. He ido al palacio de Topkapi.

—Ah. —Cerró el diario—. Lamento habérmelo perdido.

—No lo sientas. ¿Cómo van las cosas en el mundo?

Helen siguió los titulares con el dedo.

—Horripilantes. Pero tengo buenas noticias para ti.

—¿Has hablado con tu tía?

Me dejé caer en una de las hundidas butacas a su lado.

—Sí, y se ha portado de manera extraordinaria, como siempre. Estoy segura de que me reñirá, como de costumbre, pero eso no importa. Lo importante es que ha encontrado un congreso al que podemos asistir.

—¿Un congreso?

—Sí. La verdad es que es algo maravilloso. Hay un congreso internacional de historiadores en Budapest esta semana. Asistiremos como estudiosos, y se ha movido de modo que podremos obtener los visados aquí. —Sonrió—. Por lo visto, mi tía tiene un amigo historiador en la Universidad de Budapest.

—¿Cuál es el tema del congreso? —pregunté con aprensión.

—Problemas laborales europeos hacia 1600.

—Un tema muy amplio. Supongo que asistimos en calidad de especialistas otomanos, ¿verdad?

—Exacto, mi querido Watson.

Suspiré.

—Menos mal que he ido a Topkapi.

Helen me sonrió, pero no sé si con malicia o por la confianza en mi capacidad para el disimulo.

—El congreso empieza el viernes, de manera que sólo podemos estar aquí dos días más. Durante el fin de semana asistiremos a las conferencias y tú pronunciarás una. El domingo está libre en parte para que los estudiosos exploren el Budapest histórico, y nosotros nos escaparemos para explorar a mi madre.

—¿Que haré qué?

No pude evitar mirarla con ira, pero se encajó un rizo detrás de la oreja y me miró con una sonrisa aún más inocente.

—Ah, una conferencia. Pronunciarás una conferencia. Es el truco para entrar en el país.

—¿Una conferencia sobre qué, por favor?

—Sobre la presencia otomana en Transilvania y Valaquia, me parece. Mi tía ha tenido la amabilidad de añadirla al programa. No será una conferencia larga, porque los otomanos nunca lograron conquistar del todo Transilvania. Pensé que era un buen tema para ti porque ya sabemos muchas cosas sobre Vlad, y él fue fundamental para mantener a raya a los otomanos en su tiempo.

—Bueno para ti —resoplé—. Eres tú quien sabe mucho sobre Vlad Drácula. ¿Me estás diciendo que he de aparecer ante un encuentro internacional de estudiosos y hablar de Drácula? Haz el favor de recordar por un momento que el tema de mi tesis son los gremios mercantiles holandeses, y ni siquiera la he terminado. ¿Por qué no das tú la conferencia?

—Eso sería ridículo —dijo Helen, y enlazó las manos sobre el periódico—. Yo no valgo ni un penique. Todo el mundo me conoce ya en la universidad, y todo el mundo se ha aburrido varias veces con mi trabajo. Tener a un estadounidense añadirá un poco más de brillo a la escena, y me estarán agradecidos por llevarte, aunque haya sido en el último momento. Tener a un estadounidense hará que se sientan menos avergonzados sobre el miserable hostal de la universidad y los guisantes enlatados que servirán a todo el mundo en la gran cena de clausura. Yo te ayudaré a escribir la conferencia, o te la escribiré, si vas a ponerte tan desagradable, y la pronunciarás el sábado. Creo que mi tía dijo que sería a eso de la una.

Rezongué. Era la persona más imposible que había conocido en mi vida. Se me ocurrió que aparecer con ella en Budapest podía significar una desventaja política más grande de lo que Helen deseaba admitir.

—Bien, ¿qué tienen que ver los otomanos en Valaquia o Transilvania con los problemas laborales europeos?

—Ah, ya encontraremos una manera de introducir algunos problemas laborales. Ésa es la belleza de la sólida educación marxista que tú no tuviste el privilegio de recibir. Créeme, puedes encontrar problemas laborales en cualquier tema si te esfuerzas en buscarlos. Además, el imperio otomano era un gran poder económico, y Vlad entorpeció sus rutas comerciales y el acceso a los recursos naturales en la región del Danubio. No te preocupes. Será una conferencia fascinante.

—¡Dios mío! —dije por fin.

—No. —Helen meneó la cabeza—. Dios no, por favor. Sólo relaciones laborales.

No pude reprimir una carcajada, ni admirar en silencio el brillo de sus ojos oscuros.

—Sólo espero que nadie se entere de esto en la universidad. Ya imagino lo que diría el tribunal de mi tesis. Por otra parte, creo que a Rossi le habría gustado todo este montaje.

Me puse a reír de nuevo, al imaginar el brillo travieso en la mirada azul eléctrico de Rossi, pero paré enseguida. Pensar en él se estaba convirtiendo en algo tan doloroso que apenas podía soportarlo. Aquí estaba yo, al otro lado del mundo del despacho donde le había visto por última vez, y tenía todos los motivos para creer que nunca volvería a verle vivo y que tal vez no sabría nunca qué había sido de él. *Nunca* se convirtió en una extensión larga y desolada ante mí durante un segundo, y después deseché el pensamiento. Nos íbamos a Hungría para hablar con una mujer que, en teoría, le había conocido (le había conocido íntimamente) mucho antes que yo, cuando estaba a punto de iniciar su búsqueda de Drácula. Era una pista que no podíamos desperdiciar. Si tenía que dar una conferencia de charlatán para ello, lo haría.

Helen me estaba contemplando en silencio y percibí, no por primera vez, su habilidad sobrenatural para leer mis pensamientos. Lo confirmó al cabo de un momento.

—Vale la pena, ¿no?

—Sí.

Aparté la vista.

—Muy bien —dijo en voz baja—. Y me alegro de que vayas a conocer a mi tía, que es maravillosa, y a mi madre, que también es maravillosa, pero de una forma diferente, y de que ellas te conozcan.

La miré enseguida (la ternura de su voz había provocado que mi corazón se encogiera de repente), pero su rostro había recuperado la expresión habitual de ironía cautelosa.

—¿Cuándo nos iremos? —pregunté.

—Recogeremos nuestros visados mañana por la mañana y volaremos al día siguiente, si no hay problemas con los billetes. Mi tía me ha dicho que debemos ir al consulado de Hungría antes de que abra mañana y llamar al timbre de la puerta, a eso de las siete y media. Desde allí iremos a la agencia de viajes y reservaremos los billetes de avión. Si no hay asientos, tendremos que tomar el tren, lo cual implicaría un viaje muy largo.

Meneó la cabeza, pero mi repentina visión de un ruidoso tren de los Balcanes, zigzagueando de una antigua capital a otra, me hizo confiar por un momento en que el avión estaría lleno por completo, pese al tiempo que perderíamos.

—¿Estoy en lo cierto al pensar que esto lo has heredado de tu tía más que de tu madre?

Tal vez fue la aventura mental en tren lo que me impulsó a sonreír a Helen.

Sólo vaciló un segundo.

—Correcto de nuevo, Watson. Soy muy parecida a mi tía, y gracias a Dios. Pero mi madre te gustará más. A casi todo el mundo le pasa. Y ahora, ¿puedo invitarte a cenar en nuestro local favorito para trabajar en tu conferencia mientras comemos?

—Por supuesto —acepté—, mientras no haya gitanas en las cercanías.

Le ofrecí mi brazo con cautelosa ironía y ella abandonó su periódico para tomarlo. Era extraño, reflexioné cuando salimos a la noche dorada de las calles bizantinas, que aún en las circunstancias más siniestras, en los episodios más turbadores de la vida, muy lejos del hogar y la familia, había momentos de dicha innegable.

En una soleada mañana en Boulois, Barley y yo subimos al tren de Perpiñán.

38

El avión del viernes de Estambul a Budapest no estaba muy lleno, y cuando estuvimos acomodados entre los ejecutivos turcos vestidos de negro, los burócratas magiares de chaqueta gris que hablaban a la vez, las ancianas con chaqueta azul y pañuelo en la cabeza (¿iban a trabajar de limpiadoras a Budapest, o sus hijas se habían casado con diplomáticos húngaros?), apenas tuve tiempo de lamentar el viaje en tren que no habíamos hecho, porque el vuelo fue breve.

Ese viaje en tren, con las vías talladas a través de murallas montañosas, sus espacios con bosques y precipicios, ríos y ciudades feudales, tendría que esperar a mi carrera posterior, como ya sabes, y lo he hecho dos veces desde entonces. Hay algo muy misterioso para mí en el cambio que se percibe, a lo largo de esa ruta, del mundo islámico al cristiano, del imperio otomano al imperio austrohúngaro, de lo musulmán a lo católico y protestante. Es una gradación de ciudades, de arquitectura, de minaretes que van dejando paso a cúpulas de iglesias, del mismísimo aspecto del bosque y la orilla del río, de manera que poco a poco empiezas a creer que eres capaz de leer en la propia naturaleza la saturación de historia. ¿Tan diferente parece la ladera de una colina turca de la pendiente de un prado magiar? Claro que no, pero la diferencia es imposible de borrar del ojo cuando la historia te informa desde la mente. Más tarde, cuando recorrí esta ruta, la vi también alternativamente apacible y bañada en sangre, otro engaño de la visión del historiador, siempre desgarrado entre el bien y el mal, la paz y la guerra. Tanto si imaginaba una incursión otomana por el Danubio como la primera invasión de los hunos desde el este, siempre me atormentaban imágenes conflictivas: una cabeza cortada que llegaba al campamento entre gritos de triunfo y odio, y luego la anciana (tal vez la abuela de todas las abuelas de cara arrugada que veía en el avión) que vestía a su nieto con ropas de más abrigo, pellizcaba su suave cara turca y extendía su mano experta para impedir que se quemara el guiso de caza.

Estas visiones me aguardaban en el futuro, pero durante nuestro viaje en avión añoraba el panorama sin saber cuál era o qué ideas me induciría más adelante. Helen, una viajera más curtida y menos entusiasta, aprovechó la oportunidad para dormir aovillada en su asiento. Habíamos estado hasta tarde en la mesa del restaurante de Estambul dos noches seguidas, trabajando en la conferencia que yo pronunciaría en el congreso de Budapest. Tuve que reconocerle mayores conocimientos sobre las batallas de Vlad contra los turcos de los que yo había disfrutado (o no) antes, aunque eso no era decir mucho. Confiaba en que nadie haría preguntas a continuación de mi recitado de este material sólo aprendido a medias. No obstante, era notable lo que Helen almacenaba en su cerebro, y me maravillé una vez más de que su autoeducación sobre Drácula hubiera sido estimulada por la escurridiza esperanza de darle lecciones a un padre al que apenas podía reivindicar como suyo. Cuando su cabeza descansó sobre mi hombro, la dejé posada allí y procuré no aspirar el aroma (¿champú húngaro?) de sus rizos. Estaba cansada. Me mantuve meticulosamente inmóvil mientras dormía.

Mi primera impresión de Budapest, a través de las ventanillas del taxi que tomamos en el aeropuerto, fue de inmensa nobleza. Helen me había explicado que nos hospedaríamos en un hotel cercano a la universidad, en la orilla este del Danubio, en Pest, pero por lo visto pidió a nuestro conductor que nos llevara junto al Danubio antes de dejarnos. En un momento dado estábamos recorriendo señoriales calles de los siglos XVIII y XIX, animadas de vez en cuando por estallidos de fantasías *art nouveau* o un majestuoso árbol viejo, y al siguiente vimos el Danubio. Era enorme (yo no estaba preparado para su grandeza), y tres grandes puentes lo cruzaban. En nuestra orilla del río se alzaban las increíbles agujas y cúpulas neogóticas del Parlamento, y en el lado contrario se elevaban los flancos, alfombrados de árboles, del palacio real y las agujas de iglesias medievales. En mitad de todo se hallaba la extensión del río, verdegrisácea, con la superficie agitada apenas por el viento y reflejando la luz del sol. Un gigantesco cielo azul se arqueaba sobre las cúpulas, monumentos e iglesias, y pintaba el agua con colores cambiantes.

Había esperado que Budapest me intrigaría y que llegaría a admirarla. No esperaba que me sobrecogiera. Había asimilado innumerables invasores y aliados, empezando con los romanos y terminando con los austríacos, o los soviéticos, pensé, al recordar los amargos comentarios de Helen, y no obstante era diferente de todos ellos. No era del todo occidental, ni oriental como Estambul, ni del norte de Europa, pese a toda su arquitectura gótica. Veía por la ventanilla del taxi un esplendor de lo más personal. Helen también estaba mirando, y al cabo de un momento se volvió hacia mí. Parte de la emoción debía reflejarse en mi cara, porque estalló en carcajadas.

—Veo que te gusta nuestra pequeña ciudad —dijo, y percibí bajo su ironía un gran orgullo—. ¿Sabías que Drácula es uno de los nuestros aquí? En 1462 fue encarcelado por el rey Matías Corvino a unos treinta kilómetros de Buda, porque había amenazado los intereses de Hungría en Transilvania. Al parecer, Corvino le trató más como a un invitado que como a un prisionero, e incluso le dio una esposa de una familia real húngara, aunque nadie sabe con exactitud quién fue. Se convirtió en la segunda esposa de Drácula. Éste demostró su gratitud convirtiéndose al catolicismo, y se les permitió vivir en Pest una temporada. En cuanto le liberaron...

—Creo que me lo puedo imaginar —dije—. Volvió de inmediato a Valaquia, se apoderó del trono sin más tardanza y renunció a su conversión.

—Eso es básicamente correcto —admitió ella—. Empiezas a conocer bien a nuestro amigo. Lo que más deseaba era apoderarse del trono de Valaquia.

El taxi se desvió demasiado pronto hacia el barrio antiguo de Pest, lejos del río, pero aquí me esperaban más prodigios, que devoré con la vista sin la menor vergüenza: cafeterías que imitaban las glorias de Egipto o Asiria, calles peatonales abarrotadas de enérgicos compradores y provistas de farolas de hierro, mosaicos y esculturas, ángeles y santos en mármol y bronce, reyes y emperadores, violinistas con blusas blancas que tocaban en la esquina de una calle.

—Ya hemos llegado —dijo de repente Helen—. Éste es el barrio de la universidad, y allí está la biblioteca. —Estiré el cuello para echar un vistazo a un bello edificio clásico de piedra amarilla—. Ya iremos cuando podamos. De hecho, quiero consultar algo en ella. Aquí está nuestro hotel, al lado de la *utca* Magyar, para ti calle Magyar. He de conseguirte un plano para que no te pierdas.

El taxista depositó nuestras maletas delante de una fachada de piedra gris elegante y aristocrática, y yo le di la mano a Helen para ayudarla a bajar del coche.

—Me lo imaginaba —resopló—. Siempre utilizan este hotel para los congresos.

—A mí me parece bien —aventuré.

—Oh, no está mal. Te gustará en especial porque podrás elegir entre agua fría y agua fría y también por la comida precocinada.

Helen pagó al conductor con una selección de grandes monedas de plata y cobre.

—Pensaba que la comida húngara era maravillosa —dije para consolarla—. Estoy seguro de que lo he leído en algún sitio. *Goulash* y *paprika*, y todo eso.

Helen puso los ojos en blanco.

—Todo el mundo habla siempre del *goulash* y la *paprika* cuando dices Hungría, al igual que todo el mundo habla de Drácula si dices Transilvania. —Rió—. Pero no hagas caso de la comida del hotel. Ya verás cuando comamos en casa de mi tía o de mi madre. Luego hablaremos de cocina húngara.

—Pensaba que tu madre y tu tía eran rumanas —protesté, y lo lamenté al instante. El rostro de Helen se petrificó.

—Puedes pensar lo que te dé la gana, yanqui —me dijo en tono perentorio, y levantó su maleta antes de que yo pudiera cogerla.

El vestíbulo del hotel era silencioso y fresco, revestido de mármol y pan de oro de una época más próspera. Lo encontré agradable, y no vi nada de lo que Helen debiera avergonzarse. Un momento después caí en la cuenta de que había pisado mi primer país comunista. En la pared, detrás del mostrador de recepción, había fotografías de autoridades del Gobierno, y el uniforme azul oscuro de todo el personal del hotel poseía algo tímidamente proletario. Helen nos registró y me dio la llave de mi habitación.

—Mi tía se ha encargado de todo a la perfección —dijo satisfecha—. Ha dejado un mensaje telefónico diciendo que nos encontraremos aquí con ella a las siete de la tarde para ir a cenar. Antes nos inscribiremos en el congreso y asistiremos a una recepción a las cinco.

Me decepcionó la noticia de que la tía no nos llevaría a su casa para probar la comida casera húngara, y para echar un vistazo a la vida de la élite burocrática, pero me recordé a toda prisa que, al fin y al cabo, yo era un norteamericano y no debía esperar que se me abrieran todas las puertas. Yo podía constituir un peligro, un inconveniente o, al menos, un engorro. De hecho, pensé, haría bien en intentar pasar desapercibido y causar los menos problemas posibles a mis anfitriones. Tenía suerte de estar allí, y lo último que deseaba eran problemas para Helen o su familia.

Mi habitación, en la primera planta, era sencilla y limpia, con incongruentes toques de antigua grandeza en los querubines dorados de las esquinas superiores y el lavabo de mármol en forma de gran concha marina. Mientras me lavaba las manos y me peinaba en el espejo, desvié la vista desde los sonrientes *putti* hasta la estrecha cama, ya hecha, que habría podido ser un catre del ejército, y sonreí. Esta vez mi habitación estaba en un piso diferente del de Helen (¿previsión de la tía de Helen?), pero al menos tendría como compañía a aquellos querubines anticuados y sus guirnaldas austrohúngaras.

Helen me estaba esperando en el vestíbulo, y me condujo en silencio a través de las grandes puertas del hotel hasta la majestuosa calle. Llevaba de nuevo su blusa azul claro (en el curso de nuestros viajes, el aspecto de mi ropa se había deteriorado bastante, mientras que ella había conseguido que tuvieran un aspecto planchado y lavado, cosa que yo consideré un talento propio de la Europa del Este) y se había recogido el pelo en un moño ceñido en la nuca. Estaba absorta en sus pensamientos mientras nos dirigíamos a la universidad. No me atreví a preguntar en qué estaba pensando, pero al cabo de un rato me lo reveló por voluntad propia.

—Me resulta muy raro volver aquí tan de repente —dijo, y me miró.

—¿Y con un norteamericano desconocido?

—Y con un norteamericano desconocido —murmuró, pero no sonó como un cumplido.

La universidad estaba compuesta por edificios impresionantes, algunos de ellos ecos de la hermosa biblioteca que habíamos visto antes, y empecé a sentir cierto nerviosismo cuando Helen indicó con un ademán nuestro destino, una amplia sala de estilo clásico de la segunda planta, rodeada de estatuas. Me detuve para mirarlas y leí algunos de los nombres, escritos en sus versiones magiares: Platón,

Descartes, Dante, todos coronados con laureles y vestidos con togas clásicas. Conocía menos las otras figuras: Szent István, Mátyás Corvinus, János Hunyadi. Blandían cetros o se tocaban con pesadas coronas.

—¿Quiénes son? —pregunté a Helen.

—Ya te lo diré mañana —contestó—. Vamos, ya son más de las cinco.

Entramos en la sala con varios jóvenes que parecían muy animados, a los cuales tomé por estudiantes, y nos encaminos a una enorme estancia del segundo piso. Mi estómago se revolvió un poco. La sala estaba llena de profesores con trajes grises, negros o de *tweed* y corbatas torcidas (tenían que ser profesores, razoné), que comían pimientos rojos y queso blanco y bebían algo que olía a un medicamento muy potente. Todos eran historiadores, pensé acongojado, y si bien en teoría era un colega más, el corazón me dio un vuelco. Un grupo de colegas rodeó de inmediato a Helen, y la vi estrechar la mano con franca camaradería a un hombre cuyo copete me recordó una especie de perro. Casi había decidido fingir que estaba mirando por la ventana la magnífica fachada de la iglesia de enfrente, cuando Helen me agarró por el codo durante una fracción de segundo (¿era un comportamiento juicioso?) y me arrastró hacia el núcleo de la muchedumbre.

—Te presento al profesor Sándor, jefe del Departamento de Historia de la Universidad de Budapest y nuestro medievalista más importante —me dijo, al tiempo que indicaba al perro blanco, y yo me apresuré a presentarme.

Un apretón de hierro estrujó mi mano, y el profesor Sándor manifestó que se sentían muy honrados por que yo me hubiera sumado al congreso. Me pregunté por un momento si sería el amigo de la misteriosa tía. Para mi sorpresa, habló en un inglés claro, aunque lento.

—Es todo un placer tenerle aquí —dijo cordialmente—. Estamos ansiosos por escuchar su conferencia de mañana.

Expresé a mi vez el honor que sentía por haberme permitido hablar en el congreso, y procuré no mirar a Helen mientras lo decía.

—Excelente —tronó el profesor Sándor—. Sentimos un gran respeto por las universidades de su país. Ojalá nuestras dos naciones vivan en paz y amistad por siempre. —Brindó con su vaso de producto medicinal transparente que yo había estado oliendo, y me apresuré a devolver el brindis, pues un vaso se había materializado como por arte de magia en mi mano—. Y ahora, si podemos hacer algo para que su estancia en Budapést sea más feliz, dígalo.

Sus grandes ojos oscuros, brillantes en un rostro envejecido y que contrastaban con su melena blanca, me recordaron por un momento a los de Helen, y de repente me cayó mejor.

—Gracias, profesor —le dije con sinceridad, y me dio una palmada en la espalda con su gigantesca manota.

—Por favor, vengan. Coman y beban, y luego ya hablaremos.

Enseguida desapareció para atender a sus demás responsabilidades, y yo me encontré asediado por las ansiosas preguntas de otros miembros de la facultad y estudiosos visitantes, algunos de los cuales parecían más jóvenes que yo. Se congregaron alrededor de Helen y de mí, y poco a poco distinguí entre sus voces un parloteo en francés y alemán, y algún otro idioma que tal vez era ruso. Era un grupo muy animado, un grupo encantador, y empecé a olvidar mis nervios. Helen me presentó con una gracia distante que se me antojó la nota apropiada para la ocasión, y explicó con delicadeza la naturaleza de nuestro trabajo conjunto y el artículo que publicaríamos pronto en una revista norteamericana. Las caras ansiosas se arremolinaron en torno a ella, y se ruborizó un poco cuando estrechó las manos, e incluso besó las mejillas, de algunos viejos conocidos. Estaba claro que no la habían olvidado, pero ¿cómo sería eso posible?, pensé. Reparé en que había otras mujeres en la sala, algunas mayores y otras más jóvenes, pero las eclipsaba a todas. Era más alta, más vivaracha, más desenvuelta, con sus hombros anchos, su hermosa cabeza y abundantes rizos, su expresión de ironía vivaz. Me volví hacia uno de los miembros de la facultad húngara con tal de no mirarla. La feroz bebida empezaba a correr por mis venas.

—¿Es la típica reunión previa a un congreso aquí?

No sabía muy bien a qué me refería, pero era una excusa para apartar mis ojos de Helen.

—Sí —dijo mi interlocutor con orgullo. Era un hombre bajo, de unos sesenta años, con chaqueta gris y corbata gris—. Celebramos muchos congresos internacionales en la universidad, sobre todo ahora.

Iba a preguntar lo que significaba «sobre todo ahora», pero el profesor Sándor se había materializado a mi lado de nuevo y me estaba guiando hacia un hombre apuesto que parecía ansioso por conocerme.

—Le presento al profesor Géza József —me dijo—. Tiene muchas ganas de conocerle.

Helen se volvió al mismo tiempo, y ante mi sorpresa vi una expresión de desagrado (¿o de disgusto?) destellar en su cara. Se precipitó al instante hacia nosotros, como si quisiera intervenir.

—¿Cómo estás, Géza?

Le estrechó las manos con formalidad y cierta frialdad, antes de que yo tuviera tiempo de saludar al hombre.

—Me alegro de verte, Helen —dijo el profesor József al tiempo que hacía una breve reverencia, y percibí algo extraño en su voz, que tanto podía ser un toque burlón como cualquier otra emoción. Me pregunté si estaban hablando inglés en deferencia hacia mí.

—Y yo a ti —replicó ella—. Permíteme presentarte a un colega con el que he estado trabajando en Estados Unidos...

—Es un placer conocerle —dijo, y me dedicó una sonrisa que iluminó sus hermosas facciones. Era más alto que yo, de espeso cabello castaño y con el porte confiado de un hombre enamorado de su virilidad. Habría estado magnífico a lomos de un caballo, cabalgando por las llanuras con rebaños de ovejas, pensé. Su apretón de manos fue cálido, y me dio una palmada de bienvenida con la otra mano en el hombro. No pude fijarme en si Helen le consideraba repulsivo, aunque no pude sacudirme de encima la impresión de que así era—. De modo que nos va a honrar mañana con una conferencia. Esto es espléndido —dijo. Hizo una breve pausa—. Pero mi inglés no es muy bueno. ¿Prefiere que hablemos en francés o alemán?

—Estoy seguro de que su inglés es mucho mejor que mi francés o mi alemán —respondí enseguida.

—Es usted muy amable. —Su sonrisa era un prado henchido de flores—. Tengo entendido que su especialidad es la dominación otomana de los Cárpatos, ¿verdad?

Aquí, las noticias viajaban con celeridad, pensé. Igual que en casa.

—Ah, sí —admití—. Aunque estoy seguro de que su facultad va a enseñarme muchas cosas sobre el tema.

—No creo —murmuró cortésmente—, pero he llevado a cabo una pequeña investigación sobre la materia, que me encantaría comentar con usted.

—Los intereses del profesor József son muy variados —intervino Helen. Su tono habría helado el agua caliente. Todo esto era muy desconcertante, pero me recordé que todo departamento académico padece disturbios civiles, cuando no una guerra declarada, y éste no debía ser la excepción. Antes de que pudiera pensar en una fórmula conciliadora, Helen se volvió hacia mí con brusquedad—. Profesor, hemos de ir a nuestra siguiente reunión.

Por un segundo, no supe a quién estaba hablando, pero apoyó la mano con firmeza debajo de mi brazo.

—Ah, ya veo que está muy ocupado. —El profesor József era todo pesar—. Tal vez podamos hablar de la cuestión otomana en otro momento. Me encantaría enseñarle algunas cosas de nuestra ciudad, profesor, o llevarle a comer...

—El profesor estará muy ocupado mientras dure el congreso —dijo Helen. Estreché la mano del hombre con toda la cordialidad que la mirada gélida de Helen me permitió, y después Géza József se apoderó de la mano libre de ella.

—Es un placer volver a verte en tu patria —le dijo, inclinó la cabeza y besó su mano. Helen la retiró al instante, pero una extraña expresión cruzó por su cara. Estaba algo conmovida por el gesto, decidí, y por primera vez me cayó mal el encantador historiador húngaro. Helen me condujo de nuevo hacia el profesor Sándor. Nos disculpamos y expresamos nuestra impaciencia por escuchar las conferencias del día siguiente.

—Y nosotros estamos deseosos de asistir a la suya.

Apretó mi mano entre las suyas. Los húngaros eran un pueblo muy afectuoso, pensé, con una agradable sensación de bienestar que sólo era en parte el efecto de la bebida en mi organismo. Mientras aplazara cualquier pensamiento real sobre la conferencia, me sentiría ahíto de satisfacción. Helen me cogió del brazo, y creí que escudriñaba la habitación con una veloz mirada antes de salir.

—¿Qué ha pasado? —El aire de la noche era de un frescor vivificante, pero yo me sentía mejor que nunca—. Tus compatriotas son las persona más cordiales que he conocido en mi vida, pero tuve la impresión de que estabas a punto de decapitar al profesor József.

—En efecto —replicó—. Es *unsufrible*.

—Insufrible, diría yo —corregí—. ¿Por qué le tratas así? Te saludó como si fueras una vieja amiga.

—Oh, no tengo ningún problema con él, salvo que es un buitre. Un vampiro, en realidad. —Calló enseguida y me miró, con ojos desorbitados—. No quería decir...

—Pues claro que no —dije—. Me fijé en sus caninos.

—Tú también eres *unsufrible* —dijo, y se soltó de mi brazo.

La miré con pesar.

—No me importa que me cojas del brazo —dije con desenvoltura—, pero ¿es una buena idea que lo hagas delante de toda tu universidad?

Me miró un momento, y fui incapaz de descifrar la oscuridad de sus ojos.

—No te preocupes. No había nadie de Antropología presente.

—Pero conoces a muchos historiadores, y la gente habla —insistí.

—Oh, aquí no. —Lanzó una carcajada seca—. Aquí todos somos camaradas. Ni habladurías ni conflictos, sólo dialéctica entre camaradas. Ya lo verás mañana. Todo es como una pequeña utopía.

—Helen —gemí—, ¿quieres hacer el favor de hablar en serio al menos por una vez? Sólo estoy preocupado por tu reputación..., tu reputación política. Al fin y al cabo, algún día volverás aquí y te encontrarás con toda esta gente.

—¿De veras?

Cogió mi brazo de nuevo y seguimos andando. Yo no intenté soltarme. Poco habría podido valorar más en aquel instante que el roce de su manga negra contra mi codo.

—De todos modos, valió la pena. He conseguido que los dientes de Géza rechinaran. Los colmillos, quiero decir.

—Bien, gracias —mascullé, pero no dije nada más porque había perdido la confianza en mi cordura. Si su intención había sido dar celos a alguien, conmigo le había salido bien. De pronto, la imaginé en los fuertes brazos de Géza. ¿Habían sido amantes antes de que Helen abandonara Budapest? Debieron formar una pareja impresionante, pensé: los dos eran guapos, altos y elegantes, de pelo oscuro y hom-bros anchos. De repente, me sentí insignificante y anglosajón, nada comparable a los jinetes de la estepa. Sin embargo, la cara de Helen prohibía más preguntas, y tuve que contentarme con el peso silencio-so de su brazo.

Con excesiva prontitud atravesamos las puertas doradas del ho-tel y entramos en el silencioso vestíbulo. Al instante, una figura soli-taria se levantó de entre las butacas tapizadas en negro y palmeras plantadas en macetas y esperó con calma a que nos acercáramos. He-len emitió un gritito y corrió hacia ella con las manos extendidas.

—¡Eva!

39

Desde que la conocí —sólo la vi tres veces, y la segunda y tercera fueron breves—, he pensado muchas veces en Eva, la tía de Helen. Hay personas que permanecen grabadas en la memoria con mucha más definición tras un breve encuentro que otras a las que ves cada día durante un período largo. Tía Eva era una de esas personas, y mi memoria e imaginación han conspirado para conservarla en vívidos colores durante veinte años. Con frecuencia la he utilizado para recrear a personajes de libros o de figuras históricas. Por ejemplo, se materializó de manera automática cuando me topé con *madame Merle*, la agradable conspiradora de *Retrato de una dama*, de Henry James.

De hecho, tía Eva ha personificado a tantas mujeres formidables, agradables y sutiles en mis reflexiones que es un poco difícil para mí retrotraerme a la verdadera tal como la conocí una noche de verano de 1954 en Budapest. Sí recuerdo que Helen se precipitó en sus brazos con afecto desmesurado, mientras que tía Eva permaneció inmóvil, serena y digna, y abrazó y besó sonoramente a su sobrina en cada mejilla. Cuando Helen se volvió, ruborizada, para presentarnos, vi lágrimas brillar en los ojos de ambas mujeres.

—Eva, éste es mi colega norteamericano, de quien ya te he hablado. Paul, te presento a mi tía, Eva Orbán.

Le estreché la mano y procuré no mirarla fijamente. La señora Orbán era una mujer alta y de aspecto distinguido, de unos cincuenta y cinco años. Lo que me hipnotizó de ella fue su asombroso parecido con Helen. Podrían haber sido hermanas, una mayor y otra mucho más joven, o bien gemelas, una de las cuales había envejecido por obra de amargas experiencias, mientras que la otra se había mantenido joven y fresca como por arte de magia. Tía Eva sólo era un ápice más baja que Helen y poseía el porte elegante y enérgico de su sobrina. Cabía la posibilidad de que su rostro hubiera sido más adorable que el de su sobrina, y todavía era muy hermosa, con la misma nariz larga y recta, los pómulos pronunciados y los melancólicos ojos oscuros. El color de su pelo me intrigó hasta que comprendí que no era el natural. Era de un peculiar rojo púrpura, con un poco de blanco en las raíces. Durante nuestra estancia en Budapest vi ese color de pelo en muchas mujeres, pero aquella primera visión me sorprendió. Llevaba pequeños pendientes de oro en las orejas y un traje negro igual al de Helen, con una blusa roja debajo.

Cuando nos estrechamos la mano, tía Eva escudriñó mi cara con mucha seriedad, casi con severidad. Tal vez estaba buscando alguna debilidad de carácter de la que debiera advertir a su sobrina, pensé, y luego me reprendí. ¿Por qué iba a considerarme un pretendiente en potencia? Vi una red de finas arrugas alrededor de sus ojos y en las comisuras de sus labios, la herencia de una sonrisa sempiterna. Aquella sonrisa emergió un momento, como si no pudiera reprimirla durante mucho tiempo. No me extrañó que aquella mujer pudiera conseguir una conferencia de más en un congreso y sellos en visados en tan poco tiempo, pensé. La inteligencia que proyectaba sólo tenía parangón con su sonrisa. Al igual que los de Helen, sus dientes eran blancos y rectos, algo que no era muy común entre los húngaros, según había observado.

—Encantado de conocerla —dije—. Gracias por concederme el honor de asistir al congreso.

Tía Eva rió y apretó mi mano. Si había pensado que era tranquila y reservada un momento antes, me había engañado. Soltó una parrafada en húngaro, y yo me pregunté si se suponía que debía entender algo. Helen acudió en mi rescate al punto.

—Mi tía no habla inglés —explicó—, aunque lo entiende más de lo que quiere admitir. La gente mayor de aquí ha estudiado alemán y ruso, y a veces francés, pero el inglés lo estudia muy poca gente. Yo te traduciré lo que diga. Chsss. —Apoyó una mano cariñosa sobre el brazo de su tía, y añadió algo en húngaro—. Dice que te dé la bienvenida y espera que no te metas en líos, pues puso en pie de guerra a toda la Subsecretaría de Visados para conseguírtelo. Espera que la invites a tu conferencia, que no entenderá muy bien, pero es una cuestión de principios, y también has de satisfacer su curiosidad sobre tu universidad, cómo me conociste, si me porto como es debido en Estados Unidos y qué clase de platos cocina tu madre. Te hará otras preguntas más adelante.

Las miré a las dos estupefacto. Ambas me sonrieron, aquellas dos magníficas mujeres, y vi la ironía de Helen en la cara de su tía, aunque a Helen no le habría ido mal fijarse en la frecuencia con que su tía sonreía. No era posible engañar a alguien tan inteligente como Eva Orbán. Al fin y al cabo, me recordé, había ascendido desde una aldea de Rumanía a una posición de poder en el Gobierno húngaro.

—Procuraré satisfacer la curiosidad de tu tía —dije a Helen—. Haz el favor de explicarle que las especialidades de mi madre son la carne mechada y los macarrones a la italiana.

—Ah, carne mechada —dijo Helen. La explicación que dio a su tía suscitó una sonrisa de aprobación—. Pide que transmitas sus saludos y felicitaciones a tu madre por su estupendo hijo. —Sentí que me ruborizaba, irritado, pero prometí entregar el mensaje—. Ahora quiere llevarnos a un restaurante que te gustará mucho, sabores de la antigua Budapest.

Minutos después, los tres estábamos sentados en el asiento trasero de lo que supuse era el coche particular de tía Eva (no era un vehículo muy proletario, por cierto), y Helen me iba enseñando los monumentos interesantes, inducida por su tía. Debería decir que tía Eva jamás pronunció una palabra en inglés en el curso de nuestros tres encuentros, pero tuve la impresión de que era como una cuestión de principios (¿un protocolo antioccidental quizá?). Cuando Helen y yo hablábamos, ella parecía entenderme, al menos en parte, antes de que Helen tradujera. Era como si estuviera efectuando una declaración lingüística de que las cosas occidentales debían tratarse con cierto distanciamiento, incluso con un poco de asco, pero un individuo occidental podía ser una excelente persona, a la que se debía dispensar toda la hospitalidad húngara. Al final, me acostumbré a hablar con ella por mediación de Helen, hasta el punto de que a veces tenía la impresión de estar a punto de entender aquellas oleadas de palabras esdrújulas.

En cualquier caso, algunas comunicaciones no necesitaban intérprete. Después de otro glorioso paseo por la orilla del río, cruzamos el Széchenyi Lánchid, el Puente de las Cadenas, tal como descubrí después, un milagro de la ingeniería del siglo XIX obra de uno de los grandes embellecedores de Budapest, el conde István Széchenyi. Cuando entramos en el puente, toda la luz nocturna, reflejada en el Danubio, bañó la escena, de manera que la exquisita mole del castillo y las iglesias de Buda, adonde nos dirigíamos, adquirieron relieves dorados y marrones. El Széchenyi Lánchid es un elegante puente colgante, custodiado en cada extremo por leones *couchants*; dos grandes arcos de triunfo sostienen los gruesos cables de los que pende el tramo central. Mi exclamación espontánea de admiración provocó la sonrisa de tía Eva, y Helen, sentada entre nosotros, también sonrió con orgullo.

—Es una ciudad maravillosa —dije, y tía Eva me apretó el brazo como si fuera hijo suyo.

Helen me explicó que su tía quería informarme sobre la reconstrucción del puente.

—Budapest sufrió graves daños durante la guerra —dijo—. Uno de los puentes aún no ha sido reparado por completo y muchos edificios fueron destruidos. Pero este puente fue reconstruido en 1949 para celebrar ¿cómo se dice?, el centenario de su construcción, y estamos muy orgullosos de eso. Y yo en particular, porque mi tía colaboró en la organización de la reconstrucción.

Tía Eva sonrió y asintió, y después pareció recordar que no debía entender nada de lo que decíamos.

Un momento después nos internamos en un túnel que daba la impresión de correr bajo el castillo. Tía Eva nos dijo que había elegido uno de sus restaurantes favoritos, un lugar «auténticamente húngaro» en la calle József Attila. Aún me asombraban los nombres de las calles de Budapest, algunos de ellos sólo extraños o exóticos para mí, y otros, como éste, evocadores de un pasado que yo había vivido sólo en los libros. La calle József Attila era tan majestuosa como casi todo el resto de la ciudad. Ya no era el sendero embarrado flanqueado de campamentos bárbaros, donde los guerreros hunos comían sobre sus sillas de montar. El restaurante era silencioso y elegante, y el jefe de comedor salió a recibir a tía Eva y la llamó por su nombre. Parecía acostumbrada a este tipo de atenciones. A los pocos minutos estábamos instalados en la mejor mesa de la sala, donde disfrutábamos de la vista de viejos árboles y edificios antiguos, transeúntes con atuendo veraniego y pequeños coches ruidosos que atravesaban la ciudad a toda velocidad. Me recliné en el asiento con un suspiro de placer.

Tía Eva pidió por nosotros, como si lo hubiera decidido de antemano, y cuando llegaron los primeros platos, lo hicieron acompañados de un potente licor llamado *pálinka*, que según Helen era un destilado de albaricoques.

—Ahora tomaremos algo muy bueno con esto —me explicó tía Eva por mediación de Helen—. Lo llamamos *hortobàgyi palacsinta*. Son una especie de crepes rellenas de carne de ternera, un plato tradicional de los pastores de las tierras bajas de Hungría. Te gustarán.

Me gustaron, y también todos los demás platos que siguieron: el guiso de carne con verduras, el pastel de patatas, salami y huevos duros, las ensaladas, las judías verdes con cordero, el maravilloso pan de un color marrón dorado. No me había dado cuenta hasta entonces del hambre que había padecido durante nuestro largo día de viaje. También reparé en que Helen y su tía comían sin ocultar el placer que sentían, algo que ninguna mujer norteamericana habría osado hacer en público.

Sería un error dar la impresión de que sólo comimos. Mientras todos esos platos tradicionales eran engullidos, tía Eva hablaba y Helen traducía. Yo hice alguna pregunta, pero recuerdo que me pasé casi todo el rato absorbiendo tanto la comida como la información. Daba la impresión de que tía Eva tenía grabado a fuego en su mente que yo era un historiador. Tal vez hasta sospechaba mi ignorancia sobre el tema de la historia de Hungría, y quería asegurarse de que no la avergonzaría en el congreso, o quizá se sentía impelida por el patriotismo del inmigrante bien integrado. Fueran cuales fueran sus motivos, hablaba de manera brillante, y yo casi podía leer la siguiente frase en su rostro expresivo y vivaz, antes de que Helen tradujera.

Por ejemplo, cuando terminamos de brindar por la amistad entre nuestros países con el *pálinka*, tía Eva sazonó nuestras crepes de pastor con la descripción de los orígenes de Budapest (había sido una guarnición romana llamada Aquincum, y aún se encontraban ruinas de la época), y pintó un animado cuadro de Atila y los hunos, cuando la arrebataron a los romanos en el siglo v. De hecho, los otomanos fueron rezagados bondadosos, pensé. El guiso de carne y verduras (un plato al que Helen llamaba *gulyás*, aunque me aseguró con una severa mirada que no era *goulash*, al que los húngaros llamaban de otra manera) dio paso a una larga descripción de la invasión de la región por los magiares en el siglo IX. Mientras comíamos el pastel de patatas y salami, que sin duda era mucho mejor que la carne mechada o los macarrones a la italiana, tía Eva describió la coronación del rey Esteban I (san István, para ellos) por el Papa en el año 1000.

—Era un pagano vestido con pieles de animales —tradujo Helen—, pero fue el primer rey de Hungría y convirtió a los húngaros al cristianismo. En Budapest, verás su nombre por todas partes.

Justo cuando pensaba que no podía comer ni un bocado más, aparecieron dos camareros con bandejas de pasteles y tartaletas que no habrían estado fuera de lugar en un salón del trono austrohúngaro, todo aderezado con remolinos de chocolate o nata montada, además de tazas de café.

—*Eszpresszó* —explicó tía Eva. No sé cómo, encontramos sitio para todo eso—. El café tiene una historia trágica en Budapest —tradujo Helen—. Hace mucho tiempo, en 1541 para ser exactos, el invasor Solimán I invitó a uno de nuestros generales, llamado Bálint Török, a tomar una cena deliciosa con él en su tienda, y al final del ágape, mientras bebía café (fue el primer húngaro en probar café), Solimán le informó de que las mejores tropas turcas habían tomado el castillo de Buda mientras ellos cenaban. Ya podéis imaginar qué amargo debió parecerle el café.

Esta vez su sonrisa fue más triste que luminosa. Otra vez los otomanos, pensé. Qué listos eran, y crueles, una extraña mezcla de refinamiento estético y tácticas bárbaras. En 1541 ya hacía más de un siglo que dominaban Estambul. Recordar esto me dio una idea de su formidable fuerza, el poder desde el cual habían extendido sus tentáculos por toda Europa, y sólo se detuvieron a las puertas de Viena. La resistencia que les había opuesto Vlad Drácula, como muchos de sus compatriotas cristianos, había sido la lucha de un David contra un Goliat, con mucho menos éxito que David. Por otra parte, el esfuerzo de los nobles en la Europa del Este y los Balcanes, no sólo en Valaquia sino también en Hungría, Grecia y Bulgaria, por nombrar sólo unos cuantos países, había acabado a la larga con la ocupación otomana. Helen consiguió transmitir todo esto a mi cerebro, y me dejó, cuando lo reflexioné, cierta perversa admiración por Drácula. Debía saber que su desafío a las fuerzas turcas estaba condenado al fracaso a corto plazo, pero había luchado casi toda su vida por liberar su territorio de invasores.

—Era la segunda vez que los turcos ocupaban esta región. —Helen bebió su café y lo dejó sobre la mesa con un suspiro de satisfacción, como si le supiera mejor que cualquier cosa en el mundo—. János Hunyadi los venció en Belgrado en 1456. Es uno de nuestros grandes héroes, junto con el rey István y el rey Matías Corvino, quien construyó el nuevo castillo y la biblioteca de la que te he hablado. Cuando mañana a mediodía oigas repicar todas las campanas de las iglesias, recuerda que es por la victoria de Hunyadi hace siglos. Aún doblan por él cada día.

—Hunyadi —dije en tono pensativo—. Creo que lo mencionaste la otra noche. ¿Dices que la victoria fue en 1456?

Nos miramos. Cada fecha que abarcaba la vida de Drácula se había convertido en una especie de señal para nosotros.

—Se hallaba en Valaquia en aquel tiempo —dijo Helen en voz baja. Yo sabía que no se refería a Hunyadi, porque también habíamos acordado no pronunciar el nombre de Drácula en público.

Tía Eva era demasiado lista para que nuestro silencio, o una simple barrera idiomática, la engañara.

—¿Hunyadi? —preguntó, y añadió algo en húngaro.

—Mi tía quiere saber si te interesa en especial el período en que vivió Hunyadi —explicó Helen.

Yo no sabía muy bien qué decir, así que contesté que me interesaba todo lo concerniente a la historia de Europa. Este comentario mereció una mirada sutil, casi un fruncimiento de ceño, por parte de tía Eva, y me apresuré a distraerla.

—Haz el favor de preguntar a la señora Orbán si yo también puedo hacerle alguna pregunta.

—Por supuesto.

La sonrisa de Helen dio la impresión de tomar en consideración tanto mi petición como mi motivo. Cuando tradujo a su tía, la señora Orbán se volvió hacia mí con elegante cautela.

—Me estaba preguntando si lo que se dice en Occidente acerca de la actual corriente liberal en Hungría es cierto —dije.

Esta vez la cara de Helen también expresó cautela, y pensé que iba a recibir una de sus famosas patadas por debajo de la mesa, pero su tía ya estaba asintiendo e indicándole por gestos que tradujera. Después, se volvió hacia mí con una sonrisa indulgente, y su respuesta fue diplomática.

—Aquí en Hungría siempre hemos valorado nuestra forma de vida, nuestra independencia. Por eso los períodos de dominación otomana y austríaca fueron tan difíciles para nosotros. El verdadero gobierno de Hungría siempre ha servido a las necesidades de su pueblo. Cuando nuestra revolución sacó a los trabajadores de la opresión y la pobreza, estábamos afirmando nuestro modo de hacer las cosas. —Su sonrisa se ensanchó aún más, y lamenté no saber leerla mejor—. El Partido Comunista húngaro siempre está en armonía con los tiempos.

—Por tanto, ¿cree que Hungría está floreciendo bajo el Gobierno de Imre Nagy?

Desde que había llegado a la ciudad me había preguntado qué cambios había llevado al país la administración del nuevo, y sorprendentemente liberal, primer ministro, desde que había sustituido al primer ministro Rákosi, comunista de la línea dura, el año anterior, y si disfrutaba del apoyo popular que afirmaban los periódicos de nuestro país. Helen tradujo un poco nerviosa, me pareció, pero la sonrisa de tía Eva no se movió de su boca.

—Veo que está al corriente de los acontecimientos, joven.

—Siempre me ha interesado la política internacional. Creo que el estudio de la historia debería prepararnos para comprender el presente antes que para escapar de él.

—Muy sabio. Bien, pues, para satisfacer su curiosidad, le diré que Nagy goza de una gran popularidad entre nuestro pueblo, y está llevando a cabo reformas en la línea de nuestra gloriosa historia.

Tardé otro momento en comprender que tía Eva no estaba diciendo nada y otro en reflexionar sobre la estrategia diplomática que le había permitido mantener su cargo en el Gobierno durante el período controlado por los soviéticos y el de las reformas pro húngaras. Fuera cual fuera su opinión personal acerca de Nagy, él era ahora quien controlaba el Gobierno que le daba empleo. Tal vez gracias a la apertura del régimen había podido ella, una alta funcionaria del Gobierno, llevar a un estadounidense a cenar. El brillo de sus hermosos ojos oscuros podía ser de aprobación, aunque yo no estaba seguro, y mi suposición era correcta, tal como supe más adelante.

—Y ahora, amigo mío, hemos de permitirle que duerma un poco antes de su gran conferencia. Ardo en deseos de escucharle, y le daré después mi opinión —tradujo Helen.

Tía Eva me dedicó un ademán cariñoso y no pude reprimir una sonrisa. El camarero se materializó a su lado como si la hubiera oído. Hice un débil intento de pedir la cuenta, aunque ignoraba cuál era la etiqueta apropiada, e incluso si había cambiado moneda suficiente en el aeropuerto para pagar aquella estupenda cena. Si había cuenta, no obstante, desapareció antes de que la viera, y tampoco vi que nadie la pagara. Sostuve la chaqueta de tía Eva para que se la pusiera en el guardarropa, en dura refriega con el jefe de comedor, y volvimos al coche que nos aguardaba.

Al pie de aquel espléndido puente, Eva murmuró unas palabras y el chófer detuvo el coche. Bajamos y contemplamos el resplandor de Pest y las aguas oscuras y onduladas. El viento era un poco más frío que antes, acuchillaba mi cara después del aire tibio de Estambul, e intuí la inmensidad de las llanuras de Europa Central al otro lado del horizonte. Era una escena que toda mi vida había deseado ver. Apenas podía creer que estuviera mirando las luces de Budapest.

Tía Eva dijo algo en voz baja y Helen tradujo.

—Nuestra ciudad siempre será grande.

Más adelante recordé muy bien aquella frase, casi dos años después, cuando descubrí hasta qué punto estaba comprometida Eva Orbán con el nuevo Gobierno reformista: tanques soviéticos mataron a sus dos hijos adultos en una plaza pública durante el levantamiento de los estudiantes húngaros en 1956, y Eva huyó al norte de Yugoslavia, donde desapareció entre las aldeas con quince mil refugiados húngaros más, huidos del Estado títere ruso. Helen le escribió muchas veces, insistió en que nos dejara intentar traerla a Estados Unidos, pero Eva se negó incluso a solicitar la emigración. Traté otra vez, hace unos años, de encontrar su rastro, pero sin éxito. Cuando perdí a Helen, también perdí el contacto con tía Eva.

40

Desperté a la mañana siguiente y me descubrí mirando aquellos querubines dorados sobre mi dura cama, y por un momento fui incapaz de recordar dónde estaba. Fue una sensación desagradable. Me sentía a la deriva, más lejos de casa de lo que nunca había imaginado, incapaz de recordar si me hallaba en Nueva York, Estambul, Budapest o en alguna otra ciudad. Era como si hubiera sufrido una pesadilla justo antes de despertar. Un dolor en el corazón me recordó la ausencia de Rossi, una sensación que solía experimentar nada más despertarme, y me pregunté si el sueño me había conducido a algún sombrío lugar donde le encontraría si me quedaba el tiempo suficiente.

Descubrí a Helen desayunando en el comedor del hotel con un periódico húngaro desplegado delante de ella (ver el idioma impreso me desesperó, pues no podía comprender ni una sola palabra de los titulares), y ella me saludó con la mano, risueña. La combinación de mi sueño perdido, aquellos titulares y la conferencia cada vez más cercana debió retratarse en mi cara, porque me dirigió una mirada inquisitiva cuando me acerqué.

—Qué expresión más triste. ¿Has estado pensando de nuevo en las crueldades de los otomanos?

—No, sólo en congresos internacionales.

Me senté y me serví de su cesta de panecillos, además de procurarme una servilleta blanca. El hotel, pese a su estado de dejadez, parecía especializado en manteles inmaculados. Los panecillos acompañados de mantequilla y mermelada de fresas eran excelentes, al igual que el café, que apareció unos minutos más tarde. Nada de amarguras en este caso.

—No te preocupes —dijo Helen en tono tranquilizador—. Vas a...

—¿Dejarlos patidifusos? —sugerí.

Ella rió.

—Estás mejorando mi inglés —dijo—. O destruyéndolo quizá.

—Tu tía me dejó impresionado.

Unté de mantequilla otro panecillo.

—Ya me di cuenta.

—Dime, Si no es una indiscreción, claro está, ¿cómo consiguió alcanzar una posición tan encumbrada habiendo llegado de Rumanía?

Helen bebió su café.

—Fue un accidente del destino, diría yo. Su familia era muy pobre. Eran transilvanos que vivían de un pequeño pedazo de tierra en un pueblo que, según me han dicho, ya no existe. Mis abuelos tenían nueve hijos y Eva era la tercera de los hermanos. La enviaron a trabajar cuando tenía seis años, porque necesitaban dinero y no podían alimentarla. Trabajaba en la villa de unos húngaros ricos, propietarios de todas las tierras que rodeaban el pueblo. Había muchos terratenientes húngaros en aquella zona entre ambas guerras mundiales. Los sorprendió el cambio de fronteras posterior al Tratado del Trianón.

Asentí.

—¿Fue cuando reorganizaron las fronteras después de la Primera Guerra Mundial?

—Muy bien. Eva trabajaba para esa familia desde que era muy pequeña. Me ha dicho que eran muy bondadosos con ella. Algunos domingos la dejaban ir a casa, para que no se distanciara de los suyos. Cuando tenía diecisiete años, la gente para la que trabajaba decidió regresar a Budapest y llevarla con ellos. Allí conoció a un joven, un periodista y revolucionario llamado János Orbán. Se enamoraron y se casaron, y él sobrevivió a su servicio militar durante la guerra. —Helen suspiró—. Muchos jóvenes húngaros murieron en toda Europa durante la Gran Guerra y fueron enterrados en fosas comunes de Polonia, Rusia... En cualquier caso, Orbán conquistó el poder con la coalición gubernamental después de la guerra, y nuestra gloriosa revolución le recompensó con un puesto en el gabinete. Después murió en un accidente de automóvil, y Eva crió a sus hijos y continuó su carrera política. Es una mujer asombrosa. Nunca he sabido muy bien cuáles son sus convicciones personales. A veces tengo la sensación de que guarda una distancia emocional de toda creencia política, como si sólo fuera una profesión. Creo que mi tío era un hombre apasionado, un seguidor convencido de la doctrina leninista y admirador de Stalin, antes de que se conocieran sus atrocidades. No puedo decir que mi tía sea igual, pero se ha labrado una carrera admirable. Sus hijos, como resultado, han gozado siempre de todos los privilegios posibles y ella ha utilizado su poder para ayudarme a mí también, como ya te he dicho.

Yo estaba escuchando con gran atención.

—¿Cómo fue que tu madre y tú vinisteis aquí?

Helen volvió a suspirar.

—Mi madre es doce años menor que Eva —dijo—. Siempre fue la favorita de mi tía entre sus hermanos pequeños, y sólo tenía cinco años cuando Eva se fue a Budapest. Después, cuando mi madre tenía diecinueve y aún era soltera, se quedó embarazada. Tenía miedo de que sus padres y la gente del pueblo se enteraran. En una cultura tan tradicional, habría corrido el peligro de ser expulsada, y hasta de morir de hambre. Escribió a Eva para pedirle ayuda, y mis tíos le pagaron el viaje a Budapest. Mi tío fue a buscarla a la frontera, que estaba muy vigilada, y la llevó a la ciudad. Mi tía dijo en una ocasión que mi tío había pagado un soborno considerable a las autoridades fronterizas. Los húngaros odiaban a los transilvanos, sobre todo después del Tratado de Trianón. Mi madre me dijo que mi tío se había ganado su devoción más absoluta. No sólo la rescató de una situación terrible, sino que nunca permitió que padeciera discriminación alguna debido a su nacionalidad. Se le rompió el corazón cuando él murió. Era la persona que la había traído a Hungría, que le había dado una nueva vida.

—¿Y después naciste tú? —pregunté en voz baja.

—Y después nací yo, en un hospital de Budapest, y mis tíos contribuyeron a mi educación. Vivimos con ellos hasta que fui al instituto. Eva nos llevó al campo durante la guerra y encontró comida para todos, aún no sé cómo. Mi madre también se educó aquí y aprendió húngaro. Siempre se negó a enseñarme rumano, aunque a veces la he oído hablar en sueños en su idioma natal. —Me dirigió una mirada amarga—. Ya ves a qué redujo nuestras vidas tu amado Rossi —dijo, y torció la boca—. De no haber sido por mis tíos, mi madre habría muerto sola en algún bosque de la montaña y los lobos la habrían devorado. A las dos en realidad.

—Yo también estoy agradecido a tus tíos —dije, y después, temeroso de su mirada sardónica, me apresuré a servirle más café de la cafetera metálica que había a mi lado.

Helen no contestó, y al cabo de un momento sacó unos papeles de su bolso.

—¿Repasamos la conferencia una vez más?

El sol de la mañana y el frío aire del exterior representaban una amenaza para mí. Mientras caminábamos hacia la universidad, sólo podía pensar en que se estaba acercando el momento, y a marchas forzadas, en que debía pronunciar mi conferencia. Sólo había dado una conferencia antes, una presentación conjunta con Rossi el año anterior, cuando había organizado un congreso sobre el colonialismo holandés. Cada uno había escrito la mitad de la conferencia. Mi mitad había sido un patético intento de destilar en veinte minutos lo que yo creía que iba a ser mi tesis antes de haber escrito una sola palabra de ella. La de Rossi había sido un brillante y amplio tratado sobre la herencia cultural de los Países Bajos, el poderío estratégico de la marina holandesa y la naturaleza del colonialismo. Pese a mi sensación general de insuficiencia en lo tocante a todo el tema, me halagó que me incluyera. También me sentí apoyado durante toda la experiencia por su rotunda y segura presencia a mi lado en el estrado, su cordial palmada en el hombro cuando le pasé el testigo. Hoy estaría solo. La perspectiva era deprimente, cuando no aterradora, y sólo pensar en cómo se las habría arreglado Rossi me tranquilizaba un poco.

La elegante Pest se extendía a nuestro alrededor, y ahora, a plena luz del día, podía ver que su magnificencia estaba en construcción (reconstrucción, mejor dicho) allí donde todavía perduraban los efectos devastadores de la guerra. Muchas casas carecían de paredes o ventanas en sus pisos superiores, o de todos los pisos superiores, y si examinabas de cerca cada superficie, veías aún los agujeros de las balas. Ojalá hubiera tenido tiempo de pasear más y recorrer Pest a mis anchas, pero habíamos acordado que aquel día asistiríamos a todas las sesiones matutinas del congreso, para conferir mayor legitimidad a nuestra presencia.

—Por la tarde quiero hacer otra cosa —dijo Helen con aire

pensativo—. Iremos a la biblioteca de la universidad antes de que cierre.

Cuando llegamos al gran edificio donde la noche anterior se había celebrado la recepción, se detuvo.

—Hazme un favor.

—Desde luego. ¿Cuál?

—No hables con Géza József de nuestros viajes, ni de que estamos buscando a alguien.

—No es muy probable que lo haga —repuse indignado.

—Sólo te estoy advirtiendo. Puede ser muy seductor.

Levantó la mano enguantada en un gesto conciliador.

—De acuerdo.

Sostuve la gran puerta barroca para que pasara y entramos.

En una sala de conferencias del segundo piso, muchas de las personas a las que había visto la noche anterior ya estaban sentadas en filas de sillas y hablaban con animación o revisaban papeles.

—Dios mío —murmuró Helen—. El Departamento de Antropología también ha venido.

Un momento después se había zambullido en saludos y conversaciones. La vi sonreír, lo más probable a viejos amigos, colegas de años de trabajar en su especialidad, y una oleada de soledad me invadió. Daba la impresión de que me estaba señalando, intentaba presentarme desde lejos, pero el torrente de voces y su húngaro ininteligible erigían una barrera casi palpable entre nosotros.

Justo en aquel momento sentí que alguien me palmeaba el brazo, y el formidable Géza apareció ante mí. Su apretón de manos y su sonrisa eran cordiales.

—¿Le ha gustado nuestra ciudad? —preguntó—. ¿Todo está a su gusto?

—Todo —contesté con idéntica cordialidad. Tenía la advertencia de Helen grabada en mi mente, pero era difícil que aquel hombre no te cayera bien.

—Ah, estoy muy contento —dijo—. ¿Va a pronunciar su conferencia esta tarde?

Tosí.

—Sí —dije—. Sí, exacto. ¿Y usted? ¿Va a dar una conferencia hoy?

—Oh, no, no —dijo—. En realidad, estoy investigando un tema de gran interés para mí, pero aún no estoy preparado para disertar sobre él.

—¿Cuál es el tema?

No pude reprimir la pregunta, pero en aquel momento, el profesor Sándor, con su imponente copete blanco, abrió la sesión desde el estrado. La multitud se acomodó en los asientos como pájaros sobre cables telefónicos y enmudeció. Yo me senté al fondo junto a Helen y consulté mi reloj. Eran sólo las nueve y media, de modo que podía relajarme un rato. Géza József se había sentado en la primera fila. Podía ver la nuca de su hermosa cabeza. Miré a mi alrededor y también vi caras conocidas de la fiesta de la noche anterior. Era una multitud interesada, algo zarrapastrosa, y todo el mundo miraba al profesor Sándor.

—*Guten Morgen* —tronó, y el micrófono chirrió hasta que un estudiante vestido con camisa azul y corbata negra subió a arreglarlo —. Buenos días, honorables visitantes. *Guten Morgen, bonjour,* bienvenidos a la Universidad de Budapest. Estamos orgullosos de presentarles la primera convención europea de historiadores de...
—El micrófono se puso a chirriar de nuevo y nos perdimos varias frases. Por lo visto, al profesor Sándor se le había agotado el inglés, al menos de momento, y continuó durante unos minutos en una mezcla de húngaro, francés y alemán. Del alemán y el francés deduje que se serviría la comida a las doce y después, ante mi horror, que yo sería el orador principal, el momento culminante del congreso, la atracción fundamental de las jornadas, que yo era un distinguido estudioso estadounidense, un especialista no sólo en la historia de los Países Bajos, sino también en la economía del imperio otomano y los movimientos obreros de Estados Unidos (¿se habría inventado eso tía Eva?), que mi libro sobre los gremios mercantiles holandeses en la era de Rembrandt aparecería al año siguiente, y que tenían la inmensa fortuna de haber podido incorporarme al programa a última hora.

Esto era peor que mis sueños más pesimistas, y juré que Helen me las pagaría si había intervenido en ello. Muchos estudiosos del público se estaban volviendo para mirarme, sonreían, cabeceaban, incluso me señalaban a otros. Helen estaba sentada seria y majestuosa a mi lado, pero algo en la curva del hombro de su chaqueta negra sugería (sólo a mí, esperé) el deseo casi perfectamente oculto de reír. Intenté componer también una actitud digna, y recordar que esto, incluso todo esto, era por Rossi.

Cuando el profesor Sándor dejó de tronar, un hombrecillo calvo pronunció una conferencia que, al parecer, versaba sobre la Liga Hanseática. Le siguió una mujer de pelo cano vestida de azul, cuyo tema concernía a la historia de Budapest, aunque no entendí ni una palabra. El último orador antes de la comida era un joven estudioso de la Universidad de Londres (parecía de mi edad), y para mi gran alivio habló en inglés, mientras un estudiante de filología húngara leía una traducción de su conferencia al alemán. Era extraño, pensé, oír todo esto en alemán, tan sólo una década después de que los alemanes hubieran destruido casi por completo Budapest, pero me recordé que había sido la *lingua franca* del imperio austrohúngaro. El profesor Sándor presentó al inglés como Hugh James, profesor de historia de la Europa oriental.

El profesor James era un hombre corpulento vestido con traje de *tweed* marrón y corbata color aceituna. Con dicho atuendo parecía tan inenarrable, tan característicamente inglés, que tuve que reprimir una carcajada. Sus ojos centellearon y nos dedicó una agradable sonrisa.

—Nunca había esperado encontrarme en Budapest —dijo, y miró alrededor de él—, pero es muy gratificante estar aquí, en esta gran ciudad de la Europa Central, una puerta entre Oriente y Occidente. Debería pedirles unos minutos de su tiempo para reflexionar sobre la cuestión de qué herencia dejó el imperio otomano en Europa Central cuando se retiró, después de su fallido asedio a Viena, en 1685.

Hizo una pausa y sonrió al estudiante de filología, quien nos leyó la primera frase en alemán. Procedieron de esta manera, alternando idiomas, pero el profesor James debía improvisar más que otra cosa, porque mientras hablaba, el estudiante le dirigía de vez en cuando miradas de perplejidad.

—Todos hemos oído hablar, sin duda, de la historia de la invención del cruasán, el tributo de un pastelero parisino a la victoria de Viena sobre los otomanos. El cruasán representaba, por supuesto, la media luna de las banderas otomanas, un símbolo que Occidente devora con el café hasta hoy mismo. —Miró en torno a él, radiante, y entonces pareció caer en la cuenta, al igual que yo, de que la mayoría de aquellos ansiosos estudiosos húngaros nunca habían estado en París o Viena—. Sí, bien, el legado otomano puede sintetizarse en una sola palabra, creo: estética.

Continuó describiendo la arquitectura de media docena de ciudades de la Europa Central y del Este, juegos y modas, especias y diseños de interiores. Yo escuchaba con una fascinación que sólo era en parte el alivio de poder comprender por completo sus palabras. Muchas cosas que había visto en Estambul acudieron a mi mente cuando Hugh James habló de los baños turcos de Budapest, así como de los edificios protootomanos y austrohúngaros de Sarajevo. Cuando describió el palacio de Topkapi, me descubrí asintiendo con entusiasmo, hasta que comprendí que debía ser más discreto.

Aplausos tumultuosos siguieron a la conferencia, y después el profesor Sándor nos invitó a dirigirnos al comedor para almorzar. En la confusión que se produjo cuando los estudiosos atacaron la comida, conseguí localizar al profesor James justo cuando se sentaba a una mesa.

—¿Puedo acompañarle?

Se puso en pie de un brinco, sonriente.

—Desde luego, desde luego. Mucho gusto. —Me presenté y nos estrechamos las manos. Cuando me senté frente a él nos miramos con cordial curiosidad—. Así que usted es el orador estrella, ¿eh? Tengo muchas ganas de escucharle.

De cerca, parecía unos diez años mayor que yo, y tenía unos ojos extraordinarios de color castaño claro, acuosos y un poco saltones, como los de un basset. Yo ya había reconocido su acento como del norte de Inglaterra.

—Gracias —dije, mientras procuraba no encogerme de manera muy visible—. Yo he disfrutado cada minuto de su disertación. Ha cubierto un espectro muy notable. Me pregunto si conoce a mi, hum, al director de mi tesis, Bartholomew Rossi. También es inglés.

—¡Claro que sí! —Hugh James desdobló su servilleta con entusiasmo—. El profesor Rossi es uno de mis escritores favoritos. He leído casi todos sus libros. ¿Trabaja con él? Qué suerte.

Había perdido la pista de Helen, pero en aquel momento la vi en el bufet con Géza József a su lado. El hombre le estaba hablando con vehemencia al oído, y al cabo de unos instantes ella le permitió seguirla hasta una pequeña mesa situada al otro lado del salón. La veía lo bastante bien como para distinguir la expresión avinagrada de su rostro, pero eso no me consoló. Géza estaba inclinado hacia ella, con los ojos clavados en su cara, en tanto Helen miraba la comida, y casi me sentí enloquecer por el deseo de saber qué le estaba diciendo el hombre.

—Creo —Hugh James aún seguía hablando de las obras de Rossi— que sus estudios sobre el teatro griego son maravillosos. Ese hombre puede escribir sobre cualquier cosa.

—Sí —dije con aire ausente—. Está trabajando en una obra titulada *El fantasma en el ánfora*, sobre la utilería usada en las tragedias griegas.

Me callé, cuando comprendí que podía estar traicionando los secretos de Rossi. Sin embargo, aunque no me hubiera callado, la expresión del profesor James me habría enmudecido.

—¿Cómo? —dijo estupefacto. Dejó los cubiertos sobre la mesa—. ¿Ha dicho *El fantasma en el ánfora*?

—Sí. —Hasta me había olvidado de Helen y Géza—. ¿Por qué lo pregunta?

—¡Pero eso es asombroso! Creo que debo escribir al profesor Rossi ahora mismo. Hace poco he estado estudiando un documento interesantísimo de la Hungría del siglo quince. Por eso he venido a Budapest. He estado investigando ese período de la historia de Hungría, y después me sumé al congreso gracias al amable permiso del profesor Sándor. En cualquier caso, este documento fue escrito por uno de los eruditos del rey Matías Corvino, y habla del fantasma en el ánfora.

Recordé que Helen había hablado del rey Matías Corvino la noche anterior. ¿No había sido el fundador de la gran biblioteca del castillo de Buda? Tía Eva también se había referido a él.

—Explíquese, por favor —le animé.

—Bien, yo... Parece un poco tonto, pero durante varios años he estado muy interesado en las leyendas populares de la Europa Central. Empezó un poco como una broma, hace muchos años, pero estoy absolutamente fascinado por la leyenda del vampiro.

Le miré sin pestañear. Parecía tan normal como antes, con su rostro rubicundo y jovial y su chaqueta de *tweed*, pero yo pensé que estaba soñando.

—Sé que suena infantil, el conde Drácula y todo eso, pero se trata de un tema muy interesante cuando empiezas a indagar un poco. Drácula fue un personaje real, aunque no un vampiro, claro está, y me interesa averiguar si su historia está relacionada con las leyendas populares del vámpiro. Hace algunos años empecé a buscar material escrito sobre el tema, para saber si era factible encontrar alguno, porque el vampiro existió sobre todo en la leyenda oral de los pueblos de la Europa Central y y del Este.

Se reclinó en la silla y tamborileó con los dedos sobre el borde de la mesa.

—Bien, ocurre que, trabajando en la biblioteca universitaria de aquí, encontré este documento que, al parecer, encargó Corvino. Quería que alguien reuniera todos los conocimientos sobre vampiros de tiempos pretéritos. Fuera quien fuera el estudioso que recibió el encargo, era un erudito en lenguas clásicas, pues en lugar de patearse pueblos, como habría hecho cualquier buen antropólogo, empezó a examinar textos griegos y latinos (Corvino tenía un montón) con el fin de encontrar referencias a los vampiros, y descubrió esta idea griega, que no he visto en ningún otro sitio, al menos hasta que usted la mencionó hace un momento, del fantasma en el ánfora. En la antigua Grecia, y en las tragedias griegas, el ánfora contenía en ocasiones cenizas humanas y la gente ignorante de Grecia creía que, si el ánfora no se enterraba como era debido, podía crear un vampiro, aunque aún no estoy muy seguro de cómo. Tal vez el profesor Rossi sepa algo de esto si está escribiendo sobre el fantasma en el ánfora. Una coincidencia notable, ¿verdad? De hecho, todavía existen vampiros en la Grecia moderna, según la tradición.

—Lo sé —dije—. Los *vrykolakas*.

Esta vez fue Hugh James quien me miró fijamente. Sus protuberantes ojos color avellana se agigantaron.

—¿Cómo lo sabe? —susurró—. Quiero decir... Le ruego que me disculpe. Me sorprende encontrar a alguien más que...

—¿Se interesa por los vampiros? —dije con sequedad—. Sí, eso también me sorprendía a mí, pero últimamente me estoy acostumbrando. ¿Cómo llegó a interesarse por los vampiros, profesor James?

—Hugh —dijo poco a poco—. Llámame Hugh, por favor. Yo... —Me miró fijamente un segundo, y por primera vez vi bajo su risueña fachada exterior una intensidad que brillaba como una llama—. Es muy extraño y no suelo hablar a la gente de esto, pero...

Ya no podía aguantar más demoras.

—¿Encontraste por casualidad un libro antiguo con un dragón en el centro? —dije.

Me miró con ojos desorbitados y el color se retiró de su saludable rostro.

—Sí —contestó—. Encontré un libro. —Sus manos aferraron el borde de la mesa—. ¿Quién eres?

—Yo también encontré uno.

Nos miramos durante unos largos segundos, y tal vez habríamos seguido así más rato de no ser porque nos interrumpieron. La voz de Géza József sonó en mi oído antes de que reparara en su presencia. Se había parado detrás de mí y estaba inclinado sobre nuestra mesa con una sonrisa afable. Helen se acercó corriendo, con expresión extraña, casi culpable, pensé.

—Buenas tardes, camaradas —dijo con cordialidad el hombre—. ¿De qué libros están hablando?

41

Cuando el profesor József se inclinó sobre nuestra mesa con su amigable pregunta, por un momento no supe qué decir. Tenía que hablar de nuevo con Hugh James lo antes posible, pero en privado, no entre tanta gente, y de ninguna manera con la persona de la que Helen me había precavido (¿por qué?) echándome el aliento en la nuca. Por fin, farfullé unas palabras.

—Estábamos compartiendo nuestro amor por los libros antiguos —dije—. Todos los eruditos deberían admitir eso, ¿no cree?

Helen ya había llegado a nuestra mesa y me estaba mirando con una mezcla de alarma y aprobación. Me levanté para ofrecerle una silla. Pese a mi necesidad de deshacerme de Géza József, debí comunicarle cierto entusiasmo, porque Helen nos miró con curiosidad a Hugh y a mí. Géza nos observaba con afabilidad, pero me pareció ver que entornaba ligeramente sus bellos ojos mongoles. Así debían haber mirado los hunos a través de las rendijas de sus gorros de cuero, para protegerse del sol occidental. Procuré no volver a mirarle.

Podríamos habernos pasado todo el día así, intercambiando o esquivando miradas, si el profesor Sándor no hubiera aparecido de repente.

—Muy bien —atronó—. Veo que disfrutan de nuestra comida. ¿Han terminado? Y ahora, si es tan amable de acompañarme, prepararemos todo para que pueda empezar su conferencia.

Me encogí (había olvidado durante unos minutos la tortura que me aguardaba), pero me levanté obediente. Géza se colocó respetuosamente detrás del profesor Sándor (¿quizás un poco demasiado respetuosamente?, me pregunté), y eso me concedió un momento para mirar a Helen. Abrí al máximo los ojos e hice un ademán en dirección a Hugh James, quien también se había puesto de pie como un caballero cuando Helen se acercó, y estaba esperando junto a la mesa sin decir nada. Ella frunció el ceño, confusa, y después el profesor Sándor, para mi gran alivio, dio una palmada a Géza en el hombro y se lo llevó. Pensé leer cierta irritación en el joven húngaro, pero tal vez se me había contagiado la paranoia de Helen con respecto a él. En cualquier caso, nos brindó un instante de libertad.

—Hugh encontró un libro —susurré, y traicioné sin el menor remordimiento la confianza del inglés.

Helen me miró fijamente, sin comprender.

—¿Hugh?

Indiqué con la cabeza en dirección a nuestro acompañante y él nos miró. Después Helen se quedó boquiabierta. Hugh la miró.

—¿Ella también...?

—No —susurré—. Me está ayudando. Te presento a Helen Rossi, antropóloga.

Hugh le estrechó la mano con brusca cordialidad, sin dejar de mirarla, pero el profesor Sándor había dado media vuelta y nos estaba esperando, y no podíamos hacer otra cosa que seguirle. Helen y Hugh se pusieron tan cerca de mí que parecíamos un rebaño de ovejas.

La sala de conferencias estaba empezando a llenarse y yo me senté en la primera fila, para luego sacar las notas de mi maletín con una mano que no tembló del todo. El profesor Sándor y su ayudante estaban manipulando otra vez el micrófono, y se me ocurrió que tal vez el público no podría oírme, en cuyo caso tenía poco de qué preocuparme. No obstante, el equipo estuvo arreglado enseguida, y el amable profesor empezó a presentarme, al tiempo que sacudía la cabeza con entusiasmo sobre sus notas. Resumió de nuevo mis notables credenciales, describió el prestigio de mi universidad en Estados Unidos y felicitó al congreso por el raro privilegio de poder escucharme, todo en inglés esta vez, supongo que en mi honor. Caí en la cuenta de repente de que no tenía intérprete que tradujera al alemán mis notas improvisadas mientras yo hablaba, y esta idea me insufló una inyección de confianza cuando me enfrenté a mi prueba de fuego.

—Buenas tardes, colegas, compañeros historiadores —empecé, y después, con la sensación de que había sido algo pomposo, bajé mis notas—. Gracias por concederme el honor de dirigirles la palabra hoy. Me gustaría hablar con ustedes sobre el período de la incursión otomana en Transilvania y Valaquia, dos principados que ustedes conocen bien, pues forman parte en la actualidad de Rumanía. —El mar de caras pensativas me miró fijamente, y me pregunté si detectaba cierta tensión en la sala. Transilvania, para los historiadores húngaros, así como para muchos otros húngaros, era material sensible—. Como ya saben, el imperio otomano retuvo territorios en toda la Europa oriental durante más de quinientos años, que administraba desde una base segura después de la conquista de la antigua Constantinopla en 1453. El imperio invadió con éxito una docena de países, pero jamás logró reducir por completo algunas zonas, muchas de ellas bolsas montañosas de los bosques de Europa del Este, cuya topografía y nativos desafiaron a la conquista. Una de estas zonas fue Transilvania.

Continué así, consultando a veces mis notas, y en otras citando de memoria, y de vez en cuando experimentaba una oleada de pánico «conferencial». Aún no me sabía muy bien el material, aunque las lecciones de Helen estaban grabadas a fuego en mi mente. Después de esta introducción, ofrecí una breve panorámica de las rutas comerciales otomanas en la región y describí a los diversos príncipes y nobles que habían intentado repeler la invasión otomana. Incluí a Vlad Drácula entre ellos, con la mayor naturalidad posible, pues Helen y yo habíamos llegado a la conclusión de que dejarle fuera de la conferencia podría despertar las sospechas de cualquier historiador consciente de su importancia como destructor de ejércitos otomanos. Pronunciar su nombre delante de una multitud de desconocidos debió de costarme más de lo que yo pensaba, porque cuando empecé a explicar el empalamiento de veinte mil soldados turcos, mi mano salió despedida de pronto y derribé el vaso de agua.

—¡Lo siento mucho! —exclamé, al tiempo que paseaba la mirada con expresión contrita por una masa de rostros compasivos, excepto dos. Helen estaba pálida y tensa y Géza József se hallaba inclinado un poco hacia delante, sin sonreír, como si estuviera de lo más interesado en mi metedura de pata. El estudiante de la camisa azul y el profesor Sándor acudieron a mi rescate con sus pañuelos, y al cabo de un segundo pude continuar, cosa que hice con la mayor dignidad que pude reunir. Señalé que, si bien los turcos habían aplastado al final a Drácula y a muchos de sus camaradas (pensaba que debía meter con calzador esta palabra en algún momento), levantamientos de este tipo habían persistido durante generaciones, hasta que una revolución local tras otra derrotó al imperio. Fue la naturaleza local de estas rebeliones, con la capacidad de difuminarse en su propio territorio después de cada ataque, lo que había minado a la larga la gran maquinaria otomana.

Mi intención había sido concluir de una manera más elocuente, pero por lo visto bastó para complacer al público, y se produjo una ovación cerrada. Ante mi sorpresa, había terminado. No había pasado nada terrible. Helen se hundió en su asiento, visiblemente aliviada, y el profesor Sándor acudió sonriente a estrecharme la mano. Miré a mi alrededor y observé a Eva al fondo, que aplaudía con una gran sonrisa. Eché en falta algo en la sala, y al cabo de un momento me di cuenta de que la forma majestuosa de Géza se había desvanecido. No recordaba haberle visto salir, pero tal vez el final de mi conferencia había sido demasiado aburrido para él.

En cuanto terminé, todo el mundo se puso en pie y empezó a hablar en una babel de idiomas. Tres o cuatro historiadores húngaros se acercaron a estrechar mi mano y a felicitarme. El profesor Sándor estaba radiante.

—Es un gran placer para mí descubrir que en Estados Unidos se comprende tan bien nuestra historia transilvana.

Me pregunté qué habría pensado de haber sabido que todo el material de mi conferencia lo había aprendido gracias a una de sus colegas, sentado a la mesa de un restaurante de Estambul.

Eva se acercó y me dio la mano. No sabía muy bien si besarla o estrecharla, pero me decidí por lo último. Parecía aún más alta y majestuosa en mitad de esa reunión de hombres vestidos con trajes viejos y arrugados. Llevaba un vestido verde oscuro con pesados pendientes de oro, y el pelo, que se rizaba bajo un sombrerito verde, había cambiado de magenta a negro de la noche a la mañana.

Helen se acercó a hablar con ella, y observé que se comportaban con suma formalidad. Costaba creer que la noche anterior se había lanzado a sus brazos. Helen me tradujo la felicitación de su tía.

—Muy buen trabajo, joven. A juzgar por las caras de todo el mundo, comprobé que había logrado no ofender a nadie, de modo que no debió decir gran cosa, pero usted se yergue en toda su estatura en el estrado y mira a la gente a los ojos. Eso le llevará lejos. —Tía Eva suavizó estos comentarios con su deslumbrante sonrisa—. He de volver a casa para trabajar un poco, pero mañana por la noche cenaremos juntos. Podemos hacerlo en su hotel. —Ignoraba que íbamos a cenar con ella otra vez, pero me alegró saberlo—. Lamento muchísimo no poder prepararle una buena cena casera, tal como me gustaría, pero si le digo que yo estoy en obras, como el resto de Budapest, sé que usted me comprenderá. No puedo permitir que un invitado vea mi comedor hecho un desastre. —Su sonrisa era fascinadora, pero conseguí extraer dos datos de este discurso: uno, que en esta ciudad de (suponía) diminutos apartamentos, ella tenía comedor; y dos, que estuviera hecho o no un desastre, era demasiado cauta para llevar a su casa a un visitante estadounidense—. He de hablar con mi sobrina. Helen podría venir a mi casa esta noche, si usted puede pasar sin ella.

Helen tradujo todo esto con culpable exactitud.

—Por supuesto —contesté, y devolví la sonrisa a tía Eva—. Estoy seguro de que tienen que hablar de muchas cosas después de una separación tan larga. Por mi parte, ya tengo planes para cenar.

Mis ojos estaban escrutando la sala en busca de la chaqueta de *tweed* de Hugh James.

—Muy bien.

Me ofreció de nuevo la mano, y esta vez la besé como un auténtico húngaro, la primera vez que besaba la mano de una mujer, y tía Eva se fue.

A este descanso siguió una charla en francés sobre las revueltas campesinas en Francia a principios de la era moderna, y otras conferencias en alemán y húngaro. Las escuché sentado en la parte de atrás, al lado de Helen, disfrutando de mi anonimato. Cuando el investigador ruso sobre las repúblicas bálticas abandonó el estrado, Helen me aseguró en voz baja que ya habíamos hecho suficiente acto de presencia y que podíamos irnos.

—Aún queda una hora para que cierre la biblioteca. Escapémonos ahora.

—Un momento —dije—. Quiero confirmar mi cita para cenar.

Poco me costó localizar a Hugh James. Él también me estaba buscando. Acordamos encontrarnos en el vestíbulo del hotel de la universidad. Helen iba a tomar el autobús para ir a casa de su tía, y vi en su cara que estaría todo el rato preguntándose qué tenía que decirnos Hugh James.

Cuando llegamos, las paredes de la biblioteca universitaria eran de un ocre inmaculado, y me maravillé de nuevo de la rapidez con que la nación húngara se estaba reconstruyendo después de la catástrofe de la guerra. Hasta el Gobierno más tiránico no podía ser malo del todo si era capaz de recuperar tanta belleza para los ciudadanos en un plazo tan breve de tiempo. Este esfuerzo debía haber sido espoleado tanto por el nacionalismo húngaro, especulé, al recordar los comentarios evasivos de tía Eva, como por el fervor comunista.

—¿En qué estás pensando? —me preguntó Helen. Se había puesto los guantes y de su brazo colgaba con firmeza el bolso.

—Estoy pensando en tu tía.

—Si tanto te gusta mi tía, tal vez mi madre no sea de tu estilo —dijo con una carcajada provocadora—. Pero mañana lo sabremos. Ahora, vamos a buscar algo aquí.

—¿El qué? Deja de ser tan misteriosa.

Helen no me hizo caso y entramos juntos en la biblioteca franqueando pesadas puertas talladas.

—¿Renacimiento? —susurré a Helen, pero negó con la cabeza.

—Una imitación del siglo diecinueve. La colección original no vino a Pest hasta el siglo dieciocho. Estaba en Buda, como la universidad. Recuerdo que un bibliotecario me contó una vez que muchos de los libros más antiguos de esta colección fueron donados a la biblioteca por familias que huían de los invasores otomanos en el siglo dieciséis. Como ves, debemos algunas cosas a los turcos. ¿Quién sabe dónde estarían ahora todos estos libros?

Era estupendo volver a entrar en una biblioteca. El olor era como el de casa. Era un edificio neoclásico, todo en madera oscura tallada, balcones, galerías, frescos. Pero lo que atrajo mi atención fueron las hileras de libros, cientos de miles de ejemplares que tapizaban las salas del suelo al techo, sus encuadernaciones rojas, marrones y doradas formando pulcras filas, sus portadas color mármol y sus guardas suaves al tacto, las vértebras abultadas de sus lomos marrones como huesos viejos. Me pregunté dónde habrían estado escondidos durante la guerra, y cuánto habrían tardado en ordenarlos de nuevo en las estanterías reconstruidas.

Algunos estudiantes estaban todavía examinando volúmenes, sentados frente a largas mesas, y un joven estaba clasificando pilas de libros detrás de un gran escritorio. Helen se detuvo a hablar con él y el hombre asintió. Indicó con un gesto que le siguiéramos hacia una gran sala de lectura que yo había vislumbrado a través de una puerta abierta. Allí nos localizó un enorme infolio, lo dejó sobre una mesa y se fue. Helen se sentó y se quitó los guantes.

—Sí —dijo en voz baja—, creo que es esto lo que recordaba. Miré este volumen justo antes de irme de Budapest el año pasado, pero no pensé que poseyera un gran significado.

Lo abrió por la página del título y vi que estaba en un idioma desconocido para mí. Las palabras se me antojaron extrañamente familiares, pero no pude descifrar ni una.

—¿Qué es esto?

Apoyé el dedo en lo que me pareció el título. La página era de papel grueso de buena calidad, impreso con tinta marrón.

—Es rumano —me informó Helen.

—¿Sabes leerlo?

—Desde luego. —Apoyó la mano sobre la página, cerca de la mía. Observé que nuestras manos eran casi del mismo tamaño, aunque la de ella tenía huesos más finos y dedos estrechos y de extremos cuadrados—. Aquí —dijo—. ¿Has estudiado francés?

—Sí —admití, y empecé a descifrar el título—. *Baladas de los Cárpatos*, 1790.

—Bien —dijo—. Muy bien.

—Creía que no sabías rumano —dije.

—Lo hablo mal, pero más o menos puedo leerlo. Estudié latín durante diez años en el colegio, y mi tía me enseñó a leer y escribir en rumano. Contra los deseos de mi madre, por supuesto. Ella es muy tozuda. Nunca habla de Transilvania, pero en el fondo de su corazón nunca la ha abandonado.

—¿De qué va este libro?

Pasó la primera página con delicadeza. Vi una larga columna de texto, que no pude entender a primera vista. Además del desconocimiento de las palabras, muchas de las letras latinas estaban adornadas con cruces, cedillas, acentos circunflejos y otros símbolos. Se me antojó más un texto sobre brujería que una lengua románica.

—Descubrí este libro durante mis últimas investigaciones, poco antes de partir hacia Inglaterra. No hay mucho material sobre Drácula en esta biblioteca. Encontré unos pocos documentos sobre vampiros en general, porque Matías Corvino, nuestro rey bibliófilo, sentía curiosidad por el tema.

—Hugh dijo lo mismo —murmuré.

—¿Qué?

—Te lo explicaré después. Continúa.

—Bien, no quería dejar ninguna piedra por levantar, así que leí una enorme cantidad de material sobre la historia de Valaquia y Transilvania. Tardé varios meses. Me obligué a leer lo que había en rumano. Montones de documentos y crónicas sobre Transilvania están en húngaro, por supuesto, debido a cientos de años de dominación húngara, pero también hay documentación rumana. Esto es una colección de textos de canciones populares de Transilvania y Valaquia, publicadas por un recopilador anónimo. Algunas son mucho más que canciones populares. Son poemas épicos.

Me sentí un poco decepcionado. Esperaba alguna especie de documento histórico raro, algo acerca de Drácula.

—¿Alguna habla de nuestro amigo?

—No, me temo que no. No obstante, una canción se me quedó grabada y pensé en ella otra vez cuando me hablaste de lo que Selim Aksoy quería que viéramos en el archivo de Estambul, ya sabes, ese pasaje sobre los monjes de los Cárpatos que entran en la ciudad de Estambul con sus carretas y mulas, ¿te acuerdas? Lamento no haberle pedido a Turgut que nos escribiera la traducción.

Empezó a pasar las páginas del volumen con mucho cuidado. Algunos de los largos textos estaban ilustrados en la parte superior con xilografías, la mayoría adornos con aspecto de bordados populares, pero también algunas toscas representaciones de árboles, casas y animales. La tipografía era muy nítida, pero el libro en sí era chapucero, como hecho en casa. Helen siguió con los dedos las primeras líneas de los poemas, mientras sus labios se movían poco a poco, y meneó la cabeza.

—Algunas de estas baladas son muy tristes —dijo—. En el fondo, los rumanos somos muy diferentes de los húngaros.

—¿Por qué?

—Bien, existe un proverbio húngaro que dice: «El magiar vive los placeres con tristeza». Y es verdad. Hungría está plagada de canciones tristes, y en las aldeas hay violencia, alcoholismo y suicidios. Pero los rumanos son aún más tristes. Creo que no nos hace tristes la vida, sino que somos tristes por naturaleza. —Inclinó la cabeza sobre el libro—. Escucha esto. Es típico de estas canciones.

Tradujo despacio, y el resultado fue algo parecido a esto, aunque esta canción en concreto es diferente y procede de un pequeño volumen de traducciones del siglo XIX que se encuentra ahora en mi biblioteca privada:

La niña que ha muerto fue siempre dulce y bondadosa.
Ahora la hermana menor exhibe la misma sonrisa.
Dijo a su madre: «Oh, madre querida,
mi buena hermana muerta me dijo que no temiera.
La vida que no pudo vivir me entrega,
para darte renovada felicidad».
Pero no, la madre no pudo levantar la cabeza,
y siguió llorando por la hija que estaba muerta.

—Santo Dios —dije estremecido—. No cuesta creer que una cultura capaz de crear una canción semejante creyera en vampiros e incluso los engendrara.

—Sí —dijo Helen, y meneó la cabeza, pero ya estaba pasando más páginas del volumen—. Espera. —Hizo una repentina pausa—. Podría ser esto.

Estaba señalando un breve verso con una vistosa xilografía debajo que parecía plasmar edificios y animales enmarañados en un bosque espinoso.

Soporté la tensión durante varios minutos, mientras Helen leía en silencio, y por fin levantó la vista. Había un brillo de entusiasmo en sus ojos.

—Escucha esto. Traduciré lo mejor que pueda.

Reproduzco aquí una traducción exacta, que he guardado durante estos veinte años entre mis papeles.

Llegaron a las puertas, llegaron a la gran ciudad.
Llegaron a la gran ciudad desde el país de la muerte.
«Somos hombres de Dios, hombres de los Cárpatos.
Somos monjes y hombres santos, pero sólo traemos malas noticias.
Traemos noticias de una epidemia en la gran ciudad.
Servíamos a nuestro amo, y venimos a llorar por su muerte.»
Llegaron a las puertas y la ciudad lloró con ellos
cuando entraron.

El siniestro verso me produjo un escalofrío, pero tuve que poner las debidas objeciones.

—Esto es muy general. Se mencionan los Cárpatos, pero deben aparecer en docenas, incluso centenares, de textos antiguos. Y la «gran ciudad» podría significar cualquier cosa. Quizá signifique la Ciudad de Dios, el reino de los cielos.

Helen meneó la cabeza.

—No lo creo —dijo—. Para los pueblos de los Balcanes y la Europa Central, tanto cristianos como musulmanes, la gran ciudad siempre ha sido Constantinopla, a menos que cuentes a la gente que peregrinó a Jerusalén o a La Meca a lo largo de los siglos. Por otra parte, la mención de la epidemia y los monjes me parece relacionada con la historia del párrafo de Selim Aksoy. ¿El amo al que se refieren no podría ser Vlad Tepes?

—Supongo —dije dudoso—, pero ojalá tuviéramos más datos. ¿Qué antigüedad crees que tiene la canción?

—Es algo muy difícil de precisar cuando se trata de letras tradicionales. —Helen compuso una expresión pensativa—. Este volumen fue impreso en el año 1790, como puedes ver, pero no consta el nombre del editor ni el del lugar en que se imprimió. Las canciones tradicionales pueden sobrevivir doscientos, trescientos o cuatrocientos años sin problemas, de modo que ésta podría ser varios siglos más antigua que el libro. Podría datar de finales del siglo quince, o podría ser incluso más antigua, lo cual daría al traste con nuestros propósitos.

—La xilografía es curiosa —dije, y la miré con más detenimiento.

—El libro está lleno de este tipo de xilografías —murmuró Helen—. Recuerdo que me sorprendió la primera vez que lo examiné.

Ésta no parece relacionada con el poema. Me recuerda a un monje orando o a una ciudad de elevadas murallas.

—Sí —dije—, pero acércate más. —Nos inclinamos sobre la diminuta ilustración, y nuestras cabezas casi se tocaron—. Ojalá tuviéramos una lupa —dije—. ¿No te da la impresión de que en este bosque o arboleda hay cosas escondidas? No se ve ninguna gran ciudad, pero si te fijas bien, aquí se ve un edificio similar a una iglesia, con una cruz en la punta de la cúpula, y al lado...

—Un animal pequeño. —Helen entornó los ojos—. Dios mío —exclamó—. Es un dragón.

Asentí, y nos acercamos más, casi sin respirar. La forma tosca y diminuta era espantosamente familiar: alas extendidas, cola ensortijada. No tuve que sacar mi libro del maletín para comparar.

—¿Qué significa esto?

Aquella imagen, aunque fuera en miniatura, aceleró mi corazón.

—Espera. —Helen examinó la xilografía acercando su cara a dos o tres centímetros de la página—. Maldición. Apenas se ve, pero aquí hay una palabra, espaciada entre los árboles, de letra en letra. Son muy pequeñas, pero estoy segura de que son letras.

—¿Drakulya? —pregunté en voz muy baja.

Ella negó con la cabeza.

—No, pero podría ser un nombre. Ivi... Ivireanu. No lo conozco. Nunca lo había visto escrito, pero muchos nombres rumanos acaban en «u». ¿Qué demonios debe significar este nombre aquí?

Suspiré.

—No lo sé, pero creo que tu instinto no te engaña: esta página está relacionada con Drácula. De lo contrario, no saldría el dragón. Ése no, al menos.

Nos miramos, impotentes. La sala, tan plácida e invitadora media hora antes, se me antojaba deprimente ahora, un mausoleo de conocimientos olvidados.

—Los bibliotecarios no saben nada de este libro —dijo Helen—. Recuerdo que ya pregunté sobre él, porque es una rareza.

—Bien, esto tampoco lo podemos solucionar —dije por fin—. Llevémonos al menos una traducción, para acordarnos de lo que hemos visto.

Tomé su dictado en una hoja de cuaderno y efectué un apresurado dibujo de la xilografía. Helen estaba consultando su reloj.

—He de volver al hotel —dijo.

—Yo también, o Hugh James se me escapará.

Recogimos nuestras pertenencias y devolví el libro a su estante con todo el respeto debido a una reliquia.

Tal vez fue producto del estado agitado de mi mente, incitado por el poema y la ilustración, o quizás estaba más cansado de lo que pensaba a causa del viaje, de la prolongada velada en el restaurante con Eva y de pronunciar una conferencia ante una multitud de desconocidos. El caso es que cuando entré en mi habitación tardé mucho rato en asimilar lo que vi y mucho más aún en llegar a la conclusión de que Helen tal vez estaba viendo lo mismo en su cuarto, dos pisos más arriba. Después temí de repente por su seguridad y subí la escalera sin detenerme a examinar nada. Habían registrado mi habitación, cajón, armario y ropa de cama, y todas mis posesiones habían sido manoseadas, tiradas de cualquier manera, incluso rotas por manos que no sólo eran apresuradas sino malintencionadas.

42

—¿No puedes pedir ayuda a la policía? Me parece que esta ciudad está llena de policías. —Hugh James partió por la mitad un panecillo y le dio un buen mordisco—. Es terrible que te pase esto en un hotel extranjero.

—Hemos llamado a la policía —le tranquilicé—. Al menos, eso creo, porque el recepcionista del hotel lo hizo por nosotros. Dijo que no podría venir nadie hasta última hora de la noche o mañana por la mañana, y que no tocáramos nada. Nos ha dado nuevas habitaciones.

—¿Cómo? ¿Quieres decir que la habitación de la señorita Rossi también fue registrada? —Los grandes ojos de Hugh se hicieron todavía más redondos—. ¿Le ha pasado a algún huésped más?

—Lo dudo —dije en tono sombrío.

Estábamos sentados en un restaurante al aire libre de Buda, no lejos de la colina del castillo, desde donde podíamos contemplar el Danubio y el Parlamento, en el lado de Pest. Aún había mucha luz y el cielo nocturno proyectaba un resplandor azul y rosa sobre el agua. Hugh había elegido el sitio. Era uno de sus favoritos, dijo. Habitantes de Budapest de todas las edades paseaban por la calle delante de nosotros y muchos de ellos se detenían ante las balaustradas que daban al río para contemplar la hermosa panorámica, como si nunca tuvieran bastante. Hugh había pedido varios platos típicos para que yo los probara, y acabábamos de acomodarnos con el ubicuo pan de corteza dorada y una botella de Tokay, el famoso vino de la zona noreste de Hungría, me explicó. Ya habíamos acabado con los preliminares, es decir, nuestras universidades, mi olvidada tesis (se rió cuando le conté hasta qué punto andaba errado el profesor Sándor sobre mi obra), la investigación efectuada por Hugh sobre la historia de los Balcanes y su próximo libro sobre ciudades otomanas en Europa.

—¿Robaron algo?

Hugh llenó mi copa.

—Nada —dije de mal humor—. No había dejado dinero en la habitación, claro está, ni ninguna de mis posesiones valiosas, y los pasaportes están en recepción, o quizás en la comisaría de policía, no hay forma de saberlo.

—Entonces, ¿qué estaban buscando?

Hugh brindó conmigo y bebió.

—Es una larga, larga historia —suspiré—. Pero encaja a la perfección con algunas cosas de las que hemos de hablar.

Asintió.

—De acuerdo. Vamos a ello.

—Si tú correspondes.

—Desde luego.

Bebí media copa para cobrar fuerzas y empecé por el principio. No necesitaba vino para apaciguar mis dudas sobre contarle a Hugh James la historia de Rossi. Si no le decía nada, no averiguaría nada de lo que él conocía. Escuchó en silencio, fascinado, excepto cuando hablé de la decisión de Rossi de llevar a cabo investigaciones en Estambul. Pegó un bote.

—Santo cielo —exclamó—. Yo también pensaba ir allí. Volver, quiero decir. He ido dos veces, pero nunca para buscar a Drácula.

—Permíteme que te ahorre algunas molestias.

Esta vez fui yo quien le llenó la copa, y le hablé de las aventuras de Rossi en Estambul y de su desaparición, momento en que Hugh me miró con ojos desorbitados, aunque no dijo nada. Por fin describí mi encuentro con Helen, sin revelar su presunto parentesco con Rossi, todos nuestros viajes e investigaciones hasta la fecha, incluyendo nuestras entrevistas con Turgut.

—Como ves —concluí—, en este momento no me sorprende nada que hayan puesto patas arriba nuestra habitación del hotel.

—Claro. —Dio la impresión de que reflexionaba unos momentos. A esas alturas nos habíamos abierto paso entre una multitud de guisos y encurtidos, y dejó el tenedor sobre la mesa con aire triste, como si lamentara que se hubieran terminado—. Conocernos así ha sido extraordinario, pero lamento mucho la desaparición del profesor Rossi, muchísimo. Es muy extraño. Nunca hubiera dicho antes de escuchar tu historia que investigar el personaje de Drácula implicara algo excepcional, aunque desde el primer momento mi libro me produjo una extraña sensación. A nadie le gusta dejarse guiar por sensaciones extrañas, pero así son las cosas.

—Bien, temía que no me creyeras.

—Ya son cuatro libros —musitó—. El mío, el tuyo, el del profesor Rossi y el que pertenece a ese profesor de Estambul. Es muy extraño que existan cuatro iguales.

—¿Conoces a Turgut Bora? —pregunté—. Has dicho que habías estado en Estambul unas cuantas veces.

Negó con la cabeza.

—No, nunca había oído ese nombre, pero es normal que no me lo haya encontrado en el Departamento de Historia ni en ninguna conferencia si se dedica a la literatura. Te agradeceré que me ayudes a ponerme en contacto con él algún día. No he visitado el archivo que describes, pero leí acerca de él en Inglaterra y pensé en ir a verlo. No obstante, tal como has dicho, me has ahorrado molestias. Nunca se me habría ocurrido que esa cosa, el dragón del libro, podía ser un plano. Es una idea extraordinaria.

—Sí, y tal vez una cuestión de vida o muerte para Rossi —dije—, pero ahora te toca a ti. ¿Cómo encontraste tu libro?

Su rostro se puso serio.

—Tal como has explicado en tu caso, y en los otros dos, más que encontrar mi libro lo recibí, aunque ignoro desde dónde o de quién. Tal vez debería ponerte en antecedentes. —Guardó silencio un momento e intuí que le costaba abordar el tema—. Me licencié en Oxford hace nueve años y después fui a dar clases a la Universidad de Londres. Mi familia vive en Cumbria, en el Distrito de los Lagos, País de Gales, y no son ricos. Se esforzaron, y yo también, en que recibiera la mejor educación. Siempre me sentí un poco marginado, sobre todo en el colegio privado. Mi tío me ayudó a superarlo. Supongo que estudié con más ganas que la mayoría con la intención de destacar. La historia fue mi gran amor desde el principio.

Hugh se secó los labios con la servilleta y meneó la cabeza, como si rememorara locuras juveniles.

—Al final de mi segundo año en la universidad supe que me iba a ir bastante bien, y esto me animó aún más. Entonces estalló la guerra y tuve que dejarlo todo. Estaba a punto de terminar tercero en Oxford. Por cierto, allí fue donde oí hablar por primera vez de Rossi, aunque nunca llegué a conocerle. Ya debía haberse marchado a Estados Unidos cuando yo empecé la universidad.

Se acarició la barbilla con una mano grande y bastante agrietada.

—No habría podido amar más mis estudios, pero también amaba a mi país y me alisté enseguida en la Armada. Me enviaron a Italia, y un año después estaba en casa con heridas en los brazos y las piernas.

Se acarició con cautela su camisa de algodón, justo por encima del puño, como si le sorprendiera sentir la sangre en sus venas.

—Me recuperé con bastante rapidez y quise volver al frente, pero no me aceptaron. La explosión que voló el barco me había afectado un ojo. Regresé a Oxford y traté de hacer caso omiso de los cantos de sirenas, y me licencié justo después de que terminara la guerra. Las últimas semanas fueron las más felices de mi vida pese a todas las privaciones. Aquella terrible maldición había sido erradicada del mundo, casi había terminado mis estudios postergados y la chica a la que siempre había amado había accedido por fin a casarse conmigo. No tenía dinero y no había muchos alimentos, pero comía sardinas en mi habitación y escribía cartas de amor (supongo que no te importa que te cuente esto). Estudiaba como un poseso para aprobar los exámenes. Fui presa del más atroz agotamiento, por supuesto.

Levantó la botella de Tokay, que estaba vacía, y la volvió a dejar con un suspiro.

—Casi había terminado mi odisea, y fijamos la fecha de la boda para finales de junio. La noche antes de mi último examen me quedé levantado hasta la madrugada repasando mis notas. Sabía que ya había abarcado todo cuanto necesitaba, pero no podía parar. Estaba trabajando en un rincón de la biblioteca de mi colegio, agazapado detrás de algunas estanterías, para no ver a los demás chiflados que también estaban consultando sus notas.

»Hay algunos libros hermosísimos en esas pequeñas bibliotecas, y por un momento llamó mi atención un volumen de sonetos de Dryden*, que estaba al alcance de mi mano. Enseguida pensé que sería mejor salir a fumar un cigarrillo y tratar de concentrarme después. Metí el libro en su estante y salí al patio. Era una espléndida noche de primavera, y me quedé pensando en Elspeth y la casa que estaba

---

* John Dryden, poeta, dramaturgo y crítico inglés del siglo XVII. (*N. del T.*)

amueblando para nosotros, y en mi mejor amigo, que habría sido mi padrino de bodas y que había muerto en los yacimientos petrolíferos de Ploiesti con los norteamericanos. Después volví a entrar en la biblioteca. Ante mi sorpresa, Dryden estaba sobre mi mesa, como si nunca lo hubiera guardado, y pensé que tal vez me había despistado con tanto trabajo. Me volví para colocarlo en su estantería, y vi que no había sitio. Su lugar estaba al lado de Dante, de eso estaba seguro, pero ahora había un libro diferente, con un lomo de aspecto muy antiguo y un pequeño ser grabado en él. Lo saqué y cayó abierto en mis manos para... Bien, ya sabes lo que sigue.

Su rostro cordial estaba pálido ahora. Buscó primero en su camisa y después en los bolsillos de los pantalones hasta que encontró un paquete de cigarrillos.

—¿Tú no fumas? —Encendió un pitillo y dio una profunda calada—. Me sorprendió el aspecto del libro, su aparente antigüedad, el aspecto amenazador del dragón, todo lo que también te fascinó a ti del tuyo. No había bibliotecarios a las tres de la mañana, así que bajé al fichero y busqué un poco, pero sólo averigüé el nombre y el linaje de Vlad Tepes. Como no tenía sello de la biblioteca, me lo llevé a casa.

»Dormí mal y no pude concentrarme en mi examen de la mañana siguiente. Sólo podía pensar en ir a otras bibliotecas, y tal vez a Londres, para ver qué podía averiguar. Pero no tenía tiempo, y cuando me desplacé para la boda, cogí el libro y le echaba un vistazo de vez en cuando. Elspeth me sorprendió mirándolo, y cuando le expliqué lo sucedido, no le gustó, no le gustó nada. Faltaban cinco días para nuestra boda, pero no podía dejar de pensar en el libro, ni de hablar de él, hasta que Elspeth me prohibió hacerlo.

»Entonces, una mañana, faltaban dos días para la boda, tuve una repentina inspiración. Hay una mansión no lejos del pueblo de mis padres, una mole jacobina frecuentada por turistas en viajes organizados en autocar. Siempre me había parecido un aburrimiento en nuestros viajes escolares, pero recordé que el noble que la había construido había sido coleccionista de libros y tenía cosas de todo el mundo. Como no podía ir a Londres hasta después de la boda, pensé en dejarme caer por la biblioteca de esa casa, que era famosa, y husmear un poco, pues tal vez encontraría algo sobre Transilvania. Le dije a mis padres que iba a dar un paseo, y supuse que pensarían que iba a ver a Elspeth.

»Era una mañana lluviosa, neblinosa y también fría. El ama de llaves dijo que aquel día la mansión no estaba abierta a las visitas guiadas, pero me dejó echar un vistazo a la biblioteca. Había oído hablar de la boda en el pueblo, conocía a mi madre y me preparó una taza de té. Cuando me quité la gabardina y descubrí veinte estantes de libros de aquel antiguo viajero jacobino, que había llegado más al este que nadie, me olvidé de todo lo demás.

»Examiné todas aquellas maravillas, y otras que había recogido en Inglaterra, tal vez después de su viaje, hasta que me topé con una historia de Hungría y Transilvania, y en ella descubrí una mención a Vlad Tepes, y después otra, y por fin, para mi alegría y estupefacción, una descripción del entierro de Vlad en el lago Snagov, ante el altar de una iglesia que él había fundado. Esta narración era una leyenda anotada por un aventurero inglés que pasaba por la región. Se autodenominaba simplemente El Viajero en la página del título y era contemporáneo del coleccionista jacobino. Esto debió ocurrir unos ciento treinta años después de la muerte de Vlad.

»El Viajero había visitado el monasterio de Snagov en 1605. Había hablado con los monjes y le habían revelado que, según la leyenda, un gran libro, un tesoro de su monasterio, había sido colocado sobre el altar durante el funeral de Vlad y los monjes presentes en la ceremonia habían firmado en él, y los que no sabían escribir habían dibujado un dragón en honor de la Orden del Dragón. No se hablaba, por desgracia, de la suerte posterior del libro, pero me pareció muy notable. Después, El Viajero decía que pidió ver la tumba, y los monjes le enseñaron una lápida que había en el suelo, delante del altar. Tenía pintado un retrato de Vlad Drakulya, con palabras latinas, quizá pintadas también, porque El Viajero no hablaba de grabados y le sorprendió la ausencia de la cruz acostumbrada en la lápida. El epitafio, que copié con mucho cuidado (no sé si por instinto), estaba en latín.

Hugh bajó la voz, miró hacia atrás y apagó el cigarrillo en el cenicero de la mesa.

—Después de anotarla y corregirla un poco, leí mi traducción en voz alta: «Lector, desentiérrale con una...». Ya sabes cómo sigue. Fuera, la lluvia seguía cayendo con fuerza, y una ventana de la biblioteca que no estaba bien sujeta se abrió y cerró con estrépito, de modo que sentí una corriente de aire frío cerca. Debía de estar nervioso, porque derribé la taza y una gota de té cayó sobre el libro. Mientras lo secaba, torturado por mi torpeza, me fijé en la hora. Ya era la una y debía volver a casa a comer. No parecía que hubiera nada más importante en la biblioteca, de modo que guardé los libros, di las gracias al ama de llaves y regresé por los senderos, entre todas las rosas de junio.

»Cuando volví a casa de mis padres, esperando verlos a la mesa, tal vez reunidos con Elspeth, encontré la casa alborotada. Varios amigos y vecinos habían acudido y mi madre estaba llorando. Mi padre parecía muy disgustado. —Hugh encendió otro cigarrillo y la cerilla tembló en la creciente oscuridad—. Apoyó la mano sobre mi hombro y dijo que se había producido un accidente de automóvil en la carretera principal, cuando Elspeth iba conduciendo un coche prestado, regresando de comprar en una ciudad cercana. Estaba lloviendo mucho, y creían que había visto algo y dado un volantazo. No estaba muerta, gracias a Dios, pero sí herida de gravedad. Sus padres habían ido de inmediato al hospital, y los míos me estaban esperando en casa para contármelo.

»Me dejaron un coche y conduje hasta el hospital a tal velocidad que a punto estuve yo mismo de sufrir un accidente. No querrás oírlo, estoy seguro, pero... Estaba acostada con la cabeza vendada y los ojos abiertos de par en par. Ése era su aspecto. Ahora vive en una especie de residencia, donde la tratan muy bien, pero no habla ni entiende gran cosa. Tampoco come. Lo más horrible de la historia es que... —Su voz sonó temblorosa—. Lo más horrible es que yo siempre he supuesto que fue un accidente, pero ahora que he escuchado las historias de Hedges, el amigo de Rossi, y de tu gato, ya no sé qué pensar.

Dio una profunda calada al cigarrillo.

Yo exhalé un suspiro.

—Lo siento muchísimo. Ojalá supiera qué decir. Debió de ser terrible para ti.

—Gracias. —Tuve la impresión de que intentaba recuperar su talante habitual—. Ya han pasado algunos años, y el tiempo ayuda. Es sólo que...

No supe entonces, aunque ahora sí, lo que no verbalizó: las palabras inútiles, la indecible letanía de la pérdida. Mientras seguíamos sentados, con el pasado suspendido sobre nuestras cabezas, un camarero apareció con una vela dentro de un farol de latón y la dejó sobre la mesa. El café se estaba llenando de clientes y oí grandes risotadas en el interior.

—Me sorprende lo que acabas de contar sobre Snagov —dije al cabo de un rato—. Nunca había oído nada de eso acerca de la tumba... Me refiero a la inscripción, la cara pintada y la ausencia de cruz. Creo que la relación de la inscripción con las palabras que Rossi encontró en los planos del archivo de Estambul es importantísima, es la prueba de que Snagov fue el emplazamiento original de la tumba de Drácula. —Me masajeé las sienes con los dedos—. Pero, entonces, ¿por qué el mapa del dragón de los libros y del archivo no se corresponde con la topografía de Snagov, el lago, la isla?

—Ojalá lo supiera.

—¿Deseaste continuar tu investigación sobre Drácula después de lo que le ocurrió a Elspeth?

—Durante varios años no. —Hugh apagó el cigarrillo—. No tenía ánimos para eso. No obstante, hará unos dos años, me descubrí pensando en él de nuevo, y cuando empecé a trabajar en mi libro actual, mi libro húngaro, me interesé de nuevo en él.

Ya había oscurecido mucho, y el Danubio brillaba por obra de las luces del puente y los edificios de Pest, que se reflejaban en el agua. Un camarero vino a ofrecernos un *eszpreszó*, y lo aceptamos agradecidos. Hugh tomó un sorbo y bajó su taza.

—¿Te gustaría ver el libro? —preguntó.

—¿El libro en el que estás trabajando?

Me quedé desconcertado un momento.

—No, mi libro del dragón.

Le miré fijamente.

—¿Lo tienes aquí?

—Siempre lo llevo encima —replicó—. Bien, casi siempre. De hecho, lo dejé en el hotel durante las conferencias de hoy, porque pensé que estaría más seguro allí. Cuando pienso que habrían podido robarlo... —Calló—. No dejaste el tuyo en la habitación, ¿verdad?

—No. —No tuve otro remedio que sonreír—. Yo también lo llevo siempre encima.

Empujó nuestras tazas a un lado con cuidado y abrió su maletín. Extrajo una caja de madera pulida, y de ella un paquete envuelto en tela, que dejó sobre la mesa. Dentro había un libro más pequeño que el mío, pero encuadernado en la misma vitela gastada. Las páginas se veían más amarillentas y frágiles que las de mi ejemplar, pero el dragón del centro era el mismo; llenaba las páginas hasta los bordes y nos miraba con ojos centelleantes. En silencio, abrí mi maletín y saqué el libro, dejando su imagen central al lado de la de Hugh. Eran idénticas, pensé cuando me incliné sobre ellas.

—Mira esta mancha. Es igual. Fueron impresas con la misma plancha —me dijo Hugh en voz baja.

Me di cuenta de que tenía razón.

—Esto me recuerda otra cosa que había olvidado decirte. La señorita Rossi y yo fuimos a la biblioteca de la universidad esta tarde antes de volver al hotel, porque ella quería mirar algo que vio allí hace un tiempo. —Describí el volumen de canciones populares rumanas y le hablé de la siniestra balada sobre los monjes que entraban en una gran ciudad—. Ella cree que puede estar relacionada con la historia del manuscrito de Estambul del que te he hablado. La letra de la canción era muy poco precisa, pero había una xilografía interesante en lo alto de la página, una especie de bosque con una diminuta iglesia y un dragón entre los árboles, y una palabra.

—¿Drakulya? —sugirió Hugh, como había hecho yo en la biblioteca.

—No. *Ivireanu.*

Consulté mis notas y le enseñé la palabra.

Abrió los ojos sorprendido.

—Eso sí que es notable —exclamó.

—¿El qué? Dime.

—Bien, ayer vi ese mismo nombre en la biblioteca.

—¿En la misma biblioteca? ¿Dónde? ¿En el mismo libro?

Estaba demasiado impaciente para esperar con educación la respuesta.

—Sí, en la biblioteca universitaria, pero no en el mismo libro. He estado buscando material para mi proyecto durante toda la semana, y como nuestro amigo está acechando siempre en el fondo de mi mente, sigo encontrando de vez en cuando referencias sobre su mundo. Drácula y Hunyadi eran feroces enemigos, y después lo fueron Drácula y Matías Corvino, de modo que te topas con nuestro personaje cada dos por tres. Te dije durante la comida que había encontrado un manuscrito encargado por Corvino, el documento que habla del fantasma en el ánfora.

—Oh, sí —dije con vehemencia—. ¿Fue en ese manuscrito donde viste también la palabra *Ivireanu*?

—Pues no. El manuscrito de Corvino es muy interesante, pero por motivos diferentes. El manuscrito dice... Bien, he copiado una parte. El original está en latín.

Sacó su libreta y me leyó unas cuantas líneas.

—«En el año de Nuestro Señor de 1463 este humilde servidor del rey le ofrece estas palabras de grandes escritos, todo para proporcionar información a Su Majestad sobre la maldición del vampiro, que en el infierno perezca. Esta información es para la colección real de Su Majestad. Ojalá le ayude a curar la maldad que asola nuestra ciudad, a terminar con la presencia de vampiros y alejar la epidemia de nuestras moradas.» Etcétera, etcétera. Después el buen escriba, fuera quien fuera, incluye la lista de las referencias que ha encontrado en varias obras clásicas, incluyendo relatos del fantasma en el ánfora. Como ya adivinarás, la fecha del manuscrito es la del año posterior a la detención de Drácula y su primer confinamiento en Buda. Tu descripción de la misma preocupación por parte del sultán turco, que detectaste en aquellos documentos de Estambul, me inclina a pensar que Drácula causaba problemas allá adonde iba. Ambos mencionan la epidemia y ambos muestran preocupación por la presencia del vampirismo. Muy similar, ¿eh?

Hizo una pausa con aire pensativo.

—De hecho, esa relación con la epidemia no está tan traída por los pelos. Leí en un documento italiano de la Biblioteca Británica que Drácula utilizó armas biológicas contra los turcos. Debió de ser uno de los primeros europeos en hacer uso de ellas. Le gustaba enviar a súbditos que habían contraído enfermedades contagiosas a los campamentos turcos, disfrazados de otomanos.

A la luz del farol, los ojos de Hugh se entornaron, y su rostro brillaba con una intensa concentración. Se me ocurrió en aquel momento que en Hugh James había encontrado un aliado de agudísima inteligencia.

—Todo esto es fascinante —dije—, pero ¿qué me dices de la mención de la palabra *Ivireanu*?

—Oh, lo siento mucho —sonrió Hugh—. Me he ido un poco por las ramas. Sí, vi esa palabra en la biblioteca de aquí. Me topé con ella hace tres o cuatro días, diría yo, en un Nuevo Testamento en rumano del siglo diecisiete. Lo estaba examinando porque pensé que la portada mostraba una influencia del diseño otomano poco común. En la página del título estaba escrita la palabra *Ivireanu*. Estoy seguro de que era esa palabra. No le concedí ninguna importancia en aquel momento. Para ser sincero, siempre encuentro palabras rumanas que me desconciertan, porque conozco muy poco el idioma. Llamó mi atención debido al tipo de letra, que era bastante elegante. Imaginé que debía ser el nombre de algún lugar, o algo por el estilo.

—¿Y nada más? —rezongué—. ¿No volviste a verla?

—Me temo que no. —Hugh estaba prestando atención a su taza de café vacía—. Si me vuelvo a cruzar con ella, no dudes de que te avisaré.

—Bien, tal vez no tenga nada que ver con Drácula —dije para consolarme—. Ojalá tuviera más tiempo para examinar esa biblioteca. Por desgracia, hemos de volver a Estambul el lunes. Sólo tengo permiso para quedarme hasta que termine el congreso. Si encuentras algo interesante...

—Por supuesto —dijo Hugh—. Yo me quedaré seis días más. Si encuentro algo, ¿te escribo a tu departamento?

El corazón me dio un vuelco. Hacía días que no pensaba en mi país, y no tenía ni idea de cuándo volvería a examinar el correo del buzón de mi departamento.

—No, no —dije a toda prisa—. De momento no. Si encuentras algo que consideras que puede ayudarnos, haz el favor de llamar al profesor Bora. Explícale que hemos hablado. Si le telefoneo, le avisaré de que tal vez te pondrás en contacto con él.

Saqué la tarjeta de Turgut y apunté el número para Hugh.

—Muy bien. —La guardó en el bolsillo de la camisa—. Toma mi tarjeta. Espero volver a vernos. —Permanecimos en silencio unos segundos, él con la vista clavada en la mesa, con sus tazas vacías, los platillos y la luz parpadeante de la vela—. Mira —dijo por fin—, si es cierto todo lo que me has dicho y lo que dijo Rossi, y existe un conde Drácula o un Vlad el Empalador vivo de alguna manera horrible, me gustaría ayudarte...

—¿A eliminarle? —terminé en voz baja—. Lo recordaré.

Dio la impresión de que ya nos lo habíamos dicho todo, aunque yo confiaba en que volveríamos a hablar algún día. Encontramos un taxi que nos condujo a Pest, y Hugh insistió en acompañarmc hasta el vestíbulo del hotel. Nos estábamos despidiendo cordialmente cuando el recepcionista con el que había hablado antes salió como una exhalación de su cubículo y me agarró del brazo.

—¡*Herr* Paul! —dijo en tono perentorio.

—¿Qué ocurre?

Hugh y yo nos volvimos hacia el hombre. Era un individuo alto y encorvado, vestido con una chaqueta azul proletaria y provisto de un bigote digno de un guerrero huno. Tiró de mí para que me acercara y habló en voz baja. Conseguí indicar con un ademán a Hugh que no se marchara. No había nadie más a la vista y no quería afrontar solo una nueva crisis.

—*Herr* Paul, sé quién estuvo en su *Zimmer* esta tarde.

—¿Qué? ¿Quién?

El recepcionista empezó a canturrear y a mirar a su alrededor y se introdujo la mano en el bolsillo de la chaqueta de una manera que habría debido ser significativa si yo hubiera entendido el significado. Me pregunté si sería un poco retrasado.

—Quiere una propina —tradujo Hugh en voz baja.

—Oh, por el amor de Dios —dije exasperado, pero daba la impresión de que los ojos del hombre se habían vidriado, y sólo volvieron a brillar cuando saqué dos enormes billetes húngaros. Los aceptó con aire furtivo y los ocultó en el bolsillo, pero no dijo nada que reconociera mi capitulación.

—*Herr* norteamericano —susurró—, sé que no sólo hubo *ein* hombre esta tarde. Dos hombres. Uno llega primero, hombre muy importante. Después el otro. Le veo cuando subo con una maleta a otra *Zimmer*. Entonces los veo. Hablan. Salen juntos.

—¿Nadie los detuvo? —repliqué irritado—. ¿Quiénes eran? ¿Eran húngaros?

El hombre no paraba de mirar alrededor de él y tuve que reprimir las ansias de estrangularle. Esa atmósfera de censura me estaba crispando los nervios. Mi expresión debía de ser de furia, porque Hugh apoyó una mano en mi brazo para tranquilizarme.

—Importante hombre, húngaro. Otro hombre, no húngaro.

—¿Cómo lo sabe?

Bajó la voz.

—Un hombre húngaro, pero hablar *anglisch* juntos.

No volvió a hablar, pese a mis preguntas cada vez más amenazadoras. Puesto que, al parecer, había decidido que ya me había facilitado suficiente información por los *forints* que le había dado, quizá no habría pronunciado ni una palabra más, de no ser por algo que pareció llamar su atención de súbito. Estaba mirando algo a mi espalda, y al cabo de un segundo yo también me volví y seguí su mirada a través de la gran vidriera de la puerta del hotel. Durante una fracción de segundo vi un semblante ansioso de ojos hundidos que había llegado a conocer demasiado bien, un rostro que pertenecía a una tumba, no a una calle. El recepcionista estaba farfullando, apretando mi brazo.

—Ahí está, con su cara de demonio... ¡El *anglischer*!

Emitiendo una especie de aullido me solté del recepcionista y corrí hacia la puerta. Hugh, con gran presencia de ánimo —me di cuenta después—, se apoderó de un paraguas del paragüero que había al lado del mostrador y salió tras de mí. Pese a mi impetuosidad, seguí aferrando con firmeza el maletín, lo cual me impidió correr más deprisa. Fuimos de un lado a otro, recorrimos la calle de arriba abajo, pero fue inútil. Ni siquiera había oído los pasos del hombre, y no sabía en qué dirección había huido.

Por fin me detuve para apoyarme contra un edificio y recuperar el aliento. Hugh también jadeaba.

—¿Qué ha pasado? —preguntó agotado.

—El bibliotecario —dije cuando logré articular algunas palabras—. El que nos siguió hasta Estambul. Estoy seguro de que era él.

—Santo Dios. —Hugh se secó la frente con la manga—. ¿Qué está haciendo aquí?

—Intentar apoderarse del resto de mis notas —gemí—. Puede que no me creas, pero es un vampiro, y ahora le hemos atraído hasta esta hermosa ciudad.

En realidad, dije más que eso, y Hugh debió reconocer en nuestro idioma común todas las variantes norteamericanas de la furia. Pensar en la maldición que estaba arrastrando tras de mí casi anegó mis ojos en lágrimas.

—Venga, venga —dijo Hugh en tono tranquilizador—. Aquí ya ha habido vampiros antes.

»Pero tenía el rostro blanco y miraba a su alrededor con el paraguas bien sujeto.

—¡Maldita sea!

Di un puñetazo al edificio.

—Has de estar alerta —dijo Hugh sin inmutarse—. ¿Ha vuelto la señorita Rossi?

—¡Helen! —No había pensando en ella todavía, y Hugh estuvo a punto de sonreír al oír mi exclamación—. Iré a preguntar. También llamaré al profesor Bora. Escucha, Hugh, tú también has de estar alerta. Ve con cuidado, ¿de acuerdo? Te ha visto conmigo, y da la impresión de que eso no trae suerte a nadie.

—No te preocupes por mí. —Hugh estaba contemplando el paraguas con aire pensativo—. ¿Cuánto le pagaste a ese empleado?

Reí pese a mi agotamiento.

—Dos billetes grandes. ¿Te parece mucho?

—Sí, pero no se lo digas a nadie.

Nos estrechamos la mano con cordialidad y Hugh desapareció en dirección a su hotel, que no se hallaba lejos del nuestro. No me hizo gracia que se fuera solo, pero había gente en la calle que paseaba y hablaba. En cualquier caso, sabía que siempre haría las cosas a su manera. Era ese tipo de hombre.

De vuelta al vestíbulo del hotel, no vi ni rastro del aterrorizado empleado. Tal vez se debía a que su turno había terminado, pues un joven recién afeitado ocupaba su lugar detrás del mostrador de recepción. Me mostró que la llave de la habitación de Helen colgaba todavía de su gancho, por lo que supuse que debía estar aún con su tía. El joven me dejó utilizar el teléfono tras pactar con meticulosidad el coste de la llamada. El teléfono de Turgut sonó cuando probé por segunda vez. Me molestaba llamar desde el teléfono del hotel, pues sabía que podía estar pinchado, pero era la única posibilidad a aquella hora. Debía confiar en que nuestra conversación fuera demasiado peculiar para ser comprendida. Por fin, oí un chasquido en la línea y después la voz de Turgut, lejana pero jovial, que contestaba en turco.

—¡Profesor Bora! —grité—. Turgut, soy Paul, y llamo desde Budapest.

—¡Paul, querido amigo! —Pensé que nunca había oído nada más dulce que aquella voz distante y estruendosa—. Hay problemas en la línea. Dame tu número, por si acaso se corta.

El recepcionista me lo dio y se lo grité a Turgut.

—¿Cómo estás? —gritó a su vez—. ¿Le has encontrado?

—¡No! —grité—. Estamos bien, y hemos descubierto más cosas, pero ha ocurrido algo espantoso.

—¿A qué te refieres? —Percibí su consternación al otro lado de la línea—. ¿Alguno de vosotros ha resultado herido?

—No, estamos bien, pero el bibliotecario nos ha seguido hasta aquí. —Oí una retahíla de palabras que habrían podido significar alguna maldición shakesperiana, pero era imposible diferenciarlas debido a las interferencias—. ¿Qué crees que deberíamos hacer?

—Aún no lo sé. —La voz de Turgut se oía con algo más de claridad—. ¿Llevas encima siempre el equipo que te regalé?

—Sí, pero no puedo acercarme lo bastante a ese demonio para utilizarlo. Creo que hoy ha registrado mi habitación mientras estábamos en el congreso, y al parecer alguien le ayudó.

Quizá la policía estaba escuchando en ese momento. ¿Quién sabía las conclusiones a las que llegaría?

—Ve con mucho cuidado, profesor. —Turgut parecía preocupado—. No tengo ningún consejo prudente para ti, pero pronto tendré noticias, tal vez incluso antes de que vuelvas a Estambul. Me alegro de que hayas llamado esta noche. El señor Aksoy y yo hemos encontrado un nuevo documento, uno que ninguno de los dos había visto nunca. Lo encontró en el archivo de Mehmet. Este documento fue escrito por un monje de la iglesia ortodoxa oriental en 1477 y ha de ser traducido.

Había interferencias en la línea otra vez y tuve que gritar.

—¿Has dicho 1477? ¿En qué idioma está?

—No te oigo, querido muchacho —vociferó Turgut muy lejos—. Ha descargado una tormenta sobre la ciudad. Te llamaré mañana por la noche.

Una babel de voces (ignoro si eran húngaras o turcas) nos interrumpió y ahogó sus siguientes palabras. Se oyeron más chasquidos y después la línea se cortó. Colgué lentamente y me pregunté si debía volver a llamar, pero el empleado ya me estaba quitando el teléfono con expresión preocupada y anotando lo que le debía en un trozo de papel. Pagué apesadumbrado y me quedé inmóvil un momento, pues no me apetecía subir a mi nueva habitación, a la que me habían permitido llevar los útiles de afeitar y una camisa limpia. Me estaba desanimando a marchas forzadas. Había sido un día muy largo, y el reloj del vestíbulo me informó de que eran casi las once.

Todabía me habría deprimido más si un taxi no hubiera parado en aquel momento. Helen bajó y pagó al conductor, y después entró por la gran puerta. Aún no me había visto junto al mostrador, pero su expresión era seria y reservada, con una intensa melancolía que ya había observado alguna vez. Iba envuelta en un chal de lana aterciopelada negra y roja que yo nunca había visto, tal vez regalo de su tía. Suavizaba las duras líneas de su vestido y hombros y dotaba de un resplandor blanco y luminoso a su piel, incluso bajo la áspera luz del vestíbulo. Parecía una princesa, y la miré con descaro un momento antes de que ella me viera. No era tan sólo su belleza, destacada por la suave lana y el ángulo majestuoso de su barbilla, lo que me tenía encandilado. Estaba recordando una vez más, con un estremecimiento de inquietud, el retrato que Turgut guardaba en su estudio: la orgullosa cabeza, la nariz larga y recta, los grandes ojos oscuros de espesas pestañas. Quizá se debía a que estaba muy cansado, me dije, y cuando Helen me vio y sonrió, la imagen desapareció de mi mente.

43

Si no hubiera despertado a Barley, o si él hubiera estado solo, creo que habría cruzado dormido la frontera de España, para ser rudamente despertado por los oficiales de aduanas españoles. Pero bajó tambaleante al andén de la estación de Perpiñán medio dormido, y fui yo quien preguntó el camino a la estación de autobuses. El revisor de la chaqueta azul frunció el ceño, como si pensara que a esas horas deberíamos estar en casa, pero fue lo bastante amable para localizar nuestras bolsas huérfanas detrás del mostrador de la estación. ¿Adónde íbamos? Le dije que queríamos ir en autobús a Les Bains, y el hombre meneó la cabeza. Tendríamos que esperar hasta el día siguiente, ¿no me había dado cuenta de que era casi medianoche? Había un hotel limpio en aquella misma calle, donde yo y mi... «hermano», me apresuré a aclarar, encontraríamos habitación. El revisor nos miró de arriba abajo, se fijó en mi tez morena y mi extrema juventud, supuse, y en el cuerpo larguirucho y rubio de Barley, pero se limitó a chasquear la lengua y siguió su camino.

El día amaneció más claro y hermoso que el anterior, y cuando me reuní con Helen en el comedor del hotel para desayunar, mis presentimientos de la noche anterior eran ya un sueño lejano. El sol entraba a través de las polvorientas ventanas y bañaba los manteles blancos y las pesadas tazas de café. Helen estaba tomando notas en una pequeña libreta.

—Buenos días —dijo con afabilidad cuando me senté y me serví café—. ¿Estás preparado para conocer a mi madre?

—No he pensado en otra cosa desde que llegamos a Budapest —confesé—. ¿Cómo vamos a ir allí?

—Su pueblo está en una ruta de autobús que hay al norte de la ciudad. Sólo hay un autobús de ida los domingos por la mañana, de modo que no debemos perderlo. El viaje dura una hora, a través de unos suburbios muy aburridos.

Dudaba de que esa excursión pudiera aburrirme, pero no dije nada. De todos modos, algo seguía preocupándome.

—Helen, ¿estás segura de que quieres que te acompañe? Podrías hablar con ella a solas. Tal vez eso sería menos violento para ella que aparecer con un completo desconocido, un estadounidense además. ¿Y si mi presencia le molesta?

—Es justo tu presencia lo que conseguirá que hable con más espontaneidad —replicó Helen con firmeza—. Conmigo es muy reservada, ya lo sabes. La fascinarás.

—Bien, nunca me habían acusado de ser fascinante.

Me serví tres rebanadas de pan y un poco de mantequilla.

—No te preocupes. No lo eres. —Helen me dedicó su sonrisa más sardónica, pero creí captar un brillo de afecto en sus ojos—. Sé que es fácil fascinar a mi madre.

No añadió: «Si Rossi la fascinó, ¿por qué tú no?» Pensé que lo mejor era soslayar el tema.

—Supongo que le habrás avisado de que vengo.

Me pregunté, mientras la miraba, si hablaría a su madre de la agresión del bibliotecario. Llevaba el pequeño pañuelo ceñido con firmeza alrededor del cuello y me esforcé en no mirarlo.

—Tía Eva le envió un mensaje anoche —dijo Helen con calma, y me pasó las confituras.

Después de subir al autobús en el límite norte de la ciudad, el vehículo serpenteó con parsimonia entre los suburbios, tal como Helen había anunciado, primero bordeando barrios antiguos muy castigados por la guerra y luego un montón de edificios más nuevos, que se alzaban altos y blancos como lápidas de gigantes. Éste era el progreso comunista que, con frecuencia, se explicaba con hostilidad en Occidente, pensé, amontonar a millones de personas de Europa del Este en rascacielos esterilizados. El autobús paró en algunos de esos complejos, y me pregunté hasta qué punto estarían esterilizados. Alrededor de la base de cada uno se veían huertos caseros llenos de hierbas y hortalizas, flores de vivos colores y mariposas. En un banco que había delante de un edificio, cerca de la estación de autobuses, dos ancianos con camisa blanca y chaleco negro estaban jugando una partida en un tablero, pero la distancia me impidió ver a qué jugaban. Varias mujeres subieron al autobús con blusas bordadas de alegres colores (¿el atuendo dominical?), y una llevaba una jaula con una gallina viva dentro. El conductor aceptó su presencia sin más y su propietaria se acomodó en la parte posterior con una labor de punto.

Cuando dejamos atrás los suburbios, el autobús se desvió por una carretera rural, donde vi campos fértiles y amplias carreteras polvorientas. A veces adelantábamos a una carreta tirada por un caballo (la carreta era como una cesta hecha con ramas de árbol), conducida por un granjero vestido con un sombrero de fieltro y chaleco. De vez en cuando veía algún automóvil que, en Estados Unidos, habría estado en un museo. La tierra era de un verde precioso, limpia, y sauces de hojas amarillas se inclinaban sobre los arroyuelos que serpenteaban. De vez en cuando entrábamos en un pueblo. En ocasiones distinguía las cúpulas en forma de cebolla de una iglesia ortodoxa entre los demás campanarios. Helen también se agachó para mirar por delante de mí.

—Si continuáramos por esta carretera, llegaríamos a Esztergom, la primera capital de los reyes húngaros. Valdría la pena verla si tuviéramos tiempo.

—La próxima vez —mentí—. ¿Por qué eligió tu madre vivir aquí?

—Se trasladó cuando iba todavía al instituto, para estar cerca de las montañas. Yo no quise ir con ella. Me quedé en Budapest con Eva. Nunca le ha gustado la ciudad. Dijo que los montes Börzsöny, al norte de aquí, le recordaban Transilvania. Va allí todos los domingos con un club excursionista, excepto cuando ha nevado mucho.

Esto añadía una pieza más al mosaico de la madre de Helen que yo estaba construyendo en mi mente.

—¿Por qué no se fue a vivir a las montañas?

—Allí no hay trabajo. Casi toda la zona es parque nacional. Además, mi tía se lo habría prohibido, y puede ser muy severa. Ya cree que mi madre se ha aislado demasiado.

—¿Dónde trabaja tu madre?

Vi una parada de autobús. La única persona que esperaba era una anciana vestida de negro de pies a cabeza, con un pañuelo negro en la cabeza y un ramo de flores rojas y rosas en una mano. No subió al autobús cuando frenó, ni saludó a ninguno de los pasajeros que bajaron. Cuando nos alejamos, la vi siguiéndonos con la mirada, sosteniendo su ramo.

—Trabaja en un centro cultural del pueblo, llena papeles, escribe a máquina y prepara café para los alcaldes de ciudades más importantes cuando van de visita. Le he dicho que es un trabajo degradante para alguien de su inteligencia, pero siempre se encoge de hombros y sigue haciéndolo. Mi madre se ha especializado en la sencillez. —Había una nota de amargura en la voz de Helen, y me pregunté si pensaba que esa sencillez no sólo había perjudicado la carrera de su madre, sino las oportunidades de su hija. Tía Eva se había encargado de eso, recordé. Helen estaba exhibiendo su sonrisa torcida, escalofriante—. Ya lo verás.

Un letrero en las afueras identificaba el pueblo de la madre de Helen, y al cabo de pocos minutos nuestro autobús paró en una plaza rodeada de sicomoros polvorientos, con una iglesia cerrada con tablas a un lado. Una anciana, gemela de la abuela vestida de negro que había visto en el último pueblo, esperaba sola bajo la marquesina de la parada. Dirigí una mirada inquisitiva a Helen, pero ella negó con la cabeza, y la anciana abrazó a un soldado que había bajado delante de nosotros.

Helen parecía saber que nadie saldría a recibirnos, y me guió a buen paso por calles laterales, entre casas silenciosas con flores en las jardineras de las ventanas, que tenían los postigos cerrados para protegerse del sol. Un hombre de edad avanzada, sentado en una silla de madera ante una casa, inclinó la cabeza y se tocó el sombrero. Cerca del final de la calle había un caballo gris atado a un poste, bebiendo agua con avidez de un cubo. Dos mujeres en bata y zapatillas hablaban en la terraza de un café, que daba la impresión de estar cerrado. Desde el otro lado de los campos se oía la campana de una iglesia, y más cerca, los trinos de los pájaros posados en los tilos. Por todas partes se escuchaba un canturreo adormecedor en el aire. La naturaleza se hallaba sólo a un paso de distancia, si sabías la dirección que debías tomar.

Después la calle terminaba bruscamente en un campo invadido por malas hierbas. Helen llamó a la puerta de la última casa. Era muy pequeña, de estuco amarillo con tejado rojo, y parecía recién pintada.

El tejado se proyectaba hacia fuera, de manera que formaba un porche natural, y la puerta principal era de madera oscura, con una gran aldaba oxidada. La casa se hallaba algo apartada de sus vecinas, sin huerto ni acera, al contrario que muchas otras casas de la calle con su acera recién puesta. Debido a la espesa sombra del alero, por un momento no pude ver la cara de la mujer que respondió a la llamada de Helen. Después la distinguí con claridad, y al cabo de un momento estaba abrazando a Helen y besando su mejilla, con calma, casi con formalidad, y se volvió para estrechar mi mano.

No sé muy bien qué era exactamente lo que yo esperaba. Tal vez la historia de la deserción de Rossi y el nacimiento de Helen me había conducido a recrear en mi mente una belleza avejentada de ojos tristes, melancólica, incluso desamparada. La mujer que tenía delante se erguía tan tiesa como Helen, aunque era algo más baja y corpulenta que su hija, y su rostro era de facciones firmes y risueñas, mejillas redondas y ojos oscuros. Llevaba el pelo oscuro ceñido en un moño. Se había puesto un vestido de algodón a rayas y un delantal floreado. Al contrario que tía Eva, no utilizaba maquillaje ni joyas y su atuendo era similar al de las amas de casa que había visto en la calle. De hecho, debía de haber estado ocupada en tareas domésticas, porque llevaba las mangas subidas hasta los codos. Estrechó mi mano con cordialidad, sin decir nada, pero con la vista clavada en mis ojos. Después, sólo un momento, vi a la chica tímida que debía haber sido más de veinte años antes, agazapada en las profundidades de aquellos ojos oscuros rodeados de arrugas.

Nos invitó a entrar, y con un gesto indicó que nos sentáramos a la mesa, donde había dispuesto tres tazas desportilladas y una bandeja de panecillos. Percibí el aroma del café recién hecho. También había estado cortando verduras, y un penetrante aroma a cebollas y patatas crudas impregnaba la habitación.

Observé que era la única habitación, aunque procuré no mirar a mi alrededor con excesivo descaro. Hacía las veces de cocina, dormitorio y zona de descanso. Estaba inmaculadamente limpia, la estrecha cama en un rincón con un edredón blanco y adornada con varias almohadas blancas, bordadas con alegres colores. Junto a la cama había una mesa, sobre la cual descansaban un libro, una lámpara con un tubo de cristal y unas gafas, y al lado una silla pequeña. Al pie de la cama vi una cómoda de madera con flores pintadas. La zona de la cocina, donde estábamos sentados, consistía en unos fogones, una mesa y sillas. No había electricidad, ni cuarto de baño (me enteré de la existencia del retrete del jardín posterior un poco más tarde). En una pared colgaba un calendario con una fotografía de obreros en una fábrica, y en otra pared, una labor de bordado en colores rojo y blanco. Había flores en un jarrón y cortinas blancas en las ventanas. Una diminuta estufa de leña se alzaba cerca de la mesa de la cocina, con pilas de troncos al lado.

La madre de Helen me sonrió, todavía con un poco de timidez, y entonces advertí por primera vez su parecido con tía Eva, y quizás intuí algo de lo que había atraído a Rossi. Su sonrisa transmitía una calidez excepcional, que se desplegaba poco a poco, y después bañaba su rostro de una franqueza absoluta, casi resplandeciente. Se desvaneció también poco a poco, cuando se sentó para seguir cortando verduras. Me miró de nuevo y dijo algo en húngaro a Helen.

—Quiere que te sirva yo el café.

Helen me acercó una taza, a la que añadió azúcar de una lata. La madre de Helen dejó el cuchillo para empujar la bandeja de panecillos hacia mí. Acepté uno y le di las gracias con las dos torpes palabras que sabía en húngaro. Aquella radiante y pausada sonrisa empezó a destellar otra vez, y paseó la mirada entre Helen y yo, para luego decirle algo que no entendí. Helen enrojeció y se volvió hacia el café.

—¿Qué ha dicho?

—Nada. Ideas pueblerinas de mi madre, eso es todo. —Vino a sentarse a la mesa, dejó el café ante su madre y se sirvió una taza—. Bien, Paul, si nos perdonas, voy a preguntarle qué tal está y qué novedades han ocurrido en el pueblo.

Mientras hablaban, Helen con su voz de contralto y su madre entre murmullos, dejé vagar mi mirada por la habitación. Esa mujer no sólo vivía con una notable sencillez (tal vez igual que sus vecinos), sino en una gran soledad. Sólo había dos o tres libros a la vista, ningún animal, ni siquiera una maceta con una planta. Era como la celda de una monja.

Mirándola a hurtadillas, me di cuenta de lo joven que era, mucho más joven que mi madre. Aunque se podían distinguir algunas hebras blancas en la raya del peinado, y los años habían agrietado su rostro, su aspecto general era sano y saludable, provisto de un atractivo que no tenía nada que ver con la moda o la edad. Podría haberse casado muchas veces, reflexioné, pero había elegido vivir en aquel silencio conventual. Me sonrió de nuevo y yo le correspondí. Su rostro era tan cordial que tuve que resistir el impulso de extender la mano y estrechar la suya mientras pelaba una patata.

—Mi madre quiere saber todo sobre ti —dijo Helen, y con su ayuda contesté a todas las preguntas con la mayor exactitud posible, cada una formulada en sereno húngaro, con una mirada escrutadora de la interlocutora, como si el poder de su mirada bastara para que yo la entendiera. ¿De qué parte de Estados Unidos era? ¿Por qué había ido allí? ¿Quiénes eran mis padres? ¿Les preocupaba que hubiera viajado tan lejos? ¿Cómo había conocido a Helen? En este punto introdujo varias preguntas que Helen no se molestó en traducir, una de ellas mientras acariciaba la mejilla de su hija. Helen parecía indignada, y yo no insistí en pedir explicaciones. En cambio, seguimos con mis estudios, mis planes, mis platos favoritos.

Cuando la madre de Helen se quedó satisfecha, se levantó y empezó a disponer verduras y pedazos de carne en una gran bandeja, que especió con algo rojo de un bote que había encima de la cocina y luego introdujo en el horno. Se secó las manos en el delantal y volvió a sentarse. Luego nos miró sin hablar, como si tuviéramos todo el tiempo del mundo. Por fin, Helen se removió, y supe por su carraspeo que pretendía abordar el propósito de nuestra visita. Su madre la miró en silencio, sin cambiar de expresión, hasta que Helen me señaló al tiempo que pronunciaba la palabra «Rossi». Tuve que apelar a toda mi serenidad, sentado a una mesa de un pueblo alejado de todo cuanto me era familiar, para clavar mis ojos en el rostro calmo sin encogerme. La madre de Helen parpadeó una vez, casi como si alguien hubiera amenazado con abofetearla, y por un segundo sus ojos se desviaron hacia mi cara. Después asintió con aire pensativo y formuló una pregunta a Helen.

—Quiere saber desde cuándo conoces al profesor Rossi.

—Desde hace tres años.

—Ahora le explicaré su desaparición —dijo Helen.

Con dulzura y determinación, no tanto como si estuviera hablando con una niña como si se obligara a continuar en contra de su voluntad, Helen habló a su madre. A veces me señalaba, y de vez en cuando formaba una imagen en el aire con las manos. Al fin, capté la palabra *Drácula*, y entonces vi que la madre de Helen palidecía y se aferraba al borde de la mesa. Los dos nos pusimos de pie de un salto, y Helen le sirvió enseguida un vaso de agua de la jarra. Su madre dijo algo con voz rápida y ronca. Helen se volvió hacia mí.

—Dice que siempre supo que esto sucedería.

Me quedé sin saber qué hacer, pero la madre de Helen tomó unos sorbos de agua y pareció recobrarse un poco. Alzó la vista y después, ante mi sorpresa, cogió mi mano como yo había querido tomar la suya unos minutos antes y me llevó de nuevo hacia la silla. Sujetó mi mano con ternura, acariciándola como si calmara a un niño. Fui incapaz de imaginar a una mujer de mi cultura haciendo algo así la primera vez que conocía a un hombre, pero nada se me antojó más natural. Comprendí lo que Helen había querido decir cuando comentó que, de las dos mujeres mayores de su familia, su madre sería la que me caería mejor.

—Mi madre quiere saber si crees de verdad que Drácula secuestró al profesor Rossi.

Respiré hondo.

—Sí.

—También desea saber si quieres al profesor Rossi.

La voz de Helen era algo desdeñosa, pero su expresión mostraba una gran seriedad. Si hubiera podido tomar su mano con la que me quedaba libre, lo habría hecho.

—Moriría por él —dije.

Repitió esto a su madre, quien de repente estrujó mi mano con una garra de hierro. Comprendí más tarde que era una mano endurecida por el trabajo incesante. Sentí la aspereza de los dedos, los callos de las palmas, los nudillos hinchados. Contemplé aquella mano pequeña pero fuerte y vi que era muchos años más vieja que la mujer a la que pertenecía.

Al cabo de un momento, la madre de Helen soltó mi mano y se acercó a la cómoda que había al pie de la cama. La abrió poco a poco, apartó algunos objetos y sacó lo que identifiqué al instante como un paquete de cartas. Helen abrió los ojos sorprendida y formuló una pregunta en tono perentorio. Su madre no dijo nada, volvió en silencio a la mesa y depositó el paquete en mi mano.

Las cartas estaban guardadas en sobres sin sellos, amarillentas a causa de su antigüedad y atadas con un cordel rojo deshilachado. Cuando me las dio, cerró mis dedos sobre el cordel con ambas manos, como si me animara a acariciarlas. Me bastó una mirada a la letra del primer sobre para ver que era de Rossi, y para leer el nombre al que estaban dirigidas. Yo ya conocía el nombre, en los recovecos de mi memoria, e iban dirigidas al Trinity College, Universidad de Oxford, Inglaterra.

44

Me emocioné mucho cuando sostuve las cartas de Rossi en las manos, pero antes de pensar en ellas tenía que cumplir con una obligación.

—Helen —dije, y me volví hacia ella—, sé que a veces has sospechado que yo no creía en la historia de tu nacimiento. La verdad es que hubo momentos en que lo dudé. Te ruego que me perdones.

—Estoy tan sorprendida como tú —contestó Helen en voz baja—. Mi madre nunca me habló de las cartas de Rossi. Pero no iban dirigidas a ella, ¿verdad? Al menos, esta primera no.

—No —dije—, pero reconozco el nombre. Fue un gran historiador de la literatura inglesa. Escribió libros sobre el siglo dieciocho. Leí uno en la universidad. Además, Rossi le describió en las cartas que me entregó.

Helen mostró una expresión perpleja.

—¿Qué tiene esto que ver con Rossi y mi madre?

—Todo quizá. ¿No lo entiendes? Debía ser Hedges, el amigo de Rossi. Así le llamaba él, ¿te acuerdas? Rossi debió escribirle desde Rumanía, aunque eso no explica por qué las cartas se hallan en poder de tu madre.

La madre de Helen estaba sentada con las manos enlazadas y nos miraba con una expresión de infinita paciencia, pero creí detectar un rubor de nerviosismo en su cara. Después habló y Helen me tradujo.

—Dice que te contará toda la historia.

Helen habló con voz estrangulada y yo contuve la respiración.

Fue un proceso lento y dificultoso. La madre hablaba con lentitud y Helen hacía las veces de intérprete, aunque en ocasiones se interrumpía para expresarme su sorpresa. Por lo visto, Helen sólo conocía las líneas generales de esa historia y se sentía estupefacta. Cuando volví al hotel por la noche, la escribí de memoria como mejor supe. Recuerdo que me ocupó casi toda la noche. Para entonces, muchas cosas extrañas más habían ocurrido, y tendría que haberme sentido cansado, pero recuerdo que tomé nota con una especie de meticulosidad eufórica.

—Cuando era pequeña, vivía en una diminuta aldea de P, en Transilvania, muy cerca del río Arges. Tenía muchos hermanos y hermanas, la mayoría de los cuales aún viven en esa región. Mi padre siempre decía que descendíamos de familias nobles y antiguas, pero mis antepasados tuvieron una mala racha y yo crecí sin zapatos ni mantas de abrigo. Era una región pobre, y la única gente que vivía bien allí eran unas cuantas familias húngaras, en sus grandes villas erigidas río abajo. Mi padre era muy estricto y todos temíamos su látigo. Mi madre estaba enferma con frecuencia. Yo trabajaba en un campo de las afueras del pueblo desde que era muy pequeña. A veces el cura nos traía comida u otros productos básicos, pero casi siempre nos las teníamos que arreglar sin ayuda.

»Cuando tenía dieciocho años, llegó una anciana a nuestra aldea desde un pueblo de las montañas, a la orilla del río. Era una *vraca*, una curandera, con poderes especiales para ver el futuro. Dijo a mi padre que tenía un regalo para él y sus hijos, que había oído hablar de nuestra familia y quería darle algo mágico que le pertenecía por derecho. Mi padre era un hombre impaciente, no tenía tiempo para viejas supersticiosas, aunque siempre había frotado todas las aberturas de nuestra casa con ajo (la chimenea y el marco de la puerta, la cerradura y las ventanas) para alejar a los vampiros. Expulsó con malos modales a la anciana, diciendo que no tenía dinero para darle a cambio de lo que ofrecía. Más tarde, cuando fui al pozo del pueblo a buscar agua, la vi al lado y le di un poco de agua y pan. Ella me bendijo y dijo que era más amable que mi padre y que recompensaría mi generosidad. Sacó una diminuta moneda de una bolsa que llevaba al cinto y la depositó en mi mano. Me dijo que la escondiera y guardara a buen recaudo, porque pertenecía a nuestra familia. También dijo que procedía de un castillo erigido sobre el Arges.

»Yo sabía que debía enseñar la moneda a mi padre, pero no lo hice, porque pensé que se enfadaría al saber que había hablado con la vieja bruja. La escondí debajo de una esquina de la cama que compartía con mis hermanas y no se lo dije a nadie. A veces la sacaba cuando nadie miraba, la sostenía en la mano y me preguntaba cuál había sido la intención de la mujer al dármela. En una cara de la moneda había un extraño ser de cola ensortijada y en la otra un pájaro y una cruz diminuta.

»Transcurrieron un par de años y yo continué trabajando en la tierra de mi padre y ayudando a mi madre en casa. El hecho de tener varias hijas desesperaba a mi padre. Decía que nunca nos casaríamos porque era demasiado pobre para aportar una dote, y que siempre le causaríamos problemas. Pero mi madre nos decía que todo el pueblo afirmaba que, como éramos tan guapas, alguien se casaría con nosotras a la larga. Yo procuraba mantener la ropa limpia y llevar el pelo bien peinado y las trenzas perfectas para poder elegir algún día. No me gustaba ninguno de los jóvenes que me pedían bailar en las fiestas, pero sabía que pronto tendría que casarme con alguno para quitar un peso de encima a mis padres. Hacía mucho tiempo que mi hermana Eva se había ido a Budapest con una familia húngara para la cual trabajaba y a veces nos enviaba un poco de dinero. En una ocasión hasta llegó a mandarme un par de buenos zapatos, zapatos de piel como los que se llevaban en las ciudades, de los que estaba muy orgullosa.

»Ésta era mi situación en la vida cuando conocí al profesor Rossi. Era poco habitual que vinieran a nuestro pueblo extranjeros, sobre todo uno llegado de tan lejos, pero un día todo el mundo fue propagando la noticia de que un hombre de Bucarest había ido a la taberna acompañado de un hombre de otro país. Estaban haciendo preguntas sobre los pueblos que bordeaban el río y sobre el castillo en ruinas de las montañas, a un día de viaje a pie desde nuestro pueblo. El vecino que se dejó caer por casa para contárnoslo tambien susurró algo a mi padre cuando estaban sentados en el banco de fuera. Mi padre se persignó y escupió en el polvo.

»—Paparruchas y disparates —dijo—. Nadie debería ir por ahí haciendo esas preguntas. Es una invitación al demonio.

»Pero yo sentía curiosidad. Salí a buscar agua para saber más cosas, y cuando entré en la plaza del pueblo, vi a los forasteros sentados a una de las dos mesas de la terraza de la taberna, hablando con un anciano que siempre rondaba por el lugar. Uno de los forasteros era grande y moreno, como un gitano, pero con ropa de ciudad. El otro llevaba una chaqueta marrón de un estilo que yo nunca había visto, pantalones anchos embutidos en botas de montaña y un ancho sombrero marrón en la cabeza. Me quedé al otro lado de la plaza, cerca del pozo, pero desde allí no podía ver la cara del extranjero. Dos amigas mías quisieron verlo de más cerca y me susurraron que las acompañara. Lo hice de mala gana, sabiendo que mi padre no lo aprobaría.

»Cuando pasamos ante la taberna, el extranjero alzó la vista y vi sorprendida que era joven y guapo, de barba dorada y brillantes ojos azules, como la gente de los pueblos alemanes de nuestro país. Fumaba en pipa y hablaba en voz baja con su acompañante. En el suelo, a su lado, había una bolsa de lona gastada con correas para colgar del hombro, y estaba escribiendo algo en un libro con tapas de cartón. Su expresión me gustó al instante: abstraída, dulce y muy despierta, todo al mismo tiempo. Se tocó el sombrero para saludarnos y apartó la vista. El hombre feo le imitó, pero nos miró fijamente, y luego siguieron hablando con el viejo Ivan y tomando notas. Tuve la impresión de que el hombre grande hablaba con Ivan en rumano y después se volvía hacia el más joven y decía algo en un idioma que no entendí. Me alejé a toda prisa con mis amigas, pues no quería que el guapo forastero pensara que era más atrevida que ellas.

»A la mañana siguiente corrió el rumor por el pueblo de que los forasteros habían dado dinero a un joven en la taberna para que les guiara hasta el castillo en ruinas llamado Poenari, que dominaba el Arges. Se habían ido de noche. Oí a mi padre contar a uno de sus amigos que estaban buscando el castillo del príncipe Vlad. Se acordaba de cuando el idiota con cara de gitano había ido en su busca en una ocasión anterior. "Un idiota nunca aprende", había dicho mi padre furioso. Yo nunca había oído ese nombre: príncipe Vlad. La gente de nuestro pueblo llamaba al castillo Poenari o Arefu. Mi padre dijo que el hombre que había guiado a los forasteros estaba desesperado por conseguir algo de dinero. Juró que ninguna cantidad le convencería de pasar la noche allí, porque las ruinas estaban plagadas de malos espíritus. Dijo que el extranjero debía estar buscando un tesoro, lo cual era una estupidez, porque todos los tesoros del príncipe que había habitado el castillo estaban enterrados a una gran profundidad y protegidos con un hechizo maléfico. Mi padre dijo que si alguien lo encontraba, y después de un exorcismo, él debería quedarse con una parte, porque le pertenecía por derecho. Después se dio cuenta de que mi hermana y yo estábamos escuchando y cerró la boca al instante.

»Lo que mi padre había dicho me recordó la pequeña moneda que la anciana me había dado, y pensé con sentimiento de culpa que tendría que haberla entregado a mi padre, pero me rebelé y decidí intentar regalar mi moneda al guapo extranjero, puesto que estaba buscando un tesoro en el castillo. Cuando tuve la oportunidad, saqué la moneda de su escondite y la envolví en un pañuelo, que até a mi delantal.

»El extranjero no apareció en dos días, y después le vi sentado solo a la misma mesa, con aspecto de extremo cansancio, y las ropas sucias y rotas. Mis amigas me dijeron que el gitano se había ido el día anterior y que el extranjero estaba solo. Nadie sabía por qué había querido prolongar su estancia. Se había quitado el sombrero, de modo que pude ver su cabello castaño claro desgreñado. Había otros hombres con él, y estaban bebiendo. No me atreví a acercarme más o hablar con el extranjero, debido a los hombres que le acompañaban, de manera que me paré a charlar un rato con una amiga. Mientras hablábamos, el extranjero se levantó y desapareció en el interior de la taberna.

»Me sentí muy triste y pensé que sería imposible darle la moneda, pero la suerte me acompañó aquella tarde. Justo cuando me estaba marchando del campo de mi padre, donde me había quedado trabajando mientras mis hermanos y hermanas se dedicaban a otros menesteres, vi que el extranjero caminaba solo junto a la linde del bosque. Seguía el sendero paralelo a la orilla del río, con la cabeza agachada y las manos enlazadas a la espalda. Estaba completamente solo, y ahora que tenía la oportunidad de hablar con él, me sentí aterrada. Para armarme de valor, apreté el nudo del pañuelo donde llevaba la moneda. Caminé hacia él y me paré en mitad del sendero, a la espera de que se acercara.

»La espera se me antojó eterna. No se dio cuenta de mi presencia hasta que casi estuvimos cara a cara. Entonces levantó la vista de repente y se quedó sorprendido. Se quitó el sombrero y se apartó, como para dejarme pasar, pero yo seguí inmóvil, armándome de valor, y le dije hola. Inclinó la cabeza un poco, sonrió y nos estuvimos mirando un momento. Nada en su rostro o su comportamiento me asustaba, pero la timidez me abrumaba.

»Antes de que el valor me abandonara, desaté el pañuelo de mi cinturón y desenvolví la moneda. Se la di en silencio, la tomó de mi mano y le dio la vuelta. Luego la examinó con detenimiento. De pronto, su rostro se iluminó y me dirigió una mirada penetrante, como si pudiera leer en mi corazón. Tenía los ojos más azules y brillantes que puedas imaginar. Sentí que un temblor recorría mi cuerpo.

»—¿*De unde?* ¿De dónde? —Gesticuló para aclararme su pregunta. Me sorprendió comprobar que sabía algunas palabras de mi idioma. Dio una patada en el suelo, y comprendí. ¿Había salido de la tierra? Negué con la cabeza—. ¿*De unde?*

»Intenté describirle a una anciana, con un pañuelo en la cabeza, encorvada sobre un bastón, y expliqué con gestos que ella me había dado la moneda. Asintió y frunció el ceño. Repitió la descripción de la anciana, y después señaló hacia nuestro pueblo.

»—¿De allí?

»—No. —Negué con la cabeza otra vez y señalé río arriba y hacia el cielo, en la dirección donde yo pensaba que estaban el castillo y el pueblo de la anciana. Señalé con el dedo en su dirección e imité unos pies andando. ¡Allí arriba! Su rostro se iluminó de nuevo y cerró la mano sobre la moneda. Después me la devolvió, pero yo la rechacé apuntando con el dedo hacia él, y sentí que me ruborizaba. Sonrió por primera vez y me hizo una reverencia. Yo experimenté la sensación de que el cielo se había abierto ante mí por un momento.

»—*Multumesc* —dijo—. Gracias.

»Entonces quise marcharme a toda prisa, antes de que mi padre me echara de menos en la cena, pero el extranjero me detuvo con un veloz movimiento. Se señaló con el dedo.

»—*Ma numesc Bartolomeo Rossi* —dijo. Lo repitió, y después lo escribió en la tierra. Intentar pronunciarlo me hizo reír. Entonces me señaló con el dedo—. ¿*Voi?* ¿Cómo te llamas? —Se lo dije y lo repitió, sonriente—. ¿*Familia?*

»Daba la impresión de estar buscando las palabras a tientas.

»—El apellido de mi familia es Getzi —le dije.

»Dio la impresión de sorprenderse. Señaló en dirección al río, luego a mí, y repitió algo una y otra vez, seguido por la palabra *Drakulya*, que comprendí que significaba "del dragón" Pero no lograba entender qué quería decir. Por fin, sacudió la cabeza y suspiró.

»—Mañana —dijo.

»Me señaló con el dedo, luego a sí mismo y después el lugar donde estábamos y el sol en el cielo. Comprendí que me estaba pidiendo que me encontrara con él la tarde siguiente a la misma hora. Sabía que mi padre se enfadaría mucho si se enteraba. Señalé el suelo que pisábamos y me llevé un dedo a los labios. No conocía otra forma de comunicarle que no hablara de esto a nadie del pueblo. Pareció sorprenderse, pero luego se llevó también el dedo a los labios y sonrió. Hasta aquel momento aún había sentido cierto miedo de él, pero su sonrisa era dulce y sus ojos azules centelleaban. Intentó una vez más devolverme la moneda, y cuando me negué a aceptarla de nuevo, inclinó la cabeza, se puso el sombrero y se internó en el bosque, volviendo sobre sus pasos. Comprendí que me estaba dejando volver sola al pueblo, y me alejé a toda prisa sin mirar atrás.

»Aquella tarde, a la mesa de mi padre, mientras lavaba y secaba los platos con mi madre, pensé en el extranjero. Pensé en sus ropas extranjeras, en sus corteses inclinaciones de cabeza, en su expresión, abstraída y despierta al mismo tiempo, en sus hermosos ojos brillantes. Pensé en él todo el día siguiente, mientras hilaba y tejía con mis hermanas, preparaba la comida, iba a buscar agua al pozo y trabajaba en los campos. Mi madre me riñó varias veces por no prestar atención a lo que estaba haciendo. Al atardecer me rezagué para terminar de escardar sola y me sentí aliviada cuando mis hermanos y mi padre desaparecieron en dirección al pueblo.

»En cuanto se fueron, corrí hacia la linde del bosque. El desconocido estaba sentado contra un árbol, y en cuanto me vio se puso en pie de un salto y me ofreció un asiento en un tronco cercano al sendero, pero yo tenía miedo de que alguien del pueblo pasara y le guié hacia el interior del bosque, con el corazón martilleando en mi pecho. Nos sentamos en sendas rocas. Los sonidos de los pájaros invadían el bosque. Era a principios de verano y todo estaba verde y tibio.

»El extranjero sacó del bolsillo la moneda que le había dado y la dejó con cuidado en el suelo. Después sacó un par de libros de la mochila y empezó a pasar las páginas. Comprendí más tarde que eran diccionarios en rumano y otro idioma que él sabía. Con mucha parsimonia, y consultando a menudo los libros, me preguntó si había visto más monedas como la que le había regalado. Dije que no. Me explicó que el ser de la moneda era un dragón, y me preguntó si había visto ese dragón en algún otro sitio, en un edificio o en un libro. Dije que tenía uno en el hombro.

»Al principio no entendió lo que quería decirle. Yo estaba orgullosa de saber escribir nuestro alfabeto y leer un poco. Durante un tiempo hubo escuela en el pueblo, cuando era pequeña, y un cura había ido a darnos clase. El diccionario del extranjero era muy confuso para mí, pero juntos encontramos la palabra «hombre». Pareció perplejo y preguntó otra vez: «¿*Drakul?*» Sostuvo en alto la moneda. Yo toqué el hombro de mi blusa y asentí. Él clavó la vista en el suelo, ruborizado, y de repente pensé que yo era la valiente. Me abrí el chaleco de lana y me lo quité, y después desanudé el cuello de mi blusa. Mi corazón se había acelerado, pero algo se había apoderado de mí y no podía detenerme. El extranjero apartó la vista, pero yo desnudé mi hombro y señalé.

»No recordaba una época de mi vida en que no hubiera tenido allí un pequeño dragón verde oscuro impreso en mi piel. Mi madre decía que lo tatuaban en un niño de cada generación de la familia de mi padre, y que él me había elegido porque pensaba que de mayor sería la más fea. Contó que su abuelo le había dicho que era necesario para mantener alejados a los malos espíritus de nuestra familia. Sólo lo oí una o dos veces, porque a mi padre no le gustaba hablar de eso, y yo ni siquiera sabía qué miembro de su generación había sido el portador de la marca, si era él o alguno de sus hermanos o hermanas. Mi dragón parecía muy diferente del pequeño dragón de la moneda, de modo que hasta que el extranjero me preguntó si tenía algo más adornado con un dragón no relacioné los dos.

»El extranjero examinó con detenimiento el dragón de mi piel, sosteniendo la moneda a su lado, pero sin tocarme ni acercarse. Su cara seguía roja como un tomate, y pareció aliviado cuando me anudé la blusa de nuevo y me puse el chaleco. Cuando expliqué que lo había hecho mi padre, con la ayuda de una vieja del pueblo, una curandera, preguntó si podía hablar con mi padre al respecto. Yo sacudí la cabeza con tal violencia que volvió a ruborizarse. Después me explicó, con grandes apuros, que mi familia descendía del linaje de un príncipe malvado que había construido el castillo sobre el río. Habían llamado a este príncipe "el hijo del dragón", y había matado a mucha gente. Dijo que el príncipe se había convertido en un *pricolic*, un vampiro. Me persigné y pedí protección a la Virgen. Me preguntó si conocía esa historia y contesté que no. Me preguntó mi edad, y si tenía hermanos o hermanas y si vivía más gente en el pueblo que llevara nuestro apellido.

»Por fin señalé el sol, que casi se había puesto, para comunicarle que debía volver a casa, y él se levantó al instante con semblante serio. A continuación me dio la mano para ayudarme a levantarme. Cuando tomé su mano, el corazón me dio un brinco. Estaba confusa, y di media vuelta enseguida, pero de repente pensé que estaba demasiado interesado en los malos espíritus y que podía correr peligro. Tal vez podría darle algo que le protegiera. Señalé el suelo y el sol.

»—Ven mañana —dije.

»Vaciló un instante, y por fin sonrió. Se puso el sombrero y tocó el ala. Después desapareció en el bosque.

»A la mañana siguiente, cuando fui al pozo, estaba sentado en la taberna con los ancianos, escribiendo algo otra vez. Sentí su mirada clavada en mí, pero no dio muestras de reconocerme. Me alegré mucho, porque comprendí que había guardado nuestro secreto. Por la tarde, cuando mis padres y hermanos estaban fuera de casa, hice algo muy malo. Abrí la cómoda de madera de mis padres y saqué de ella un pequeño cuchillo de plata que había visto dentro en ocasiones anteriores. Mi madre había dicho una vez que era para matar vampiros, si venían a molestar a la gente o los rebaños. También arranqué un puñado de cabezas de ajos del huerto de mi madre. Escondí todo esto en mi pañuelo cuando fui a los campos.

»Esta vez, mis hermanos trabajaron mucho tiempo a mi lado y no me los pude quitar de encima, pero al final dijeron que volvían al pueblo y me preguntaron si los acompañaba. Dije que debía recoger hierbas del bosque y que me reuniría con ellos pasados unos minutos. Me sentía muy nerviosa cuando me presenté ante el extranjero, que esperaba en el sitio convenido. Estaba fumando en su pipa, pero en cuanto me acerqué a él la apagó y se puso en pie de un salto. Me senté con él y le enseñé lo que llevaba. Pareció sobresaltarse cuando vio el cuchillo y manifestó un gran interés cuando le expliqué que era para matar *pricolici*. Quiso rechazarlo, pero yo le supliqué con tal vehemencia que lo tomara que dejó de sonreír y lo guardó con aire pensativo en la mochila, pero antes lo envolvió en mi pañuelo. Después le di las cabezas de ajos y le indiqué que debía guardarlas en algún bolsillo de la chaqueta.

»Le pregunté cuánto tiempo se quedaría en nuestro pueblo y me enseñó cinco dedos: cinco días más. Me dio a entender que se desplazaría a pie a varios pueblos cercanos al nuestro para hablar con la gente acerca del castillo. Le pregunté adónde iría cuando abandonara nuestro pueblo al final de los cinco días. Dijo que iba a un país llamado Grecia, del que yo había oído hablar, y después volvería a su pueblo, a su país. Hizo un dibujo en el suelo del bosque y me explicó que su país, llamado Inglaterra, era una isla muy alejada de nuestro país. Me enseñó dónde estaba su universidad (no supe a qué se refería) y escribió el nombre en la tierra. Aún recuerdo aquellas letras: OXFORD. Más adelante las escribí algunas veces para volver a mirarlas. Era la palabra más extraña que había visto en mi vida.

»De pronto comprendí que se iría muy pronto y nunca le volvería a ver, ni a nadie como él, y mis ojos se llenaron de lágrimas. No había sido mi intención llorar (nunca había llorado por culpa de los irritantes jóvenes del pueblo), pero las lágrimas no me obedecieron y resbalaron sobre mis mejillas. Pareció muy apurado, sacó un pañuelo blanco del bolsillo de la chaqueta y me lo dio. ¿Cuál era el problema? Sacudí la cabeza. Se levantó poco a poco y me dio la mano para ayudarme a levantarme, como la noche anterior. Mientras me estaba poniendo de pie, me tambaleé y caí contra él sin querer, y cuando me sujetó nos besamos. Después di media vuelta y hui a través del bosque. Al llegar al sendero, me volví. Seguía de pie, inmóvil como un árbol, mirándome. No paré de correr hasta llegar al pueblo, y estuve despierta toda la noche, con su pañuelo escondido en mi mano.

»La noche siguiente le encontré en el mismo lugar, como si no se hubiera movido desde que le había dejado. Corrí hacia él y me recibió en sus brazos. Cuando ya no pudimos besarnos más, extendió su chaqueta sobre el suelo y yacimos juntos. En aquella hora aprendí algunas cosas sobre el amor, momento a momento. De cerca, sus ojos eran tan azules como el cielo. Puso flores en mis trenzas y besó mis dedos. Me quedé sorprendida por las numerosas cosas que me hizo, y las cosas que yo hice, y sabía que estaba mal, que era un pecado, pero sentí que la dicha del paraíso se abría a nuestro alrededor.

»Después hubo tres noches más antes de su partida. Nos citamos cada noche. Daba a mis padres la primera excusa que se me ocurría, y siempre volvía a casa cargada de hierbas del bosque, como si hubiera ido allí con el exclusivo propósito de recogerlas. Cada noche Bartolomeo decía que me amaba y me suplicaba que le acompañara cuando se marchara del pueblo. Yo lo deseaba, pero tenía miedo del enorme mundo del que venía, y no podía imaginar una forma de escapar de mi padre. Cada noche le preguntaba por qué no podía quedarse conmigo en el pueblo, y él meneaba la cabeza y decía que debía volver a su casa y a su trabajo.

»La última noche antes de su partida empecé a llorar en cuanto nos tocamos. Me abrazó y besó mi pelo. Nunca había conocido a un hombre tan tierno y gentil. Cuando dejé de llorar, sacó de su dedo un pequeño anillo con sello. No lo sé con seguridad, pero ahora creo que era el sello de su universidad. Lo llevaba en el dedo meñique de su mano izquierda. Lo deslizó en mi dedo anular. Después me pidió que me casara con él. Debía de haber estado estudiando su diccionario, porque le entendí enseguida.

»Al principio me pareció una idea tan imposible que me puse a llorar otra vez (era muy joven), pero luego accedí. Me dio a entender que regresaría a buscarme pasadas cuatro semanas. Iba a Grecia a ocuparse de algo, pero no entendí de qué. Después volvería por mí y daría dinero a mi padre para contentarle. Intenté explicarle que yo no tenía dote, pero no quiso escucharme. Sonrió y me enseñó el cuchillo y la moneda que le había dado. Después trazó un círculo con sus manos alrededor de mi cara y me besó.

»Tendría que haberme sentido feliz, pero intuía que había malos espíritus presentes y temía que algo le impidiera regresar. Todos los momentos que compartimos aquel atardecer fueron muy dulces, porque pensaba que cada uno era el último. Él estaba tan seguro, tan convencido de que volveríamos a vernos pronto... Fui incapaz de despedirme hasta que casi no se veía nada en el bosque, pero empecé a temer la ira de mi padre y besé a Bartolomeo una vez más, comprobé que guardaba las cabezas de ajos en el bolsillo y me fui. Me volví en repetidas ocasiones. Cada vez que miraba le veía de pie en el bosque, con el sombrero en la mano. Parecía muy solo.

»Lloré mientras caminaba, me quité el anillo del dedo, lo besé y lo guardé en mi pañuelo. Cuando llegué a casa, mi padre estaba enfadado y quiso saber dónde había estado después de oscurecer sin permiso. Le dije que mi amiga Maria había perdido una cabra y le había ayudado a buscarla. Fui a la cama con el corazón apesadumbrado. A veces me sentía esperanzada y después triste de nuevo.

»A la mañana siguiente oí decir que Bartolomeo se había ido del pueblo en el carro de un granjero, en dirección a Târgoviste. El día fue muy largo y triste para mí, y al atardecer fui al lugar del bosque donde nos encontrábamos para estar sola. Verlo me hizo llorar de nuevo. Me senté en nuestras rocas y por fin me tendí donde nos habíamos tendido cada noche. Apoyé la cara contra la tierra y sollocé. Después sentí que mi mano rozaba algo entre los helechos, y ante mi sorpresa encontré un paquete de cartas ensobradas. No sabía leer lo que ponían, a qué dirección y a quién iban dirigidas, pero en la tapa de los sobres estaba impreso su hermoso nombre, como en un libro. Abrí algunos y besé su letra, aunque me di cuenta de que no estaban dirigidas a mí. Me pregunté por un momento si estarían escritas a otra mujer, pero aparté enseguida esta idea de mi mente. Comprendí que las cartas debían haberse caído de su mochila cuando la había abierto para enseñarme que conservaba el cuchillo y la moneda que yo le había regalado.

»Pensé en intentar enviarlas por correo a Oxford, a la isla de Inglaterra, pero no se me ocurrió una forma de hacerlo sin que nadie se enterara. Tampoco sabía cuánto había que pagar para enviar algo. Costaría dinero mandar un paquete a una isla tan lejana, y yo nunca había tenido dinero, aparte de la pequeña moneda que había regalado a Bartolomeo. Decidí guardar las cartas para dárselas cuando volviera a buscarme.

»Transcurrieron cuatro semanas con muchísima lentitud. Hice muescas en un árbol cercano a nuestro lugar secreto, con el fin de llevar la cuenta. Trabajaba en el campo, ayudaba a mi madre, hilaba y tejía las prendas del siguiente invierno, iba a la iglesia y siempre estaba atenta a escuchar noticias de Bartolomeo. Al principio los viejos hablaban un poco de él y meneaban la cabeza cuando comentaban su interés por los vampiros. "Nada bueno puede salir de eso", dijo uno, y el resto asintió. Oírlo me produjo una terrible mezcla de felicidad y dolor. Me alegró oír a alguien hablar de él, puesto que yo no podía decir ni una palabra a nadie, pero también me estremeció pensar que podía atraer la atención de los *pricolici*.

»No paraba de preguntarme qué pasaría cuando volviera. ¿Se plantaría ante la puerta de mi padre, llamaría y le pediría mi mano en matrimonio? Imaginaba la sorpresa que se llevaría mi familia. Se congregarían todos en la puerta y mirarían estupefactos, mientras Bartolomeo repartía regalos y les daba un beso de despedida. Después me conduciría a una carreta que estaría esperando, tal vez incluso a un automóvil. Saldríamos del pueblo y cruzaríamos tierras que no podía ni imaginar, más allá de las montañas, más allá de la gran ciudad donde vivía mi hermana Eva. Confiaba en que nos detendríamos para visitarla, porque era la hermana a la que siempre había querido más. Bartolomeo también la querría, porque era fuerte y valiente, una viajera como él.

Pasé cuatro semanas así, y al final de la cuarta estaba cansada y era incapaz de comer o dormir mucho. Cuando casi había grabado cuatro semanas de muescas en mi árbol, empecé a espiar alguna señal de su regreso. Siempre que un carro entraba en el pueblo, el sonido de sus ruedas estremecía mi corazón. Iba a buscar agua tres veces al día, miraba y escuchaba por si había noticias. Me dije que, muy probablemente, no volvería al cabo de cuatro semanas exactas, y que debía esperar una semana más. Pasada la quinta semana, me sentí enferma, convencida de que el príncipe de los *pricolici* le había matado. En una ocasión, hasta pensé que mi amado regresaría convertido en vampiro. Corrí a la iglesia en pleno día y recé delante del icono de la bendita Virgen para alejar esta horrible idea.

»Durante la sexta y séptima semanas empecé a abandonar la esperanza. En la octava supe, debido a muchas señales que había oído entre las mujeres casadas, que iba a tener un hijo. Después lloré en silencio en la cama de mi hermana por la noche y sentí que el mundo entero, incluso Dios y la Santa Madre, se habían olvidado de mí. No sabía qué había sido de Bartolomeo, pero creía que le debía haber pasado algo terrible, porque sabía que me amaba de verdad. Recogí en secreto hierbas y raíces que, decían, impedían que un niño viniera al mundo, pero fue inútil. Mi hijo crecía con fuerza en mi vientre, más fuerte que yo, y empecé a amar esa energía a pesar de todo. Cuando apoyaba mi mano sobre el estómago sin que nadie me viera, sentía el amor de Bartolomeo y creía que no había podido olvidarme.

»Transcurridos tres meses de su partida, supe que debía abandonar el pueblo antes de que avergonzara a mi familia y desatara la ira de mi padre contra mí. Pensé en tratar de localizar a la vieja que me había dado la moneda. Tal vez me acogería y me dejaría cocinar y limpiar para ella. Había venido de uno de los pueblos que dominaban el Arges, cerca del castillo del *pricolic*, pero no sabía de cuál, ni si aún estaba viva. Acechaban osos y lobos en las montañas, y muchos malos espíritus, y no me atrevía a vagar por el bosque sola.

»Por fin, decidí escribir a mi hermana Eva, algo que sólo había hecho una o dos veces antes. Cogí unas hojas de papel y un sobre de la casa del cura, donde a veces trabajaba en la cocina. En la carta le contaba mi situación y rogaba que viniera a buscarme. La respuesta tardó cinco semanas en llegar. Gracias a Dios, el labriego que la trajo, junto con algunas provisiones, me la dio a mí en lugar de a mi padre, y yo la leí en secreto en el bosque. Mi cintura ya estaba adquiriendo una forma redondeada, de modo que me llamó la atención cuando me senté en un tronco, pese a que todavía podía esconderla con mi delantal.

»Con la carta venía algo de dinero, dinero rumano, más del que había visto en toda mi vida, y una nota de Eva, breve y práctica. Decía que debía irme a pie del pueblo hasta el siguiente, a unos cinco kilómetros de distancia, y después trasladarme en carreta o camión hasta Târgoviste. Desde allí debía ir a Bucarest, y desde Bucarest podía viajar en tren hasta la frontera húngara. Su marido me esperaría en la oficina fronteriza de T el 20 de septiembre. Aún recuerdo la fecha. Decía que debía planificar mi viaje para llegar ese día concreto. Junto con la carta encontré una invitación sellada del Gobierno de Hungría, la cual me ayudaría a entrar en el país. Me enviaba todo su amor, me decía que fuera cauta y me deseaba un feliz viaje. Cuando llegué al final de la carta, besé su firma y la bendije con todo mi corazón.

»Guardé mis escasas pertenencias en una bolsa, incluyendo mis zapatos buenos, que reservaba para el viaje en tren, las cartas que Bartolomeo había perdido y su anillo de plata. La mañana que me fui de casa, abracé y besé a mi madre, que cada vez estaba más vieja y enferma. Quería que, más tarde, supiera que me había despedido de ella de alguna manera. Creo que se quedó sorprendida, pero no me hizo ninguna pregunta. En lugar de ir a los campos, atravesé el bosque, evitando la carretera. Me detuve a decir adiós al lugar secreto donde me había acostado con Bartolomeo. Las cuatro semanas de muescas en el árbol ya se estaban desvaneciendo. En aquel lugar puse su anillo en mi dedo y me até un pañuelo a la cabeza como una mujer casada. Noté la llegada del invierno en las hojas amarillentas y el aire frío. Me quedé unos momentos más, y después tomé el sendero que conducía al siguiente pueblo.

»No recuerdo muy bien aquel viaje, sólo que estaba muy cansada y a veces hambrienta. Una noche dormí en la casa de una anciana, que me obsequió con una estupenda sopa y dijo que mi marido no debería dejarme viajar sola. Otra noche tuve que dormir en un establo. Por fin, una carreta me llevó a Târgoviste, y después otra me llevó a Bucarest. Cuando podía compraba pan, pero no sabía cuánto dinero necesitaría para el tren, de modo que era muy prudente. Bucarest era muy grande y bonita, pero me dio miedo porque había mucha gente, toda bien vestida, y los hombres me miraban con descaro por la calle. El tren también era aterrador, un enorme monstruo negro. En cuanto estuve sentada dentro, al lado de la ventanilla, me sentí mejor. Dejamos atrás muchos paisajes maravillosos, montañas, ríos y campos, muy diferentes de nuestros bosques transilvanos.

»En la estación de la frontera descubrí que era 19 de septiembre y dormí en un banco hasta que uno de los guardias me dejó entrar en su caseta y me dio un poco de café caliente. Preguntó dónde estaba mi marido, y yo dije que iba a Hungría para verle. A la mañana siguiente, un hombre vestido de negro con sombrero vino en mi busca. La expresión de su rostro era bondadosa, me besó en ambas mejillas y me llamó "hermana". Quise a mi cuñado desde aquel momento hasta el día que murió, y aún le quiero. Era más mi hermano que cualquiera de los míos. Se ocupó de todo, me invitó a una comida caliente en el tren, que tomamos sentados a una mesa con mantel. Comimos y miramos por la ventana el paisaje.

»Eva nos estaba esperando en la estación de Budapest. Vestía un traje y un bonito sombrero, y pensé que parecía una reina. Me abrazó y besó muchas veces. Mi hija nació en el mejor hospital de Budapest. Quise llamarla Eva, pero mi hermana dijo que prefería elegir el nombre ella, y la llamó Elena. Era una niña encantadora, de grandes ojos oscuros, y sonrió muy pronto, cuando sólo tenía cinco días. Todo el mundo dijo que nunca había visto a un bebé sonreír tan pronto. Había tenido la esperanza de que tuviera los ojos azules de Bartolomeo, pero había salido a mi familia.

»No quise escribirle hasta que la niña naciera, porque deseaba hablarle de un bebé real, no de mi embarazo. Cuando Elena cumplió un mes, pedí a mi cuñado que me ayudara a encontrar la dirección de la universidad de Bartolomeo, Oxford, y escribí yo misma las extrañas palabras en el sobre. Mi cuñado escribió la carta en alemán, y yo la firmé de mi puño y letra. En la carta, decía a Bartolomeo que le había esperado tres meses y que después había abandonado el pueblo porque sabía que iba a tener un hijo de él. Le conté mis viajes y le hablé de la casa de mi hermana en Budapest. Le dije lo dulce, lo feliz que era Elena. Le dije que le quería y que tenía miedo de que algo horrible hubiera impedido su regreso. Le pregunté cuándo le vería, y si iría a buscarnos a Budapest. Le dije que, con independencia de lo que hubiera sucedido, le querría hasta el fin de mis días.

»Después volví a esperar, esta vez muchísimo tiempo, y cuando Elena empezaba a caminar, llegó una carta de Bartolomeo. Venía de Estados Unidos, no de Inglaterra, y estaba escrita en alemán. Mi cuñado me la tradujo con voz afectuosa, pero comprendí que era demasiado honrado para cambiar algo de lo que decía. En su carta, Bartolomeo decía que había recibido una carta mía que había ido a parar antes a su antigua casa de Oxford. Me decía con buenas palabras que nunca había oído hablar de mí ni me había visto, y que nunca había estado en Rumanía, de modo que mi hija no podía ser de él. Lamentaba mi triste historia y me deseaba lo mejor en el futuro. Era una carta breve y muy amable, pero no daba señales de reconocerme.

»Lloré durante mucho tiempo. Era joven y no entendía que la gente pudiera cambiar, que sus opiniones y sentimientos pudieran cambiar. Después de vivir unos años en Hungría, empecé a comprender que puedes ser una persona en tu país y otra muy distinta cuando te encuentras en otro. Comprendí que algo similar le había pasado a Bartolomeo. Al final, sólo lamenté que hubiera mentido, que hubiera dicho que no me conocía. Lo lamentaba porque, cuando habíamos estado juntos, había intuido que era una persona honorable, una persona sincera, y no quería pensar mal de él.

»Eduqué a Elena con la ayuda de mis parientes, y se convirtió en una chica hermosa e inteligente. Sé que la explicación reside en que lleva la sangre de Bartolomeo en sus venas. Le hablé de su padre, porque nunca le mentí. Tal vez no le conté gran cosa, pero era demasiado pequeña para comprender que el amor ciega y confunde a la gente. Fue a la universidad y yo me sentí muy orgullosa de ella. Luego me dijo que se había enterado de que su padre era un gran erudito en Estados Unidos. Yo esperaba que algún día le conocería, pero ignoraba que daba clases en la universidad a la que fuiste —añadió la madre de Helen, y se volvió hacia su hija casi como reprochándole su decisión, y de esta brusca manera terminó su historia.

Helen murmuró algo que habría podido ser una disculpa o un amago defensivo, y meneó la cabeza. Parecía tan estupefacta como yo. Había permanecido inmóvil durante toda la historia, traduciendo casi sin respirar, y sólo murmuró algo más cuando su madre describió el dragón de su hombro. Helen me dijo mucho después que su madre nunca se había desnudado delante de ella, y que nunca la había llevado a los baños públicos como hacía Eva.

Al principio nos quedamos todos callados, pero al cabo de un momento Helen se volvió hacia mí y señaló con gesto impotente el paquete de cartas que había sobre la mesa. Comprendí. Yo había estado pensando lo mismo.

—¿Por qué no envió tu madre algunas de estas cartas a Rossi —le pregunté— para demostrar que sí había estado en Rumanía?

Helen miró a su madre (con una profunda vacilación en sus ojos, pensé) y después le hizo la pregunta. La respuesta de la mujer, cuando me la tradujo, formó un nudo en mi garganta, un dolor que era en parte por ella y en parte por mi pérfido mentor.

—Pensé en hacerlo, pero por su carta comprendí que había cambiado por completo de opinión. Decidí que daría igual enviarle alguna de estas cartas, sólo serviría para provocar más dolor, y además habría perdido recuerdos de él que deseaba conservar. —Extendió la mano como para tocar su letra y luego la retiró—. Sólo lamenté no enviarle lo que de verdad era suyo. Pero se había quedado tanto de mí... Tal vez era justo que yo me quedara con eso.

Nos miró con los ojos un poco menos tranquilos. No leí en ellos desafío, sino la llama de una devoción muy antigua. Desvié la mirada.

Helen sí que se mostró desafiante.

—Entonces, ¿por qué no me diste estas cartas hace mucho tiempo? —Formuló la pregunta en tono vehemente, y la tradujo a su madre enseguida. La mujer meneó la cabeza—. Dice que sabía que yo odiaba a mi padre —informó Helen con una dura expresión en el rostro— y estaba esperando a que alguien le quisiera.

Como ella le quiere todavía, podría haber añadido yo, pues mi corazón estaba tan conmovido que parecía proporcionarme una percepción anormal del amor sepultado durante años en aquella pequeña y desnuda casa.

No sólo se trataba de mi afecto por Rossi. Tomé la mano de Helen y la mano encallecida de su madre y las apreté. En aquel momento, el mundo en que yo había crecido, con su reserva y silencios, sus modos y maneras, el mundo en el que había estudiado, alcanzado metas y, en ocasiones, intentado amar, se me antojó tan lejano como la Vía Láctea. No habría podido hablar aunque hubiera querido, pero si el nudo de mi garganta se hubiera disuelto, quizás habría encontrado alguna forma de explicar a esas dos mujeres, relacionadas de manera tan diferente, pero igualmente intensa, con Rossi, que yo sentía su presencia entre nosotros.

Al cabo de un momento, Helen se apresuró a liberar su mano, pero su madre me la apretó como antes y preguntó algo con su voz apacible.

—Quiere saber qué puede hacer para ayudarte a encontrar a Rossi.

—Dile que ya me ha ayudado, y que leeré estas cartas en cuanto nos vayamos, por si nos sirven de guía. Dile que nos pondremos en contacto con ella cuando le encontremos.

La madre de Helen inclinó la cabeza con humildad al oír esto, y se levantó para echar un vistazo al guisado. Un maravilloso olor surgió del horno y hasta Helen sonrió, como si ese regreso a un hogar que no era el suyo tuviera sus compensaciones. La paz del momento me envalentonó.

—Hazme el favor de preguntarle si sabe algo sobre vampiros que pudiera ayudarnos en nuestra búsqueda.

Cuando Helen acabó de traducir, vi que había destruido nuestra precaria calma. Su madre apartó la vista y se persignó, pero al cabo de un momento dio la impresión de que reunía fuerzas para hablar. Helen escuchó con atención y asintió.

—Dice que has de recordar que el vampiro puede cambiar de forma. Puede atacarte adoptando muchas apariencias.

Quise saber qué significaba eso exactamente, pero la madre de Helen ya había repartido el guiso en los platos con una mano temblorosa. El calor del horno y el olor de la carne y el pan impregnaban la pequeña casa, y todos comimos con apetito, aunque en silencio. De vez en cuando la madre de Helen me daba más pan, palmeaba mi brazo o me servía té recién hecho. La comida era sencilla pero deliciosa y abundante, y el sol entraba por las ventanas delanteras para adornar nuestros platos.

Cuando terminamos, Helen salió a fumar un cigarrillo y su madre me indicó con un gesto que la siguiera fuera. En la parte posterior de la casa había un cobertizo, alrededor del cual picoteaban algunas gallinas, y una conejera con dos conejos de largas orejas. La mujer cogió uno y nos dedicamos a rascarle la cabeza un rato, mientras el animalito parpadeaba y se removía un poco. Oí por la ventana que Helen estaba lavando los platos. Sentía el sol calentar mi cabeza, y más allá de la casa los campos verdes murmuraban y oscilaban con optimismo inagotable.

Después llegó la hora de irnos, de volver al autobús, y yo guardé las cartas de Rossi en mi maletín. Cuando salimos, la madre de Helen se detuvo en la puerta. No parecía albergar la intención de acompañarnos al autobús. Cogió mis manos entre las suyas y las apretó con firmeza mientras me miraba a los ojos.

—Dice que sólo te desea felices viajes y que encuentres lo que anhelas —explicó Helen. Escudriñé la oscuridad que albergaban los ojos de la mujer y le di las gracias de todo corazón. Abrazó a Helen, sujetó su cara entre las manos con tristeza y nos dejó marchar.

Me volví al llegar al borde de la carretera. Seguía de pie en el umbral, con una mano apoyada en el marco, como si nuestra visita la hubiera debilitado. Dejé mi maletín en el suelo y regresé hacia ella con tal rapidez que, por un momento, no me di cuenta de que me había movido. Después, al recordar a Rossi, la tomé en mis brazos y besé su mejilla suave y arrugada. La mujer se aferró a mí, una cabeza más baja que yo, y sepultó la cara en mi hombro. De pronto, se soltó y desapareció en el interior de la casa. Pensé que quería estar a solas con sus sentimientos y di media vuelta, pero regresó al cabo de un segundo. Ante mi estupefacción, aferró mi mano y la cerró sobre algo pequeño y duro.

Cuando abrí los dedos, vi un anillo de plata con un diminuto escudo de armas. Comprendí al instante que era el de Rossi, a quien se lo devolvía por mi mediación. Su rostro brillaba sobre el anillo y sus ojos oscuros se humedecieron. Me incliné para besarla otra vez, pero esta vez en la boca. Sus labios eran cálidos y dulces. Cuando la solté, para volver hacia mi maletín y Helen, vi que en el rostro de la mujer brillaba una sola lágrima. He leído que no existe la así llamada «una sola lágrima», esa vieja figura poética. Tal vez no, puesto que la de ella era una simple compañera de la mía.

En cuanto nos acomodamos en el autobús, saqué las cartas de Rossi y abrí con cuidado la primera. Al reproducirla aquí, respetaré el deseo de Rossi de proteger la intimidad de su amigo con un *nom-de-plume,* un seudónimo literario, aunque él lo llamaría un *nom-de-guerre.* Me resultó muy extraño volver a ver la letra de Rossi, aquella versión más joven, menos apretada, en las páginas amarillentas.

—¿Vas a leerlas aquí?

Helen, casi apoyada contra mi hombro, parecía sorprendida.

—¿Tú puedes esperar?

—No —dijo.

45

Querido amigo:

No tengo ni un alma en el mundo con quien hablar, y me encuentro con una pluma en la mano deseoso de tu compañía en particular. Te invadiría tu habitual asombro contenido ante el paisaje del que estoy disfrutando ahora. He vivido en un estado de incredulidad todo el día de hoy (como te habría sucedido a ti si vieras dónde estoy), en un tren, aunque eso no supone en sí una pista. Pero el tren se dirige a Bucarest. «Santo Dios, hombre», te oigo decir sobre su silbato. Pero es cierto. No había planeado venir aquí, pero algo muy notable ha precipitado mi decisión. Estuve en Estambul hasta hace unos días, llevando a cabo una investigación de la que no he hablado a nadie, y encontré algo allí que hizo que me entraran ganas de venir aquí. En realidad, sería más preciso decir que no lo deseaba, sino que me aterrorizaba, y al mismo tiempo me sentía impulsado a ello. Tú eres un racionalista, y todo esto te va a importar un comino, pero daría cualquier cosa por contar con la ayuda de tu cerebro en este viaje. Voy a necesitar hasta el último ápice del mío, y más, para encontrar lo que ando buscando.

El tren ha disminuido la velocidad porque nos estamos acercando a una ciudad, con la posibilidad de desayunar. Desistiré de momento y volveré con esto después.

Por la tarde, Bucarest

Me apetecería hacer una siesta, si mi mente no se hallara en tal estado de inquietud y nerviosismo. Aquí hace un calor sofocante. Pensaba que éste era un país de montañas heladas, pero, si las hay, aún no me he encontrado con ninguna todavía. Hotel agradable, Bucarest es una especie de París del Este diminuta, majestuosa, pequeña y un poco decadente, todo al mismo tiempo. Debió de ser muy elegante en los ochenta y no-

venta del siglo pasado. Me costó Dios y ayuda encontrar un taxi, y después un hotel, pero mi habitación es muy cómoda, y podré descansar, lavarme y pensar en lo que debo hacer. Me siento casi inclinado a no poner por escrito lo que me propongo, pero te quedarás tan perplejo por mis chifladuras si no lo hago que me creo en la obligación. Para abreviar, estoy metido en una especie de investigación, voy a la caza de Drácula como historiador, pero no del conde Drácula del teatro romántico, sino de un Drácula real, Drakulya, Vlad III, un tirano del siglo XV que vivió en Transilvania y Valaquia, y se dedicó a mantener alejado de sus tierras al imperio otomano lo máximo posible. Estuve en Estambul casi toda una semana para consultar un archivo que contiene algunos documentos sobre él recogidos por los turcos, y durante mi estancia descubrí una colección de mapas que considero las claves del paradero de su tumba. Cuando vuelva, te explicaré con todo lujo de detalles lo que me impulsó a emprender esta búsqueda, y sólo te suplico indulgencia en el ínterin. Esta decisión de interesarme por esta búsqueda puedes achacarla a la juventud, amigo prudente.

En cualquier caso, mi estancia en Estambul derivó al final hacia lo siniestro y me ha asustado bastante, aunque supongo que eso sonará como una chiquillada desde lejos. Pero no es fácil disuadirme de algo una vez me he metido en ello, y no pude evitar la tentación de venir aquí con las copias que hice de esos mapas, en busca de más información sobre la tumba de Drakulya. Debería explicarte, como mínimo, que se supone que fue enterrado en el monasterio erigido en la isla del lago Snagov, en la parte occidental de Rumanía. La región se llama Valaquia. Los mapas que descubrí en Estambul, con la tumba muy bien señalada en ellos, no muestran ninguna isla, ningún lago, ni nada que se parezca a la parte occidental de Rumanía, por lo que yo sé. Siempre me pareció una buena idea comprobar lo evidente primero, puesto que lo evidente es a veces la respuesta correcta. Por lo tanto, he resuelto (pero ahora estoy seguro de que sacudirás la cabeza por lo que calificarás de testarudez estúpida) dirigirme al lago Snagov con los mapas y comprobar por mí mismo que la tumba no está allí. Aún no sé cómo lo haré, pero no puedo empezar a buscar en otro sitio hasta que no haya descartado esa posibilidad. Y tal vez, al fin y al cabo, mis mapas son una especie de broma pesada antigua y encontraré abundantes pruebas de que el tirano duerme allí desde que fue sepultado.

Debo estar en Grecia el 5, de modo que me queda muy poco tiem-
po para esta excursión. Sólo quiero saber si los mapas coinciden con el
emplazamiento de la tumba. Por qué he de saberlo, esto no te lo puedo
decir ni a ti, querido amigo. Ojalá lo supiera yo. Tengo la intención de
concluir mi gira rumana visitando Valaquia y Transilvania. ¿Qué acude
a tu mente cuando piensas en la palabra «Transilvania», si te paras un
momento a ello? Sí, lo que yo pensaba. Sabiamente, no lo haces. Pero lo
que acude a mi mente son montañas de salvaje belleza, castillos anti-
guos, licántropos, brujas... Un país de oscuridad mágica. En suma,
¿cómo voy a creer que aún estoy en Europa cuando entre en ese reino?
Te informaré de si es Europa o el País de las Hadas cuando llegue. Pri-
mero, Snagov. Parto mañana.

Tu devoto amigo,
Bartholomew Rossi

22 de junio
Lago Snagov

Mi querido amigo:
Aún no he visto ningún lugar desde el que enviar por correo mi pri-
mera carta, para mandarla con la confianza de que llegará a tus manos,
quiero decir, pero seguiré escribiendo pese a eso, pues han sucedido mu-
chas cosas. Ayer pasé todo el día en Bucarest intentando localizar buenos
mapas (ahora ya tengo mapas de carreteras de Valaquia y Transilvania) y
hablando con todo el mundo que pude encontrar en la universidad inte-
resado en la historia de Vlad Tepes. Nadie parecía tener ganas de hablar
del tema, y tengo la sensación de que por dentro, cuando no por fuera, se
persignan cuando menciono el nombre de Drácula. Después de mis ex-
periencias en Estambul, esto me pone un poco nervioso, pero continuaré
adelante.
En cualquier caso, ayer conocí a un joven profesor de arqueología
en la universidad, lo bastante amable para informarme de que uno de
sus colegas, un tal señor Georgescu, se ha especializado en la historia
de Snagov y está excavando en la isla este verano. Me entusiasmó saber
esto y he decidido poner los mapas, las bolsas y a mí mismo en manos
de un conductor que me llevará allí hoy. Está a unas pocas horas en co-
che de Bucarest, dice, y nos iremos a la una. Ahora debo ir a comer a al-

gún sitio (los pequeños restaurantes de la ciudad son muy agradables, con destellos de lujo oriental en su cocina) antes de partir.

Por la noche

Mi querido amigo:

No puedo evitar continuar esta unilateral correspondencia (ojalá llegue algún día a tus manos), porque ha sido un día de lo más extraordinario y necesito hablar con alguien. Me fui de Bucarest en una especie de taxi pequeñito y pulcro, conducido por un hombrecillo igualmente pulcro con el que apenas pude intercambiar dos palabras (Snagov *fue* una de ellas). Tras una breve sesión con mis mapas de carreteras y muchas palmadas tranquilizadoras en el hombro (es decir, en el mío), nos marchamos. Nos llevó toda la tarde. Recorrimos muchas carreteras, la mayoría pavimentadas pero polvorientas, atravesando un paisaje encantador, en su mayor parte agrícola, aunque en ocasiones boscoso, hasta llegar al lago Snagov.

La primera insinuación que tuve del lugar fue la mano nerviosa del chófer, que señalaba algo. Miré por la ventanilla, pero sólo vi bosque. Esto únicamente fue una introducción, sin embargo. No sé muy bien qué esperaba. Supongo que estaba tan dominado por mi curiosidad de historiador que no esperaba nada en particular. La primera visión del lago me expulsó de mi obsesión. Era un lugar de un encanto excepcional, amigo mío, bucólico y sobrenatural. Imagina, si quieres, una extensión de agua larga y centelleante, la cual vislumbras desde la carretera entre densas arboledas. Diseminadas por el bosque se ven hermosas villas (a veces sólo se vislumbra una elegante chimenea, un muro que se curva), muchas de las cuales parecen datar de principios del siglo pasado o antes.

Cuando llegas a un claro del bosque (aparcamos cerca de un pequeño restaurante, con tres barcas amarradas detrás), miras hacia la isla donde se halla el monasterio, y allí, por fin, contemplas un panorama que sin duda ha cambiado poco a lo largo de los siglos. La isla se encuentra a escasa distancia en barca de la orilla y es boscosa como las riberas del lago. Sobre los árboles se alzan las espléndidas cúpulas bizantinas de la iglesia del monasterio, y desde donde estamos se oye el tañido de las campanas, golpeadas (como averigüé más tarde) por el mazo de madera de un monje. Me dio un vuelco el corazón al oír ese sonido de *campanas que flotaba sobre el agua. Se me antojó, con toda exactitud, uno de esos mensajes del pasado que piden a gritos ser interpretados, aunque no estés seguro de qué dicen. Mi conductor y yo, de pie bajo la luz del atardecer que se reflejaba en el agua, habríamos podido ser espías del ejército turco, inspeccionando ese bastión de una fe ajena, en lugar de dos hombres modernos bastante cubiertos de polvo apoyados contra un automóvil.*

Habría podido seguir mirando y escuchando mucho más tiempo sin impacientarme, pero la determinación de localizar al arqueólogo antes del anochecer me espoleó hacia el restaurante. Utilicé el lenguaje de los signos y mi mejor latín para conseguir una barca que nos llevara a la isla. Sí, sí, había un hombre de Bucarest excavando con una pala allí, consiguió comunicarme el propietario, y veinte minutos después desembarcábamos en la orilla de la isla. El monasterio era todavía más encantador de cerca, y algo inabordable, con sus muros antiguos y altas cúpulas, todas coronadas con cruces muy trabajadas de siete puntas. El barquero subió los escalones delante de nosotros, y yo ya iba a entrar por las grandes puertas de madera cuando el individuo nos indicó la parte posterior.

Mientras rodeábamos aquellos bellos muros antiguos, me di cuenta de que por primera vez estaba pisando los talones a Drácula. Hasta entonces había estado siguiendo su pista a través de un laberinto de documentos, pero ahora me hallaba en una tierra que sus pies (¿con qué irían calzados?, ¿botas de piel con una cruel espuela sujeta a ellas?) tal vez habían hollado. Si hubiera sido de los que se persignan, lo habría hecho en aquel momento. Siendo como soy, experimenté el repentino impulso de dar una palmada en el hombro cubierto de tosca lana del barquero y pedirle que nos devolviera a tierra de nuevo. Pero no lo hice, como puedes imaginar, y espero que no me arrepentiré al final de haber contenido mi mano.

Detrás de la iglesia, en medio de unas extensas ruinas, encontramos en efecto a un hombre con una pala. Era de aspecto robusto y edad madura, con pelo negro rizado, los faldones de la camisa blanca fuera de los pantalones y las mangas subidas hasta los codos. Dos muchachos trabajaban a su lado, removían la tierra con las manos cautelosamente, y de vez en cuando el hombre dejaba la pala y hacía lo mismo. Estaban concentrados en un área muy pequeña, como si hubieran encontrado algo de interés en ella, y sólo cuando nuestro barquero les saludó a gritos levantaron la vista.

El hombre de la camisa blanca se adelantó y nos examinó de arriba abajo con sus penetrantes ojos oscuros. El barquero improvisó entonces las presentaciones con la colaboración del taxista. Extendí la mano y probé una de las pocas frases que sabía en rumano antes de volver al inglés.

—Ma numesc Bartolomeo Rossi. Nu va suparati...

Había aprendido esta deliciosa frase, con la cual interrumpes a un desconocido para solicitarle información, gracias al conserje de mi hotel de Bucarest. Significa literalmente «No te enfades». ¿Te imaginas una frase cotidiana más cargada de historia? «No saques tu puñal, amigo. Sólo estoy perdido en este bosque y necesito que alguien me oriente para salir.» No sé si fue la utilización de la frase o probablemente mi acento atroz, pero el arqueólogo estalló en carcajadas mientras estrechaba mi mano.

De cerca, era un sujeto corpulento y bronceado, con una fina red de arrugas alrededor de los ojos y la boca. Su sonrisa había perdido dos dientes de arriba y la mayoría de los que aún quedaban proyectaban destellos dorados. Su mano era de una fuerza prodigiosa, seca y áspera como la de un labriego.

—Bartolomeo Rossi —*dijo con voz profunda, sin dejar de reír*—. Ma numesc Velior Georgescu. *Es un placeer conocerlee. ¿En qué puedo ayudarlee?*

Por un momento, me sentí transportado a nuestra excursión a pie del año anterior. Podría haber sido uno de aquellos habitantes de las tierras altas curtidos por la intemperie a los que siempre estábamos pidiendo que nos orientaran, sólo que con pelo oscuro en lugar de claro.

—¿Habla inglés? —*pregunté como un idiota.*

—Un poquiito —*dijo el señor Georgescu*—. *Ha pasado mucho tiempo desde la última vez que tuve la oportunidad de practicarlo, pero ya volverá a mi lengua.*

Hablaba de manera fluida y culta, arrastrando un poco la erre.

—Perdón —*me apresuré a decir*—. *Tengo entendido que tiene un interés especial por Vlad III y me gustaría mucho hablar con usted. Soy historiador de la Universidad de Oxford.*

Asintió.

—Me alegra saber de su interés. ¿Ha venido desde tan lejos sólo para ver su tumba?

—Bien, había confiado...

—Ah, confiado, confiado —dijo el señor Georgescu, y me dio una palmada en el hombro que no dejó de ser cordial—. Pues tendré que aplacar un poco sus esperanzas, muchacho. —El corazón me dio un vuelco. ¿Era posible que también ese hombre creyera que Vlad no estaba enterrado aquí? Decidí esperar y escuchar con atención antes de hacer más preguntas. Me estaba estudiando con aire inquisitivo, y sonrió de nuevo—. Venga, vamos a dar una paseíto.

Dio a sus ayudantes rápidas instrucciones, que al parecer eran una invitación a dejar de trabajar, porque sacudieron sus manos y se dejaron caer bajo un árbol. Apoyó su pala contra un muro medio excavado y me llamó por señas. Por mi parte, informé al barquero y al taxista de que se habían hecho cargo de mí y di unas monedas al barquero. Se tocó el sombrero y desapareció, mientras que el taxista se sentó contra las ruinas y sacó una petaca del bolsillo.

—Muy bien. Primero daremos la vuelta al exterior. —El señor Georgescu agitó una ancha mano ante él—. ¿Conoce la historia de esta isla? ¿Un poco? Aquí había una iglesia en el siglo catorce, y el monasterio fue construido un poquito después, también en ese siglo. La primera iglesia era de madera y la segunda de piedra, pero la iglesia de piedra se hundió en el lago en 1453. Notable, ¿no le parece? Drácula llegó al poder en Valaquia por segunda vez en 1456, y tenía sus propias ideas. Creo que le gustó este monasterio porque una isla es fácil de proteger. Siempre estaba buscando sitios que pudiera fortificar contra los turcos. Éste es bueno, ¿no le parece?

Le di la razón y procuré no mirarle. Su inglés era tan fascinante que me costaba concentrarme en lo que decía, pero su último comentario había obrado efecto. Bastaba una sola mirada alrededor para imaginar a unos pocos monjes defendiendo esa fortaleza de los invasores. Velior Georgescu también miró en torno a él con aire de aprobación.

—Por tanto, Vlad convirtió el monasterio existentee en una fortaleza. Construyó murallas fortificadas a su alrededor y una prisión y una cámara de tortuuras. También un túnel para escapar y un puente hasta la orilla. Era un chico listo, Vlad. Hace mucho tiempo que el puente no existe, por supuesto, y yo estoy excavando el resto. Donde estamos trabajando ahora estaba la prisión. Ya hemos encontrado varios esqueletos.

Me dedicó una amplia sonrisa y sus dientes centellearon al sol.

—*¿Así que ésta es la iglesia de Vlad?*

Señalé el encantador edificio cercano, con sus elevadas cúpulas y los árboles oscuros que acariciaban sus muros.

—*Nooo, temo que no —dijo Georgescu—. Los turcos quemaron en parte el monasterio en 1462, cuando Radu, el hermano de Vlad, un títere otomano, ocupaba el troono de Valaquia. Y justo después de enterrar a Vlad aquí, una terrible tormenta sepultó la iglesia en el lago.*

—*¿Estaba Vlad enterrado aquí?, me moría de ganas de preguntar, pero mantuve la boca cerrada—. Los campesinos debieron de pensar que era un castigo de Dios por sus pecados. La iglesia fue reconstruida en 1517. Tardaron tres años, y ya ve los resultados. Los muros exteriores del monasterio son una restauración de sólo treinta años de antigüedad.*

Habíamos llegado al borde de la iglesia y palmeó la mampostería, como si acariciara el lomo de su caballo favorito. De pronto, un hombre apareció por la esquina de la iglesia y se dirigió hacia nosotros, un anciano encorvado de barba blanca con hábito negro y sombrero de largas alas que caían sobre sus hombros. Caminaba con la ayuda de un bastón y se ceñía el hábito con una estrecha cuerda, de la que colgaba un llavero. De una cadena que rodeaba su cuello pendía una cruz antigua muy hermosa, del tipo que había visto en las cúpulas de las iglesias.

Me quedé tan sorprendido por su aparición que casi me caí. Soy incapaz de describir el efecto que obró en mí, sólo puedo decir que fue como si Georgescu hubiera conjurado un fantasma. No obstante, el arqueólogo avanzó sonriente hacia el monje y se inclinó sobre su mano sarmentosa, en la que brillaba un anillo de oro que Georgescu besó con respeto. Daba la impresión de que el anciano también le apreciaba, porque apoyó los dedos sobre la cabeza del hombre un momento y le dirigió una pálida sonrisa, de tan pocos dientes como la de Georgescu. Capté mi nombre en las presentaciones y me incliné hacia el monje con la mayor gracia posible, aunque no logré decidirme a besar el anillo.

—*Él es el abaad —me explicó Georgescu—. Es el último de este lugar, y con él sólo viven tres monjes ahora. Ha estado aquí desde que era joven y conoce la isla mucho mejor que cualquiera. Le da la bienvenida y su bendición. Si quiere hacerle alguna pregunta, dice, intentará contestarla.*

Me incliné para dar las gracias y el anciano siguió andando con parsimonia. Pocos minutos después le vi sentarse en el borde del muro de-

rrumbado que había detrás de nosotros, como un cuervo que descansara bajo el sol del atardecer.

—¿Viven aquí todo el año? —pregunté a Georgescu.

—Oh, sí. Están aquí los inviernos más difíciles —asintió mi guía—. Les oirá cantar la misa si no se marcha demasiado proonto.

—Le aseguré que no me perdería semejante experiencia—. Bien, vamos a la iglesia.

Nos encaminamos a las puertas principales de madera, grandes y talladas, y entramos en un mundo que yo desconocía, muy diferente del de nuestras capillas anglicanas.

Hacía frío dentro, y antes de que pudiera ver algo en la impenetrable oscuridad del interior, percibí el olor de una especia ahumada en el aire y sentí una corriente húmeda elevarse de las piedras, como si respiraran. Cuando mis ojos se adaptaron a la penumbra, sólo distinguí tenues destellos de latón y llamas de velas. La luz del día apenas se filtraba por las gruesas vidrieras de colores oscuros. No había bancos ni sillas, aparte de algunos asientos altos de madera distribuidos a lo largo de una pared. Cerca de la entrada había un lampadario, cuyas velas goteaban profusamente y proyectaban un olor a cera quemada. Algunas estaban encajadas en una corona de latón situada en la parte superior y otras en un recipiente con arena que rodeaba la base.

—Los monjes las encienden cada día, y de vez en cuando también lo hacen algunos visitantes —explicó Georgescu—. Las que están alrededor de la parte de arriba son para los vivos y las que hay alrededor de la base son por las almas de los muertos. Arden hasta que se apagan soolas.

Al llegar al centro de la iglesia señaló hacia arriba y vi una cara difuminada que flotaba sobre nosotros, en el extremo de la cúpula.

—¿Está familiarizado con nuestras iglesias bizantinas? —preguntó Georgescu—. Cristo siempre está en el centro, mirando hacia abajo. Este candelabru —una gran corona colgaba del centro del pecho de Cristo, ocupando el espacio principal de la iglesia, pero sus velas se habían quemado— también es muy típico.

Nos acercamos al altar. De pronto me sentí como un invasor, pero no había ningún monje a la vista y Georgescu avanzó con la seguridad de un propietario. En el altar colgaban telas bordadas, y delante había alfombras y esteras de lana tejidas con motivos populares, que yo habría pensado turcas de no saber la verdad. La parte superior del altar estaba decorada con varios objetos muy adornados, entre ellos un crucifijo esmaltado y un icono de la Virgen y el Niño con marco de oro. Detrás se alzaba una pared de santos de ojos tristes y ángeles todavía más tristes, y en medio había un par de puertas de oro colado, revestidas de cortinas de terciopelo púrpura, que conducían a un lugar oculto y misterioso.

Distinguí todo esto con dificultad, debido a la penumbra, pero la belleza sombría de la escena me conmovió. Me volví hacia Georgescu.

—¿Vlad venía a rezar aquí? Me refiero a la iglesia antigua.

—Oh, desde luegu. —El arqueólogo lanzó una risita—. Era un asesino devoto. Construyó muchas iglesias y otros monasterios, para asegurarse de que mucha gente rezaría por su salvación. Éste era uno de sus lugares favoritos, y era muy amigo de los monjes de aquí. No sé qué pensaban de sus fechorías, pero estaban muy contentos de su apoyo al monasterio. Además, los protegía de los turcos. Pero los tesoros que ve aquí fueron traídos de otras iglesias. Los campesinos robaron todos los objetos de valor en el siglo pasado, cuando cerraron la iglesia. Mire aquí. Esto es lo que quería enseñarle.

Se acuclilló y alzó las alfombras que había delante del altar. Vi una larga piedra rectangular, lisa y sin adornos, pero no cabía duda de que indicaba la existencia de una tumba. Mi corazón empezó a martillear en el pecho.

—¿La tumba de Vlad?

—Sí, según la leyenda. Algunos de mis colegas y yo excavamos aquí hace un par de años y encontramos un agujero vacío. Contenía sólo unos cuantos huesos de animales.

Contuve la respiración.

—¿Él no estaba dentro?

—De ninguna manera. —Los dientes de Georgescu destellaron como el latón y el oro que nos rodeaba—. La documentación escrita dice que fue enterrado aquí, delante del altar, y que la nueva iglesia fue construida sobre los mismos cimientos de la vieja, para que no profanaran su tumba. Ya puede suponer la decepción que tuvimos cuando no le encontramos.

¿Decepción?, pensé. Yo consideraba la idea del agujero vacío más aterradora que decepcionante.

—En cualquier caso, decidimos buscar un poco más, y aquí —me guió hasta un punto cercano a la entrada y movió otra alfombra—, aquí encontramos una segunda piedra igual a la primera. —La miré. Era del mismo tamaño y forma que la otra, y tampoco tenían adornos—. De modo que también excavamos ésta —explicó Georgescu al tiempo que le daba una palmada.

—¿Y encontraron...?

—Oh, un estupendo esqueletu —me informó con evidente satisfacción—. En un ataúd que aún conservaba parte del sudario. Algo asombrooso después de cinco siglos. El sudario era de color púrpura real con bordados en oro, y el esqueleto se hallaba en buen estadu. Vestido con hermosas prendas de brocado púrpura y mangas de color rojo oscuro. Lo más maravilloso es que, cosido a una de las mangas, encontramos un pequeño anillo. El anillo es bastante sencillo, pero uno de mis colegas cree que forma parte de un adorno más extenso que representaba el símbolo de la Orden del Dragón.

Confieso que en ese momento mi corazón había desfallecido un poco.

—¿El símbolo?

—Sí, un dragón de largas garras y cola ensortijada. Los que ingresaban en la Orden llevaban esta imagen sobre su persona en todo momento, por lo general en un broche o una hebilla para la capa. No cabe duda de que nuestro amigo Vlad era miembro de la Orden, probablemente a instancias de su padre, y de que ingresó al llegar a la mayoría de edad. —Georgescu me sonrió—. Pero tengo la sensación de que usted ya lo sabía, profesor.

Yo me debatía entre la pesadumbre y el alivio.

—Así que ésta era su tumba, y las leyendas mencionaban un lugar equivocado.

—Oh, yo no lo creo. —Volvió a colocar la alfombra sobre la piedra—. No todos mis colegas están de acuerdo conmigo, pero creo que existen claras pruebas en contra.

No pude evitar mirarle con sorpresa.

—Pero ¿qué me dice de las prendas regias y el anillo?

Georgescu meneó la cabeza.

—Ese individuo debía ser también miembro de la Orden, un noble de alta alcurnia, y tal vez iba vestido con las mejores galas de Drácula *para la ocasión. Tal vez incluso le invitaron a morir para poder dejar un cadáver en la tumba... quién sabe cuándo con exactitud.*

—¿Volvieron a enterrar el esqueleto?

Tenía que preguntarlo. La piedra estaba muy cerca de nuestros pies.

—Oh, nooo. Lo enviamos al Museo de Historia de Bucarest, pero no podrá ir a verlo. Lo guardaron en el almacén y desapareció hace dos años, con todos sus bonitos ropajes. Fue una pena.

Georgescu no parecía muy apenado, como si el esqueleto hubiera sido apetecible pero carente de importancia, al menos comparado con la verdadera presa.

—No entiendo —dije—. Con tantas pruebas, ¿por qué cree que no era Vlad Drácula?

—Muy sencillo —replicó con jovialidad Georgescu, y dio una palmada en la alfombra—. Este tipo conservaba la cabeza. La de Drácula fue cortada y llevada a Estambul por los turcos como un trofeo. Todas las fuentes se muestran de acuerdo en eso. Así que ahora estoy excavando en la antigua prisión para ver si encuentro otra tumba. Creo que el cuerpo fue trasladado desde el lugar en que fue enterrado, delante del altar, para disuadir a los ladrones de tumbas, o tal vez para protegerlo de las invasiones turcas. Ese demonio tiene que estar en algún lugar de la isla.

Yo estaba paralizado por todas las preguntas que deseaba formular a Georgescu, pero él se levantó y estiró.

—¿No le apetece ir a cenar al restaurante? Tengo tanta hambre que podría comerme una oveja entera, pero antes podemos escuchar el inicio del servicio, si quiere. ¿Dónde se va a alojar?

Confesé que aún no tenía ni idea, y que también necesitaba proporcionar alojamiento a mi chófer.

—Me gustaría hablar de muchas cosas con usted —añadí.

—Y a mí con usted —concedió él—. Podemos hacerlo durante la cena.

Necesitaba hablar con mi chófer, de modo que volvimos a la prisión en ruinas. Resultó que el arqueólogo tenía amarrada una pequeña barca bajo la iglesia y podía devolvernos a la orilla. Me dijo que hablaría con el propietario del restaurante para que nos encontrara habitaciones en la población. Georgescu guardó sus útiles y despidió a los ayudantes, y luego volvimos a la iglesia justo a tiempo de ver al abad y sus tres monjes, todos vestidos de negro, entrar en la iglesia por las puertas del santuario. Dos monjes eran ya de edad avanzada, pero uno todavía conservaba la barba castaña y caminaba muy tieso. Dieron la vuelta con lentitud hasta situarse ante el altar, precedidos por el abad, que llevaba una cruz y una esfera en las manos. Sus hombros inclinados sostenían un manto púrpura y oro en el que se reflejaban las llamas de las velas.

Se inclinaron ante el altar, y los monjes se tendieron un momento sobre el suelo de piedra, justo sobre la tumba vacía, observé. Por un instante experimenté la espantosa sensación de que no se estaban postrando ante el altar, sino ante la tumba del Empalador.

De pronto se oyó un sonido misterioso. Parecía nacer de la propia iglesia, surgir de las paredes y la cúpula como niebla. Estaban cantando. El abad atravesó las pequeñas puertas que había detrás del altar. Reprimí la tentación de estirar el cuello para ver el interior, y el hombre salió con un gran libro de tapa esmaltada, al tiempo que lo bendecía en el aire. Lo dejó sobre el altar. Uno de los monjes le entregó un incensario que colgaba de una larga cadena. Lo hizo oscilar sobre el libro y lo espolvoreó con un humo aromático. La música sacra disonante se elevaba a nuestro alrededor, con su zumbido monótono y cumbres oscilantes. Se me puso la piel de gallina, porque en aquel momento me di cuenta de que estaba más cerca del corazón de Bizancio que cuando había estado en Estambul. La antiquísima música y el rito que la acompañaba debían de haber cambiado muy poco desde que se celebraban para el emperador en Constantinopla.

—El servicio es muy laargo —me susurrró Georgescu—. No les importará que nos vayamos.

Sacó una vela del bolsillo, la encendió con una mecha del lampadario cercano a la entrada y la depositó en la arena.

En el restaurante de la orilla, un lugar pequeño y sucio, comimos con voracidad guisados y ensaladas servidos por una tímida muchacha vestida de aldeana. Había un pollo entero y una botella de vino tinto potente, que Georgescu servía con generosidad. Al parecer, mi chófer había hecho amistades en la cocina, de modo que estábamos solos en la sala adornada con paneles, con sus vistas al lago y la isla.

En cuanto hubimos empezado a vencer el hambre, pregunté al arqueólogo por su maravilloso dominio del inglés. Rió con la boca llena.

—Se lo debo a mi madre y mi padre, que descansen en la paz de Dios. Él era un arqueólogo escocés, medievalista, y ella una gitana esco-

a

cesa. Me crié en Fort William y trabajé con mi padre hasta que murió. Entonces algunos parientes de mi madre le pidieron que viajara con ellos a Rumanía, de donde eran originarios. Ella había nacido y crecido en un pueblo del oeste de Escocia, pero cuando mi padre murió, sólo pensó en marcharse. La familia de mi padre no la había tratado bien. Me trajo aquí cuando yo tenía sólo quince años, y aquí vivo desde entonces. Adopté el apellido de su familia. Para integrarme un poco mejor.

La historia me dejó sin habla un momento, y sonrió.

—Sé que es una historia rara. ¿Cuál es la suya?

Le resumí mi vida y estudios, y hablé del libro misterioso que había llegado a mis manos. Escuchó con el ceño fruncido, y cuando terminé, cabeceó lentamente.

—Una historia extraña, de eso no cabe duda.

Saqué el libro de mi bolsa y se lo di. Lo examinó con detenimiento, y se detuvo a mirar durante largos minutos la xilografía del centro.

—Sí —me dijo con aire pensativo—, se parece mucho a las imágenes relacionadas con la Orden. He visto un dragón similar en piezas de joyería; ese pequeño anillo, por ejemplo. Pero nunca había visto un libro como éste. ¿No tiene idea de dónde salió?

—Ninguna —admití—. Espero que algún día lo examine un especialista, quizás en Londres.

—Es una obra extraordinaria. —Georgescu me lo devolvió con delicadeza—. Y ahora que ha visto Snagov, ¿adónde quiere ir? ¿Volverá a Estambul?

—No. —Me estremecí, pero no quise explicarle por qué—. He de volver a Grecia para colaborar en una excavación, dentro de dos semanas, pero me apetece ir a echar un vistazo a Târgoviste, puesto que era la principal capital de Vlad. ¿Ha estado allí?

—Ah, sí, por supuesto. —Georgescu dejó el plato limpio como una patena—. Un lugar interesante para un perseguidor de Drácula. Pero lo realmente interesante es su castillo.

—¿Su castillo? ¿De veras hay un castillo? Quiero decir, ¿todavía existe?

—Bien, son ruinas, pero bastante bonitas. Una fortaleza en ruinas. Se halla a unos cuantos kilómetros de Târgoviste, río Arges arriba, y hay que subir a pie hasta la cumbre. Drácula escogía sitios que se pudieran defender con facilidad de los turcos, y ése es un amor de sitio. Vamos a *hacer una cosa. —Estaba buscando en sus bolsillos, sacó una pequeña pipa y empezó a llenarla con tabaco aromático. Le pasé una vela—. Gracias, muchacho. Vamos a hacer una cosa: le acompañaré. Puedo quedarme sólo un par de días, pero podría ayudarle a localizar la fortaleza. Es mucho más fácil con guía. Hace mucho tiempo que estuve allí, y me gustaría volver a verla.*

Le di las gracias con toda sinceridad. La idea de internarme en el corazón de Rumanía sin un intérprete me ponía nervioso, lo admito. Acordamos partir por la mañana, si mi chófer accedía a llevarnos a Târgoviste. Georgescu conoce un pueblo cerca de Arges donde podremos hospedarnos por unos pocos chelines. No es el más cercano a la fortaleza, pero del que está más próximo le echaron a patadas y no tiene ganas de volver. Nos despedimos con un afectuoso buenas noches, y ahora, amigo mío, debo apagar mi luz para dormir en vista de la siguiente aventura, de la que te mantendré informado.

Tuyo afectuosamente,
Bartholomew

46

Querido amigo:

Mi chófer pudo traernos a Târgoviste hoy, después de lo cual regresó a Bucarest con su familia, y vamos a pasar la noche en una vieja posada. Georgescu es un excelente compañero de viaje. Durante el trayecto me distrajo con la historia de la región que atravesábamos. Sus conocimientos son muy extensos, y sus intereses abarcan la arquitectura y la botánica locales, de modo que pude aprender un montón de cosas durante el camino.

Târgoviste es una bonita ciudad, de carácter todavía medieval, y cuenta al menos con esta buena posada, donde el viajero puede lavarse la cara con agua transparente. Nos hallamos ahora en el corazón de Valaquia, en un país escarpado entre montañas y llanuras. Vlad Drácula gobernó Valaquia varias veces durante las décadas de 1450 y 1460. Târgoviste era su capital, y esta tarde fuimos a pasear por las ruinas de su palacio. Georgescu me indicó las diferentes cámaras y describió su uso probable. Drácula no nació aquí, sino en Transilvania, en una ciudad llamada Sighisoara. No tendré tiempo de verla, pero Georgescu ha estado aquí varias veces y me dijo que la casa en la que vivió el padre de Drácula, el lugar donde nació Vlad, todavía sigue en pie.

El más notable de los muchos monumentos notables que hemos visto hoy, mientras explorábamos las viejas calles y ruinas, fue la atalaya de Drácula o, mejor dicho, una hermosa restauración llevada a cabo en el siglo XIX. Georgescu, como buen arqueólogo, arruga su nariz rumanoescocesa ante estas restauraciones y explica que en este caso las almenas que rodean la parte superior no son correctas. Pero ¿qué se puede esperar cuando los historiadores empiezan a utilizar su imaginación?, me preguntó con sarcasmo. Tanto si la restauración es fiel como si no, lo que Georgescu me contó sobre la torre me provocó escalofríos. Vlad Drácula no sólo la utilizaba como puesto de observación en aquella era de frecuentes invasiones otomanas, sino como punto privilegiado desde el que contemplar los empalamientos que se llevaban a cabo en el patio de abajo.

Cenamos en una pequeña taberna cerca del centro de la ciudad. Desde allí se veían las murallas exteriores del palacio en ruinas, y mientras comíamos pan y guisado, Georgescu me dijo que Târgoviste era el lugar más indicado desde el que iniciar el viaje a la fortaleza de Drácula erigida en la montaña.

—La segunda vez que ocupó el trono de Valaquia, en 1456 —explicó—, decidió construir un castillo sobre el Arges, al que poder escapar de las invasiones de las llanuras. Las montañas situadas entre Târgoviste y Transilvania, y las zonas más agrestes de Transilvania, siempre han sido para los habitantes de Valaquia un lugar donde poder escapar.

Partió un pedazo de pan y lo mojó en el guiso sonriente.

—Drácula sabía que ya existían en aquellas alturas un par de fortalezas en ruinas, que databan como mínimu del siglo once, dominando el río. Decidió reconstruir una de ellas, el antiguo castillo de Arges. Necesitaba mano de obra barata. ¿No se reducen estas cosas a contar con una buena ayuda? En consecuencia, con su acostumbrado buen corazón, invitó a todos sus boyardos, sus terratenientes, a una pequeña celebración de Pascua. Acudieron con sus mejores atavíos al gran patio de Târgoviste y él los recibió con grandes cantidades de comida y bebida. Después mató a los que consideraba más problemáticos y trasladó al resto, así como a sus esposas e hijos, a cincuenta kilómetros de distancia, a las montañas, para que reconstruyeran el castillo de Arges.

Georgescu buscó otro pedazo de pan por la mesa.

—Bien, es más complicado que todo eso, en realidad. La historia de Rumanía siempre lo es. Mircea, el hermanu mayor de Drácula, había sido asesinado años antes en Târgoviste por sus enemigos políticos. Cuando Drácula llegó al poder, ordenó exhumar el ataúd de su hermanu y descubrió que el pobre hombre había sido enterrado vivo. Fue cuando envió su invitación de Pascua, y de esta manera consiguió vengar a su hermanu, así como mano de obra barata para construir su castillo en la montaña. Tenía hornos para cocer ladrillos cerca de la fortaleza, y los que sobrevivieron al viaje fueron obligados a trabajar día y noche, cargando ladrillos y construyendo muros y torres. Las viejas canciones de esta región dicen que las hermosas prendas de los boyardos se convirtieron en harapos antes de que terminaran. —Georgescu

*dejó su plato limpio como una patena—. He observado que Drácula
era un individuo tan práctico como desagradable.*

*De modo que mañana, amigo mío, seguiremos el camino de aque-
llos desgraciados nobles, pero en carro, mientras que ellos subieron la
montaña a pie.*

*Es extraordinario ver a los campesinos pasear con sus trajes tradi-
cionales entre la indumentaria más moderna de la gente de ciudad. Los
hombres llevan camisas blancas con chalecos oscuros y enormes zapatillas de piel anudadas hasta la rodilla con tiras de cuero, como pastores romanos resucitados. Las mujeres, casi todas morenas como los hombres, y
con frecuencia muy guapas, visten pesadas faldas y blusas, con un chaleco ceñido sobre todo lo demás, y sus ropas están bordadas con trabajados
dibujos. Parece gente vital, que ríe y grita mientras regatea en el mercado, el cual visité ayer por la mañana en cuanto llegué.*

*Imposible encontrar una forma de enviar esto, de modo que por
ahora lo guardaré en mi bolsa.*

*Sinceramente tuyo,
Bartholomew*

Querido amigo:

*Con gran placer por mi parte, hemos conseguido llegar a un pueblo
situado a orillas del Arges, a un día de distancia entre montañas de pendientes míticas, en el carro del agricultor al que pagué con generosidad.
Como resultado, me duelen todos los huesos, pero estoy eufórico. Este
lugar me parece prodigioso, como salido de un cuento de Grimm, irreal,
ojalá pudieras verlo sólo una hora, para sentir la inmensa distancia que
lo separa de la Europa occidental. Las casitas, algunas pobres y destarta-
ladas, aunque la mayoría con un aire alegre, tienen aleros bajos y grandes chimeneas, rematadas con los gigantescos nidos de las cigüeñas que
veranean aquí.*

*Paseé con Georgescu esta tarde y descubrí que una plaza del centro
del pueblo es su lugar de reunión, con un pozo para los habitantes y un
gran abrevadero para el ganado, que atraviesa la población dos veces al
día. Bajo un árbol maltrecho se encuentra la taberna, un lugar ruidoso
donde tuve que pagar una ronda tras otra de pecaminoso aguardiente a
los clientes. Piensa en esto mientras estás sentado en el Golden Wolf*

con tu pinta de cerveza. Hay incluso uno o dos hombres entre ellos con los cuales me puedo comunicar un poco.

Algunos se acuerdan de Georgescu de su última visita, hará seis años, y le han saludado con grandes palmadas en la espalda cuando entró esta tarde, aunque otros parecen evitarle. Georgescu dice que hará falta un día para subir y bajar de la fortaleza, y nadie quiere guiarnos. Hablan de lobos, osos y, por supuesto, de vampiros. Pricolici, los llaman en su idioma. He aprendido algunas palabras en rumano, y mi francés, italiano y latín me prestan grandes servicios mientras intento hacerme entender. Esta noche, mientras interrogábamos a varios bebedores canosos, casi todo el pueblo apareció para examinarnos sin la menor discreción: amas de casa, labriegos, multitudes de niños descalzos y jovencitas, bellezas de ojos oscuros. En un momento dado, me vi rodeado de aldeanos que fingían ir a sacar agua, barrer escalones o consultar con el tabernero, de modo que me puse a reír a carcajadas y todos me miraron fijamente.

Mañana más. Me encantaría estar hablando una hora contigo, ¡y en mi propio idioma!

Tuyo con devoción,
Rossi

Querido amigo:
Hemos ido y vuelto de la fortaleza de Vlad, ante mi solemne admiración. Ahora sé por qué la quería ver. Ha convertido en realidad, en vida, al menos hasta cierto punto, la aterradora figura que busco en su muerte (o pronto empezaré a buscar, como sea, donde sea, si mis mapas me sirven de algo). Intentaré explicarte nuestra excursión, pues deseo tanto que puedas imaginarla como documentarla.

Al amanecer nos pusimos en marcha en la carreta de un joven agricultor, el cual parece ser un sujeto próspero, hijo de un cliente habitual de la taberna. Por lo visto, su padre le ha dado órdenes de ser nuestro guía, y el encargo no le ha hecho mucha gracia. Cuando subimos a la carreta, con las primeras luces del alba en la plaza, señaló las montañas varias veces, meneó la cabeza y dijo: «¿Poenari? ¿Poenari?» Por fin pareció resignarse a la tarea encomendada y azuzó a sus caballos, dos grandes máquinas de color bayo dispensadas aquel día de trabajar en los campos.

El hombre era un personaje de aspecto formidable, alto y de anchas espaldas bajo su blusa y el chaleco de lana, y con el sombrero nos pasaba sus dos buenas cabezas. Esto convertía su timidez respecto a la excursión en algo cómico para nosotros, aunque no debería reírme de los temores de estos campesinos después de lo que vi en Estambul (que te contaré en persona, como ya te he dicho). Georgescu intentó entablar conversación con él durante nuestra travesía del bosque, pero siguió al mando de la riendas en un silencio desesperado (pensé yo), como un prisionero conducido al tajo. De vez en cuando introducía la mano dentro de la camisa, como si guardara alguna especie de amuleto protector. Lo deduje de la tira de cuero que colgaba alrededor de su cuello, y tuve que resistir a la tentación de pedirle que me lo enseñara. Sentí pena por el hombre y lamenté el mal trago que estaba pasando por nuestra culpa, contrario a todos los tabúes de su cultura, por lo que decidí darle una propina al final del viaje.

Teníamos la intención de pernoctar en el castillo aquella noche, con el fin de concedernos tiempo suficiente para examinar todo y tratar de hablar con los campesinos que vivieran cerca del lugar, y con este propósito el padre de nuestro guía nos había proporcionado esteras y mantas, y su madre nos había dado una provisión de pan, queso y manzanas, liados en un atillo en la parte posterior del carro. Cuando entramos en el bosque, sentí un escalofrío muy poco académico. Recordé al héroe de Bram Stoker cuando se interna en los bosques de Transilvania (una versión ficticia de los auténticos, en cualquier caso) en diligencia, y casi deseé haber ido de noche, para poder distinguir yo también hogueras misteriosas en los bosques y oír el aullido de los lobos. Era una pena, pensé, que Georgescu no hubiera leído nunca el libro, y decidí que le enviaría un ejemplar desde Inglaterra, si algún día regresaba a tan tedioso lugar. Después recordé mi encuentro en Estambul, y eso templó mis ánimos.

Atravesamos con parsimonia el bosque, porque la carretera estaba sembrada de surcos y baches y porque empezó a trepar a la montaña casi enseguida. Estos bosques son muy profundos, oscuros incluso en el mediodía más radiante, con el frío tétrico del interior de una iglesia. Cuando los cruzas, te ves rodeado por completo de árboles, y por un silencio palpitante. Desde el carro no se ve nada en kilómetros a la redonda, excepto troncos de árboles y maleza, una espesa mezcla de abe-

tos y diversas especies de madera dura. La altura de muchos árboles es tremenda, y sus copas ocultan el cielo. Es como avanzar entre las columnas de una catedral inmensa, pero oscura, una catedral encantada donde esperas captar vislumbres de la Virgen Negra o santos mártires en cada nicho. Observé al menos una docena de especies arbóreas diferentes, entre ellas altísimos castaños y robles de un tipo que nunca había visto.

En un punto en que el terreno se nivelaba, nos adentramos en una nave de troncos plateados, un hayedo como los que todavía se encuentran (pero muy raramente) en los más boscosos terrenos solariegos ingleses. Los habrás visto, no me cabe duda. Éste habría podido ser el salón donde Robin Hood contrajo matrimonio, con troncos inmensos que sostenían un techo de millones de diminutas hojas verdes, mientras el follaje del año anterior formaba una alfombra color beige bajo nuestras ruedas. Daba la impresión de que nuestro conductor no admiraba esta belleza. Tal vez, cuando vives toda la vida entre tales escenarios, no quedan registrados como «belleza», sino como el mundo en sí. Seguía sumido en el mismo silencio desaprobador. Georgescu estaba ocupado con algunas notas de su trabajo en Snagov, de modo que yo no podía compartir con nadie el encanto de lo que nos rodeaba.

Después de haber viajado casi la mitad del día, salimos a campo abierto, verde y dorado bajo la luz del sol. Comprobé que habíamos subido mucho desde el pueblo, y se veía una espesa extensión arbolada, la que descendía en una pendiente tan pronunciada desde el borde del campo que desviarse hacia ella significaba precipitarse al vacío. Desde allí, el bosque se sumergía en una garganta, y vi por primera vez el río Arges, una vena plateada muy abajo. En su orilla opuesta se elevaban enormes pendientes boscosas que parecían imposibles de escalar. Era una región para águilas, no para personas, y pensé con admiración en las numerosas escaramuzas dirimidas en ese lugar entre otomanos y cristianos. Que cualquier imperio, por osado que fuera, se hubiera atrevido a penetrar en ese paisaje se me antojaba la locura máxima. Comprendí mejor por qué Vlad Drácula había elegido esa zona para su fortaleza; el propio emplazamiento la convertía en inexpugnable.

Nuestro guía saltó al suelo y desempaquetó nuestra comida, y comimos sobre la hierba bajo robles y alisos dispersos. Después se tumbó bajo un árbol y se tapó la cara con el sombrero. Georgescu se tumbó

bajo otro, como si fuera lo más normal del mundo, y durmieron duran-
te una hora mientras yo vagaba por el prado. Reinaba un silencio so-
brenatural, aparte del gemido del viento en aquellos inmensos bosques.
El cielo, de un azul brillante, se extendía sobre todas las cosas. Caminé
hacia el otro lado del campo y vi un claro similar bastante más abajo,
presidido por un pastor vestido de blanco y tocado con un sombrero ma-
rrón. Su rebaño (de ovejas, me pareció) deambulaba a su alrededor
como nubes, y pensé que bien podría haber estado allí, apoyado en su
bastón, desde los tiempos de Trajano. Sentí que una gran paz me inun-
daba. La naturaleza macabra de nuestra misión se desvaneció de mi
mente, y pensé que podría quedarme en aquel prado fragante uno o dos
eones, al igual que el pastor.

Por la tarde, nuestro camino ascendió por sendas cada vez más em-
pinadas, y por fin entramos en un pueblo que, según Georgescu, era el
más cercano a la fortaleza. Nos sentamos un rato en una taberna con va-
sos de aquel reconfortante brandy al que llaman palinca. *Nuestro con-*
ductor dejó claro que su intención era quedarse con los caballos mien-
tras nosotros íbamos a pie a la fortaleza. Bajo ninguna circunstancia
subiría allí, y mucho menos pasaría la noche con nosotros en las ruinas.
Cuando le insistimos, gruñó: «Pentru nimica în lime», *y apoyó la mano*
en la tirilla de cuero colgada de su cuello. Georgescu me dijo que eso sig-
nificaba «de ninguna manera». Tan obstinado se mostró el hombre que
al final Georgescu rió y dijo que la caminata era razonable, y que de to-
dos modos había que hacer a pie la última parte. Me pregunté por un
momento por qué quería Georgescu dormir al raso, en lugar de regresar
al pueblo, pues para ser sincero no me hacía mucha gracia la idea de pa-
sar la noche en las ruinas, aunque no lo dije.

Por fin, dejamos al sujeto con su brandy y a los caballos con su
agua, y emprendimos el camino con los bultos de comida y mantas a la
espalda. Mientras recorríamos la calle principal, recordé de nuevo la his-
toria de los boyardos de Târgoviste, que habían subido con grandes es-
fuerzos hasta la fortaleza en ruinas, y luego pensé en lo que había visto
(o creído ver) en Estambul y sentí una punzada de intranquilidad.

La senda pronto se estrechó hasta convertirse en un angosto cami-
no de carros, y después en una pista forestal que atravesaba el bosque, el
cual ascendía ante nosotros. Sólo el último tramo era empinado, pero lo
recorrimos sin dificultad. De pronto nos encontramos en lo alto de una

cresta azotada por el viento, un espinazo de piedra que surgía del bosque. A la cumbre de dicho espinazo, en una vértebra más elevada que las demás, se aferraban dos torres en ruinas y restos de murallas, todo lo que quedaba del castillo de Drácula. La vista era impresionante, con el río Arges apenas centelleando en la garganta y pueblos diseminados a un tiro de piedra de las aguas. Hacia el sur vi colinas bajas que, según Georgescu, eran las llanuras de Valaquia, y al norte altas montañas, algunas coronadas de nieve. Habíamos alcanzado un nido de águilas.

Georgescu me precedió sobre rocas derrumbadas, y nos erguimos por fin en mitad de las ruinas. Observé al instante que la fortaleza era más bien pequeña y hacía mucho tiempo que estaba abandonada a los elementos. Flores silvestres de todo tipo, líquenes, musgo, hongos y árboles doblados por el viento habían fundado su hogar en ella. Las dos torres que aún se alzaban eran como huesos silueteados contra el cielo. Georgescu explicó que, al principio, había cinco torres, desde las cuales los servidores de Drácula podían vigilar las incursiones turcas. El patio en el que nos encontrábamos había contado en su tiempo con un pozo profundo, para defenderse de los asedios, y también, según la leyenda, con un pasadizo secreto que conducía a una cueva situada mucho más abajo, gracias a la cual Drácula había escapado de los turcos en 1462, después de utilizar la fortaleza de manera intermitente durante unos cinco años. Por lo visto, nunca había vuelto. Georgescu creía haber identificado la capilla del castillo en un extremo del patio, donde escrutamos el interior de una cripta derrumbada. Los pájaros entraban y salían de las paredes de la torre, serpientes y animales pequeños huían de nuestra presencia, y experimenté la sensación de que la naturaleza pronto se apoderaría del resto de la ciudadela.

Cuando nuestra lección de arqueología hubo terminado, el sol flotaba justo sobre las colinas del oeste y las sombras de rocas, árboles y torres se habían alargado a nuestro alrededor.

—Podríamos volver andando al último pueblo —dijo Georgescu en tono pensativo—, pero eso significaría volver a subir al castillo mañana por la mañana. Yo prefiero acampar aquí, ¿no te parece?

Para entonces yo prefería irme, pero Georgescu parecía tan práctico, tan científico, con su cuaderno de dibujo en la mano, que no quise admitirlo. Se puso a recoger leña, yo le ayudé, y pronto encendimos un fuego sobre las losas del antiguo patio, después de limpiarlo de musgo.

Georgescu parecía disfrutar muchísimo con la hoguera, silbaba, acomo-
daba troncos sueltos, y luego dispuso un primitivo aparejo para la olla
que sacó de la mochila. No tardó en preparar un guiso y cortar pan, son-
riendo a las llamas, y recordé que, al fin y al cabo, era tan escocés como
gitano.

El sol se puso antes de que la cena estuviera preparada, y cuando
desapareció detrás de las montañas, las ruinas se sumieron en la oscuri-
dad, con las torres recortadas contra un crepúsculo perfecto. Algo (¿bú-
hos?, ¿murciélagos?) entró y salió por el hueco de una ventana, desde la
cual habían volado flechas contra las tropas turcas tanto tiempo atrás.
Cogí mi estera y la acerqué al fuego lo máximo posible. Georgescu ha-
bía improvisado una espléndida cena, y mientras comíamos me habló
de nuevo de la historia del lugar.

—Una de las historias más tristes de la leyenda de Drácula procede
de este lugar. ¿Has oído hablar de su primera esposa?

Negué con la cabeza.

—Los campesinos que viven por aquí cuentan una historia acerca de
ella que debe de ser cierta. Sabemos que en el otoño de 1462 Drácula fue
expulsado de su fortaleza por los turcos y no regresó cuando ocupó de
nuevo el trono de Valaquia en 1476, justo antes de que le mataran. Las
canciones de estos pueblos cuentan que la noche en que el ejército turco
llegó al risco de ahí enfrente —señaló hacia el terciopelo oscuro del bos-
que— acamparon ante la antigua fortaleza de Poenari, y trataron de ti-
rar abajo el castillo de Drácula a cañonazos desde la orilla de enfrente del
río. No tuvieron éxito, de modo que su comandante ordenó asaltar el cas-
tillo a la mañana siguiente.

Georgescu hizo una pausa para atizar el fuego, que ardió con más
intensidad. La luz bailó en su rostro moreno y en sus dientes de oro, y
sus rizos oscuros adoptaron el aspecto de cuernos.

—Durante la noche un esclavo del campamento turco, que era pa-
riente de Drácula, lanzó en secreto una flecha hacia la abertura de la to-
rre del castillo, pues sabía que allí se hallaban los aposentos privados de
Drácula. Sujetó a la flecha la advertencia de que debía huir del castillo
antes de que su familia y él fueran hechos prisioneros. El esclavo vio la
figura de la esposa de Drácula leyendo el mensaje a la luz de las velas.
Los campesinos refieren en sus viejas canciones que la mujer dijo a su
marido que prefería ser devorada por los peces del Arges antes que ser es-

clava de los turcos, que, como ya sabe, no eran muy amables con sus prisioneros. —Georgescu me dedicó una sonrisa diabólica por encima del
guiso—. Entonces subió corriendo las escaleras de la torre, probablemente aquélla, y se arrojó desde lo alto. Drácula, por supuesto, escapó
por el pasadizo secreto. —Asintió como si tal cosa—. Esta parte del Arges se llama todavía Riul Doamnei, que significa el Río de la Princesa.

Me estremecí, como podrás imaginar. Aquella tarde me había aso-
mado al precipicio. La distancia hasta el río, muy abajo, es casi inimagi-
nable.

—¿Tuvo Drácula hijos de su esposa?

—Oh, sí. —Georgescu me sirvió un poco más de guiso—. Su hijo
era Mihnea el Malo, quien gobernó Valaquia a principios del siglo dieciséis. Otro sujeto encantador. Su linaje produjo toda una serie de Mih-
neas y Mirceas, todos desagradables. Drácula volvió a casarse, esta segunda vez con una mujer húngara que era pariente del rey Matías
Corvino. Engendraron un montón de Dráculas.

—¿Aún existen en Valaquia o Transilvania?

—No creo. Los habría localizado en tal caso. —Partió un pedazo de
pan y me lo dio—. Ese segundo linaje tenía tierras en la región de Sze-
kler y se mezcló con húngaros. El último se casó con un miembro de la
nooble familia Getzi y también desapareció.

Anoté todo esto en mi libreta, entre bocado y bocado, aunque no
creía que pudiera conducirme a ninguna tumba. Esto me llevó a pensar
en una última pregunta, que no me hacía ninguna gracia formular en
una oscuridad tan enorme y profunda.

—¿Es posible que Drácula fuera enterrado aquí, o que su cadáver
fuera trasladado hasta este castillo desde Snagov, con el fin de protegerlo de profanaciones?

Georgescu rió.

—No pierde la esperanza, ¿eh? No, nuestro amigo está en Snagov,
hágame caso. Esa capilla de ahí tenía una cripta, desde luego. Hay una
zona hundida, con un par de peldaños que bajan. La excavé hace años,
cuando vine por primera vez. —Me dedicó una amplia sonrisa—. Los
aldeanos no me dirigieron la palabra durante semanas. Pero estaba vacía. Ni siquiera había huesos.

Poco después empezó a bostezar de una manera prodigiosa. Acercamos nuestras provisiones al fuego, nos envolvimos en nuestras man-

tas de viaje y guardamos silencio. La noche era helada y me alegré de haber llevado mis prendas de más abrigo. Contemplé las estrellas un rato (parecían muy cercanas al oscuro precipicio) y escuché los ronquidos de Georgescu.

Al final debí dormirme también, porque cuando desperté el fuego estaba casi apagado y jirones de nubes cubrían la cumbre de la montaña. Me estremecí, y estaba a punto de levantarme para arrojar más leña al fuego cuando un crujido próximo me heló la sangre en las venas. No estábamos solos en las ruinas, y quienquiera que compartiera el oscuro recinto con nosotros estaba muy cerca. Me puse poco a poco de pie, mientras pensaba en si debía despertar a Georgescu en caso necesario y me preguntaba si llevaría armas en su bolsa zíngara, además de las ollas. Se había hecho un silencio de muerte, pero al cabo de unos segundos la tensión fue excesiva para mí. Introduje una rama de nuestra pila en el fuego, y cuando se prendió tuve una antorcha, que alcé con cautela.

De repente, en las profundidades de la zona de la capilla invadida por la maleza, la luz de mi antorcha captó el brillo rojizo de unos ojos. Mentiría, amigo mío, si dijera que no se me pusieron los pelos de punta. Los ojos se acercaron un poco más, pero no vi si estaban muy alejados del suelo. Me miraron durante un largo momento y experimenté la sensación irracional de que poseían conciencia, de que sabían quién era yo y me estaban tomando la medida. Después, aplastando la maleza, una gran bestia apareció ante mi vista, volviendo la cabeza a un lado y a otro, y luego se alejó en la oscuridad. Era un lobo de un tamaño asombroso. A la escasa luz vi apenas un momento su espeso pelaje y su enorme cabeza, justo antes de que saliera de las ruinas y se desvaneciera.

Me acosté de nuevo, y decidí no despertar a Georgescu ahora que el peligro parecía haber pasado, pero no pude dormir. Una y otra vez (al menos en mi mente), veía aquellos ojos inteligentes y penetrantes. Supongo que finalmente me hubiera llegado a dormir, pero mientras estaba despierto tomé conciencia de un sonido lejano que parecía ascender hacia nosotros desde la oscuridad del bosque. Al final, demasiado inquieto para seguir acostado, me levanté una vez más y atravesé de puntillas el patio para mirar por encima del muro. La pendiente más abrupta desde el borde del precipicio era la que daba al Arges, como ya he dicho, pero a mi izquierda había una zona en que la ladera boscosa era más suave, y oí llegar desde allí el murmullo de muchas voces y un resplandor *que bien podía ser de hogueras de campamento. Me pregunté si habría gitanos acampados en aquellos bosques. Tendría que preguntárselo a Georgescu por la mañana. Como si ese pensamiento le hubiera conjurado, mi nuevo amigo apareció de repente a mi lado, medio dormido.*

—¿Pasa algo?

Miró por encima del muro.

Señalé.

—¿Podría ser un campamento gitano?

El hombre rió.

—Nooo, no tan lejos de la civilización. —Bostezó, pero sus ojos se veían brillantes y despiertos a la luz de nuestro fuego agonizante—. De todos modos, es peculiar. Vamos a echar un vistazo.

No me gustó nada la idea, pero unos minutos después nos habíamos puesto las botas y estábamos bajando por el sendero en dirección al sonido. Fue aumentando de intensidad, subiendo y bajando, una siniestra cadencia. No eran lobos, pensé, sino voces de hombres. Intenté no pisar ninguna rama. En un momento dado, observé que Georgescu introducía una mano en la chaqueta. Iba armado, pensé con satisfacción. Pronto vimos la luz de un fuego que parpadeaba entre los árboles, y el arqueólogo me indicó por señas que me agachara, y después se acuclilló a mi lado entre la maleza.

Habíamos llegado a un claro del bosque, y estaba lleno de hombres. Formaban dos círculos alrededor de una hoguera y cantaban. Uno, al parecer el líder, estaba de pie cerca del fuego, y siempre que su cántico alcanzaba un crescendo, *todos levantaban un brazo para saludarle y apoyaban la otra mano sobre el hombro del individuo de al lado. Sus rostros, de un naranja tétrico a la luz del fuego, estaban tirantes y serios, y sus ojos centelleaban. Llevaban una especie de uniforme, chaqueta oscura sobre camisa verde y corbata negra.*

—¿Qué es esto? —murmuré a Georgescu—. ¿Qué están diciendo?

—«¡Todo por la patria!» —siseó en mi oído—. Guarde silencio o somos hombres muertos. Creo que es la Legión del Arcángel San Miguel.

—¿Qué es eso?

Intenté mover los labios el mínimo posible. Habría sido difícil imaginar algo menos angelical que aquellos rostros pétreos y los rígidos bra-

zos extendidos. *Georgescu me indicó por señas que nos alejáramos, y regresamos hacia el bosque, pero antes de volvernos observé un movimiento al otro lado del claro, y ante mi creciente estupor vi a un hombre alto de hombros anchos con capa, cuyo pelo oscuro y cara enjuta iluminó un momento el resplandor del fuego. Se hallaba fuera de los círculos de hombres uniformados, con expresión risueña. De hecho, daba la impresión de que estaba riendo. Al cabo de un segundo dejé de verle, y pensé que se había deslizado entre los árboles. Después Georgescu tiró de mí para que continuara subiendo el talud.*

Cuando volvimos a estar a salvo en las ruinas (cosa rara, ahora me sentía a salvo allí), Georgescu se sentó al lado del fuego y encendió su pipa, como para relajarse.

—Dios santo, hombre —susurró—. Eso podría haber sido nuestro fin.

—¿Quiénes son?

Tiró la cerilla al fuego.

—Criminales —replicó—. También se les llama la Guardia de Hierro. Van de pueblo en pueblo por esta parte del país, reclutan jóvenes y los convierten al odio. Odian a los judíos en particular, y quieren limpiar el mundo de ellos. —Dio una feroz calada a su pipa—. Los gitanos sabemos que, donde los judíos son asesinados, los gitanos también acaban siendo asesinados. Y mucha más gente, por lo general.

Describí la extraña figura que había visto fuera del círculo.

—Oh, sin duda —masculló Georgescu—. Atraen a todo tipo de admiradores extraños. No pasará mucho tiempo sin que todos los pastores de las montañas se unan a ellos.

Tardamos un rato en tranquilizarnos y volver a dormir, pero Georgescu me aseguró que no era probable que la Legión escalara la montaña una vez iniciados sus rituales. Conseguí conciliar un sueño intranquilo, y me alivió ver que el alba llegaba pronto al nido de águilas. Reinaba el silencio, la niebla era bastante espesa y no soplaba nada de viento. En cuanto hubo suficiente luz, me encaminé con cautela hacia la capilla derruida y examiné las huellas del lobo. Se veían con claridad en la tierra a un lado de la capilla, grandes y pesadas. Lo más extraño es que sólo había pisadas en una dirección, las que se alejaban de la zona de la capilla, surgiendo de las profundidades de la cripta, pero no existía el menor indicio de que el lobo hubiera entrado antes, o tal vez fui incapaz de ver sus huellas en la maleza que crecía detrás de la capilla. Reflexioné sobre esta circunstancia mucho después de haber desayunado, hice unos cuantos dibujos y nos dispusimos a bajar la montaña.

Una vez más, debo parar de momento, pero te envío fervorosos recuerdos desde una tierra muy lejana...

Rossi

47

Querido amigo:

No puedo ni imaginar lo que pensarás de esta correspondencia extraña y unilateral cuando llegue por fin a tus manos, pero me siento impulsado a continuar, aunque sólo sea para tomar notas dirigidas a mí mismo. Ayer por la tarde volvimos al pueblo situado a orillas del Arges desde el que habíamos iniciado nuestro viaje a la fortaleza de Drácula, y Georgescu partió hacia Snagov, con un cordial abrazo y un apretón en mis hombros, y el deseo de que algún día tal vez nos pondríamos en contacto de nuevo. Ha sido un guía de lo más simpático, y le echaré de menos. En el último momento sentí una punzada de culpabilidad por no haberle contado todo lo que observé en Estambul, pero no pude decidirme a romper mi silencio. De todos modos, tampoco lo habría creído, de modo que me ahorré el trabajo de intentar convencerle. Podía imaginar demasiado bien su risa estentórea, su científico meneo de cabeza, su rechazo de mi imaginación desbordada.

Me animó a acompañarle de vuelta hasta Târgoviste, pero yo ya había decidido quedarme unos días más en esta zona, con el fin de visitar algunas iglesias y monasterios cercanos, y después, quizá, parte de la región que rodeaba la fortaleza de Vlad. Ésa fue la razón que me di, y también a Georgescu, y él me recomendó varios lugares que Drácula debió visitar sin duda en vida. Creo que yo albergaba otro motivo, amigo mío, la sensación de que nunca volvería a este lugar, tan remoto, tan lejos de mis investigaciones habituales, y de una belleza tan inmensa. Una vez decidido a utilizar mis últimos días libres aquí, en lugar de correr a Grecia antes de tiempo, he estado relajándome un rato en la taberna, con la intención de mejorar mis conocimientos de rumano y tratando con poco éxito de hablar con los ancianos sobre las leyendas de la región. Hoy he paseado por los bosques cercanos al pueblo y me he topado con un rústico santuario que se alzaba solitario bajo un árbol. Estaba construido con piedras antiguas y techo de paja, y pensé que su parte original tal

vez se encontraba aquí mucho antes de que las tropas de Drácula cabal-
garan por estos parajes. Las flores frescas del interior se acababan de
marchitar y la cera que había caído de la vela formaba un pequeño tú-
mulo debajo del crucifijo.

Cuando regresaba hacia el pueblo, me topé con otra visión sorprendente: una joven de la aldea se hallaba inmóvil en mitad de mi camino, vestida de campesina, como una figura histórica. Como no dio señales de moverse, me detuve a hablar con ella, y ante mi asombro me
entregó una moneda. Era muy antigua (medieval) y tenía en una cara la
figura de un dragón. Aunque sin pruebas, me quedé convencido de que
había sido acuñada para la Orden del Dragón. La chica sólo hablaba rumano, por supuesto, pero conseguí averiguar que la moneda se la había
dado una anciana que bajó a su pueblo en algún momento desde los riscos cercanos al castillo de Vlad. La muchacha también me dijo que su
apellido era Getzi, aunque parecía no tener ni idea de su significado. Ya
puedes imaginar mi nerviosismo: con toda probabilidad, me encontraba
cara a cara con una descendiente de Vlad Drácula. La idea era asombrosa y desconcertante al mismo tiempo (si bien la pureza del rostro y el
comportamiento delicado de la joven estaban muy lejos de insinuar algo
monstruoso o cruel). Cuando intenté devolverle la moneda, pareció insistir en que me la quedara, cosa que he hecho de momento, aunque intentaré que vuelva a su dueña. Quedamos en seguir hablando mañana,
y debo desistir ahora de hacer un dibujo de la moneda y de examinar mi
diccionario con la esperanza de poder preguntarle acerca de su familia y
sus orígenes.

Querido amigo:

Anoche conseguí hablar un poco más con la joven de la que te he
hablado. Se apellida en verdad Getzi, y me lo deletreó con la misma ortografía que Georgescu me dio para mis notas. Me dejó atónito la celeridad de su comprensión cuando intentamos conversar, y descubrí que,
además de sus grandes dones naturales de percepción, sabe leer y escribir, y fue capaz de ayudarme a buscar palabras en mi diccionario. Me
gustaba ver su cara vivaz y alegre, los ojos oscuros que se abrían de placer con cada nueva información. Nunca ha aprendido otro idioma, por
supuesto, pero no me cabe duda de que podría hacerlo con facilidad si
recibiera la instrucción adecuada.

Se me antojó un fenómeno considerable descubrir tal inteligencia en este lugar remoto y sencillo. Tal vez sea una prueba más de que desciende de gente noble, culta e inteligente. La familia de su padre llegó a este pueblo hace tanto tiempo que ya nadie se acuerda, pero algunos eran húngaros, por lo que pude deducir. Dice que su padre se cree heredero del príncipe del castillo de Arges y que hay un tesoro enterrado allí, creencia compartida por todos los demás campesinos de la zona. Creen que en determinadas onomásticas de santos, deduje no sin dificultad, una luz sobrenatural ilumina el lugar donde está enterrado el tesoro, pero nadie del pueblo se atreve a ir en su busca. Los dones de la muchacha, tan claramente superior a su entorno, me recordaron la belleza de Tess D'Urbervilles, la noble lechera creada por Hardy. Sé que no te aventuras más allá del siglo XVIII, pero volví a leer el libro el año pasado y te lo recomiendo como una distracción de tus incursiones habituales. Dudo que exista ese tesoro, por cierto, porque Georgescu ya lo habría encontrado.

También me explicó el hecho sorprendente de que se grababa un diminuto dragón en la piel de un miembro de cada generación de su familia. Esto, al igual que su apellido, y la historia que había contado su padre al respecto, me ha convencido de que la joven pertenece a una rama viviente de la Orden del Dragón. Me gustaría hablar con su padre, pero cuando se lo propuse, se puso tan nerviosa que habría sido un necio de haber insistido. Se trata de una cultura extremadamente tradicional, y debo ser cauto para no manchar su reputación. Estoy seguro de que se arriesga hasta hablando a solas conmigo, y le estoy muy agradecido por su interés y colaboración.

Ahora me voy a pasear un rato por el bosque. Tengo tantas cosas en qué pensar que antes he de aclarar mis ideas un poco.

Mi querido amigo y único confidente:

Han pasado dos días, y apenas sé cómo escribirte acerca de ellos, o si enseñaré esto a alguien en el futuro. Estos dos días han significado un cambio radical en mi vida. Me han aportado por igual temor y esperanza. Creo que he cruzado el umbral de una vida nueva. Qué significará a la larga, lo ignoro. Soy el hombre más feliz de la creación y el más angustiado al mismo tiempo.

Hace dos noches, después de escribirte mis últimas líneas, me en-

contré de nuevo con la joven angelical que te he descrito y esta vez nuestra conversación condujo a un repentino cambio (un beso, de hecho), antes de que ella huyera. Estuve despierto toda la noche, y cuando llegó la mañana, salí de mi habitación y vagué hasta adentrarme en el bosque. Después paseé un rato, de vez en cuando me sentaba en una roca o un tocón, entre la delicada y cambiante hierba verde de la mañana, y veía su cara entre los árboles o en la misma luz. Me pregunté muchas veces si debía abandonar el pueblo de inmediato, como si ya la hubiera ofendido.

Pasé todo el día así, caminando de un lado a otro, y regresé al pueblo sólo para comer, pues tenía miedo de encontrármela de un momento a otro, al mismo tiempo que lo anhelaba. Pero no vi ni rastro de ella, y por la noche volví a nuestro lugar de cita, pensando que si aparecía le diría como bien pudiera que le debía una disculpa y que no volvería a molestarla. Cuando ya estaba perdiendo la esperanza de verla, convencido de que la había ofendido profundamente y de que debía irme del pueblo a la mañana siguiente, apareció entre los árboles. La vi un segundo con su pesada falda y el chaleco negro, la cabeza descubierta oscura como madera pulida, la trenza colgando sobre el hombro. Sus ojos también eran oscuros, y aterrorizados, pero la radiante inteligencia de su cara se abalanzó sobre mí.

Abrí la boca para hablarle, y en aquel momento salvó la distancia que nos separaba y se arrojó en mis brazos. Ante mi estupor, dio la impresión de entregarse por completo a mí, y nuestros sentimientos no tardaron en transportarnos a una intimidad plena, tan tierna y pura como espontánea. Descubrí que podíamos hablarnos con entera libertad, aunque no estoy seguro de en qué idioma, y pude leer el mundo, y tal vez todo mi futuro, en la negrura de sus ojos, con las espesas pestañas y el delicado pliegue asiático de la comisura interna.

Cuando se fue, me quedé transido de emoción, intenté reflexionar en lo que había hecho, en lo que habíamos hecho, pero mi sensación de plenitud y felicidad interfería en cada giro mental. Hoy iré a esperarla de nuevo, porque no puedo evitarlo, porque todo mi ser parece unido a otro ser tan diferente de mí, y al mismo tiempo tan exquisitamente familiar, que apenas puedo comprender lo sucedido.

Mi querido amigo (si aún eres tú a quien escribo):

He vivido cuatro días en el paraíso, y mi amor por el ángel que lo preside parece justo eso: amor. Nunca había sentido por una mujer lo que siento en este momento, en este lugar extraño. Con tan sólo unos pocos días más para pensar, he estado analizando la situación desde todos los ángulos. La idea de abandonarla y no volver a verla se me antoja tan imposible como no volver a ver mi casa. Por otra parte, he estado reflexionando sobre lo que significaría llevármela conmigo: cómo, en primer lugar, podría arrancarla de su casa y su familia, y qué consecuencias se desencadenarían si la llevara conmigo a Oxford. Esta última idea es complicada en extremo, pero la crudeza de la situación está clara para mí: si me marchara sin ella, partiría el corazón de los dos, y eso sería un acto de cobardía y villanía después de lo que yo le he arrebatado.

He decidido convertirla en mi mujer lo antes posible. No cabe duda de que nuestras vidas seguirán un extraño sendero, pero estoy seguro de que su gracia natural y agudeza de mente la ayudarán a superar todas las pruebas. No puedo desaparecer y preguntarme toda la vida qué habría podido pasar, ni puedo abandonarla en tal situación. He decidido que esta noche le pediré que se case conmigo dentro de un mes. Creo que antes volveré a Grecia, donde puedo pedir prestado a mis colegas, o pedir que me envíen por cable dinero suficiente para compensar a su padre por llevármela. Me queda poco tiempo aquí, y no me atrevo a hacer las cosas de otra manera. Además, creo que debo participar en la excavación a la que me han invitado, la tumba de un noble cerca de Knossos. Mi futuro trabajo puede depender de estos colegas, pues sería el sustento de nuestra vida futura.

Después volveré a buscarla. ¡Cuán largas serán cuatro semanas de separación! Es mi deseo averiguar si los sacerdotes de Snagov podrían casarnos en el monasterio, para que Georgescu sea nuestro testigo. Si sus padres insisten en que nos casemos antes de abandonar el pueblo, lo haremos. Ella viajará conmigo como mi esposa, en cualquier caso. Enviaré un telegrama a mis padres desde Grecia, y después iremos a alojarnos en su casa cuando volvamos a Inglaterra. Y tú, querido amigo, si ya estás leyendo esto, ¿podrías averiguar con discreción cuánto costaría alquilar habitaciones fuera de la universidad? También me gustaría que empezara a estudiar inglés lo antes posible. Estoy seguro de que destacará entre sus compañeros. Tal vez el otoño te encontrará delante de nuestra chimenea, amigo mío, y entonces tú también verás razón en mi locura. Hasta ese momento eres el único en quien puedo confiar este asunto, en cuanto encuentre la manera de enviarte estas cartas, y rezo para que me juzgues con indulgencia, gracias a tu generoso corazón.

Tuyo en dicha y angustia,
Rossi

48

Ésta fue la última carta de Rossi, probablemente la última que había escrito a su amigo. Sentado al lado de Helen en el autobús de vuelta a Budapest, doblé las páginas con cuidado y tomé su mano un segundo.

—Helen —dije vacilante, porque creía que uno de los dos, al menos, debía decirlo en voz alta—. Eres descendiente de Vlad Drácula.

Me miró, y después desvió la vista hacia la ventanilla, y creí ver en su cara que ella tampoco sabía qué pensar al respecto, pero se le heló la sangre en las venas.

Cuando Helen y yo bajamos del autobús en Budapest, casi había anochecido, pero me di cuenta con sorpresa de que habíamos partido de aquella misma estación esa mañana. Experimentaba la sensación de haber vivido un par de años desde aquel momento. Las cartas de Rossi descansaban a salvo en mi maletín, y su contenido llenaba mi cabeza de imágenes conmovedoras. También capté un reflejo de ellas en los ojos de Helen. Me rodeaba el brazo con una mano, como si las revelaciones del día hubieran debilitado su confianza en sí misma. Tenía ganas de rodearla con el brazo, abrazarla y besarla en plena calle, decirle que nunca la abandonaría y que Rossi nunca habría debido abandonar a su madre. Me contenté con apretar su mano contra mi costado, y dejé que nos guiara hasta el hotel.

En cuanto llegamos al vestíbulo, tuve de nuevo la sensación de que habíamos estado ausentes mucho tiempo. Era extraño que aquellos lugares desconocidos empezaran a resultar familiares al cabo de un par de días, pensé. Había una nota para Helen de su tía, que leyó con avidez.

—Me lo imaginaba. Quiere que cenemos con ella esta noche, aquí en el hotel. Supongo que es para despedirse de nosotros.

—¿Se lo dirás?

—¿Lo de las cartas? Es probable. Siempre se lo cuento todo a Eva, tarde o temprano.

Me pregunté si le habría contado algo sobre mí que yo no supiera, pero reprimí la idea.

Teníamos poco tiempo para lavarnos y vestirnos en nuestras habitaciones antes de cenar. Me puse la más limpia de dos camisas sucias y me afeité en el lavabo, y cuando bajé, Eva ya había llegado, aunque Helen no. Eva se hallaba de pie ante la ventana del frente, dándome la espalda, con la cara vuelta hacia la calle y la luz desfalleciente del anochecer. Vista de esta manera, no parecía tan vivaz y enérgica como de costumbre. Su espalda, cubierta por la chaqueta verde oscuro, estaba relajada, incluso un poco encorvada. Se volvió de repente, lo cual me ahorró decidir si debía llamarla o no, y vi preocupación en su cara antes de que exhibiera su maravillosa sonrisa. Corrió a estrechar mi mano, yo a besarla. No intercambiamos ni una palabra, pero habríamos podido pasar por dos amigos que se encontraban tras una separación de meses o años.

Helen apareció un momento después, para mi alivio, y nos trasladamos al comedor, con sus manteles blancos y su fea loza. Tía Eva pidió por todos, y yo me recliné en la silla, cansado, mientras ellas hablaban unos minutos. Al principio dio la impresión de que intercambiaban bromas afectuosas, pero la cara de Eva no tardó en nublarse, y vi que levantaba el tenedor y lo hacía girar con aire sombrío entre el índice y el pulgar. Después susurró algo a Helen, y ésta también frunció el ceño.

—¿Qué pasa? —pregunté por fin inquieto. Ya tenía bastante por hoy de secretos y misterios.

—Mi tía ha hecho un descubrimiento. —Helen bajó la voz, aunque era poco probable que los clientes del comedor supieran inglés—. Algo que puede ser desagradable para nosotros.

—¿Qué?

Eva asintió y volvió a hablar en voz muy baja. Helen frunció el ceño todavía más.

—Algo malo —dijo en un susurro—. Han interrogado a mi tía acerca de ti..., acerca de nosotros. Me ha dicho que esta tarde recibió la visita de un detective de la policía al que conoce desde hace mucho tiempo. Se disculpó y dijo que era pura rutina, pero la interrogó sobre tu presencia en Hungría, tus intereses y nuestra... nuestra relación. Mi tía es muy lista en estos asuntos, y cuando le interrogó a su vez, el hombre reveló que había sido, ¿cómo se dice?, designado para el caso por Géza József.

Su voz se convirtió en un murmullo casi inaudible.

—Géza. —La miré fijamente.

—Ya te dije que era un incordio. También intentó interrogarme en el congreso, pero no le hice caso. Al parecer, se enfadó más de lo que yo suponía. —Hizo una pausa—. Mi tía dice que es miembro de la policía secreta y puede ser muy peligroso para nosotros. A los de la policía secreta no les gustan las reformas liberales del Gobierno y quieren volver a los viejos métodos.

Algo en su tono me impulsó a hacerle una pregunta.

—¿Tú ya sabías esto? ¿Qué cargo tiene?

Asintió con aire culpable.

—Te lo contaré más tarde.

No estaba muy seguro de querer saberlo, pero la idea de ser perseguido por el apuesto gigante me desagradaba profundamente.

—¿Qué quiere?

—Al parecer, cree que estás metido en algo más que una investigación histórica. Cree que has venido en busca de otra cosa.

—Tiene razón —señalé en voz baja.

—Está decidido a descubrir qué es. Estoy segura de que sabe adónde hemos ido hoy. Espero que no interroguen también a mi madre. Mi tía desvió al detective de... de la pista lo mejor que pudo, pero ahora está preocupada.

—¿Tu tía sabe qué o, mejor dicho, a quién estoy buscando?

Helen guardó silencio un momento, y cuando alzó los ojos, había algo similar a un ruego en ellos.

—Sí. Pensé que podría ayudarnos de alguna manera.

—¿Te ha dado algún consejo?

—Sólo ha dicho que lo mejor será que nos vayamos de Hungría mañana. Nos aconseja no hablar con desconocidos antes de irnos.

—Por supuesto —repliqué airado—. Puede que a Géza le apetezca estudiar la documentación de Drácula con nosotros en el aeropuerto.

—Por favor. —Su voz era apenas un susurro—. No bromees con esto, Paul. Puede ser muy grave. Si alguna vez quiero volver...

Me sumí en un silencio avergonzado. No había querido bromear, sólo era una expresión de mi exasperación. El camarero vino a traer los postres, pastas y cafés que tía Eva nos animó a devorar con preocupación materna, como si al engordarnos un poco más pudiera protegernos de los males del mundo. Mientras comíamos, Helen habló a su tía de las cartas de Rossi, y Eva asintió poco a poco, se volvió hacia mí y Helen tradujo con la vista clavada en el suelo.

—Mi querido joven —dijo Eva, y apretó mi mano como su hermana había hecho horas antes—, no sé si volveremos a vernos, aunque yo espero que sí. Entretanto, cuide de mi querida sobrina, o al menos deje que ella cuide de usted —dirigió a Helen una mirada de astucia, que ésta fingió no ver—, y procure que los dos vuelvan sanos y salvos a sus estudios. Helen me ha hablado de su misión, y es muy loable, pero si no la cumple pronto, ha de volver a casa con el convencimiento de que hizo lo que pudo. Después continúe su vida, amigo mío, porque es joven y la tiene toda por delante.

Se secó los labios con la servilleta y se levantó. Abrazó en silencio a Helen en la puerta del hotel y se inclinó hacia delante para besarme en cada mejilla. Estaba seria, y no brillaban lágrimas en sus ojos, pero vi en su rostro un dolor profundo. El coche elegante estaba esperando. Mi último vislumbre de ella fue su sobrio saludo desde la ventanilla trasera.

Durante unos segundos Helen pareció incapaz de hablar. Se volvió hacia mí, desvió la vista. Después se recuperó y me miró con determinación.

—Vamos, Paul. Ésta es nuestra última noche libre en Budapest. Mañana tendremos que ir corriendo al aeropuerto. Quiero dar un paseo.

—¿Un paseo? ¿Qué me dices de la policía secreta y de su interés por mí?

—Quieren saber lo que tú sabes, no apuñalarte en un callejón oscuro. Y no seas presumido —dijo sonriente—, también están interesados en mí. Nos quedaremos en lugares bien iluminados, en la calle principal, pero quiero que veas la ciudad una vez más.

Me apetecía el plan, sabiendo que tal vez era la última vez que vería Budapest, y salimos a la noche templada. Paseamos hacia el río,

tomando siempre las principales arterias, tal como Helen había prometido. Nos detuvimos ante el gran puente, y después ella se internó
por él y pasó la mano por la barandilla con aire pensativo. Nos paramos sobre el inmenso brazo de agua y miramos las dos partes de Budapest. De nuevo experimenté su majestuosidad y la explosión de la
guerra, que casi la había destruido. Las luces de la ciudad brillaban
por todas partes, temblaban en la superficie negra del agua. Helen estuvo un rato apoyada en la barandilla y después se volvió como a regañadientes para regresar hacia Pest. Se había quitado la chaqueta, y
cuando se volvió vi una forma de bordes irregulares en la parte posterior de su blusa. Me acerqué y me di cuenta de que era una enorme
araña. Había tejido una tela sobre su espalda. Vi con claridad los filamentos centelleantes. Recordé entonces que había visto telarañas a lo
largo de la barandilla del puente, en el punto donde ella había pasado la mano.

—Helen —dije con suavidad—, no te pongas nerviosa. Tienes
algo en la espalda.

—¿Qué?

Se quedó petrificada.

—Te la voy a quitar —dije con placidez—. Sólo es una araña.

Un estremecimiento recorrió su cuerpo, pero permaneció inmóvil, obediente, cuando le quité el insecto. Admito que yo también me
estremecí, porque era la araña más grande que había visto en mi vida,
casi la mitad de mi mano. Chocó contra la barandilla con un ruido audible, y Helen chilló. Nunca la había oído expresar miedo, y ese grito me dio ganas de agarrarla y sacudirla, incluso de pegarle.

—No pasa nada —me apresuré a tranquilizarla, y la cogí del brazo. Sorprendido, vi que emitía uno o dos sollozos antes de calmarse.
Me extrañó que una mujer capaz de disparar a un vampiro se impre-
sionara tanto por una araña, pero el día había sido largo y tenso. Ella
me sorprendió de nuevo cuando se volvió hacia el río y habló en voz
baja.

—Prometí que te hablaría de Géza.

—No has de decirme nada.

Confiaba en no aparentar irritación.

—No quiero mentir con el silencio. —Caminó unos pasos, como
para dejar atrás la araña por completo, aunque había desaparecido, lo

más probable en el Danubio—. Cuando estudiaba en la universidad estuve enamorada de él un tiempo, y a cambio ayudó a mi tía a conseguirme la beca y un pasaporte para salir de Hungría.

Me encogí y la miré fijamente.

—No fue así de grosero —dijo—. No dijo: «Si te acuestas conmigo, podrás ir a Inglaterra». De hecho, es bastante sutil. Tampoco consiguió todo lo que quería de mí, pero cuando ya se me había pasado el enamoramiento, tenía el pasaporte en la mano. Ocurrió así, y cuando me di cuenta, ya tenía el billete para la libertad, para Occidente, y no deseaba cederlo. Pensé que valía la pena con tal de localizar a mi padre. Seguí la corriente a Géza hasta que pude escapar a Londres, y después le dejé una carta en que rompía con él. Al menos, quise ser sincera en eso. Debió enfadarse mucho, pero nunca me escribió.

—¿Cómo supiste que era de la policía secreta?

Helen rió.

—Era demasiado presumido para ocultarlo. Quería impresionarme. No le dije que me había dejado más asustada que impresionada, y más asqueada que asustada. Me habló de la gente que había enviado a la cárcel y de las torturas, e insinuó cosas peores. Es imposible no odiar a una persona semejante.

—No me gusta saber esto, puesto que Géza está interesado en mis movimientos —dije—, pero sí me alegro de saber lo que sientes por él.

—¿Qué te pensabas? —preguntó ella—. He intentado mantenerme lo más alejada de Géza desde el momento en que llegamos.

—Pero yo intuí sentimientos contradictorios en ti cuando le viste en el congreso —admití—. No pude evitar pensar que tal vez le habías amado, o que todavía le amabas...

—No. —Meneó la cabeza y contempló la corriente oscura—. No podría querer a un interrogador, un torturador, probablemente un asesino. Y si no lo rechacé por esto, en el pasado y mucho más ahora, hay otras cosas que me impulsarían a rechazarlo. —Se volvió en mi dirección, pero sin mirarme a la cara—. Hay cosas menores, pero aun así muy importantes. No es amable. No sabe cuándo ha de decir algo que consuele y cuándo hay que callar. La historia le importa un pimiento. No tiene ojos grises dulces ni cejas pobladas, ni se sube las mangas hasta los codos. —La miré fijamente, y ahora me miró con valentía decidida—. En suma, el mayor problema de él es que no es tú.

Su mirada era casi indescifrable, pero al cabo de un momento empezó a sonreír, como de mala gana, como si tuviera que combatir consigo misma, y era la sonrisa hermosa de todas las mujeres de su familia. La miré, todavía incrédulo, y después la tomé en mis brazos y la besé con pasión.

—¿Qué te creías? —murmuró en cuanto la solté un segundo—. ¿Qué te creías?

Nos quedamos allí largos minutos (habría podido ser una hora), y de repente retrocedió con un gemido y se llevó la mano al cuello.

—¿Qué pasa? —pregunté enseguida.

Vaciló un momento.

—Mi herida —dijo poco a poco—. Se ha curado, pero a veces me da un pinchazo. Justo ahora estaba pensando... que tal vez no debería haberte tocado.

Intercambiamos una mirada.

—Déjame verla —dije—. Helen, déjame verla.

Se desanudó en silencio el pañuelo y alzó la barbilla a la luz de la farola. En la piel de su fuerte garganta vi dos marcas de color púrpura, casi cerradas del todo. Mis temores se aplacaron un poco. Estaba claro que no la habían vuelto a morder desde el primer ataque. Me incliné y apoyé los labios sobre aquel punto.

—¡No, Paul! —gritó, y retrocedió.

—Me da igual —dije—. Yo la curaré. —Escudriñé su rostro—. ¿O te he hecho daño?

—No, ha sido balsámico —admitió, pero apoyó la mano sobre las heridas, casi de manera protectora, y al cabo de un momento volvió a anudarse el pañuelo. Yo sabía que, aunque la contaminación hubiera sido leve, debía vigilar a Helen con más cautela que nunca. Busqué en mi bolsillo—. Tendríamos que haber hecho esto hace mucho tiempo. Quiero que lo lleves encima.

Era uno de los pequeños crucifijos que habíamos traído de la iglesia de Santa María. Lo ceñí alrededor de su cuello, para que colgara con discreción por debajo del pañuelo. Dio la impresión de que exhalaba un suspiro de alivio, y lo tocó con el dedo.

—No soy creyente, y no me parecía demasiado académico...

—Lo sé, pero ¿te acuerdas de aquel día en la iglesia de Santa María?

—¿Santa María?

Frunció el ceño.

—Cerca de nuestra universidad. Cuando entraste para leer las cartas de Rossi conmigo, te mojaste la frente con agua bendita.

Pensó un momento.

—Sí, lo hice, pero no por fe. Sentí añoranza de mi país.

Paseamos lentamente por el puente y las calles oscuras sin tocarnos. Aún podía sentir sus brazos alrededor de mi cuerpo.

—Deja que te acompañe a tu habitación —susurré cuando vimos el hotel.

—Aquí no. —Pensé que sus labios temblaban—. Nos vigilan.

No repetí mi petición, y me alegró la distracción que nos esperaba en la recepción del hotel. Cuando pedí mi llave, el empleado me la dio con una nota escrita en alemán: Turgut había telefoneado y quería que yo le llamara. Helen esperó mientras yo repetía el ritual de pedir el teléfono y dar al recepcionista una pequeña propina para que me ayudara (me había rebajado mucho desde mi llegada), y después marqué un rato hasta que el teléfono sonó. Turgut contestó con voz estentórea y cambió al instante al inglés.

—¡Paul, querido! Gracias a los dioses que has llamado. Tengo noticias para ti, noticias importantes.

Sentí un nudo en la garganta.

—¿Has encontrado un mapa? ¿La tumba? ¿A Rossi?

—No, amigo mío, nada tan milagroso, pero la carta que Selim encontró ha sido traducida, y se trata de un documento sorprendente. Fue escrita por un monje de la fe ortodoxa en 1477, en Estambul. ¿Me oyes?

—¡Sí, sí! —grité, de modo que el recepcionista me fulminó con la mirada y Helen compuso una expresión angustiada—. Continúa.

—En 1477 acogió a algunos monjes de los Cárpatos que traían con ellos el cadáver de un asesino de turcos, un noble. Hay más. Creo que es importante que sigas la información de esta carta. Te la enseñaré cuando vuelvas mañana. ¿Sí?

—¡Sí! —grité—. Pero ¿lo enterraron en Estambul?

Helen estaba meneando la cabeza, y leí sus pensamientos: el teléfono podía estar pinchado.

—Por la carta, no sabría decirlo —tronó Turgut—. Aún no sé muy bien dónde está enterrado, pero no es muy probable que la tumba se encuentre aquí. Creo que deberás prepararte para un nuevo viaje. También es probable que necesites otra vez el auxilio de la buena tía.

Pese a las interferencias, capté una nota humorística en su voz.

—¿Un nuevo viaje? ¿Adónde?

—¡A Bulgaria! —gritó Turgut desde muy lejos.

Miré a Helen mientras el auricular resbalaba de mi mano.

—¿A Bulgaria?

Tercera Parte

Había una gran tumba, más señorial que las demás.
Era enorme, y de nobles proporciones.
En ella había grabada una sola palabra:

DRÁCULA

Bram Stoker, *Drácula*, 1897

49

Hace unos años encontré entre los papeles de mi padre una nota que no habría aparecido en esta historia de no ser porque es el único documento de su amor por Helen que ha llegado a mis manos, aparte de las cartas que me escribió. No llevaba diarios, y las ocasionales notas que escribía para sí estaban casi siempre relacionadas con su trabajo: reflexiones sobre problemas diplomáticos, o sobre historia, sobre todo si se referían a algún conflicto internacional. Estas reflexiones, y las conferencias y artículos que nacieron de ellas, residen ahora en la biblioteca de su fundación, y yo me he quedado con un solo escrito que redactó en exclusiva para él, es decir, para Helen. Sabía que mi padre era un hombre dedicado a la verdad y a un ideal, pero no a la poesía, lo cual logra que este documento sea todavía más importante para mí. Como éste no es un libro infantil, y como me gustaría que estuviera lo más documentado posible, lo he incluido pese a mis escrúpulos iniciales. Es muy posible que escribiera otras cartas semejantes, pero habría sido muy típico de él destruirlas, tal vez incluso quemarlas en el diminuto jardín posterior de nuestra casa de Amsterdam, donde yo, cuando era pequeña, encontraba fragmentos de papel carbonizados e ilegibles en la pequeña parrilla de piedra. Puede que este documento haya sobrevivido por pura casualidad. La carta no lleva fecha, de modo que yo también he vacilado sobre dónde situarla en esta cronología. La introduzco en este momento porque se refiere a los primeros días de su amor, aunque la angustia que refleja me conduce a creer que escribió esta carta cuando ya ella no podía recibirla.

Oh, amor mío, quería decirte cuántas veces he pensado en ti. Mis recuerdos te pertenecen por completo, porque vuelven sin cesar a nuestros primeros momentos de intimidad. Me he preguntado muchas veces por qué otros afectos no pueden sustituir a tu presencia, y siempre me refugio en la fantasía de que todavía estamos juntos, y después, sin querer, en la certeza de que has hecho de mi memoria un rehén. Cuando menos lo espero, recuerdo tus palabras. Siento el peso de tu mano sobre la mía, nuestras manos escondidas bajo el borde de mi chaqueta, mi chaqueta doblada en el asiento entre nosotros, la ligereza exquisita de tus dedos, tu perfil vuelto hacia el otro lado, tu exclamación cuando entramos juntos en Bulgaria, cuando volamos por primera vez sobre las montañas búlgaras.

Desde que éramos jóvenes, amor mío, se ha producido una revolución sexual, una bacanal de proporciones míticas que tú no has vivido para ver. Ahora, al menos en el mundo occidental, da la impresión de que los jóvenes se acuestan sin más preliminares. Pero recuerdo nuestras restricciones con casi tanto anhelo como recuerdo nuestra consumación legal, mucho más tarde. Es un tipo de recuerdos que no puedo compartir con nadie: la familiaridad que teníamos con la ropa de cada uno, en una situación en que debíamos aplazar la satisfacción del deseo, la manera en que desprenderse de una prenda suscitaba una candente pregunta entre nosotros, de modo que recuerdo con dolorosa claridad (y cuando menos lo deseo) la delicada base de tu cuello y el delicado color de tu blusa, esa blusa cuya silueta conocía de memoria, antes incluso de que mis dedos rozaran su textura o tocaran sus botones de nácar. Recuerdo el olor del viaje en tren y el del jabón basto en el hombro de tu chaqueta negra, la leve aspereza de tu sombrero de paja negro, tanto como la suavidad de tu pelo, que era casi exactamente del mismo tono. Cuando osábamos pasar media hora juntos en la habitación de mi hotel de Sofía, antes de aparecer en otra comida sombría, pensaba que mi deseo iba a destruirme. Cuando colgabas tu chaqueta en una silla y dejabas la blusa encima, lenta y deliberadamente, cuando volvías la cara hacia mí con ojos que nunca se apartaban de los míos, el fuego me paralizaba. Cuando colocabas mis manos en tu cintura y tenían que elegir entre el lustre denso de tu falda y el lustre más leve de tu piel, podría haberme puesto a llorar.

Tal vez fue entonces cuando descubrí tu única mácula, tal vez el único lugar que no había besado, el diminuto dragón ensortijado en tu omóplato. Mis manos debieron acariciarlo antes de verlo. Recuerdo que respiré hondo, al igual que tú, cuando lo descubrí y acaricié con un dedo curiosamente reacio. Con el tiempo se convirtió en parte de la geografía de tu suave espalda, pero en aquel primer momento insufló un temor re-

verente en mi deseo. Si esto sucedió o no en nuestro hotel de Sofía, debí descubrirlo más o menos cuando estaba memorizando el borde de tus dientes inferiores y la hermosa hilera que formaban, así como la piel que cercaba tus ojos, con sus primeras señales de envejecimiento, como telarañas...

Aquí se interrumpe la nota de mi padre, y sólo puedo volver a las cartas que me dirigió, más mesuradas.

50

Turgut Bora y Selim Aksoy nos estaban esperando en el aeropuerto de Estambul.

—¡Paul! —Turgut me abrazó y besó, y me dio palmadas en los hombros—. ¡*Madame* profesora! —Estrechó la mano de Helen entre las suyas—. Gracias a Dios que habéis vuelto sanos y salvos. ¡Bienvenidos en vuestro triunfal regreso!

—Bien, yo no lo llamaría triunfal —dije, y reí a pesar de todo.

—¡Conversaremos, conversaremos! —gritó Turgut al tiempo que me daba sonoras palmadas en la espalda. Selim Aksoy seguía el reencuentro con más calma. Al cabo de una hora estábamos a la puerta del apartamento de Turgut, donde la señora Bora se mostró muy contenta por nuestra reaparición. Helen y yo lanzamos una exclamación al verla: ese día iba vestida de azul muy claro, como una florecilla de primavera. Nos miró con aire inquisitivo.

—Nos gusta su vestido —dijo Helen, al tiempo que estrechaba la menuda mano de la señora Bora.

Ella rió.

—Gracias —dijo—. Me hago todos los vestidos.

Después Selim Aksoy y ella nos sirvieron café y algo a lo que ella llamó *börek*, un rollo de hojaldre relleno de queso salado, así como un banquete compuesto por cinco o seis platos más.

—Ahora, amigos míos, contadnos lo que habéis averiguado.

Era una orden perentoria, pero entre los dos le explicamos nuestras experiencias en el congreso de Budapest, mi encuentro con Hugh James, la historia de la madre de Helen. Turgut nos miró con ojos desorbitados cuando dijimos que Hugh James también tenía un libro con el dragón. Mientras contaba todo esto, me di cuenta de que habíamos averiguado muchas cosas. Por desgracia, ninguna indicaba el paradero de Rossi.

Turgut nos dijo a su vez que habían padecido graves problemas durante nuestra ausencia de Estambul. Dos noches antes, su buen amigo el archivista había sido atacado por segunda vez en el apartamento donde ahora descansaba. El primer hombre que le había vigilado se había quedado dormido estando de guardia y no había visto nada. Ahora habían apostado un guardia nuevo y confiaban en que sería más puntilloso. Estaban tomando todas las precauciones posibles, pero el pobre señor Erozan no se encontraba nada bien.

También tenían otro tipo de noticias. Turgut vació su segunda taza de café y fue a recuperar algo de su macabro estudio (me sentí aliviado cuando no me pidió que le acompañara). Salió con una libreta y se sentó al lado de Selim Aksoy. Los dos nos miraron muy serios.

—Te dije por teléfono que habíamos descubierto una carta en tu ausencia —empezó Turgut—. La carta original está en eslavo, el antiguo idioma de las iglesias cristianas. Como ya te dije, la escribió un monje de los Cárpatos, y se refiere a sus viajes a Estambul. A mi amigo Selim le sorprende que no esté en latín, pero quizás ese monje era eslavo. ¿La leo?

—Por supuesto —dije, pero Helen levantó la mano.

—Un momento, por favor. ¿Cómo y dónde la encontraron?

Turgut asintió con aire de aprobación.

—El señor Aksoy la descubrió en el archivo que ustedes visitaron con nosotros. Se ha pasado tres días mirando todos los manuscritos del siglo quince que hay en el archivo. Allí encontró una pequeña colección de documentos de las iglesias infieles, o sea, de las iglesias cristianas que recibieron permiso para seguir abiertas en Estambul durante el reinado del conquistador y sus sucesores. No hay muchos en el archivo, porque solían guardarlos en los monasterios, sobre todo en el patriarcado de Constantinopla. No obstante, algunos documentos eclesiásticos llegaban a manos del sultán, sobre todo si estaban relacionados con nuevos acuerdos establecidos con las iglesias bajo el imperio. Esos acuerdos se llamaban *firman*. A veces el sultán recibía cartas de... ¿Cómo se dice? Peticiones relacionadas con algunos asuntos eclesiásticos, y ésas también están en el archivo.

Tradujo a toda prisa para Aksoy, quien quería que Turgut explicara algo más.

—Sí, mi amigo nos proporciona buena información sobre esto. Me recuerda que en cuanto el conquistador se apoderó de la ciudad nombró a un nuevo patriarca para los cristianos, el patriarca Gennadius. —Aksoy, que estaba escuchando, asintió enérgicamente—. El sultán y Gennadius mantenían una amistad muy civilizada. Ya te dije que el sultán fue tolerante con los cristianos de su imperio una vez que los conquistó. El sultán Mehmet pidió a Gennadius que le escribiera una explicación de la fe ortodoxa, y después mandó traducirla para su biblioteca particular. Hay una copia de esta traducción en el archivo. Además, hay copias de algunos estatutos de las iglesias, los cuales debían ser aprobados por el conquistador, y también están. El señor Aksoy estaba estudiando uno de esos estatutos, el de una iglesia de Anatolia, y encontró esta carta entre dos de las hojas.

—Gracias.

Helen se reclinó en los almohadones.

—La pena es que no puedo enseñaros el original, porque no pudimos sacarlo del archivo. Podéis ir a verlo mientras estéis aquí si queréis. Está escrito con una hermosa caligrafía, en una pequeña hoja de pergamino, con un borde roto. Ahora os leeré la traducción, que hemos hecho. Recordad que es la traducción de una traducción, y puede que se hayan perdido algunos detalles en el camino.

Y nos leyó lo siguiente:

Su Excelencia, señor abad Maxim Eupraxius:

Un humilde pecador suplica vuestra atención. Como ya he descrito, se produjo una gran controversia en esta congregación desde que nuestra misión fracasó ayer. La ciudad no es un lugar seguro para nosotros, y no obstante pensamos que no podíamos abandonarla sin saber qué ha sido del tesoro que buscamos. Esta mañana, por la gracia del Todopoderoso, se ha abierto una nueva vía, que debo explicaros. El abad de Panachrantos, al saber por el abad nuestro anfitrión, su buen amigo, de nuestras penalidades, vino a vernos en persona a Santa Irene. Es un hombre santo y gentil de unos cincuenta años, que ha vivido su larga vida primero en el Gran Lavra de Azos y ahora, desde muchos años, es monje y abad de Panachrantos. Nada más llegar se reunió a solas con nuestro anfitrión y después hablaron con nosotros en los aposentos de nuestro anfitrión, en completo secreto, tras orde-

nar que se fueran todos los novicios y criados. Nos dijo que no se había enterado de nuestra presencia hasta aquella mañana, y tras saberlo había ido a ver a su amigo para darle noticias que no había querido compartir antes, pues no deseaba poner en peligro ni a él ni a sus monjes. En suma, nos reveló que lo que buscamos ya había sido transportado desde la ciudad hasta un refugio de las tierras ocupadas de los búlgaros. Nos ha dado las instrucciones más secretas para que viajemos con seguridad y nos ha dicho el nombre del refugio que hemos de buscar. Nos íbamos a esperar un poco más aquí, para informaros y recibir vuestras órdenes en este asunto, pero estos abades también nos dijeron que algunos jenízaros de la corte del sultán ya han ido a ver al Patriarca para interrogarle sobre la desaparición de lo que buscamos. Es muy peligroso para nosotros demorarnos incluso un día, y estaremos más seguros atravesando las tierras de los infieles que aquí. Excelencia, perdonad nuestra obstinación en partir sin haber podido solicitaros instrucciones, y que Dios y vos bendigáis nuestra decisión. En caso necesario, destruiré incluso este documento antes de que llegue a vuestras manos e iré a informaros de nuestra búsqueda con mi lengua, si antes no me la han cortado.

El humilde pecador hermano Kiril
Abril, el Año de Nuestro Señor 6985

Se hizo un profundo silencio cuando Turgut terminó. Se pasó una mano inquieta por la melena plateada. Helen y yo nos miramos.

—¿El año 6985? —dije por fin—. ¿Qué significa eso?

—Los documentos medievales se fechaban calculando la fecha de la creación según el Génesis —explicó Helen.

—Sí —asintió Turgut—. El año 6985, según los cálculos modernos, corresponde a 1477.

No pude reprimir un suspiro.

—Es una carta muy gráfica, y expresa una gran preocupación por algo. Pero ésa no es mi especialidad —dije con pesar—. La fecha me lleva a sospechar alguna relación con el pasaje que el señor Aksoy descubrió previamente. Pero ¿qué pruebas tenemos de que el monje que escribió esta carta venía de los Cárpatos? ¿Por qué crees que está relacionada con Vlad Drácula?

Turgut sonrió.

—Excelentes preguntas, como de costumbre, mi joven dubitativo. Deja que intente contestarlas. Como ya te he dicho, Selim conoce la ciudad muy bien, y cuando descubrió esta carta y se dio cuenta de que nos podía ser útil, se la enseñó a un amigo que es el conservador de la antigua biblioteca del monasterio de Santa Irene, que todavía existe. Este amigo se la tradujo al turco, y se interesó mucho por la carta porque hablaba de su monasterio. Sin embargo, no encontró en su biblioteca ninguna documentación relativa a tal visita en 1477. O no se guardó constancia, o los documentos desaparecieron hace mucho tiempo.

—Si la misión que describe era secreta y peligrosa —indicó Helen—, no creo que dejaran pruebas escritas de la misma.

—Muy cierto, querida *madame* —Turgut asintió con su cabeza mirándola—. En cualquier caso, el amigo de Selim nos ayudó en un asunto importante: investigó las crónicas más antiguas de la iglesia y descubrió que el abad a quien iba dirigida esta carta, Maxim Eupraxius, fue un gran abad del monte Azos en los últimos años de su vida. Pero en 1477, cuando le escribieron esta carta, era abad del monasterio del lago de Snagov.

Turgut pronunció estas últimas palabras con énfasis triunfal.

Guardamos silencio unos momentos, muy emocionados. Por fin, Helen lo rompió.

—«Somos hombres de Dios, hombres de los Cárpatos» —murmuró.

—¿Perdón?

Turgut la miró con renovado interés.

—¡Sí! —Repetí la última parte—: «Hombres de los Cárpatos». Es de una canción, una canción popular rumana que Helen descubrió en Budapest.

Les describí la hora que habíamos pasado examinando cancioneros antiguos en la biblioteca de la universidad de Budapest, la hermosa xilografía de la parte superior de la página, que reproducía un dragón y una iglesia escondida en una arboleda. Las cejas de Turgut se enarcaron casi hasta el nacimiento del pelo cuando expliqué esto, y busqué a toda prisa entre mis papeles.

—¿Dónde la habré metido?

Un momento después, había encontrado mi traducción escrita entre las carpetas de mi maletín (¡Dios, si algún día perdía este maletín!, pensé) y se la leí en voz alta, callando de vez en cuando para que Turgut la tradujera a Selim y la señora Bora.

Llegaron a las puertas, llegaron a la gran ciudad.
Llegaron a la gran ciudad desde el país de la muerte.
«Somos hombres de Dios, hombres de los Cárpatos.
Somos monjes y hombres santos, pero sólo traemos malas noticias.
Traemos noticias de una epidemia en la gran ciudad.
Servíamos a nuestro amo, y venimos a llorar por su muerte.»
Llegaron a las puertas y la ciudad lloró con ellos
cuando entraron.

—Dioses, qué peculiar y aterrador —dijo Turgut—. ¿Todas las canciones de su patria son así, *madame*?

—Sí, casi todas —rió Helen. Me di cuenta de que, debido a la emoción, había olvidado durante dos minutos que estaba sentada a mi lado. Me obligué con grandes dificultades a no apoderarme de su mano, a no mirar su sonrisa o el mechón de pelo oscuro que caía sobre su mejilla.

—Y nuestro dragón, escondido entre los árboles... Tiene que existir una relación.

—Ojalá la hubiera encontrado —suspiró Turgut. Después dio una palmada sobre la mesa de latón, tan fuerte que nuestras tazas vibraron. Su esposa apoyó una mano cariñosa sobre su brazo, y él la palmeó para tranquilizarla—. No, mira: ¡la epidemia!

Se volvió hacia Selim e intercambiaron una andanada de frases en turco.

—¿Qué? —Helen tenía los ojos entornados a causa de la concentración—. ¿La epidemia de la canción?

—Sí, querida mía. —Turgut se alisó el pelo con la mano—. Además de la carta, descubrimos otro dato sobre Estambul en este período exacto, algo que mi amigo Aksoy ya sabía. A finales del verano de 1477, en la época más calurosa, se produjo lo que nuestros historiadores llaman la Pequeña Epidemia. Se cobró muchas vidas en el barrio de Pera, que ahora se llama Galata. Antes de quemar los cadáveres se les atravesó el corazón con una estaca. Se trata de algo poco común, dice, porque por lo general los cadáveres de los menos afortunados se quemaban fuera de la ciudad para impedir posteriores infecciones. Pero fue una epidemia breve y no mató a mucha gente.

—¿Crees que estos monjes, en el caso de que fueran los mismos, trajeron la epidemia a esta ciudad?

—No lo sabemos, por supuesto —admitió Turgut—, pero si tu canción describe al mismo grupo de monjes...

—He estado pensando en algo. —Helen bajó su taza—. No recuerdo, Paul, si te he hablado de esto, pero Vlad Drácula fue uno de los primeros estrategas militares de la historia en utilizar... ¿Cómo se dice? ¿Enfermedades en la guerra?

—Armas bacteriológicas —aclaré—. Me lo dijo Hugh James.

—Sí. —Dobló las piernas bajo el cuerpo—. Durante las invasiones de Valaquia llevadas a cabo por el sultán, a Drácula le gustaba enviar enfermos de peste o viruela disfrazados de turcos a los campanentos otomanos. Contagiaban a la mayor cantidad de gente posible antes de morir allí.

De no haber sido tan macabro, habría sonreído. El príncipe de Valaquia era tan creativo como destructivo, un enemigo inteligente en grado sumo. Un segundo después me di cuenta de que había pensado en él en tiempo presente.

—Entiendo. —Turgut asintió—. Quiere decir que este grupo de monjes, si eran los mismos, trajeron la peste desde Valaquia.

—De todos modos, eso no explica una cosa. —Helen frunció el ceño—. Si algunos estaban enfermos de peste, ¿por qué les permitió quedarse el abad de Santa Irene?

—Eso es cierto, *madame* —admitió Turgut—. Aunque puede que no se tratara de la peste, sino de otra especie de epidemia... Pero no hay forma de saberlo.

Todos nos quedamos frustrados, mientras reflexionábamos sobre esto.

—Muchos monjes ortodoxos cruzaron Constantinopla en peregrinaje incluso después de la conquista —dijo por fin Helen—. Tal vez era un simple grupo de peregrinos.

—Pero estaban buscando algo que, por lo visto, no habían encontrado en su peregrinaje, al menos en Constantinopla —indiqué—. El hermano Kiril dice que van a ir a Bulgaria disfrazados de peregrinos, como si en realidad no lo fueran. Al menos eso es lo que parece insinuar.

Turgut se rascó la cabeza.

—El señor Aksoy ha pensado sobre esto —dijo—. Me explica que la gran mayoría de reliquias cristianas guardadas en las iglesias de Constantinopla fueron destruidas o robadas durante la invasión: iconos, cruces, huesos de santos. Ciertamente que no había tantos tesoros en 1453 como en la época en que Bizancio era un gran poder, porque los objetos antiguos más bellos fueron robados durante la cruzada latina de 1204, no les quepa duda, y trasladados a Roma, Venecia y otras ciudades de Occidente. —Turgut extendió las manos en un gesto de desaprobación—. Mi padre me habló de los maravillosos caballos de la basílica de San Marcos de Venecia, que habían sido robados de Bizancio por los cruzados. Los invasores cristianos eran tan malvados como los otomanos. En cualquier caso, amigos míos, durante la invasión de 1453, algunos tesoros de la catedral se ocultaron y algunos fueron sacados de la ciudad antes del asedio del sultán Mehmet, escondidos en monasterios o transportados en secreto a otros países. Si nuestros monjes eran peregrinos, tal vez llegaron a la ciudad con la esperanza de ver un objeto sagrado, pero descubrieron que había desaparecido. Tal vez lo que les contó el abad del segundo monasterio fue la historia de un gran icono que habían trasladado a Bulgaria. Pero no hay forma de saberlo a partir de esta carta.

—Ahora entiendo por qué quieres que vayamos a Bulgaria. —dije. Reprimí de nuevo la urgencia de estrechar la mano de Helen—. Si bien no se me ocurre cómo podremos averiguar más datos de esta historia cuando lleguemos allí, ni cómo entraremos. ¿Estás seguro de que no hay otro lugar de Estambul que deberíamos investigar?

Turgut meneó la cabeza con aire sombrío y levantó su taza de café olvidada.

—He utilizado todos los canales que se me han ocurrido, incluidos algunos, lamento decirlo, de los que no puedo hablar. El señor Aksoy ha investigado en todas partes, en los libros de su propiedad, en las bibliotecas de sus amigos, en los archivos universitarios. He hablado con todos los historiadores que he podido localizar, incluyendo uno que estudia los cementerios de Estambul. Ya has visto nuestros hermosos cementerios. No hemos encontrado ninguna mención al entierro de un extranjero fuera de lo corriente en ese período. Tal vez hemos pasado por alto algo, pero no sé dónde más buscar en poco tiempo. —Nos miró muy serio—. Sé que sería muy difícil para vosotros ir a Bulgaria. Lo haría yo, pero todavía sería más difícil para mí, amigos míos. Como turco, ni siquiera podría asistir a un congreso académico. Nadie odia más a los descendientes del imperio otomano que los búlgaros.

—Oh, los rumanos hacen lo que pueden —le tranquilizó Helen, pero suavizó sus palabras con una sonrisa que arrancó una carcajada a Turgut.

—Pero... Dios mío. —Me recliné contra los almohadones del diván, porque me sentía invadido por una de esas oleadas de irrealidad que cada vez me asaltaban con más frecuencia—. No veo cómo podemos hacerlo.

Turgut se inclinó hacia delante y dejó frente a mí la traducción de la carta del monje.

—Él tampoco lo supo.

—¿Quién? —gruñí.

—El hermano Kiril. Escucha, amigo mío, ¿cuándo desapareció Rossi?

—Hace más de dos semanas —admití.

—No hay tiempo que perder. Sabemos que Drácula no está en su tumba de Snagov. Creemos que no fue enterrado en Estambul. Pero... —dio unos golpecitos sobre el papel— aquí tenemos una prueba. De qué, no lo sabemos, pero en 1477 alguien del monasterio de Snagov fue a Bulgaria... o lo intentó. Vale la pena averiguar por qué. Si no encuentras nada, al menos lo habrás intentado. Después podrás volver a casa y llorar a tu mentor con el corazón limpio, y nosotros, tus amigos, honraremos eternamente tu valor. Pero si no lo intentas, siempre te harás preguntas y sufrirás sin encontrar alivio.

Levantó la traducción otra vez y pasó un dedo por encima, y después leyó en voz alta.

—«Es muy peligroso para nosotros demorarnos incluso un día, y estaremos más seguros atravesando las tierras de los infieles que aquí.» Guarda esto en tu maletín, amigo mío. Esta copia es para ti.

También está la copia en eslavo, que el religioso amigo del señor Aksoy ha escrito.

Turgut se inclinó hacia delante.

—Además, he averiguado que hay un estudioso en Bulgaria al que puedes pedir ayuda. Se llama Anton Stoichev. Mi amigo Aksoy admira mucho su trabajo, que se ha publicado en muchos idiomas. —Selim Aksoy asintió cuando oyó el nombre—. Stoichev sabe más sobre los Balcanes en la Edad Media que cualquier otro ser vivo, en especial sobre Bulgaria. Vive cerca de Sofía. Has de preguntar por él.

De pronto, Helen se apoderó de mi mano delante de todos, lo cual me sorprendió. Había pensado que guardaríamos nuestra relación en secreto, incluso estando, entre amigos. Vi que la mirada de Turgut siguió aquel breve movimiento. Las arrugas que rodeaban sus ojos y boca se hicieron más profundas, y la señora Bora nos sonrió sin ambages, al tiempo que enlazaba sus manos juveniles alrededor de las rodillas. Estaba claro que aprobaba nuestra unión, y de repente me sentí bendecido por esta gente de corazón bondadoso.

—En ese caso, llamaré a mi tía —dijo Helen con firmeza, y apretó mis dedos.

—¿A Eva? ¿Qué puede hacer?

—Como ya sabes, puede hacer cualquier cosa. —Helen me sonrió—. No, no sé muy bien qué podrá o querrá hacer, pero ella tiene amigos, al igual que enemigos, en la policía secreta de nuestro país. —Bajó la voz, como a pesar suyo—. Y ellos tienen amigos en todas partes de la Europa del Este. Y enemigos, por supuesto. Todos se espían mutuamente. Puede que corra algún peligro. Es lo único que lamento. También necesitaremos un gran soborno.

—*Bakshish* —asintió Turgut—. Por supuesto. Selim Aksoy y yo ya hemos pensado en eso. Hemos encontrado veinte mil liras que podéis utilizar. Y aunque no puedo acompañaros, amigos míos, os prestaré toda la ayuda posible, al igual que el señor Aksoy.

Yo le estaba mirando fijamente, y también a Aksoy, sentados muy tiesos delante de nosotros, olvidados sus cafés, muy serios y erguidos. Algo en sus caras (la de Turgut grande y rubicunda, la de Aksoy delicada, ambos de ojos penetrantes, los dos tranquilos pero muy despiertos) me resultó de repente familiar. Me invadió una sensación indescriptible. Por un segundo, la pregunta aleteó en mi boca. Después agarré la mano de Helen con más fuerza (aquella mano fuerte, dura, ya amada) y escudriñé los ojos oscuros de Turgut.

—¿Quiénes sois? —pregunté.

Turgut y Selim intercambiaron una mirada, y dio la impresión de que se comunicaban algo en silencio. Después Turgut habló en voz baja y clara.

—Trabajamos para el sultán.

51

Helen y yo nos quedamos de piedra. Por un segundo, pensé que Turgut y Selim debían estar confabulados con algún poder oscuro, y resistí la tentación de agarrar mi maletín y el brazo de Helen y huir del apartamento. ¿Cómo, salvo mediante el ocultismo, podían estos dos hombres, a quienes había considerado mis amigos, trabajar para un sultán muerto hacía mucho tiempo? De hecho, hacía mucho tiempo que todos los sultanes estaban muertos, de manera que aquel al que se refería Turgut ya no podía ser de este mundo. ¿Nos habrían mentido en otros asuntos?

La voz de Helen interrumpió mi confusión. Se inclinó hacia delante, pálida, con los ojos muy abiertos, pero su pregunta fue serena, y eminentemente práctica, teniendo en cuenta la situación. Tan práctica que, al principio, tardé un momento en comprenderla.

—Profesor Bora —dijo lentamente—, ¿cuántos años tiene?

El hombre sonrió.

—Ay, querida *madame*, en el caso de que me esté preguntando si tengo quinientos años, la respuesta es, por suerte, no. Trabajo para la Majestad y Refugio Espléndido del Mundo, el sultán Mehmet II, pero nunca tuve el incomparable honor de conocerle.

—Entonces, ¿qué demonios estás intentando decirnos? —estallé.

Turgut sonrió de nuevo y Selim cabeceó con semblante bondadoso.

—No tenía la intención de revelaros esto —dijo Turgut—. No obstante, nos habéis otorgado vuestra confianza en muchas cosas, y como habéis hecho una pregunta tan perspicaz, nos explicaremos. Nací de la manera más normal en 1911, y espero morir de la manera más normal, en mi cama, en..., bien, digamos en 1985. —Lanzó una risita—. Sin embargo, mi familia siempre vive mucho, mucho tiempo, de modo que padeceré la maldición de estar sentado en este diván cuando sea demasiado viejo para ser respetable. —Pasó un brazo alrededor de la señora Bora—. El señor Aksoy también tiene la edad que representa. No tenemos nada de raro. Lo que os contaremos, el secreto más profundo que podemos confiar a alguien, y que debéis conservar en secreto pase lo que pase, es que pertenecemos a la Guardia de la Media Luna del sultán.

—Creo que no he oído hablar de ella —dijo Helen, con el ceño fruncido.

—No, *madame* profesora, es imposible. —Turgut miró a Selim, quien escuchaba con paciencia, intentando seguir nuestra conversación, sus verdes ojos serenos como un estanque—. Creemos que nadie ha oído hablar de nosotros, excepto nuestros propios miembros. Se trata de una guardia secreta que fue formada con hombres del cuerpo de élite de los jenízaros.

De repente, me acordé de aquellos rostros juveniles, pétreos y de ojos brillantes, que había visto en los cuadros del palacio de Topkapi, con sus apretadas filas agrupadas cerca del trono del sultán, lo bastante cerca para saltar sobre cualquier asesino en potencia, o sobre cualquiera que hubiera perdido el favor del sultán.

Dio la impresión de que Turgut había leído mis pensamientos, porque asintió.

—Ya veo que has oído hablar de los jenízaros. Bien, amigos míos, en 1477, Mehmet el Magnífico y Glorioso llamó a veinte oficiales de la máxima confianza, los más cultos del cuerpo, y les habló en secreto del nuevo símbolo de la Guardia de la Media Luna. Se les confió una misión que debían cumplir, aun a riesgo de sus vidas, si fuera necesario. Esa misión era impedir que la Orden del Dragón infligiera más tormentos a nuestro gran imperio, y perseguir y matar a sus miembros donde los encontraran.

Helen y yo respiramos hondo, pero por una vez caí en la cuenta antes que ella. La Guardia de la Media Luna se formó en 1477: ¡el año en que los monjes llegaron a Estambul! Intenté descifrar el rompecabezas mientras preguntaba:

—Pero la Orden del Dragón fue fundada mucho antes, en 1400, por el emperador Segismundo, ¿no es cierto?

Helen asintió.

—En 1408, para ser exactos, amigo mío. Por supuesto. Hacia 1477, los sultanes tenían un gran problema con la Orden del Dragón y sus guerras contra el imperio. Pero en 1477, su Gloria el Refugio del Mundo decidió que tal vez se producirían incursiones peores todavía de la Orden del Dragón en el futuro.

—¿Qué quiere decir?

La mano de Helen estaba inmóvil en la mía, y fría.

—Ni siquiera nuestros estatutos lo aclaran bien —admitió Turgut—, pero estoy seguro de que no es ninguna casualidad que el sultán formara la Guardia pocos meses después de la muerte de Vlad Tepes. —Juntó las manos como si fuera a rezar, aunque recordé que sus antepasados habrían rezado postrados con la cara pegada al suelo—. La carta fundacional dice que Su Magnificencia fundó la Guardia de la Media Luna para perseguir a la Orden del Dragón, el enemigo más despreciado de su majestuoso imperio, a través del tiempo y el espacio, más allá de mares y tierras, incluso más allá de la muerte.

Turgut se inclinó hacia delante, con los ojos brillantes y la melena plateada alborotada.

—Sostengo la teoría de que Su Gloria presentía, o incluso conocía, el peligro que Vlad Drácula podía representar para el imperio después de su muerte, de la muerte de Drácula. —Se echó el pelo hacia atrás—. Como hemos visto, el sultán también fundó en esa época su colección de documentos sobre la Orden del Dragón. El archivo no era secreto, pero lo utilizaban en secreto nuestros miembros, y aún lo hacemos. Y ahora, esta maravillosa carta que Selim ha encontrado, y su canción tradicional, *madame*... Más pruebas de que Su Gloria tenía buenos motivos para preocuparse.

Mi cerebro bullía de preguntas.

—Pero ¿cómo llegasteis, tú y el señor Aksoy, a ingresar en esta Guardia?

—La condición de miembro pasa de padres a primogénitos. Cada hijo recibe su... ¿Cómo se dice en inglés...? Su iniciación a la edad de diecinueve años. Si un padre tiene hijos indignos, o carece de ellos, deja que el secreto muera con él. —Turgut recuperó por fin su taza de café abandonada, y la señora Bora se apresuró a llenarla—. La Guardia de la Media Luna era un secreto tan bien guardado que hasta los demás jenízaros ignoraban que algunos de sus miembros pertenecían a dicho grupo. Nuestro amado *fatih* murió en 1481, pero su Guardia continuó. Los jenízaros detentaron a veces un gran poder, bajo sultanes más débiles, pero guardamos el secreto. Cuando el imperio desapareció por fin, incluso de Estambul, nadie sabía de su existencia, y continuamos. El padre de Selim Aksoy guardó a buen recaudo nuestra carta fundacional durante la primera Gran Guerra, y Selim se encargó de ello durante la última. Ahora se halla en su poder, en un lugar secreto, como manda nuestra tradición.

Turgut tomó aliento y dio un sorbo a su café.

—¿No nos dijo que su padre era italiano? —preguntó Helen con tono suspicaz—. ¿Cómo ingresó en la Guardia de la Media Luna?

—Sí, *madame*. —Turgut asintió sobre su taza—. Mi abuelo materno era un miembro muy activo de la Guardia, y no podía permitir que la estirpe muriera con él, porque sólo tenía una hija. Cuando vio que el imperio moriría para siempre en el curso de su vida...

—¡Su madre! —exclamó Helen.

—Sí, querida mía. —La sonrisa de Turgut era nostálgica—. No es usted la única que puede presumir de una madre notable. Como ya creo que le dije, era una de las mujeres más cultas de nuestro país en su época, una de las más espléndidamente cultas, en realidad, y mi abuelo no escatimó en gastos para insuflarle todos sus conocimientos y ambición, y para prepararla al servicio de la Guardia. Se interesó en ingeniería cuando todavía era una ciencia nueva en nuestro país, y después de su iniciación en la Guardia la dejó ir a Roma a estudiar. Mi abuelo tenía amigos allí. Mi madre era muy competente en matemáticas muy avanzadas y podía leer en cuatro idiomas, incluidos el griego y el árabe. —Comentó algo en turco a su mujer y a Selim, y ambos sonrieron en señal de aprobación—. Sabía montar tan bien como cualquier oficial de caballería del sultán y, aunque muy poca gente lo sabía, también podía disparar como un hombre. —Estuvo a punto de guiñar un ojo a Helen, y yo me acordé de su pistolita. ¿Dónde la guardaría?—. Mi abuelo le enseñó muchas cosas sobre la leyenda de los vampiros y cómo proteger a los vivos de sus malvadas estrategias. Su foto está allí, si quieren verla.

Se levantó y nos la trajo de una mesa tallada del rincón, para luego depositarla con afecto en las manos de Helen. Era una imagen extraordinaria, con aquella maravillosa y delicada claridad de los retratos fotográficos de principios de siglo. La mujer sentada en un estudio de Estambul parecía paciente y serena, pero el fotógrafo, bajo su gran tela negra, había captado algo similar a un brillo risueño en sus ojos. El sepia de su piel era inmaculado sobre el vestido oscuro. Su cara era la de Turgut, pero con la nariz y la barbilla finas en lugar de rotundas, y se abría como una flor sobre el tallo de su esbelta garganta: el rostro de una princesa otomana. Su pelo, bajo un barroco sombrero de plumas, formaba nubes oscuras apiladas. Sus ojos se encontraron con los míos con un destello de humor, y lamenté los años que nos separaban.

Turgut recuperó el pequeño marco con ternura.

—Mi abuelo tomó una decisión sabia cuando rompió la tradición y la convirtió en miembro de la Guardia. Fue ella quien encontró fragmentos dispersos de nuestro archivo en otras bibliotecas y los trajo a la colección. Cuando yo tenía cinco años, mató un lobo en nuestra casa de verano, y cuando tenía once, me enseñó a montar y disparar. Mi padre la adoraba, aunque le asustaba debido a su osadía. Siempre dijo que la había seguido de Roma a Turquía para convencerla de que fuera más prudente. Al igual que las esposas más dignas de confianza de miembros de la Guardia, mi padre sabía que ella también lo era, y siempre estaba preocupado por su seguridad. Está allí.

Señaló un retrato al óleo en el que yo había reparado antes, colgado junto a las ventanas. El hombre que nos miraba era una persona corpulenta, serena y peculiar, vestida de oscuro, de ojos y cabello negros y expresión plácida. Turgut nos había dicho que su padre era historiador especializado en el Renacimiento italiano, pero no me costaba imaginar al hombre del retrato jugando a las canicas con su hijo pequeño, mientras su mujer se encargaba de la educación más seria del niño.

Helen se removió a mi lado y estiró las piernas con discreción.

—Ha dicho que su abuelo era un miembro activo de la Guardia de la Media Luna. ¿Qué significa eso? ¿Cuáles son sus actividades?

Turgut meneó la cabeza con aire pesaroso.

—Eso, querida *madame*, no se lo puedo explicar con detalle. Algunas cosas han de permanecer secretas. Les hemos contado todo esto porque lo preguntó, casi adivinó, y porque queremos que tengan fe en que les prestaremos toda nuestra ayuda. Es por el bien de la Guardia que deberían ir a Bulgaria, y lo antes posible. Hoy, la Guardia es pequeña, sólo quedamos unos pocos. —Suspiró—. Yo, ay, no tengo hijos a los que transmitir mi herencia, aunque el señor Aksoy está educando a su sobrino en nuestras tradiciones. No duden de que todo el poder de la determinación otomana les acompañará de una forma u otra.

Resistí a la tentación de gruñir de manera audible otra vez. Quizá podría haber discutido con Helen, pero discutir con el poder secreto del imperio otomano estaba más allá de mis posibilidades. Turgut alzó un dedo.

—He de haceros una advertencia, y muy seria, amigos míos. Hemos depositado en vuestras manos un secreto que ha sido guardado con cuidado, creemos que con éxito, durante quinientos años. Carecemos de motivos para pensar que nuestro viejo enemigo lo sabe, aunque seguro que odia y teme a nuestra ciudad, tal como hizo en vida. En la carta fundacional de la Guardia, nuestro Conquistador plasmó sus reglas. Cualquiera que traicione los secretos de la Guardia a nuestros enemigos será ejecutado al punto. Eso no ha pasado nunca, que yo sepa, pero os pido que seáis cautelosos, tanto por vuestro bien como por el nuestro.

No había la menor insinuación de malicia o amenaza en su voz, sólo una solemne profundidad, y percibí en ella la implacable lealtad que había convertido a su sultán en conquistador de la Gran Ciudad, la antes inexpugnable, arrogante ciudad de los bizantinos. Cuando había dicho «trabajamos para el sultán», había querido decir exactamente eso, aunque hubiera nacido medio milenio después de la muerte de Mehmet. El sol estaba descendiendo al otro lado de las ventanas, y una luz rosada bañó el rostro enorme de Turgut, al cual ennobleció de repente. Pensé por un momento en que Rossi se habría sentido fascinado por él, en que le habría considerado la personificación viva de la historia, y me pregunté qué interrogantes (interrogantes que yo ni siquiera había empezado a barruntar) le habría planteado.

Fue Helen, no obstante, quien dijo lo correcto. Se puso en pie, imitada al mismo tiempo por todos, y extendió la mano a Turgut.

—Es un honor que nos haya contado esto —dijo con una expresión de orgullo en la cara—. Protegeremos su secreto y los deseos del sultán con nuestras vidas.

Turgut besó su mano, claramente conmovido, y Selim Aksoy le hizo una reverencia. Me pareció inútil añadir algo más. Helen, que había dejado de lado por un momento el odio tradicional de su pueblo a los opresores otomanos, había hablado por los dos.

Podríamos habernos quedado así todo el día, mirándonos sin decir palabra mientras caía el crepúsculo, si el teléfono de Turgut no hubiera sonado de repente. Se excusó y cruzó la sala para contestar, mientras la señora Bora colocaba los restos de nuestra cena en una bandeja de latón. Turgut escuchó unos minutos, habló con cierto nerviosismo, y después colgó con brusquedad. Se volvió hacia Selim y le habló muy deprisa en turco. Selim se puso al instante su raída chaqueta.

—¿Ha pasado algo? —pregunté.

—Sí. —Se dio un golpe en el pecho—. Es el bibliotecario, el señor Erozan. El hombre que dejé vigilándole se ausentó un momento, y ha llamado ahora para decir que mi amigo ha sido atacado de nuevo. Está inconsciente, y el hombre ha ido en busca de un médico. Esto es muy grave. Es el tercer ataque, justo al anochecer.

Yo también cogí la chaqueta, estremecido, y Helen se calzó, aunque la señora Bora apoyó una mano suplicante en su brazo. Turgut besó a su esposa, y mientras salíamos a toda prisa, me volví y la vi pálida y aterrada en la puerta de su apartamento.

52

—¿Dónde dormiremos? —preguntó Barley vacilante.

Estábamos en la habitación de nuestro hotel de Perpiñán, una habitación doble que habíamos obtenido diciendo al anciano recepcionista que éramos hermanos. Nos la había dado sin rechistar, si bien nos había mirado con expresión dudosa. No podíamos permitirnos habitaciones individuales, y ambos lo sabíamos.

—¿Y bien? —dijo Barley, un poco impaciente. Miramos la cama. No había otro sitio, ni siquiera una alfombra en el pulido suelo desnudo. Por fin, Barley tomó una decisión, al menos en lo tocante a él. Mientras yo seguía petrificada, entró en el cuarto de baño con algunas ropas y un cepillo de dientes, y salió unos minutos después con un pijama de algodón tan claro como su pelo.

Algo de esta imagen, y su fracaso a la hora de fingir indiferencia, me hizo reír a mandíbula batiente, aunque me ardían las mejillas, y después él también se puso a reír. Ambos reímos hasta que las lágrimas resbalaron por nuestros rostros. Barley se dobló por su esquelética mitad y yo me aferré al deprimente armario. Con nuestra risa histérica aliviamos la tensión de todo el viaje, mis temores, la desaprobación de Barley, las cartas angustiadas de mi padre, nuestras discusiones. Años después, aprendí la expresión *fou rire* (un enloquecido estallido de carcajadas), y ése fue el primero, en aquel hotel de Francia. A mi primer *fou rire* siguieron otros, mientras nos lanzábamos el uno hacia el otro dando tumbos. Barley agarró mis hombros con tan poca elegancia como yo asía el armario un momento antes, pero su beso fue de una dulzura angelical, su experiencia juvenil haciendo mella en mi completa falta de ella. Como nuestras risas, me dejó sin aliento.

Todo lo que sabía sobre la práctica amatoria lo había aprendido de educadas películas y libros confusos, y casi fui incapaz de poner manos a la obra. No obstante, Barley lo hizo por mí, y yo le seguí agradecida, aunque con torpeza. Cuando nos encontramos tendidos en la pulcra cama, yo ya sabía algo sobre los tejemanejes entre los amantes y sus ropas. Cada prenda se me antojó una decisión trascendental, empezando por la chaqueta del pijama de Barley. Cuando se la quitó, apareció un torso de alabastro, de hombros sorprendentemente musculosos. Despojarme de mi blusa y el feo sujetador blanco fue tanto decisión mía como de él. Me dijo que le encantaba el color de mi piel, porque era tan diferente del suyo, y era verdad que mi brazo nunca había parecido tan oliváceo en comparación con la nieve de Barley. Pasó la mano sobre mí, y sobre mis ropas restantes, y por primera vez yo le hice lo mismo, y así descubrí los contornos extraños del cuerpo masculino. Tuve la impresión de estar caminando con timidez sobre los cráteres de la luna. Mi corazón martilleaba con tal violencia que por un momento temí que fuera a golpearle en el pecho.

De hecho, había tanto por hacer, tanto de qué ocuparse, que no nos quitamos más ropas, y dio la impresión de que pasaba mucho rato hasta que Barley se aovilló a mi alrededor con un suspiro estrangulado, murmuró «Eres apenas una niña», y apoyó un brazo posesivo sobre mis hombros y cuello.

Cuando dijo esto, supe de repente que él también era un niño, un niño honorable. Creo que le amé más en aquel momento que en ningún otro.

53

El apartamento prestado donde Turgut había dejado al señor Erozan se encontraba quizás a unos diez minutos del suyo caminando, o a cinco minutos corriendo, porque eso fue lo que todos hicimos, incluso Helen con sus zapatos de tacón. Turgut mascullaba (y yo diría que blasfemaba) por lo bajo. Se había traído un pequeño estuche negro, y yo pensé que se trataba de un botiquín, por si el médico no iba o no llegaba a tiempo. Por fin subimos una escalera de madera de una casa vieja. Turgut abrió la puerta de arriba del todo.

La casa había sido dividida en pequeños apartamentos miserables. En éste, los muebles de la habitación principal consistían en una cama, sillas y una mesa, y estaba iluminada por una sola lámpara. El amigo de Turgut yacía en el suelo cubierto por una manta, y un hombre tartamudeante de unos treinta años se levantó para recibirnos. El hombre estaba casi histérico de miedo y arrepentimiento. No paraba de retorcerse las manos y repetir algo a Turgut una y otra vez. Éste le apartó a un lado, y Selim y él se arrodillaron junto al señor Erozan. El rostro de la pobre víctima estaba ceniciento, tenía los ojos cerrados y respiraba con dificultad. Había un feo costurón en su cuello, más grande que la última vez que lo había visto, pero lo más horrible era que estaba muy limpio, aunque de dibujo irregular, con una cenefa de sangre en los bordes. Pensé que una herida tan profunda tendría que haber sangrado copiosamente, y esta certeza me provocó unas náuseas espantosas. Rodeé con el brazo a Helen y ambos contemplamos la escena, incapaces de desviar la vista.

Turgut estaba examinando la herida sin tocarla, y luego levantó la vista.

—Hace unos minutos, este hombre detestable fue a buscar a un médico desconocido sin consultarme, pero el médico había salido. En eso, al menos, hemos sido afortunados, porque ahora no queremos médicos aquí. Pero dejó solo a Erozan precisamente al anochecer.

Hablaba con Aksoy, quien se puso en pie de repente y abofeteó al hombre con una fuerza que yo no hubiera sido capaz de imaginar, y luego le expulsó de la habitación. El hombre retrocedió, y después le oímos bajar aterrorizado la escalera. Selim cerró la puerta con llave y miró la calle por la ventana, como para asegurarse de que el pobre sujeto no iba a volver. Después se arrodilló al lado de Turgut y conferenciaron en voz baja.

Al cabo de un momento, Turgut introdujo la mano en el estuche que había traído. Le vi extraer un objeto que yo ya conocía. Era un equipo de cazar vampiros como el que me había regalado en su estudio más de una semana antes, sólo que ese estuche era más elegante, adornado con caligrafía árabe e incrustaciones de nácar. Lo abrió y examinó los instrumentos que contenía. Después volvió a mirarnos.

—Profesores —dijo en voz baja—, el vampiro ha mordido a mi amigo al menos tres veces y se está muriendo. Si muere en este estado, pronto se convertirá en un No Muerto. —Se secó la frente con su manaza—. Este momento es terrible, y debo pediros que abandonéis la habitación. *Madame*, usted no debe ver esto.

—Permítenos ayudarte en lo que podamos —empecé vacilante, pero Helen avanzó un paso.

—Deje que me quede —dijo a Turgut sin levantar la voz—. Quiero ver cómo se hace.

Por un momento, me pregunté por qué ansiaba obtener tal conocimiento, y recordé (un pensamiento surrealista) que al fin y al cabo era antropóloga. El hombre la fulminó con la mirada, pero luego pareció aceptar su petición sin palabras, y se inclinó de nuevo sobre su amigo. Yo aún confiaba en que lo que me parecía adivinar no fuese así, pero Turgut estaba murmurando algo en el oído de su amigo. Cogió la mano del señor Erozan y la acarició.

Después, y tal vez fue esto la peor de todas las cosas espantosas que siguieron, Turgut apretó la mano de su amigo contra el corazón y prorrumpió en un lamento estremecedor, palabras que parecían surgir de las profundidades de una historia, no sólo demasiado antigua, sino demasiada ajena a mí para distinguir sus sílabas, un aullido de dolor similar a la llamada del muecín, que habíamos oído desde los minaretes de la ciudad... Sólo que el lamento de Turgut sonaba más como una llamada al infierno, una ristra de notas estremecidas de horror que parecían brotar de la memoria de miles de campamentos otomanos, de millones de soldados turcos. Vi las banderas al viento, las salpicaduras de sangre en las patas de los caballos, la lanza y la media luna, el brillo del sol sobre las cimitarras y las cotas de malla, las hermosas y mutiladas cabezas, caras y cuerpos de los jóvenes. Oí los chillidos de los hombres que se entregaban a las manos de Alá y los gritos de madres y padres en la lejanía. Percibí el hedor de las casas incendiadas y la sangre fresca, el sulfuro de los cañonazos, la pestilencia de tiendas de campaña, puentes y caballos quemados.

Lo más extraño fue que, en mitad de estos aullidos, distinguí un grito que reconocí: *Kaziklu Bey!* ¡El Empalador! En el corazón del caos, me pareció ver una figura diferente de las demás, un hombre vestido de oscuro con capa montado a caballo, que daba vueltas entre brillantes colores, el rostro paralizado en un gruñido de concentración, mientras su espada cosechaba cabezas otomanas, que rodaban con sus cascos puntiagudos.

La voz de Turgut subía y bajaba, y me planté junto a él sin darme cuenta, contemplando al moribundo. Helen, por fortuna, era muy real a mi lado. Abrí la boca para hacerle una pregunta, y vi que había captado el mismo horror en el cántico de Turgut. Recordé sin querer que la sangre del Empalador corría por sus venas. Se volvió hacia mí un segundo, con expresión conmovida pero firme. Recordé también en ese momento que la herencia de Rossi (bondadoso, refinado, toscano y anglosajón) le pertenecía, y vi la incomparable bondad de mi mentor en sus ojos. Fue en aquel instante, creo (no fue después, ni en la sosa iglesia gris de mis padres, ni delante del ministro), cuando me casé con ella, en mi corazón, para toda la vida.

Turgut, silencioso ahora, colocó la ristra de cuentas de oración sobre la garganta de su amigo, lo cual provocó que su cuerpo se estremeciera un poco, y seleccionó una herramienta más grande que mi mano, hecha de plata reluciente.

—Nunca me he visto obligado a hacer esto antes, que Dios me perdone, en toda mi vida —dijo en voz baja.

Abrió la camisa del señor Erozan y vi la piel envejecida, el vello grisáceo y ensortijado del pecho, que subía y bajaba de manera irregular. Selim examinó la habitación con silenciosa eficacia y entregó a Turgut un ladrillo que, al parecer, habían utilizado para atrancar la puerta, y Turgut tomó este objeto sencillo en su mano y lo sopesó. Apoyó el extremo afilado de la estaca en el lado izquierdo del pecho del hombre y empezó a canturrear en voz baja, y yo capté palabras que recordaba de algo (¿un libro, una película, una conversación?): «*Allahu akbar, Allahu akbar*». Alá es grande. Sabía que no podía obligar a Helen a abandonar la habitación, porque yo también me sentía incapaz, pero la obligué a retroceder un paso cuando el ladrillo descendió. La mano de Turgut era grande y firme. Selim le sostenía la estaca en vertical, que se clavó en el cuerpo con un ruido sordo y contundente. La sangre empezó a manar lentamente alrededor de la herida, manchando la piel blancuzca. El rostro del señor Erozan padeció convulsiones horripilantes durante un segundo, y sus labios se retiraron hacia atrás como los de un perro, exhibiendo sus dientes amarillentos. Helen miraba fijamente, sin atreverse a desviar la vista. Yo no quería que viera algo que yo no pudiera compartir con ella. El cuerpo del bibliotecario tembló, la estaca se hundió de repente hasta la empuñadura y Turgut se inclinó hacia atrás, como esperando algo. Sus labios temblaron y su rostro se cubrió de sudor.

Al cabo de un momento, el cuerpo se relajó, y después la cara. Los labios del señor Erozan se serenaron y un suspiro escapó de su pecho. Sus pies, enfundados en los patéticos calcetines gastados, se agitaron, y luego quedaron inmóviles. Yo no soltaba a Helen, y noté que se estremecía a mi lado, pero no dijo nada. Turgut levantó la mano flácida de su amigo y la besó. Vi que resbalaban lágrimas sobre su cara rubicunda y caían sobre su bigote, y se cubrió los ojos con una mano. Selim tocó la frente del bibliotecario fallecido, después se levantó y apretó el hombro de Turgut.

Al cabo de un momento, Turgut se recuperó lo suficiente para levantarse y sonarse con un pañuelo.

—Era un hombre muy bueno —nos dijo con voz insegura—. Un hombre bueno y generoso. Ahora descansa en la paz de Mahoma, en lugar de haberse unido a las legiones del infierno. —Se volvió para secarse los ojos—. Compañeros, hemos de sacar este cuerpo de aquí. Hay un médico en uno de los hospitales que... nos ayudará. Selim se quedará aquí con la puerta cerrada con llave mientras llamo, y el médico vendrá con la ambulancia y firmará los papeles necesarios.

Turgut sacó del bolsillo varios dientes de ajo y los introdujo en la boca del muerto. Selim sacó la estaca y la limpió en el lavabo del rincón, y después la guardó con sumo cuidado en el bonito estuche. Turgut limpió todo rastro de sangre, vendó el pecho del muerto con un paño y volvió a abrocharle la camisa. Después cogió una sábana de la cama, que extendió sobre el cadáver, hasta cubrir el rostro ahora tranquilo.

—Ahora, queridos amigos, os pido este favor. Ya habéis visto lo que los No Muertos son capaces de hacer, y sabemos que están aquí. Tendréis que protegeros en todo momento. Debéis ir a Bulgaria lo antes posible, si podéis arreglarlo. Llamadme a mi apartamento cuando hayáis hecho vuestros planes. —Me miró fijamente—. Si no nos vemos en persona antes de vuestra partida, os deseo la mejor suerte. Pensaré en vosotros en cada momento. Haced el favor de llamarme en cuanto volváis a Estambul, si es que regresáis.

Confié en que quisiera decir «si os va de camino» y no «si sobrevivís a Bulgaria». Nos estrechó la mano con afecto, al igual que Selim, quien besó la mano a Helen con mucha timidez.

—Nos vamos —dijo Helen. Me tomó del brazo, salimos de aquella triste habitación y bajamos a la calle.

54

Mi primera impresión de Bulgaria (y mi recuerdo posterior de ella) fue de montañas vistas desde el aire, montañas altas y profundas, de un verdor oscuro y casi vírgenes de carreteras, aunque de vez en cuando una cinta marrón corría entre pueblos o a lo largo de precipicios. Helen iba sentada en silencio a mi lado, los ojos clavados en la pequeña ventanilla del avión, con su mano apoyada sobre la mía bajo la protección de mi chaqueta doblada. Sentía la calidez de su palma, los delgados dedos algo fríos, la ausencia de anillos. De vez en cuando distinguíamos venas centelleantes en las gargantas de las montañas, que debían ser ríos, pensé, y me esforcé en ver, sin la menor esperanza, la configuración de una cola ensortijada de dragón que pudiera solucionar nuestro rompecabezas. Nada, por supuesto, coincidía con los contornos que ya me conocía con los ojos cerrados.

Ni nada lo iba a hacer, me recordé, aunque sólo fuera para calmar la esperanza que se despertaba en mí de manera incontrolada al ver aquellas antiguas montañas. Su oscuridad; su aspecto de no haber sido tocadas por la historia moderna; su misteriosa falta de ciudades, pueblos o zonas industrializadas. Todo ello me daba esperanzas. Pensé que, cuanto más escondido estuviera el pasado de este país, mejor se conservaría. Los monjes cuya senda perdida buscábamos habían atravesado montañas como éstas, tal vez estos mismos picos, aunque desconocíamos su ruta. Se lo dije a Helen, pues quería oír verbalizadas mis esperanzas. Ella negó con la cabeza.

—No sabemos con seguridad que llegaran a Bulgaria, ni siquiera si partieron en esta dirección —me recordó, pero suavizó el tono académico de su voz acariciando mi mano bajo la chaqueta.

—No sé nada de la historia de Bulgaria —dije—. Voy a ir muy perdido.

Helen sonrió.

—Yo tampoco soy una experta, pero puedo decirte que los eslavos emigraron a esta zona desde el norte durante los siglos seis y siete, y una tribu turca llamada los búlgaros vino aquí en el siglo siete. Se unieron contra el imperio bizantino, sabiamente, y su primer gobernante fue un búlgaro llamado Asparuh. El zar Boris I convirtió el cristianismo en religión oficial en el siglo nueve. Al parecer, es un gran héroe del país, pese a eso. Los bizantinos gobernaron desde el siglo once hasta principios del trece, y después Bulgaria se hizo muy poderosa hasta que los otomanos la aplastaron en 1393.

—¿Cuándo fueron expulsados los otomanos? —pregunté interesado. Daba la impresión de que nos los encontrábamos por todas partes.

—No fue hasta 1878 —admitió Helen—. Rusia ayudó a Bulgaria a expulsarlos.

—Y después Bulgaria se alineó con el Eje en ambas guerras.

—Sí, y el ejército soviético desencadenó una gloriosa revolución justo después de la guerra. ¿Qué haríamos sin el ejército soviético?

Helen me dedicó su sonrisa más amarga y radiante, pero yo le apreté la mano.

—Baja la voz —dije—. Si no tienes cuidado, tendré que ser cauteloso por los dos.

El aeropuerto de Sofía era diminuto. Había esperado un lugar digno del comunismo moderno, pero bajamos a una pista modesta y la atravesamos con los demás pasajeros. Casi todos eran búlgaros, me pareció, y traté de entender algo de sus conversaciones. Eran gentes bien parecidas, algunas sorprendentemente guapas, y sus rostros variaban desde los eslavos pálidos de ojos oscuros hasta el bronce de Oriente Próximo, un caleidoscopio de tonos intensos y cejas negras hirsutas, narices largas y anchas, aguileñas o ganchudas, jovencitas de pelo negro rizado y frente noble, y ancianos enérgicos desdentados. Sonreían o reían y hablaban animadamente entre sí. Un hombre alto gesticulaba a su acompañante con un periódico doblado. Sus ropas no eran occidentales, aunque hubiera sido difícil describir el corte de los trajes y faldas, los pesados zapatos y los sombreros oscuros, todos desconocidos para mí.

También me pareció percibir una felicidad apenas disimulada entre esta gente cuando sus pies tocaron suelo (o asfalto) búlgaro, y esto alteró la imagen que me había forjado de una nación aliada de los soviéticos al cien por cien, mano derecha de Stalin incluso ahora, un año después de su muerte, un país triste, atrapado en fantasías que tal vez nunca superaría. Las dificultades de obtener un visado búlgaro en Estambul (un paso facilitado en gran parte por los fondos del sultán que manejaba Turgut, y en parte por las llamadas de tía Eva a su equivalente búlgaro) sólo habían servido para aumentar el nerviosismo que me causaba este país, y los burócratas adustos que al final, a regañadientes, habían sellado nuestros pasaportes en Budapest ya se me habían antojado embalsamados en la opresión. Helen me había confesado que el mismo hecho de que la embajada búlgara nos hubiera concedido visados la ponía nerviosa.

Los búlgaros auténticos, sin embargo, parecían constituir una raza diferente por completo. Al entrar en el edificio del aeropuerto, nos encontramos con las colas de la aduana, y aquí aún era mayor el estruendo de carcajadas y conversaciones, y vimos que los parientes saludaban con las manos desde detrás de las barreras y llamaban a gritos. La gente que nos rodeaba estaba declarando pequeñas cantidades de dinero y recuerdos de Estambul y de destinos anteriores, y cuando nos llegó el turno hicimos lo propio.

Las cejas del joven oficial de aduanas desaparecieron bajo su gorra al ver nuestros pasaportes, y los dejó a un lado para consultar unos minutos con otro oficial.

—Maldita sea —masculló Helen.

Varios oficiales uniformados se congregaron alrededor de nosotros y el de más edad y aspecto más pomposo empezó a interrogarnos en alemán, francés y, por fin, en un inglés deficiente. Tal como nos había aconsejado tía Eva, saqué con calma nuestra carta improvisada de la Universidad de Budapest, la cual imploraba al Gobierno búlgaro que nos dejara entrar por motivos académicos importantes, así como la carta que tía Eva había obtenido para nosotros de un amigo que tenía en la embajada búlgara.

No sé qué dedujo el oficial de la carta académica y su extravagante mezcla de inglés, húngaro y francés, pero la carta de la embajada estaba en búlgaro y llevaba el sello de la embajada. El oficial la leyó en silencio, con el ceño fruncido, y después su rostro adoptó una expresión sorprendida, incluso estupefacta, y nos miró con algo parecido al asombro. Eso me puso todavía más nervioso que su anterior hostilidad, y pensé que Eva había sido un poco vaga acerca del contenido de la carta de la embajada. No podía preguntar qué ponía, por supuesto, y me sentí muy desconcertado cuando el oficial sonrió y me dio una palmada en el hombro. Se dirigió a una cabina telefónica, y tras considerables esfuerzos dio la impresión de que había logrado ponerse en contacto con alguien. No me gustó su forma de sonreír ni su manera de mirarnos al cabo de unos segundos. Helen se removió inquieta a mi lado, y caí en la cuenta de que debía estar entendiendo más cosas que yo.

El oficial colgó por fin con un gesto elegante, nos prestó ayuda para reunirnos con nuestras maletas polvorientas y nos condujo a un bar del aeropuerto, donde nos invitó a un vasito de un brandy fortísimo llamado *rakiya*, que se tomó de un trago. Nos preguntó en varios idiomas mal hablados cuánto tiempo llevábamos comprometidos con la revolución, cuándo nos habíamos afiliado al Partido, y así sucesivamente, nada de lo cual contribuyó a tranquilizarme, sino a atormentarme todavía más por las posibles incorrecciones de nuestra carta de presentación. No obstante, imité a Helen y me limité a sonreír, o a soltar comentarios neutrales. El oficial brindó por la amistad entre los trabajadores de todas las naciones y volvió a llenar nuestros vasos, así como el de él. Si alguno de nosotros hacía algún comentario (alguna perogrullada sobre la visita a su hermoso país, por ejemplo), meneaba la cabeza con una amplia sonrisa, como si contradijera nuestras afirmaciones. Yo me puse nervioso, hasta que Helen me susurró lo que había leído sobre la idiosincrasia de esta cultura: los búlgaros negaban con la cabeza para expresar su acuerdo y asentían en señal de desacuerdo.

Cuando habíamos bebido exactamente tanta *rakiya* cuanto yo podía tolerar con impunidad, nos salvó la aparición de un hombre de expresión avinagrada con traje oscuro y sombrero. Parecía sólo un poco mayor que yo, y habría sido guapo de no ser porque ninguna expresión de placer cruzaba su rostro en momento alguno. Su bigote oscuro apenas cubría los labios desaprobadores y el flequillo de pelo negro que caía sobre su frente no ocultaba su ceño fruncido. El oficial le saludó con deferencia y le presentó como el guía que nos habían asignado en Bulgaria, y explicó que se trataba de un privilegio, porque Krassimir Ranov era una persona muy respetada en el Gobierno búlgaro, relacionada con la Universidad de Sofía, y conocía mejor que nadie los lugares interesantes de su antiguo y glorioso país.

Estreché la mano fría como un pescado del hombre entre una neblina de brandy y lamenté mucho no poder visitar Bulgaria sin guía. Helen parecía menos sorprendida por todo esto, y le saludó, en mi opinión, con la mezcla correcta de aburrimiento y desdén. El señor Ranov aún no había pronunciado palabra, pero dio la impresión de albergar una gran antipatía por Helen, incluso antes de que el oficial informara en voz demasiado alta de que era húngara y estaba estudiando en Estados Unidos. Esta explicación provocó que su bigote se agitara sobre una sombría sonrisa.

—Profesor, *madame* —dijo (sus primeras palabras), y nos dio la espalda. El oficial de aduanas sonrió, nos estrechó la mano, me palmeó los hombros como si ya fuéramos viejos amigos y después indicó con un gesto que debíamos seguir a Ranov.

Al salir del aeropuerto, Ranov detuvo un taxi, cuyo interior era el más anticuado que yo había visto jamás en un vehículo, con asientos de tela negra rellena de algo que habría podido ser pelo de caballo, y nos dijo desde el asiento delantero que nos habían reservado habitaciones en un hotel de excelente reputación.

—Creo que lo encontrarán cómodo, y tiene un excelente restaurante. Mañana desayunaremos juntos allí y me explicarán la naturaleza de su investigación y en qué puedo ayudarles para terminarla. Sin duda desearán conocer a sus colegas de la Universidad de Sofía y de los ministerios pertinentes. Después les organizaremos un breve viaje por algunos lugares históricos de Bulgaria.

Sonrió con amargura y yo le miré con creciente horror. Su inglés era demasiado bueno. Pese a su marcado acento, poseía el sonido correcto pero monótono de uno de esos discos con los que puedes aprender un idioma en treinta días.

Su rostro también tenía algo familiar. Nunca le había visto, por supuesto, pero me hizo pensar en alguien a quien conocía, con la frustración adicional de no ser capaz de recordar quién demonios era. Esta sensación me persiguió durante aquel primer día en Sofía, me atormentó durante la visita guiada a la ciudad. Sofía era de una belleza extraña, una mezcla de elegancia decimonónica, esplendor medieval y relucientes monumentos nuevos de estilo socialista. En el centro de la ciudad vimos el sombrío mausoleo que alberga el cadáver embalsamado del dictador estalinista Georgi Dimitrov, fallecido cinco años antes. Ranov se quitó el sombrero antes de entrar en el edificio y nos dejó pasar. Nos sumamos a una cola de búlgaros silenciosos que desfilaban ante el ataúd abierto de Dimitrov. La cara del dictador estaba cerúlea, con un frondoso bigote oscuro como el de Ranov. Pensé en Stalin, cuyo cadáver se había reunido con el de Lenin el año anterior en un altar similar de la plaza Roja. Estas culturas ateas se mostraban muy diligentes a la hora de conservar las reliquias de sus santos.

Mi mal presentimiento con respecto a nuestro guía se intensificó cuando le pregunté si podía ponernos en contacto con Anton Stoichev. Le vi encogerse.

—El señor Stoichev es un enemigo del pueblo —nos aseguró con su voz irritable—. ¿Por qué quieren verle? —Y después añadió algo extraño—: Por supuesto, si así lo desean, me encargaré de solucionarlo. Ya no da clases en la universidad. Debido a sus opiniones religiosas, no podíamos confiarle a nuestra juventud. Pero es famoso. ¿Tal vez desean verle por este motivo?

—Han ordenado a Krassimir Ranov que nos conceda todo cuanto pidamos —me dijo Helen en voz baja cuando estuvimos un momento solos, delante del hotel—. ¿Por qué? ¿Por qué cree alguien que es una buena idea?

Nos miramos atemorizados.

—Ojalá lo supiera —dije.

—Hemos de tener mucho cuidado. —La expresión de Helen era seria, lo dijo en voz baja, y no me atreví a besarla en público—. Si te parece, a partir de este momento, no revelaremos otra cosa que nuestros intereses académicos, y lo menos posible, si hemos de hablar de nuestro trabajo delante de él.

—De acuerdo.

55

En estos últimos años me he descubierto recordando una y otra vez la primera vez que vi la casa de Anton Stoichev. Tal vez me produjo una impresión tan profunda debido al contraste entre la Sofía urbana y este refugio que se hallaba en las afueras, o quizá lo recuerdo tan a menudo debido al propio Stoichev, la naturaleza particular y sutil de su presencia. Sin embargo, creo que experimento un definido hálito de esperanza cuando recuerdo la puerta de Stoichev, porque nuestro encuentro con él supuso un paso decisivo en la búsqueda de Rossi.

Mucho después, cuando leía en voz alta información acerca de los monasterios que había extramuros de la Constantinopla bizantina, santuarios adonde sus habitantes escapaban a veces de edictos sobre algún aspecto de los rituales eclesiásticos, donde no estaban protegidos por las grandes murallas de la ciudad, sino un poco a salvo de la tiranía del Estado, pensaba en Stoichev. Su jardín, sus manzanos y cerezos inclinados moteados de blanco, la casa asentada en un patio profundo, sus hojas nuevas y colmenas azules, la doble puerta de madera antigua, la tranquilidad que reinaba en el lugar, el aire de devoción, de retiro deliberado.

Nos quedamos ante la cancela mientras el polvo se posaba alrededor del coche de Ranov. Helen fue la primera en levantar el tirador de uno de los viejos pestillos. Ranov se demoró con aire hosco, como si detestara que alguien le viera allí, incluso nosotros, y yo me sentía extrañamente clavado al suelo. Por un momento, me sentí hipnotizado por la vibración matutina de hojas y abejas, y por una sensación de miedo inesperada y enfermiza. Quizá Stoichev no nos sería de ayuda, pensé, un callejón sin salida definitivo, en cuyo caso regresaríamos a casa después de haber recorrido un largo camino hacia ninguna parte. Ya lo había imaginado un centenar de veces: el vuelo en silencio a Nueva York desde Sofía o Estambul (me gustaría ver a Turgut una vez más, pensé) y la reorganización de mi vida sin Rossi, las preguntas sobre dónde había estado, los problemas con el departamento derivados de mi larga ausencia, la reanudación de mi tesis sobre los comerciantes holandeses (gente plácida, prosaica) bajo la batuta de un nuevo director infinitamente inferior, y la puerta cerrada del despacho de Rossi. Por encima de todo, temía aquella puerta cerrada, y la consiguiente investigación, el interrogatorio inadecuado de la policía («Bien, señor... Paul, ¿no es cierto? ¿Inició un viaje dos días después de la desaparición del director de su tesis?»), el pequeño y confuso grupo de personas congregado en alguna especie de funeral, incluso la cuestión de los trabajos de Rossi, sus derechos de autor, sus propiedades.

Regresar con la mano de Helen enlazada en la mía sería un gran consuelo, por supuesto. Tenía la intención de pedirle que se casara conmigo en cuanto este horror terminara. Antes debía ahorrar un poco de dinero, si podía, y llevarla a Boston para que conociera a mis padres. Sí, regresaría con su mano enlazada en la mía, pero no habría padre a quien pedirla en matrimonio. Vi entre una neblina de pesar que Helen abría la puerta.

La casa de Stoichev se estaba hundiendo en un terreno desigual, en parte patio y en parte huerto. Los cimientos estaban construidos con una piedra de un marrón grisáceo sujeta con estuco blanco. Averigüé más tarde que esta piedra era una especie de granito, con el que se habían construido la mayoría de edificios búlgaros. Sobre los cimientos, las paredes eran de ladrillo, pero ladrillo del más suave dorado rojizo, como si se hubieran empapado de la luz del sol durante generaciones. El tejado era de tejas rojas acanaladas. Tanto el tejado como las paredes se veían algo deteriorados. Daba la impresión de que toda la casa hubiera crecido poco a poco de la tierra, y de que ahora estaba regresando a ella con la misma lentitud, y de que los árboles se habían alzado sobre el edificio para disimular este proceso. La primera planta había desarrollado una laberíntica ala a un lado, y por la otra se extendía un emparrado, cubierto con los zarcillos de las parras por arriba y cercado por rosas pálidas en la parte inferior. Bajo el emparrado había una mesa de madera y cuatro sillas toscas, y pensé que la sombra de las hojas de parra se harían más profundas aquí cuando el verano avanzara. Al otro lado, y bajo el más venerable de los manzanos, colgaban dos colmenas fantasmales, y cerca de ellas, a pleno sol, había un pequeño jardín donde alguien había dispuesto ya verduras translúcidas en pulcras hileras. Capté el olor a hierbas y tal vez a lavanda, a césped recién cortado y cebollas especiales para freír. Alguien cuidaba de este viejo lugar con cariño, y casi esperaba ver a Stoichev con hábito de monje, arrodillado con su desplantador en el jardín.

Entonces, una voz empezó a cantar en el interior, tal vez cerca de la chimenea desmoronada y las ventanas del primer piso. No era el canto de barítono del ermitaño, sino una voz femenina fuerte y potente, una melodía enérgica que consiguió interesar incluso al hosco Ranov, que estaba a mi lado con el cigarrillo.

—*¡Izvinete!* —gritó—. *¿Dobar den!*

El canto se interrumpió de repente, seguido de un ruido metálico y un golpe sordo. Se abrió la puerta de la casa y la joven que apareció nos miró fijamente, como si le resultara inexplicable ver gente en el patio.

Yo iba a salir a su encuentro, pero Ranov se me adelantó. Se quitó el sombrero, hizo un gesto con la cabeza y una reverencia y saludó a la joven con un torrente de búlgaro. La muchacha había apoyado la mano en la mejilla y contemplaba a Ranov con una curiosidad que me pareció mezclada con cautela. Cuando la miré con más detenimiento, vi que no era tan joven como había imaginado, pero su energía y vigor me llevaron a pensar que bien podía ser la autora del resplandeciente jardín y los buenos olores de la cocina. Llevaba el pelo retirado de su cara redonda. Tenía un lunar oscuro en la frente. Sus ojos, boca y barbilla parecían los de una niña pequeña y bonita. Un delantal protegía su blusa blanca y la falda azul. Nos inspeccionó con una mirada penetrante que no tenía nada que ver con la inocencia de sus ojos y observé que, tras su veloz interrogatorio, Ranov abría la cartera y le enseñaba una tarjeta. Fuera la hija o el ama de llaves de Stoichev (¿los profesores jubilados tenían amas de casa en los países comunistas?), no era idiota. Tuve la impresión de que Ranov hacía un esfuerzo inusual por mostrarse encantador. Se volvió, sonriente, y nos presentó.

—Ésta es Irina Hristova —explicó mientras estrechábamos su mano—. Es la *zorrina* del profesor Stoichev.

—¿La *zorrina*? —pregunté, y por un segundo pensé que se trataba de una metáfora complicada.

—La hija de su hermana —aclaró Ranov.

Encendió otro cigarrillo y ofreció la cajetilla a Irina Hristova, quien la rechazó con un enérgico movimiento de cabeza. Cuando el hombre explicó que veníamos de Estados Unidos, la sorpresa se vio reflejada en los ojos de la joven y nos miró con suma cautela. Después se puso a reír, aunque no supe por qué. Ranov volvió a fruncir el ceño (creo que no era capaz de aparentar felicidad más de unos pocos minutos seguidos), y ella se volvió y nos dejó entrar.

Una vez más, la casa me pilló por sorpresa. Por fuera podía parecer una bonita granja antigua, pero por dentro, debido a una oscuridad que contrastaba con la luminosidad del exterior, era un museo. La puerta se abría a una amplia sala con chimenea, donde la luz del sol caía sobre las piedras donde se encendía el fuego. Los muebles (cómodas de madera oscura muy trabajadas, provistas de espejos, butacas y bancos suntuosos) ya eran fascinantes de por sí, pero lo que atrajo mi atención y provocó que Helen lanzara una exclamación de admiración fue la rara mezcla de tejidos tradicionales y cuadros primitivos, sobre todo iconos, de una calidad que en muchos casos me parecieron superiores a los que habíamos visto en las iglesias de Sofía. Había Madonas de ojos luminosos y santos tristes de labios delgados, grandes y pequeños, realzados con pintura dorada o recubiertos de plata batida, apóstoles erguidos en barcas y mártires que padecían con paciencia su martirio. Estos colores antiguos, intensos y teñidos de humo, se repetían por todas partes en alfombras y mandiles tejidos con dibujos geométricos, e incluso en un chaleco bordado y un par de pañuelos ribeteados de monedas diminutas. Helen señaló el chaleco, que tenía ristras de bolsillos horizontales cosidos a cada lado.

—Para balas —se limitó a decir.

Al lado del chaleco colgaban un par de cuchillos. Yo tenía ganas de preguntar quién los había llevado, quién había recibido aquellas balas, quién había portado aquellas dagas. Alguien había llenado un jarrón de cerámica con rosas y hojas verdes, que parecían henchidas de una vida sobrenatural entre aquellos tesoros marchitos. El suelo estaba muy pulido. Vi otra sala similar al otro lado.

Ranov también estaba mirando a su alrededor, y resopló.

—En mi opinión, al profesor Stoichev no se le debería permitir que guardara tantas posesiones nacionales. Deberían venderse en beneficio del pueblo.

O bien Irina no entendía el inglés, o no se dignó contestar a esto. Salió de la sala seguida por nosotros y subió un estrecho tramo de escaleras. No sé qué esperaba ver al final. Tal vez encontraríamos una guarida sembrada de desperdicios, o tal vez una cueva en la que el viejo profesor invernaba, o quizá, pensé, con aquella ya familiar punzada de desdicha, descubriríamos un pulcro y ordenado despacho como el que había dado cobijo a la mente tumultuosa y espléndida del profesor Rossi. Casi había dejado atrás esta visión, cuando se abrió la puerta al final de la escalera, y un hombre de pelo blanco, menudo pero erguido, salió al rellano. Irina corrió hacia él, agarró su brazo con ambas manos y le habló en un veloz búlgaro mezclado con alguna carcajada.

El anciano se volvió hacia nosotros, sereno, silencioso, con expresión reservada, y por un momento tuve la sensación de que estaba mirando al suelo, aunque nos miraba a nosotros. Avancé y le ofrecí mi mano. La estrechó con seriedad, se volvió hacia Helen y estrechó la de ella. Era educado, formal, con esa clase de deferencia que no es en realidad deferencia, sino dignidad, y sus grandes ojos oscuros se pasearon entre nosotros, y después se fijó en Ranov, que se había rezagado y contemplaba la escena. En ese momento, nuestro guía subió y también le estrechó la mano, con aire condescendiente, pensé. Era un hombre que me desagradaba más a cada momento que pasaba. Deseaba con todo mi corazón que se marchara para poder hablar a solas con el profesor Stoichev. Me pregunté cómo demonios íbamos a entablar una conversación sincera, averiguar algo gracias a Stoichev, con Ranov acechando como una mosca.

El profesor Stoichev se volvió poco a poco y nos invitó a entrar en la habitación. Era una de las varias que había en el último piso de la casa. Nunca me quedó claro, en el curso de mis dos visitas, dónde dormían sus habitantes. Por lo que yo vi, el último piso de la casa contenía tan sólo la larga y estrecha sala de estar en la que entramos y varias habitaciones más pequeñas a las que se accedía desde ella. Las puertas de estas habitaciones estaban entreabiertas, y la luz del sol penetraba en ellas a través de los árboles verdes que se alzaban ante las ventanas opuestas, y acariciaba los lomos de innumerables libros, libros que tapizaban las paredes y rebosaban de cajas de madera que había en el suelo o formaban pilas sobre las mesas. Entre ellos había documentos sueltos de todas formas y tamaños, muchos de ellos de una gran antigüedad. No, esto no era el pulcro estudio de Rossi, sino una especie de laboratorio atestado, el último piso de una mente de coleccionista. Vi que el sol acariciaba por todas partes pergamino viejo, piel vieja, cubiertas labradas, restos de pan de oro, esquinas de páginas desmenuzadas, encuadernaciones abultadas (maravillosos libros rojos, marrones, de color hueso), libros y rollos de pergamino y manuscritos desordenados. No había nada polvoriento, nada pesado estaba apoyado sobre algo frágil, pero estos libros, estos manuscritos, ocupaban todos los rincones de la casa de Stoichev, y tuve la sensación de estar rodeado por ellos de una forma que ni siquiera había experimentado en los museos, donde objetos tan preciosos habrían estado dispuestos de una manera más metódica y espaciada.

Un mapa primitivo colgaba de una pared, pintado sobre piel, observé con sorpresa. No pude evitar la tentación de acercarme, y Stoichev sonrió.

—¿Le gusta? —preguntó—. Es el imperio bizantino hacia 1150.

Era la primera vez que hablaba, y lo hizo en un inglés sosegado y correcto.

—Cuando Bulgaria todavía se contaba entre sus territorios —musitó Helen.

Stoichev la miró muy complacido.

—Sí, exacto. Creo que este mapa fue hecho en Venecia o Génova y traído a Constantinopla, tal vez como un regalo para el emperador o alguien de su corte. Éste es una copia que me hizo un amigo.

Helen sonrió y se acarició la barbilla con aire pensativo. Después estuvo a punto de guiñarle un ojo.

—¿El emperador Manuel I Comneno tal vez?

Yo me quedé estupefacto, al igual que Stoichev. Helen rió.

—Bizancio era una especie de afición para mí.

El viejo historiador sonrió y le hizo una reverencia, cortés de repente. Indicó las sillas que rodeaban una mesa en el centro de la sala de estar, y todos nos sentamos. Desde donde yo estaba sentado veía el patio de detrás de la casa, que descendía con suavidad hasta la linde de un bosque, y los árboles frutales, algunos ya con pequeños frutos verdes. Las ventanas estaban abiertas y oíamos el zumbido de abejas y el susurro de las hojas. Pensé en lo agradable que debía ser para Stoichev, incluso en el exilio, sentarse allí entre sus manuscritos y leer o escribir y escuchar aquel sonido, que ningún Estado opresor podía apagar, o del que ningún burócrata había optado aún por alejarle. Tal como estaban las cosas, aquel encarcelamiento era una suerte, y tal vez más voluntario de lo que nosotros pensábamos.

Stoichev no dijo nada durante un rato, aunque nos miraba fijamente, y me pregunté qué estaría pensando de nuestra aparición y si se había planteado descubrir quiénes éramos. Al cabo de unos minutos, pensando que tal vez no nos dirigiría la palabra, le hablé.

—Profesor Stoichev —dije—, le ruego que perdone esta invasión de su soledad. Le estamos muy agradecidos a usted y a su sobrina por recibirnos.

Miró sus manos sobre la mesa. Eran delicadas y sembradas de las manchas propias de la edad. Después me miró. Sus ojos, como ya he dicho, eran enormes y oscuros, los ojos de un hombre joven, aunque su rostro oliváceo recién afeitado era viejo. Tenía unas orejas enormes, y se proyectaban desde los lados de su cabeza en mitad del pelo corto. De hecho, captaban algo de luz de las ventanas, de modo que parecían transparentes, rosadas alrededor de los bordes como las de un conejo. Aquellos ojos, con su mezcla de dulzura y cautela, poseían una cualidad animal. Tenía los dientes amarillos y torcidos, y uno de delante llevaba una funda de oro. Pero los conservaba todos, y su rostro era sorprendente cuando sonreía, como si un animal salvaje hubiera formado una expresión humana. Era una cara maravillosa, una cara que en su juventud debía de haber poseído un brillo inusual, un gran entusiasmo visible. Tenía que haber sido una cara irresistible.

Stoichev sonrió con tal intensidad que Helen y yo también sonreímos. Irina nos imitó. Se había acomodado en una silla debajo del icono de alguien (supuse que era san Jorge) que estaba atravesando con su espada a un dragón desnutrido.

—Me alegro mucho de que hayan venido a verme —dijo Stoichev—. No recibimos muchos visitantes, y aún menos visitantes que hablen inglés. Estoy muy contento de poder practicar mi inglés con ustedes, aunque no es tan bueno como antes, me temo.

—Su inglés es excelente —dije—. ¿Dónde lo aprendió, si no le importa que se lo pregunte?

—Oh, no me importa —contestó el profesor Stoichev—. Tuve la buena suerte de estudiar en el extranjero cuando era joven, y realicé algunos de mis estudios en Londres. ¿Puedo ayudarles en algo, o sólo deseaban ver mi biblioteca?

Lo dijo con tal sencillez que me pilló por sorpresa.

—Ambas cosas —dije—. Nos gustaría ver su biblioteca y también hacerle algunas preguntas para nuestra investigación. —Hice una pausa para encontrar las palabras adecuadas—. La señorita Rossi y yo estamos muy interesados en la historia de su país en la Edad Media, aunque sé mucho menos al respecto de lo que debería, y hemos estado escribiendo algo... algo-go...

Empecé a tartamudear, porque recordé que, pese a la breve introducción de Helen en el avión, yo no sabía nada de la historia de Bulgaria, o tan poco que sólo podía parecerle absurdo a este erudito que era el guardián del pasado de su país, y también porque lo que teníamos que hablar era muy personal, terriblemente improbable, y no quería hacerlo con Ranov sentado a la mesa.

—¿Así que está interesado en la Bulgaria medieval? —dijo Stoichev, y me pareció que él también miraba en dirección a Ranov.

—Sí —dijo Helen acudiendo con celeridad en mi rescate—. Estamos interesados en la vida monástica de la Bulgaria medieval, y la hemos estado investigando, en la medida de lo posible, con el fin de escribir algunos artículos. En concreto, nos gustaría obtener información sobre la vida en los monasterios de Bulgaria a finales del medievo y sobre algunas de las rutas que seguían los peregrinos para llegar a Bulgaria y también para viajar desde Bulgaria a otros países.

Stoichev sonrió y meneó la cabeza, complacido, de modo que sus grandes y delicadas orejas captaron la luz.

—Un tema excelente —dijo. Clavó la vista en la lejanía, y pensé que debía estar contemplando un pasado tan profundo que debía ser el pozo del tiempo, y que veía con más claridad que nadie en el mundo el período aludido—. ¿Van a escribir sobre algo en particular? Tengo muchos manuscritos que tal vez puedan serles útiles, y será un placer dejárselos examinar, si quieren.

Ranov se removió en su silla, y pensé una vez más en cuánto me disgustaba su vigilancia. Por suerte, casi toda su atención parecía concentrada en el perfil de Irina, sentada frente a él.

—Bien —dije—, nos gustaría saber más cosas sobre el siglo quince, sobre finales del siglo quince, y la señorita Rossi ha trabajado bastante sobre ese período en su país natal...

—Rumanía —intervino Helen—. Pero me crié y estudié en Hungría.

—Ah, sí. Son nuestros vecinos. —El profesor Stoichev se volvió hacia Helen y le dedicó la más cariñosa de las sonrisas—. ¿Y es usted de la Universidad de Budapest?

—Sí —contestó Helen.

—Tal vez conozca a un amigo mío que da clases allí, el profesor Sándor.

—Oh, sí. Es el jefe del Departamento de Historia. Es muy amigo mío.

—Estupendo, estupendo —dijo el profesor Stoichev—. Haga el favor de darle recuerdos de mi parte si tiene la oportunidad.

—Lo haré —sonrió Helen.

—¿Y quién más? Creo que no conozco a nadie más en su universidad, pero su apellido, profesora, es muy interesante. Lo conozco. Hay en Estados Unidos... —se volvió hacia mí de nuevo, y luego hacia Helen. Vi inquieto que Ranov nos miraba con los ojos entornados— un famoso historiador apellidado Rossi. ¿Son parientes?

Helen, ante mi sorpresa, se ruborizó. Pensé que aún no le gustaba admitirlo en público o que sentía alguna duda acerca de si debía hacerlo. Aunque quizás había observado la repentina atención que prestaba Ranov a la conversación.

—Sí —dijo—. Es mi padre, Bartholomew Rossi.

Pensé que lo más natural sería que Stoichev se preguntara por qué la hija de un historiador inglés afirmaba que era rumana y que se había criado en Hungría, pero si deseaba hacer alguna pregunta en ese sentido, se abstuvo de ello.

—Sí, ése es. Ha escrito libros muy buenos, ¡y sobre un amplio abanico de temas! —Se dio una palmada en la frente—. Cuando leí algunos de sus primeros artículos, pensé que sería un estupendo historiador de los Balcanes, pero veo que ha abandonado ese tema para adentrarse en otros.

Me alivió saber que Stoichev conocía la obra de Rossi y la tenía en buena opinión. Eso podía proporcionarnos buenas credenciales y ganarnos su simpatía.

—Sí, ya lo creo —dije—. De hecho, el profesor Rossi no sólo es el padre de Helen, sino también el director de mi tesis.

—Qué suerte. —Stoichev enlazó sus manos surcadas por venas—. ¿Sobre qué versa su tesis?

—Bien —empecé, y esta vez fui yo quien se sonrojó. Confié en que Ranov no advirtiera estos cambios de color—. Sobre los comerciantes holandeses en el siglo diecisiete.

—Extraordinario —dijo Stoichev—. Un tema muy interesante. Entonces, ¿qué le trae a Bulgaria?

—Es una larga historia —dije—. La señorita Rossi y yo estamos interesados en investigar las relaciones entre Bulgaria y la comunidad ortodoxa en Estambul después de la conquista otomana de la ciudad. Si bien se aleja del tema de mi tesis, hemos estado escribiendo algunos artículos sobre dicho tema. De hecho, incluso he dado una conferencia en la Universidad de Budapest sobre la historia de... algunas regiones de Rumanía bajo el poder de los turcos. —Comprendí de inmediato que había cometido un error. Tal vez Ranov ignoraba que habíamos estado en Budapest y en Estambul. No obstante, Helen estaba serena—. Nos gustaría mucho terminar la investigación en Bulgaria y pensamos que usted podría ayudarnos.

—Por supuesto —dijo Stoichev con paciencia—. Tal vez podrían decirme qué es lo que les interesa exactamente sobre la historia de nuestros monasterios medievales y las rutas de los peregrinos, y sobre el siglo quince en particular. Es un siglo fascinante de la historia búlgara. Ya saben que después de 1393 casi todo nuestro país cayó bajo el yugo otomano, aunque algunas zonas de Bulgaria no fueron conquistadas hasta bien entrado el siglo quince. Nuestra cultura intelectual patria se conservó desde esa época en muchos de los monasterios. Me alegro de que estén interesados en los monasterios, porque son una de las fuentes más ricas de nuestra herencia.

Hizo una pausa y volvió a enlazar las manos, como esperando a ver si conocíamos esta información.

—Sí —dije. No había remedio. Tendríamos que hablar de algunos aspectos de nuestra investigación con Ranov delante. Al fin y al cabo, si le pedía que se marchara, sus sospechas acerca de nuestros propósitos se despertarían de inmediato. Nuestra única posibilidad era formular las preguntas de la manera más académica e impersonal posible—. Creemos que existen interesantes relaciones entre la comunidad ortodoxa en el Estambul del siglo quince y los monasterios de Bulgaria.

—Sí, eso es cierto, por supuesto —dijo Stoichev—, sobre todo porque Mehmet el Conquistador colocó a la Iglesia búlgara bajo la jurisdicción del Patriarca de Constantinopla. Antes, nuestra Iglesia era independiente, con su propio patriarca en Veliko Trnovo.

Experimenté una oleada de gratitud hacia este hombre, con su erudición y maravillosas orejas. Mis comentarios habían sido de lo más insípido, pero él estaba contestando con cortesía circunspecta, además de instructiva.

—Exacto —dije—. Y nos interesa en especial... Encontramos una carta... Es decir, estuvimos hace poco en Estambul —Yo procuraba no mirar a Ranov— y descubrimos una carta que está relacionada con Bulgaria, con un grupo de monjes que viajaron desde Constantinopla a un monasterio de Bulgaria. Estamos interesados, en vistas a un artículo, en seguir su ruta a través de este país. Tal vez iban de peregrinaje, pero no estamos seguros.

—Entiendo —dijo Stoichev. Sus ojos eran más luminosos y cautelosos que nunca—. ¿Está fechada la carta? ¿Puede hablarme un poco de su contenido, o decirme quién la escribió, si lo sabe, dónde la encontró, a quién iba dirigida...? En fin, ese tipo de cosas.

—Desde luego —dije—. De hecho, hemos traído una copia. La carta original está en eslavo, y un monje de Estambul la tradujo para nosotros. El original se halla en el archivo estatal de Mehmet II. Quizá le gustaría leer la carta.

Abrí el maletín y saqué la copia, que le ofrecí, con la esperanza de que Ranov no pidiera examinarla después.

Stoichev tomó la carta y vi que sus ojos destellaban al ver las primeras líneas.

—Interesante —dijo, y ante mi decepción la dejó sobre la mesa. Tal vez, al final, no iba a ayudarnos, ni siquiera a interpretar la carta—. Querida —dijo a su sobrina—, creo que no podemos examinar cartas antiguas sin ofrecer a estos invitados algo de comer y beber. ¿Quieres traernos *rakiya* y alguna cosa para picar?

Señaló con la cabeza en dirección a Ranov.

Irina se levantó enseguida, sonriente.

—Desde luego, tío —dijo en un inglés precioso. Esta casa no paraba de darme sorpresas, pensé—. Pero alguien tendría que ayudarme a subirlo.

Miró apenas a Ranov, y el hombre se levantó al tiempo que se alisaba el pelo.

—Será un placer para mí ayudar a la joven —dijo, y bajaron juntos. Ranov ruidosamente, mientras Irina le hablaba en búlgaro.

En cuanto la puerta se cerró a su espalda, Stoichev se inclinó hacia delante y leyó la carta con voraz concentración. Cuando terminó, nos miró. Su rostro había perdido diez años, pero también estaba tenso.

—Esto es extraordinario —dijo en voz baja. Nos levantamos, guiados por el mismo instinto, para sentarnos cerca de él, al extremo de la mesa—. Me asombra ver esta carta.

—¿Sí...? —pregunté ansioso—. ¿Tiene idea de qué puede significar?

—Un poco. —Los enormes ojos de Stoichev me miraron con intensidad—. Verán —añadió—, yo también tengo una carta del hermano Kiril.

56

Recordaba muy bien la estación de autobuses de Perpiñán, donde había estado con mi padre el año anterior, esperando que un polvoriento autobús nos condujera al pueblo. El vehículo frenó y Barley y yo subimos. Nuestro viaje hasta Les Bains, por anchas carreteras rurales, también me era familiar. Los pueblos que atravesamos estaban bordeados de árboles bajos y cuadrados. Árboles, casas, campos, coches antiguos, todo parecía hecho del mismo polvo, una nube de *café-au-lait* que lo cubría todo.

El hotel de Les Bains seguía tal como lo recordaba, con sus cuatro plantas de albañilería, sus rejas de hierro y jardineras con flores en las ventanas. Me descubrí añorando a mi padre, falta de respiración al pensar que pronto le veríamos, tal vez dentro de breves minutos. Por una vez fui yo quien guió a Barley, empujé la pesada puerta y dejé la bolsa delante del mostrador de recepción con sobre de mármol. Claro que aquel mostrador se me antojó alto y digno en extremo, y me sentí tímida de nuevo, por lo que tuve que hacer un esfuerzo para decir al anciano enjuto sentado detrás que tal vez mi padre estaba alojado en el hotel. No recordaba al hombre de nuestra anterior visita, pero tenía paciencia, y al cabo de un momento dijo que, en efecto, había un *monsieur* extranjero de ese nombre alojado, pero *la clé*, la llave, no estaba, de modo que debía de haber salido. Nos enseñó el gancho vacío. Mi corazón dio un vuelco, y otro al cabo de un momento, cuando un hombre del que me acordaba abrió la puerta que había detrás del mostrador. Era el jefe de comedor del pequeño restaurante, ágil, elegante y con prisas. El anciano le detuvo con una pregunta, y el hombre se volvió hacia mí *étonné*, tal como dijo enseguida, asombrado de ver a la joven aquí, y de lo mucho que había crecido, tan adulta y tan adorable. ¿Y su... amigo?

—*Cousin* —dijo Barley.

Pero *monsieur* no había dicho que su hija y su sobrino se reunirían con él, qué agradable sorpresa. Todos debíamos cenar en el restaurante aquella noche. Pregunté dónde estaba mi padre, si alguien lo sabía, pero no hubo suerte. Se había marchado temprano, aclaró el anciano, tal vez para dar un paseo matutino. El jefe de comedor dijo que el hotel estaba lleno, pero si necesitábamos habitaciones él se encargaría de ello. ¿Por qué no subíamos a la habitación de mi padre y dejábamos nuestras bolsas allí? Mi padre había tomado una suite con una bonita vista y un pequeño salón. Él, el jefe de comedor, nos daría *l'autre clé* y nos prepararía café. Mi padre volvería pronto. Aceptamos de buena gana sus sugerencias. El ascensor chirriante nos subió con tal lentitud que me pregunté si era el propio jefe de comedor el que estaría tirando de la cadena en el sótano.

La suite de mi padre era espaciosa y agradable, y me habría gustado hasta el último detalle de no haber experimentado la incómoda sensación de que estaba invadiendo su refugio sagrado por tercera vez en una semana. Peor fue la repentina visión de la maleta de mi padre, sus ropas tiradas por la habitación, su estuche de piel gastada con los útiles de afeitar, sus zapatos buenos. Había visto estos objetos tan sólo unos días antes, en su habitación de la casa de Master James en Oxford, y su familiaridad me afectó.

Pero otra sorpresa eclipsó a ésta. Mi padre era un hombre ordenado por naturaleza. Cualquier habitación o despacho que habitara, por poco tiempo que fuera, era un modelo de pulcritud y discreción. Al contrario que muchos solteros, viudos o divorciados a los que conocí más tarde, mi padre jamás se hundía en aquel estado que impulsa a los hombres solitarios a dejar caer el contenido de sus bolsillos sobre las mesas y cómodas, o a almacenar su ropa en pilas sobre el respaldo de las butacas. Nunca había visto las posesiones de mi padre en aquel desorden absoluto. La maleta estaba a medio deshacer al lado de la cama. Al parecer, había buscado algo en ella y sacado una o dos prendas, dejando un reguero de calcetines y camisetas en el suelo. Su chaqueta de lona estaba tirada sobre la cama. De hecho, se había cambiado de ropa con muchas prisas y había depositado su traje, hecho un guiñapo, junto a la maleta. Se me ocurrió que tal vez el culpable no era mi padre, que habían registrado la habitación durante su ausencia. Pero el guiñapo de su traje, arrojado como una piel de serpiente al suelo, me hizo pensar lo contrario. Sus zapatos de excursión no estaban en el lugar acostumbrado de la maleta y las hormas de cedro que guardaba dentro de ellos estaban tiradas a un lado. No cabía duda de que se había marchado con la mayor prisa del mundo.

57

Cuando Stoichev nos dijo que tenía una carta del hermano Kiril, Helen y yo nos miramos asombrados.

—¿Qué quiere decir? —preguntó ella por fin.

Stoichev dio unos golpecitos sobre la copia de Turgut con dedos nerviosos.

—Tengo un manuscrito que me regaló en 1924 mi amigo Atanas Angelov. Describe una parte diferente del mismo viaje, estoy seguro. No sabía que existía más documentación de esos viajes. De hecho, mi amigo murió de repente al poco de dármelo, pobre hombre. Esperen...

Se levantó y perdió el equilibrio con las prisas, de manera que Helen y yo saltamos para sujetarle si se caía. No obstante, se enderezó sin ayuda y entró en una de las habitaciones más pequeñas, y nos indicó con gestos que le siguiéramos y esquiváramos las montañas de libros que la invadían. Examinó los estantes, y luego sacó una caja, que le ayudé a bajar. De ella extrajo una carpeta de cartón atada con un cordel deshilachado. La miró durante un largo minuto, como paralizado, y luego suspiró.

—Es el original, como pueden ver. La firma...

Nos inclinamos sobre la carpeta y vi, con el vello de los brazos y la nuca erizado, un nombre en cirílico que hasta yo supe descifrar, Kiril, y el año: 6985. Miré a Helen, y ella se mordió el labio. El nombre borroso del monje era terriblemente real, como el hecho de que en un tiempo había estado tan vivo como nosotros y había acercado la pluma al pergamino con una mano tibia y viva.

Stoichev parecía casi tan reverente como yo, aunque debía ver cada día manuscritos similares.

—Lo he traducido al búlgaro —dijo al cabo de un momento, y sacó una hoja de papel cebolla mecanografiada. Nos sentamos—. Se la intentaré leer.

Carraspeó y nos leyó una tosca pero competente versión de una carta que, desde entonces, ha sido traducida muchas veces.

Su Excelencia, monseñor abad Eupraxius:

Tomo la pluma para cumplir la tarea que, en vuestra sabiduría, me habéis encomendado y para referiros los pormenores de nuestra misión. Ojalá pueda hacerles justicia, así como a vuestros deseos, con la ayuda de Dios. Esta noche dormiremos cerca de Virbius, a dos jornadas de viaje de vos, en el monasterio de San Vladimir, donde los hermanos nos han dado la bienvenida en vuestro nombre. Tal como ordenasteis, fui solo a ver al señor abad y le hablé de nuestra misión en el mayor secreto, sin que hubieran novicios o criados presentes. Ha ordenado que nuestra carreta permanezca cerrada a cal y canto en los establos, dentro del patio, con dos guardias elegidos entre los monjes y otros dos de nuestro grupo. Confío en que encontremos a menudo tanta comprensión y diligencia, al menos hasta que entremos en territorio de los infieles. Tal como ordenasteis, deposité un libro en manos del abad, acompañado de vuestras instrucciones, y vi que lo guardaba al punto, sin abrirlo delante de mí.

Los caballos están cansados después de la ascensión a través de las montañas, y dormiremos aquí otra noche después de ésta. Los oficios celebrados en la iglesia nos han reconfortado, y en ella se conservan dos iconos de la Virgen purísima, los cuales han obrado milagros no hace ni ochenta años. Uno de ellos todavía conserva las lágrimas milagrosas que lloró por un pecador, y ahora se han convertido en perlas de una rara belleza. Hemos ofrecido ardientes plegarias para que nos proteja en nuestra misión, arribar sanos y salvos a la gran ciudad, e incluso en la capital del enemigo encontrar un refugio desde el cual intentar cumplir nuestra misión.

Humildemente vuestro en el nombre del Padre, del Hijo y del Espíritu Santo.

Hermano Kiril
Abril, año de Nuestro Señor de 6985

Creo que Helen y yo apenas respiramos mientras Stoichev leía en voz alta. Traducía lenta y metódicamente, y con no poca destreza. Estaba a punto de lanzar una exclamación, convencido de la indudable relación entre las dos cartas, cuando un ruido de pies en la escalera de madera nos hizo alzar la vista.

—Ya vuelven —dijo Stoichev en voz baja. Guardó la carta y las nuestras en su escondite—. ¿Les han asignado como guía al señor Ranov?

—Sí —me apresuré a decir—. Parece demasiado interesado en nuestro trabajo. Hemos de contarle muchas más cosas sobre nuestra investigación, pero son de carácter privado y además...

Hice una pausa.

—¿Peligroso? —preguntó Stoichev, y volvió su maravilloso rostro envejecido hacia nosotros.

—¿Cómo lo ha adivinado?

No pude ocultar mi estupor. Hasta el momento, no habíamos hablado de nada que implicara peligro.

—Ah. —Meneó la cabeza, y capté en su suspiro unos abismos de experiencia y pesar impenetrables—. Yo también debería contarles algunas cosas. No esperaba ver otra de esas cartas. Hablen con el señor Ranov lo menos posible.

—No se preocupe. —Helen sacudió la cabeza y se miraron un segundo con una sonrisa.

—Silencio —dijo Stoichev en voz baja—. Ya me encargaré yo de que podamos volver a hablar.

Irina y Ranov entraron en la sala de estar con ruido de platos. Ella empezó a disponer nuestros vasos y una botella de líquido ambarino. Ranov la siguió a continuación con una hogaza de pan y un plato de judías blancas. Sonreía, y parecía casi domesticado. Ojalá hubiera podido dar las gracias a la sobrina de Stoichev. Acomodó a su tío en su silla y nos obligó a tomar asiento, y me di cuenta de que la excursión de la mañana me había despertado un hambre terrible.

—Por favor, honorables invitados, considérense bienvenidos.

Stoichev abarcó la mesa con un ademán, como si perteneciera al emperador de Constantinopla. Irina sirvió brandy (sólo el olor habría podido matar a un animal pequeño) y él brindó por nosotros, con su sonrisa de dientes amarillos amplia y sincera.

—Brindo por la amistad entre los estudiosos de todo el mundo.

Todos devolvimos el brindis con entusiasmo, salvo Ranov, quien alzó su vaso con ironía y paseó su mirada entre nosotros.

—Que su erudición sirva para aumentar los conocimientos del Partido y del pueblo —dijo, y me dedicó una breve reverencia. Esto estuvo a punto de acabar con mi apetito. ¿Estaba hablando en general o quería mejorar los conocimientos del Partido por mediación de algo en particular que nosotros sabíamos? De todos modos, le devolví la inclinación y bebí mi *rakiya*. Decidí que la única manera de beberlo era de golpe, y un agradable calor sustituyó enseguida a la quemadura de tercer grado que recibí en la garganta. Basta de este brebaje, pensé, no fuera que Ranov acabara cayéndome bien.

—Me alegra tener la oportunidad de hablar con alguien interesado en nuestra historia medieval —me dijo Stoichev—. Tal vez a usted y a la señorita Rossi les gustaría asistir a una fiesta en conmemoración de dos de nuestras grandes figuras medievales. Mañana es el día de Kiril y Methodii, creadores del gran alfabeto eslavo. El hermano Cirilo y el hermano Metodio. Ustedes lo llaman alfabeto cirílico, ¿verdad? Nosotros decimos *kirilitsa*, por Kiril, el monje que lo inventó.

Me quedé confuso un momento, pensando en nuestro hermano Kiril, pero cuando Stoichev volvió a hablar, comprendí su intención y lo sobrado de recursos que andaba.

—Esta tarde voy a estar ocupado escribiendo —dijo—, pero si quieren volver mañana, algunos de mis antiguos estudiantes vendrán a la fiesta, y entonces podré hablarles más de Kiril.

—Es usted muy amable —dijo Helen—. No queremos abusar demasiado de su tiempo, pero será un honor reunirnos con usted. ¿Es eso posible, camarada Ranov?

Ranov no pasó por alto el «camarada» y la miró ceñudo por encima de su segundo vaso de licor.

—Por supuesto —dijo—. Si es así como desean llevar a cabo la investigación, será un placer ayudarles.

—Muy bien —dijo Stoichev—. Nos reuniremos aquí a eso de la una y media. Irina preparará una buena comida. Siempre se forma un grupo muy agradable. Conocerán a algunos estudiosos cuyo trabajo les interesará.

Le dimos las gracias y obedecimos la invitación de Irina a comer, aunque observé que Helen también se abstenía de seguir bebiendo *rakiya*. Cuando terminamos de comer, se levantó al instante y todos la imitamos.

—No le cansaremos más, profesor —dijo, y tomó su mano.

—En absoluto, querida mía. —Stoichev le estrechó la mano, pero me pareció que estaba cansado—. Ardo en deseos de volver a verlos mañana.

Irina nos acompañó a la puerta una vez más, atravesando el jardín y el huerto.

—Hasta mañana —dijo sonriente, y añadió algo en búlgaro, tras lo cual Ranov se alisó el pelo antes de ponerse el sombrero.

—Es una chica muy guapa —comentó complacido mientras caminábamos hacia su coche. Helen puso los ojos en blanco.

Hasta la noche no pudimos disponer de unos minutos a solas. Ranov se había despedido después de una interminable cena en el deprimente comedor del hotel. Helen y yo subimos a pie juntos (el ascensor volvía a estar averiado) y después nos demoramos en el pasillo, cerca de mi habitación, momentos de dulzura robados a nuestra peculiar situación. En cuanto calculamos que Ranov ya se había marchado, bajamos, paseamos hasta un café cercano y nos sentamos bajo los árboles.

—Alguien nos está vigilando aquí también —dijo Helen en voz baja cuando nos sentamos junto a una mesa metálica. Dejé el maletín sobre mi regazo. Ya no quería dejarlo debajo de una mesa. Helen sonrió—. Pero al menos aquí no hay micrófonos como en mi habitación. O la tuya. —Alzó la vista hacia las verdes ramas—. Tilos —dijo—. Dentro de un par de meses estarán cubiertos de flores. La gente preparará infusiones con las hojas en casa, y también aquí, probablemente. Cuando te sientas a una mesa al aire libre, has de limpiarla antes, porque las flores y el polen caen por todas partes. Huelen a miel, muy dulces y frescas.

Hizo un rápido movimiento, como si apartara a un lado miles de flores de color verde claro.

Tomé su mano y le di la vuelta para ver su palma, surcada por gráciles líneas. Confié en que le auguraran larga vida y buena suerte, ambas compartidas conmigo.

—¿Qué deduces de que esa carta se halle en poder de Stoichev?

—Podría significar un golpe de suerte para nosotros —musitó—. Al principio pensé que era una pieza más de un rompecabezas histórico, una pieza maravillosa, pero ¿cómo iba a ayudarnos? No obstante, cuando Stoichev adivinó que nuestra carta era peligrosa, abrigué la esperanza de que supiera algo importante.

—Yo también —admití—, pero pensé que sólo consideraba dicha información sensible desde un punto de vista político, como gran parte de su obra, porque está relacionada con la historia de la Iglesia.

—Lo sé —suspiró Helen—. Podría significar tan sólo eso.

—Lo cual bastaría para que no quisiera hablar de ello en presencia de Ranov.

—Sí. Tendremos que esperar a mañana para saber lo que significa. —Enlazó sus dedos con los míos—. La espera de cada día significa una agonía para ti, ¿verdad?

Asentí poco a poco.

—Si conocieras a Rossi... —dije, y me callé.

Tenía los ojos clavados en los míos, y echó hacia atrás un mechón que se había liberado de las horquillas. El gesto fue tan triste que confirió mayor fuerza a sus siguientes palabras.

—Empiezo a conocerle gracias a ti.

En aquel momento una camarera con blusa blanca se acercó y preguntó algo. Helen se volvió hacia mí.

—¿Qué podemos beber?

La camarera nos miró con curiosidad, seres que hablábamos un idioma extranjero.

—¿Qué sabes pedir? —pregunté a Helen.

—*Chai* —dijo, y nos señaló a los dos con el dedo—. Té, por favor. *Molya.*

—Aprendes deprisa —dije mientras la camarera desaparecía en la trascocina.

Helen se encogió de hombros.

—He estudiado un poco de ruso. El búlgaro se parece mucho.

Cuando la camarera regresó con nuestro té, Helen lo removió con semblante sombrío.

—Me tranquiliza tanto alejarme de Ranov que casi no puedo soportar la idea de volver a verle mañana. No sé cómo vamos a llevar a cabo una investigación seria si nos pisa los talones.

—Ojalá supiera si sospecha algo de nuestra investigación. Me sentiría mejor —confesé—. Lo más raro es que me recuerda a alguien conocido, pero debo de sufrir amnesia.

Miré el rostro grave y adorable de Helen, y en aquel instante sentí que mi cerebro buscaba algo, que aleteaba en el borde de un acertijo, y no era la cuestión del posible gemelo de Ranov. Estaba relacionado con el rostro de Helen en el crepúsculo, con el acto de levantar mi té para beber y la extraña palabra que yo había elegido. Mi mente ya había revoloteado antes sobre ese punto, pero esta vez la idea se abrió paso a raudales.

—Amnesia —dije—. Helen... Amnesia, Helen.

—¿Qué?

Frunció el ceño, perpleja.

—¡Las cartas de Rossi! —casi grité. Abrí mi maletín tan deprisa que nuestro té se derramó sobre la mesa—. ¡Su carta, el viaje a Grecia!

Me tomó varios minutos localizar el maldito documento, y luego el párrafo, y después leerlo en voz alta a Helen, cuyo rostro se fue ensombreciendo poco a poco.

—¿Te acuerdas de la carta en que contaba que había ido a Grecia, a Creta, después de que le robaran el mapa en Estambul, y que su suerte había cambiado para mal? —Agité la página ante sus narices—. Escucha esto: «Los viejos de las *tavernas* de Creta parecían mucho más inclinados a contarme sus mil y una historias de vampiros que a explicarme dónde podría encontrar otros fragmentos de cerámica como aquél o qué antiguos barcos naufragados habían saqueado sus abuelos. Una noche dejé que un desconocido me invitara a una ronda de una especialidad local llamada, curiosamente, *amnesia*, con el resultado de que estuve enfermo todo el día siguiente».

—Oh, Dios mío —dijo Helen en voz baja.

—«Dejé que un desconocido me invitara a un trago de algo llamado *amnesia*» —repetí, procurando no alzar la voz—. ¿Quién demonios crees que era el desconocido? Por eso Rossi olvidó...

—Olvidó... —Helen parecía hipnotizada por la palabra—. Olvidó Rumanía...

—Sí, olvido que había estado allí. En sus cartas a Hedges decía que volvía a Grecia desde Rumanía, para pedir prestado un poco de dinero y participar en una excavación arqueológica...

—Y se olvidó de mi madre —terminó Helen, con voz casi inaudible.

—Tu madre —coreé, con la repentina imagen de la mujer en la puerta de su casa, mientras nos veía marchar—. No era que no quisiera volver. Se olvidó de todo. Y por eso me dijo que no siempre podía acordarse con claridad de sus investigaciones.

Helen estaba pálida, con la mandíbula tensa, los ojos llenos de lágrimas.

—Le odio —dijo en voz baja, y supe que no se refería a su padre.

58

A la mañana siguiente, nos presentamos en casa de Stoichev a la una y media en punto. Helen apretó mi mano, indiferente a la presencia de Ranov, que hasta parecía de buen humor. Fruncía el ceño menos que de costumbre, y se había puesto un grueso traje marrón que aún no habíamos visto. Desde el otro lado de la cancela oímos el sonido de conversaciones y carcajadas, y nos llegó el olor a humo de leña y deliciosa carne a la brasa. En el caso de que pudiera apartar de mi mente todo pensamiento relacionado con Rossi, yo también podría sentirme de buen humor. Me había asaltado la intuición de que, precisamente ese día, sucedería algo que me ayudaría a encontrarle, y decidí celebrar la festividad de Kiril y Metodio con el mayor entusiasmo posible.

Vimos en el patio grupos de hombres y algunas mujeres congregados bajo el emparrado. Irina se afanaba detrás de la mesa, llenaba platos y servía vasos de aquel potente líquido ambarino. Cuando nos vio, avanzó hacia nosotros con los brazos extendidos, como si ya fuéramos viejos amigos. Nos estrechó la mano a Ranov y a mí y besó a Helen en las mejillas.

—Me alegro mucho de que hayan venido. Gracias —dijo—. Mi tío no ha podido dormir ni comer desde que estuvieron ayer aquí. Díganle que ha de comer, por favor.

Su bello rostro mostraba preocupación.

—No se preocupe —dijo Helen—. Haremos lo posible por convencerle.

Encontramos a Stoichev concediendo audiencia bajo los manzanos. Alguien había dispuesto un círculo de sillas, y él estaba sentado en la más ancha con varios hombres más jóvenes a su alrededor.

—Ah, hola —exclamó, y se puso en pie con cierta dificultad. Los demás se levantaron al instante para ayudarle, y esperaron para saludarnos—. Bienvenidos, amigos míos. Voy a presentarles a mis otros amigos. —Indicó con un gesto débil las caras que le rodeaban—. Algunos estudiaban conmigo antes de la guerra, y han tenido la gentileza de venir a verme.

Muchos de esos hombres, con sus camisas blancas y trajes oscuros gastados, sólo eran jóvenes si se los comparaba con Ranov. La mayoría eran cincuentones, como mínimo. Sonrieron y nos estrecharon la mano con cordialidad, y uno se inclinó para besar la mano de Helen con cortesía formal. Me gustaron sus ojos oscuros y vivos, sus serenas sonrisas con destellos de dientes de oro.

Irina se acercó por detrás. Dio la impresión de que animaba a todo el mundo a sentarse una vez más, pues al cabo de un momento nos descubrimos transportados hasta las mesas preparadas bajo el emparrado entre una oleada de invitados. Allí descubrimos un aparador que crujía bajo el peso de los platos acumulados, y también el origen del maravilloso olor, un cordero entero que se estaba asando sobre un pozo abierto en el patio, cerca de la casa. La mesa estaba cubierta de platos de barro cocido con ensalada de patatas, tomates y pepinos, queso blanco desmenuzado, hogazas de pan dorado, bandejas de los mismos pasteles rellenos de queso que habíamos tomado en Estambul. Había guisos de carne, cuencos de yogur fresco, berenjenas y cebollas a la brasa. Irina no dejó de animarnos para que nos sirviéramos hasta que nuestros platos pesaron tanto que casi no los pudimos cargar, y nos siguió hasta el pequeño huerto con vasos de *rakiya*.

Entretanto, los estudiantes de Stoichev estaban compitiendo entre sí para ver quién le llevaba más comida, y llenaron su vaso hasta el borde. El hombre se puso en pie poco a poco. Los asistentes pidieron silencio a gritos, y después el erudito pronunció un breve discurso, en el que capté los nombres de Kiril y Metodio, así como el mío y el de Helen. Cuando terminó, los congregados prorrumpieron en vítores: «¡*Stoichev! ¡Za zdraveto na profesor Stoichev! ¡Nazdrave!*» Los aplausos se sucedieron. Todo el mundo estaba contento por Stoichev. Todo el mundo se volvió hacia él con una sonrisa y un vaso alzado, y algunos con lágrimas en los ojos. Recordé a Rossi, cuando había escuchado con modestia los vítores y discursos que celebraban su vigésimo aniversario en la universidad. Desvié la vista con un nudo en la garganta. Observé que Ranov deambulaba bajo el emparrado con un vaso en la mano.

Cuando los congregados se acomodaron de nuevo para comer y charlar, Helen y yo nos encontramos sentados en lugares de honor al lado de Stoichev. Sonrió y nos señaló con la cabeza.

—Me complace sobremanera que hayan podido reunirse con nosotros. Ésta es mi festividad favorita. Tenemos muchos santos en el calendario eclesiástico, pero éste es el más querido por profesores y alumnos, porque en este día honramos la herencia eslava del alfabeto y la literatura, y a los profesores y alumnos que durante muchos siglos han aprovechado el legado de Kiril y Metodio, y de su gran invención. Además, en este día todos mis alumnos y colegas favoritos vuelven para interrumpir el trabajo de su viejo profesor. Y yo les agradezco de todo corazón esta interrupción.

Paseó su mirada a su alrededor con una sonrisa afectuosa y dio una palmada en el hombro a su colega más cercano. Vi con una punzada de pesar lo frágil que era su mano, delgada y casi transparente.

Al cabo de un rato, los estudiantes de Stoichev empezaron a dispersarse, o bien en dirección a la mesa, donde acababan de cortar el cordero, o a pasear por el jardín en grupos de dos y tres. En cuanto se marcharon, Stoichev se volvió hacia nosotros con expresión perentoria.

—Vengan —dijo—. Vamos a hablar mientras podamos. Mi sobrina ha prometido mantener ocupado al señor Ranov lo máximo posible. He de decirles algunas cosas, y tengo entendido que ustedes tienen mucho que contarme.

—Desde luego.

Acerqué mi silla a la de él y Helen hizo lo mismo.

—Antes que nada, amigos míos —dijo Stoichev—, he leído con la máxima atención la carta que me dejaron ayer. Aquí tienen su copia. —La sacó del bolsillo del pecho—. Se la doy para que la guarden a buen recaudo. La he leído muchas veces, y creo que fue escrita por la misma mano que redactó la carta que obra en mi poder. El hermano Kiril, fuera quien fuera, escribió ambas. No puedo examinar el original, por supuesto, pero si esta copia es fidedigna, el estilo de escritura es el mismo, y los nombres y las fechas coinciden. Creo que existen pocas dudas de que estas cartas formaban parte de la misma correspondencia, y de que o bien fueron enviadas por separado, o fueron separadas en circunstancias que nunca sabremos. Debo comunicarles otras reflexiones, pero primero han de contarme algo más acerca de su investigación. Tengo la impresión de que no han venido a Bulgaria para estudiar la historia de nuestros monasterios. ¿Cómo encontraron esta carta?

Le dije que habíamos iniciado la investigación por motivos que me costaba explicar, porque no parecían muy racionales.

—Usted dijo que había leído obras del profesor Bartholomew Rossi, el padre de Helen. Desapareció hace poco en extrañas circunstancias.

Resumí con la mayor rapidez y claridad posibles mi descubrimiento del libro del dragón, la desaparición de Rossi, el contenido de las cartas y las copias de los extraños mapas que habíamos traído, así como nuestras indagaciones en Estambul y Budapest, incluyendo la canción tradicional y la xilografía con la palabra *Ivireanu* que habíamos visto en la biblioteca universitaria de Budapest. Sólo callé el secreto de la Guardia de la Media Luna. No me atreví a sacar ningún documento de mi maletín con tanta gente a mi alrededor, pero le describí los tres mapas y el parecido del tercero con el dragón de los libros. Escuchó con suma paciencia e interés, con el ceño fruncido bajo su fino cabello blanco y los ojos muy abiertos. Sólo me interrumpió una vez, para pedirme con urgencia una descripción más exacta de los libros del dragón, el mío, el de Rossi, el de Hugh James, el de Turgut. Comprendí que, debido a sus conocimientos sobre manuscritos y publicaciones antiguas, los libros debían poseer un interés muy peculiar para él.

—Tengo el mío aquí —añadí, y toqué el maletín posado sobre mi regazo.

Se sobresaltó y me miró fijamente.

—Me gustaría ver ese libro lo antes posible —dijo.

Pero lo que parecía interesarle más era el descubrimiento de Turgut y Selim: las cartas del hermano Kiril iban dirigidas al abad del monasterio de Snagov, en Valaquia.

—Snagov —susurró. Su cara anciana se había teñido de púrpura, y me pregunté por un momento si iba a perder el conocimiento—. Tendría que haberlo adivinado. ¡Pensar que he guardado esa carta en mi biblioteca durante treinta años!

Yo también aguardaba la oportunidad de preguntarle dónde había encontrado su carta.

—Existen bastantes pruebas de que los monjes que integraban el grupo del hermano Kiril viajaron desde Valaquia hasta Constantinopla antes de venir a Bulgaria —dije.

—Sí. —Meneó la cabeza—. Siempre pensé que describía el viaje de un grupo de monjes que peregrinaban desde Constantinopla a Bulgaria. Nunca caí en la cuenta... Maxim Eupraxius, el abad de Snagov... —Casi parecía absorto en sus cavilaciones, que desfilaban por su rostro expresivo como vendavales y le hacían parpadear sin cesar—. Y esta palabra que encontró, *Ivireanu*, y también el señor Hugh James, en Budapest...

—¿Sabe lo que significa? —pregunté ansioso.

—Sí, sí, hijo mío. —Daba la impresión de que Stoichev estaba mirando a través de mí sin verme—. Es el nombre de Antim Ivireanu, un erudito e impresor de Snagov, de finales del siglo diecisiete, muy posterior a Vlad Tepes. He leído cosas sobre la obra de Ivireanu. Se hizo muy famoso entre los eruditos de su tiempo, y atrajo a muchos visitantes ilustres a Snagov. Imprimió los Evangelios en rumano y árabe, y su imprenta fue, muy probablemente, la primera de Rumanía. Pero, Dios mío, tal vez no fue la primera, si los libros del dragón son mucho más antiguos. ¡Debo enseñarles muchas cosas! —Sacudió la cabeza con ojos desorbitados—. Vamos a mis aposentos. Deprisa.

Helen y yo miramos a nuestro alrededor.

—Ranov está ocupado con Irina —dije en voz baja.

—Sí. —Stoichev se puso en pie—. Entraremos en la casa por esta puerta lateral. Dense prisa, por favor.

No hacía falta animarnos. La expresión de su cara habría bastado para acompañarle a escalar un pico. Subió la escalera con gran esfuerzo y le seguimos poco a poco. Se sentó a descansar frente a la gran mesa. Observé que estaba sembrada de libros y manuscritos que no había visto el día anterior.

—Nunca he poseído excesiva información sobre esa carta, ni las demás —dijo Stoichev cuando recuperó el aliento.

—¿Las demás? —preguntó Helen, sentada a su lado.

—Sí. Hay dos cartas más del hermano Kiril. Con la mía y la de Estambul, en total son cuatro. Hemos de ir al monasterio de Rila cuanto antes para ver las demás. Reunirlas constituirá un descubrimiento increíble. Pero no es eso lo que quiero enseñarles. Nunca establecí ninguna relación...

Una vez más, dio la impresión de que estaba demasiado estupefacto para seguir hablando.

Al cabo de un momento, entró en una habitación y volvió con un volumen forrado con papel, que resultó ser una antigua revista cultural impresa en Alemania.

—Yo tenía un amigo... —Enmudeció—. ¡Ojalá hubiera vivido para ver este día! Ya les hablé de él. Se llamaba Atanas Angelov. Sí, era historiador, especializado en la historia de Bulgaria, y uno de mis primeros profesores. En 1923 estaba efectuando algunas investigaciones en la biblioteca de Rila, uno de nuestros mayores depósitos de documentos medievales. Descubrió un manuscrito del siglo quince. Estaba escondido dentro de la cubierta de madera de un infolio del siglo dieciocho. Quería publicar ese manuscrito. Es la crónica de un viaje desde Valaquia a Bulgaria. Murió mientras estaba tomando notas, y yo terminé la obra y la publiqué. El manuscrito continúa en Rila... Pero yo nunca supe.... —Se mesó la cabeza con una mano frágil—. Vengan, deprisa. Está publicado en búlgaro, pero yo les traduciré los fragmentos más importantes.

Abrió la descolorida revista con una mano temblorosa, y su voz también tembló mientras nos resumía el descubrimiento de Angelov. El artículo había sido escrito a partir de las notas de Angelov, y desde entonces el documento había sido publicado en inglés, con muchas actualizaciones e interminables notas a pie de página. Pero ni siquiera ahora puedo mirar la versión publicada sin ver el rostro envejecido de Stoichev, los mechones de pelo cayendo sobre las orejas protuberantes, los grandes ojos clavados en la página con ardiente concentración y, por encima de todo, su voz vacilante.

59

LA «CRÓNICA» DE ZACARÍAS DE ZOGRAPHOU
Por Atanas Angelov y Anton Stoichev

INTRODUCCIÓN

La «Crónica» de Zacarías como documento histórico

Pese a tratarse de una obra inacabada, la «Crónica» de Zacarías, en la que está intercalado el «Relato de Stefan el Errabundo», es una fuente documental importante que confirma las rutas que utilizaban los peregrinos cristianos en los Balcanes durante el siglo XV, y aporta información sobre el destino del cadáver de Vlad III Tepes de Valaquia, a quien durante mucho tiempo se creyó enterrado en el monasterio del lago Snagov (en la Rumanía actual). También nos proporciona información excepcional sobre los neomártires valacos (si bien no conocemos con seguridad la nacionalidad de los monjes de Snagov, a excepción de Stefan, el protagonista de la «Crónica»). Sólo existe constancia documental de siete neomártires de origen valaco, y no se sabe de ninguno que fuera martirizado en Bulgaria.

La obra carece de título, y se la conoce con el nombre de «Crónica»; fue escrita en eslavo en 1479 o 1480 por un monje llamado Zacarías, en el monasterio búlgaro del monte Azos, Zographou. Zographou, «el monasterio del pintor», fue fundado en el siglo X y adquirido por la Iglesia búlgara en la década de 1220. Se halla emplazado cerca del centro de la península de Azonite. Al igual que el monasterio serbio de Hilandar y el Panteleimon ruso, la población de Zographou no se limitaba a la nacionalidad que lo respaldaba. Esto, y la falta de información acerca de Zacarías, imposibilita determinar los orígenes de este monje. Podría haber sido búlgaro, serbio, ruso o tal vez griego, aunque el hecho de que escribiera en eslavo aboga por un origen eslavo. La «Crónica» sólo nos dice que nació en el siglo XV y que el abad de Zographou tenía en gran estima su talento, puesto que le eligió para escuchar la confesión de Stefan el Errabundo en persona y para dejar constancia de ella en vistas a un importante propósito burocrático y tal vez teológico.

Las rutas de viaje mencionadas por Stefan en su relato corresponden a varias rutas de peregrinación bien conocidas. Constantinopla era el destino final de los peregrinos valacos, así como de todo el mundo cristiano oriental. Valaquia, y en particular el monasterio de Snagov, constituía también un centro de peregrinación, y no era raro que un peregrino eligiera una ruta que discurriera entre Snagov y Azos. El hecho de que los monjes atravesaran Haskovo camino de la región de Bachkovo indica que debieron de tomar una ruta terrestre desde Constantinopla, viajando a través de Edirne (en la Turquía actual) hasta penetrar en el sureste de Bulgaria. Los puertos habituales de la costa del mar Negro les habrían dejado demasiado al norte para hacer escala en Haskovo.

La aparición de los destinos tradicionales de peregrinación en la «Crónica» de Zacarías suscita la pregunta de si el relato de Stefan documenta una peregrinación. Sin embargo, los dos presuntos motivos de las andanzas de Stefan (el exilio de la ciudad conquistada de Constantinopla después de 1453 y el transporte de reliquias y la búsqueda de un «tesoro» en Bulgaria después de 1476) convierten su relato en una variación de la clásica crónica de un peregrino. Además, únicamente el hecho de que Stefan haya marchado de Constantinopla siendo un monje recién ordenado parece motivado por el deseo de visitar lugares santos en países extranjeros.

Un segundo tema sobre el que la «Crónica» arroja luz son los últimos días de Vlad III de Valaquia (1428?-1476), conocido popularmente como Vlad Tepes el Empalador o Drácula. Si bien varios autores contemporáneos del personaje refieren sus campañas contra los otomanos, así como sus esfuerzos por reconquistar y retener el trono de Valaquia, ninguno explica con detalle el asunto de su muerte y entierro. Vlad III hizo generosas contribuciones al monasterio de Snagov, tal como testimonia el relato de Stefan, y reconstruyó su iglesia. Es muy probable que también solicitara ser enterrado allí, de acuerdo con la tradición de los fundadores y principales donantes de todo el mundo ortodoxo.

En la «Crónica», Stefan afirma que Vlad visitó el monasterio en 1476, el último año de su vida, tal vez unos meses antes de morir. Ese año, el trono de Vlad III se hallaba sometido a una tremenda presión por parte del sultán otomano Mehmet II, con quien Vlad había guerreado de manera intermitente desde 1460. Al mismo tiempo, su permanencia en el trono de Valaquia estaba amenazada por un contingente de sus boyardos, dispuestos a apoyar a Mehmet si planeaba una nueva invasión de Valaquia.

Si la «Crónica» de Zacarías es fiel a lo ocurrido, Vlad III hizo una visita a Snagov, de la que no queda constancia, la cual debió representar un enorme peligro para su vida. La «Crónica» informa de que Vlad llevó un tesoro al monasterio. El que lo hiciera con grave riesgo para su persona indica la importancia que para él tenía Snagov. Debía ser muy consciente de las constantes amenazas a su vida, tanto por parte de los otomanos como de su principal rival valaco durante ese período, Basarab Laiota, quien se apoderó del trono de Valaquia por poco tiempo tras la muerte de Vlad. Como no iba a obtener ningun rédito político de su visita a Snagov, parece razonable pensar que Snagov era importante para Vlad III por motivos personales o espirituales, tal vez porque pensaba convertirlo en su lugar de descanso eterno. En cualquier caso, la «Crónica» de Zacarías confirma que prestó una especial atención a Snagov en las postrimerías de su vida.

Las circunstancias de la muerte de Vlad III son muy confusas, y se han visto ensombrecidas aún más por leyendas populares contradictorias y ensayos baratos. A finales de diciembre de 1476 o principios de enero de 1477, le tendieron una emboscada, probablemente obra de una parte del ejército turco destacado en Valaquia, y murió en la escaramuza posterior. Algunas tradiciones sostienen que le mataron sus propios hombres, que le confundieron con un oficial turco cuando trepó a una colina para gozar de una panorámica mejor de la batalla. Una variante de esta leyenda asegura que algunos de sus hombres estaban buscando la oportunidad de asesinarle, en castigo por su desmedida crueldad. La mayoría de fuentes que atestiguan su muerte coinciden en que el cadáver de Vlad fue decapitado y su cabeza enviada al sultán Mehmet en Constantinopla como prueba de que su gran enemigo había caído.

En cualquier caso, según el relato de Stefan, algunos hombres de

Vlad III continuaron siéndole fieles, pues se arriesgaron a transportar el cadáver a Snagov. Durante mucho tiempo se creyó que el cadáver decapitado había sido enterrado en la iglesia de Snagov, delante del altar.

Si hay que conceder crédito al relato de Stefan el Errabundo, el cuerpo de Vlad III fue transportado en secreto desde Snagov hasta Constantinopla, y de allí a un monasterio llamado Sveti Georgi, en Bulgaria. El propósito de esta deportación, y la naturaleza del «tesoro» que los monjes estaban buscando, primero en Constantinopla y después en Bulgaria, no está claro. El relato de Stefan afirma que el tesoro habría «acelerado la salvación del alma de este príncipe», lo cual indica que el abad debía considerarlo necesario desde un punto de vista teológico. Es posible que buscaran alguna reliquia en Constantinopla que hubiera sobrevivido a las conquistas latina y otomana. Cabe la posibilidad de que no hubiera querido aceptar la responsabilidad de destruir el cadáver en Snagov, o de mutilarlo de acuerdo con las creencias sobre la protección contra los vampiros, o de correr el riesgo de que esto fuera llevado a cabo por los aldeanos. Esta renuencia debe considerarse normal, teniendo en cuenta la posición social de Vlad y el hecho de que a los miembros del clero ortodoxo se los disuadía de participar en mutilaciones corporales.

Por desgracia, no se ha encontrado ningún lugar en Bulgaria donde se hallen enterrados los restos de Vlad III, y hasta el emplazamiento de la institución denominada Sveti Georgi, al igual que la del monasterio búlgaro de Paroria, se desconocen. Debió de ser abandonado o destruido durante la era otomana, y la «Crónica» es el único documento que arroja luz sobre su emplazamiento general. La «Crónica» afirma que recorrieron una breve distancia («no mucho más lejos») desde el monasterio de Bachkovo, situado a unos cincuenta y seis kilómetros al sur de Asenovgrad, a orillas del río Chepelarska. Es evidente que Sveti Giorgi se hallaba en la zona sur del centro de Bulgaria. Esta zona, que incluye gran parte de los montes de Ródope, se contó entre las últimas regiones búlgaras conquistadas por los otomanos. Algún territorio muy escabroso de esta parte jamás cayó por completo en manos de los invasores. El hecho de que Sveti Georgi se encontrara en estas montañas explicaría parcialmente por qué fue elegido como lugar de descanso, relativamente seguro, de los restos de Vlad III.

Pese a que la «Crónica» afirma que se convirtió en centro de peregrinación después de que los monjes de Snagov se instalaran, Sveti Georgi no aparece en otras fuentes documentales importantes del período, ni en posteriores, lo cual podría indicar que desapareció o fue abandonado poco después de la partida de Stefan. No obstante, sabemos algo de la fundación de Sveti Georgi gracias a una única copia de un *typikon* conservado en la biblioteca del monasterio de Bachkovo. Según este documento, Sveti Georgi fue fundado por Georgios Comneno, primo lejano del emperador bizantino Alexis I Comneno, en 1101. La «Crónica» de Zacarías afirma que había «pocos y viejos» monjes cuando llegó el grupo de Snagov. Cabe suponer que esos escasos monjes habían respetado el régimen esbozado en el *typikon,* al que se sumaron los monjes valacos.

Vale la pena resaltar que la «Crónica» subraya el viaje de los valacos a través de Bulgaria de dos formas diferentes: describiendo con cierto detalle el martirio de dos de ellos a manos de oficiales otomanos y tomando nota de la atención dispensada por la población búlgara a su recorrido a través del país. No hay forma de saber el motivo de que los otomanos, en general tolerantes con las actividades religiosas cristianas en Bulgaria, consideraran a los monjes valacos una amenaza. Stefan informa por mediación de Zacarías que sus amigos fueron «interrogados» en la ciudad de Haskovo antes de ser torturados y asesinados, lo que sugiere que las autoridades otomanas creían que se hallaban en posesión de información políticamente sensible de algún tipo. Haskovo se encuentra en el sudeste de Bulgaria, una región bajo férreo dominio otomano desde el siglo XV. Lo más extraño es que a los monjes mártires se les aplicaran los castigos tradicionales otomanos por robo (amputación de manos) y por fuga (amputación de pies). La mayoría de los mártires que murieron a manos de los otomanos fueron torturados y asesinados con otros métodos. Estas formas de castigo, así como el registro de la carreta de los monjes, descrito por Stefan en su relato, dan a entender que las autoridades de Haskovo los acusaron de robo, aunque al parecer fueron incapaces de demostrar su acusación.

Stefan informa de la amplísima atención dispensada por el pueblo búlgaro a lo largo de la ruta, lo cual habría podido despertar la curiosidad de los otomanos. Sin embargo, tan sólo ocho años antes, en 1469, las reliquias de Sveti Ivan Rilski, el ermitaño fundador del monasterio de Rila, habían sido trasladadas desde Veliko Trnovo hasta una capilla de Rila, una procesión presenciada y descrita por Vladislav Gramatik en su «Narración del transporte de los restos de Sveti Ivan». Durante el traslado, oficiales turcos toleraron la atención dispensada por los aldeanos búlgaros a las reliquias, y el viaje se convirtió en un importante elemento unificador y simbólico para los cristianos búlgaros. Es probable que Zacarías y Stefan conocieran el famoso viaje de los huesos de Ivan Rilski, y es posible que Zacarías hubiera visto en Zougraphou alguna documentación escrita hacia 1479.

Esta temprana (y muy reciente) tolerancia de una procesión religiosa similar a través de Bulgaria es lo que convierte en muy significativa la preocupación por el viaje de los monjes valacos. El registro de su carreta (tal vez efectuado por oficiales de la guardia de algún bajá local) indica que cierta información sobre el propósito de su viaje había llegado a oídos de las autoridades otomanas de Bulgaria. No cabe duda de que dichas autoridades no habrían estado nada ansiosas por albergar en Bulgaria los restos de uno de sus enemigos políticos más encarnizados, ni por tolerar la veneración de dichos restos. Lo más desconcertante, no obstante, es el hecho de que al registrar la carreta no se encontrara nada, pues el relato de Stefan menciona más adelante el entierro del cadáver en Sveti Georgi. Sólo podemos especular acerca de cómo habría podido esconderse todo un cadáver (aunque decapitado), si en verdad transportaban uno.

Por fin, un punto interesante tanto para historiadores como para antropólogos es la referencia de la «Crónica» a las opiniones de los monjes de Snagov relativas a las visiones que tuvieron en la iglesia. No se pusieron de acuerdo sobre lo que había sucedido con el cadáver de Vlad III mientras lo velaban, y mencionaron diversos métodos tradicionales citados como base para la transformación de un cadáver en un muerto viviente (un vampiro), lo cual indica que creían en la posibilidad de que eso sucediera. Algunos creían haber visto un animal saltando sobre el cadáver, y otros que una fuerza sobrenatural en forma de niebla o viento había penetrado en la iglesia y provocado que el cadáver se incorporara. El caso del animal está ampliamente documentado en las leyendas populares de los Balcanes sobre la génesis de los vampiros, al igual que la creencia de que los vampiros pueden convertirse en niebla o bruma. Los monjes debían conocer la notoria sed de sangre de Vlad III, así como su posterior conversión al catolicismo en la corte del rey húngaro Matías Corvino, la primera porque era famosa en toda Valaquia y la segunda porque debía preocupar a la comunidad ortodoxa de allí (sobre todo en el monasterio favorito de Vlad, cuyo abad debía ser su confesor).

Los manuscritos

La «Crónica» de Zacarías se conoce a través de dos manuscritos, *Azos 1480* y *R.VII.132*. A este último se lo conoce también con el nombre de la «Versión Patriarcal». *Azos 1480*, un manuscrito incuarto redactado en escritura semiuncial, se conserva en la biblioteca del monasterio de Rila, en Bulgaria, donde fue descubierto en 1923. Primera de las dos versiones de la «Crónica», fue escrita casi con toda seguridad por el propio Zacarías en Zographou, probablemente a partir de notas tomadas junto al lecho de muerte de Stefan. Pese a la afirmación de que «tomó nota de cada palabra», Zacarías debió escribir su copia después de trabajar mucho en la redacción. Refleja un refinamiento de estilo que no pudo ser producto del momento, y sólo contiene una corrección. Este manuscrito original debió conservarse en la biblioteca de Zographou al menos hasta 1814, puesto que el título se menciona en una bibliografía de manuscritos de los siglos XV y XVI guardados en Zographou con fecha de aquel año. Reapareció en Bulgaria en 1923, cuando el historiador búlgaro Atanas Angelov lo descubrió oculto en la cubierta de un tratado del siglo XV sobre la vida de san Jorge *(Georgi 1364.21)* en la biblioteca del monasterio de Rila. Angelov comprobó en 1924 que no existía ninguna copia en Zographou. No se sabe muy bien cuándo o cómo viajó este original desde Azos a Rila, si bien la amenaza de incursiones de piratas contra Azos durante los siglos XVIII y XIX tal vez haya influido en su traslado (y en el de numerosos documentos y objetos de incalculable valor) desde la Montaña Sagrada.

La segunda y única copia más conocida de la versión de la «Crónica» de Zacarías (*R.VII.132*, o la «Versión Patriarcal») se guarda en la biblioteca del Patriarcado Ecuménico de Constantinopla, y los métodos paleográficos fijan su antigüedad a mediados o finales del siglo XVI. Es probable que se trate de una versión posterior de una copia enviada al Patriarca por el abad de Zographou, en tiempos de Zacarías. Se supone que el original de esta versión acompañaba a una carta del abad dirigida al Patriarca, en la que alertaba a éste de la posibilidad de una herejía en el monasterio búlgaro de Sveti Georgi. La carta ya no existe, pero es probable que por razones de eficacia y discreción el abad de Zographou pidiera a Zacarías que volviera a copiar su crónica para entregarla a Constantinopla, mientras el original permanecería en la biblioteca de Zographou. Entre cincuenta y cien años después de acogerla, la biblioteca del Patriarca todavía consideraba lo bastante importante la «Crónica» para conservarla mediante el expediente de volver a copiarla.

La «Versión Patriarcal», además de ser una probable copia posterior de una misiva enviada desde Zographou, difiere de *Azos 1480* en otro aspecto importante: elimina parte del fragmento que reproduce lo que los monjes que velaban en la iglesia de Snagov afirmaron haber presenciado, en especial desde la frase «Un monje vio un animal» hasta la frase «el cadáver decapitado del príncipe se removió e intentó incorporarse». Es posible que este párrafo haya sido eliminado en la copia posterior con la intención de ocultar a los usuarios de la biblioteca patriarcal información innecesaria sobre la herejía descrita por Stefan, o tal vez para minimizar el contacto con supersticiones sobre el origen de los muertos vivientes, un conjunto de creencias a las que la administración eclesiástica se oponía. Es difícil fechar la «Versión Patriarcal», aunque casi con toda seguridad se trata de la copia que consta en el catálogo de la biblioteca patriarcal desde 1605.

Una última similitud, sorprendente y desconcertante, existe entre los dos manuscritos conservados de la «Crónica». Ambos fueron arrancados por una mano anónima más o menos en el mismo momento de la historia. *Azos 1480* termina con «descubrí», mientras la «Versión Patriarcal» continúa con «que no era una epidemia normal, sino», y ambas han sido mutiladas pulcramente después de una línea completa. Se supone que lo eliminado es la parte del relato de Stefan que documenta una posible herejía, o alguna otra desgracia, aparecida en el monasterio de Sveti Georgi.

Una pista de la fecha de este atentado tal vez se encuentre en el catálogo de la biblioteca antes mencionado, que califica la «Versión

Patriarcal» de «incompleta». Por consiguiente, podemos suponer que el final de esta versión fue arrancado antes de 1605. Sin embargo, es imposible saber si los dos actos de vandalismo tuvieron lugar en el mismo período, si uno inspiró el otro a un lector mucho más tardío, o hasta qué punto eran similares los finales de ambos documentos. La fidelidad de la «Versión Patriarcal» al manuscrito de Zographou, con la excepción del párrafo del velatorio mencionado antes, indica que la historia debía terminar igual, o al menos de una forma muy parecida, en las dos versiones. Además, el hecho de que la «Versión Patriarcal» fuera mutilada, pese a la eliminación del párrafo que habla de los acontecimientos sobrenaturales acaecidos en la iglesia de Snagov, apoya la idea de que terminaba con una descripción de la herejía o brote maligno de Sveti Georgi. Hasta la fecha no se ha encontrado otro ejemplo, entre los manuscritos medievales de los Balcanes, de mutilación sistemática de dos copias del mismo documento separadas por cientos de kilómetros de distancia.

Ediciones y traducciones

La «Crónica» de Zacarías de Zographou ha sido publicada dos veces con anterioridad. La primera edición fue una traducción griega, con un breve comentario, incluida en la *Historia de las iglesias bizantinas*, de Xanthos Constantinos, de 1849. En 1931 el Patriarcado Ecuménico imprimió un folleto del original eslavo. Atanas Angelov, quien descubrió la versión de Zographou en 1923, pensaba publicarlo con abundantes comentarios, pero su muerte en 1924 truncó el proyecto. Algunas de sus notas fueron publicadas a título póstumo en *Balkanski istoricheski pregled*, en 1927.

LA «CRÓNICA» DE ZACARÍAS DE ZOGRAPHOU

Esta historia me la contó a mí, Zacarías el Penitente, mi hermano en Cristo Stefan el Errabundo de *Tsarigrad*. Llegó a nuestro monasterio de Zographou en el año 6987 [1479]. Nos relató los extraños y maravillosos acontecimientos de su vida. Stefan el Errabundo tenía cincuenta y tres años de edad cuando llegó a nosotros, un hombre sabio y piadoso que había visto muchos países. Demos gracias a la Santa

Madre por haberle guiado hasta nosotros desde Bulgaria, adonde había ido con un grupo de monjes desde Valaquia y padecido muchos sufrimientos a manos del turco infiel, además de haber presenciado el martirio de dos de sus amigos en la ciudad de Haskovo. Sus hermanos y él transportaron unas reliquias de maravilloso poder a través de los países infieles. Con estas reliquias se internaron en las tierras de los búlgaros y se hicieron famosos en todo el país, de modo que los hombres y mujeres cristianos salían a los caminos cuando pasaban para hacerles reverencias o besar los costados de la carreta. Y estas reliquias fueron transportadas al monasterio llamado de Sveti Georgi y expuestas a la adoración. Aunque el monasterio era pequeño y retirado, acudieron muchos peregrinos que venían de los monasterios de Rila y Bachkovo, o del sagrado Azos. Pero Stefan el Errabundo era el primero que había estado en Sveti Georgi, según supimos después.

Cuando llevaba viviendo con nosotros algunos meses, se comentó que no hablaba de este monasterio de Sveti Georgi, aunque contaba muchas historias de otros lugares santos que había visitado, para que así nosotros, que siempre habíamos vivido en un mismo país, pudiéramos conocer algunos prodigios de la Iglesia de Cristo en diferentes países. Así, nos habló en una ocasión de la maravillosa capilla construida en una isla de la bahía de Maria, en el mar de los venecianos, una isla tan pequeña que las olas lamen sus cuatro muros, y del monasterio de Sveti Stefan, también sito en una isla, a dos días de distancia hacia el sur, donde él adoptó el nombre de su patrón y renunció al suyo. Nos contó esto y muchas cosas más, incluyendo que había visto monstruos horribles en el mar de Mármol.

Y nos hablaba muy a menudo de las iglesias y monasterios de la ciudad de Constantinopla antes de que las tropas infieles del sultán las profanaran. Nos describió con reverencia sus milagrosos iconos, de incalculable valor, como la imagen de la Virgen en la gran iglesia de Santa Sofía y su icono velado en el santuario de Blachernae. Había visto la tumba de san Juan Crisóstomo y de los emperadores y la cabeza del bendito san Basilio en la iglesia del Panachrantos, así como numerosas reliquias santas más. Qué suerte para él y para nosotros, destinatarios de sus relatos, que cuando todavía era joven hubiera abandonado la ciudad para errar de nuevo, de manera que estaba muy lejos de ella cuando el demonio Mahoma erigió en las cercanías una fortaleza inexpugnable con el propósito de atacar la ciudad, y poco después derribó las grandes murallas de Constantinopla y mató o esclavizó a sus habitantes. Después, cuando Stefan se encontraba muy lejos y se enteró de la noticia, lloró con el resto de la cristiandad por la ciudad mártir.

Y trajo consigo a nuestro monasterio libros raros y maravillosos a lomos de su caballo, los cuales coleccionaba y de los que extraía inspiración divina, pues dominaba el griego, el latín, el eslavo y tal vez algunas lenguas más. Nos contó todas estas cosas y depositó sus libros en nuestra biblioteca para darle gloria eterna, como así fue, aunque la mayoría sólo supiéramos leer en un único idioma, y algunos ni siquiera eso. Hizo estos regalos diciendo que él también había terminado sus viajes y se quedaría para siempre, al igual que sus libros, en Zographou.

Sólo yo y otro hermano comentamos que Stefan no hablaba de su estancia en Valaquia, excepto para decir que había sido novicio allí, y tampoco habló mucho del monasterio búlgaro llamado Sveti Georgi hasta el fin de sus días. Porque cuando llegó a nosotros ya estaba enfermo, y padecía de fiebres en sus miembros, y al cabo de menos de un año nos dijo que esperaba inclinarse muy pronto ante el trono del Salvador si aquel que perdona a todos los verdaderos penitentes podía olvidar sus pecados. Cuando yacía en su última enfermedad, pidió confesión a nuestro abad, porque había presenciado horrores en cuya posesión no podía morir, y su confesión impresionó muchísimo al abad, que me pidió que tomara nota de ella después de rogar a Stefan que la repitiera, porque él, el abad, deseaba enviar una carta al respecto a Constantinopla. A ello procedí con diligencia y sin error, sentado junto al lecho de Stefan y escuchando con el corazón henchido de terror la historia que el enfermo me narró, tras lo cual recibió la sagrada comunión y murió mientras dormía. Fue enterrado en nuestro monasterio.

El relato de Stefan de Snagov,
transcrito fielmente por Zacarías el Penitente

Yo, Stefan, tras años de errar y después de la pérdida de la amada y santa ciudad donde nací, Constantinopla, fui en busca de reposo al norte del gran río que separa Bulgaria de Dacia. Recorrí la llanura y después las montañas, y encontré al fin el camino que conduce al monasterio que se halla en la isla del lago Snagov, un hermosísimo lugar apartado y defendible. El buen abad me dio la bienvenida y me senté a la mesa con monjes tan humildes y dedicados a la oración como todos los que había encontrado en mis viajes. Me llamaron hermano y compartieron conmigo su comida y su bebida, y me sentí más en paz en el seno de su devoto silencio de lo que había estado en muchos meses. Como trabajaba con ahínco y obedecía humildemente todas las instrucciones del abad, pronto me concedió permiso para quedarme con ellos. Su iglesia no era grande, pero sí de una belleza sin parangón, y sus famosas campanas resonaban sobre el agua.

Esta iglesia y su monasterio habían recibido la máxima ayuda y protección del príncipe de aquella región, Vlad hijo de Vlad Dracul, quien por dos veces fue expulsado de su trono por el sultán y otros enemigos. También estuvo mucho tiempo encarcelado por Matías Corvino, rey de los magiares. Este príncipe Drácula era muy valiente, y en el curso de sus incesantes combates saqueó o recuperó muchas de las tierras que los infieles habían robado, y donó al monasterio parte del botín, y siempre deseaba que rezáramos por él y su familia y su seguridad personal, cosa que hacíamos. Algunos monjes susurraban que había pecado por exceso de crueldad, y que también se había permitido convertirse al cristianismo mientras era prisionero del rey magiar. Pero el abad no quería oír ni una palabra mala sobre él, y más de una vez le había ocultado con sus hombres en el refugio de la iglesia cuando otros nobles deseaban encontrarle y darle muerte.

En el último año de su vida, Drácula vino al monasterio, tal como había hecho con frecuencia en tiempos anteriores. Yo no le vi, porque el abad me había enviado a mí y a otro monje a otra iglesia para hacer un recado. Cuando regresé, me enteré de que el príncipe Drácula había estado allí y dejado nuevos tesoros. Un hermano, quien comerciaba con los campesinos de la región para procurarnos vituallas, y que había oído muchas historias en la campiña, susurró que Drácula tanto podía obsequiar un saco de orejas y narices como uno lleno de tesoros, pero cuando el abad se enteró de este comentario, le castigó severamente. Así, nunca vi a Drácula en vida, pero sí lo vi muerto, tal como informaré al punto.

Unos cuatro meses más tarde nos enteramos de que había sido rodeado en una batalla y asesinado por soldados infieles, no sin antes matar a más de cuarenta de ellos con su gran espada. Tras su muerte, los soldados del sultán le cortaron la cabeza y se la llevaron para enseñarla a su amo.

Los hombres del campamento del príncipe Drácula sabían todo esto, y aunque muchos se escondieron después de su muerte, algunos trajeron la noticia y su cadáver al monasterio de Snagov, tras lo cual huyeron. El abad lloró cuando vio que izaban el cuerpo de la barca y rezó en voz alta por el alma del príncipe Drácula y para que Dios nos protegiera, porque la Media Luna del enemigo se estaba acercando en demasía. Ordenó que el cadáver fuera expuesto en la iglesia.

Fue una de las cosas más espantosas que he visto en mi vida, aquel cadáver sin cabeza con manto púrpura y rodeado de muchas velas parpadeantes. Le velamos por turnos durante tres días y tres noches. Yo participé en el primer velatorio, y la paz reinaba en la iglesia, salvo por el espectáculo del cuerpo mutilado. Todo fue bien en el segundo velatorio, al menos eso dijeron los monjes que velaron aquella noche. Pero la tercera noche algunos de los hermanos, agotados, se durmieron, y algo ocurrió que hinchió de terror el corazón de los demás. Más tarde no se pusieron de acuerdo en qué sucedió, pues cada uno había visto algo diferente. Un monje vio que un animal saltaba desde las sombras de los bancos sobre el ataúd, pero no supo describir la forma del animal. Otros sintieron una ráfaga de viento o vieron una espesa niebla penetrar en la iglesia, que apagó muchas velas, y juraron por santos y ángeles, y en especial por los arcángeles Mijail [Miguel] y Gabriel que, en la oscuridad, el cadáver decapitado del príncipe se removió y trató de incorporarse. Los hermanos profirieron grandes gritos de terror en la iglesia y toda la comunidad se despertó. Los monjes, cuando salieron corriendo, relataron lo que habían visto con grandes disensiones entre ellos.

Entonces apareció el abad, y vi a la luz de la antorcha que estaba muy pálido y aterrado por las historias que contaban, y se persignó muchas veces. Recordó a todos los presentes que el alma de este noble estaba en nuestras manos y que debíamos actuar en consecuencia. Nos guió hasta el interior de la iglesia, volvió a encender las velas y vimos que el cadáver estaba tan inmóvil como antes en su ataúd. El abad ordenó que registráramos la iglesia, pero no encontramos ningún animal o demonio en sus rincones. Después pidió que nos calmáramos y fuéramos a nuestras celdas, y cuando llegó la hora del primer servicio, se celebró como de costumbre y reinó la serenidad.

Pero a la noche siguiente reunió a ocho monjes y me concedió el honor de incluirme entre ellos. Dijo que sólo íbamos a fingir enterrar el cadáver del príncipe en la iglesia, pero en realidad debíamos alejarlo de inmediato de este lugar. Dijo que sólo revelaría a uno de nosotros, en secreto, dónde deberíamos transportarlo y por qué, de modo que la ignorancia protegería a los demás, y así lo hizo. Seleccionó a un monje que había estado con él muchos años, y dijo a los demás [de nosotros] que le siguiéramos con obediencia y no hiciéramos preguntas.

De esta manera yo, que no había pensado volver a viajar nunca más, me convertí en viajero de nuevo y recorrí una larga distancia, pues entré con mis compañeros en mi ciudad natal, que se había convertido en la sede del reino de los infieles, y vi que muchas cosas habían cambiado. La gran iglesia de Santa Sofía se había transformado en mezquita y no pudimos entrar. Muchas iglesias habían sido destruidas, o habían permitido que se desmoronaran, y otras se habían convertido en casas de adoración para los turcos, incluso el Panachrantos. Allí descubrí que estábamos buscando un tesoro capaz de acelerar la salvación del alma de este príncipe, y que dicho tesoro ya había sido puesto a buen recaudo, arrostrando grandes peligros, por dos monjes santos y valientes del monasterio de San Salvador, y sacado en secreto de la ciudad. Pero algunos jenízaros del sultán sospechaban, y por ello corríamos peligro y tuvimos que marcharnos en su busca, esta vez en dirección al antiguo reino de los búlgaros.

Mientras atravesábamos el país, tuve la impresión de que algunos búlgaros ya conocían nuestra misión, pues cada vez salían más y más de ellos a los caminos, se inclinaban en silencio ante nuestra procesión, y algunos nos seguían durante muchas leguas, tocaban nuestra carreta con las manos o la besaban. Durante este viaje ocurrió algo terrible. Cuando atravesábamos la ciudad de Haskovo, algunos guardias de la ciudad nos detuvieron por la fuerza y con ásperas palabras. Registraron nuestra carreta, afirmando que descubrirían lo que llevábamos, y encontraron dos bultos que abrieron. Cuando vieron que era comida, los infieles la tiraron a la carretera encolerizados y detuvieron a dos de los nuestros. Los buenos monjes clamaron su inocencia, pero sólo consiguieron enfurecer a los malvados, así que les cortaron las manos y los pies y pusieron sal en sus heridas antes de morir. Nos perdonaron la vida a los demás, pero nos expulsaron con maldiciones y latigazos. Después pudimos recuperar los miembros y cuerpos de nuestros queridos amigos y reunirlos para darles cristiana sepultura en el monasterio de Bachkovo, cuyos monjes rezaron durante muchos días por sus almas devotas.

Después de este incidente, nos sentimos muy entristecidos y aterrorizados, pero continuamos viaje, no mucho más lejos y sin incidentes, hasta el monasterio de Sveti Georgi. Los monjes, aunque eran pocos y viejos, nos dieron la bienvenida y dijeron que el tesoro que buscábamos había sido depositado allí por dos peregrinos unos meses antes, y que todo iba bien. No deseábamos volver a Dacia pronto después de tantos peligros, de manera que nos instalamos en el monasterio. Las reliquias que habíamos transportado fueron conservadas en secreto, y su fama se extendió entre los cristianos, que peregrinaron a Sveti Georgi, y también guardaron silencio. Durante mucho tiempo vivimos en paz en este lugar, y el monasterio creció gracias a nuestro trabajo. Pronto, no obstante, una epidemia se desencadenó en los pueblos cercanos, aunque al principio no afectó al monasterio. Después descubrí [que no se trataba de una plaga normal, sino de]

[En este punto el manuscrito está cortado o desgarrado.]

60

Cuando Stoichev terminó, Helen y yo guardamos silencio durante un par de minutos. Él sacudió la cabeza, y después se pasó una mano por la cara como si se estuviera despertando de un sueño. Por fin, Helen habló.

—Es el mismo viaje... Ha de ser el mismo viaje.

Stoichev se volvió hacia ella.

—Yo también lo creo. Fueron los monjes del hermano Kiril quienes transportaron los restos de Vlad Tepes.

—Y esto significa que, a excepción de los dos que fueron asesinados por los otomanos, llegaron al monasterio de Bulgaria sanos y salvos. Sveti Georgi... ¿Dónde está?

Era la pregunta que yo más deseaba formular, de entre todos los enigmas que me acuciaban. Stoichev se llevó la mano a la frente.

—Ojalá lo supiera —murmuró—. Nadie lo sabe. No hay ningún monasterio llamado Sveti Georgi en la región de Bachkovo, y no hay pruebas de que existiera. Sveti Georgi es uno de los diversos monasterios medievales de Bulgaria de los que conocemos su existencia, pero que desaparecieron durante los primeros siglos del yugo otomano. Lo más probable es que fuera quemado, y las piedras esparcidas o utilizadas para construir otros edificios. —Nos miró con tristeza—. Si los otomanos tenían algún motivo para odiar o temer a ese monasterio, lo más probable es que fuera destruido por completo. Sin duda, no permitieron que fuera reconstruido, como el monasterio de Rila. En un tiempo estuve muy interesado en descubrir el emplazamiento de Sveti Georgi. —Guardó silencio un momento—. Después de que mi amigo Angelov muriera, durante un tiempo intenté continuar su investigación. Fui al *Bachkovski manastir*, hablé con los monjes y pregunté a mucha gente de la región, pero nadie sabía nada de un monasterio llamado Sveti Georgi. Nunca lo encontré en ninguno de los mapas antiguos que examiné. Me he preguntado a veces si Stefan dio a Zacarías un nombre falso. Pensé que, al menos, correría una leyenda entre los habitantes de la región, si las reliquias de alguien tan importante como Vlad Drácula hubieran sido enterradas allí. Quería ir a Snagov, antes de la guerra, para ver qué podía averiguar en ese lugar...

—De haberlo hecho, habría conocido a Rossi, o al menos a aquel arqueólogo... Georgescu —dije.

—Tal vez. —Me dirigió una sonrisa extraña—. Si Rossi y yo nos hubiéramos encontrado, quizás habríamos podido sumar nuestros conocimientos antes de que fuera demasiado tarde.

Me pregunté si se refería a antes de la revolución búlgara, antes de que se exiliara aquí, pero no quise preguntar. No obstante, un segundo después explicó sus palabras.

—Interrumpí mi investigación con bastante brusquedad. El día en que regresé de la región de Bachkovo, con un viaje a Rumanía ya maduro en mi mente, entré en mi apartamento de Sofía y vi una escena pavorosa.

Hizo otra pausa y cerró los ojos.

—Intento no pensar en ese día. Antes debo decirles que tenía un pequeño apartamento cerca de *Rimskaya stena*, la muralla romana de Sofía, un lugar muy antiguo, y que me gustaba por la historia de la ciudad que lo rodeaba. Había salido a comprar comestibles y había dejado mis papeles y libros sobre Bachkovo y otros monasterios abiertos sobre la mesa. Cuando volví, vi que alguien había removido todas mis cosas, sacado libros de los estantes y registrado mi gabinete. En el escritorio, encima de mis papeles, había un pequeño reguero de sangre. Ya saben, como una página manchada de tinta... —Se interrumpió y nos miró fijamente—. En mitad del escritorio había un libro que nunca había visto.

De pronto, se levantó, entró en la otra habitación y le oímos ir de un lado a otro, moviendo libros de sitio. Tendría que haberme levantado para ayudarle, pero me quedé petrificado y miré a Helen, que también parecía paralizada.

Al cabo de un momento, Stoichev volvió con un grueso infolio en los brazos. Estaba encuadernado en piel desgastada. Lo dejó delante de nosotros y vimos que lo abría con manos vacilantes y nos enseñaba, sin palabras, las numerosas páginas en blanco y la gran imagen del centro. El dragón parecía más pequeño, porque las páginas del infolio, más grandes, dejaban considerable espacio alrededor, pero era sin lugar a dudas la misma xilografía, incluido el borrón que había observado en el de Hugh James. Había otro borrón en el borde amarillento, cerca de las garras del dragón. Stoichev lo indicó, pero parecía tan sobrecogido por alguna emoción (desagrado, miedo) que por un momento pareció olvidarse de hablarnos en inglés.

—*Kr'v* —dijo—. Sangre.

Me acerqué. No cabía duda de que la mancha color pardo era una huella digital.

—Dios mío. —Me estaba acordando de mi pobre gato, y de Hedges, el amigo de Rossi—. ¿Había algo o alguien más en la habitación? ¿Qué hizo cuando vio la escena?

—No había nadie en la habitación —dijo en voz baja—. Había cerrado la puerta con llave, y todavía lo estaba cuando volví, entré y vi la terrible escena. Llamé a la policía, miraron por todas partes y al final..., ¿Cómo se dice...? Ellos analizaron una muestra de la sangre y llevaron a cabo comparaciones. Descubrieron con facilidad de quién era.

—¿De quién?

Helen se inclinó hacia delante.

Stoichev bajó todavía más la voz, de modo que yo también tuve que inclinarme para oírle. El sudor perlaba su cara arrugada.

—Era mía —dijo.

—Pero...

—No, claro que no. Yo no había estado allí, pero la policía pensó que todo había sido un montaje mío. Lo único que no coincidía era la huella dactilar. Dijeron que nunca habían visto una huella humana parecida. Tenía muy pocas líneas. Me devolvieron el libro y los papeles y me ordenaron que pagara cierta cantidad por intentar tomarle el pelo a la ley. Casi perdí mi empleo de profesor.

—¿Abandonó su investigación? —pregunté.

Stoichev alzó sus delgados hombros en un gesto de impotencia.

—Es el único proyecto que no he continuado. Habría seguido adelante, incluso entonces, de no ser por esto. —Volvió poco a poco hasta la segunda hoja del volumen—. Por esto —repitió, y en la página vi una sola palabra escrita, con letra hermosa y arcaica, en tinta antigua y desvaída.

Ya conocía lo bastante el famoso alfabeto cirílico para descifrarla, aunque la primera letra se me resistió un segundo. Helen la leyó en voz alta.

—STOICHEV —susurró—. Encontró su propio nombre en el libro. Debió ser horrible.

—Sí, mi propio nombre, y con una letra y una tinta que eran claramente medievales. Siempre he lamentado abandonar el proyecto, pero tenía miedo. Pensé que podría ocurrirme algo... como lo que le pasó a su padre, *madame*.

—Tenía buenos motivos para tener miedo —dije al viejo estudioso—. Pero esperemos que no sea demasiado tarde para el profesor Rossi.

El hombre se enderezó en su silla.

—Sí, siempre que podamos localizar Sveti Georgi. Primero, hemos de ir a Rila y examinar las demás cartas del hermano Kiril. Como ya he dicho, nunca las había relacionado con la «Crónica» de Zacarías. No guardo copias aquí, y las autoridades de Rila no han permitido su publicación, aunque varios historiadores, incluido yo, han solicitado permiso. Además, hay alguien en Rila con quien me gustaría que hablaran. Aunque tal vez no les sirva de ayuda.

Dio la impresión de que Stoichev iba a añadir algo más, pero en aquel momento oímos pasos vigorosos en la escalera. Intentó levantarse, y después me dirigió una mirada suplicante. Me apoderé del libro del dragón y me fui a la habitación de al lado, donde lo escondí como pude detrás de una caja. Me reuní con Stoichev y Helen a tiempo de ver que Ranov abría la puerta de la biblioteca.

—Ah —dijo—. Un congreso de historiadores. Se está perdiendo su propia fiesta, profesor. —Examinó con descaro los libros y papeles diseminados sobre la mesa, y por fin levantó la antigua revista de la que Stoichev nos había leído fragmentos de la «Crónica» de Zacarías—. ¿Es éste el objeto de su atención? —Casi sonrió—. Tal vez debería leerlo yo también para cultivarme. Hay muchas cosas que no sé de la Bulgaria medieval. Y su muy atractiva sobrina no está tan interesada en mí como yo pensaba. Le he hecho una proposición muy seria en el extremo más bonito de su jardín y se ha resistido bastante.

Stoichev enrojeció, enfurecido, y dio la impresión de que iba a decir algo, pero ante mi sorpresa fue Helen quien le salvó.

—Mantenga alejadas sus sucias manos burocráticas de esa chica —dijo mirando a Ranov a los ojos—. Ha venido para molestarnos a nosotros, no a ella.

Le toqué el brazo para advertirle de que no encolerizara al hombre. Lo último que necesitábamos era un desastre político, pero Ranov y ella se limitaron a cruzar una mirada larga y contenida y después los dos desviaron la vista.

Entretanto Stoichev se había recuperado.

—Sería muy útil para la investigación de estos visitantes que les facilitara viajar a Rila —dijo a Ranov con calma—. A mí también me gustaría viajar con ellos. Será un honor para mí enseñarles la biblioteca.

—¿Rila? —Ranov sopesó la revista—. Muy bien. Ésa será nuestra siguiente excursión. Tal vez sea posible pasado mañana. Le enviaré un mensaje, profesor, para informarle de cuándo podría reunirse con nosotros allí.

—¿No podríamos ir mañana? —pregunté intentando aparentar la mayor indiferencia.

—Así que tenemos prisa, ¿eh? —Ranov enarcó las cejas—. Hace falta tiempo para arreglar todo eso.

Stoichev asintió.

—Esperaremos con paciencia, y los profesores podrán disfrutar de las bellezas de Sofía hasta entonces. Ahora, amigos míos, hemos gozado de un agradable intercambio de ideas, pero a Kiril y Metodio no les importará que también comamos, bebamos y seamos felices, como se dice. Venga, señorita Rossi —extendió su frágil mano hacia Helen, quien le ayudó a levantarse—. Déme su brazo para ir a celebrar el día de los profesores y alumnos.

Los demás invitados habían empezado a congregarse bajo el emparrado, y pronto vimos por qué: tres jóvenes estaban sacando instrumentos musicales de sus estuches y acomodándose cerca de las mesas. Un tipo larguirucho con una mata de pelo oscuro estaba probando las teclas de un acordeón blanco y plateado. Otro hombre sostenía un clarinete. Tocó algunas notas, mientras el tercer músico sacaba un tambor grande de piel y una baqueta larga con el extremo cubierto de fieltro. Se sentaron en tres sillas muy juntos e intercambiaron sonrisas, tocaron unas notas, movieron un poco los asientos. El clarinetista se quitó la chaqueta.

Después se miraron y empezaron a tocar la música más alegre que había oído en mi vida. Stoichev sonrió desde su trono, detrás del cordero asado, y Helen, sentada a mi lado, me apretó el brazo. Era una melodía que remolineó en el aire como un ciclón y después se adaptó a un ritmo desconocido para mí aunque irresistible en cuanto mis pies le obedecieron. Las notas brotaban de los dedos del acordeonista. Me asombró la velocidad y energía con que tocaban los tres. El sonido arrancó vítores y gritos de aliento de la multitud.

Al cabo de unos pocos minutos, algunos hombres se levantaron, se agarraron mutuamente de los cinturones por debajo de la cintura y empezaron a bailar con la misma alegría de la canción. Sus zapatos lustrosos se levantaron y patearon la hierba. Pronto se les unieron varias mujeres vestidas con recato, que bailaban con el torso inmóvil y tieso, aunque sus pies se movían con celeridad. Los rostros de los bailarines eran radiantes. Todos sonreían como si no pudieran evitarlo y los dientes del acordeonista centelleaban en respuesta. El hombre que se hallaba al frente de la hilera había sacado un pañuelo blanco y lo sostenía en alto para guiarlos, dándole vueltas sin cesar. Los ojos de Helen brillaban mucho, y daba palmadas sobre la mesa como si no pudiera estarse quieta. Los músicos seguían tocando, mientras los demás les jaleábamos, brindábamos por ellos y bebíamos, y los bailarines no daban señales de rendirse. Por fin, la canción terminó y la fila se dispersó, mientras todos los participantes se secaban el sudor y reían a carcajadas. Los hombres fueron a llenar sus vasos y las mujeres sacaron pañuelos y se retocaron el pelo entre risas.

Entonces el acordeonista volvió a tocar, pero esta vez emitió una serie de notas vibrantes y lentas como un sollozo. Echó hacia atrás su hirsuta cabeza y exhibió los dientes al cantar. De hecho, era una mezcla de canción y aullido, una melodía de barítono tan desgarradora que mi corazón se encogió al pensar en todas las personas que había perdido en mi vida.

—¿Qué está cantando? —pregunté a Stoichev para disimular mi emoción.

—Es una canción muy, muy antigua. Creo que debe tener unos cuatrocientos años de antigüedad. Cuenta la historia de una hermosa doncella búlgara que es perseguida por los invasores turcos. La quieren llevar al harén del bajá local, pero ella se niega. Sube a lo alto de una montaña cercana al pueblo y galopan tras ella a lomos de sus caballos. En la cumbre hay un precipicio. Ella grita que prefiere morir antes que convertirse en amante de un infiel y se arroja al abismo. Más tarde aparece un arroyo al pie de la montaña, el agua más pura y deliciosa de aquel valle.

Helen asintió.

—En Rumanía hay canciones de tema parecido.

—Existen en todas partes donde el yugo otomano sojuzgó a los pueblos de los Balcanes —dijo Stoichev muy serio—. En la tradición popular búlgara existen miles de canciones parecidas con diversos temas. Todas son un grito de protesta contra la esclavitud de nuestro pueblo.

El acordeonista debió de pensar que ya había torturado lo bastante nuestros corazones, porque al final de la canción exhibió una sonrisa maliciosa y volvió a tocar música de baile. Esta vez casi todos los invitados se sumaron a la hilera, que desfiló alrededor de la terraza. Un hombre nos animó a participar, y Helen le siguió al cabo de un segundo, aunque yo seguí sentado al lado de Stoichev. Disfrutaba mirándola. Captó los pasos del baile al cabo de una breve demostración. Debía llevar en la sangre el don de la danza. Su porte poseía una dignidad innata y sus pies se movían con seguridad. Mientras observaba su forma ágil, con la blusa clara y la falda negra, su rostro radiante rodeado de rizos oscuros, estuve a punto de rezar para que ningún mal se abatiera sobre ella, con la duda de si me permitiría protegerla.

61

Si mi primer vislumbre de la casa de Stoichev me había invadido de desesperación, mi primer vislumbre del monasterio de Rila me invadió de admiración. El monasterio se asentaba en un profundo valle (casi lo ocupaba por completo en aquel punto) y sobre sus muros y cúpulas se alzaban las montañas de Rila, muy escarpadas y cubiertas de altos abetos. Ranov había aparcado su coche a la sombra, ante la puerta principal, y nosotros entramos con un grupo de turistas. Era un día caluroso y seco. Daba la impresión de que el verano de los Balcanes estaba en su apogeo, y el polvo que se elevaba del suelo remolineaba alrededor de nuestros tobillos. Las grandes puertas de madera de la cancela estaban abiertas y al entrar vimos un panorama que nunca podré olvidar. A nuestro alrededor se cernían los muros de la fortaleza-monasterio, con sus franjas negras y rojas sobre el estuco blanco y sus largas galerías de madera. Una iglesia de exquisitas proporciones ocupaba un tercio del enorme patio, con un porche repleto de frescos, y el sol de mediodía bañaba las cúpulas de color verde claro. Al lado se alzaba una torre cuadrada de piedra gris, mucho más antigua que todas las demás construcciones. Stoichev nos dijo que era la torre de Hrelyo, construida por un noble medieval para refugiarse de sus enemigos políticos. Era la única parte que quedaba del monasterio primitivo, incendiado por los turcos y reconstruido siglos después en todo su esplendor. En aquel momento las campanas de la iglesia empezaron a tañer y asustaron a una bandada de palomas, que alzaron el vuelo. Cuando las seguí con la mirada, vi los picos inimaginables que se alzaban sobre nosotros. Un día de ascensión, como mínimo. Contuve el aliento. ¿Se hallaba Rossi cerca de aquí, en este lugar antiguo?

Helen, a mi lado con un delgado pañuelo atado alrededor del pelo, enlazó mi brazo, y recordé aquel momento en Santa Sofía, aquella noche en Estambul que ya parecía historia, pero que había sucedido tan sólo unos días antes, cuando aferró mi mano con tanta fuerza.

Los otomanos habían conquistado este lugar mucho antes de apoderarse de Constantinopla. Tendríamos que haber iniciado nuestro viaje aquí, no en Santa Sofía. Por otra parte, incluso antes de eso, las doctrinas de los bizantinos, su arte y arquitectura elegantes, habían influido desde Constantinopla a la cultura búlgara. Ahora Santa Sofía era un museo entre mezquitas, mientras este valle aislado rebosaba de cultura bizantina.

Stoichev, a nuestro lado, estaba disfrutando de nuestro asombro. Irina, con un sombrero de ala ancha, le sujetaba el brazo con firmeza. Sólo Ranov se mantenía apartado, contemplando el hermoso panorama con el ceño fruncido, y volvió la cabeza con suspicacia cuando un grupo de monjes con hábito negro pasó ante nosotros camino de la iglesia. Nos había costado mucho convencerle de que recogiera a Irina y Stoichev en su coche y los llevara. Quería que Stoichev tuviera el honor de enseñarnos Rila, dijo, pero no entendía por qué no podía tomar el autobús como el resto de los búlgaros. Reprimí el comentario de que no parecía que él, Ranov, tomara mucho el autobús. Nos impusimos por fin, si bien esto no impidió que Ranov se quejara del viejo profesor durante casi todo el trayecto desde Sofía hasta casa de Stoichev. Éste había utilizado su fama para fomentar supersticiones e ideas antipatrióticas. Todo el mundo sabía que se había negado a renunciar a su anticientífica lealtad a la Iglesia ortodoxa. Tenía un hijo que estudiaba en Alemania del Este, casi tan malo como él. Pero habíamos ganado la batalla, Stoichev podía venir con nosotros, y cuando paramos a comer en una taberna de las montañas, Irina nos susurró agradecida que habría intentado disuadir a su tío de ir si hubiesen tenido que tomar el autobús. No habría podido soportar un viaje tan duro con aquel calor.

—Ésta es el ala donde los monjes todavía viven —dijo Stoichev—, y allí, en aquel lado, está la hostería donde dormiremos. Ya verán lo apacible que se está de noche, pese a todos los visitantes que recibe cada día. Éste es uno de nuestros mayores tesoros nacionales, y mucha gente viene a verlo, sobre todo en verano, pero de noche vuelve a ser muy tranquilo. Vengan —añadió—, iremos a ver al abad. Le llamé ayer y nos está esperando.

Nos guió con sorprendente vigor y miró entusiasmado a su alrededor, como si el lugar le hubiera insuflado nueva vida.

Los aposentos para audiencias del abad se hallaban en el primer piso del ala monástica. Un monje con hábito negro, de larga barba castaña, nos abrió la puerta; Stoichev se quitó el sombrero y entró primero. El abad se levantó de un banco cercano a la pared y avanzó para recibirnos. El profesor y él se saludaron con mucha cordialidad, Stoichev le besó la mano y el abad le bendijo. Era un hombre delgado y de espalda erguida, de unos sesenta años, con la barba veteada de gris y serenos ojos azules (me había sorprendido bastante comprobar que había búlgaros de ojos azules). Nos estrechó la mano a la madera moderna, y también a Ranov, quien lo saludó con evidente desdén. Después nos indicó con un gesto que tomáramos asiento y apareció un monje con una bandeja sobre la que descansaban varios vasos, pero no llenos de *rakiya* en esta ocasión, sino de agua fría, acompañada por platitos de aquellas pastas con sabor a rosas que habíamos probado en Estambul. Observé que Ranov no bebía, como si temiera ser envenenado.

El abad estaba muy contento de ver a Stoichev, y pensé que la visita debía significar un placer particular para ambos. Nos preguntó por mediación de Stoichev de qué parte de Estados Unidos veníamos, si habíamos visitado otros monasterios de Bulgaria, qué podía hacer para ayudarnos, cuánto tiempo podríamos quedarnos. Stoichev habló con él un buen rato, y tradujo amablemente para que pudiéramos responder a las preguntas del abad. Podíamos utilizar la biblioteca tanto como quisiéramos, dijo el abad, y dormir en la hostería, tendríamos que asistir a los servicios en la iglesia, podíamos ir adonde quisiéramos, salvo a los aposentos de los monjes (esto con una leve indicación de cabeza en dirección a Helen e Irina) y no querían que los amigos del profesor pagaran por su alojamiento. Le dimos las gracias y Stoichev se puso en pie.

—Bien —dijo—, puesto que contamos con este amable permiso, iremos a la biblioteca.

Besó la mano del abad, inclinó la cabeza y se encaminó hacia la puerta.

—Mi tío está muy entusiasmado —nos susurró Irina—. Me ha dicho que la carta de ustedes es un gran descubrimiento para la historia de Bulgaria.

Me pregunté si la joven conocía las implicaciones de la investigación, las sombras que cubrían nuestro camino, pero me resultó im-

posible leer algo en su expresión. Ayudó a su tío a salir y le seguimos
por las impresionantes galerías de madera que flanqueaban el patio.
Ranov nos pisaba los talones con un cigarrillo en la mano.

La biblioteca era una larga galería del primer piso, que corría casi
enfrente de los aposentos del abad. En la entrada nos recibió un monje de barba negra. Era un hombre alto y enjuto, y tuve la impresión de
que miraba fijamente a Stoichev antes de saludarnos con un movimiento de cabeza.

—Es el hermano Rumen —explicó el profesor—. Es el bibliotecario actual. Nos enseñará todo lo que necesitemos examinar.

Algunos libros y manuscritos se exhibían en vitrinas con etique-
tas explicativas para los turistas. Me hubiera gustado echarles un vistazo, pero nos dirigimos hacia una galería más profunda, que se abría
al fondo de la sala. Hacía un fresco milagroso en las profundidades
del monasterio, donde ni siquiera las escasas bombillas podían expulsar la profunda oscuridad de los rincones. En este sanctasanctó-
rum, armarios y estantes de madera estaban abarrotados de cajas y
bandejas con libros. En una esquina, un pequeño templete albergaba
un icono de la Virgen y el Niño, flanqueados por dos ángeles de alas
rojas, con una lámpara de oro incrustada de joyas colgando ante ellos.
Las antiquísimas paredes eran de estuco enlucido y el olor que nos
rodeaba era el perfume familiar de pergaminos, vitela y terciopelo en
estado de lenta putrefacción. Me alegró ver que Ranov tenía, al menos, la gentileza de apagar el cigarrillo antes de seguirnos al interior
de esta cueva del tesoro.

Stoichev dio una patada en el suelo de piedra como si convocara
espíritus.

—Aquí —dijo— están viendo el corazón del pueblo búlgaro.
Aquí es donde durante cuatrocientos años los monjes conservaron
nuestra herencia, con frecuencia en secreto. Generaciones de fieles
monjes copiaron estos manuscritos o los escondieron cuando los
infieles atacaban el monasterio. Esto es un pequeño porcentaje del
legado de nuestro pueblo. Gran parte fue destruida, por supuesto,
pero estamos agradecidos por la preservación de estos restos.

Habló con el bibliotecario, quien empezó a examinar con detenimiento cajas etiquetadas de los estantes. Al cabo de unos minutos,
bajó una caja de madera y sacó de ella varios volúmenes. El de enci-

ma estaba adornado con una sorprendente pintura de Cristo (al menos yo pensé que era Cristo), con una esfera en una mano y un cetro en la otra, el rostro nublado de melancolía bizantina. Ante mi decepción, las cartas del hermano Kiril no se hallaban alojadas bajo aquella gloriosa encuadernación, sino en una más sencilla que había debajo, que tenía el aspecto de hueso viejo. El bibliotecario la llevó a la mesa, Stoichev se sentó impaciente y la abrió con deleite. Helen y yo sacamos las libretas y Ranov paseó por la biblioteca como si estuviera demasiado aburrido para estar quieto.

—Recuerdo que aquí hay dos cartas —dijo Stoichev—, y no está claro si existían más o si el hermano Kiril escribió otras que no han sobrevivido. —Indicó la primera página. Estaba cubierta de una apretada caligrafía redondeada, y el pergamino era muy viejo, de un amarillo muy oscuro. Se volvió hacia el bibliotecario para preguntarle algo—. Sí —nos dijo complacido—. Los han mecanografiado en búlgaro, al igual que otros documentos raros de ese período. —El bibliotecario dejó una carpeta delante de él, y Stoichev estuvo callado un rato, mientras examinaba las páginas mecanografiadas y volvía a revisar la antigua caligrafía—. Han hecho un trabajo excelente —dijo por fin—. Se lo traduciré como mejor pueda para que tomen notas.

Y nos leyó una versión vacilante de estas dos cartas.

Vuestra excelencia, monseñor abad Eupraxius:

Estamos en el tercer día de viaje desde Laota en dirección a Vin. Una noche dormimos en el establo de un buen labriego y una noche en la ermita de San Mijail [Miguel], donde no vive ningún monje, pero que al menos nos proporcionó el refugio seco de una cueva. La última noche nos vimos obligados por primera vez a acampar en el bosque. Extendimos esteras sobre el suelo y colocamos nuestros cuerpos dentro de un círculo formado por los caballos y una carreta. Los lobos se acercaron a la noche lo suficiente para que oyéramos sus aullidos, a consecuencia de lo cual los caballos, aterrorizados, intentaron huir. Los dominamos con grandes dificultades. Ahora me siento muy reconfortado por la presencia de los hermanos Ivan y Theodosius, con su estatura y fortaleza, y bendigo vuestra sabiduría al pedirles que nos acompañaran.

Esta noche vamos a hospedarnos en casa de un pastor de cierta riqueza y también de cierta piedad. Tiene tres mil ovejas en esta región, nos dice, y vamos a dormir en sus mullidas pieles de oveja y colchones, aunque yo he elegido el suelo por ser más adecuado a nuestra devoción. Hemos salido del bosque, entre colinas que ondulan por todos lados, por las que podemos caminar sin dificultad llueva o haga sol. El buen hombre de la casa nos dice que han padecido dos veces los ataques de los infieles desde el otro lado del río, que se encuentra a tan sólo unos días a pie, si el hermano Angelus puede curarse y seguir nuestro paso. Creo que le dejaré montar en uno de los caballos, aunque el sagrado peso del que tiran ya es lo bastante grande. Por suerte, no hemos visto señales de soldados infieles en la carretera.

Vuestro humildísimo servidor en Cristo,
Hermano. Kiril
Abril, año de Nuestro Señor de 6985

Vuestra Excelencia, monseñor abad Eupraxius:
    Hace semanas que abandonamos la ciudad y ya estamos atravesando abiertamente territorio de los infieles. No me atrevo a poner por escrito dónde nos encontramos, por si fuéramos capturados. Tal vez tendríamos que haber elegido desplazarnos por mar, pero Dios será nuestro protector a lo largo del camino que hemos elegido. Hemos visto los restos quemados de dos monasterios y una iglesia. De la iglesia aún salía humo. Cinco monjes fueron allí ahorcados por conspirar para la rebelión y sus hermanos supervivientes se han desperdigado por otros monasterios. Ésta es la única noticia que he averiguado, pues no podemos hablar mucho rato con la gente que se acerca a nuestra carreta. Sin embargo, no existen motivos para pensar que uno de estos monasterios es el que buscamos. Veremos la señal al llegar, el monstruo igual al santo. Si os podemos enviar esta misiva, mi señor, lo haré lo antes posible.

Vuestro humilde servidor en Cristo,
Hermano. Kiril
Junio, año de Nuestro Señor de 6985

Cuando Stoichev hubo terminado, guardamos silencio. Helen aún seguía tomando notas, concentrada en su trabajo, Irina estaba sentada con las manos enlazadas, Ranov se hallaba apoyado con negligencia contra una vitrina y se rascaba por debajo del cuello de la camisa. En cuanto a mí, había desistido de apuntar los acontecimientos descritos en la carta. Helen no se dejaría ni una coma. No existían pruebas claras de un destino concreto, ni mención de tumba, ni escena de entierro... La decepción que experimentaba era casi asfixiante.

Pero Stoichev no parecía nada desanimado.

—Interesante —dijo al cabo de unos largos minutos—. Interesante. La carta enviada desde Estambul que obra en su poder debe situarse cronológicamente entre estas dos cartas. En la primera y segunda, están atravesando Valaquia en dirección al Danubio. Eso se deduce de los nombres de los lugares. Después viene su carta, que el hermano Kiril escribió en Constantinopla, tal vez con la esperanza de enviar ésa y las dos anteriores desde allí. Pero no pudo o tuvo miedo de hacerlo, a menos que éstas sean unas simples copias, cosa que no hay forma de saber. Y la última carta lleva fecha de junio. Tomaron una ruta terrestre como la que describe la «Crónica» de Zacarías. De hecho, debió de ser la misma ruta, desde Constantopla atravesando Edirne y Haskovo, porque era el camino principal entre Tsarigrad y Bulgaria.

Helen alzó la vista.

—¿Podemos estar seguros de que esta carta describe Bulgaria?

—No podemos estar seguros por completo —admitió Stoichev—. No obstante, creo que es muy probable. Si viajaron desde Tsarigrad (Constantinopla), hasta un país en que estaban quemando iglesias y monasterios a finales del siglo quince, es muy probable que se trate de Bulgaria. Además, su carta de Estambul afirma que tenían la intención de ir a Bulgaria.

No pude reprimir mi frustración.

—Pero no hay más información sobre el emplazamiento del monasterio que estaban buscando. Incluso suponiendo que fuera Sveti Georgi.

Ranov se había sentado a la mesa con nosotros y se estaba contemplando los pulgares. Me pregunté si debería ocultarle mi interés por Sveti Georgi, pero ¿de qué otra forma íbamos a interrogar a Stoichev al respecto?

—No —asintió Stoichev—. El hermano Kiril no habría escrito el nombre de su destino en las cartas, al igual que no escribió el nombre de Snagov junto con el tratamiento de Eupraxius. Si los hubieran capturado, estos monasterios habrían sufrido más persecuciones a la larga, o al menos habrían sido registrados.

—Aquí hay una línea interesante. —Helen había terminado sus notas—. ¿Podría volver a leer eso de que la señal en el monasterio que buscaban era un monstruo igual a un santo? ¿Qué cree que significa?

Miré al instante a Stoichev. Esa línea también me había sorprendido a mí. Suspiró.

—Podría referirse a un fresco o un icono que hubiera en el monasterio, en Sveti Georgi, si ése era su destino. Es difícil imaginar qué imagen podía ser. Y aunque pudiéramos localizar Sveti Georgi, existen pocas esperanzas de que un icono del siglo XV continuara todavía intacto, sobre todo porque es muy probable que el monasterio fuera incendiado al menos una vez. No sé qué significa esa frase. Tal vez sea una referencia teológica que el abad sí podía comprender, pero nosotros no, o quizá se refiere a un acuerdo secreto entre ellos. Sin embargo, no hemos de olvidarla, puesto que el hermano Kiril la nombra como la señal que les confirmará su llegada al lugar exacto.

Yo aún estaba intentando superar mi decepción. Comprendí que había abrigado la esperanza de que las cartas contuvieran la clave definitiva de nuestra búsqueda, o al menos arrojaran algo de luz sobre los mapas que aún esperaba utilizar.

—Hay una cuestión todavía más extraña —comenté. Stoichev se acarició la barbilla—. La carta de Estambul dice que el tesoro que buscan, tal vez una reliquia sagrada de Tsarigrad, se halla en un monasterio concreto de Bulgaria, y por eso han de ir allí. Hágame el favor de leer ese párrafo otra vez, profesor, si es tan amable.

Yo tenía frente a mí el texto de la carta de Estambul para tenerla al lado mientras estudiábamos las demás misivas del hermano Kiril.

—Dice: «lo que buscamos ya ha sido trasladado fuera de la ciudad, a un refugio en las tierras ocupadas de los búlgaros». Éste es el párrafo —apuntó Stoichev—. La cuestión es —dio unos golpecitos con un largo índice sobre la mesa—, ¿por qué una reliquia sagrada, por ejemplo, fue sacada a escondidas de Constantinopla en 1477? La ciudad era otomana desde 1453 y la mayor parte de sus reliquias fueron destruidas durante la invasión. ¿Por qué el monasterio de Panachrantos envió una reliquia restante a Bulgaria veinticuatro años después y por qué esos monjes fueron a Constantinopla a buscar esa reliquia en particular?

—Bien, sabemos por la carta que los jenízaros estaban buscando la misma reliquia —le recordé—, de modo que también debía tener algún valor para el sultán.

Stoichev reflexionó.

—Es cierto, pero los jenízaros la buscaron después de que la sacaran del monasterio.

—Debía de ser un objeto sagrado que significaba poder político para los otomanos, así como un tesoro espiritual para los monjes de Snagov. —Helen tenía el ceño fruncido y se daba golpecitos en la mejilla con su pluma—. ¿Un libro tal vez?

—Sí —dije más animado—. Tal vez era un libro que contenía información que los otomanos deseaban y los monjes necesitaban.

De pronto Ranov me miró fijamente desde el otro lado de la mesa.

Stoichev asintió poco a poco, pero al cabo de un segundo recordé que esto significaba desacuerdo.

—Los libros de ese período no solían contener información política. Eran textos religiosos, copiados muchas veces para su uso en los monasterios o para las escuelas islámicas o las mezquitas si eran otomanos. No es probable que los monjes hicieran un viaje tan peligroso por una copia de los Evangelios. Ya guardarían libros similares en Snagov.

—Un momento. —Helen nos miró con los ojos muy abiertos—. Esperad. Tiene que existir alguna relación con las necesidades de Snagov, con la Orden del Dragón o tal vez con el velatorio de Drácula. ¿Os acordáis de la «Crónica»? El abad quería que enterraran a Drácula en otro lugar.

—Es cierto —musitó Stoichev—. Quería que enviaran su cadáver a Tsarigrad, incluso a riesgo de que sus monjes perdieran la vida.

—Sí —dije.

Creo que estaba a punto de añadir algo más, pero Helen se volvió de repente hacia mí y sacudió mi brazo.

—¿Qué? —pregunté, pero para entonces ella ya había recuperado por completo la calma.

—Nada —dijo en voz baja, sin mirarme a mí ni a Ranov.

Deseaba con todas mis fuerzas que nuestro guía saliera a fumar o se cansara de la conversación para que Helen pudiera hablar con toda libertad. Stoichev le dirigió una mirada penetrante y al cabo de un momento empezó a explicar con voz monótona cómo estaban hechos los manuscritos medievales, cómo se copiaban (a veces por monjes analfabetos, con pequeños errores que se transmitían por generaciones) y cómo los eruditos modernos catalogaban las diferentes caligrafías. Me desconcertó el hecho de que se explayara hasta tal punto, aunque lo que decía me interesaba mucho. Por suerte, me quedé callado durante su disquisición, porque al fin Ranov se puso a bostezar. Se levantó y salió de la biblioteca, al tiempo que sacaba un paquete de cigarrillos del bolsillo. En cuanto desapareció, Helen se apoderó de mi brazo de nuevo. Stoichev la miró fijamente.

—Paul —dijo con una expresión tan extraña que le rodeé los hombros con el brazo, convencido de que se iba a desmayar—. ¡Su cabeza! ¿No lo entiendes? ¡Drácula volvió a Estambul para recuperar su cabeza!

Stoichev emitió un sonido estrangulado, pero ya era demasiado tarde. Vi que el rostro anguloso del hermano Rumen se asomaba por el borde de una estantería. Había regresado en silencio a la sala, y aunque nos daba la espalda mientras guardaba algo, estaba escuchando. Al cabo de un momento, salió con sigilo otra vez, y todos guardamos silencio. Helen y yo nos miramos, y yo me levanté para explorar las profundidades de la sala. El hombre se había ido, pero sería cuestión de tiempo que alguien (Ranov, por ejemplo) se enterara de lo que Helen acababa de decir. ¿Qué uso haría Ranov de una información como ésa?

62

Pocos momentos de mis años de investigación, redacción y reflexión me han producido tal acceso de clarividencia como aquel en que Helen expresó en voz alta su teoría en la biblioteca de Rila. Vlad Drácula había vuelto a Constantinopla en busca de su cabeza o, mejor dicho, el abad de Snagov había enviado su cuerpo a la capital para que se reuniera con su cabeza. ¿Lo habría solicitado Drácula por anticipado, a sabiendas de la recompensa ofrecida por su cabeza y conocedor de la propensión del sultán a exhibir las cabezas de sus enemigos al populacho? ¿O acaso el abad se había responsabilizado de la misión, al no querer que el cadáver decapitado de su protector, tal vez hereje, o peligroso, permaneciera en Snagov? Bien, un vampiro sin cabeza no podía suponer una gran amenaza (la imagen casi era cómica), pero el revuelo que había ocasionado entre sus monjes había sido suficiente para convencer al abad de que debía dar cristiana sepultura a Drácula en otro lugar. Era probable que el abad no se hubiera decidido a destruir el cuerpo de su príncipe. ¿Quién sabía qué había prometido el abad a Drácula?

Una imagen singular apareció en mi mente: el palacio de Topkapi en Estambul, por donde había paseado aquella reciente mañana de verano, y las puertas ante las que los verdugos otomanos habían exhibido las cabezas de los enemigos del sultán. La cabeza de Drácula habría merecido una de las estacas más altas, pensé: el Empalador, empalado por fin. ¿Cuánta gente habría ido a verla, la prueba del triunfo del sultán? Helen me había dicho en una ocasión que hasta los habitantes de Estambul habían temido a Drácula y les preocupaba que asolara su ciudad. Ningún campamento turco volvería a temblar ante la amenaza de su ataque. Al final, el sultán se había hecho con el control de aquella turbulenta región y podía colocar a un vasallo otomano en el trono de Valaquia, tal como deseaba desde hacía años. Todo cuanto quedaba del Empalador era un horripilante trofeo, con los ojos arrugados, el pelo y el bigote enmarañados y aglutinados por la sangre.

Dio la impresión de que nuestro compañero estaba pensando en
una imagen similar. En cuanto nos aseguramos de que el hermano
Rumen había salido, Stoichev habló en voz baja.

—Sí, es muy posible, pero ¿cómo pudieron los monjes de Panachrantos sacar la cabeza de Drácula del palacio del sultán? Era un
verdadero tesoro, como decía Stefan en su narración.

—¿Cómo conseguimos los visados para entrar en Bulgaria? —preguntó Helen al tiempo que enarcaba las cejas—. *Bakshish*. Los monasterios eran muy pobres después de la conquista, pero algunos tal vez tenían riquezas escondidas, monedas de oro, joyas, algo capaz de tentar
a los guardias del sultán.

Me pareció interesante esta observación.

—Nuestro guía de Estambul dijo que las cabezas de los enemigos del sultán eran arrojadas al Bósforo después de haber sido exhibidas durante un tiempo. Tal vez alguien de Panachrantos intervino
en algún momento. Eso debió ser menos peligroso que intentar sacar
la cabeza por las puertas del palacio.

—No podemos saber la verdad —dijo Stoichev—, pero creo que
la teoría de la señorita Rossi es muy buena. Su cabeza es el objeto más
plausible que esos monjes pudieron ir a buscar a Tsarigrad. También
existe una buena razón teológica. Nuestra fe ortodoxa afirma que, en
lo posible, el cuerpo ha de estar entero al morir (nosotros no practicamos la incineración, por ejemplo) porque el Día del Juicio resucitaremos en nuestros cuerpos.

—¿Qué me dice de los santos y todas sus reliquias, diseminadas
por todas partes? —pregunté vacilante—. ¿Cómo van a resucitar en
su totalidad? Dejando aparte que, hace algunos años, vi cinco manos
de san Francisco en Italia.

Stoichev rió.

—Los santos gozan de privilegios especiales —dijo—, pero Vlad
Drácula, pese a ser un excelente exterminador de turcos, no era un
santo. De hecho, Eupraxius estaba muy preocupado por su alma inmortal, al menos según el relato de Stefan.

—O por su cuerpo inmortal —subrayó Helen.

—Bien —dije—, tal vez los monjes de Panachrantos se llevaron su

cabeza para enterrarla como es debido, arriesgando sus vidas, y los jenízaros se dieron cuenta del robo y empezaron a buscarla, de manera
que el abad prefirió sacarla de Estambul antes que enterrarla allí. Tal
vez había peregrinos que iban a Bulgaria de vez en cuando —miré a
Stoichev en busca de confirmación— y pidieron que la llevaran a enterrar a... Sveti Georgi o a algún otro monasterio búlgaro donde tuvieran
contacto. Y entonces llegaron los monjes de Snagov, pero demasiado
tarde para reunir el cuerpo con la cabeza. El abad de Panachrantos se
enteró y habló con ellos, y los monjes de Snagov decidieron terminar su
misión y continuaron camino con el cuerpo. Además, tenían que salir
de la ciudad antes de que los jenízaros se interesaran por ellos.

—Una teoría estupenda. —Stoichev me sonrió—. Como ya he dicho, no lo sabemos con seguridad, porque se trata de acontecimientos
que nuestros documentos sólo insinúan, pero usted ha plasmado una
imagen convincente. A la larga, le alejaremos de los comerciantes holandeses.

Me ruboricé, en parte de placer y en parte de pesar, pero la sonrisa de Stoichev era cordial.

—Y después la presencia y partida de los monjes de Snagov puso
en guardia a la red otomana —Helen prosiguió la posible historia—
y tal vez registraron los monasterios y descubrieron que los monjes se
habían alojado en Santa Irene. Entonces informaron a las autoridades
sobre el viaje de los monjes y la ruta que iban a seguir, quizás hacia
Edirne y después hacia Haskovo. Haskovo era la primera ciudad búlgara de importancia en la que entraron los monjes, y fue allí donde
fueron..., ¿cómo se dice...?, detenidos.

—Sí —concluyó Stoichev—. Las autoridades otomanas tortura-
ron a dos de ellos para obtener información, pero aquellos dos valientes monjes no dijeron nada. Las autoridades registraron la carreta
y sólo encontraron comida. Pero esto nos conduce a una pregunta:
¿por qué los soldados otomanos no encontraron el cadáver?

Vacilé.

—Quizá no estaban buscando un cadáver. Tal vez seguían buscando la cabeza. Si los jenízaros no habían averiguado gran cosa sobre el asunto en Estambul, quizá pensaron que los monjes de Snagov
se habían encargado de transportar la cabeza. La «Crónica» de Zacarías dice que los otomanos se enfurecieron cuando abrieron algunos

fardos y sólo encontraron comida. Puede que los monjes escondieran el cadáver en los bosques cercanos si alguien les había advertido del registro.

—O tal vez construyeron la carreta con un espacio secreto donde ocultarlo —sugirió Helen.

—Pero un cadáver huele —le recordé con brusquedad.

—Eso depende de tus creencias.

Me dirigió una mirada inquisitiva, pero encantadora.

—¿De mis creencias?

—Sí. Un cadáver que corre el peligro de transformarse en No Muerto, o ya es un No Muerto, con lo cual no se corrompe, o se descompone con más lentitud. Cuando los aldeanos de la Europa del Este sospechaban que podía haber casos de vampirismo, exhumaban los cuerpos para verificar su estado y destruían siguiendo un ritual aquellos que no estaban tan descompuestos como cabía esperar. Es una costumbre que todavía impera.

Stoichev se estremeció.

—Una actividad peculiar. He oído hablar de ella incluso en Bulgaria, aunque ahora es ilegal, por supuesto. La Iglesia siempre ha desaprobado la profanación de tumbas y ahora nuestro Gobierno desaprueba todas las supersticiones... como puede.

Helen casi se estremeció.

—¿Hay algo más extraño que esperar la resurrección de la carne? —preguntó, pero sonrió a Stoichev, quien también se sintió fascinado.

—*Madame* —dijo él—, tenemos interpretaciones muy diferentes de nuestra herencia, pero saludo su rapidez mental. Y ahora, amigos míos, me gustaría dedicar un poco de tiempo a estudiar sus mapas. Se me ha ocurrido que hay materiales en esta biblioteca que pueden sernos útiles si los leemos. Concédanme una hora. Lo que voy a hacer será pesado para ustedes, y lento de explicar para mí.

Ranov acababa de entrar en aquel momento, inquieto, y paseó la vista a su alrededor. Confié en que no hubiera escuchado la mención a los mapas. Stoichev carraspeó.

—Tal vez quieran ir a la iglesia y admirar su belleza.

Stoichev miró de reojo un momento a Ranov. Helen comprendió al instante y se acercó a nuestro guía para embrollarle en una ligera complicación, mientras yo buscaba en el maletín y sacaba mi carpeta con copias de los mapas. Cuando vi la ansiedad con que Stoichev los cogía, mi corazón saltó de esperanza.

Por desgracia, Ranov parecía más interesado en acechar el trabajo de Stoichev y conferenciar con el bibliotecario que en seguirnos, aunque yo deseaba con todas mis fuerzas sacárnoslo de encima.

Ranov sonrió.

—¿Tienen hambre? Aún no es la hora de la cena. Aquí se sirve a las seis. Habrá que esperar. Tendremos que compartirla con los monjes, por desgracia.

Nos dio la espalda y empezó a estudiar un estante con volúmenes encuadernados en piel.

Helen me siguió hasta la puerta y apretó mi mano.

—¿Vamos a dar un paseo? —dijo en cuanto estuvimos fuera.

—En este momento ya no sé qué hacer sin Ranov —dije malhumorado—. ¿De qué vamos a hablar sin él?

Ella rió, pero me di cuenta de que también estaba preocupada.

—¿Volvemos dentro e intentamos distraerle?

—No —dije—, mejor que no. Cuanto más nos esforcemos, más se preguntará qué está mirando Stoichev. No podemos deshacernos de él como no podemos deshacernos de una mosca.

—Sería una mosca estupenda.

Helen me tomó del brazo. El sol todavía brillaba en el patio, y hacía calor cuando salimos de la sombra de los muros y galerías del inmenso monasterio. Cuando alcé la vista, vi las pendientes boscosas que rodeaban el monasterio y los picos rocosos verticales sobre ellas. Muy en lo alto, un águila volaba en círculos. Monjes con su pesado hábito negro, gorro alto y larga barba negra iban y venían entre la iglesia y la primera planta del monasterio, barrían los suelos de las galerías de madera o estaban sentados en un triángulo de sombra cercano al porche de la iglesia. Me pregunté cómo aguantaban el calor del verano con aquellas prendas. El interior de la maravillosa iglesia me dio cierta pista. Estaba tan fresca como una casa en primavera, iluminada tan sólo por velas parpadeantes y el brillo del oro, el latón y las joyas. Las paredes interiores estaban adornadas con espléndidos frescos («Hechos en el siglo XIX», me confió Helen), y yo me detuve ante una imagen especialmente solemne, un santo de larga barba blanca y pelo blanco peinado con raya que nos miraba.

—Ivan Rilski.

Helen leyó las letras que había cerca de la aureola.

—És el santo cuyos huesos fueron traídos aquí ocho años antes de que nuestro amigo valaco entrara en Bulgaria, ¿verdad? La «Crónica» hablaba de él.

—Sí.

Helen se plantó ante la imagen, como si pensara que iba a hablarnos si nos quedábamos allí el tiempo suficiente.

La interminable espera me estaba crispando los nervios.

—Helen —dije—, vamos a dar un paseo. Podemos subir a la montaña y disfrutar de la vista.

Si no hacía un poco de ejercicio, pensar en Rossi iba a volverme loco.

—De acuerdo —accedió ella, y me miró fijamente, como si leyera mi impaciencia—. Si no está demasiado lejos. Ranov no permitirá que nos alejemos mucho.

El camino que ascendía serpenteaba a través del espeso bosque que nos protegía del calor de la tarde casi tanto como había hecho la iglesia. Era tan estupendo librarse de Ranov siquiera por unos minutos que me limité a mecer la mano de Helen adelante y atrás mientras paseábamos.

—¿Crees que le cuesta decidir entre nosotros y Stoichev?

—Oh, no —repuso Helen sin vacilar—. Ha encargado a otra persona que nos siga. Nos la encontraremos dentro de un rato, sobre todo si desaparecemos más de media hora. No puede con nosotros solo y ha de pegarse a Stoichev para averiguar el objetivo de nuestra investigación.

—Pareces muy segura —le dije examinando su perfil mientras andábamos por la pista de tierra. Se había echado el sombrero hacia atrás y tenía la cara un poco colorada—. No puedo imaginarme crecer en medio de tanto cinismo y bajo vigilancia constante del Estado.

Helen se encogió de hombros.

—Antes a mí no me parecía tan terrible porque no conocía nada diferente.

—Pero querías abandonar tu país y pasar a Occidente.

—Sí —dijo al tiempo que me miraba de soslayo—. Quería abandonar mi país.

Nos paramos a descansar unos minutos sobre un árbol caído cerca de la carretera.

—He estado pensando en por qué nos dejaron pasar a Bulgaria —dije. Incluso aquí, en el bosque, hablaba en voz baja.

—Y en por qué nos dejan pasear a nuestro aire. —Asintió—. ¿Te has parado a pensarlo?

—Me parece —dije poco a poco —que si no nos impiden encontrar lo que estamos buscando, cosa que podrían hacer con toda facilidad, es porque *quieren* que lo encontremos.

—Bien, Sherlock. —Helen abanicó mi cara con la mano—. Estás aprendiendo mucho.

—Digamos que saben o sospechan qué estamos buscando. ¿Por qué pueden considerar valioso, incluso posible, que Vlad Drácula sea un No Muerto? —Me costó un esfuerzo decir esto en voz alta, aunque mi voz se convirtió casi en un susurro—. Me has dicho muchas veces que los gobiernos comunistas desprecian las supersticiones campesinas. ¿Por qué nos alientan así al no impedir que sigamos investigando? ¿Creen que van a obtener alguna especie de poder sobrenatural sobre el pueblo búlgaro si encontramos la tumba de Drácula aquí?

Helen meneó la cabeza.

—No. Su interés se basa en el poder, desde luego, pero siempre desde un punto de vista científico. Además, se trata del descubrimiento de algo interesante y no deben querer que un norteamericano se lleve el mérito. Piensa: ¿qué sería más poderoso para la ciencia que el descubrimiento de que los muertos pueden resucitar o pueden transformarse en No Muertos? Sobre todo para el bloque del Este, con sus grandes líderes embalsamados en sus tumbas.

La visión del rostro amarillento de Georgi Dimitrov, en el mausoleo de Sofía, destelló en mi mente.

—Entonces, aún tenemos más motivos para destruir a Drácula —dije, pero sentí que la frente se me cubría de sudor.

—Y yo me pregunto —añadió Helen en tono sombrío— si destruirle serviría de mucho en el futuro. Piensa en lo que Stalin hizo a su pueblo, en Hitler. No necesitaron vivir quinientos años para perpetrar tantos horrores.

—Lo sé —dije—. También lo he pensado.

Helen asintió.

—Lo más extraño es que Stalin admiraba sin ambages a Iván el Terrible. Dos líderes que no dudaron a la hora de aplastar y masacrar a su propio pueblo, de hacer lo que fuera necesario con el fin de consolidar su poder. ¿Y a quién crees que admiraba Iván el Terrible?

Sentí que la sangre se retiraba de mi corazón.

—Dijiste que corrían muchas historias rusas sobre Drácula.

—Sí. Exacto.

La miré fijamente.

—¿Te imaginas un mundo en el que Stalin pudiera vivir quinientos años? —Estaba rascando una parte blanda del tronco con la uña—. ¿O tal vez eternamente?

Apreté los puños.

—¿Crees que podemos localizar una tumba medieval sin conducir a nadie más hasta ella?

—Será muy difícil, quizás imposible. Estoy segura de que hay gente vigilándonos por todas partes.

En aquel momento, un hombre dobló un recodo del sendero. Me sobresaltó tanto su aparición que estuve a punto de blasfemar en voz alta, pero era una persona de aspecto sencillo, vestida con ropa gruesa y cargada con un puñado de ramas. Nos saludó con la mano y continuó su camino. Miré a Helen.

—¿Lo ves? —dijo ella en voz baja.

A mitad de la subida encontramos un empinado saliente rocoso.

—Mira —dijo Helen—. Sentémonos aquí unos minutos.

El valle, empinado y boscoso, se hallaba directamente bajo nuestros pies, casi ocupado por los muros y tejados rojos del monasterio. Ahora vi con claridad el tamaño enorme del complejo. Formaba una estructura angular alrededor de la iglesia, cuyas cúpulas brillaban a la luz del atardecer, y la torre de Hrelyo se alzaba en su centro.

—Desde aquí se comprueba que el lugar estaba muy bien fortificado. Imagina cuántas veces lo habrán observado sus enemigos así.

—O los peregrinos —me recordó Helen—. Para ellos no sería un desafío militar, sino un destino espiritual.

Se recostó contra el tronco de un árbol y se alisó la falda. Había dejado caer el bolso, se había quitado el sombrero y subido las mangas de su blusa clara para defenderse del calor. Un fino sudor perlaba su frente y mejillas. Su rostro albergaba la expresión que más me gustaba: estaba perdida en sus pensamientos, mirando hacia dentro y hacia fuera al mismo tiempo, con los ojos bien abiertos y concentrados, la mandíbula firme. Por algún motivo, yo valoraba más esa mirada que las que me dirigía. Llevaba el pañuelo alrededor del cuello, aunque la marca del bibliotecario ya no era más que un hematoma, y el pequeño crucifijo destellaba debajo. Su áspera belleza me produjo una punzada, no sólo de deseo físico sino de algo muy cercano a admiración por su entereza. Era intocable, mía, pero lejana.

—Helen —dije sin coger su mano. No había tenido la intención de hablar, pero no pude contenerme—. Me gustaría preguntarte una cosa.

Ella asintió, con los ojos y los pensamientos clavados en el enorme monasterio.

—¿Quieres casarte conmigo?

Se volvió poco a poco hacia mí, y me pregunté si estaba viendo estupor, diversión o placer en su rostro.

—Paul —dijo muy seria—, ¿cuánto hace que nos conocemos?

—Veintitrés días —admití. Comprendí entonces que no había reflexionado con detenimiento en lo que haría si se negaba, pero era demasiado tarde para retirar la pregunta o reservarla para otro momento. Y si se negaba, no podía lanzarme al precipicio en mitad de mi búsqueda de Rossi, aunque sintiera la tentación.

—¿Crees que me conoces?

—En absoluto —repliqué sin vacilar.

—¿Crees que te conozco?

—No estoy seguro.

—Nos hemos tratado muy poco. Venimos de mundos diferentes por completo. —Esta vez sonrió, como para dulcificar sus palabras—. Además, siempre he pensado que no me casaría. No soy del tipo de mujer que se casa. ¿Y qué me dices de esto? —Se tocó la cicatriz del cuello—. ¿Te casarías con una mujer que lleva la marca del infierno?

—Te protegería de cualquier infierno que intentara acercarse a ti.

—¿No sería una carga? ¿Cómo podríamos tener hijos —su mirada era dura y directa— sabiendo que esta contaminación podría llegar a afectarles?

Me costó hablar debido al nudo que sentía en la garganta.

—Entonces, ¿contestas que no, o puedo pedírtelo en otro momento?

Su mano (no podía imaginar vivir sin esa mano, con sus uñas cuadradas, la piel suave sobre el hueso duro) se cerró sobre la mía y pensé por un momento que no tenía un anillo que ofrecerle.

Helen me miró muy seria.

—La respuesta es que me casaré contigo, por supuesto.

Después de semanas de búsqueda inútil de la otra persona a la que más quería, me quedé demasiado estupefacto por la facilidad de este descubrimiento para hablar o para besarla. Seguimos sentados en silencio, contemplando los rojos, dorados y grises del inmenso monasterio.

63

Barley estaba a mi lado, en la habitación de mi padre, contemplando el desastre, pero fue más rápido en ver lo que yo había pasado por alto: los papeles y libros diseminados encima de la cama. Encontramos un ejemplar manoseado del *Drácula* de Bram Stoker, una nueva historia de herejías medievales en el sur de Francia, y un volumen de aspecto muy antiguo sobre el mito de los vampiros en Europa.

Entre los libros había papeles, incluyendo notas de su puño y letra, y entre éstas diversas postales con una letra desconocida para mí, pulcra y diminuta, en tinta oscura. Barley y yo nos pusimos al unísono (me alegré una vez más de no estar sola) a examinar los papeles, y mi primer instinto fue recoger las postales. Los sellos eran de un amplio abanico de países: Portugal, Francia, Italia, Mónaco, Finlandia, Austria, pero no llevaban matasellos. A veces, el mensaje de una postal se continuaba en cuatro o cinco más, todas numeradas. Lo más asombroso era que todas estaban firmadas por Helen Rossi e iban dirigidas a mí.

Barley, que miraba por encima de mi hombro, advirtió mi estupor, y ambos nos sentamos en el borde de la cama. La primera era de Roma, una fotografía en blanco y negro de los restos esqueléticos del foro.

Mayo de 1962

Querida hija:

¿En qué idioma debería escribirte, hija de mi corazón y de mi cuerpo, a la que no veo desde hace más de cinco años? Tendríamos que haber estado hablando durante todo este tiempo, un no idioma de sonidos suaves y besos, miradas, murmullos. Es tan difícil para mí pensar en eso, recordar lo que me he perdido, que hoy debo dejar de escribir, cuando sólo he empezado a intentarlo.

Tu madre que te quiere,
Helen Rossi

La segunda postal era en color, ya desteñido, de flores y urnas. Los Jardines de Boboli, Boboli.

Mayo de 1962

Querida hija:

Te contaré un secreto: odio este inglés. El inglés es un ejercicio de gramática o una clase de literatura. En el fondo de mi corazón, creo que hablaría mejor contigo en mi propio idioma, el húngaro, o incluso en ese idioma que fluye en el interior de mi húngaro, el rumano. El rumano es el idioma del monstruo que estoy buscando, pero ni siquiera eso me lo ha hecho odioso. Si estuvieras sentada en mi regazo esta mañana, mirando estos jardines, te enseñaría la primera lección: «Ma numesc...». Y después susurraríamos tu nombre una y otra vez, en la lengua dulce que también es tu lengua materna. Te explicaría que el rumano es el idioma de un pueblo valiente, bondadoso, triste, de pastores y agricultores, y de tu abuela, cuya vida arruinó él desde lejos. Te hablaría de las cosas hermosas que ella me contó, de las estrellas que brillan por la noche sobre su pueblo, de los faroles en el río. «Ma numesc...» Contarte eso significaría una felicidad insoportable para un solo día.

Tu madre que te quiere,
Helen Rossi

Barley y yo nos miramos, y él rodeó mi cuello con el brazo.

64

Encontramos a Stoichev muy animado frente a la mesa de la biblioteca. Ranov estaba sentado ante él, tamborileando con los dedos, y de vez en cuando echaba un vistazo a un documento que el viejo estudioso había dejado a un lado. Parecía más irritado que nunca, lo cual sugería que Stoichev no había contestado a sus preguntas. Cuando entramos, profesor alzó la mirada con impaciencia.

—Creo que lo tengo —dijo en un susurro.

Helen se sentó a su lado y yo me incliné sobre los manuscritos que estaba examinando. Eran parecidos a las cartas del hermano Kiril en diseño y ejecución, escritos con letra muy apretada y clara en hojas descoloridas y desmenuzadas en los bordes. Reconocí las letras eslavas de las cartas. Al lado había dejado nuestros mapas. Descubrí que apenas podía respirar, confiando pese a todo en que nos diría algo de verdadera importancia. Tal vez la tumba estaba aquí, en Rila, pensé de repente. Tal vez por eso Stoichev había insistido en venir, porque lo sospechaba. Me dejó sorprendido e intranquilo que quisiera anunciar algo delante de Ranov.

Stoichev paseó la mirada a su alrededor, miró a Ranov, se masajeó su frente arrugada y dijo en voz baja:

—Creo que la tumba no está en Bulgaria.

Sentí que la sangre se retiraba de mi cabeza.

—¿Qué?

Helen estaba mirando fijamente a Stoichev, y Ranov apartó la vista y siguió tamborileando con los dedos, como si sólo escuchara a medias.

—Lamento decepcionarles, amigos míos, pero tengo claro, después de leer este manuscrito, el cual hacía años que no examinaba, que un grupo de peregrinos volvió a Valaquia desde Sveti Georgi hacia 1478. Este manuscrito es un documento aduanero. Concedía permiso para transportar unas reliquias de origen valaco a Valaquia. Lo siento. Tal vez podrán ir allí algún día para ahondar en el asunto. Si desean continuar su investigación sobre las rutas búlgaras de los peregrinos, les ayudaré encantado.

Le miré sin poder hablar. No podíamos ir a Rumanía después de esto, pensé. Era un milagro que hubiéramos llegado tan lejos.

—Recomiendo que consigan permiso para ver otros monasterios y las rutas en las que se encuentran, en particular el monasterio de Bachkovo. Es un bello ejemplo de nuestro bizantino búlgaro, y los edificios son mucho más antiguos que los de Rila. Además, guardan manuscritos muy raros que los monjes peregrinos regalaron al monasterio. Será interesante para ustedes, y así recogerán material para sus artículos.

Ante mi asombro, Helen pareció aceptar de buen grado el plan.

—¿Podría arreglarse, señor Ranov? —preguntó—. Tal vez al profesor Stoichev le gustaría acompañarnos también.

—Oh, temo que he de regresar a casa —dijo con pesar Stoichev—. Tengo mucho trabajo que hacer. Ojalá pudiera ayudarles en Bachkovo, pero puedo enviar una carta de presentación al abad. El señor Ranov podrá servirles de intérprete, y el abad les ayudará a traducir los documentos que deseen. Es un gran especialista en la historia del monasterio.

—Muy bien.

Ranov pareció complacido al saber que Stoichev iba a dejarnos. No podíamos comentar nada acerca de esta terrible situación, pensé. Debíamos seguir fingiendo que íbamos a investigar a otro monasterio, y decidir qué haríamos a continuación. ¿Rumanía? La imagen de la puerta del despacho de Rossi apareció de nuevo en mi mente. Estaba cerrada, cerrada con llave. Rossi nunca la volvería a abrir. Miré como atontado a Stoichev cuando devolvió los manuscritos a su caja y cerró la tapa. Helen la subió al estante y le ayudó a salir. Ranov nos siguió en silencio, un silencio en el que, pensé, se regodeaba. Ignorábamos qué había conseguido averiguar, y nos quedaríamos solos otra vez con nuestro guía. Después podríamos acabar nuestra investigación y abandonar Bulgaria lo antes posible.

Al parecer, Irina había estado en la iglesia. Cruzó el patio bañado por el sol en nuestra dirección cuando salimos, y al verla, Ranov se volvió para fumar en una de las galerías, para luego encaminarse a la puerta principal y salir por ella. Pensé que caminaba un poco más deprisa cuando llegó a la puerta. Tal vez él también necesitaba descansar de nosotros. Stoichev se dejó caer en un banco de madera cercano a la puerta, con la mano protectora de Irina sobre su hombro.

—Vengan aquí —dijo en voz muy baja, y sonrió como si sólo estuviéramos charlando—. Hemos de hablar deprisa, ahora que nuestro amigo no puede oírnos. No era mi intención asustarles. No existe ningún documento acerca de un peregrinaje a Valaquia que transportara reliquias. Lamento decir que estaba mintiendo. Vlad Drácula está enterrado sin duda en Sveti Georgi, esté donde esté, y he descubierto algo muy importante. Stefan decía en la «Crónica» que Sveti Georgi estaba cerca de Bachkovo. Yo no establecía ninguna relación entre esa zona y los mapas de ustedes, pero existe una carta del abad de Bachkovo dirigida al abad de Rila, de principios del siglo dieciséis. No me atreví a enseñársela delante de nuestro acompañante. Esta carta afirma que el abad de Bachkovo ya no necesita la ayuda del de Rila, ni de ningún otro sacerdote, para eliminar la herejía surgida en Sveti Georgi porque el monasterio ha sido incendiado y los monjes se han dispersado. Advierte al abad de Rila de que vigile la aparición de monjes venidos de allí o de cualquier monje empeñado en propagar la idea de que el dragón ha matado a Sveti Georgi, san Jorge, porque es la señal de su herejía.

—El dragón ha matado... Espere —dije—. ¿Se refiere a la frase del monstruo y el santo? Kiril dijo que estaban buscando un monasterio con una señal en la que el santo y el monstruo eran iguales.

—San Jorge es una de las figuras más importantes de la iconografía búlgara —dijo Stoichev en voz baja—. Sería una extraña inversión que el dragón venciera a san Jorge. Pero recuerde que los monjes valacos estaban buscando un monasterio que ya tenía esa señal, porque sería el lugar correcto donde reunir el cuerpo de Drácula con su cabeza. Ahora empiezo a preguntarme si existía una herejía más importante de la que no tenemos noticia, conocida en Constantinopla o en Valaquia, o que hubiera llegado a oídos del propio Drácula. ¿Poseía la Orden del Dragón sus propias creencias religiosas, al margen de la disciplina de la Iglesia? ¿Cabe la posibilidad de que creara una herejía? Nunca me lo había planteado hasta hoy. —Meneó la cabeza—. Han de ir a Bachkovo y preguntar a su abad si sabe algo de esta equivalencia o inversión de monstruo y santo. Han de preguntárselo en secreto. La carta que le he dirigido, que su guía le leerá, sólo implicará que desean llevar a cabo una investigación sobre las rutas de los peregrinos, pero han de encontrar una manera de hablar con él en secreto. Además, hay un monje que había sido un erudito, un notable investigador de la historia de Sveti Georgi. Trabajó con Atanas Angelov y fue la segunda persona que vio la «Crónica» de Zacarías. Se llamaba Pondev cuando le conocí, pero no sé qué nombre llevará ahora que es monje. El abad les ayudará a identificarle. Hay algo más. No tengo un mapa de la zona cercana a Bachkovo, pero creo que al noreste del monasterio existe un valle largo y tortuoso que en tiempos remotos debió atravesar un río. Recuerdo haberlo visto una vez, y hablado de él con los monjes cuando visité la región, aunque no me acuerdo de cómo lo llamaban. ¿Podría ser la cola de nuestro dragón? Pero en ese caso, ¿qué zona correspondería al ala del dragón? También tendrán que descubrir esto.

Tuve ganas de arrodillarme ante Stoichev y besar su pie.

—¿No vendrá con nosotros?

—Plantaría cara incluso a mi sobrina por hacerlo —replicó el hombre, y sonrió a Irina—, pero temo que sólo despertaría más sospechas. Si su guía cree que aún sigo interesado en esta investigación, todavía prestará más atención. Vengan a verme en cuanto regresen a Sofía, si pueden. Pensaré en ustedes en todo momento, deseándoles un buen viaje y que encuentren lo que buscan. Han de llevarse esto.

Puso en las manos de Helen un pequeño objeto, pero ella cerró los dedos en torno a él con tal celeridad que no pude ver lo que era o dónde lo había guardado.

—El señor Ranov se ha ausentado mucho rato, demasiado para él —observó en voz baja.

La miré de inmediato.

—¿Voy a ver qué hace?

Había aprendido a confiar en los instintos de Helen, y me encaminé hacia la puerta principal sin esperar la respuesta.

Vi a Ranov en el exterior del gran complejo con otro hombre cerca de un coche azul largo. Su acompañante era alto y elegante, con su traje de verano y el sombrero, y algo me impulsó a detenerme a la sombra de la puerta. Se hallaban enfrascados en una vehemente conversación, que se interrumpió con brusquedad. El hombre apuesto dio a Ranov una palmada en la espalda y subió al vehículo. Yo también sentí el leve impacto de la cordial palmada, porque conocía el gesto y lo había experimentado. Por increíble que pareciera, el hombre que salía ahora poco a poco del polvoriento aparcamiento era Géza József. Retrocedí hacia el interior del patio y volví al lado de Stoichev y Helen con la mayor rapidez posible. Helen me dirigió una mirada penetrante. Tal vez también ella estaba empezando a confiar en mis intuiciones. La llevé a un lado un momento, y Stoichev, aunque parecía perplejo, era demasiado educado para hacerme preguntas.

—Creo que József está aquí —susurré a toda prisa—. No le vi la cara, pero alguien muy parecido a él estaba hablando con Ranov hace un momento.

—Mierda —dijo Helen en voz baja. Creo que fue la primera y última vez que le oí decir una palabrota.

Un momento después Ranov se acercó corriendo.

—Es hora de cenar —dijo sin más, y yo me pregunté si se habría arrepentido de dejarnos a solas con Stoichev, aunque fuera unos pocos minutos. Su tono me convenció de que no me había visto fuera—. Vengan conmigo. Vamos a cenar.

La cena del silencioso monasterio era deliciosa, platos caseros servidos por dos monjes. Un puñado de turistas se alojaba en la hostería con nosotros, y observé que algunos hablaban otros idiomas, además del búlgaro. Los de habla alemana debían proceder de Alemania del Este, pensé, y tal vez el otro sonido era checo. Comimos con avidez, sentados a la larga mesa de madera, con los monjes alineados en otra mesa cercana, y pensé con placer en los catres estrechos que nos aguardaban. Helen y yo no gozábamos de un momento a solas, pero sé que ella debía estar pensando en la presencia de József. ¿Qué estaría tramando con Ranov? Mejor dicho, ¿qué quería de nosotros? Recordé que Helen me había advertido de que nos seguían. ¿Quién le había dicho dónde estábamos?

Había sido un día agotador, pero yo estaba tan ansioso por ir a Bachkovo que me habría ido de buena gana a pie si así hubiera podido llegar antes. En cambio, nos fuimos a dormir para el viaje del día siguiente. Mezclada con los ronquidos de Berlín Este y Praga escuché la voz de Rossi reflexionar sobre algún punto controvertido de nuestro trabajo, y a Helen diciendo, divertida por mi falta de perspicacia: «Me casaré contigo, por supuesto».

65

Querida hija:

Como sabes, somos ricos debido a ciertas cosas terribles que nos ocurrieron a tu padre y a mí. Dejé casi todo ese dinero a tu padre, para que te cuidara, pero tengo suficiente para poder llevar a cabo una larga búsqueda, un asedio. Cambié un poco en Zúrich hace dos años, y abrí una cuenta corriente a un nombre que no diré a nadie. Mi cuenta bancaria es abundante. Saco de ella dinero una vez al mes para pagar las habitaciones de alquiler, las cuotas de los archivos, las comidas en restaurantes. Gasto lo menos posible, para poder entregarte un día todo lo que quede, pequeña, cuando seas una mujer.

Tu madre que te quiere,
Helen Rossi

Junio de 1962

Querida hija:

Hoy ha sido uno de esos días malos (no enviaré esta postal. Si algún día envío alguna de ellas, no será ésta). Hoy ha sido uno de esos días en que no puedo recordar si estoy buscando a ese demonio o sólo huyendo de él. Me paro ante el espejo, un viejo espejo de mi habitación del Hotel d'Este. El cristal tiene manchas como de moho, que trepan por su superficie curva. Me quito el pañuelo y toco la cicatriz de mi cuello, una mancha roja que nunca acaba de curarse. Me pregunto si tú me encontrarás antes de que yo pueda encontrarle. Me pregunto si él me encontrará antes de que yo le encuentre a él. Me pregunto si no me habrá encontrado ya. Me pregunto si algún día volveré a verte.

Tu madre que te quiere,
Helen Rossi

Querida hija:

Cuando naciste, tu pelo era negro y estaba pegado a tu cabeza viscosa formando rizos. Después de que te lavaran y secaran, se convirtió en un suave vello alrededor de tu cara, pelo oscuro como el mío, pero también cobrizo como el de tu padre. Estaba tendida en un charco de morfina, te sostenía y veía cambiar los reflejos de tu pelo, de un oscuro zíngaro a brillante, y otra vez oscuro. Todo en ti era pulido y brillante. Te había formado y pulido en mi interior sin saber lo que hacía. Tus dedos eran dorados, tus mejillas rosas, tus pestañas y cejas las plumas de una cría de cuervo. Mi felicidad se imponía incluso a la morfina.

Tu madre que te quiere,
Helen Rossi

66

Desperté temprano en mi catre del dormitorio masculino de Rila. El sol empezaba a filtrarse por las pequeñas ventanas, que daban al patio, y algunos turistas seguían dormidos como troncos en otros catres. Cuando aún no había amanecido, escuché el primer tañido de la campana, que ahora volvía a tocar. Mi primer pensamiento fue que Helen había dicho que se casaría conmigo. Quería verla otra vez, quería verla lo antes posible, encontrar un momento para preguntarle si lo de ayer sólo había sido un sueño. El sol que bañaba el patio era un eco de mi felicidad, y el aire de la mañana se me antojó increíblemente fresco, henchido de siglos de frescor.

Pero Helen no estaba desayunando. En cambio, sí vi a Ranov, hosco como siempre, fumando, hasta que un monje le pidió con gentileza que saliera fuera a fumar. En cuanto terminé de desayunar, seguí el corredor hasta el dormitorio de las mujeres, donde Helen y yo nos habíamos despedido la noche anterior, y encontré la puerta entreabierta. Las demás mujeres, alemanas y checas, se habían ido y habían dejado sus camas hechas. Al parecer, Helen seguía dormida. Vi su forma en el catre más cercano a la ventana. Estaba vuelta hacia la pared, y yo entré con sigilo, razonando que, puesto que ahora era mi prometida, tenía derecho a darle un beso de buenos días, incluso en un monasterio. Cerré la puerta a mi espalda, con la esperanza de que no entrara ningún monje.

Helen daba la espalda a la habitación. Cuando me acerqué, se giró apenas en mi dirección, como si intuyera mi presencia. Tenía la cabeza echada hacia atrás, los ojos cerrados, los rizos oscuros desplegados sobre la almohada. Estaba profundamente dormida y una respiración similar a un estertor surgía de sus labios. Pensé que debía estar cansada de nuestros viajes y paseos del día anterior, pero el abandono de su postura me impelió a acercarme más, inquieto. Me incliné sobre ella, con la idea de besarla incluso antes de que se despertara, y en un único y terrible momento vi la palidez verduzca de su cara y la sangre fresca en su garganta. En el lugar de la herida casi cicatrizada, en la parte más profunda de su cuello, sangraban dos pequeños cortes, rojos y abiertos. También había un poco de sangre en el borde de la sábana blanca, y en la manga de su camisón blanco de aspecto barato, a consecuencia de haber echado el brazo hacia atrás mientras dormía. La parte delantera de su camisón estaba abierta y algo desgarrada, y uno de sus pechos estaba visible casi hasta el pezón oscuro. Asimilé todo esto en un instante, petrificado, y tuve la impresión de que mi corazón dejaba de latir. Después extendí la sábana sobre su desnudez, como si tapara a un niño para que durmiera. En aquel momento no se me ocurrió otro movimiento. Un espeso sollozo inundó mi garganta, una rabia que jamás había experimentado.

—¡Helen!

Sacudí su hombro con delicadeza, pero su expresión no cambió. Reparé ahora en su cara demacrada, como si padeciera dolor incluso en el sueño. ¿Dónde estaba el crucifijo? Me acordé de él de repente y miré a mi alrededor. Lo encontré al lado de mi pie. La fina cadena estaba rota. ¿Lo habría arrancado alguien, o lo habría roto ella mientras dormía? La sacudí de nuevo.

—¡Despierta, Helen!

Esta vez se removió, pero como inquieta, y me pregunté si sería perjudicial obligarla a recobrar la conciencia con excesiva rapidez. No obstante, al cabo de un segundo abrió los ojos y frunció el ceño, muy débil. ¿Cuánta sangre había perdido durante la noche, esa misma noche en que yo había dormido como un tronco en el corredor vecino? ¿Por qué la había dejado sola, aquélla o cualquier noche?

—Paul —dijo perpleja—. ¿Qué haces aquí? —Entonces se incorporó con un esfuerzo y reparó en el camisón desarreglado. Se llevó la mano a la garganta, mientras yo la miraba angustiado y en silencio, y la retiró poco a poco. Había sangre seca y pegajosa en sus dedos. Los miró fijamente y luego me miró a mí—. Oh, Dios —dijo. Se incorporó del todo y sentí algo de alivio, pese al horror que reflejaba su cara. Si hubiera perdido toda la sangre, o casi toda, habría estado demasiado débil incluso para ese movimiento—. Oh, Paul —susurró. Me senté en el borde de la cama, tomé su otra mano y la apreté con fuerza.

—¿Estás despierta del todo? —pregunté.

Ella asintió.

—¿Sabes dónde estás?

—Sí —dijo, pero después inclinó la cabeza sobre la mano ensangrentada y estalló en sollozos, un sonido horripilante. Nunca la había oído llorar así. El sonido recorrió mi cuerpo como una oleada de frío glacial.

Besé su mano limpia.

—Estoy aquí.

Ella apretó mis dedos, sin dejar de llorar, y luego intentó serenarse.

—Hemos de pensar en qué... ¿Ése es mi crucifijo?

—Sí. —Lo alcé y la examiné con atención, pero para mi alivio infinito no retrocedió ni se encogió—. ¿Te lo quitaste?

—No, claro que no. —Meneó la cabeza y una última lágrima resbaló sobre su mejilla—. Tampoco recuerdo haberlo roto. No creo que ellos, él, se atrevieran, si la leyenda es cierta. —Se secó la cara, con la mano lejos de la herida de la garganta—. Debí romperlo mientras dormía.

—Eso creo, a juzgar por dónde lo encontré. —Le indiqué el punto del suelo—. ¿Te incomoda... tenerlo cerca de ti?

—No —dijo—. Todavía no.

Las palabras me robaron el aliento.

Helen tocó el crucifijo, vacilante al principio, y después lo tomó en su mano. Expulsé el aliento. Helen también suspiró.

—Me dormí pensando en mi madre, y en un artículo que me gustaría escribir sobre las figuras de los bordados transilvanos (son muy famosas), y no me he despertado hasta ahora. —Frunció el ceño—. Tuve una pesadilla, pero mi madre salía todo el rato. Estaba... ahuyentando a un gran pájaro negro. Cuando lo consiguió, se inclinó y besó mi frente, como cuando me ponía a dormir de pequeña, y vi la marca... —Hizo una pausa, como si pensar le doliera un poco—. Vi la marca del dragón en su hombro desnudo, pero me pareció que era parte de ella, no algo terrible. Cuando recibí su beso en la frente, no tuve miedo.

Sentí la punzada de un extraño temor, y recordé aquella noche en mi apartamento, cuando había creído mantener alejado al asesino de mi gato a base de leer hasta pasada la medianoche un libro sobre la vida de los comerciantes holandeses, a los que había llegado a querer. Algo había protegido a Helen también, al menos hasta cierto punto. La habían herido cruelmente, pero no había perdido toda su sangre. Nos miramos en silencio.

—Habría podido ser mucho peor —dijo.

La rodeé en mis brazos y sentí el temblor de sus hombros, por lo general firmes. Yo también estaba temblando.

—Sí —susurré—, pero hemos de protegerte.

Helen meneó la cabeza de repente, asombrada.

—¡Y estamos en un monasterio! No lo entiendo. Los No Muertos detestan estos lugares. —Señaló la cruz sobre la puerta, el icono y la sagrada lámpara que colgaba en una esquina—. ¿Delante de la Virgen?

—Yo tampoco lo entiendo —dije poco a poco, y di vuelta a su mano en la mía—. Pero sabemos que los monjes viajaron con los restos de Drácula y que debieron enterrarle en un monasterio. Eso en sí ya es extraño. Helen —apreté su mano—, he estado pensando en otra cosa. El bibliotecario de nuestra universidad... Nos localizó en Estambul y después en Budapest. ¿Es posible que nos haya seguido hasta aquí? ¿Es posible que haya sido él tu atacante de esta noche?

Ella se encogió.

—Lo sé. Me mordió una vez en la biblioteca, de modo que tal vez quiera repetir la jugada, ¿verdad? Pero sentí en mi sueño la potente impresión de que era otra persona, alguien mucho más poderoso. La cuestión es cómo ha podido entrar, aunque no tuviera miedo del monasterio.

—Eso es sencillo. —Indiqué la ventana más cercana, que estaba entreabierta a unos dos metros del catre de Helen—. Oh, Dios, ¿por qué te dejé estar sola aquí?

—No estaba sola —me recordó—. Había diez personas más durmiendo en la sala conmigo. Pero tienes razón... Puede cambiar de forma, como dijo mi madre... Un murciélago, niebla...

—O un gran pájaro negro.

Su sueño había aparecido en mi mente de nuevo.

—Ahora me han mordido dos veces —dijo, casi medio dormida.

—¡Helen! —La sacudí de nuevo—. Nunca más te dejaré sola, ni siquiera una hora.

—¿Ni siquiera una hora?

Su antigua sonrisa, sarcástica y adorable, regresó un momento.

—Quiero que me prometas algo. Si sientes algo que yo no sienta, si sientes que algo te acecha...

—Te lo diré, Paul, si siento algo por el estilo. —Ahora hablaba con energía, y su promesa pareció espolearla—. Vamos, por favor. Necesito comer, y necesito un poco de vino tinto o brandy, si encontramos. Tráeme una toalla y la jofaina. Me lavaré el cuello y lo vendaré. —Su dinámico sentido práctico era contagioso, y la obedecí al instante—. Luego iremos a la iglesia y lavaré la herida con agua bendita, cuando nadie mire. Si puedo soportarlo, podremos mantener la esperanza. Qué raro... —Me alegré de volver a ver su sonrisa escéptica—. Siempre he considerado una tontería todos estos rituales religiosos, y aún opino lo mismo.

—Pero por lo visto él no opina lo mismo que tú —dije.

La ayudé a limpiarse el cuello con una esponja, con cuidado de no tocar las heridas abiertas, y vigilé la puerta mientras se vestía. Ver de cerca los pinchazos me resultó tan terrible que, por un momento, pensé que debía salir de la habitación y dar rienda suelta a mis lágrimas en el pasillo. Pero aunque los movimientos de Helen eran débiles, vi determinación en su cara. Se ató el pañuelo habitual, y encontró en su equipaje un trozo de cuerda para colgarse de nuevo el crucifijo, con la esperanza de que fuera más fuerte que la cadena. Sus sábanas estaban manchadas, pero sólo se veían gotas pequeñas.

—Dejaremos que los monjes piensen que... Bueno, alojan mujeres en su hostería —dijo Helen con su estilo directo acostumbrado—, no será la primera vez que tengan que lavar sangre.

Cuando salimos de la iglesia, Ranov estaba paseando en el patio. Miró a Helen con los ojos entornados.

—Ha dormido hasta muy tarde —dijo en tono acusador. Yo examiné con detenimiento sus caninos cuando habló, pero no estaban más afilados de lo normal. De hecho, se veían mellados y grises en su desagradable sonrisa.

67

Me había exasperado el hecho de que Ranov se resistiera tanto a guiarnos hasta Rila, pero fue mucho más inquietante presenciar su entusiasmo cuando le pedimos que nos llevara a Bachkovo. Durante el viaje en coche, fue señalando toda clase de paisajes, muchos de los cuales eran interesantes pese a sus comentarios incesantes. Helen y yo procuramos no mirarnos, pero yo estaba seguro de que sentía la misma aprensión. Ahora teníamos que preocuparnos también por József. La carretera de Plovdiv era estrecha y serpenteaba paralela a un arroyo rocoso a un lado y empinados riscos al otro. Una vez más, nos estábamos internando en las montañas. En Bulgaria nunca estás lejos de las montañas. Se lo comenté a Helen, que estaba mirando por la ventanilla opuesta, en el asiento posterior del coche de Ranov, y asintió.

—En turco, *balkan* significa «montaña».

El monasterio carecía de una entrada espectacular. Nos desviamos de la carretera y paramos en un pedazo de tierra polvoriento, y desde allí fuimos a pie hasta la puerta del monasterio. *Bachkovski manastir* se hallaba asentado entre altas colinas yermas, en parte boscosas y en parte roca desnuda, cerca del estrecho río. Incluso a principios de verano, el paisaje ya estaba seco, y no me costó mucho imaginar hasta qué punto debían valorar los monjes aquella fuente de agua cercana. Las paredes exteriores eran de la misma piedra color pardo grisáceo que las montañas circundantes. Los tejados del monasterio eran de tejas rojas acanaladas como las que había visto en casa de Stoichev, así como en cientos de casas e iglesias al borde de las carreteras. La entrada al monasterio era una arcada, tan oscura como un agujero en el suelo.

—¿Se puede entrar así por las buenas? —pregunté a Ranov.

Negó con la cabeza, lo cual quería decir que sí, y entramos en la fresca oscuridad de la arcada. Tardamos unos segundos en acceder al soleado patio, y durante esos momentos, dentro de las profundas murallas del monasterio, sólo pude oír nuestros pasos.

Tal vez había esperado otro gran espacio público como el de Rila. La intimidad y belleza del patio principal de Bachkovo llevó un suspiro a mis labios, y Helen también murmuró algo en voz alta. La iglesia del monasterio ocupaba casi todo el patio, y sus torres eran rojas, angulares, bizantinas. Aquí no había cúpulas doradas, sólo una elegancia clásica: los materiales más sencillos dispuestos en formas armoniosas. Crecían enredaderas en las torres de la iglesia, contra las cuales se acurrucaban árboles. Un magnífico ciprés se alzaba como una aguja a su lado. Tres monjes con hábito y gorro negros hablaban delante de la iglesia. Los tres arrojaban sombras sobre el brillante sol del patio, y se había levantado una suave brisa que movía las hojas. Ante mi sorpresa, correteaban gallinas de un lado a otro, picoteando en las antiguas piedras, y un gato atigrado acosaba a algo en una grieta del muro.

Al igual que en Rila, las paredes interiores del monasterio eran largas galerías de piedra y madera. La parte inferior de piedra de algunas galerías, así como el pórtico de la iglesia, estaba cubierta de frescos casi borrados. Aparte de los tres monjes, las gallinas y el gato, no se veía a nadie. Estábamos solos, solos en Bizancio.

Ranov se acercó a los monjes y entabló conversación con ellos mientras Helen y yo nos rezagábamos un poco. Regresó al cabo de un momento.

—El abad no está, pero el bibliotecario sí, y podrá ayudarnos. —No me gustó que se incluyera en el grupo, pero no dije nada—. Pueden ir a visitar la iglesia mientras yo voy a localizarle.

—Le acompañaremos —dijo con firmeza Helen, y todos seguimos a uno de los monjes por las galerías. El bibliotecario estaba trabajando en una habitación del primer piso. Se levantó del escritorio para recibirnos cuando entramos. Era un espacio desnudo, salvo por una estufa de hierro y una alfombra de colores brillantes en el suelo. Me pregunté dónde estarían los libros, los manuscritos. Aparte de un par de volúmenes sobre el escritorio de madera, no vi ni rastro de una biblioteca.

—Éste es el hermano Ivan —explicó Ranov. El monje hizo una reverencia sin ofrecer la mano. De hecho, tenía las manos embutidas en las largas mangas, cruzadas sobre el cuerpo. Se me ocurrió que no quería tocar a Helen. Ella debió pensar lo mismo, porque retrocedió y se colocó casi detrás de mí. Ranov intercambió unas cuantas palabras con él—. El hermano Ivan les ruega que se sienten. —Obedecimos. El hermano Ivan tenía una cara larga y seria y lucía barba. Nos estudió unos minutos—. Pueden hacerle algunas preguntas —nos animó Ranov.

Carraspeé. No había remedio. Tendríamos que interrogarle delante de Ranov. Debía procurar que mis preguntas parecieran propias de un estudioso.

—¿Quiere hacer el favor de preguntar al hermano Ivan si sabe algo sobre peregrinos procedentes de Valaquia?

Ranov formuló esta pregunta al monje, y al oír la palabra «Valaquia», el rostro del hermano Ivan se iluminó.

—Dice que el monasterio sostuvo una importante relación con Valaquia desde finales del siglo quince.

Mi corazón se aceleró, aunque procuré aparentar tranquilidad.

—¿Sí? ¿Cuál era?

Conversaron un poco más, y el hermano Ivan movió su larga mano en dirección a la puerta. Ranov asintió.

—Dice que, alrededor de esa época, los príncipes de Valaquia y Moldavia empezaron a conceder mucho apoyo a este monasterio. Hay manuscritos en esta biblioteca que describen ese apoyo.

—¿Sabe cuál fue el motivo? —preguntó Helen en voz baja.

Ranov interrogó al monje.

—No —dijo—. Sólo sabe que estos manuscritos demuestran su apoyo.

—Pregúntele si sabe algo acerca de algún grupo de peregrinos que llegaron aquí desde Valaquia alrededor de esa época —dije.

El hermano Ivan sonrió.

—Sí —informó Ranov—. Hubo muchos. Esto era una parada importante en las rutas de los peregrinos procedentes de Valaquia. Muchos iban a Azos o Constantinopla desde aquí.

Mis dientes estuvieron a punto de rechinar.

—Pero ¿sabe algo acerca de un grupo de peregrinos valacos que transportaban una especie de reliquia o buscaban una?

Dio la impresión de que Ranov reprimía una sonrisa de triunfo.

—No —dijo—. No ha visto ningún documento acerca de un grupo semejante. Hubo muchos peregrinos durante aquel siglo. *Bachkovski manastir* era muy importante para ellos. El patriarca de Bulgaria se exilió aquí desde su sede en Veliko Trnovo, la antigua capital, cuando los otomanos se apoderaron del país. Murió y fue enterrado aquí en 1404. La parte más antigua del monasterio, y la única que queda del primero, es el osario.

Helen habló por primera vez.

—¿Podría hacer el favor de preguntarle si alguno de los hermanos se apellida Pondev?

Ranov tradujo la pregunta, y el hermano Ivan pareció perplejo, y luego cauteloso.

—Dice que debe de ser el hermano Ángel. Se llamaba Vasil Pondev, y era historiador. Pero ya no está bien de la cabeza. No averiguarán nada si hablan con él. El abad es un gran estudioso, y es una pena que se haya ausentado.

—De todos modos, nos gustaría hablar con el hermano Ángel.

Llegamos a un acuerdo, si bien con patente disgusto por parte del bibliotecario, quien nos condujo hacia el sol cegador del patio, tras lo cual atravesamos una segunda arcada que permitía el acceso a otro patio, en cuyo centro se alzaba un edificio muy antiguo. Este segundo patio no estaba tan bien cuidado como el primero, y tanto los edificios como las piedras del pavimento tenían un aspecto descuidado. Brotaban malas hierbas entre las piedras y observé que crecía un árbol en la esquina de un tejado. Si lo dejaban ahí, con el tiempo se haría lo bastante grande como para destruir ese extremo de la edificación. Imaginé que reparar esa casa de Dios no era una de las prioridades del Gobierno búlgaro. Su principal atracción era Rila, con su historia búlgara «pura» y sus relaciones con la rebelión contra los otomanos. Este antiguo lugar, por hermoso que fuera, hundía sus raíces en los bizantinos, invasores y ocupantes como los otomanos posteriores, y había sido armenio, georgiano y griego. ¿No nos acabábamos de enterar de que también había sido independiente bajo los otomanos, al contrario que otros monasterios búlgaros? No era de extrañar que el Gobierno dejara crecer árboles en los tejados.

El bibliotecario nos condujo hasta una habitación esquinada.

—La enfermería —explicó Ranov.

La cooperación de Ranov me ponía más nervioso a medida que pasaban los minutos. A la enfermería se accedía por una desvencijada puerta de madera, y dentro vimos una escena tan patética que no me gusta recordarla. Había dos monjes alojados. La habitación estaba amueblada tan sólo con sus catres, una única silla de madera y una estufa de hierro. Incluso con esa estufa, en invierno debía hacer un frío espantoso. El suelo era de piedra, las paredes encaladas, salvo por una hornacina en una esquina: lámpara colgante, concha muy trabajada, icono deslustrado de la Virgen.

Uno de los ancianos estaba tendido en su jergón y no nos miró cuando entramos. Vi al cabo de un momento que sus ojos estaban permanentemente cerrados, hinchados y rojos, y de que volvía la barbilla de vez en cuando como si intentara ver con ella. Estaba cubierto casi por completo con una sábana blanca, y una de sus manos tanteaba el borde del catre, como para encontrar el límite del espacio, el punto donde podía caer al suelo si no iba con cuidado, mientras la otra mano tironeaba de la piel fofa de su cuello.

El residente en mejor estado de la habitación estaba sentado muy tieso en la única silla, con un bastón apoyado en la pared cerca de él, como si el desplazamiento desde el jergón hasta la silla hubiera sido muy largo. Iba vestido con un hábito negro, que colgaba sin cinturón sobre su vientre protuberante. Tenía los ojos abiertos, enormes y azules, y se volvieron hacia nosotros de manera extraña cuando entramos. Las patillas y el pelo se proyectaban como malas hierbas a su alrededor y llevaba la cabeza al descubierto. Esta circunstancia le dotaba de un aspecto más enfermizo y anómalo, aquella cabeza desnuda en un mundo en que todos los monjes llevaban siempre aquellos gorros altos. Este monje habría podido servir de modelo para la ilustración de un profeta en una Biblia impresa en el siglo XIX, de no ser porque su expresión no tenía nada de visionaria. Arrugó su gran nariz hacia arriba, como si oliera mal, y mordisqueó las comisuras de su boca. Cada tanto, entornaba y abría los ojos. No habría sabido decir si su expresión era temerosa, burlona o diabólicamente divertida, porque no paraba de cambiar. Su cuerpo y manos reposaban sobre la destartalada silla, como si todos los movimientos de que eran capaces hubieran sido absorbidos por su cara cambiante. Aparté la vista.

Ranov estaba hablando con el bibliotecario, quien hizo un ademán que abarcó la habitación.

—El hombre de la silla es Pondev —anunció Ranov—. El bibliotecario nos advierte que se expresa de forma muy extraña.

Ranov se acercó al hombre con cautela, como si pensara que el hermano Ángel fuera a morderle, y escudriñó su rostro. El hermano Angel, Pondev, giró la cabeza para mirarle, el gesto mimético de un animal en una jaula del zoológico. Dio la impresión de que Ranov intentaba presentarnos, y al cabo de un segundo los ojos de un azul surrealista del hermano Angel vagaron hasta nuestras caras. Su rostro se arrugó y retorció. Después habló, y las palabras surgieron como un torrente, seguidas por un gruñido. Una de sus manos se alzó en el aire e hizo una señal que habría podido ser la mitad de una cruz o un intento de ahuyentarnos.

—¿Qué está diciendo? —pregunté a Ranov en voz baja.

—Cosas sin sentido —contestó Ranov interesado—. Nunca había oído nada semejante. Parecen en parte oraciones, alguna superstición de su liturgia, y en parte comentarios sobre el sistema de tranvías de Sofía.

—¿Puede intentar hacerle una pregunta? Dígale que somos historiadores como él y que queremos saber si un grupo de peregrinos valacos vino aquí desde Constantinopla a finales del siglo quince, transportando una reliquia santa.

Ranov se encogió de hombros, pero lo intentó, y el hermano Ángel contestó con un encadenado de gruñidos a modo de sílabas, y meneó la cabeza. ¿Significaba sí o no?, me pregunté.

—Más incoherencias —comentó Ranov—. Esta vez ha dicho algo acerca de la invasión de Constantinopla por los turcos. De manera que eso, al menos, lo ha entendido.

De pronto los ojos del hombre parecieron aclararse, como si el cristalino se hubiera concentrado en nosotros por primera vez. En mitad de su extraño torrente de sonidos (¿era un lenguaje?), percibí con claridad el nombre Atanas Angelov.

—¡Angelov! —grité, y hablé directamente al anciano monje—. ¿Conoció a Atanas Angelov? ¿Recuerda haber trabajado con él?

Ranov escuchaba con atención.

—Siguen siendo insensateces en su mayor parte, pero intentaré explicarles lo que está diciendo. Escuchen con atención. —Empezó a traducir, de manera rápida y desapasionada. Por mal que me cayera, tuve que admirar su destreza—. Trabajé con Atanas Angelov. Hace años, tal vez siglos. Estaba loco. Apaguen la luz de ahí, me hace daño en las piernas. Quería saber todo acerca del pasado, pero el pasado no quiere que lo conozcas. Dice no, no, no. Salta sobre ti y te hace daño. Yo quise coger el número once, pero ya no va a nuestro barrio. En cualquier caso, el camarada Dimitrov anuló la paga que íbamos a recibir, por el bien del pueblo. Buen pueblo.

Ranov tomó aliento, y durante ese breve interludio debió perderse algo, pues el torrente de palabras del hermano Ángel continuó. El anciano monje seguía inmóvil en su silla, pero meneaba la cabeza y su rostro se contrajo.

—Angelov descubrió un lugar peligroso, descubrió un lugar llamado Sveti Georgi, oyó los cánticos. Fue donde enterraron a un santo y bailaron sobre su tumba. Puedo ofrecerles un poco de café, pero no es más que trigo molido, trigo y tierra. No tenemos pan.

Me arrodillé delante del monje y tomé su mano, aunque tuve la impresión de que Helen quería contenerme. Tenía la mano flácida como un pescado muerto, blanca e hinchada, las uñas amarillentas y anormalmente largas.

—¿Dónde está Sveti Georgi? —supliqué. Experimenté la sensación de que me iba a poner a llorar de un momento a otro, delante de Ranov y Helen, y de esos dos seres disecados en su prisión.

Ranov se acuclilló a mi lado, y trató de capturar los ojos errabundos del monje.

—*K'de e Sveti Georgi?*

Pero el hermano Ángel había clavado su mirada en un mundo muy lejano.

—Angelov fue a Azos y vio el *typikon*, se internó en las montañas y descubrió el lugar terrible. Tomé el número once hasta su apartamento. Dijo, entra rápido he descubierto algo. Voy a volver allí para escarbar en el pasado. Oh, oh, estaba muerto en su habitación, y después su cuerpo no estaba en el depósito de cadáveres.

El hermano Ángel sonrió de una forma que me hizo retroceder. Tenía dos dientes, y las encías estaban carcomidas. El aliento que brotó de su boca hubiera matado al mismísimo diablo. Empezó a cantar en voz alta y temblorosa.

El dragón bajó a nuestro valle.
Quemó las cosechas y tomó a las doncellas.
Asustó al turco infiel y protegió a nuestros pueblos.
Su aliento secó los ríos y caminamos sobre sus aguas.

Cuando Ranov terminó de traducir, el hermano Ivan, el bibliotecario, habló con cierta agitación. Aún tenía las manos embutidas en las mangas, pero su rostro se veía animado e interesado.

—¿Qué está diciendo? —supliqué.

Ranov meneó la cabeza.

—Dice que había oído anteriormente esta canción. Se la enseñó una anciana en el pueblo de Dimovo, Baba Yanka, que es una gran cantante, cuando el río se secó hace mucho tiempo. Allí se celebran diversas festividades y cantan estas viejas canciones, y ella es la líder de los cantantes. Una de estas festividades se celebrará dentro de dos días, la fiesta de San Petko. Tal vez quieran ir a escucharla. Les gustará.

—Más canciones tradicionales —gruñí—. Haga el favor de preguntar al señor Pondev, el hermano Ángel, si conoce el significado de esa canción.

Ranov formuló la pregunta con paciencia considerable, pero el hermano Ángel siguió haciendo muecas, sin decir nada. Al cabo de un momento, el silencio me llevó al borde del ataque de nervios.

—¡Pregúntele si sabe algo sobre Vlad Drácula! —grité—. ¡Vlad Tepes! ¿Está enterrado en esta región? ¿Ha oído alguna vez su nombre, el nombre de Drácula?

Helen me había agarrado del brazo, pero yo estaba fuera de mí. El bibliotecario me miraba fijamente, aunque no parecía alarmado, y Ranov me dirigió lo que yo habría calificado de mirada compasiva si hubiera querido prestar más atención.

Pero el efecto que obraron mis palabras en Pondev fue horripilante. Empalideció, y puso los ojos en blanco como grandes canicas. El hermano Ivan saltó hacia delante y le agarró cuando se desplomó de la silla. Luego Ranov y él consiguieron tumbarle sobre el jergón. Era una masa confusa, pies blancos e hinchados que sobresalían de las sábanas, brazos colgando alrededor del cuello de ambos hombres. Cuando acabaron de depositarle en la cama, el bibliotecario fue a buscar agua de un jarro y vertió un poco sobre la cara del pobre hombre. Yo estaba estupefacto. No había sido mi intención causar tal angustia, y tal vez había matado una de las fuentes de información que quedaban. Al cabo de un momento interminable, el hermano Ángel se removió y abrió los ojos, pero eran unos ojos enloquecidos, cautelosos como los de una bestia acosada, que pasearon aterrorizados por la habitación como si no pudiera vernos. El bibliotecario le palmeó el pecho y procuró acomodarlo mejor en el catre, pero el anciano monje le apartó las manos, tembloroso.

—Dejémosle —dijo Ranov en tono sombrío—. No se va a morir, de ésta..., al menos de momento.

Seguimos al bibliotecario al pasillo, todos en silencio y escarmentados.

—Lo siento —dije, cuando llegamos a la luz tranquilizadora del patio.

Helen se volvió hacia Ranov.

—¿Podría preguntar al bibliotecario si sabe algo más sobre esa canción, si sabe de qué valle procede?

Ranov y el bibliotecario conferenciaron, y éste finalmente nos miró.

—Dice que proviene de Krasna Polyana, el valle que está al otro lado de aquellas montañas, al noreste. Si se quedan aquí, podrán acompañarle a las festividades del santo que se celebran dentro de dos días. Puede que la vieja cantante Baba Yanka sepa algo al respecto. Al menos podrá decirles dónde la aprendió.

—¿Crees que eso nos servirá de ayuda? —murmuré a Helen.

Ella me miró muy seria.

—No lo sé, pero es lo único que tenemos. Ya que menciona a un dragón, seguiremos la pista. Entretanto, exploraremos a fondo Bachkovo. Quizá podamos utilizar la biblioteca si el hermano Ivan nos echa una mano.

Me senté cansado en un banco de piedra situado al borde de las galerías.

—De acuerdo —dije.

68

Querida hija:

¡Maldito sea este inglés! Pero cuando intento escribirte en húngaro unas pocas líneas, sé al instante que no estás escuchando. Estás creciendo en inglés. Tu padre, convencido de que estoy muerta, te habla en inglés cuando te sube a su hombro. Te habla en inglés mientras te pone los zapatos (hace años que llevas zapatos de verdad), y en inglés cuando te toma de la mano en un parque. Pero si te hablo en inglés, tengo la sensación de que no puedes oírme. No te escribí durante mucho tiempo porque no sentía que estuvieras escuchando en ningún idioma. Sé que tu padre cree que estoy muerta, porque nunca ha intentado buscarme. De haberlo hecho, me habría encontrado. Pero no puede oírme en ningún idioma.

Tu madre que te quiere,
Helen

Mayo de 1963

Querida hija:

No sé cuántas veces he intentado explicarte en silencio que durante los primeros meses tú y yo fuimos muy felices juntas. Verte despertar de la siesta, tus manos que se movían antes que cualquier otra parte de tu cuerpo, tus párpados que se abrían a continuación, y luego te estirabas, sonreías, me llenabas por completo. Después ocurrió algo. No fue algo externo a mí, ni una amenaza externa contra ti. Empecé a examinar tu cuerpo perfecto una y otra vez, en busca de alguna herida. Pero la herida la recibí yo, incluso antes de esta incisión en el cuello, y no acababa de curarse. Me entró miedo de tocarte, mi ángel perfecto.

Tu madre que te quiere,
Helen

Julio de 1963

Querida hija:

Tengo la impresión de que hoy te echo de menos más que nunca. Estoy en los archivos universitarios de Roma. He estado aquí seis veces durante los últimos dos años. Los guardias me conocen, los archivistas me conocen, el camarero del café de enfrente me conoce, y le gustaría conocerme mejor, si yo no le rechazara con frialdad, fingiendo que no reparo en su interés. El archivo contiene documentación sobre una epidemia desatada en 1517, cuyas víctimas sólo desarrollaban una marca, una herida roja en el cuello. El Papa ordenó que les clavaran una estaca en el corazón antes de ser enterradas y les pusieran ajo en la boca. En 1517. Intento hacer un mapa a través del tiempo de sus movimientos, o de los movimientos de sus sirvientes, puesto que es imposible saber la diferencia. El mapa, en realidad una lista en mi libreta, ya ocupa muchas páginas. Aunque aún no sé de qué me va a servir. Mientras trabajo, espero descubrirlo.

Tu madre que te quiere,
Helen

Septiembre de 1963

Querida hija:

Casi estoy preparada para tirar la toalla y volver contigo. Tu cumpleaños es este mes. ¿Cómo puedo perderme otro cumpleaños? Volvería contigo ahora mismo, pero sé que si lo hago volverá a suceder lo mismo. Sentiré mi suciedad, como hace seis años. Sentiré su horror, veré tu perfección. ¿Cómo puedo estar cerca de ti sabiendo que estoy contaminada? ¿Qué derecho tengo a tocar tu suave mejilla?

Tu madre que te quiere,
Helen

Octubre de 1963

Querida hija:

Estoy en Asís. Estas asombrosas iglesias y capillas que trepan a su colina me colman de desesperación. Podríamos haber venido aquí, tú con tu vestidito y el sombrero, y yo, y tu padre, todos cogidos de las manos, como turistas. En cambio estoy trabajando entre el polvo de una biblioteca monacal, leyendo un documento de 1603. Dos monjes murieron aquí en diciembre de aquel año. Los encontraron en la nieve, con sus gargantas levemente mutiladas. Mi latín se ha conservado bastante bien, y mi dinero compra toda la ayuda que necesito en materia de intérpretes, traductores y tintorerías. Al igual que visados, pasaportes, billetes de tren, un falso documento de identidad. Nunca tuve dinero cuando era pequeña. Mi madre, en el pueblo, apenas sabía qué aspecto tenía. Ahora estoy aprendiendo que lo compra todo. No, todo no. No todo lo que quiero.

Tu madre que te quiere,
Helen

69

Aquellos dos días en Bachkovo fueron los más largos de mi vida. Quería ir de inmediato a la fiesta prometida. Quería que empezara cuanto antes, con el fin de seguir la pista de aquella palabra de la canción, *dragón*, hasta su lugar de origen. No obstante, también temía el momento que seguiría de manera inevitable, cuando esa posible pista también se desvaneciera como humo, o descubriera que no estaba relacionada con nada. Helen ya me había advertido de que las canciones tradicionales eran muy escurridizas. Sus orígenes tendían a perderse con el paso de los siglos, sus textos cambiaban y evolucionaban, sus intérpretes muy pocas veces sabían de dónde procedían y qué antigüedad tenían.

—Eso es lo que las convierte en canciones tradicionales —dijo Helen con aire melancólico, al tiempo que alisaba el cuello de mi camisa, sentados en el patio, el segundo día de nuestra estancia en el monasterio. No era propensa a las caricias de ese estilo, por lo cual supe que estaba preocupada. Yo tenía los ojos irritados y me dolía la cabeza, mientras contemplaba los adoquines bañados por el sol que las gallinas picoteaban. Era un lugar hermoso, extraño y exótico para mí, y veíamos la vida discurrir tal como lo había hecho desde el siglo XI: las gallinas buscaban gusanos, el gato jugaba cerca de nuestros pies, la luz brillante latía en la hermosa mampostería roja y blanca que nos rodeaba. Ya casi no podía experimentar su belleza.

La segunda mañana desperté muy temprano. Pensé que tal vez había oído sonar las campanas, pero no pude decidir si eso había sido en sueños. Desde la ventana de mi celda, con su tosca cortina, creí ver a cuatro o cinco monjes entrar en la iglesia. Me vestí (Dios, qué sucia estaba mi ropa ya, pero no podía perder el tiempo lavándola) y bajé en silencio la escalera que descendía desde la galería al patio. Era muy temprano, aún estaba oscuro, y la luna se estaba poniendo sobre las montañas. Pensé por un momento en entrar en la iglesia y quedarme cerca de la puerta, que habían dejado abierta. De dentro salía la luz de las velas y un olor a cera quemada e incienso, y el interior, que a mediodía estaba muy oscuro, a esta hora era cálido e invitador. Oí cantar a los monjes. La melancolía del sonido se clavó en mi corazón como una daga. Era probable que estuvieran haciendo esto una sombría mañana de 1477, cuando los hermanos Kiril y Stefan y los demás monjes habían abandonado las tumbas de sus hermanos martirizados (¿en el osario?) y emprendido viaje a través de las montañas, con el tesoro en su carreta. Pero ¿qué dirección habían tomado? Me volví hacia el este, después hacia el oeste, por donde la luna estaba desapareciendo a marchas forzadas, y después hacia el sur.

Una brisa había empezado a agitar las hojas de los tilos, y al cabo de pocos minutos vi la primera luz del sol que llegaba desde el otro lado de las laderas y sobre los muros del monasterio. Después, con cierto retraso, un gallo cantó en algún lugar del monasterio. Habría sido un momento de placer exquisito, el tipo de inmersión en la historia con el que siempre había soñado, si hubiera estado de humor. Descubrí que estaba dando la vuelta poco a poco, como si quisiera intuir la dirección que había seguido el hermano Kiril. En algún lugar había una tumba cuyo emplazamiento se había perdido tanto tiempo atrás que hasta el conocimiento de su ubicación se había desvanecido. Podía estar a un día a pie, a tres horas, a una semana. «No mucho más lejos y sin incidentes», había dicho Zacarías. ¿Qué distancia era «no mucho más lejos»? ¿Adónde habían ido? La tierra se estaba despertando (aquellas montañas boscosas con sus afloramientos rocosos polvorientos, el patio adoquinado que pisaba y la granja y prados del monasterio), pero guardaba su secreto.

A eso de las nueve de la mañana nos fuimos en el coche de Ranov, con el hermano Ivan en el asiento de delante. Tomamos la carretera que seguía el río durante unos diez kilómetros, y después el río dio la impresión de desaparecer. La carretera siguió un valle largo y seco, con curvas y más curvas entre las colinas. Ver este paisaje despertó algo en mi memoria. Di un codazo a Helen y ella me miró con el ceño fruncido.

—Helen, el valle del río.

Entonces su rostro se iluminó y dio unos golpecitos con los dedos en el hombro de Ranov.

—Pregunte al hermano Ivan por el río de este valle. ¿Lo hemos cruzado en algún momento?

Ranov habló al hermano Ivan sin volverse y nos informó.

—Dice que el río se secó. Ahora lo hemos dejado atrás, donde cruzamos el último puente. Ya no hay agua en el valle.

Helen y yo nos miramos en silencio. Delante, hacia el final del valle, vi dos picos abruptos que se alzaban sobre las colinas, dos montañas solitarias como alas angulares. Y entre ellas, todavía muy lejos, vimos las torres de una pequeña iglesia. De pronto Helen buscó mi mano.

Unos minutos después nos internamos por una pista de tierra, obedeciendo el letrero de un pueblo al que llamaré Dimovo. Después la pista se estrechó y Ranov frenó delante de la iglesia, aunque Dimovo no se veía.

La iglesia de Sveti Petko el Mártir era muy pequeña (una capilla de albañilería maltratada por los elementos), aposentada en un prado que tal vez se había utilizado para acumular heno durante la estación. Dos robles retorcidos formaban un refugio sobre ella, y a su lado se acurrucaba un cementerio como nunca había visto, tumbas de campesinos, algunas de las cuales se remontaban al siglo XVIII, explicó Ranov con orgullo.

—Es una tradición. Hay muchos sitios como éste en los que, todavía ahora, se entierran a los trabajadores agrícolas. —Las lápidas eran de madera o piedra, con un remate triangular encima, y muchas tenían lamparitas en su base—. El hermano Ivan dice que la ceremonia no empezará hasta las once y media —nos informó Ranov—. Ahora están preparando la iglesia. Primero nos acompañará a casa de Baba Yanka y después volveremos para presenciar el espectáculo.

Nos miró fijamente, como para averiguar qué nos interesaba más.

—¿Qué están haciendo allí?

Señalé a un grupo de hombres que trabajaban en el campo contiguo a la iglesia. Algunos estaban apilando troncos y ramas grandes, mientras otros disponían ladrillos y piedras a su alrededor. Ya habían recogido un inmenso arsenal del bosque.

—El hermano Ivan dice que es para la hoguera. No lo sabía, pero van a caminar sobre el fuego.

—¡Caminar sobre el fuego! —exclamó Helen.

—Sí —contestó Ranov—. ¿Conocen esta costumbre? No es muy habitual en nuestros días, sobre todo en esta parte del país. Sólo sé que se conserva en la región del mar Negro, pero esta zona es pobre y supersticiosa. El Partido está trabajando por mejorar la situación. No me cabe duda de que, al final, estas cosas serán eliminadas.

—Yo también he oído hablar de esto. —Helen se volvió hacia mí—. Era una costumbre pagana, y pasó a ser cristiana cuando los pueblos de los Balcanes se convirtieron. Por lo general, se baila más que se camina. Me alegro mucho de poder presenciar algo semejante.

Ranov se encogió de hombros y nos guió hacia la iglesia, pero no antes de ver que uno de los hombres que reunían leña se inclinaba y prendía fuego a la pira, que ardió al instante. La madera estaba seca, y las llamas no tardaron en alcanzar la parte superior de la pila, de modo que todas las ramas se abrasaron. Hasta Ranov permaneció inmóvil. Los hombres que habían encendido el fuego retrocedieron unos pasos, y luego unos cuantos más, y se limpiaron las manos en los pantalones. El fuego cobró vida plena de repente. Las llamas casi llegaron a la altura del tejado de la iglesia, pero estaban lo bastante lejos para no amenazarla. Vimos al fuego devorar su enorme manjar, hasta que Ranov se volvió de nuevo.

—Dejarán que se vaya quemando durante las siguientes horas —dijo—. Ni los más supersticiosos se pondrían a bailar ahora.

Cuando entramos en la iglesia, un joven, al parecer el sacerdote, salió a recibirnos. Nos estrechó la mano con una agradable sonrisa, y el hermano Ivan y él se hicieron sendas reverencias.

—Dice que es un honor recibirles en este día —informó Ranov con cierta sequedad.

—Dígale que es un honor para nosotros poder asistir a la fiesta. ¿Podría preguntarle quién fue Sveti Petko?

El sacerdote explicó que era un mártir local, asesinado por los turcos durante la ocupación por negarse a abjurar de su fe. Sveti Petko había sido el párroco de la primera iglesia erigida en este lugar, que los turcos habían incendiado, e incluso después de que quemaran su iglesia se negó a aceptar la fe musulmana. Habían erigido la iglesia más tarde, y enterraron sus reliquias en la antigua cripta. Hoy, mucha gente iba para postrarse allí. Su icono especial, y otros dos de gran poder, serían transportados en procesión alrededor de la iglesia y a través del fuego. Allí estaba Sveti Petko, pintado en la pared delantera de la iglesia. Señaló un fresco semiborrado que tenía detrás, el cual plasmaba un rostro barbudo no muy diferente del suyo. Debíamos volver a visitar la iglesia cuando estuviera todo preparado. Estábamos invitados a presenciar la ceremonia y a recibir la bendición de Sveti Petko. No seríamos los primeros peregrinos de otros países que habían acudido al santuario para aliviar enfermedades o dolores. El sacerdote nos sonrió con dulzura.

Le pregunté por mediación de Ranov si había oído hablar de un monasterio llamado Sveti Georgi. Negó con la cabeza.

—El monasterio más cercano es *Bachovski* —dijo—. A veces, monjes de otros monasterios han venido aquí en peregrinación, pero hace mucho tiempo.

Supuse que se refería a que las peregrinaciones habían cesado desde la conquista del poder por parte de los comunistas, y tomé nota mental de preguntar a Stoichev acerca de esto cuando volviéramos a Sofía.

—Le preguntaré la dirección de Baba Yanka —dijo Ranov al cabo de un momento.

El sacerdote sabía muy bien dónde vivía. Lamentó no poder acompañarnos, pero la iglesia había estado cerrada meses (sólo acudía aquí los días festivos), de modo que su ayudante y él tenían mucho trabajo que hacer.

La aldea se aposentaba en una hondonada, justo debajo del prado donde se erguía la iglesia. Era la comunidad más pequeña que había visto desde mi llegada al bloque oriental, no más de quince casas acurrucadas casi con temor, con manzanos y huertos en sus alrededores, pistas de tierra lo bastante anchas para dejar paso a una carreta, un antiguo pozo con un travesaño de madera y un cubo que colgaba de él. Me quedé sorprendido por la absoluta ausencia de elementos modernos, y me descubrí buscando señales del siglo XX. Por lo visto, ese siglo no había pasado por allí, y casi me sentí traicionado cuando vi un cubo de plástico en el patio lateral de una casa de piedra. Daba la impresión de que las casas habían crecido a partir de pilas de roca gris, con los pisos superiores construidos en albañilería como una idea de última hora, con los tejados de pizarra. Algunas exhibían hermosos adornos antiguos de madera que no habrían quedado fuera de lugar en un pueblo de estilo tudor.

Cuando entramos en la única calle de Dimovo, la gente empezó a salir de las casas y establos para darnos la bienvenida, sobre todo gente mayor, muchos deformados hasta extremos increíbles por años de rudo trabajo, las mujeres con las piernas arqueadas de manera grotesca, los hombres inclinados hacia delante como si fueran cargados siempre con un saco invisible de algo pesado. La piel de su cara era de color tostado, con las mejillas encarnadas. Sonreían y saludaban, y vi destellos de encías desdentadas o materiales brillantes en sus bocas. Al menos habían recibido los cuidados de un dentista, pensé, aunque costaba imaginar dónde o cómo. Algunos se adelantaron para inclinarse ante el hermano Ivan, y él los bendijo y dio la impresión de que interrogaba a algunos. Caminamos hasta la casa de Baba Yanka en el centro de una pequeña multitud, cuyos miembros más jóvenes podrían haber cumplido los setenta, aunque Helen me dijo después que estos campesinos debían tener veinte años menos de lo que yo pensaba.

La casa de Baba Yanka era muy pequeña, apenas una cabaña, y se apoyaba contra un pequeño establo. La mujer se acercó a la puerta para ver qué estaba pasando. Lo primero que vi de ella fue un destello de su pañuelo de flores rojas para la cabeza y después su corpiño a rayas y el delantal. Se asomó, nos miró, y algunos aldeanos gritaron su nombre, lo cual provocó que saludara con la cabeza rápidamente. La piel de su cara era de color caoba, la nariz y la barbilla afiladas, y los ojos, cuando nos acercamos más, al parecer castaños, pero perdidos entre pliegues de arrugas.

Ranov le dijo algo (confié en que no fuera nada arrogante o impertinente), y después de mirarnos unos minutos, la mujer cerró la puerta de madera. Esperamos en silencio fuera, y cuando volvió a abrirla, vi que no era tan diminuta como había imaginado. Le llegaba a Helen al hombro, y sus ojos eran risueños en una cara cautelosa. Besó la mano del hermano Ivan y nosotros le estrechamos la mano, cosa que pareció dejarla perpleja. Después nos guió hasta el interior de la casa como si fuéramos un grupo de gallinas fugitivas.

Su casa era muy pobre por dentro, pero limpia, y observé con una punzada de compasión que la había adornado con un jarrón de flores silvestres, que descansaba sobre una mesa arañada y restregada. La casa de la madre de Helen era una mansión comparada con esta pulcra y destartalada habitación, con la escalerilla que subía al primer piso clavada a una pared. Me pregunté durante cuánto tiempo podría subir la escalera Baba Yanka, pero se movía por la habitación con tal energía que comprendí al cabo de un momento que no era una anciana. Se lo dije en un susurro a Helen y ella asintió.

—Unos cincuenta —dijo en voz baja.

Esto todavía me impresionó más. Mi madre, en Boston, tenía cincuenta y dos años, y habría podido ser la nieta de esta mujer. Las manos de Baba Yanka eran tan deformes como ligeros sus pies. Vi que sacaba platos cubiertos con tela y disponía vasos ante nosotros, y me pregunté qué habría hecho con aquellas manos durante su vida para que tuvieran ese aspecto. Talar árboles, tal vez, cortar leña, recoger cosechas, trabajar con frío y calor. Nos dirigió una o dos miradas subrepticias mientras se afanaba, cada una acompañada de una veloz sonrisa, y al final nos sirvió un brebaje, algo blanco y espeso, que Ranov engulló al instante. Señaló con la cabeza en dirección a la mujer y se secó la boca con un pañuelo. Yo le imité a continuación, pero estuve a punto de morir. El líquido estaba tibio y sabía a suelo de establo. Intenté reprimir las arcadas, mientras Baba Yanka me sonreía. Helen bebió el suyo con dignidad, y Baba Yanka le palmeó la mano.

—Leche de oveja mezclada con agua —explicó Helen—. Imagina que es un batido de leche.

—Ahora le preguntaré si va a cantar —dijo Ranov—. Eso es lo que quieren, ¿no?

Conversó un momento con el hermano Ivan, quien se volvió hacia Baba Yanka. La mujer se encogió y cabeceó con vehemencia. No, no iba a cantar. Estaba claro que no quería. Nos señaló y escondió las manos bajo el delantal. Pero el hermano Ivan asintió.

—Primero le pediremos que cante lo que le dé la gana —explicó Ranov—. Después podrán interrogarla sobre la canción que les interesa.

Dio la impresión de que Baba Yanka se había resignado, y me pregunté si toda la protesta había sido una exhibición ritual de modestia, porque ya estaba sonriendo de nuevo. Suspiró y enderezó los hombros bajo su gastada blusa floreada. Nos miró sin astucia y abrió la boca. El sonido que surgió se me antojó asombroso, primero porque fue asombrosamente fuerte, de modo que los vasos estuvieron a punto de vibrar sobre la mesa, y la gente que estaba delante de la puerta abierta (me dio la impresión de que se había congregado la mitad del pueblo) asomó la cabeza. Las paredes y el suelo retemblaron, y las ristras de cebollas y pimientos que colgaban sobre la cocina oscilaron. Tomé la mano de Helen a escondidas. Primero nos estremeció una nota, después otra, cada una larga y lenta, cada una un aullido de sufrimiento y desesperación. Recordé a la doncella que había saltado al precipicio antes que ir a parar al harén del bajá, y me pregunté si se trataría de un texto similar. Por extraño que pareciera, Baba Yanka sonreía en cada nota, respiraba hondo y nos sonreía. Escuchamos en estupefacto silencio hasta que enmudeció de repente. La última nota pareció prolongarse indefinidamente en la diminuta casa.

—Queremos saber el significado de la letra, por favor —dijo Helen.

Con aparente dificultad, que no borró su sonrisa, Baba Yanka recitó la letra de la canción, y Ranov tradujo.

El héroe yace en lo alto de la verde montaña.
El héroe agoniza con nueve heridas en el costado.
Oh, tú, halcón, vuela hacia él y dile que sus hombres están a salvo,
a salvo en las montañas, todos sus hombres.
El héroe tenía nueve heridas en el costado,
pero fue la décima la que le mató.

Cuando terminó, Baba Yanka aclaró algún punto a Ranov, sin dejar de sonreír y agitando un dedo hacia él. Tuve la sensación de que le daría unos azotes y le enviaría a la cama sin cenar si se portaba mal en su casa.

—Pregúntele la antigüedad de la canción y dónde la aprendió —dijo Helen.

Ranov formuló la pregunta y Baba Yanka estalló en carcajadas, señaló hacia atrás y agitó las manos. Hasta Ranov sonrió.

—Dice que es antigua como las montañas y ni siquiera su bisa-buela sabía su antigüedad. La aprendió de su bisabuela, que vivió hasta los noventa y tres años.

A continuación, Baba Yanka nos hizo preguntas. Cuando clavó los ojos en nosotros, vi que eran unos ojos maravillosos, casi como si el sol y el viento les hubieran dado forma, de un color castaño dora-do, casi ámbar, con el brillo realzado por el rojo de su pañuelo. Asin-tió, como incrédula, cuando le dijimos que éramos de Norteamérica.

—¿*Amerika?*—. Dio la impresión de que meditaba—. Eso debe estar más allá de las montañas.

—Es una mujer muy ignorante —comentó Ranov—. El Gobier-no se está esforzando al máximo por aumentar el nivel de educación en estos parajes. Es una prioridad importante.

Helen había sacado una hoja de papel y tomó la mano de la mujer.

—Pregúntele si conoce una canción como ésta. Se la tendrá que traducir. «El dragón bajó a nuestro valle. Quemó las cosechas y tomó a las doncellas.»

Ranov tradujo esto a Baba Yanka. Ella escuchó con atención un momento, y de repente su rostro se contrajo de miedo y desagrado. Retrocedió en su silla de madera y se persignó a toda prisa.

—¡*Ne!* —dijo con vehemencia, y liberó su mano de la de He-len—. *Ne, ne.*

Ranov se encogió de hombros.

—Ya lo entienden. No la sabe.

—Pues claro que sí —dije en voz baja—. Pregúntele por qué tie-ne miedo de hablarnos de ella.

Esta vez la mujer se puso seria.

—No quiere hablar de la canción —dijo Ranov.

—Dígale que la recompensaremos.

Ranov enarcó las cejas, pero comunicó la oferta a Baba Yanka.

—Dice que hemos de cerrar la puerta. —Se levantó y cerró puer-tas y postigos, ocultándonos a los espectadores de la calle—. Ahora cantará.

No habría podido existir mayor contraste entre la interpretación de la primera canción y la de ésta. Dio la impresión de que la mujer se encogía en su silla, acurrucada en el asiento con la vista clavada en el suelo. Su alegre sonrisa había desaparecido, y tenía los ojos de color ámbar clavados en los pies. La melodía era ciertamente melancólica, aunque el último verso se me antojó que finalizaba con una nota desafiante. Ranov tradujo con meticulosidad. ¿Por qué se mostraba tan colaborador?, volví a preguntarme.

> *El dragón bajó a nuestro valle.*
> *Quemó las cosechas y tomó a las doncellas.*
> *Asustó al turco infiel y protegió nuestros pueblos.*
> *Su aliento secó los ríos y caminamos sobre sus aguas.*
> *Ahora hemos de defendernos solos.*
> *El dragón era nuestro protector,*
> *pero ahora hemos de defendernos de él.*

—Bien —dijo Ranov—, ¿era eso lo que querían oír?

—Sí. —Helen palmeó la mano de Baba Yanka y la mujer se puso a farfullar en tono admonitorio.

—Pregúntele de dónde es la canción y por qué le tiene miedo —pidió Helen.

Ranov necesitó unos minutos para abrirse paso entre los reproches de Baba Yanka.

—Aprendió esta canción en secreto de su bisabuela, quien le dijo que nunca la cantara después de oscurecer. La canción trae mala suerte. Parece lo contrario, pero no. Aquí no la cantan, salvo el día de San Jorge. Es el único día que se puede cantar sin peligro, sin traer mala suerte. Confía en que ustedes no hayan provocado la muerte de su vaca o algo peor.

Helen sonrió.

—Dígale que tengo una recompensa para ella, un regalo que ahuyenta la mala suerte y la sustituye por buena. —Abrió la mano de Baba Yanka y depositó un medallón de plata en ella—. Esto pertenece a un hombre muy devoto y sabio, que se lo envía para protegerla. Es la efigie de Sveti Ivan Rilski, un gran santo búlgaro.

Deduje que éste debía ser el pequeño objeto que Stoichev había puesto en la mano de Helen. Baba Yanka lo miró un momento, le dio vueltas en su áspera palma y luego se lo llevó a los labios para besarlo. Lo guardó en algún compartimiento secreto de su delantal.

—*Blagodarya* —dijo. Besó la mano de Helen y la acarició como si hubiera encontrado a una hija perdida mucho tiempo atrás. Helen se volvió hacia Ranov.

—Haga el favor de preguntarle si sabe lo que significa la canción y de dónde procede. ¿Por qué la cantan el día de San Jorge?

Baba Yanka se encogió de hombros.

—Esta canción no significa nada. Sólo es una antigua canción que trae mala suerte. Mi bisabuela dijo que alguna gente creía que procedía de un monasterio, pero eso no es posible, porque los monjes no cantan canciones así. Cantan alabanzas a Dios. La cantan el día de San Jorge porque invita a Sveti Georgi a matar al dragón y acabar con los tormentos de su pueblo.

—¿Qué monasterio? —interrogué—. Pregúntele si conoce un monasterio llamado Sveti Georgi, que desapareció hace mucho tiempo.

Pero Baba Yanka se limitó a asentir y chasquear la lengua.

—Aquí no hay ningún monasterio. El monasterio está en Bachkovo. Sólo tenemos la iglesia, donde yo cantaré con mi hermana esta tarde.

Rezongué y pedí a Ranov que probara de nuevo. Esta vez él también chasqueó la lengua.

—Dice que no sabe nada de ningún monasterio. Aquí nunca ha habido un monasterio.

—¿Cuándo es el día de San Jorge? —pregunté.

—El seis de mayo. —Ranov me miró de arriba abajo—. Se les ha escapado por unas pocas semanas.

Me quedé en silencio, pero entretanto Baba Yanka había vuelto a animarse. Estrechó nuestras manos, besó a Helen y nos hizo prometer que iríamos a escucharla por la tarde.

—Es mucho mejor con mi hermana. Hace la segunda voz.

Le aseguramos que no faltaríamos. Insistió en obsequiarnos con algo de comer, que estaba preparando cuando entramos. Consistía en patatas y una especie de engrudo, y más leche de oveja. Supuse que me acostumbraría si me quedaba unos meses. Comimos y alabamos sus artes culinarias, hasta que Ranov nos dijo que debíamos volver a la iglesia si queríamos ver el inicio del oficio religioso. Baba Yanka se separó de nosotros de mala gana, apretó nuestros brazos y manos y palmeó las mejillas de Helen.

La hoguera que habían encendido junto a la iglesia casi se había apagado, aunque algunos troncos todavía ardían sobre las brasas, pálidas a la brillante luz de la tarde. Los aldeanos estaban empezando a congregarse cerca de la iglesia, incluso antes de que las campanas empezaran a tañer. Las campañas tañeron en la pequeña torre de piedra, y después, un joven sacerdote apareció en la puerta. Ahora iba vestido de rojo y dorado, con una larga capa bordada sobre su hábito y un chal negro encima del gorro. Llevaba un incensario con cadena de oro, que hizo oscilar en tres direcciones ante la puerta de la iglesia.

La gente congregada (mujeres vestidas como Baba Yanka con rayas y flores, o de negro de pies a cabeza, y hombres con toscos chalecos y pantalones de lana color castaño, camisas blancas atadas o abotonadas en el cuello) retrocedió cuando el sacerdote salió. Se mezcló con ellos, les bendijo con la señal de la cruz, y algunos inclinaron la cabeza o se arrodillaron delante de él. Detrás venía un hombre de mayor edad, vestido como un monje con un sencillo hábito negro. Supuse que debía ser su ayudante. Este hombre sostenía un icono en los brazos, cubierto con seda púrpura. Lo vi apenas un momento, un rostro rígido, pálido, de ojos oscuros. Debía ser Sveti Petko, pensé. Los aldeanos siguieron al icono en silencio alrededor del perímetro de la iglesia. Muchos se apoyaban en bastones o en los brazos de los más jóvenes. Baba Yanka nos localizó y tomó mi brazo con orgullo, como para demostrar a sus vecinos los buenos contactos que tenía. Todo el mundo nos miró. Se me ocurrió que estábamos recibiendo al menos tanta atención como el icono.

Los dos sacerdotes nos guiaron en silencio por la parte posterior de la iglesia y el otro lado, donde vimos el anillo de fuego a corta distancia y percibimos el olor del humo que se alzaba de él. Las llamas estaban languideciendo, sin que nadie se ocupara de ellas, los últimos troncos y ramas tenían un color naranja intenso, y el conjunto se iba convirtiendo poco a poco en una masa de brasas. Repetimos tres veces esta procesión alrededor de la iglesia, y después el sacerdote se detuvo de nuevo en el porche y empezó a cantar. A veces su ayudante le contestaba y a veces los feligreses murmuraban una respuesta, se persignaban o inclinaban la cabeza. Baba Yanka había soltado mi brazo, pero no se había alejado de nosotros. Helen lo observaba todo con mucho interés, y también Ranov.

Al final de esta ceremonia al aire libre, seguimos a la congregación al interior de la iglesia, oscura como una tumba después del resplandor de los campos y las arboledas. Era una iglesia pequeña, pero el interior poseía una especie de exquisitez, de la que iglesias más grandes que habíamos visto no podían presumir. El sacerdote joven había colocado el icono de Sveti Petko en un lugar de honor cerca de la parte delantera, apoyado en un podio tallado. Observé que el hermano Ivan se inclinaba ante el altar.

Como de costumbre, no había bancos. La gente estaba de pie o arrodillada sobre el frío suelo de piedra, y algunas mujeres se habían postrado en el centro de la iglesia. Las paredes laterales albergaban nichos con frescos o iconos, y en una de ellas destaca una abertura oscura que, pensé, debía descender a la cripta. Era fácil imaginar los siglos de campesinos que habían rezado allí, y en la iglesia anterior que se había alzado en este mismo lugar.

Después de lo que se me antojó una eternidad, los cánticos cesaron. La gente se inclinó de nuevo y empezamos a salir de la iglesia. Algunas personas se detuvieron a besar iconos o a encender velas, que colocaban en los candelabros de hierro cercanos a la entrada. Las campanas de la iglesia empezaron a tocar, y seguimos a los feligreses al exterior, donde el sol, la brisa y los campos rutilantes nos asaltaron sin previo aviso. Habían dispuesto una mesa larga bajo los árboles, y las mujeres ya estaban sacando platos y sirviendo algo contenido en jarras de cerámica. Entonces vi que había una segunda hoguera encendida a este lado de la iglesia, más pequeña, sobre la que colgaba un cordero ensartado. Dos hombres le estaban dando vueltas sobre las brasas, y se me hizo la boca agua al percibir aquel aroma primitivo. Baba Yanka llenó nuestros platos y nos condujo hasta una manta alejada de la muchedumbre. Allí conocimos a su hermana, que era igual que ella, aunque un poco más alta y delgada, y todos disfrutamos de la excelente comida. Hasta Ranov, sentado con su traje de ciudad sobre la manta, parecía casi contento. Otros aldeanos se detuvieron a saludarnos y a preguntar a Baba Yanka y su hermana cuándo cantarían, atención que ellas desecharon con un ademán digno de estrellas de la ópera.

Cuando no quedó nada del cordero y las mujeres se pusieron a lavar platos sobre un cubo de madera, reparé en que tres hombres ha-

bían sacado instrumentos musicales y se estaban preparando para tocar. Uno de ellos sostenía el instrumento más raro que había visto de
cerca en mi vida, una bolsa hecha de piel blanca de animal muy limpia, con tubos de madera que sobresalían de ella. Era una especie de
gaita, y Ranov nos dijo que era un instrumento antiguo de Bulgaria, la
gaida, hecha de piel de cabra. El anciano que la acunaba en sus brazos fue soplando poco a poco hasta transformarla en un gran globo;
este proceso duró sus buenos diez minutos, y el hombre estaba rojo
como un tomate antes de terminar. La colocó bajo el brazo y sopló
por un tubo, y todo el mundo aplaudió y le animó. Emitió un sonido
animal, un balido intenso, un chillido o un graznido. Helen rió.

—Hay gaitas en todas las culturas ganaderas del mundo —me informó.

Entonces el viejo se puso a tocar, y al cabo de un momento sus
amigos se le unieron, uno provisto de una larga flauta de madera cuya
voz remolineó a nuestro alrededor como una cinta móvil, mientras el
segundo golpeaba un tambor de piel suave con una baqueta forrada
de fieltro. Algunas mujeres se levantaron de un brinco y formaron
una hilera, y un hombre con un pañuelo blanco, tal como habíamos
visto con Stoichev, las guió alrededor del prado. La gente demasiado
vieja o enferma para bailar sonreía con sus terribles dientes y encías
vacías, pateaban el suelo o seguían el ritmo con sus bastones.

Baba Yanka y su hermana estaban calladas, como si su momento aún no hubiera llegado. Esperaron a que el flautista las llamara
con gestos y sonrisas, y luego a que el público se sumara a la llamada, fingieron cierta vacilación, y al final se levantaron y caminaron
cogidas de la mano hacia los músicos, a cuyo lado se colocaron. Todo
el mundo enmudeció, y la *gaida* tocó una pequeña introducción. Las
dos mujeres empezaron a cantar, con los brazos enlazados mutuamente alrededor de la cintura, y el sonido que produjeron (una armonía que me llegaba a las entrañas, áspera y bella) dio la impresión
de emanar de un solo cuerpo. El sonido de la *gaida* se intensificó a su
alrededor, y después las tres voces, las voces de las dos mujeres y la
cabra, se elevaron juntas y se dispersaron sobre nosotros como el gemido de la propia tierra. De pronto, los ojos de Helen se inundaron
de lágrimas, algo tan inusual que la rodeé con mi brazo delante de
todo el mundo.

Después de que las mujeres interpretaran cinco o seis canciones, con vítores procedentes de la multitud, todo el mundo se levantó, aunque no supe a qué señal se debía hasta que el sacerdote se acercó. Portaba un icono de Sveti Petko, envuelto en terciopelo rojo, y detrás venían dos muchachos, cada uno vestido con un hábito oscuro y cargados con un icono cubierto por completo de seda blanca. Esta procesión se dirigió al otro lado de la iglesia, seguida de los músicos, que interpretaban una triste melodía, hasta detenerse entre la iglesia y la hoguera grande. El fuego se había apagado por completo. Sólo quedaba un círculo de brasas consumidas, de un rojo infernal. Hilillos de humo se elevaban de ellas, como si debajo hubiera algo vivo que aún respirara. El sacerdote y sus ayudantes se pararon junto a la pared de la iglesia, sosteniendo sus tesoros delante de ellos.

Por fin, los músicos atacaron una nueva canción, alegre pero triste al mismo tiempo, pensé, y uno a uno, los aldeanos que podían bailar, o al menos caminar, formaron una larga línea serpenteante que se puso a dar vueltas poco a poco alrededor del fuego. Cuando la hilera pasó delante de la iglesia, Baba Yanka y otra mujer (esta vez no era su hermana, sino una mujer todavía más curtida por la intemperie, cuyos ojos nublados parecían casi ciegos) se adelantaron e inclinaron la cabeza ante el sacerdote y los iconos. Se quitaron los zapatos y calcetines y los dejaron con cuidado junto a la escalera de la iglesia, besaron el rostro adusto de Sveti Petko y recibieron la bendición del sacerdote. Los jóvenes ayudantes de éste entregaron un icono a cada mujer, al tiempo que retiraban las fundas de seda. La música alcanzó una nueva intensidad. El hombre que tocaba la *gaida* sudaba profusamente, con el rostro amoratado y las mejillas infladas.

A continuación, Baba Yanka y la mujer de los ojos nublados se pusieron a bailar, sin perder el paso en ningún momento, y después, mientras yo presenciaba la escena inmóvil, bailaron descalzas sobre las brasas. Cada mujer sostenía el icono delante de ella cuando entró en el círculo. Cada una lo sostenía en alto, con la vista clavada con dignidad en otro mundo. La mano de Helen estrujó la mía hasta que me dolieron los dedos. Los pies de las mujeres se alzaban y caían sobre las brasas, levantaban chispas. En un momento dado vi que del dobladillo de la falda a rayas de Baba Yanka salía humo. Bailaron entre las brasas al misterioso ritmo del tambor y la gaita, y cada una tomó una dirección diferente dentro del círculo de fuego.

Yo no había visto los iconos cuando entraron en el círculo, pero ahora observé que uno, en manos de la mujer ciega, plasmaba a la Virgen María, con el Niño sobre la rodilla, la cabeza inclinada bajo una pesada corona. No pude ver el icono de Baba Yanka hasta que dio la vuelta al círculo. El rostro de Baba Yanka era asombroso, los ojos enormes y fijos, los labios relajados, la piel marchita brillante a causa del terrible calor. El icono que portaba en brazos debía ser muy antiguo, como el de la Virgen, pero a través de las manchas de humo y el calor, distinguí muy bien una imagen. Mostraba a dos figuras enfrentadas en una especie de baile, dos seres terribles y amenazadores por igual. Uno era un caballero con armadura y capa roja, el otro un dragón de cola larga y ensortijada.

70

Querida hija:

Ahora estoy en Nápoles. Este año voy a intentar ser más sistemática en mi investigación. Hace calor en Nápoles, pese a ser diciembre, cosa que agradezco porque estoy muy resfriada. Nunca supe lo que significaba sentirse sola antes de dejarte, porque nunca nadie me había amado como tu padre, y como tú, creo. Ahora soy una mujer solitaria en una biblioteca, que se suena la nariz y toma notas. Me pregunto si alguien se ha sentido tan solo como yo me siento aquí, en la habitación de mi hotel. En público, llevo el pañuelo sobre la blusa de cuello alto. Mientras desayuno sola, alguien me sonríe y yo le devuelvo la sonrisa. Después aparto la vista. Tú no eres la única persona con la que no me merezco relacionarme.

Tu madre que te quiere,
Helen

Febrero de 1964

Querida hija:

Atenas es sucia y ruidosa, y me resulta difícil acceder a los documentos que necesito del Instituto de Grecia Medieval, que parece ser tan medieval como su contenido. Pero esta mañana, sentada en la Acrópolis, casi puedo imaginar que esta separación terminará algún día, y nos sentaremos, cuando ya seas una mujer, tal vez, sobre estas piedras derrumbadas y miraremos la ciudad. Vamos a ver: serás alta como tu padre, como yo, de pelo oscuro revuelto (¿muy corto o recogido en una trenza gruesa?), llevarás gafas de sol y zapatillas de deporte, tal vez un pañuelo en la cabeza si el viento es tan fuerte como hoy. Y yo estaré vieja, arrugada, sólo orgullosa de ti. Los camareros de los cafés te mirarán

a ti, no a mí, y yo reiré feliz, mientras tu padre les lanza una mirada ful-
minante por encima del periódico.

Tu madre que te quiere,
Helen

Marzo de 1964

Querida hija:

Ayer, mis fantasías acerca de la Acrópolis eran tan intensas que he
vuelto esta mañana sólo para escribirte. Sin embargo, en cuanto me sen-
té a contemplar la ciudad, me empezó a doler la herida del cuello, y pen-
sé que una presencia me estaba acechando en las cercanías, de modo que
sólo pude mirar a mi alrededor una y otra vez, con la intención de ver a
alguien sospechoso entre las multitudes de turistas. No puedo entender
por qué este monstruo no ha venido todavía desde el abismo de los si-
glos para encontrarme. Ya estoy a su alcance, contaminada, casi deseosa
de él. ¿Por qué no toma la iniciativa y me alivia de esta desdicha? Pero
en cuanto pienso esto, me doy cuenta de que debo seguir oponiéndole
resistencia, rodeándome y protegiéndome con todo tipo de amuletos,
hasta descubrir sus añagazas con la esperanza de sorprenderle en una de
ellas, tan desprevenido que yo sea capaz de pasar a la historia por ha-
berlo destruido. Tú, mi ángel perdido, eres el fuego que alimenta esta
ambición desesperada.

Tu madre que te quiere,
Helen

71

Cuando vimos el icono con el que cargaba Baba Yanka, no sé quién fue el primero que lanzó una exclamación, Helen o yo, pero los dos disimulamos la reacción al instante. Ranov estaba apoyado en un árbol a menos de tres metros de distancia, y observé aliviado que estaba contemplando el valle, aburrido y desdeñoso, ocupado con su cigarrillo, y al parecer no había reparado en el icono. Pocos segundos después, Baba Yanka se había dado la vuelta para salir del fuego en compañía de la otra mujer, y ambas se acercaron al sacerdote. Devolvieron los iconos a los dos muchachos, que los cubrieron al instante. Yo no dejaba de vigilar a Ranov. El sacerdote estaba bendiciendo a las dos mujeres, y se alejaron con el hermano Ivan, que les dio a beber agua. Baba Yanka nos dirigió una mirada de orgullo cuando pasó, ruborizada, sonriente, y nos guiñó el ojo. Helen y yo le dedicamos una inclinación, admirados. Examiné sus pies. No parecían haber sufrido el menor daño, igual que los de la otra mujer. Sólo en sus caras se notaba el calor del fuego, como una quemadura solar.

—El dragón —murmuró Helen mientras las mirábamos.

—Sí —dije—. Hemos de averiguar dónde guardan ese icono y qué antigüedad tiene. Vamos. El cura nos prometió una visita a la iglesia.

—¿Y Ranov?

Helen no miró a su alrededor.

—Tendremos que rezar para que decida abstenerse de seguirnos —dije—. Creo que no vio el icono.

El sacerdote estaba volviendo a la iglesia, y la gente había empezado a dispersarse. Le seguimos con parsimonia, y le encontramos colocando el icono de Sveti Petko en su podio. No vimos los otros dos iconos. Le di las gracias y alabé en inglés la belleza de la ceremonia. Agité las manos y señalé al exterior. Pareció complacido. Después hice un ademán que abarcó la iglesia y enarqué las cejas.

—¿Podemos dar una vuelta?

—¿Una vuelta?

Frunció el ceño un segundo, y volvió a sonreír. Esperen. Sólo necesitaba cambiarse. Cuando volvió con su atuendo negro habitual, nos enseñó todos los nichos, señalando *ikoni* y *Hristos*, y otras cosas que comprendimos más o menos. Por lo visto, sabía mucho de aquel lugar y de su historia, pero desgraciadamente no pudimos entenderle. Por fin, le pregunté dónde estaban los demás iconos, y señaló la cavidad que yo había advertido antes en una capilla lateral. Al parecer, los habían devuelto a la cripta, donde los guardaban. Buscó su linterna y nos guió hacia abajo.

Los peldaños de piedra eran empinados, y la corriente fría que nos llegó desde abajo consiguió que la iglesia pareciera provista de calefacción. Agarré la mano de Helen mientras seguíamos la linterna del sacerdote, la cual iluminaba las piedras antiguas que nos rodeaban. La pequeña cámara no estaba del todo a oscuras. Las velas de dos lampadarios ardían junto al altar, y al cabo de un momento vimos que no se trataba de un altar, sino de un trabajado relicario de latón, cubierto en parte por damasco rojo bordado. Sobre él descansaban los dos iconos en sus marcos plateados, la Virgen y (avancé un paso) el dragón y el caballero.

—Sveti Petko —dijo el cura risueño, y tocó el cofre.

Señalé la Virgen, y nos dijo algo relacionado con el *Bachkovski manastir*, aunque no entendimos nada más. Después señalé el otro icono, y el sacerdote sonrió.

—Sveti Georgi —dijo, e indicó el caballero. Señaló el dragón—. *Drakula*.

—Debe de significar dragón —me advirtió Helen.

Asentí.

—¿Cómo podemos preguntarle de qué siglo cree que son?

—¿*Star? Staro?* —probó Helen.

El sacerdote negó con la cabeza para mostrar su acuerdo.

—*Mnogo star* —dijo con solemnidad. Le miramos. Alcé la mano y conté dedos. ¿Tres? ¿Cuatro? ¿Cinco? El hombre sonrió. Cinco. Cinco dedos: unos quinientos años.

—Cree que es del siglo quince —dijo Helen—. Dios, ¿cómo vamos a preguntarle de dónde son?

Señalé el icono, abarqué la cripta con un ademán, indiqué la iglesia de encima. Cuando me entendió, hizo el gesto universal de ignorancia: se encogió de hombros y enarcó las cejas. No lo sabía. Al parecer, intentaba decirnos que el icono llevaba en Sveti Petko cientos de años. No sabía nada más.

Se volvió por fin, sonriente, y nos preparamos para seguirle a él y a su linterna escaleras arriba. Habríamos dejado el lugar definitivamente, sin la menor esperanza, si el estrecho tacón del zapato de Helen no se hubiera trabado entre dos piedras. Lanzó una exclamación de irritación (yo sabía que no tenía otro par de zapatos) y me agaché al instante para ayudarla. Casi habíamos perdido de vista al sacerdote, pero las velas que ardían junto al relicario me proporcionaron luz suficiente para ver lo que estaba grabado en la vertical del último escalón, al lado del pie de Helen. Era un pequeño dragón, tosco pero inconfundible, tan inconfundible como el dibujo de mi libro. Me puse de rodillas sobre las piedras y lo seguí con una mano. Lo conocía tan bien como si lo hubiera grabado yo mismo. Helen se acuclilló a mi lado, olvidando el zapato.

—Dios mío —dijo—. ¿Qué es este lugar?

—Sveti Georgi —dije poco a poco—. Ha de ser Sveti Georgi.

Me miró a la tenue luz, y el pelo le cayó sobre los ojos.

—Pero la iglesia es del siglo dieciocho —protestó. Entonces su rostro se iluminó—. ¿Crees que...?

—Montones de iglesia tienen cimientos mucho más antiguos, ¿verdad? Sabemos que ésta fue reconstruida después de que los turcos quemaran la primera. Tal vez era la iglesia de un monasterio, un monasterio olvidado hace mucho tiempo —susurré agitado—. Pudo ser reconstruida décadas o siglos más tarde, y rebautizada con el nombre del mártir que recordaban.

Helen se volvió horrorizada y miró el relicario de latón detrás de nosotros.

—¿Crees también...?

—No lo sé —dije poco a poco—. Me parece improbable que hayan confundido unas reliquias con otras, pero ¿cuándo crees que abrieron por última vez esa caja?

—No parece lo bastante grande —dijo, pero pareció incapaz de seguir hablando.

—No lo es —admití—, pero hemos de intentarlo. Al menos yo. Quiero que te mantengas al margen de esto, Helen.

Me dirigió una mirada inquisitiva, perpleja por la idea de que se me hubiera pasado por la cabeza prescindir de su ayuda.

—Es muy grave forzar la puerta de una iglesia y profanar la tumba de un santo.

—Lo sé —dije—, pero ¿y si no es la tumba de un santo?

Había dos nombres que ninguno de los dos habríamos podido pronunciar en aquel lugar frío y oscuro, con sus luces parpadeantes, el olor a cera y tierra. Uno de esos nombres era Rossi.

—¿Ahora mismo? Ranov debe de estar buscándonos —dijo Helen.

Cuando salimos de la iglesia, las sombras de los árboles se estaban alargando y nuestro guía nos estaba buscando con expresión impaciente. El hermano Ivan estaba a su lado, pero reparé en que casi no se hablaban.

—¿Ha hecho una buena siesta? —preguntó Helen cortésmente.

—Ya es hora de volver a Bachkovo. —La voz de Ranov era brusca de nuevo. Me pregunté si se sentía decepcionado por el hecho de que, en apariencia, no habíamos encontrado nada en aquel lugar—. Nos iremos a Sofía por la mañana. Me aguardan algunos asuntos. Confío en que estén satisfechos de su investigación.

—Casi —dije—. Me gustaría ver a Baba Yanka por última vez para agradecerle su ayuda.

—Muy bien.

Ranov parecía irritado, pero nos guió de vuelta al pueblo. El hermano Ivan caminaba en silencio detrás de nosotros. La calle estaba tranquila bajo la luz dorada del anochecer, por todas partes se olía a guisos. Vi a un anciano que iba a la bomba de agua principal y llenaba un cubo. Al final de la callejuela de Baba Yanka vimos un pequeño rebaño de cabras y ovejas. Oímos sus voces plañideras y vimos que se apelotonaban entre las casas, hasta que un muchacho las obligó a doblar una esquina.

Baba Yanka se alegró mucho de vernos. La felicitamos por su maravillosa interpretación y por el baile. El hermano Ivan la bendijo con un gesto silencioso.

—¿Cómo es que no se quema? —preguntó Helen

—Ah, es gracias al poder de Dios —contestó la mujer—. Más tarde no me acuerdo de cómo pasó. A veces siento los pies calientes después, pero nunca me quemo. Es el día más hermoso del año para mí, aunque no me acuerdo mucho de él. Durante meses estoy tan serena como un lago.

Sacó una botella sin etiquetar de la alacena y nos sirvió vasos de un líquido marrón claro. Dentro de la botella flotaban largas hierbas. Ranov explicó que eran para darle sabor. El hermano Ivan declinó la invitación, pero Ranov aceptó un vaso. Al cabo de unos cuantos sorbos, empezó a interrogar al hermano Ivan con una voz tan cordial como las ortigas. No tardaron en enzarzarse en una discusión que no entendí, aunque capté con frecuencia la palabra *politicheski*.

Después de estar sentados un rato, interrumpí la conversación un momento para pedir a Ranov que preguntara a Baba Yanka si podía utilizar su cuarto de baño. El hombre emitió una risita desagradable. Había recuperado su antiguo humor, pensé.

—Temo que no es muy cómodo —dijo.

Baba Yanka también rió, y señaló la puerta de atrás. Helen dijo que me acompañaría y esperaría su turno. El retrete del patio posterior de Baba Yanka estaba aún más destartalado que la casa, pero era lo bastante ancho para ocultar nuestra huida entre los árboles y colmenas, hasta salir por la cancela posterior. No se veía a nadie, pero al llegar a la carretera nos internamos entre los arbustos y ascendimos por la colina. Por suerte, no había nadie en los alrededores de la iglesia, envuelta ya en profundas sombras. El anillo de fuego refulgía bajo los árboles.

No nos molestamos en probar la puerta de delante, porque podían vernos desde la carretera. Nos encaminamos a toda prisa hacia la parte de atrás. Había una ventana baja, cubierta en el interior por cortinas púrpura.

—Por aquí entraremos en el santuario —dijo Helen. El armazón de madera sólo estaba cerrado con pestillo, pero no con llave, de modo que lo abrimos astillando un poco el marco y nos colamos entre las cortinas. Después lo cerramos todo a nuestras espaldas. Dentro, vi que Helen tenía razón. Estábamos detrás del iconostasio—. Aquí no se permite la entrada a las mujeres —dijo en voz baja, pero estaba mirando a su alrededor con la curiosidad de una colegiala mientras hablaba.

La estancia que había detrás del iconostasio albergaba un alto altar cubierto de telas y velas. Dos libros antiguos descansaban sobre un aparador de latón cercano, y de unos ganchos clavados en la pared colgaban las hermosas vestimentas que el sacerdote había utilizado antes. Reinaban un silencio y una tranquilidad terribles. Localicé la puerta santa, a través de la cual el sacerdote había salido, y nos adentramos con sentimiento de culpa en la oscura iglesia. Las estrechas ventanas proporcionaban escasa iluminación, pero todas las velas estaban apagadas, tal vez por temor a un incendio, y tardé un poco en encontrar la caja de cerillas en una estantería. Saqué una vela para cada uno de un candelabro y las encendí. Después bajamos la escalera con suma cautela.

—Odio esto —oí murmurar a Helen detrás de mí, pero sabía que no quería echarse atrás bajo ninguna circunstancia—. ¿Cuándo crees que Ranov empezará a echarnos de menos?

La cripta era el lugar más oscuro que había visto en mi vida, con todas las velas apagadas, de modo que agradecí los dos puntos de luz que llevábamos. Encendí las velas apagadas con la mía. Arrancaron reflejos de latón y bordados en oro del relicario. Mis manos se habían puesto a temblar de una forma desaforada, pero conseguí desenfundar el pequeño cuchillo de Turgut que guardaba en el bolsillo de la chaqueta, donde había estado desde que salimos de Sofía. Lo dejé en el suelo cerca del relicario, y Helen y yo levantamos con delicadeza los dos iconos de su sitio (aparté la vista del dragón y san Jorge) y los apoyamos contra una pared. Quitamos la pesada tela y Helen la dobló. Durante todo el rato estuve bien alerta por si se producía algún sonido, aquí o en la iglesia, de manera que hasta el silencio empezó a repiquetear y gemir en mis oídos. En un momento dado, Helen me tiró de la manga y ambos escuchamos, pero no oímos nada.

Cuando el relicario estuvo descubierto, lo miramos temblorosos. La parte superior estaba moldeada con hermosos bajorrelieves. Un santo de pelo largo con una mano alzada para bendecirnos, probablemente el retrato del mártir cuyos huesos estaban dentro. Me descubrí deseando que sólo encontráramos unos cuantos fragmentos de huesos, para poder cerrar a continuación el relicario, pero luego pensé en la ausencia que seguiría a continuación: la ausencia de Rossi, la ausencia de venganza, la pérdida. Daba la impresión de que el relica-

rio estaba clavado o atornillado y de que me iba a ser imposible abrirlo, por mucho que me fuera la vida en ello. Lo inclinamos un poco, y
algo se movió en el interior, un sonido siniestro. Era demasiado pequeño para contener algo que no fuera el cuerpo de un niño, o partes
diversas, pero era muy pesado. Se me ocurrió por un horrible momento que tal vez sólo la cabeza de Vlad había terminado allí; aunque
eso dejaría otros puntos sin explicar. Empecé a sudar y a preguntarme si debíamos volver arriba y buscar alguna herramienta en la iglesia, aunque no confiaba en encontrar nada.

—Intentemos dejarlo en el suelo —dije con los dientes apretados, y entre los dos bajamos la caja. Así quizá conseguiría ver mejor
los cierres y goznes de la parte superior, pensé, o incluso buscar apoyo para abrirla.

Estaba a punto de intentarlo cuando Helen lanzó un grito.

—¡Mira, Paul!

Me volví al instante y vi que el mármol polvoriento sobre el que
había descansado el relicario no era un bloque sólido. La parte superior se había movido un poco en nuestro esfuerzo por levantar el relicario. Creo que me había quedado sin respiración, pero juntos, sin
cruzar ni una palabra, conseguimos apartar la losa de mármol. No era
gruesa, pero pesaba una tonelada, y los dos jadeábamos cuando la dejamos apoyada contra la pared. Debajo había una losa larga de roca,
la misma roca de las paredes y el suelo, una piedra del tamaño de un
hombre. El retrato, tallado en la dura superficie, era de lo más tosco.
No era el retrato de un santo, sino de un hombre de verdad, un rostro de facciones rudas, ojos almendrados, nariz larga, bigote largo, un
rostro cruel coronado por un gorro triangular que conseguía parecer
gallardo incluso en ese tosco perfil.

Helen retrocedió, con los labios exangües a la luz de las velas, y
yo reprimí el impulso de tomarla del brazo y subir corriendo la escalera.

—Helen —dije en voz baja, pero no había nada más que decir.
Recogí el cuchillo y ella rebuscó dentro de sus ropas (no logré ver
dónde) y extrajo la diminuta pistola. Extendió el brazo al máximo,
cerca de la pared. Después deslizamos la mano por debajo de la lápida y tiramos hacia arriba. La piedra se deslizó a medias, una construcción maravillosa. Los dos temblábamos visiblemente, de modo

que la piedra estuvo a punto de resbalarnos de las manos. Cuando la apartamos del todo, miramos el cuerpo que había dentro, los ojos cerrados, la piel cetrina, los labios de un rojo anormal, la respiración imperceptible. Era el profesor Rossi.

72

Ojalá pudiera decir que hice algo valiente y útil, o que tomé a Helen en mis brazos por si se desmayaba, pero no fue así. No existe casi nada peor que un rostro amado transformado por la muerte, la decadencia física o una enfermedad horripilante. Esos rostros son monstruos de la peor especie: los seres queridos insufribles.

—Oh, Ross —dije, y las lágrimas resbalaron sobre mis mejillas sin que pudiera evitarlo.

Helen se acercó un paso y le miró. Me di cuenta de que llevaba la misma ropa de la última noche que había hablado con él, casi un mes antes. Estaba rota y sucia, como si hubiera sufrido un accidente. La corbata había desaparecido. Un reguero de sangre llenaba las arrugas de un lado de su cuello y formaba un estuario escarlata sobre el cuello sucio de su camisa. Su boca estaba fofa e hinchada, y aparte de que su pecho subía y bajaba, estaba inmóvil. Helen extendió la mano.

—No le toques —le advertí en tono perentorio, lo cual sólo consiguió aumentar mi horror.

Pero Helen parecía tan en trance como él, y al cabo de un segundo, con los labios temblorosos, acarició su mejilla con los dedos. No sé si fue peor que Rossi abriera los ojos, pero lo hizo. Todavía eran muy azules, incluso bajo aquella luz lóbrega, pero las escleróticas estaban inyectadas en sangre y tenía los párpados hinchados. Aquellos ojos estaban terriblemente vivos, y perplejos, y se movían de un lado a otro como si intentaran asimilar nuestros rostros, mientras su cuerpo continuaba inmóvil como el de un muerto. Entonces dio la impresión de que su mirada se posaba en Helen, inclinada sobre él, y sus ojos azules se iluminaron con una intensidad tremenda y se abrieron como para abarcarla por completo.

—Oh, amor mío —dijo en voz muy baja. Tenía los labios agrietados e hinchados, pero su voz era la voz que yo amaba, el límpido acento.

—No... Mi madre —dijo Helen, como si le costara hablar. Apoyó la mano sobre la mejilla del hombre—. Soy Helen, padre... Elena. Soy tu hija.

Rossi levantó una mano débil, como si apenas la controlara, y tomó la de ella. Tenía la mano amoratada, con las uñas muy largas y amarillentas. Quise decirle que le sacaríamos enseguida de allí, que volveríamos a casa, pero también sabía la gravedad de su enfermedad.

—Ross —dije, y me incliné sobre él—. Soy Paul. Estoy aquí.

Sus ojos pasearon perplejos entre Helen y yo, y después los cerró con un susurro que estremeció su cuerpo hinchado.

—Oh, Paul —dijo—. Has venido a buscarme. No tendrías que haberlo hecho.

Miró de nuevo a Helen, con los ojos nublados, como si quisiera decir algo más.

—Me acuerdo de ti —murmuró al cabo de un momento.

Busqué en el bolsillo interior de mi chaqueta y saqué el anillo que me había dado la madre de Helen. Lo acerqué a sus ojos, aunque no demasiado, y entonces soltó la mano de Helen y tocó el anillo con torpeza.

—Para ti —le dijo, y ella lo aceptó y lo colocó en su dedo.

—Mi madre —dijo Helen, con la boca temblorosa—. ¿Te acuerdas de ella? La conociste en Rumanía.

Rossi la miró con algo de su antigua agudeza y sonrió. Su rostro se contorsionó.

—Sí —susurró por fin—. Yo la amaba. ¿Adónde fue?

—Está sana y salva en Hungría —dijo Helen.

—¿Eres tú su hija?

Parecía estupefacto.

—Soy tu hija.

Las lágrimas afluyeron poco a poco a los ojos de Rossi, como si ya no le resultara fácil, y resbalaron por las arrugas de las comisuras. Los arroyuelos brillaron a la luz de las velas.

—Paul, cuida de ella, te lo ruego —dijo con voz débil.

—Voy a casarme con ella —contesté. Apoyé la mano sobre su pecho. Una especie de resuello inhumano resonaba en su interior, pero me obligué a no apartarla.

—Eso es... estupendo —dijo por fin—. ¿Su madre está viva y sana?

—Sí, padre. —El rostro de Helen tembló—. Está bien. Está en Hungría.

—Sí, ya lo habías dicho.

Volvió a cerrar los ojos.

—Ella aún te quiere, Rossi. —Acaricié la pechera de su camisa con una mano insegura—. Te envía este anillo y... un beso.

—Intenté recordar muchas veces dónde estaba, pero algo...

—Ella sabe que lo intentaste. Descansa un momento.

Su respiración era cada vez más ronca.

De repente, sus ojos se abrieron y luchó por levantarse. Fue espantoso presenciar sus esfuerzos, sobre todo porque no produjeron casi ningún resultado.

—Hijos, tenéis que iros cuanto antes —jadeó—. Es muy peligroso que estéis aquí. Volverá y os matará.

Sus ojos volaron de un lado a otro.

—¿Drácula? —pregunté en voz baja.

Hizo una mueca horrible al oír el nombre.

—Sí. Está en la biblioteca.

—¿En la biblioteca? —Miré a mi alrededor sorprendido pese al horror que transparentaba la cara de Rossi—. ¿Qué biblioteca?

—Su biblioteca está allí...

Intentó señalar una pared.

—Ross —le apremié—, dinos qué ocurrió y qué tenemos que hacer.

Dio la impresión de que intentaba enfocar su vista un momento. Me miró y parpadeó varias veces. La sangre seca de su cuello se movió cuando luchó por respirar.

—Se abalanzó sobre mí de repente, en mi despacho, y me llevó consigo a un largo viaje. No estuve... consciente durante una gran parte del tiempo, de modo que no sé dónde estoy.

—En Bulgaria —dijo Helen sin soltar su mano hinchada.

Los ojos de Rossi destellaron de nuevo con un antiguo interés, una chispa de curiosidad.

—¿Bulgaria? Por eso...

Intentó humedecerse los labios.

—¿Qué te hizo?

—Me trajo aquí después de cuidar de su... diabólica biblioteca. He intentado resistir de todas las formas imaginables. Fue culpa mía, Paul. Había vuelto a investigar de nuevo para un artículo... —Le costaba respirar—. Quería mostrarlo como parte de una... tradición más grande. Empezando por los griegos. Me enteré de que había un nuevo erudito en la universidad que escribía sobre él, aunque no pude averiguar su nombre.

Al oír esto, Helen respiró hondo. Los ojos de Rossi destellaron en su dirección.

—Pensé que debía publicar por fin...

Resollaba, y cerró los ojos un momento. Helen se puso a temblar contra mí. Yo la sujeté con fuerza por la cintura.

—No pasa nada —dije—. Está descansando.

Pero Rossi parecía decidido a terminar.

—Sí que pasa —dijo con voz estrangulada, los ojos cerrados todavía—. Él te dio el libro. Supe entonces que vendría a por mí, y lo hizo. Me resistí, pero casi me ha convertido... en otro como él. —Pareció incapaz de levantar la otra mano, y volvió la cabeza y el cuello con torpeza, de modo que de repente pudimos ver un profundo pinchazo en el lado de la garganta. Aún estaba abierto, y cuando la movió, se dilató y sangró. La mirada que dirigimos a aquel punto pareció trastornarle de nuevo, y me miró implorante—. Paul, ¿está oscureciendo afuera?

Una oleada de horror y desesperación me embargó.

—¿Percibes el cambio, Rossi?

—Sí, sé cuando viene la oscuridad, y me entra... hambre. Por favor. Os oirá. Iros, deprisa.

—Dinos cómo encontrarle —dije desesperado—. Le mataremos.

—Sí, matadle, si podéis hacerlo sin poneros en peligro. Matadle por mí —susurró, y por primera vez vi que aún podía sentir rabia—. Escucha, Paul. Allí hay un libro. La vida de san Jorge. —Le costaba respirar de nuevo—. Muy antiguo, con una portada bizantina. Nadie ha visto jamás un libro semejante. Tiene muchos libros, pero éste es... —Por un momento dio la impresión de que iba a desmayarse. Helen apretó su mano entre las de ella y se echó a llorar sin poder contenerse—. Lo escondí debajo del primer armario de la izquierda. Llevaoslo si podéis. He escrito algo... He guardado algo dentro. Date prisa, Paul. Se va a despertar. Yo me despierto con él.

—Oh, Jesús. —Busqué a mi alrededor algo que pudiera ayudarnos, pero no sabía qué—. Ross, por favor. No puedo permitir que te posea. Le mataremos y te pondrás bien. ¿Dónde está?

Helen, más calmada, levantó el cuchillo y se lo enseñó.

Dio la impresión de que exhalaba un largo suspiro, mezclado con una sonrisa. Vi entonces hasta qué punto se habían alargado sus dientes, como los de un perro, y que la comisura de su labio estaba en carne viva. Las lágrimas resbalaron por sus mejillas amoratadas.

—Paul, amigo mío...

—¿Dónde está? ¿Dónde está la biblioteca?

Mi tono era perentorio, pero Rossi no podía hablar.

Helen hizo un veloz ademán, y yo comprendí, y agarré una piedra del borde del suelo. Me costó un largo momento aflojarla, y en aquel instante temí haber oído un movimiento arriba, en la iglesia. Helen desabotonó la camisa de Rossi y la abrió con delicadeza. Luego apoyó la punta del cuchillo de Turgut sobre su corazón.

Rossi clavó una mirada confiada en nosotros, con ojos como los de un niño, y después los cerró. Al instante, hice acopio de fuerzas y golpeé el pomo del cuchillo con aquella piedra antigua, una piedra colocada en ese lugar por algún monje anónimo, un campesino contratado o algún ciudadano desaparecido del siglo XII o XIII. Era probable que aquella piedra hubiera permanecido inmóvil durante siglos, pisada por los monjes que llevaban huesos al osario o transportaban vino al sótano. Aquella piedra no se había movido cuando el cadáver de un matador de turcos extranjero fue transportado en secreto allí y fue escondido en una tumba recién excavada en el suelo, ni cuando los monjes valacos celebraban una misa hereje sobre ella, ni cuando la policía otomana fue allí a buscar en vano su cuerpo, ni cuando los jinetes otomanos entraron en la iglesia con sus antorchas, ni cuando una nueva iglesia se alzó encima, ni cuando los huesos de Sveti Petko fueron conducidos al relicario para descansar cerca de ella, ni cuando los peregrinos se arrodillaban para recibir la bendición del mártir. Había descansado allí durante todos aquellos siglos hasta que yo la extraje bruscamente y le di un nuevo uso, y eso es todo cuanto puedo escribir al respecto.

73

Mayo de 1954

No tengo a nadie a quien poder escribir esto, y no albergo esperanzas de que sea encontrado alguna vez, pero me parecería un crimen no intentar documentar mis vivencias mientras pueda hacerlo, y sólo Dios sabe durante cuánto tiempo podré.

Fui secuestrado del despacho de mi universidad hace unos días. No estoy seguro de cuántos, pero supongo que aún estamos en mayo. Aquella noche me despedí de mi querido estudiante y amigo, el cual me había enseñado su ejemplar del libro diabólico que durante años había intentado olvidar. Le vi alejarse, provisto de toda la ayuda que podía ofrecerle. Después cerré la puerta de mi despacho y me quedé sentado unos momentos, arrepentido y temeroso. Sabía que era culpable. Había reiniciado en secreto la investigación sobre la historia de los vampiros, y tenía toda la intención de aumentar mis conocimientos acerca de la leyenda de Drácula, y tal vez incluso de resolver al fin el misterio del paradero de su tumba. Había permitido que el tiempo, la racionalidad y el orgullo me convencieran de que reanudar mi investigación no acarrearía consecuencias. Admití mi culpa en mi interior incluso en aquel primer momento de soledad.

Me había acarreado terribles remordimientos entregar a Paul las notas de mi investigación y las cartas que había escrito acerca de mis experiencias, no porque deseara guardarlas, ya que todo mi deseo de reanudar la investigación se esfumó en cuanto él me enseñó su libro. Sólo lamentaba profundamente poner a su alcance aquellos horribles conocimientos, si bien estaba seguro de que, cuanto más supiera, mejor podría defenderse. Sólo podía esperar que, si se producía algún castigo, sería yo la víctima y no Paul, con su optimismo juvenil, su zancada ligera, su brillantez no puesta a prueba. Él no puede tener más de veintisiete años. Yo he vivido varios decenios y gozado de mucha felicidad inmerecida.

Ése fue mi primer pensamiento. Los siguientes fueron de tipo más práctico. Aunque deseara protegerme, no contaba con nada para hacerlo, salvo mi fe en la racionalidad. Había guardado mis notas, pero no tenía ningún método tradicional de ahuyentar el mal: ni crucifijos, ni balas de plata, ni ristras de ajos. Nunca había recurrido a esos elementos, ni siquiera en el momento álgido de mi investigación, pero ahora empiezo a arrepentirme de haber aconsejado a Paul que empleara tan sólo las armas de su mente.

Estos pensamientos requirieron el intervalo de uno o dos minutos, que eran en realidad los únicos que tenía a mi disposición. Entonces, acompañada de una súbita ráfaga de aire frío y maloliente, una inmensa presencia descendió sobre mí, de modo que mi visión quedó reducida al mínimo y mi cuerpo dio la impresión de levantarse de la silla aterrorizado. Me rodeaba por todas partes, perdí la vista al punto y pensé que debía estar muriendo, aunque ignoraba la causa. Me asaltó la visión más extraña de juventud y amor, una sensación más que una visión, la sensación de un Rossi mucho más joven y embriagado de amor por algo o alguien. Tal vez sea eso lo que sucede al morir. En ese caso, cuando llegue mi momento, y llegará pronto, con independencia de la forma terrible que adopte, espero que esa visión vuelva a acompañarme en el último momento.

Después de esto no recuerdo nada, y esa «nada» se prolongó durante un período de tiempo incalculable, ni entonces ni ahora. Cuando volví poco a poco en mí, me asombró descubrir que estaba vivo. Durante aquellos primeros segundos no pude ver ni oír. Era como despertar después de una intervención quirúrgica brutal, y a continuación tomé conciencia de que me sentía fatal, de que todo mi cuerpo padecía una debilidad extrema y tremendos dolores, de que notaba una quemazón en la pierna derecha, en la garganta y en la cabeza. La atmósfera era fría y húmeda, y me hallaba tendido sobre algo frío, de modo que me sentía helado de pies a cabeza. Después percibí algo de luz, una luz tenue, pero lo bastante viva para convencerme de que no estaba ciego y de que tenía los ojos abiertos. Esa luz, y el dolor, más que cualquier otra cosa, me confirmaron que estaba vivo. Empecé a recordar lo que al principio pensé que debía haber ocurrido la noche anterior: la llegada de Paul a mi despacho con su asombroso descubrimiento. Después comprendí, con un repentino vuelco del corazón, que debía ser cautivo del mal. Por eso habían maltratado mi cuerpo, y por eso me parecía estar rodeado por el mismísimo olor del mal.

Moví las extremidades con la mayor cautela posible y logré, pese a mi extrema debilidad, mover la cabeza y después levantarla. Un muro opaco no me dejaba ver a más de unos diez centímetros de distancia, pero la débil luz que percibía procedía de arriba. Suspiré y oí mi suspiro, lo cual me llevó a creer que aún conservaba el sentido del oído y que el lugar era tan silencioso que me había inducido la fantasía de estar sordo. Al rato de no oír nada, me levanté con suma cautela y me senté. El movimiento envió oleadas de dolor y debilidad a todas mis extremidades, y pensé que me iba a estallar la cabeza. Debido a estar sentado recuperé parte del tacto y descubrí que estaba tendido sobre piedra. Me serví del muro bajo de cada lado para incorporarme. Un terrible zumbido resonaba en mi cabeza y parecía invadir el espacio que me rodeaba. Se trataba de un espacio en penumbra, como ya he dicho, silencioso, con una oscuridad más densa en los rincones. Tanteé a mi alrededor. Estaba sentado en un sarcófago abierto.

Este descubrimiento me causó una oleada de náuseas, pero al mismo tiempo reparé en que aún iba vestido con las ropas que llevaba en el despacho, aunque una manga de la camisa y de la chaqueta estaban rotas y la corbata había desaparecido. Sin embargo, el hecho de ir vestido con mis ropas me dio cierta confianza. No estaba muerto, no me había vuelto loco y no había despertado en otra era, a menos que me hubieran transportado a ella con mi ropa. Registré las prendas y encontré mi cartera en el bolsillo delantero de los pantalones. Fue estremecedor sentir este objeto familiar en mis manos. Descubrí con pesar que el reloj había desaparecido de mi muñeca, y mi pluma del interior del bolsillo interior de la chaqueta.

Después me llevé la mano a la garganta y la cara. Mi cara no parecía haber cambiado, salvo por una contusión muy reciente en la frente, pero en el músculo de mi garganta descubrí una perforación inicua y pegajosa bajo mis dedos. Cuando movía en exceso la cabeza o tragaba saliva emitía un sonido de succión, lo cual me aterrorizó sobremanera. La zona de la perforación también estaba hinchada, y me dolió al tocarla. Pensé que iba a desmayarme otra vez a causa del horror y la desesperación, y entonces recordé que había tenido energías para incorporarme. Quizá no había perdido tanta sangre como había temido al principio, y tal vez eso significaba que sólo me habían mordido una vez. No me sentía como un demonio, sino como era yo en la vida cotidiana. No deseaba sangre, ni percibía maldad en mi corazón. Después se apoderó de mí una gran desdicha. ¿Qué más daba que no sintiera todavía sed de sangre? Estuviera donde estuviera, debía ser cuestión de tiempo que acabara corrompido por completo. A menos que pudiera escapar, por supuesto.

Moví mi mano poco a poco, mientras miraba alrededor de mí y trataba de enfocar mi vista. Al final fui capaz de discernir el origen de la luz. Era un resplandor rojizo lejano, aunque ignoraba qué distancia me separaba de él, y entre yo y el resplandor se interponían formas oscuras y pesadas. Recorrí con las manos el exterior de mi casa de piedra. Tuve la impresión de que el sarcófago estaba cerca del suelo, que tal vez fuera de tierra o de piedra, y tanteé hasta decidir que podía bajar en la penumbra sin precipitarme a un abismo. De todos modos, la distancia hasta el suelo era considerable, y las piernas me temblaban mucho, de manera que caí de rodillas en cuanto salí del sarcófago. Ahora podía ver un poco mejor. Me dirigí hacia el origen de la luz rojiza con las manos por delante y tropecé con lo que me pareció otro sarcófago, vacío, y con un mueble de madera. Cuando tropecé con la madera, oí que algo blando caía, pero no pude ver qué era.

Andar a tientas en la oscuridad era aterrador. Temía toparme de un momento a otro con la Cosa que me había traído hasta aquí. Me pregunté de nuevo si no estaría muerto, si esto era alguna horrible versión de la muerte, que por un momento había confundido con una prolongación de la vida. Pero no tropecé con nada, el dolor de mis piernas era bastante convincente y me estaba acercando más a la luz, que bailaba y parpadeaba en un extremo de la larga cámara. Ahora vi que delante del resplandor se cernía un bulto oscuro inmóvil. Cuando me encontré a pocos pasos de distancia, vi fuego en un hogar, enmarcado por una chimenea de piedra arqueada, que arrojaba suficiente luz para iluminar varios muebles antiguos de gran tamaño: un enorme escritorio sembrado de papeles, un arcón tallado y una o dos butacas altas y angulosas. En una de las butacas, encarada hacia el fuego, había alguien sentado muy inmóvil. Vi una forma oscura que sobresalía por encima del respaldo de la butaca. Me arrepentí de no haber ido en dirección contraria, lejos de la luz y hacia alguna posible huida, pero la visión de aquella forma oscura,

la majestuosa butaca y el rojo suave del fuego me atraían irremisible-
mente. Por una parte, fue necesaria toda mi fuerza de voluntad para caminar hacia allí, y por otra, no habría podido dar media vuelta aunque
hubiera querido.

Entré con parsimonia en el círculo de luz con mis piernas doloridas,
y cuando di la vuelta a la butaca, una figura se levantó poco a poco y se
volvió hacia mí. Debido a que daba la espalda al fuego, y a que había
muy poca luz alrededor de nosotros, no pude ver su cara, si bien creí distinguir en el primer momento un pómulo blanco como el hueso y un ojo
centelleante. Tenía el pelo largo y rizado, que caía sobre sus hombros.
Su movimiento fue indescriptiblemente diferente del que hubiera hecho
un hombre vivo, pero ignoro si fue más veloz o más lento. Era sólo un
poco más alto que yo, pero proyectaba una sensación de estatura y tamaño descomunales, y vi su ancha espalda recortada contra el fuego.
Entonces se inclinó hacia la chimenea. Me pregunté si se disponía a matarme y me quedé muy quieto, con la esperanza de morir con un poco de
dignidad, fuera cual fuera el método elegido. Sin embargo, se limitó a
acercar una vela larga al fuego, y cuando prendió, encendió otras velas
de un candelabro cercano a su butaca y se volvió otra vez hacia mí.

Ahora podía verle mejor, aunque su rostro seguía oculto en la penumbra. Llevaba un gorro picudo dorado y verde con un pesado broche
incrustado de joyas sujeto sobre la frente, y una túnica de terciopelo dorado y cuello verde atada bajo su ancha mandíbula. La joya de su frente
y los hilos de oro del cuello brillaban a la luz del fuego. Sobre sus hombros llevaba una capa de piel blanca, sujeta con el símbolo plateado de
un dragón. Las ropas eran extraordinarias. Me aterraron casi tanto
como la presencia de este extraño No Muerto. Eran ropas de verdad, vivas, nuevas, no piezas descoloridas expuestas en un museo. Las portaba
con elegancia y suntuosidad extraordinarias, erguido en silencio ante
mí, y la capa caía a su alrededor como un remolino de nieve. La luz de
las velas reveló una mano surcada de cicatrices, de dedos romos, apoyada sobre el pomo de un cuchillo, y más abajo una pierna poderosa envuelta en un calzón verde y un pie calzado con una bota. Se volvió un
poco en dirección a la luz, pero siempre en silencio. Ahora vi mejor su
cara, y me encogí al advertir la crueldad de su fuerza, los grandes ojos
oscuros bajo el ceño fruncido, la nariz larga y recta, los pómulos anchos.
Su boca estaba cerrada en una sonrisa implacable, una curva de color

rubí bajo su poblado bigote oscuro. Vi en una comisura de su boca una mancha de sangre seca. Oh, Dios, eso sí que me hizo retroceder espantado. La visión ya era bastante horrible de por sí, pero comprendí de inmediato que debía ser mi propia sangre, y la cabeza me dio vueltas.

Se irguió en toda su estatura con orgullo y me miró fijamente.

—Soy Drácula —dijo. Las palabras surgieron claras y frías. Tuve la impresión de que habían sido pronunciadas en un idioma que yo desconocía, aunque las entendí a la perfección. Fui incapaz de hablar y le seguí mirando, presa de una parálisis de horror. Su cuerpo se hallaba a tan sólo tres metros de mí, y no cabía duda de que era real y poderoso, tanto si estaba muerto como vivo—. Acérquese —dijo con aquel mismo tono puro y frío—. Está cansado y hambriento después de nuestro viaje. Le he preparado la cena.

Su gesto fue elegante, casi obsequioso, con un destello de joyas en sus grandes dedos blancos.

Vi una mesa cerca del fuego, llena de platos tapados. Percibí el olor de la comida (comida buena, auténtica, humana) y los aromas estuvieron a punto de conseguir que me desmayara. Drácula se acercó en silencio a la mesa y sirvió un líquido rojo en una copa. Pensé por un momento que debía ser sangre.

—Acérquese —repitió en un tono más suave.

Fue a sentarse de nuevo en su butaca, como si pensara que sería más fácil para mí aproximarme a la mesa si él se alejaba. Avancé con paso vacilante hasta la silla vacía, con las piernas temblorosas de miedo y debilidad. Me derrumbé en la silla y contemplé las fuentes. ¿Por qué tenía ganas de comer si podía morir de un momento a otro?, me pregunté. Era un misterio que sólo mi cuerpo comprendía. Drácula estaba sentado en su butaca mirando el fuego. Vi su feroz perfil, la nariz larga y la fuerte mandíbula, los rizos de pelo oscuro sobre su hombro. Había juntado las manos con aire pensativo, de modo que su manto y las mangas bordadas habían resbalado hacia abajo, dejando al descubierto muñecas de terciopelo verde y una gran cicatriz en el dorso de su mano. Su actitud era tranquila y pensativa. Empecé a pensar que estaba soñando antes que estar amenazado, y me atreví a levantar las tapas de algunas fuentes.

De pronto sentí tanta hambre que apenas pude contener la tentación de comer con ambas manos, pero al final logré levantar el cuchillo y el tenedor y cortar un trozo de pollo asado y después una porción de una carne oscura, como de caza. Había cuencos de cerámica con patatas y gachas, un pan duro, una sopa de hortalizas caliente. Comí con voracidad, y tuve que hacer un esfuerzo para ir despacio y ahorrarme retortijones. La copa de plata estaba llena de vino tinto, no de sangre, y la bebí entera. Drácula no se movió mientras yo comía, pero no podía evitar mirarle cada pocos segundos. Cuando terminé, me sentía casi preparado para morir, satisfecho durante un largo minuto. De modo que éste era el motivo de que a un condenado a muerte le concedieran una última comida, pensé. Fue mi primer pensamiento lúcido desde que había despertado en el sarcófago. Tapé con lentitud las fuentes vacías, procurando hacer el menor ruido posible, y me recliné en la silla, a la espera.

Al cabo de un largo rato, mi acompañante se volvió en su butaca.

—Ha terminado de comer —dijo en voz baja—. Tal vez podamos conversar un poco. Le explicaré por qué le he traído aquí. —Su voz era clara y fría, una vez más, pero en esa ocasión percibí una tenue vibración en sus profundidades, como si el mecanismo que la producía estuviera infinitamente viejo y gastado. Me miró con aire pensativo y me encogí bajo su mirada—. ¿Tiene alguna idea de dónde está?

Había alimentado la esperanza de no tener que hablar con él, pero pensé que era absurdo persistir en mi silencio, cosa que podía enfurecerle, aunque parecía muy calmado en aquel momento. También se me había ocurrido de repente que si contestaba, si entablábamos conversación, podría ganar un poco de tiempo, que aprovecharía para examinar mi entorno y buscar una posible vía de escape, algún medio de destruirle, si reunía fuerzas para ello, o ambas cosas. Debía ser de noche, de lo contrario no estaría despierto, si la leyenda era cierta. El amanecer llegaría tarde o temprano, y si yo estaba vivo para verlo, él tendría que dormir mientras yo permanecía despierto.

—¿Tiene alguna idea de dónde está? —repitió haciendo gala de su paciencia.

—Sí —dije. No me decidí a utilizar ningún tratamiento—. Creo que sí. Ésta es su tumba.

—Una de ellas —sonrió—. Pero ésta es mi favorita.

—¿Estamos en Valaquia?

No pude evitar la pregunta.

Meneó la cabeza, de manera que la luz del fuego se movió en su pelo oscuro y sobre sus ojos brillantes. Ese gesto tuvo algo de inhumano, y el estómago se me revolvió. No se movía como una persona, pero tampoco habría podido explicar la diferencia.

—Valaquia se hizo demasiado peligrosa. Tendrían que haberme dejado descansar allí para siempre, pero no fue posible. Imagínese, después de luchar tanto por mi trono, por nuestra libertad, ni siquiera pude depositar mis huesos allí.

—Entonces, ¿dónde estamos? —pregunté de nuevo, en vano, para creer que se trataba de una conversación normal. Después comprendí que no sólo deseaba lograr que la noche pasara rauda y sin peligro, si existía alguna posibilidad de eso. También deseaba averiguar algo sobre Drácula. Fuera lo que fuera ese ser, había vivido quinientos años. Sus respuestas morirían conmigo, por supuesto, pero ello no me impedía sentir una punzada de curiosidad.

—Ah, ¿dónde estamos? —repitió Drácula—. Creo que da igual. No estamos en Valaquia, que todavía sigue gobernada por idiotas.

Le miré fijamente.

—¿Sabe algo... del mundo moderno?

Me miró como divertido y sorprendido al mismo tiempo. Por primera vez vi sus dientes largos, las encías hundidas, que le daban el aspecto de un perro viejo cuando sonreía. Esa visión se desvaneció al instante (no, su boca era normal, aparte de aquella pequeña mancha de mi sangre o de quien fuera) bajo el oscuro bigote.

—Sí —dijo, y tuve miedo por un momento de oírle reír—. Conozco el mundo moderno. Es mi presa, mi obra favorita.

Pensé que afrontar la situación de cara podría favorecerme siempre que a él le pareciera bien.

—Entonces, ¿qué quiere de mí? He evitado el mundo moderno durante muchos años..., al contrario que usted. Vivo en el pasado.

—Ah, el pasado. —Juntó las yemas de los dedos a la luz del fuego—. El pasado es muy útil, pero sólo cuando puede enseñarnos algo acerca del presente. El presente es lo que cuenta. Pero me gusta mucho el pasado. Venga. ¿Por qué no enseñárselo ahora, puesto que ha comido y descansado?

Se levantó, una vez más con aquel movimiento que parecía determinado por una fuerza que no procedía de las extremidades de su cuerpo, y yo me levanté a toda prisa, temeroso de que fuera un truco, de que ahora se abalanzaría sobre mí. Pero se volvió poco a poco y levantó una enorme vela del lampadario cercano a su silla.

—Coja una luz —dijo al tiempo que se alejaba del fuego y se internaba en la oscuridad de la gran cámara. Tomé una vela y le seguí a cierta distancia de sus extrañas ropas y movimientos escalofriantes. Confié en que no me condujera de vuelta a mi sarcófago.

A la escasa luz de nuestras velas empecé a ver cosas que antes no había visto, cosas maravillosas. Ahora distinguía mesas largas ante mí, mesas de una solidez antiquísima. Y sobre ellas descansaban montañas y montañas de libros (volúmenes desmenuzados encuadernados en piel, con cubiertas doradas que captaban el brillo de mi vela). También había otros objetos. Nunca había visto aquel tintero, ni plumas de ave y estilográficas tan raras. Había un estante lleno de pergaminos que brillaban a la luz de las velas, y una vieja máquina de escribir provista de papel delgado. Vi el centelleo de encuadernaciones y cajas incrustadas de joyas, manuscritos ensortijados en bandejas de latón, libros en folio y en cuarto encuadernados en piel suave, así como filas de volúmenes más modernos en largas estanterías. De hecho, estábamos rodeados. Cada pared parecía tapizada de libros. Alcé mi vela y empecé a distinguir títulos, a veces una elegante florescencia en árabe en el centro de una cubierta encuadernada en piel roja, a veces un idioma occidental que sabía leer. Sin embargo, la mayor parte de los volúmenes eran demasiado antiguos para tener título. Era un depósito sin parangón, y empecé a desear con todas mis fuerzas abrir algunos de estos libros, pese a mi situación, tocar los manuscritos en sus bandejas de madera.

Drácula se volvió, con la vela en alto, y la luz captó el brillo de las joyas del gorro, topacios, esmeraldas, perlas. Sus ojos eran muy brillantes.

—¿Qué opina de mi biblioteca?

—Parece una... colección notable. La cueva del tesoro —dije.

Algo similar al placer se transparentó en su terrible cara.

—Está en lo cierto —dijo en voz baja—. La biblioteca es la mejor de su clase en el mundo. Es el resultado de siglos de cuidadosa selección. Tendrá mucho tiempo para explorar las maravillas que guardo aquí. Permítame que le enseñe algo.

Me guió hasta una pared a la que aún no nos habíamos acercado, y vi una imprenta muy antigua, como las que se ven en las ilustraciones de finales de la Edad Media: un pesado artilugio de metal negro y madera oscura con un gran tornillo encima. La plancha redonda era de obsidiana, con el brillo de la tinta. Reflejaba nuestra luz como un espejo demoníaco. Había una hoja de papel grueso sobre la bandeja de la prensa. Cuando me acerqué, vi que estaba impresa en parte, una prueba desechada, y que estaba en inglés. «El fantasma en el ánfora —rezaba el título—. Los vampiros desde la tragedia griega hasta la tragedia moderna.» Y el autor: «Bartholomew Rossi».

Drácula debía estar esperando mi exclamación de asombro.

—Como ve, conozco las mejores obras de investigación modernas. Estoy a la última, como quien dice. Cuando no puedo conseguir una obra publicada, o la quiero enseguida, a veces la imprimo yo mismo. Pero aquí hay algo que le interesará mucho. —Señaló una mesa que había detrás de la imprenta, sobre la que descansaban una serie de xilografías. La más grande, apoyada de pie para que se viera, era el dragón de nuestros libros (el mío y el de Paul), invertido, por supuesto. Reprimí con dificultad una exclamación estentórea—. Está sorprendido —dijo Drácula, acercando su luz al dragón. Sus líneas me resultaban tan familiares que habría podido tallarlas con mi propia mano—. Creo que conoce muy bien esta imagen.

—Sí. —Apreté con fuerza mi vela—. ¿Imprimió usted el libro? ¿Cuántos existen?

—Mis monjes imprimieron algunos, y yo he continuado su obra —me dijo en voz baja, mientras contemplaba la xilografía—. Casi he cumplido mi ambición de imprimir mil cuatrocientos cincuenta y tres ejemplares, pero poco a poco, para tener tiempo de distribuirlos en el curso de mis desplazamientos ¿Le dice algo ese número?

—Sí —contesté al cabo de un momento—. Es el año de la caída de Constantinopla.

—Imaginaba que se daría cuenta —me dijo con una amarga sonrisa—. Es la peor fecha de la historia.

—A mí me parece que hay muchas más que se disputan ese honor —dije, pero él estaba negando con la gran cabeza que se alzaba sobre sus grandes hombros.

—No —dijo.

Levantó la vela y a su luz vi que sus ojos brillaban, rojos en las profundidades de sus cuencas como los de un lobo, llenos de odio. Era como ver una mirada muerta cobrar vida de repente. Había pensado que sus ojos eran brillantes, pero ahora estaban repletos de luz. Yo no podía hablar. No podía apartar la vista de él. Al cabo de un segundo, se volvió y contempló el dragón.

—Ha sido un buen mensajero —dijo en tono pensativo.

—¿Fue usted quien dejó mi libro?

—Digamos que yo lo arreglé. —Extendió los dedos para tocar el bloque tallado—. Soy muy cuidadoso en lo tocante a su distribución. Sólo van dirigidos a los estudiosos más importantes, y a quienes considero lo bastante obstinados para seguir al dragón hasta su guarida. Y usted es el primero que lo ha conseguido. Le felicito. Desperdigo a mis demás ayudantes por el mundo, con el fin de que continúen mi investigación.

—Yo no le seguí —me atreví a decir—. Usted me trajo aquí.

—Ah... —De nuevo la curvatura de aquellos labios rubí, el temblor del largo bigote—. No estaría aquí si no hubiera querido venir. Nadie más ha hecho caso omiso de mi advertencia dos veces en su vida. Usted se ha traído a sí mismo.

Miré la antigua imprenta y la xilografía del dragón.

—¿Qué quiere que haga?

No deseaba despertar su ira con preguntas. La noche siguiente podría matarme, si así lo quería, en el caso de que yo no encontrara una escapatoria durante las horas de luz diurna, pero no pude evitar la pregunta.

—Espero desde hace mucho tiempo que alguien catalogue mi biblioteca —dijo—. Mañana podrá examinarla con entera libertad. Esta noche hablaremos.

Volvió hacia nuestras butacas con su paso lento y enérgico. Sus palabras me infundieron grandes esperanzas. Al parecer, no se proponía matarme esa noche, y además yo sentía una gran curiosidad. No estaba soñando. Estaba hablando con alguien que había vivido más historia de la que ningún historiador podía esperar estudiar, siquiera de manera rudimentaria, durante su carrera. Le seguí a una prudente distancia, y volvimos a sentarnos ante el fuego. Cuando me acomodé, observé que la mesa en la que había dejado mis fuentes vacías de la cena había desaparecido, y en su lugar había una confortable otomana, sobre la cual apoyé mis pies con cautela. Drácula estaba sentado muy tieso en su gran bu-

taca. Aunque era alta, de madera, medieval, la mía estaba tapizada para acentuar la comodidad, al igual que mi otomana, como si hubiera pensando en agasajar a su invitado con algo adecuado a las debilidades modernas.

Estuvimos sentados en silencio durante largos minutos, y ya empezaba a preguntarme si seguiríamos así toda la noche cuando volvió a hablar.

—En vida, amaba los libros —dijo. Se volvió hacia mí un poco, de modo que pude ver el destello de sus ojos y el brillo de su pelo desgreñado—. Tal vez no sepa usted que yo era una especie de erudito. No parece que lo sepa mucha gente. —Hablaba en tono desapasionado—. Sabrá que los libros de mis tiempos eran de temática limitada. En mi vida mortal, vi sobre todo los textos que la Iglesia sancionaba, los Evangelios y los comentarios ortodoxos sobre ellos, por ejemplo. Al final, estas obras no me sirvieron de nada. Y cuando me senté por primera vez en el trono que me pertenecía por derecho, las grandes bibliotecas de Constantinopla habían sido destruidas. Lo que quedaba de ellas, en los monasterios, no pude verlo con mis propios ojos. —Tenía la mirada clavada en el fuego—. Pero contaba con otros recursos. Los mercaderes me traían libros extraños y maravillosos de muchos lugares. De Egipto, de Tierra Santa, de las grandes ciudades de Occidente. Gracias a ellos me familiaricé con las ciencias ocultas de la antigüedad. Como sabía que no podía aspirar a un paraíso celestial —de nuevo el tono desapasionado—, me convertí en historiador con el fin de conservar mi propia historia eternamente.

Guardó silencio un rato, pero yo tenía miedo de hacer más preguntas. Por fin pareció animarse, y dio unos golpecitos en el brazo de su butaca.

—Ése fue el principio de mi biblioteca.

Ahora, al fin, la curiosidad se impuso, aunque me costó articular la pregunta.

—Pero ¿continuó coleccionando libros después de su... muerte?

—Oh, sí. —Se volvió para mirarme, tal vez porque había hecho la pregunta por voluntad propia, y me dedicó una sonrisa sombría. Sus ojos, hundidos a la luz del fuego, eran terribles—. Ya le he dicho que, en el fondo, era un erudito, además de un guerrero, y estos libros me han hecho compañía durante mis largos años. De los libros se pueden apren-

der muchas cosas de naturaleza práctica, el arte de gobernar, las tácticas guerreras de los grandes generales. Pero tengo muchos tipos de libros. Ya lo verá mañana.

—¿Qué quiere que haga en su biblioteca?

—Como ya he dicho, catalogarla. Nunca he hecho un inventario completo de mis posesiones, de su origen y estado. Ésa será su primera tarea, y la llevará a cabo con más celeridad y brillantez que cualquier otra persona, gracias a su dominio de los idiomas y la amplitud de sus investigaciones. En el curso de dicha tarea, manejará algunos de los libros más hermosos, y más poderosos, jamás escritos. Muchos ya no existen. Tal vez sepa, profesor, que sólo existe un uno por ciento de la literatura producida en el mundo. Me he impuesto la misión de elevar ese porcentaje a lo largo de los siglos.

Mientras hablaba, reparé otra vez en la peculiar claridad y frialdad de su voz, y en aquella vibración que aleteaba en sus profundidades, como el cascabeleo de una serpiente o el sonido del agua fría corriendo sobre las piedras.

—Su segunda tarea será mucho más amplia. De hecho, durará para siempre. Cuando conozca mi biblioteca y sus propósitos con la misma intimidad que yo, saldrá al mundo bajo mis órdenes y buscará nuevas adquisiciones, y también antiguas, porque nunca dejaré de coleccionar obras del pasado. Pondré muchos archivistas a su disposición, los mejores, y usted aportará más para que trabajen a nuestras órdenes.

Las dimensiones de esta visión, y su completo significado, si no había entendido mal, se derramaron sobre mí como un sudor frío. Encontré la voz, pero vacilante.

—¿Por qué no continúa haciéndolo solo?

Sonrió en dirección al fuego, y de nuevo vi el destello de una cara diferente: el perro, el lobo.

—Ahora he de ocuparme de otras cosas. El mundo está cambiando, y yo tengo la intención de cambiar con él. Puede que pronto deje de necesitar esta forma —indicó con una mano lenta los ropajes medievales, el gran poder muerto de sus extremidades— para conseguir mis ambiciones. Pero la biblioteca es preciosa para mí, y me gustaría verla crecer. Además, desde hace tiempo pienso que cada vez hay menos seguridad aquí. Varios historiadores han estado a punto de descubrirla, y usted lo habría hecho si le hubiera dejado en paz el tiempo suficiente. Pero yo le *necesitaba aquí, ahora. Intuyo un peligro que se acerca, y hay que catalogar la biblioteca antes de trasladarla.*

Por un momento, fingir otra vez que estaba soñando me resultó de ayuda.

—¿Adónde la trasladará?

¿Y me iré yo con ella?, tendría que haber añadido.

—A un lugar antiguo, mucho más antiguo que éste, que conserva muchos recuerdos hermosos para mí. Un lugar remoto, pero más próximo a las grandes ciudades modernas, al que pueda ir y venir con facilidad. Instalaremos la biblioteca allí y usted aumentará su volumen notablemente. —Me miró con una especie de confianza que habría podido pasar por afecto en un rostro humano. Después se levantó con un movimiento extraño y vigoroso—. Ya hemos conversado bastante por esta noche. Usted está cansado. Utilizaremos estas horas para leer un poco, como es mi costumbre, y después saldremos. Cuando llegue la mañana, ha de tomar papel y plumas, que encontrará cerca de la imprenta, y empezará a catalogar. Mis libros ya están agrupados por categorías, antes que por siglos o décadas. Ya lo verá. También hay una máquina de escribir, que me he encargado de facilitarle. Tal vez desee compilar el catálogo en latín, pero eso lo dejo a su discreción. Por supuesto, goza de absoluta libertad, ahora y en cualquier momento, para leer lo que le plazca.

Con esto se levantó de la butaca y eligió un libro de la mesa, y luego volvió a sentarse con él. Tuve miedo de no imitarle con diligencia, de modo que cogí el primer volumen que cayó en mis manos. Era una de las primeras ediciones de El príncipe *de Maquiavelo, acompañado de una serie de discursos sobre moralidad que yo nunca había visto ni de los que había oído hablar. En el estado de ánimo en que me hallaba no pude ni empezar a descifrarlo, pero contemplé el tipo de imprenta y pasé una o dos páginas al azar. Drácula parecía absorto en su libro. Le miré de reojo, y me pregunté cómo se había acostumbrado a esa existencia subterránea y nocturna, la vida de un erudito, después de una vida de guerra y acción.*

Por fin se levantó y dejó su libro a un lado. Se internó en las tinieblas de la gran sala sin decir palabra, de manera que ya no pude distinguir su forma. Después oí una especie de ruido seco, como el de un animal arrastrándose sobre tierra desmenuzada o como el chasquido de una cerilla, aunque no apareció ninguna luz, y me sentí muy solo. Agu-

cé el oído, pero no supe en qué dirección se había ido. Esta noche, al menos, no se iba a ensañar conmigo. Me pregunté temeroso qué me estaba reservando, cuando habría podido convertirme en su sicario en un abrir y cerrar de ojos, al tiempo que saciaba su sed. Estuve sentado unas horas, levantándome de vez en cuando para estirar mi cuerpo dolorido. No me atreví a dormir durante el transcurso de la noche, pero debí adormecerme un poco pese a mi resistencia justo antes del amanecer, porque desperté de repente y sentí un cambio en el aire, aunque no entraba ninguna luz en la cámara sumida en las tinieblas. Vi la forma de Drácula, cubierta con su capa, acercarse al fuego.

—Buenos días —dijo sin alzar la voz, y se encaminó hacia la pared oscura donde estaba mi sarcófago. Yo me había puesto en pie, espoleado por su presencia. Una vez más, no pude verle, y un profundo silencio envolvió mis oídos.

Al cabo de un largo rato levanté mi vela y volví a encender el candelabro, así como otros que estaban fijados a las paredes. Descubrí en muchas de las mesas lámparas de cerámica o pequeños faroles de hierro, y encendí unos cuantos. La iluminación significó un alivio para mí, pero me pregunté si alguna vez volvería a ver la luz del día, o si ya había empezado una eternidad de oscuridad y llamas de vela oscilantes. Esta perspectiva se extendía ante mí como una variación del infierno. Al menos ahora podía ver algo más de la cámara. Era muy profunda en todas direcciones, y las paredes estaban tapizadas de grandes armarios y estanterías. Vi por todas partes libros, cajas, rollos de pergamino, manuscritos, montañas e hileras de la inmensa colección de Drácula. Junto a una pared se alzaban las formas oscuras de tres sarcófagos. Me acerqué con mi luz. Los dos más pequeños estaban vacíos. En uno de ellos debía haberme despertado yo.

Entonces vi el mayor sarcófago de todos, una gran tumba más señorial que las demás, enorme a la luz de las velas, de nobles proporciones. En un lado había una palabra, tallada en letras latinas: DRÁCULA. Levanté mi vela y miré el interior, casi contra mi voluntad. El gran cuerpo yacía inerte. Por primera vez pude ver su rostro cruel y hermético con toda claridad, y seguí contemplándolo pese a mi repugnancia. Tenía el ceño muy fruncido, como a causa de un sueño perturbador, los ojos abiertos y fijos, de modo que parecía más muerto que dormido, la piel de un amarillo cerúleo, las largas pestañas inmóviles, sus facciones, *fuertes y casi hermosas, translúcidas. Una cascada de largo pelo negro caía alrededor de sus hombros y llenaba los costados del sarcófago. Lo más horrible era el intenso color de sus mejillas y labios, y el aspecto pletórico de su rostro y su forma, que no poseía a la luz del fuego. Me había perdonado la vida por un tiempo, cierto, pero por la noche, en algún lugar, se había saciado. El pequeño punto de mi sangre había desaparecido de sus labios. Habían adquirido un tono rubí bajo el bigote oscuro. Parecía tan lleno de vida y salud artificiales que se me heló la sangre en las venas al ver que no respiraba. Su pecho no subía ni bajaba. También era extraño verle vestido de manera diferente, con prendas de tan excelente calidad como las que había visto antes, túnica y botas de un rojo profundo, capa y gorro de terciopelo púrpura. El manto se veía un poco raído sobre los hombros, y el gorro iba provisto de una pluma marrón. Brillaban joyas en el cuello de la túnica.*

Me quedé mirando hasta que tan extraña visión estuvo a punto de provocarme un desmayo, y después retrocedí un paso para intentar serenarme. Aún era temprano. Me quedaban algunas horas hasta la puesta de sol. Primero buscaría una forma de escapar, y después un medio de destruir al ser mientras dormía, de forma que, triunfara o no en mi intentona, pudiera huir de inmediato. Así la luz con firmeza. Baste decir que busqué durante más de dos horas en la gran cámara de piedra, y no descubrí ninguna ruta de escape. En un extremo, enfrente del hogar, había una gran puerta de madera con candado de hierro, con el cual forcejeé hasta terminar cansado y dolorido. No se movió un ápice. De hecho, creo que llevaba muchos años sin abrirse. No había otros medios de salir, ni otra puerta, ni túnel, ni piedra suelta, ni abertura de ningún tipo. No había ventanas, por supuesto, y me convencí de que nos hallábamos a una gran profundidad. El único hueco de las paredes era el que albergaba los tres sarcófagos, y sus piedras también eran inamovibles. Fue un tormento para mí palpar aquella pared delante de la cara inmóvil de Drácula, con sus enormes ojos abiertos. Aunque no se movieron en ningún momento, intuí que debían poseer algún poder secreto de ver y maldecir.

Me senté de nuevo junto al fuego para recuperar mis fuerzas desfallecientes. Mientras me calentaba las manos observé que el fuego nunca perdía fuerza, si bien consumía ramas y troncos reales, y proyectaba un calor palpable y reconfortante. También me di cuenta por primera vez de que no echaba humo. ¿Había estado ardiendo toda la noche? Pasé una mano sobre mi cara a modo de advertencia. Necesitaba hasta el último átomo de cordura. De hecho (en ese momento tomé la decisión), convertiría en un deber mantener intacta mi fibra mental y moral hasta el último momento. Eso sería mi sostén, mi último recurso.

Una vez serenado, reanudé mi investigación de manera sistemática, en busca de cualquier manera de destruir a mi monstruoso anfitrión. Si lo lograba, de todos modos moriría aquí solo, sin escapatoria, pero él nunca más abandonaría esta cámara para sembrar el terror en el mundo exterior. Pensé fugazmente, y no por primera vez, en el consuelo del suicidio, pero no me lo podía permitir. Ya estaba corriendo el peligro de convertirme en algo similar a Drácula, y la leyenda afirmaba que cualquier suicida podía transformarse en No Muerto sin la contaminación añadida que yo había recibido; una leyenda cruel, pero debía hacerle caso. Esa vía me estaba prohibida. Registré hasta el último rincón de la sala, abrí cajones y cajas, investigué en estantes, con mi vela en alto. Era improbable que el inteligente príncipe me hubiera dejado algún arma susceptible de ser utilizada contra él, pero tenía que buscar. No encontré nada, ni siquiera un trozo de madera que pudiera utilizar a modo de estaca.

Por fin, volví hacia el gran sarcófago central, temeroso del último recurso que contenía: el cuchillo que el propio Drácula portaba al cinto. Su mano surcada de cicatrices se cerraba sobre el pomo. Era posible que el cuchillo fuera de plata, en cuyo caso podría hundirlo en su corazón si me sentía con fuerzas. Me senté un momento para hacer acopio de valentía y para vencer mi repulsión. Después me levanté y acerqué con cautela mi mano al cuchillo, mientras sostenía en alto la vela. Mi roce no produjo ninguna reacción en el rostro rígido, si bien dio la impresión de que su cruel expresión se acentuaba. Pero descubrí aterrorizado que la gran mano estaba cerrada sobre el pomo por un motivo. Tendría que abrirla para liberar el arma. Apoyé mi mano sobre la de Drácula, y sentir su tacto significó un horror indescriptible que no deseo a nadie más. Su mano estaba cerrada como una piedra sobre el pomo del cuchillo. No podía abrirla, ni siquiera moverla. Habría sido como intentar arrancar un cuchillo de mármol de la mano de una estatua. Daba la impresión de que los ojos destilaban odio. ¿Se acordaría de esto más tarde, cuando se despertara? Me rendí, agotado y asqueado hasta extremos inconcebibles, y me senté otra vez en el suelo con mi vela.

Por fin, al ver que mis planes no podían alcanzar el éxito, elegí una nueva estrategia. Primero me obligaría a dormir un corto rato, a eso del mediodía, para despertar mucho antes que Drácula. Lo conseguí durante una o dos horas, creo (he de encontrar una forma mejor de calcular o medir el tiempo en este vacío), tendiéndome ante el hogar con la chaqueta doblada bajo la cabeza. Nada habría podido convencerme de volver al sarcófago, pero el calor de las piedras proporcionó cierto consuelo a mis extremidades doloridas.

Cuando desperté, me esforcé por captar algún sonido, pero un silencio de muerte reinaba en la cámara. Encontré un suculento banquete sobre la mesa cercana a mi silla, aunque Drácula seguía en el mismo estado catatónico en su tumba. Después fui en busca de la máquina de escribir que había visto antes. Con ella he estado escribiendo desde entonces, con la mayor rapidez posible, para dar cuenta de todo lo que he observado. De esta manera he conseguido recuperar cierto sentido del tiempo, puesto que conozco la velocidad con que escribo a máquina y el número de páginas que puedo hacer en una hora. Estoy escribiendo estas últimas líneas a la luz de una vela. He apagado las otras para ahorrarlas. Estoy famélico, y tengo un frío horroroso debido a la humedad y a estar lejos del fuego. Esconderé estas páginas y me entregaré al trabajo que Drácula me ha encomendado, para que vea que he seguido sus instrucciones cuando despierte. Mañana intentaré escribir más, si todavía estoy vivo y lo bastante entero para hacerlo.

Segundo día

Después de escribir mi primer informe, doblé las páginas escritas y las guardé en un armario cercano, donde pudiera recuperarlas luego, pero donde fueran invisibles desde cualquier ángulo. A continuación cogí una vela nueva y deambulé poco a poco entre las mesas. Había decenas de miles de libros en la gran sala, calculé, tal vez cientos de miles, contando los rollos de pergamino y los manuscritos. No sólo había libros sobre las mesas, sino que estaban apilados en los armarios y en las estanterías de las paredes. Daba la impresión de que los libros medievales estaban mezclados con libros en folio del Renacimiento e impresiones modernas. Descubrí un primitivo libro en cuarto de Shakespeare (rela-

tos), al lado de un volumen de santo Tomás de Aquino. Había volumi-
nosas obras de alquimia del siglo XVI junto a un armario completo de ro-
llos de pergamino árabes muy esclarecedores. Otomanos, supuse. Había
sermones puritanos sobre brujería, pequeños volúmenes de poesía del
siglo XIX y largos trabajos de filosofía y criminología de nuestro siglo.
No, no existía una pauta temporal, pero sí que distinguí una que emer-
gía con bastante claridad.

Ordenar los libros tal como estarían colocados en la colección de
historia de una biblioteca normal exigiría semanas o meses, pero como
Drácula consideraba que estaban clasificados según sus propios intere-
ses, los dejaría tal como estaban e intentaría diferenciar un tipo de co-
lección de otra. Pensé que la primera colección empezaba en la pared de
la cámara cercana a la puerta inamovible, distribuida en tres armarios y
dos grandes mesas: obras sobre el arte de gobernar y de estrategia mili-
tar, podría llamarse.

Aquí encontré más obras de Maquiavelo, en exquisitos libros en fo-
lio de Padua y Florencia. Descubrí una biografía de Aníbal escrita por
un inglés del siglo XVIII y un manuscrito griego que acaso procedía de la
biblioteca de Alejandría: Heródoto, anales de las guerras atenienses.
Empecé a experimentar un nuevo escalofrío a medida que pasaba de li-
bro a manuscrito, y cada uno era más asombroso que el anterior. Había
una primera edición manoseada del Mein Kampf, *y un diario en fran-*
cés (escrito a mano, manchado en algunos puntos de moho marrón) que
parecía, por sus primeras fechas y descripciones, documentar el Reinado
del Terror desde el punto de vista de un funcionario del Gobierno. Me
gustaría examinarlo con más detenimiento en fechas posteriores. Por lo
visto, el autor no se había querido identificar. Encontré un grueso volu-
men sobre las tácticas empleadas por Napoleón en sus primeras campa-
ñas militares, impreso mientras se hallaba en Elba, calculé. Sobre una
de las mesas, descubrí en una caja un texto mecanografiado en alfabeto
cirílico. Mi ruso es rudimentario, pero los encabezamientos me conven-
cieron de que era un informe interno de Stalin dirigido a un mando del
Ejército. No conseguí entender gran cosa, pero contenía una larga lista
de nombres rusos y polacos.

Ésas fueron algunas de las obras que logré identificar. También ha-
bía muchos libros y manuscritos cuyos autores o temas eran nuevos por
completo para mí. Acababa de empezar una lista de todo lo que había

podido identificar, agrupándolo aproximadamente por siglos, cuando sentí un profundo frío, como una brisa donde no había brisa, y vi aquella extraña figura de pie a unos tres metros de distancia, al otro lado de una mesa.

Iba vestido con los ropajes rojos y violetas que había visto en el sarcófago, y era más voluminoso y sólido de lo que me parecía recordar de la noche anterior. Esperé, mudo, a ver si me atacaba al instante. ¿Recordaría mi intento de apoderarme de su cuchillo? Pero inclinó un poco la cabeza, como a modo de saludo.

—Veo que ha empezado a trabajar. No me cabe duda de que querrá hacerme preguntas. Primero, vamos a desayunar, y después hablaremos de mi colección.

Vi un destello en su cara, pese a la oscuridad de la sala, tal vez el destello de un ojo brillante. Me precedió con aquella zancada inhumana pero imperiosa hasta la chimenea, y allí encontré nuevamente comida caliente y bebida, incluyendo un té humeante que alivió mis extremidades heladas. Drácula se sentó y contempló el fuego carente de humo, con la cabeza erguida sobre los grandes hombros. Sin el menor deseo, pensé en la decapitación de su cadáver. En ese punto, todas las crónicas coincidían. ¿Cómo conservaba la cabeza, o es que se trataba sólo de una ilusión? El cuello de la túnica se alzaba bajo su barbilla, y los rizos oscuros caían a su alrededor hasta posarse sobre los hombros.

—Bien —dijo—, vamos a dar un breve paseo. —Encendió todas las velas de nuevo, y le seguí de mesa en mesa, mientras encendía los faroles—. Tendremos algo que leer. —No me gustó el efecto que causaba la luz sobre su cara cuando se inclinaba sobre cada llama nueva, y traté de mirar sólo los títulos de los libros. Se acercó a mí cuando me paré ante unas filas de rollos de pergamino y libros en árabe en los que había reparado antes. Para mi alivio, aún se encontraba a unos dos metros de distancia, pero un olor acre surgía de su presencia, y estuve a punto de desmayarme. Debo conservar la serenidad, pensé. Es imposible saber qué pasará esta noche—. Veo que ha descubierto uno de mis trofeos —estaba diciendo. Percibí un retumbar de satisfacción en su fría voz—. Son mis pertenencias otomanas. Algunas son muy antiguas, de los primeros días de su diabólico imperio, y este estante contiene volúmenes de sus últimos años. —Sonrió a la luz mortecina—. No puede imaginarse qué satisfacción me dio ver morir su civilización. Su fe no está *muerta, por supuesto, pero sus sultanes han desaparecido para siempre, y yo les he sobrevivido. —Pensé por un momento que iba a reír, pero siguió hablando en tono serio—. Aquí hay grandes libros, confeccionados para el sultán, acerca de sus numerosas tierras. Esto es —tocó el borde de un rollo— la historia de Mehmet, ojalá se pudra en el infierno, escrita por un historiador cristiano convertido en adulador. Que también se pudra en el infierno. Yo mismo intenté encontrarle, me refiero al historiador, pero murió antes de que pudiera atraparle. Aquí están los informes sobre las campañas de Mehmet, escritas por sus propios aduladores, y sobre la caída de la Gran Ciudad. ¿Sabe leer árabe?*

—Muy poco —confesé.

—Ah. —Parecía divertido—. Tuve la oportunidad de aprender su idioma y escritura mientras era su prisionero. ¿Sabe que fui esclavo de ellos?

Asentí, pero procuré no mirarle.

—Sí, mi propio padre me entregó al padre de Mehmet como garantía de que no declararíamos la guerra al imperio. Imagínese, Drácula un peón en manos de los infieles. No perdí el tiempo. Aprendí todo lo que pude sobre ellos con el fin de superarlos en todo. Fue entonces cuando juré hacer historia, no ser su víctima. —Su voz era tan feroz que le miré a mi pesar, y distinguí aquel terrible fuego en su cara, el odio, la mueca de su boca bajo el largo bigote. Entonces rió, y el sonido fue igualmente aterrador—. Yo he triunfado, y ellos han desaparecido. —Apoyó la mano sobre un espléndido volumen encuadernado en tela—. El sultán me tenía tanto miedo que fundó una orden de caballeros encargada de perseguirme. Aún quedan algunos dispersos en Tsarigrad. Un engorro. Pero cada vez son menos, su número está disminuyendo a marchas forzadas, mientras mis sirvientes se multiplican a lo largo y ancho del globo. —Enderezó su cuerpo poderoso—. Venga. Le enseñaré mis otros tesoros, y usted me dirá cómo se propone catalogarlos.

Me guió de una sección a otra, indicando rarezas, y me di cuenta de que mis suposiciones acerca de las pautas de su colección eran correctas. Vi un armario de buen tamaño lleno de manuales de tortura, algunos de los cuales se remontaban a la antigüedad. Abarcaban las prisiones de la Inglaterra medieval, las cámaras de tortura de la Inquisición, los experimentos del Tercer Reich. Algunos volúmenes renacentistas incluían xilografías de instrumentos de tortura, y otros, diagramas del cuerpo humano. Otra sección de la sala documentaba las herejías religiosas para las que se habían empleado muchos de aquellos manuales de tortura. Otro rincón estaba dedicado a la alquimia, otro a la brujería, otro a la filosofía del tipo más inquietante.

Drácula se detuvo ante una gran estantería y apoyó la mano sobre ella con afecto.

—*Ésta es de especial interés para mí, y lo será para usted, creo. Estas obras son mis biografías.*

Cada volumen estaba relacionado de alguna manera con su vida. Había obras de historiadores bizantinos y otomanos (algunos eran originales muy raros), y sus numerosas reimpresiones a través de los siglos. Había folletos medievales rusos, alemanes, húngaros y de Constantinopla, todos los cuales documentaban sus crímenes. No había oído hablar de muchos de ellos en el curso de mi investigación, y experimenté una oleada irracional de curiosidad, antes de caer en la cuenta de que ya no tenía motivos para terminar la investigación. También había numerosos volúmenes de tradiciones populares, desde el siglo XVII en adelante, que versaban sobre la leyenda de los vampiros. Se me antojó extraño y terrible que los incluyera entre sus biografías. Posó su enorme mano sobre una de las primeras ediciones de la novela de Bram Stoker y sonrió, pero no dijo nada. Después se trasladó en silencio hacia otra sección.

—*Ésta también le interesará de manera especial —dijo—. Son obras de historiadores de su siglo, el veinte. Un siglo estupendo. Ardo en deseos de presenciar el resto. En mis tiempos, un príncipe sólo podía eliminar a los elementos subversivos de uno en uno. Ustedes lo hacen a lo grande. Piense, por ejemplo, en las mejoras alcanzadas desde el maldito cañón que derribó las murallas de Constantinopla hasta el fuego divino que su país de adopción arrojó sobre las ciudades japonesas hace unos años. —Me dedicó un amago de reverencia, a modo de felicitación—. Ya habrá leído muchas de estas obras, profesor, pero tal vez las revisará desde una nueva perspectiva.*

Por fin me condujo al lado del fuego una vez más, y encontré otro té humeante al lado de mi butaca. Cuando los dos estuvimos acomodados, se volvió hacia mí.

—*No tardaré en ir a tomar mi colación —dijo en voz baja—, pero antes le haré una pregunta. —Mis manos se pusieron a temblar sin que pudiera evitarlo. Hasta el momento había intentado hablar con él lo menos posible, sin incurrir en su ira—. Ha disfrutado de mi hospitalidad, la máxima que puedo ofrecer aquí, y de mi fe ilimitada en sus dones. Gozará de la vida eterna a la que sólo unos pocos seres pueden aspirar. Puede acceder con entera libertad al mejor archivo de su clase que existe sobre la faz de la Tierra. Están a su disposición obras muy raras, que no se pueden ver en ningún otro sitio. Todo esto es suyo. —Se removió en su butaca, como si le costara mantener inmóvil durante demasiado tiempo su gran cuerpo de No Muerto—. Además, es usted un hombre de raciocinio e imaginación sin parangón, de afinada precisión y profundo discernimiento. Mucho he de aprender de sus métodos de investigación, de la síntesis de sus fuentes, de su imaginación. Por todas estas cualidades, así como por la gran erudición que alimentan, le he traído aquí, a mi gruta del tesoro.*

Hizo una pausa. Miré su cara, incapaz de apartar la vista. Contempló el fuego.

—Gracias a su inflexible honestidad, es capaz de ver la lección de la historia —dijo—. La historia nos ha enseñado que la naturaleza del hombre es malvada hasta extremos sublimes. El bien no se puede perfeccionar, pero la maldad sí. ¿Por qué no utiliza su gran mente al servicio de lo que se puede perfeccionar? Le pido, amigo mío, que se sume de buen grado a mi investigación. Si lo hace, se ahorrará grandes angustias, y me ahorrará a mí considerables problemas. Juntos haremos avanzar el trabajo del historiador hasta extremos inconcebibles. No existe pureza como la pureza de los sufrimientos del historiador. Usted poseerá lo que desea todo historiador: la historia será realidad para usted. Nos lavaremos la mente con sangre.

Entonces me miró fijamente, y sus ojos, con su antiguo conocimiento, centellearon, y sus labios rojos se entreabrieron. Habría sido un rostro de la inteligencia más exquisita, pensé de repente, de no haber sido moldeado por tanto odio. Me esforcé por no desfallecer, por no entregarme a él en aquel mismo instante y postrarme de hinojos ante su voluntad. Era un líder, un príncipe. No toleraba limitaciones. Convoqué el amor que había sentido por todo cuanto había poseído durante mi vida y formé la palabra con la mayor firmeza posible.

—Nunca.

Su rostro se inflamó, pálido, las fosas nasales y los labios se agitaron.

—Morirá aquí, sin la menor duda, profesor Rossi —dijo tratando de controlar su ira—. Jamás abandonará estos aposentos vivo, aunque salga de ellos con una nueva vida. ¿Por qué no poder elegir un poco?

—No —dije sin alzar la voz.

Se levantó, amenazador, y sonrió.

—Entonces trabajará para mí en contra de su voluntad —dijo.

Una oscuridad empezó a formarse ante mis ojos, y me aferré por dentro a mi pequeña reserva de... ¿qué? Sentí un hormigueo en la piel y aparecieron estrellas ante mí que brillaban en la oscuridad de la cámara. Cuando se acercó más, vi su rostro sin máscara, una visión tan horrible que no puedo recordarla. Lo he intentado. Después, no me enteré de nada más durante mucho tiempo.

Desperté en mi sarcófago, a oscuras de nuevo, y pensé que era otra vez mi primer día, mi primer despertar en ese lugar, hasta que me di cuenta de que había sabido al instante dónde me hallaba. Estaba muy débil, mucho más débil esta vez, y la herida del cuello sangraba y dolía. Había perdido sangre, pero no tanta como para incapacitarme por completo. Al cabo de un rato conseguí moverme, bajar de mi prisión. Recordé el momento en que había perdido la conciencia. Vi, gracias al resplandor de las velas restantes, que Drácula dormía de nuevo en su gran tumba. Tenía los ojos abiertos, vidriosos, los labios rojos, la mano cerrada sobre el cuchillo. Di media vuelta, sumido en el más profundo horror del cuerpo y el alma, y fui a acuclillarme junto al fuego y a intentar comer los alimentos que me habían dejado.

Al parecer, su propósito es destruirme de manera gradual, tal vez dejarme abierta hasta el último momento la posibilidad que me ofreció anoche, con el fin de proporcionarle todo el poder de una mente entregada. Ahora sólo tengo un propósito; no, dos: morir con mi personalidad tan intacta como pueda, con la esperanza de que más tarde pueda contenerme un poco, cuando lleve a cabo las acciones terribles de un No Muerto, y seguir vivo el tiempo suficiente para escribir todo cuanto pueda en este informe, aunque lo más probable es que se convierta en polvo antes de ser leído. Estas ambiciones son mi único sostén en este momento. Es el destino más triste que me podía imaginar.

Tercer día

Ya no estoy seguro de qué día es. Empiezo a creer que han transcurrido más días, o que he estado soñando varias semanas, o que mi secuestro tuvo lugar hace un mes. En cualquier caso, éste es mi tercer escrito. Pasé la noche examinando la biblioteca, no para satisfacer los deseos de Drácula concernientes a su catalogación, sino para averiguar algo que pudiera beneficiar a alguien..., pero las esperanzas se agotan. Sólo consignaré que hoy he descubierto que Napoleón mandó asesinar a dos de sus generales durante su primer año de emperador, muertes que nunca he visto documentadas en ningún sitio. También examiné una breve obra de Anna Comnena, la historiadora bizantina, titulada La tortura ordenada por el emperador por el bien del pueblo, *si no he olvidado mi griego. Encontré un libro fabulosamente ilustrado sobre la cábala, tal vez de procedencia persa, en la sección de alquimia. Entre los estantes de la colección sobre herejías me topé con un evangelio bizantino de san Juan, pero el principio del texto no coincide. Habla de la oscuridad, no de la luz. Tendré que examinarlo con detenimiento. También encontré un volumen inglés de 1521 (está fechado) llamado* Filosofía del horror, *un trabajo sobre los Cárpatos acerca del cual había leído algo, pero no creía que existiera.*

Estoy demasiado cansado para estudiar estos textos tal como podría (tal como debería), pero siempre que veo algo nuevo y extraño lo examino, con una urgencia desproporcionada, teniendo en cuenta mi absoluta indefensión. Ahora he de dormir otra vez, al menos un poco, mientras Drácula lo hace, con el fin de poder afrontar la siguiente prueba, sea cual sea, algo descansado.

¿Cuarto día?

Siento que mi mente empieza a desmoronarse. Por más que me esfuerzo, me resulta imposible seguir el hilo del paso del tiempo o de mis esfuerzos por examinar la biblioteca. No sólo me siento débil, sino enfermo, y hoy experimenté una sensación que llenó de desdicha los restos de mi corazón. Estaba mirando una obra del incomparable archivo de Drácula sobre torturas, y vi en un hermoso libro en cuarto francés el dibujo de una nueva máquina capaz de separar las cabezas de los cuerpos en un instan-

te. Había un grabado ilustrativo: las partes de la máquina, el hombre vestido con elegancia cuya teórica cabeza acababan de separar de su teórico cuerpo. Mientras examinaba este dibujo, no sólo sentí asco por su propósito, no sólo asombro por el maravilloso estado del libro, sino también un repentino anhelo de contemplar la escena real, de oír los gritos de la multitud y ver el chorro de sangre manar sobre el cuello de encaje y la chaqueta de terciopelo. Todo historiador conoce el ansia de ver la realidad del pasado, pero esto era algo nuevo, un tipo de ansia diferente. Dejé el libro a un lado, apoyé mi cabeza dolorida sobre la mesa y lloré por primera vez desde que empezó mi cautiverio. No había llorado desde hacía años, de hecho, desde el funeral de mi madre. La sal de mis lágrimas me consoló un poco... Era tan corriente...

Día

El monstruo duerme, pero ayer no me habló en todo el día, excepto para preguntarme cómo iba el catálogo, y para examinar mi trabajo durante unos minutos. Estoy demasiado cansado para continuar la tarea en este momento, o incluso para mecanografiar algo. Me sentaré delante del fuego y trataré de volver a ser como antes unos momentos.

Día

Anoche me invitó a tomar asiento ante el fuego otra vez, como si aún estuviéramos manteniendo una conversación civilizada, y me dijo que trasladará la biblioteca pronto, antes de lo que pensaba, porque se acerca alguna amenaza.

—Ésta será su última noche. Después le dejaré aquí un tiempo —me dijo—, pero acudirá a mí cuando yo le llame. Entonces reanudará su trabajo en un lugar nuevo y más seguro. Más adelante nos ocuparemos de enviarle al mundo exterior. Procure pensar en quién me enviará para ayudarnos en nuestra tarea. De momento, le dejaré donde nadie pueda encontrarle, por si acaso. —Sonrió, lo cual provocó que mi visión se nublara, y me esforcé en mirar el fuego—. Ha sido muy obstinado. Tal vez le disfrazaremos de reliquia sagrada.

No quise preguntarle qué quería decir.

Por lo tanto, no pasará mucho tiempo antes de que acabe con mi vida mortal. Ahora reservo todas mis energías para ser fuerte en los últimos momentos. Procuro no pensar en la gente a la que he querido, con la esperanza de que existirán menos posibilidades de que piense en ellos en mi siguiente e impío estado. Esconderé este informe en el libro más hermoso que he encontrado aquí (una de las pocas obras de historia que no me ha proporcionado un placer horrorizado), y después ocultaré el libro, para que deje de pertenecer a este archivo. Ojalá pudiera entregarme al polvo con él. Siento que se acerca el ocaso, en el mundo en que la luz y la oscuridad todavía existen, y utilizaré todas mis escasas fuerzas para seguir siendo yo hasta el último momento. Si existe alguna bondad en la vida, en la historia, en mi pasado, la invoco ahora. La invoco con toda la pasión con la que he vivido.

74

Helen tocó la frente de su padre con dos dedos, como si le bendijera. Estaba reprimiendo los sollozos.

—¿Cómo podremos sacarle de aquí? Quiero enterrarle.

—No hay tiempo —dije con amargura—. Estoy seguro de que él preferiría que saliéramos con vida.

Me quité la chaqueta y la extendí sobre él para cubrirle la cara. La losa de piedra pesaba demasiado para volver a ponerla en su sitio. Helen recogió la pistola y comprobó su estado, pese al torbellino de emociones.

—La biblioteca —susurró—. Hemos de encontrarla cuanto antes. ¿Oíste algo hace un momento?

Asentí.

—Creo que sí, pero no sabría decir de dónde procedía el ruido.

Aguzamos el oído un momento. El silencio no se rompió. Helen estaba tanteando las paredes, con la pistola en una mano. La luz de las velas era muy insuficiente. Fuimos de un lado a otro, ejerciendo presión y dando golpecitos. No había huecos, ni piedras que sobresalieran, ni posibles aberturas; nada que pareciera sospechoso.

—Casi habrá oscurecido ya —murmuró Helen.

—Lo sé —contesté—. Nos deben quedar diez minutos, y deberíamos marcharnos enseguida.

Volvimos a examinar hasta el último centímetro de la habitación. El aire era frío, sobre todo ahora que no llevaba puesta la chaqueta, pero el sudor empezó a resbalar por mi espalda.

—Tal vez la biblioteca esté en otra parte de la iglesia, o en los cimientos.

—Ha de estar escondida por completo, quizá bajo tierra —susurró Helen—. De lo contrario, alguien habría dado con ella hace mucho tiempo. Además, si mi padre se encuentra en esta tumba...

No terminó, pero era la pregunta que me había atormentado desde el primer momento, cuando vi a Rossi: ¿dónde estaba Drácula?

—¿Ves algo anormal ahí?

Helen estaba mirando el techo bajo abovedado, y trataba de tocarlo con las yemas de los dedos.

—No veo nada.

Entonces un repentino pensamiento me impulsó a coger una vela del lampadario y acuclillarme. Helen me imitó al instante.

—Sí —susurró.

Yo estaba tocando el dragón tallado en la vertical del escalón de abajo. Lo había acariciado con el dedo durante nuestra primera visita a la cripta. Apliqué todo mi peso sobre él. No cedió, pero las manos sensibles de Helen ya estaban palpando las piedras que lo rodeaban, y de repente encontró una suelta. La sostuvo en la mano, como un diente. En el hueco apareció un pequeño agujero oscuro. Introduje la mano y la moví por dentro, pero no encontré nada. Helen deslizó la de ella y buscó detrás de la talla.

—¡Paul! —exclamó en voz baja.

Yo tanteé en la oscuridad. Había un tirador, un tirador grande de hierro frío, y cuando lo empujé, el dragón se elevó con facilidad de su espacio bajo el peldaño, sin afectar a las demás piedras que lo rodeaban ni al peldaño de arriba. Entonces vimos que se trataba de una hermosa obra de arte, con un tirador de hierro en forma de bestia con cuernos hincado en ella, con la probable intención de poder cerrarla cuando se bajaban los estrechos escalones de piedra que se abrían ante nosotros. Helen tomó una segunda vela y yo me apoderé de las cerillas. Entramos a gatas (recordé de repente la apariencia magullada y arañada de Rossi, su ropa rota, y me pregunté si le habrían arrastrado más de una vez a través de esta abertura), pero pronto pudimos bajar erguidos los peldaños.

Ahora el aire era frío y húmedo en extremo, y yo me esforcé por controlar mis temblores y sujetar con fuerza a Helen, quien también temblaba, durante el empinado descenso. Al pie de los quince escalones había un pasadizo, infernalmente oscuro, si bien nuestras velas revelaron candelabros de hierro fijos a las paredes, como si en otro tiempo hubiera estado iluminado. Al final del pasadizo (una vez más, calculé que lo habíamos recorrido en quince pasos, pues tuve buen cuidado de contarlos) había una puerta de pesada madera muy vieja, astillada en la parte inferior, con un siniestro pomo, un ser con cuernos largos de hierro forjado. Intuí sin verlo que Helen alzaba su pistola. La puerta estaba encajada con firmeza en el marco, pero al examinarla con más detenimiento descubrí que tenía echado el cerrojo por el lado donde estábamos. Forcejeé con el pesado picaporte, y después abrí la puerta con un lento miedo que casi derritió mis huesos.

Al entrar, la luz de nuestras velas, aunque débil, iluminó una cámara inmensa. Había mesas cerca de la puerta, mesas largas de antiquísima solidez, y estanterías vacías. El aire de la estancia era sorprendentemente seco después del frío del pasadizo, como si contara con un sistema de ventilación secreto o estuviera excavada en un hueco de tierra protegido. Nos paramos, sin soltarnos, y aguzamos el oído, pero no se oía nada en la sala. Deseé con todas mis fuerzas ver lo que había al otro lado de la oscuridad. Lo siguiente que captó nuestra luz fue un candelabro de brazos lleno de velas medio quemadas. A continuación vimos altos armarios, y examiné uno con cautela. Estaba vacío.

—¿Esto es la biblioteca? —pregunté—. Aquí no hay nada.

Nos paramos de nuevo para intentar captar algún sonido, y la pistola de Helen brilló a la luz. Pensé que tendría que haberme ofrecido a empuñarla, a utilizarla en caso necesario, pero nunca había manejado un arma, y ella era una excelente tiradora, tal como yo sabía muy bien.

—Mira, Paul.

Señaló con la mano libre, y vi lo que había llamado su atención.

—Helen —dije, pero ya se me había adelantado. Al cabo de un segundo, mi luz se posó sobre una mesa que no había iluminado antes, una gran mesa de piedra. Un instante después descubrí que no era una mesa, sino un altar... No, no era un altar; era un sarcófago. Había otro cerca. ¿Habría sido esto la prolongación de la cripta del monasterio, un lugar donde los abades podían descansar en paz, lejos de las antorchas bizantinas y las catapultas otomanas? Entonces vimos al otro lado el sarcófago más grande de todos. En un costado había grabada una palabra: DRÁCULA. Helen levantó la pistola y yo aferré mi estaca. Ella avanzó un paso y yo la seguí.

En aquel momento oímos un estruendo detrás de nosotros, a lo lejos, y ruido de pasos y cuerpos arremolinados, que casi ahogó el tenue sonido que surgía de las tinieblas, al otro lado de la tumba, como de tierra seca que se desmoronara. Saltamos hacia delante al unísono y miramos. El sarcófago más grande no tenía tapa y estaba vacío, al igual que los otros dos. Y aquel sonido: en la oscuridad, un pequeño animal avanzaba a través de las raíces del árbol.

Helen disparó hacia la oscuridad y se oyó un estallido de tierra y guijarros. Corrí hacia delante con mi luz. El final de la biblioteca era un callejón sin salida, con algunas raíces que colgaban del techo abovedado. En el hueco de la pared posterior, que tal vez había alojado un icono en otro tiempo, vi un reguero de lodo negro sobre las piedras desnudas. ¿Sangre? ¿Humedad que rezumaba de la tierra?

La puerta de la sala se abrió con estrépito y giramos en redondo, con mi mano sobre el brazo libre de Helen. A la luz de nuestras velas aparecieron un farol, linternas, formas que corrían, un grito. Era Ranov, y con él una figura alta cuya sombra saltó hacia delante para envolvernos: Géza József, y un aterrorizado hermano Ivan pisándole los talones. Le seguía un nervudo y menudo burócrata con traje y sombrero oscuros, adornado con un poblado bigote oscuro. También había otra figura, que se movía vacilante, y cuyo lento avance debía haberles retrasado: Stoichev. Su cara era una extraña mezcla de miedo, arrepentimiento y curiosidad, y tenía un morado en la mejilla. Sus viejos ojos se encontraron con los nuestros durante un largo y pesaroso momento, y después movió los labios, como si diera gracias a Dios por vernos vivos.

Géza y Ranov se plantaron ante nosotros en una fracción de segundo. Ranov me apuntó con una pistola, y Géza hizo lo propio con Helen, mientras el monje contemplaba la escena boquiabierto y Stoichev esperaba, silencioso y precavido, detrás de ellos. El burócrata del traje oscuro se mantuvo fuera del círculo de luz.

—Suelte la pistola —dijo Ranov a Helen, y ella obedeció. La rodeé con mi brazo, pero poco a poco. A la luz tenebrosa de las velas, sus rostros parecían más que siniestros, excepto el de Stoichev. Comprendí que se habría atrevido a sonreírnos de no haber estado tan asustado.

—¿Qué demonios estás haciendo aquí? —preguntó Helen a Géza antes de que yo pudiera impedírselo.

—¿Qué demonios haces tú aquí, querida? —fue su única respuesta. Parecía más alto que nunca, vestido con camisa y pantalones claros, y pesadas botas de montaña. No me había dado cuenta en el congreso de que me caía fatal.

—¿Dónde está él? —gruñó Ranov, mirándonos fijamente a Helen y a mí.

—Está muerto —dije—. Ustedes han venido a través de la cripta. Tienen que haberle visto.

Ranov frunció el ceño.

—¿De qué está hablando?

Algo, una intuición que debía a Helen, me aconsejó no continuar hablando.

—¿Qué quiere decir? —preguntó Helen con frialdad.

Géza la apuntó con un poco más de precisión.

—Ya sabes lo que queremos decir, Elena Rossi. ¿Dónde está Drácula?

Esto era más fácil de contestar, y dejé que Helen se adelantara.

—No está aquí, eso es evidente —dijo con su voz más desagradable—. Puedes examinar su tumba.

En este momento, el pequeño burócrata avanzó un paso, como si fuera a hablar.

—Quédese con ellos —dijo Ranov a Géza. Se movió con cautela entre las mesas, paseando la vista a su alrededor. Comprendí que nunca había estado aquí. El burócrata del traje oscuro le siguió sin decir palabra. Cuando llegaron al sarcófago, Ranov alzó su farol y la pistola, y miró con cautela el interior—. Está vacío —dijo a Géza. Se volvió hacia los otros dos sarcófagos—. ¿Qué es esto? Vengan a ayudarme.

El burócrata y el monje obedecieron. Stoichev les siguió más despacio, y pensé ver cierto brillo en su rostro mientras contemplaba las mesas y armarios vacíos. Sólo pude hacer conjeturas acerca de sus deducciones.

Ranov ya estaba escudriñando los sarcófagos.

—Vacíos —dijo jadeante—. No está aquí. Registren la sala. —Géza József ya estaba avanzando entre las mesas, proyectando la luz hacia todas las paredes y abriendo armarios—. ¿Le han oído o visto?

—No —contesté, sin mentir demasiado. Me dije que, con tal de que no hicieran daño a Helen, con tal de que la dejaran marchar, consideraría un éxito esta expedición. Era la única vida por la que suplicaría. También pensé, con fugaz gratitud, en lo que se había ahorrado Rossi.

Géza profirió algo que debía ser una maldición en húngaro, porque Helen pareció a punto de sonreír pese al arma que apuntaba a su corazón.

—Es inútil —dijo al cabo de un momento—. La tumba de la cripta está vacía, y ésta también. Él nunca volverá a este lugar, puesto que lo hemos descubierto.

Tardé un momento en asimilar esto. ¿La tumba de la cripta estaba vacía? Entonces, ¿dónde se hallaba el cuerpo de Rossi que acabábamos de abandonar allí?

Ranov se volvió hacia Stoichev.

—Díganos qué hay aquí.

Habían bajado sus armas por fin, y yo apreté a Helen contra mí, lo cual provocó que Géza me dirigiera una mirada avinagrada, aunque no dijo nada.

Stoichev alzó su farol como si hubiera estado esperando este momento. Fue a la mesa más cercana y dio unos golpecitos sobre la madera.

—Me parece que son de roble —dijo poco a poco—, y podrían ser de diseño medieval. —Examinó debajo de la mesa la ensambladura de una pata. Dio unos golpecitos en un armario—. Pero no sé gran cosa sobre muebles.

Esperamos en silencio.

Géza propinó una patada a la pata de una mesa.

—¿Qué voy a decir al ministro de Cultura? Que Valaquia nos perteneció. Era un prisionero húngaro y su país era territorio nuestro.

—¿Por qué no discutimos sobre eso cuando le encontremos? —gruñó Ranov.

Caí en la cuenta de repente de que el único idioma común entre ellos era el inglés, y de que se detestaban. En aquel momento supe a quién me recordaba Ranov. Con su cara robusta y espeso bigote oscuro se parecía a las fotografías que había visto del joven Stalin. Gente como Ranov y Géza ocasionaban daños mínimos sólo porque su poder era mínimo.

—Dile a tu tía que sea más cuidadosa con sus llamadas telefónicas. —Géza dirigió una mirada torva a Helen, y sentí que ella se ponía rígida contra mí—. Deje a este maldito monje vigilando el lugar —indicó a Ranov, y éste dio una orden que provocó temblores en el pobre Ivan. En aquel momento la luz del farol de Ranov se desvió en otra dirección. Había estado examinando las mesas subiendo y bajando el farol. Ahora su luz cayó de soslayo sobre el pequeño burócrata del traje oscuro, quien aguardaba en silencio junto al sarcófago de Drácula. Tal vez no me habría fijado en su cara de no haber sido por su extraña expresión, una expresión de dolor íntimo, iluminado de repente por el farol. Vi el rostro demacrado bajo el desaliñado bigote y el brillo familiar de los ojos.

—¡Helen! —grité—. ¡Mira!

Ella le examinó con detenimiento.

—¿Qué?

Géza se volvió hacia ella al momento.

—Este hombre... —Helen estaba horrorizada—. Ese hombre... es...

—Un vampiro —terminé—. Nos ha seguido desde nuestra universidad de Estados Unidos.

Apenas había empezado a hablar, cuando el ser emprendió la huida. Se había precipitado en nuestra dirección para escapar, pero tropezó con Géza, quien intentó sujetarle, aunque Ranov fue más rápido. Agarró al bibliotecario, cayeron al suelo, y después nuestro guía dio un salto hacia atrás al tiempo que lanzaba un grito, y el bibliotecario continuó su huida. Ranov se volvió y disparó contra la figura antes de que se alejara demasiado. Durante un segundo permaneció inmóvil. Fue como si hubiera disparado al aire. Después el bibliotecario se esfumó con tal celeridad que no supe si había llegado al pasadizo o se había esfumado ante nuestros ojos. Ranov corrió tras él y atravesó la puerta, pero regresó casi enseguida. Todos le miramos. Tenía el rostro blanco, se aferraba la tela desgarrada de su chaqueta y un hilillo de sangre manaba entre sus dedos. Al cabo de un largo momento habló.

—¿Qué está pasando aquí?

Su voz temblaba.

Géza meneó la cabeza.

—Dios mío —dijo—. Le ha mordido. —Retrocedió un paso—. Y yo he estado solo con ese hombre varias veces. Dijo que nos diría dónde podíamos encontrar a los norteamericanos, pero nunca me dijo que fuera...

—Pues claro que no —dijo Helen con desdén, aunque yo intenté acallarla—. Quería encontrar a su amo, seguirnos para llegar hasta él, no matarte. Vivo le eras más útil. ¿Te entregó nuestras notas?

—Cierra el pico.

Géza pareció a punto de abofetearla, pero percibí el miedo y el asombro en su voz, y yo la alejé con delicadeza.

—Vengan. —Ranov nos estaba haciendo señas con su pistola, mientras se apretaba el hombro herido con la otra mano—. Me han sido muy poco útiles. Quiero que vuelvan a Sofía y suban a un avión lo antes posible. Tienen suerte de que no me hayan dado permiso para hacerlos desaparecer. Sería demasiado incómodo.

Pensé que iba a darnos una patada, como Géza había hecho con la pata de la silla, pero se volvió y nos condujo fuera de la biblioteca. Obligó a Stoichev a pasar delante. Supuse, con una punzada de pesar, lo que el pobre hombre habría sufrido en el curso de aquella persecución. No había sido intención de Stoichev que nos siguieran. Lo sabía por la expresión pesarosa que había visto en su cara al entrar en la cámara. ¿Habría conseguido regresar a Sofía antes de que le obligaran a dar media vuelta para seguirnos? Confié en que la reputación internacional de Stoichev le protegería de posteriores maltratos, tal como había ocurrido en el pasado. Pero Ranov... Eso era lo peor. Ranov volvería, contaminado, a sus responsabilidades con la policía secreta. Me pregunté si Géza intentaría hacer algo al respecto, pero el rostro del húngaro estaba tan sombrío que no me atreví a dirigirle la palabra.

Miré por última vez desde la puerta el majestuoso sarcófago, que había descansado allí durante casi quinientos años. Su ocupante podía estar ahora en cualquier lugar, o camino de cualquier lugar. Al final de la escalera, pasamos a gatas uno tras otro por la abertura (recé para que ninguna de las pistolas se disparara), y entonces vi algo muy extraño. El relicario de san Petko estaba abierto sobre su pedestal. Debían de haber utilizado algunas herramientas para abrirlo, puesto que nosotros no habíamos podido hacerlo antes. La losa de mármol que había debajo estaba en su sitio y cubierta con la tela bordada. Helen me dirigió una mirada inexpresiva. Miramos el relicario al pasar y vimos en el interior algunos fragmentos de hueso, un cráneo pulido, todo lo que quedaba del mártir.

Al salir a la noche, vimos una confusión de coches y gente. Por lo visto, Géza había llegado con un séquito, dos de cuyos miembros vigilaban las puertas de la iglesia. Drácula no había escapado por aquí, pensé. Las montañas se cernían sobre nosotros, más oscuras que el cielo oscuro. Algunos aldeanos se habían enterado de la llegada y habían acudido con antorchas encendidas. Retrocedieron cuando Ranov avanzó, miraron su chaqueta rota y ensangrentada, con el rostro tenso a la luz fluctuante. Stoichev tomó mi brazo. Su cabeza osciló cerca de mi oído.

—La cerramos —susurró.

—¿Qué?

Me incliné para escucharle.

—El monje y yo fuimos los primeros en bajar a la cripta, mientras esos... esos matones registraban la iglesia y el bosque en busca de ustedes. Vimos al hombre de la tumba, no era Drácula, y comprendí que ustedes habían estado allí. Así que la cerramos, y cuando bajaron, sólo abrieron el relicario. Estaban tan furiosos, que pensé que iban a tirar los huesos del pobre santo. —El hermano Ivan parecía bastante corpulento, pero la fragilidad del profesor Stoichev debía ocultar una peculiar fuerza. Stoichev me miró fijamente—. Pero ¿quién estaba en esa tumba si no era...?

—El profesor Rossi —susurré. Ranov estaba abriendo las puertas del coche y nos ordenó subir.

Stoichev me dirigió una mirada rápida y elocuente.

—Lo siento muchísimo.

Así fue como dejé que mi más querido amigo descansara en Bulgaria. Que duerma en paz hasta el fin de los tiempos.

75

Después de nuestra aventura en la cripta, el salón de los Bora se nos antojó un paraíso en la tierra. Significó un exquisito alivio estar en aquella casa, con tazas de té caliente en la mano (hacía un frío poco usual para un mes de junio), y Turgut nos sonreía desde los cojines del diván. Helen se había quitado los zapatos en la puerta del apartamento y los había sustituido por unas zapatillas rojas con borlas que le prestó la señora Bora. Selim Aksoy también estaba presente, sentado en silencio en un rincón, y Turgut se encargaba de traducir todo a la señora Bora.

—¿Estáis seguros de que la tumba estaba vacía? —preguntó por segunda vez Turgut, como si quisiera asegurarse de la respuesta.

—Muy seguros. —Miré a Helen—. Lo que no sabemos es si el ruido que oímos cuando entramos era el de Drácula al escapar. Ya debía ser de noche, y no debió costarle mucho huir.

—Y podría haber cambiado de forma, si la leyenda es cierta —suspiró Turgut—. ¡Malditos sean sus ojos! Estuvieron a punto de atraparle, amigos míos, más que la Guardia de la Media Luna en cinco siglos. Estoy muy contento de que no acabarais muertos, pero muy triste porque no pudisteis destruirle.

—¿Adónde cree que fue?

Helen se inclinó hacia delante. Sus ojos se veían de un color oscuro intenso.

Turgut se acarició su gran barbilla.

—Bien, querida, eso no lo sé. Puede viajar deprisa y lejos, pero no sé hasta dónde. A otro lugar antiguo, seguro, algún escondite inviolado durante siglos. Ha debido disgustarle tener que abandonar Sveti Georgi, pero sabe que ese lugar ahora estará vigilado durante mucho tiempo. Daría mi mano derecha por saber si se ha quedado en Bulgaria o ha abandonado el país. Fronteras y políticas no significan gran cosa para él, estoy seguro.

Turgut frunció el ceño.

—¿Cree que nos habrá seguido? —preguntó Helen, pero el ángulo de sus hombros me llevó a pensar que la indiferencia con que formulaba la pregunta le costaba cierto esfuerzo.

Turgut meneó la cabeza.

—Espero que no, *madame* profesora. Yo creo que ahora estará un poco asustado de ustedes, puesto que le han encontrado cuando nadie más lo había hecho.

Helen guardó silencio, y no me gustó la duda que vi en su cara. Selim Aksoy y la señora Bora la miraron con particular ternura, pensé. Tal vez se estaban preguntando cómo había permitido yo que se metiera en una situación tan peligrosa, aunque hubiera conseguido regresar íntegra.

Turgut se volvió hacia mí.

—Y lamento muchísimo lo de tu amigo Rossi. Me habría gustado conocerle.

—Sé que habríais disfrutado de vuestra mutua compañía —dije con sinceridad, y tomé la mano de Helen. Sus ojos se nublaban cada vez que hablábamos de Rossi, y apartó la mirada tratando de buscar privacidad.

—También me habría gustado conocer al profesor Stoichev.

Turgut volvió a suspirar y dejó la taza sobre la mesa de latón.

—Eso habría sido magnífico —dije, y sonreí al imaginar a los dos eruditos contrastando opiniones—. Tú y Stoichev habríais podido explicaros mutuamente el imperio otomano y los Balcanes medievales. Tal vez llegarás a conocerle algún día.

Él meneó la cabeza.

—No lo creo —dijo—. Las barreras que nos separan son altas y espinosas, como lo eran entre *tsar* y un bajá, pero si vuelves a hablar con él, o le escribes, salúdale de mi parte.

Era una promesa fácil de hacer.

Selim Aksoy quiso hacernos una pregunta a través de Turgut, y éste le escuchó con semblante serio.

—Nos estamos preguntando —dijo —si entre tanto caos y peligro viste el libro que describió el profesor Rossi. Era la vida de san Jorge, ¿no? ¿Lo llevaron los búlgaros a la Universidad de Sofía?

La risa de Helen podía ser sorprendentemente infantil cuando estaba muy alegre, y me reprimí de darle un sonoro beso delante de todos. Apenas había sonreído desde que abandonamos la tumba de Rossi.

—Está en mi maletín —dije—. De momento.

Turgut nos miró fijamente, atónito, y tardó un largo minuto en reanudar su labor de intérprete.

—¿Y cómo llegó a alojarse en él?

Helen estaba muda, sonriente, así que fui yo quien dio las explicaciones.

—No volví a pensar en ello hasta que estuvimos de vuelta en Sofía, en el hotel.

No, no podía contarles toda la verdad, de modo que me decanté por una versión educada.

La verdad era que, cuando por fin habíamos podido estar solos diez minutos en la habitación de Helen, la tomé en mis brazos y besé su cabello oscuro, la apreté contra mi hombro, la amoldé a mi cuerpo a través de nuestras ropas de viaje sucias, como si fuera la otra parte de mí (la parte ausente de Platón, supongo), y entonces noté no sólo alivio por haber sobrevivido y poder abrazarnos, así como la belleza de sus largos huesos y su aliento en mi cuello, sino algo muy peculiar en su cuerpo, algo abultado y duro. Retrocedí y la miré aterrado, y vi su sonrisa irónica. Se llevó un dedo a los labios. Era un simple recordatorio. Ambos sabíamos que debía haber micrófonos ocultos en la habitación.

Al cabo de un segundo, apoyó mis manos sobre los botones de su blusa, que estaba desaliñada y sucia a causa de nuestras aventuras. La desabotoné sin atreverme a pensar, y se la quité. Ya he dicho que la ropa interior de las mujeres era más complicada en aquella época, con alambres y ganchos secretos, y compartimientos extraños. Una armadura interior. Envuelto en un pañuelo y tibio contra la piel de Helen había un libro, no el gran volumen en folio que había imaginado cuando Rossi nos habló de su existencia, sino uno pequeño que cabía en la palma de la mano. Su cubierta era de oro sobre madera y piel pintados. El oro estaba incrustado de esmeraldas, rubíes, zafiros, lapislázuli y perlas, un pequeño firmamento de joyas, todo en honor de la cara del santo reproducido en el centro. Sus delicadas facciones bizantinas parecían pintadas unos días antes, en lugar de siglos, y sus grandes ojos tristes daban la impresión de seguir a los míos. Sus cejas se alzaban como finas arcadas sobre ellos, la nariz era larga y recta, la boca triste y severa. El retrato poseía una rotundidad, una perfección, un realismo que yo nunca había visto en el arte bizantino, un aspecto de linaje romano. De no haber estado enamorado ya, habría afirmado que aquél era el rostro más hermoso que había visto en mi vida, pero también celestial, o celestial pero también humano. Sobre el cuello de su túnica vi unas palabras.

—Es griego —dijo Helen. Su voz era menos que un suspiro cerca de mi oído—. San Jorge.

Dentro había pequeñas hojas de pergamino en un estado de conservación increíble, todas cubiertas de una bonita letra medieval, también en griego. Descubrí exquisitas páginas ilustradas: san Jorge clavando su lanza en las fauces de un dragón mientras un grupo de nobles miraban; san Jorge recibiendo una diminuta corona dorada de manos de Cristo, quien se la daba sentado en su trono celestial; san Jorge en su lecho de muerte, llorado por ángeles de alas rojas. Cada una estaba provista de asombrosos detalles en miniatura. Helen asintió y acercó la boca a mi oído de nuevo, sin apenas respirar.

—No soy experta en estas cosas —susurró—, pero creo que podría haber sido hecho para el emperador de Constantinopla, aunque aún no sabemos cuál. Éste es el sello de los emperadores posteriores.

En la parte interior de la portada había pintada un águila bicéfala, el ave que miraba al mismo tiempo hacia el augusto pasado de Bizancio y hacia su futuro ilimitado. No tuvo la suficiente agudeza de vista para contemplar en el futuro la caída del imperio a manos del infiel.

—Eso significa que data al menos de la primera mitad del siglo quince —susurré—. Antes de la conquista.

—Oh, yo creo que es mucho más antiguo —susurró Helen al tiempo que tocaba el sello con delicadeza—. Mi padre..., mi padre decía que era muy antiguo. Este emblema indica Constantine Porphyrogenitus. Reinó en... —consultó un archivo mental —la primera mitad del siglo diez. Detentaba el poder antes de la fundación del *Bachkovski manastir*. Debieron añadir el águila con posterioridad.

Apenas musité las palabras.

—¿Quieres decir entonces que tiene más de mil años de antigüedad? —Sujeté el libro con ambas manos y me senté en el borde de la cama de Helen. Ninguno de los dos emitió el menor sonido. Estábamos hablando más o menos con los ojos—. Se halla en perfectas condiciones. ¿Y tú pretendes sacar de contrabando de Bulgaria un tesoro semejante? Estás loca, Helen —le dije con una mirada—. Por no hablar de que pertenece al pueblo búlgaro.

Ella me besó, tomó el libro de mis manos y lo abrió.

—Era un regalo para mi padre —susurró. La parte interior de la portada tenía un profundo bolsillo de piel añadido, y Helen introdujo los dedos con cuidado—. He esperado a mirar esto hasta que pudiéramos hacerlo juntos.

Extrajo un paquete de papel delgado cubierto de una apretada mecanografía. Entonces leímos juntos, en silencio, el doloroso diario de Rossi. Cuando terminamos, ninguno de los dos habló, aunque los dos llorábamos. Por fin, Helen envolvió el libro con el pañuelo y lo devolvió a su escondite, contra su piel.

Turgut sonrió cuando terminé mi versión resumida de la historia.

—Pero debo contarte algo más, y es muy importante —dije. Describí el terrible encarcelamiento de Rossi en la biblioteca. Escucharon con semblante serio, y cuando llegué al hecho de que Drácula conocía la existencia de una guardia formada por el sultán para perseguirle, Turgut dio un respingo.

—Lo siento —se disculpó.

Se apresuró a traducir a Selim, quien inclinó la cabeza y dijo algo en voz baja. Turgut asintió.

—Dice lo que yo pienso. Esta terrible noticia sólo significa que hemos de ser más diligentes a la hora de perseguir al Empalador y mantener alejada su influencia de nuestra ciudad. Su Gloria el Refugio del Mundo nos lo ordenaría si estuviera vivo. Esto es cierto. ¿Qué haréis con este libro cuando volváis a casa?

—Conozco a alguien que tiene un contacto en una casa de subastas —dije—. Seremos muy cuidadosos, por supuesto, y esperaremos un tiempo sin hacer nada. Supongo que algún museo lo comprará tarde o temprano.

—¿Y el dinero? —Turgut sacudió la cabeza—. ¿Qué haréis con tanto dinero?

—Lo estamos pensando —dije—. Algo al servicio del bien. Aún no lo sabemos.

Nuestro avión a Nueva York despegaba a las cinco, y Turgut empezó a consultar su reloj en cuanto terminamos nuestro copioso banquete. Tenía que dar una clase nocturna, ay, pero el señor Aksoy nos acompañaría en taxi al aeropuerto. Cuando nos levantamos para marchar, la señora Bora sacó un pañuelo de la más bella seda color crema, bordado en plata, y lo colocó alrededor del cuello de Helen. Ocultaba el estado lamentable de su chaqueta negra y el cuello sucio, y todos lanzamos una exclamación, al menos yo, y no pude haber sido el único. Su cara, sobre el pañuelo, poseía la majestuosidad de una emperatriz.

—Para el día de su boda —dijo la señora Bora, y se puso de puntillas para besarla.

Turgut besó la mano de Helen.

—Pertenecía a mi madre —dijo con sencillez, y Helen se quedó sin habla. Yo hablé por los dos y les estreché la mano. Escribiríamos, pensaríamos en ellos. Como la vida era larga, volveríamos a vernos.

76

Tal vez sea la parte final de mi historia la que me cueste más contar, pues empieza con mucha felicidad, pese a todo. Regresamos con discreción a la universidad y reanudamos nuestro trabajo. La policía me interrogó una vez más, pero dio la impresión de que se conformaban con saber que mi viaje al extranjero había estado relacionado con mi investigación, y no con la desaparición de Rossi. Los periódicos ya se habían hecho eco de su desaparición, que habían transformado en un misterio local al que la universidad procuraba no hacer el menor caso. El jefe de mi departamento también me interrogó, por supuesto, y por supuesto yo no le dije nada, excepto que lamentaba como el que más lo sucedido a Rossi. Helen y yo nos casamos en Boston aquel otoño, en la iglesia que frecuentaban mis padres. Incluso en plena ceremonia no pude evitar fijarme en lo sencilla que era. Echaba de menos el olor a incienso.

Mis padres se quedaron un poco estupefactos por todo esto, claro está, pero se rindieron al encanto de Helen. No hicieron gala de su aspereza proverbial, y cuando íbamos a verlos a Boston, solía descubrir a Helen en la cocina riendo con mi madre, enseñándole a cocinar especialidades húngaras, o hablando de antropología con mi padre en su estrecho estudio. En cuanto a mí, si bien sentía el dolor de la muerte de Rossi y la frecuente melancolía que parecía provocar en Helen, viví aquel año rebosante de dicha. Terminé mi tesis con un segundo director, cuyo rostro se me antojó borroso durante todo ese tiempo. No era que hubieran dejado de interesarme los comerciantes holandeses. Sólo quería finalizar mis estudios para instalarnos confortablemente en algún sitio. Helen publicó un largo artículo sobre las supersticiones de la Valaquia rural, que fue bien recibido, y empezó una tesis sobre las costumbres transilvanas que todavía perduraban en Hungría.

También escribimos algo más en cuanto regresamos a Estados Unidos: una nota para la madre de Helen, por mediación de tía Eva.

Helen no se atrevió a incluir excesiva información, pero contó a su madre en breves líneas que Rossi había muerto recordándola y amándola. Cerró la carta con una mirada de desesperación.

—Se lo contaré todo algún día —dijo—, cuando se lo pueda susurrar en el oído.

Nunca supimos con certeza si la carta llegó a su destino, porque ni tía Eva ni la madre de Helen contestaron, y al cabo de un año las tropas soviéticas invadieron Hungría.

Albergaba la intención de vivir feliz para siempre, y comenté con Helen poco después de casarnos que esperaba tener hijos. Al principio, meneó la cabeza y acarició la cicatriz de su cuello. Sabía a qué se refería, pero la contaminación había sido mínima, señalé. Se encontraba bien, gozaba de una salud excelente. A medida que transcurría el tiempo, pareció sosegarse gracias a su total recuperación, y la vi mirar con ojos anhelantes los cochecitos de niño que pasaban por la calle.

Helen obtuvo su doctorado en antropología la primavera después de casarnos. La velocidad con que escribió su tesis me avergonzó. Con frecuencia, me despertaba a las cinco de la mañana y descubría que ya estaba sentada a su escritorio. Estaba pálida y cansada, y el día después de defender su tesis desperté y vi sangre en las sábanas, y a Helen tendida a mi lado, débil y transida de dolor: un aborto espontáneo. Había esperado a darme la sorpresa. Se encontró mal durante varias semanas, y estuvo muy callada. Su tesis recibió los máximos honores, pero nunca habló de eso.

Cuando conseguí mi primer puesto de profesor en Nueva York, ella me animó a aceptarlo, y nos mudamos. Nos instalamos en Brooklyn Heights, en una agradable casa de tres pisos bastante antigua. Paseábamos por la alameda para ver los remolcadores y los grandes transatlánticos (los últimos de su raza) zarpar con destino a Europa. Helen daba clases en una universidad tan buena como la mía, y sus estudiantes la adoraban. Nuestra existencia gozaba de un magnífico equilibrio, y nos ganábamos la vida haciendo lo que más nos gustaba.

De vez en cuando sacábamos la *Vida de san Jorge* y la examinábamos con parsimonia, y llegó el día en que fuimos a una discreta casa de subastas con el libro, y el inglés que lo abrió estuvo a punto de desmayarse. Se vendió de forma privada, y al final llegó a los

Claustros, en la parte alta de Manhattan, y una respetable cantidad de dinero ingresó en una cuenta bancaria que habíamos abierto a tal efecto. A Helen le disgustaba tanto como a mí la vida sofisticada, y aparte del intento de enviar pequeñas cantidades a sus parientes de Hungría, no tocamos el dinero.

El segundo aborto de Helen fue aún más dramático que el primero, y más peligroso. Llegué a casa un día y vi un rastro de pisadas ensangrentadas en el vestíbulo. Había conseguido llamar por teléfono a una ambulancia, y ya estaba casi fuera de peligro cuando llegué al hospital. Después el recuerdo de aquellas huellas me despertó noche tras noche. Empecé a temer que nunca tendríamos un hijo sano y a preguntarme cómo afectaría esto a Helen. Después volvió a quedar embarazada, y transcurrió un mes tras otro sin incidentes. Adquirió aspecto de *madonna*, su forma se redondeó bajo el vestido de lana azul, caminaba con cierta inseguridad. Siempre sonreía. Esta vez todo saldría bien, dijo.

Naciste en un hospital que daba al Hudson. Cuando vi que eras morena y de cejas finas como tu madre, tan perfecta como una moneda nueva, y que los ojos de Helen rebosaban de lágrimas de placer y dolor, te alcé en tu prieto capullo para que vieras los barcos. Lo hice en parte para ocultar mis lágrimas. Te pusimos el nombre de la madre de Helen.

Helen estaba loca por ti. Quiero que conozcas ese dato más que cualquier otro aspecto de nuestras vidas. Había dejado de dar clases durante el embarazo y parecía contentarse con pasar las horas en casa, jugando con los dedos de tus manos y tus pies, que eran completamente transilvanos, decía con una sonrisa traviesa, o meciéndote en la butaca que le compré. Empezaste a sonreír pronto, y tus ojos nos seguían a todas partes. A veces abandonaba mi despacho, volvía a casa y comprobaba que las dos, mis mujeres de pelo oscuro, aún estabais adormecidas en el sofá.

Un día llegué a casa temprano, a las cuatro de la tarde, con algunos envases de comida china y unas flores para que las miraras. No había nadie en la sala de estar, y encontré a Helen inclinada sobre tu cuna mientras dormías la siesta. Tu rostro se veía sereno, pero el de Helen estaba cubierto de lágrimas, y por un segundo no fue consciente de mi presencia. La tomé en mis brazos y sentí, con un escalofrío, que sólo me lo devolvía en parte. No me reveló cuál era el motivo de su preocupación, y después de insistir algunas veces, ya no me atreví a hacerle más preguntas. Por la noche hizo bromas acerca de la comida y los claveles que había traído, pero a la semana siguiente volví a encontrarla llorando, silenciosa de nuevo, examinando un libro de Rossi, que me había dedicado cuando empezamos a trabajar juntos. Era su colosal volumen sobre la civilización minoica, y estaba abierto sobre su regazo por la fotografía de un altar sacrificial de Creta, tomada por el propio Rossi.

—¿Dónde está la niña? —pregunté.

Helen levantó la cabeza poco a poco y me miró fijamente, como si intentara recordar qué año era.

—Está dormida.

Me descubrí resistiendo el impulso de ir a la habitación para comprobarlo.

—¿Qué pasa, cariño?

Aparté el libro y la abracé, pero ella meneó la cabeza sin decir nada. Cuando por fin entré a verte, te acababas de despertar en la cuna, con tu sonrisa adorable, y estabas intentando incorporarte sobre el estómago para verme.

Al cabo de poco tiempo Helen se mantenía silenciosa casi cada mañana y lloraba por ningún motivo aparente cada noche. Como no quería hablar conmigo, insistí en que viera a un médico, y después a un psicoanalista. El médico dijo que no había detectado nada anormal, que las mujeres se ponían tristes a veces durante los primeros meses posteriores al parto, y que se recobraría en cuanto se acostumbrara a su nueva situación. Descubrí demasiado tarde, cuando un amigo nuestro se topó con ella en la Biblioteca Pública de Nueva York, que no había ido al analista. Cuando se lo eché en cara, dijo que había decidido que un poco de investigación la animaría más, y estaba aprovechando el tiempo en que estaba la niñera para eso. Pero algunas noches estaba tan deprimida que llegué a la conclusión de que necesitaba un cambio de aires. Saqué un poco de dinero de nuestro botín y compré billetes de avión para Francia a principios de la primavera.

Helen nunca había estado en Francia, aunque había leído montones de libros sobre el país durante toda su vida y hablaba un excelente francés de colegiala. En Montmartre se mostró de lo más risueña, y comentó con algo de su antigua ironía que *le Sacré Coeur* le había parecido aún más monumentalmente feo de lo que nunca había soñado. Le gustaba empujar tu cochecito entre los mercados de flores, y por la orilla del Sena, donde nos demorábamos, investigando el material de los vendedores de libros, mientras tú mirabas el agua con tu capucha roja. A los nueve meses ya eras una excelente viajera, y Helen te dijo que aquello sólo era el principio.

La portera de nuestra pensión resultó ser abuela de muchos niños, y te dejamos durmiendo a su cargo mientras brindábamos en un bar con barra de latón o tomábamos café en una terraza con los guantes puestos. Lo que más le gustó a Helen (y a ti, con tus ojos brillantes) fue la bóveda resonante de Notre-Dame, y por fin derivamos más hacia el sur para ver otras bellezas cavernosas: Chartres y sus vidrieras refulgentes; Albi, con su peculiar iglesia fortaleza roja, hogar de herejías; las murallas de Carcassonne.

Helen quería visitar el antiguo monasterio de Saint-Matthieu-des-Pyrénées-Orientales, y decidimos ir a pasar uno o dos días antes de regresar a París y tomar el vuelo de vuelta a casa. Pensé que su cara se había alegrado mucho durante el viaje, y me gustó la forma en que se tumbó sobre la cama de nuestro hotel de Perpiñán, mientras miraba una historia de la arquitectura francesa que le había comprado en París. El monasterio había sido construido en el año 1000, me dijo, aunque sabía que yo ya había leído toda aquella parte. Era la más antigua muestra de la arquitectura románica en Francia.

—Casi tan antiguo como la *Vida de san Jorge* —musité, pero entonces cerró el libro y borró toda expresión de su cara, y te miró codiciosa mientras jugabas en la cama a su lado.

Helen insistió en que fuéramos a pie hasta el monasterio, como peregrinos. Subimos desde Les Bains en una fría mañana de primavera, con los jerseys anudados alrededor de la cintura cuando aumentó la temperatura. Helen te cargaba en una mochila de pana sobre su pecho, y cuando se cansó yo te llevé en brazos. La carretera estaba desierta en aquella época del año, a excepción de un silencioso campesino moreno que nos adelantó a caballo. Le dije a Helen que tendríamos que haberle pedido que nos echara una mano, pero no contestó. Su mal humor había vuelto aquella mañana, y noté con angustia y frustración que sus ojos se llenaban de lágrimas de vez en cuando. Ya sabía que si le preguntaba qué pasaba negaría con la cabeza para que la dejara en paz, de modo que intenté contentarme con abrazarte mientras ascendíamos, señalando el paisaje cada vez que doblábamos un recodo de la carretera, largas panorámicas de campos y pueblos polvorientos. En la cima de la montaña, la carretera se transformaba en un amplio estuario de polvo, con uno o dos coches antiguos aparcados y el caballo del campesino atado a un árbol, aunque no se veía al hombre por ninguna parte. El monasterio se alzaba por encima de esa zona, con las murallas de piedra compacta que trepaban hasta la cumbre. Atravesamos la entrada y nos entregamos al cuidado de los monjes.

En aquellos tiempos, Saint-Matthieu era, mucho más que ahora, un monasterio dedicado al trabajo y debía contar con una comunidad de doce o trece monjes, que vivían igual que lo habían hecho sus predecesores durante mil años, con la excepción de que de vez en cuando programaban la visita guiada del monasterio para los turistas y tenían un automóvil aparcado extramuros para su uso particular. Dos monjes nos enseñaron los exquisitos claustros. Recuerdo mi sorpresa cuando me acerqué al extremo del patio y vi el precipicio sobre los salientes rocosos, la pared vertical, las llanuras del valle. Las montañas que rodean el monasterio son incluso más altas que la cumbre sobre la que se aposenta, y en sus flancos lejanos vimos velos blancos que, al cabo de un momento, reconocí como cascadas.

Estuvimos sentados un rato en un banco cercano al precipicio, mientras tú jugabas entre ambos, contemplando el enorme cielo de mediodía y escuchando el agua que burbujeaba en la cisterna del monasterio, situada en el centro y tallada en mármol rojo. Sólo Dios sabía cómo la habían subido hasta allí siglos antes. Helen parecía más alegre otra vez, y observé complacido la placidez de su rostro. Aunque a veces estuviera triste, el viaje estaba valiendo la pena.

Por fin, Helen dijo que quería seguir visitando el lugar. Te devolvimos a tu mochila y fuimos a ver las cocinas y el largo refectorio en que los monjes todavía comían, y el hostal donde los peregrinos podían dormir en catres, y el *scriptorium*, una de las partes más antiguas del complejo, donde tantos manuscritos importantes habían sido copiados e ilustrados. Había un ejemplar bajo un cristal, un Evangelio de san Mateo abierto por una página bordeada de peque-

ños demonios empujándose mutuamente hacia abajo. Helen sonrió
al verlos. La capilla estaba al lado. Era pequeña, como todas las demás estancias del monasterio, pero sus proporciones eran melodía
en piedra. Nunca había visto un románico semejante, tan íntimo y
encantador. Nuestro guía afirmó que el abombamiento exterior del
ábside era el primer momento del románico, un gesto súbito que
arrojó luz sobre el altar. También quedaban vidrieras del siglo XIV en
las ventanas estrechas y el altar estaba preparado para celebrar la
misa en colores rojo y blanco, con candeleros dorados. Salimos en silencio.

Al fin, el joven monje que nos guiaba dijo que habíamos visto
todo excepto la cripta, y le seguimos hacia allí. Era una pequeña cavidad húmeda al lado de los claustros, de arquitectura interesante debido a una bóveda de principios del románico sostenida por unas
cuantas columnas rechonchas y a un sarcófago de piedra provisto de
tétricos adornos que databa del primer siglo de existencia del monasterio: el lugar de descanso de su primer abad, dijo nuestro guía. Al
lado del sarcófago estaba sentado un monje anciano, absorto en sus
meditaciones. Alzó la vista, amable y confuso, cuando entramos y nos
saludó con una inclinación de cabeza sin levantarse de la silla.

—Desde hace siglos existe la tradición de que uno de nosotros se
sienta con el abad —explicó nuestro guía—. Por lo general, el monje
que recibe este honor de por vida es de edad avanzada.

—Qué raro —dije, pero algo, tal vez el frío del lugar, provocó
que lloraras y te removieras sobre el pecho de Helen, y al ver que estaba cansada me ofrecí a sacarte para que respiraras aire puro. Salí de
aquel agujero húmedo con una sensación de alivio, y fui a enseñarte
la fuente de los claustros.

Esperaba que Helen me seguiría al instante, pero se demoró abajo, y cuando volvió a salir tenía la cara tan cambiada que experimenté una oleada de alarma. Parecía animada (sí, más viva de lo que la había visto en meses), pero también pálida y con los ojos desorbitados,
concentrada en algo que yo no podía ver. Avancé hacia ella con la mayor naturalidad posible. Le pregunté si había visto algo interesante
abajo.

—Tal vez —dijo, pero como si no pudiera oírme debido al ruido
de. sus pensamientos. Después se volvió hacia ti de repente, te tomó

en sus manos, te abrazó y besó tus mejillas y cabeza—. ¿Se encuentra bien? ¿Se ha asustado?

—Está bien —dije—. Puede que tenga hambre.

Helen se sentó en un banco, sacó un frasco de comida para bebés y empezó a darte de comer mientras entonaba una de aquellas cancioncillas que yo no entendía (húngaras o rumanas).

—Este lugar es muy bonito —dijo al cabo de un momento—. Quedémonos un par de días.

—Hemos de volver a París el jueves por la noche —protesté.

—Bien, no hay tanta diferencia entre quedarse aquí una noche y quedarnos en Les Bains —contestó con calma—. Mañana bajaremos a pie y tomaremos el autobús, si crees que hemos de irnos tan pronto.

Accedí porque estaba muy rara, pero sentía cierta reticencia, incluso cuando fui a plantear la petición a nuestro guía. Éste la transmitió a su superior, quien dijo que el hostal estaba vacío y podíamos quedarnos. Entre el sencillo almuerzo y la todavía más sencilla cena, nos dieron una habitación junto a la cocina, paseamos por las rosaledas, visitamos el huerto extramuros y nos sentamos en la parte posterior de la capilla para escuchar la misa cantada de los monjes, mientras tú dormías en el regazo de Helen. Un monje nos hizo los catres con sábanas limpias de tela basta. Después de que te durmieras en uno de esos catres, con los nuestros colocados uno a cada lado para que no te cayeras, me puse a leer y fingí no vigilar a Helen. Estaba sentada en el borde de su catre con el vestido de algodón negro, contemplando la noche. Agradecí mentalmente que las cortinas estuvieran corridas, pero al final se levantó, las descorrió y miró afuera.

—Debe de estar oscuro, sin ninguna ciudad cerca —dije.

Ella asintió.

—Está muy oscuro, pero aquí siempre ha sido igual, ¿no crees?

—¿Por qué no vienes a la cama?

Pasé la mano por encima de ti y palmeé su catre.

—De acuerdo —dijo sin protestar. De hecho, sonrió cuando se inclinó para besarme antes de acostarse. La retuve en mis brazos un momento y sentí la fuerza de sus hombros, la piel suave de su cuello. Después se estiró y cubrió, y dio la impresión de dormirse mucho antes de que yo hubiera terminado el capítulo de mi libro y apagado el farol.

Desperté al amanecer, y noté una especie de brisa en la habitación. Reinaba un profundo silencio. Tú respirabas a mi lado bajo tu manta de lana, pero el catre de Helen estaba vacío. Me levanté sin hacer ruido y me puse los zapatos y la chaqueta. Los claustros estaban oscuros, el patio gris, la fuente era una masa de sombras. Pensé que el sol tardaría bastante en iluminar ese lugar, puesto que antes debía alzarse sobre aquellos enormes picos del este. Busqué a Helen sin llamarla, porque sabía que le gustaba despertarse temprano, y debía estar absorta en sus pensamientos sentada en un banco, a la espera de la aurora. Sin embargo, no vi ni rastro de ella, y cuando el cielo se aclaró un poco empecé a buscarla con más rapidez, fui una vez al banco en que nos habíamos sentado el día anterior y entré en la capilla, con su olor fantasmal a humo.

Por fin empecé a llamarla por el nombre, primero en voz baja, después a gritos y luego alarmado. Al cabo de unos minutos, un monje salió del refectorio, donde debían estar tomando la primera comida del día y preguntó si podía ayudarme, si necesitaba algo. Le expliqué que mi mujer había desaparecido y empezó a buscar conmigo.

—Puede que *madame* saliera a pasear.

Pero no descubrimos ni rastro de ella ni en el huerto, ni en el aparcamiento, ni en la cripta. Buscamos por todas partes mientras el sol se encaramaba a los picos, y después mi acompañante fue a buscar más monjes, y uno dijo que tomaría el coche para bajar a Les Bains y hacer indagaciones. Guiado por un impulso, le pedí que volviera con la policía. Después te oí llorar en el hostal. Corrí hacia ti, temeroso de que te cayeras al suelo, pero sólo acababas de despertarte. Te di de comer a toda prisa y te acuné en mis brazos, y luego volví a buscar en los mismos lugares.

Por fin, pedí que todos los monjes se reunieran para interrogarlos. El abad dio su consentimiento y los condujo hasta los claustros. Nadie había visto a Helen después de que fuéramos al hostal una vez terminada la cena. Todo el mundo estaba preocupado. *La pauvre*, dijo un monje anciano, lo cual me irritó. Pregunté si alguien había hablado con ella el día anterior o si habían observado algo raro.

—Por regla general, no hablamos con mujeres —me dijo el abad con mansedumbre.

Pero un monje se adelantó, y reconocí al instante al anciano cuya tarea consistía en estar sentado en la cripta. Su rostro se veía tan sereno y bondadoso como había aparecido a la luz del farol en la cripta el día anterior, con aquella leve confusión que yo ya había observado.

—*Madame* se paró a hablar conmigo —dijo—. No me gustó quebrantar nuestra norma, pero era una dama tan educada y amable que contesté a sus preguntas.

—¿Qué le preguntó?

Mi corazón ya se había acelerado, pero ahora se desbocó.

—Me preguntó quién estaba enterrado allí, y yo expliqué que era uno de nuestros primeros abades, y que reverenciamos su memoria. Después preguntó qué grandes cosas había hecho, y yo le expliqué que tenemos una leyenda —miró al abad, el cual asintió para animarle a continuar—, la leyenda de que vivió una vida de santidad, pero en la muerte tuvo la desgracia de recibir una maldición, de manera que se alzó de su tumba para atacar a los monjes, y su cuerpo tuvo que ser purificado. Después una rosa blanca creció en su corazón como muestra de que la Virgen le había perdonado.

—¿Por eso alguien se sienta siempre a su lado, para vigilarle? —pregunté enfurecido.

El abad se encogió de hombros.

—Honrar su recuerdo es una de nuestras tradiciones.

Me volví hacia el monje anciano, pero tuve que reprimir el deseo de retorcerle el pescuezo y ver teñirse de azul su cara.

—¿Le contó esto a mi esposa?

—Me interrogó acerca de nuestra historia, *monsieur*. No me pareció mal contestar a sus preguntas.

—¿Y qué le dijo ella?

El hombre sonrió.

—Me dio las gracias con su dulce voz y me preguntó mi nombre, y yo le dije que era *frère* Kiril.

Enlazó las manos sobre la cintura.

Tardé un momento en asimilar aquellos sonidos, pues el nombre me resultaba desconocido por el acento francés en la segunda sílaba, por aquel inocente *frère*. Después te estreché entre mis brazos para no dejarte caer.

—¿Ha dicho que se llama Kiril? ¿Me puede deletrear el nombre?

El atónito monje obedeció.

—¿De dónde sacó ese nombre? —pregunté. No podía evitar que mi voz temblara—. ¿Es su nombre verdadero? ¿Quién es usted?

El abad intervino, tal vez porque el anciano parecía muy perplejo.

—No es su nombre de pila —explicó—. Todos adoptamos un nombre cuando hacemos los votos. Siempre ha habido un Kiril, alguien siempre lleva este nombre, y un *frère* Michel, ése de ahí...

—¿Me está diciendo que hubo un hermano Kiril antes que él, y también otro antes? —pregunté al tiempo que te sujetaba con fuerza.

—Oh, sí —dijo el abad, claramente perplejo por mi feroz interrogatorio—. A lo largo de toda nuestra historia, por lo que nosotros sabemos. Estamos orgullosos de nuestras tradiciones. No nos gustan las costumbres nuevas.

—¿Cuál es el origen de esta tradición?

A estas alturas, casi me había puesto a gritar.

—No lo sabemos, *monsieur* —dijo el abad en tono paciente—. Siempre ha existido.

Me acerqué a él y nuestras narices casi se tocaron.

—Quiero que abra el sarcófago de la cripta —dije.

El hombre retrocedió, estupefacto.

—¿Qué está diciendo? No podemos hacer eso.

—Acompáñeme. Tenga —Te deposité en los brazos del joven monje que nos había enseñado el monasterio el día anterior—. Haga el favor de sostener a mi hija. —Te cogió, sin tanta torpeza como yo esperaba, y te sostuvo en brazos. Tú te pusiste a llorar—. Venga —dije al abad. Le arrastré hacia la cripta e indiqué a los monjes con un gesto que no nos siguieran. Bajamos los peldaños a toda prisa. En el gélido agujero, donde el hermano Kiril había dejado dos velas ardiendo, me volví hacia el abad—. No es necesario que cuente a nadie esto, pero debo ver el interior del sarcófago. —Hice una pausa para dotar de mayor énfasis a mis palabras—. Si no me ayuda, descargaré todo el peso de la ley sobre su monasterio.

Me lanzó una mirada (¿de miedo?, ¿de resentimiento?, ¿de compasión?) y se encaminó a un extremo del sarcófago. Juntos deslizamos a un lado la pesada losa, lo suficiente para atisbar en el interior. Alcé una vela. El sarcófago estaba vacío. El abad abrió los ojos sorprendido y volvió a colocar la losa en su sitio con un enérgico empujón. Nos miramos. Tenía un hermoso y astuto rostro galo, que en otras circunstancias me habría gustado muchísimo.

—Le ruego que no diga nada de esto a los hermanos —susurró, y luego se volvió y subió la escalera.

Le seguí, mientras me esforzaba por decidir qué debía hacer a continuación. Volveríamos de inmediato a Les Bains, concluí, y avisaríamos a la policía. Tal vez Helen había decidido volver a París antes que nosotros (aunque no podía imaginar por qué), o incluso a casa. Notaba un terrible martilleo en los oídos, el corazón en la garganta, el sabor de la sangre en la boca.

Cuando volví a entrar en los claustros, donde el sol estaba bañando la fuente y los pájaros cantaban sobre el antiguo pavimento, supe lo que había ocurrido. Había intentado durante una hora no pensar en ello, pero ahora casi no necesitaba ya la noticia, la escena de los dos monjes que corrían hacia el abad dando voces. Recordé que los había enviado a buscar extramuros, en los huertos, en los bosquecillos de árboles secos, en los afloramientos rocosos. Acababan de emerger de la ladera empinada, y uno de ellos señalaba hacia el borde del claustro donde Helen y yo nos habíamos sentado el día anterior, contigo en medio, y contemplado el abismo insondable.

—¡Señor abad! —gritó uno, como si no se atreviera a hablarme—. ¡Señor abad, hay sangre en las rocas! ¡Allí abajo!

No existen palabras para momentos como ése. Corrí hacia el borde de los claustros, aferrado a ti, sintiendo tu mejilla suave como un pétalo contra mi cuello. Mis primeras lágrimas se estaban agolpando en los ojos, ardientes y amargas como nunca. Miré por encima del muro bajo. En un afloramiento rocoso que había a unos cinco metros más abajo, distinguí una mancha escarlata, no muy grande pero inconfundible bajo el sol de la mañana. Más allá bostezaba el abismo, se elevaba la niebla, las águilas cazaban, las montañas caían hacia sus raíces. Corrí en dirección a la puerta principal y salí. El precipicio era tan empinado que, aunque no te hubiera sujetado, jamás habría podido bajar hasta el primer afloramiento. Me quedé mirando, invadido por una sensación de pérdida, en aquella hermosa mañana. Entonces me alcanzó el dolor, un fuego indecible.

77

Me quedé tres semanas en Le Bains y en el monasterio, registrando despeñaderos y bosques con la policía local y un equipo llegado desde París. Mis padres volaron a Francia y dedicaron horas a jugar contigo, a darte de comer, a empujar tu cochecito por la ciudad. Creo que era eso lo que hacían. Llené formularios en oficinas lentas y pequeñas. Hice llamadas telefónicas inútiles, buscando palabras francesas que expresaran la urgencia de mi pérdida. Día tras día recorrí los bosques que se extendían al pie del precipicio, a veces en compañía de un detective de expresión fría y su equipo, a veces solo con mis lágrimas.

Al principio sólo deseaba ver a Helen viva, caminando hacia mí con su habitual sonrisa severa, pero al final me contenté con el amargo anhelo de recobrar su forma rota, con la esperanza de toparme con ella entre las rocas y los arbustos. Si podía llevarme su cuerpo a casa (o a Hungría, pensaba a veces, aunque cómo lograría entrar en la Hungría controlada por los soviéticos era un enigma), me quedaría algo de ella que honrar, que enterrar, alguna manera de terminar con esto y estar a solas con mi dolor. Casi no quería admitir que quería recuperar su cuerpo por otro motivo, para asegurarme de que su muerte había sido completamente natural, o por si era preciso que le prestara el mismo servicio que a Rossi. ¿Por qué no podía encontrar su cuerpo? A veces, sobre todo por las mañanas, pensaba que sólo se había caído, que nunca nos habría dejado a propósito. Entonces podía creer que tenía una especie de tumba inocente y elemental en el bosque, aunque jamás pudiera encontrarla. Pero por la tarde sólo recordaba sus depresiones, sus extraños estados de ánimo.

Sabía que la lloraría el resto de mi vida, pero la ausencia de su cuerpo me atormentaba. El médico de la localidad me dio tranquilizantes, que tomaba de noche para poder dormir y hacer acopio de fuerzas para volver a registrar los bosques al día siguiente. Cuando la policía se dedicaba a otros asuntos, buscaba solo. A veces descubría objetos diversos en la maleza: piedras, chimeneas derrumbadas, y en una ocasión parte de una gárgola rota. ¿Habría caído hasta el mismo lugar que Helen? Quedaban pocas gárgolas en las murallas del monasterio.

Por fin, mis padres me convencieron de que no podía continuar así indefinidamente, de que debía llevarte a Nueva York una temporada, de que siempre podía regresar y volver a investigar. Se había dado la alerta a todas las policías de Europa, por mediación de la francesa. Si Helen estaba viva (decían en tono tranquilizador), alguien la encontraría. Al final, me rendí no debido a esos consuelos, sino a causa del bosque en sí mismo, de la meteórica profundidad de los riscos, de la densidad de la maleza, que desgarraba mi chaqueta y pantalones cuando me abría paso entre ella, del terrible tamaño y altura de los árboles, del silencio que me rodeaba siempre que paraba de moverme y buscar y me quedaba quieto unos minutos.

Antes de irnos, le pedí al abad que rezara una oración por Helen en el sitio desde donde había saltado. Llevó a cabo una ceremonia, con todos los monjes congregados a su alrededor, alzando al aire un objeto ritual tras otro (me daba igual lo que fueran en realidad) y cantando a una inmensidad que se tragó su voz al instante. Mis padres estaban a mi lado, mi madre se enjugaba las lágrimas, y tú te removías en mis brazos. Yo te sujetaba con fuerza. Durante aquellas semanas casi había olvidado la suavidad de tu pelo oscuro, la fuerza de tus piernas rebeldes. Por encima de todo, estabas viva. Respirabas contra mi barbilla y tu bracito rodeaba mi cuello, como en señal de camaradería. Cuando un sollozo me estremecía, me agarrabas del pelo, tirabas de mi oreja. Contigo en brazos, juré que intentaría recobrar algo de vida, una especie de vida.

78

Barley y yo nos miramos. Al igual que las cartas de mi padre, las postales de mi madre se interrumpían sin proporcionarme demasiada información sobre el presente. Lo principal, lo que se había grabado a fuego en mi cerebro, eran las fechas. Mi madre las había escrito después de su muerte.

—Mi padre ha ido al monasterio —dije.

—Sí —contestó Barley. Recogí las postales y las dejé sobre el sobre de mármol de la cómoda.

—Vámonos —dije. Busqué en mi bolso, saqué el pequeño cuchillo de plata de su funda y lo guardé con sumo cuidado en el bolsillo.

Barley se inclinó y me besó en la mejilla.

—Vámonos —dijo.

La ruta hasta Saint-Matthieu era más larga de lo que yo recordaba, polvorienta y calurosa incluso al atardecer. No había taxis en Les Bains (al menos ninguno a la vista), de modo que nos fuimos a pie, caminando a buen paso a través de tierras de labranza onduladas hasta llegar a la linde del bosque. Desde allí la carretera empezaba a ascender. Internarse en el bosque, con su mezcla de olivos y pinos, sus altísimos robles, era como entrar en una catedral. El ambiente era oscuro y fresco, y bajamos la voz, aunque no habíamos hablado mucho. Yo tenía hambre, pese a mi angustia. No habíamos esperado al café del jefe de comedor. Barley se quitó la gorra de algodón que llevaba y se secó la frente.

—No habría sobrevivido a una caída —dije una vez, pese al nudo que sentía en la garganta.

—No.

—Mi padre nunca se preguntó, al menos en sus cartas, si alguien la empujó.

—Eso es cierto —reconoció Barley, y se volvió a encasquetar la gorra.

Yo guardé silencio un rato. El único sonido que se oía era el de nuestros pies sobre el pavimento irregular (en este punto, la carretera aún estaba pavimentada). Yo no quería decir estas cosas, pero se iban acumulando en mi interior.

—El profesor Rossi escribió que el suicidio pone a la persona en peligro de convertirse en un..., de convertirse...

—Me acuerdo —se limitó a decir Barley. Ojalá no hubiera hablado. La carretera serpenteaba hacia arriba—. Tal vez pasará alguien en coche —añadió.

Pero no apareció ningún coche y nosotros aceleramos el paso, de modo que al cabo de un rato jadeábamos en lugar de hablar. Los muros del monasterio me pillaron por sorpresa cuando salimos del bosque y doblamos el último recodo. Yo no me acordaba del recodo, ni del súbito claro en el pico de la montaña, rodeados por la enorme noche. Apenas recordaba la zona llana y polvorienta situada bajo la puerta principal, donde hoy no había coches aparcados. ¿Dónde estaban los turistas?, me pregunté. Un momento después nos acercamos lo bastante para leer el letrero: estaban en obras, ese mes estaba cerrado al público. No fue suficiente para que amináráramos el paso.

—Vamos —dijo Barley. Tomó mi mano, y yo me alegré muchísimo. La mía había empezado a temblar.

Los muros que rodeaban la puerta estaban adornados ahora con andamios. Una mezcladora de cemento portátil (¿cemento aquí?) se interponía en nuestro camino. Las puertas de madera estaban cerradas, pero no con llave, tal como descubrimos cuando tanteamos la anilla de hierro con manos cautelosas. No me gustaba entrar sin permiso. No me gustaba el hecho de que no viéramos ni rastro de mi padre. Tal vez estaba todavía en Les Bains, o en otro sitio. ¿Estaría explorando el pie del precipicio como años antes, cientos de metros más abajo, fuera de nuestro ángulo de visión? Empecé a arrepentirme de nuestro impulso de ir directamente al monasterio. Para colmo, aunque debía faltar una hora para el verdadero ocaso, el sol se estaba ocultando tras los Pirineos a marchas forzadas, por detrás de los picos más altos. El bosque del que acabábamos de salir estaba ya envuelto en sombras espesas, y el último color del día no tardaría en abandonar los muros del monasterio.

Entramos con sigilo, en dirección al patio y los claustros. La fuente de mármol rojo burbujeaba de manera audible en el centro. Descubrí las delicadas columnas en forma de sacacorchos que recordaba, los largos claustros, la rosaleda al final. La luz dorada había desaparecido, sustituida por sombras de un umbrío profundo. No se veía a nadie.

—¿Crees que deberíamos volver a Les Bains? —susurré a Barley.

Estaba a punto de contestar cuando captamos un sonido, unos cánticos, procedente de la iglesia, al otro lado del claustro. Sus puertas estaban cerradas, pero oímos que se estaba celebrando un servicio religioso, con intervalos de silencio.

—Todos están ahí dentro —dijo Barley—. Tal vez tu padre también.

Pero yo abrigaba mis dudas.

—Si está aquí, lo más probable es que haya bajado...

Callé y paseé la mirada alrededor del patio. Habían transcurrido casi dos años desde la última vez que había estado allí con mi padre (mi segunda visita, como sabía ahora), y por un momento no logré acordarme de dónde estaba la entrada de la cripta. De pronto, vi el umbral, como si se hubiera abierto en el cercano muro de los claustros sin que yo me diera cuenta. Recordé entonces los peculiares animales tallados en piedra: grifos y leones, dragones y aves, animales extraños que era incapaz de identificar, híbridos del bien y el mal.

Barley y yo miramos hacia la iglesia, pero las puertas estaban bien cerradas, y nos encaminamos con sigilo hacia la puerta de la cripta. Cuando paramos un momento bajo la mirada de aquellas bestias petrificadas, sólo pude ver las sombras a las que íbamos a descender, y mi corazón se encogió. Después recordé que mi padre podía estar allí abajo, tal vez en una situación terrible. Además, Barley sujetaba mi mano todavía, larguirucho y desafiante a mi lado. Casi esperaba oírle mascullar algo acerca de las cosas raras en que se metía mi familia, pero estaba tenso junto a mí, dispuesto a lo que fuera.

—No tenemos luz —susurró.

—Bien, pues no podemos entrar en la iglesia para coger una vela —señalé de forma innecesaria.

—Tengo mi encendedor.

Barley lo sacó del bolsillo. No sabía que fumaba. Lo encendió un segundo, lo sostuvo sobre los escalones y descendimos juntos hacia la oscuridad.

Al principio, la penumbra era casi absoluta, y bajamos a tientas los antiguos peldaños. Después vimos una luz que parpadeaba en las profundidades de la cripta (no se trataba del mechero de Barley, que encendía cada pocos segundos), y yo tenía un miedo tremendo. La luz espectral era aún peor que la oscuridad. Barley aferró mi mano hasta que la sentí quedarse sin vida. La escalera se curvaba al final, y cuando doblamos el último recodo, recordé que mi padre había dicho que ésa había sido la nave de la iglesia primitiva. Vimos el gran sarcófago de piedra del abad. Vimos la oscura cruz tallada en el antiguo ábside, la bóveda baja sobre nosotros, una de las primeras expresiones del románico de toda Europa.

Todo esto lo vi de refilón, porque en aquel preciso momento una sombra se desprendió de las sombras más profundas, al otro lado del sarcófago, y se incorporó: un hombre que sostenía un farol. Era mi padre. Su rostro aparecía demacrado a la luz fluctuante. Creo que nos vio en el mismo instante que nosotros le vimos a él.

—¡Dios mío! —Nos miramos—. ¿Qué estáis haciendo aquí? —preguntó en voz baja mirándonos a Barley y a mí, con el farol levantado ante nuestras caras. Su tono era feroz, henchido de ira, miedo, amor. Solté la mano de Barley y corrí hacia mi padre, rodeé el sarcófago y él me abrazó—. Jesús —dijo, y acarició mi pelo un segundo—. Éste es el último lugar donde deberías estar.

—Leímos el capítulo en el archivo de Oxford —susurré—. Tenía miedo de que estuvieras...

No pude terminar. Ahora que le había encontrado, y estaba vivo, y tenía el mismo aspecto de siempre, me sentía temblar de la cabeza a los pies.

—Salid de aquí —dijo, y luego me atrajo hacia sí—. No, es demasiado tarde... No quiero que salgas sola de este lugar. Faltan pocos minutos para que se ponga el sol. Coge esto —dirigió la luz hacia mí—, y tú, ayúdame con la losa —dijo a Barley.

Le obedeció al instante, aunque vi que sus rodillas también temblaban, y le ayudó a apartar la losa del gran sarcófago. Vi entonces que mi padre había apoyado una larga estaca contra la pared. Debía estar preparado para enfrentarse a un horror largo tiempo buscado en aquel ataúd de piedra, pero no para lo que vio. Levanté el farol, atrapada entre el deseo de mirar y el de no mirar, y todos contemplamos el espacio vacío, el polvo.

—Oh, Dios —dijo. Era una nota que nunca había percibido en su voz, un sonido de absoluta desesperación, y recordé que ya había contemplado antes ese vacío. Avanzó dando tumbos y oí que la estaca caía sobre la piedra con estruendo. Pensé que iba a llorar, o a mesarse los cabellos, inclinado sobre la tumba vacía, pero su dolor le había paralizado—. Dios —repitió, casi en un susurro—. Pensaba que había encontrado el lugar correcto, la fecha correcta, por fin... Pensaba...

No terminó, porque de las sombras del antiguo crucero, adonde no llegaba la menor luz, surgió una figura como nunca habíamos visto. Era una presencia tan extraña que no habría podido gritar aunque mi garganta no se hubiera cerrado al instante. Mi farol iluminó sus pies y piernas, un brazo y un hombro, pero no la cara oculta en las sombras, y yo estaba demasiado aterrorizada para levantar más la luz. Me encogí contra mi padre, al igual que Barley, de manera que todos nos parapetamos más o menos tras la barrera del sarcófago vacío.

La figura se acercó un poco más y se detuvo, sin mostrar todavía la cara. Para entonces ya había visto que tenía la forma de un hombre, pero no se movía como un ser humano. Iba calzado con botas negras estrechas, diferentes de una manera indescriptible de cualquier bota que hubiera visto hasta entonces, y pisaron el suelo en silencio cuando la figura avanzó. Alrededor de ellas caía una capa, o tal vez una sombra más amplia, y sus poderosas piernas estaban envueltas en terciopelo oscuro. No era tan alto como mi padre, pero sus hombros, bajo la pesada capa, eran anchos, y su contorno borroso proyectaba la impresión de una estatura superior. La capa debía tener una capucha, porque su rostro era una sombra. Después de aquel segundo horroroso, vi sus manos, blancas como el hueso en contraste con sus ropas oscuras, con un anillo incrustado de joyas en un dedo.

Era tan real, estaba tan cerca de nosotros, que yo no podía respirar. De hecho, empecé a pensar que, si podía obligarme a caminar hacia él, sería capaz de volver a respirar, y después empecé a desear acercarme un poco más. Palpé el cuchillo de plata en mi bolsillo, pero nada habría podido convencerme de empuñarlo. Algo brillaba donde debía estar su cara (¿ojos enrojecidos, dientes, una sonrisa?), y después habló con un borbollón de palabras. Lo llamo borbollón porque nunca había oído un sonido semejante, un caudal gutural de palabras que habrían podido ser muchos idiomas a la vez, o un idioma extraño que yo nunca había oído. Al cabo de un momento se resolvió en palabras que podía entender, y experimenté la sensación de que eran palabras que conocía con mi sangre, no con mis oídos.

—*Buenas noches. Le felicito.*

Al oír esto mi padre pareció volver a la vida. No sé cómo encontró fuerzas para hablar.

—¿Dónde está ella? —gritó. Su voz tembló de miedo y furia.

—*Es usted un estudioso extraordinario.*

No sé por qué, pero en aquel momento dio la impresión de que mi cuerpo se movía hacia él por voluntad propia. Mi padre levantó la mano casi al mismo tiempo y me agarró con fuerza, de manera que el farol osciló y sombras y luces terribles bailaron alrededor de nosotros. En aquel segundo de luz, vi un detalle de la cara de Drácula, tan sólo una curva del caído bigote moreno, un pómulo que habría podido ser un hueso desnudo.

—*Ha sido el más decidido de todos. Venga conmigo y le proporcionaré conocimientos suficientes para diez mil vidas.*

Yo aún no sabía cómo podía entenderle, pero pensé que estaba interpelando a mi padre.

—¡No! —grité.

Estaba tan aterrorizada por haber hablado a la figura que, por un momento, sentí que la conciencia oscilaba en mi interior. Intuí que la presencia nos estaba sonriendo, aunque no podía ver su cara con claridad.

—*Venga conmigo, o deje que venga su hija.*

—¿Qué? —me preguntó mi padre, en voz casi inaudible. Fue entonces cuando comprendí que no entendía las palabras de Drácula, y tal vez ni siquiera podía oírle. Mi padre estaba reaccionando a mi grito.

Dio la impresión de que la figura reflexionaba un momento en silencio. Removió sus extrañas botas sobre la piedra. Algo en su forma, bajo los antiguos ropajes, no sólo era espantoso, sino elegante, una vieja costumbre del poder.

—*He esperado mucho tiempo a un estudioso de su talento.*

La voz era suave, infinitamente peligrosa. Parecía que la oscuridad surgiera de la oscura figura.

—*Venga conmigo por voluntad propia.*

Ahora tuve la impresión de que mi padre se inclinaba un poco hacia delante, sin soltar mi brazo. Por lo visto, intuía lo que no podía entender. Los hombros de Drácula se agitaron. Desplazó su terrible peso de un pie al otro. La presencia de su cuerpo era como la presencia de la muerte, pero estaba vivo y se movía.

—*No me haga esperar. Si no viene, yo iré a por usted.*

En aquel momento tuve la impresión de que mi padre hacía acopio de fuerzas.

—¿Dónde está ella? —gritó—. ¿Dónde está Helen?

La figura se irguió en toda su estatura y vi un destello colérico de dientes, hueso, ojo, la sombra de la capucha que oscilaba de nuevo sobre su rostro, su mano inhumana apretada al borde de la luz. Me llegó la terrible sensación de un animal dispuesto a saltar, a lanzarse sobre nosotros, incluso antes de que se moviera. Después oímos unas pisadas en la escalera, detrás de él, y percibimos un movimiento fugaz en el aire, porque no pudimos verlo. Levanté el farol con un chillido que se me antojó ajeno a mí, y vi la cara de Drácula, que nunca podré olvidar. Después, ante mi estupor, vi otra figura de pie a su espalda. Esta segunda persona acababa de bajar la escalera, una forma oscura y rudimentaria como la de él, pero más voluminosa, con el perfil de un hombre vivo. El hombre se movía con rapidez y portaba algo brillante en su mano alzada, pero Drácula ya había advertido su presencia, de modo que se volvió con la mano extendida y alejó de un empellón al hombre. La fuerza de Drácula debía ser prodigiosa, porque de repente la poderosa figura humana se estrelló contra la pared de la cripta. Oímos un golpe sordo y después un gemido. Drácula se volvió hacia nosotros y después hacia el hombre que gemía.

De repente se oyeron nuevos pasos en la escalera, esta vez más ligeros, acompañados por el haz de una potente linterna. Habían sorprendido a Drácula, quien se volvió demasiado tarde, una mancha de oscuridad. Alguien inspeccionó la escena a toda prisa con la luz, levantó un brazo y efectuó un disparo.

Drácula no se movió tal como yo había esperado un momento

antes, sino que en lugar de abalanzarse sobre nosotros osciló, primero hacia atrás, de modo que su rostro pálido y cincelado se reveló un momento, y después hacia adelante, hasta que se oyó un golpe sobre la piedra, un ruido como el de huesos al romperse. Fue presa de convulsiones un segundo y luego se quedó inmóvil. A continuación dio la impresión de que su cuerpo se transformaba en polvo, en nada, incluso sus ropajes se pudrían a su alrededor, marchitos a la luz desconcertante.

Mi padre bajó el brazo y corrió hacia el haz de la linterna, con cuidado de no pisar la masa que cubría el suelo.

—Helen —gritó. O tal vez lloró su nombre, o lo susurró.

Barley también echó a correr, y se apoderó del farol de mi padre. Un hombretón yacía sobre las baldosas con un cuchillo a su lado.

—Oh, Elspeth —dijo una quebrada voz inglesa. Manaba un poco de sangre oscura de su cabeza, y mientras mirábamos paralizados de horror, sus ojos se inmovilizaron.

Barley se arrojó junto a la forma destrozada. Pensé que se debatía entre la sorpresa y el dolor.

—¿Master James?

79

El hotel de Les Bains contaba con un salón de techo alto provisto de chimenea, y el jefe de comedor había encendido el fuego y cerrado las puertas con testarudez a los demás huéspedes.

—Su excursión al monasterio les ha agotado —fue lo único que dijo, al tiempo que dejaba una botella de coñac y copas al lado de mi padre, cinco copas, observé, como si nuestro compañero ausente aún estuviera con nosotros, pero deduje, por la mirada que mi padre y él intercambiaron, que sabía más de lo que aparentaba.

El jefe de comedor se había pasado toda la noche colgado del teléfono y había allanado la situación con la policía, que sólo nos había interrogado en el hotel, para luego dejarnos en paz bajo su benévola vigilancia. Yo sospechaba que también se había tomado la molestia de llamar al depósito de cadáveres o a una funeraria. Ahora que todas las autoridades se habían marchado, me senté en el cómodo sofá de damasco con Helen, que me acariciaba el pelo cada pocos minutos, y procuré no imaginar el rostro bondadoso y la forma robusta de Master James bajo una sábana. Mi padre estaba sentado en una mullida butaca junto al fuego y la miraba, nos miraba. Barley había apoyado sus largas piernas sobre una otomana y se esforzaba, pensé, en no mirar el coñac, hasta que mi padre recobró la serenidad y nos sirvió una copa a cada uno. Los ojos de Barley estaban rojos a causa de llorar en silencio, pero me dio la impresión de que no deseaba que le molestaran. Cuando le miré, mis ojos se llenaron de lágrimas un momento, sin que pudiera controlarlas.

Mi padre miró a Barley y pensé por un momento que él también se iba a poner a llorar.

—Era muy valiente —dijo mi padre en voz baja—. Sabes muy bien que, al atacarle, concedió a Helen la oportunidad de dispararle. No habría podido atravesarle el corazón si el monstruo no hubiera estado distraído. Creo que James, en el último momento, supo que su intervención había sido decisiva. Y vengó a la persona que más quería... y a muchas más.

Barley asintió, todavía incapaz de hablar, y se hizo un breve silencio.

—Te prometí que te lo contaría todo cuando pudiéramos encontrar un momento de tranquilidad —dijo Helen por fin, y dejó la copa sobre la mesa.

—¿Están seguros de que no quieren que los deje solos? —preguntó Barley a regañadientes.

Helen rió, y me sorprendió la melodía de su carcajada, tan diferente de su voz cuando hablaba. Incluso en aquella habitación llena de dolor, su risa no parecía fuera de lugar.

—No, no, querido —dijo a Barley—. Tú también tienes que conocer la historia completa.

Me encantaba su acento, el inglés áspero pero al mismo tiempo dulce que me daba la impresión de conocer desde tiempo inmemorial. Era una mujer alta y delgada vestida de negro, con un vestido algo pasado de moda, y una masa de rizos grises alrededor de la cabeza. Su rostro era sorprendente: arrugado, ajado, pero de ojos juveniles. Verla me impresionaba cada vez que volvía la cabeza, no sólo porque estaba a mi lado, real, sino porque siempre había imaginado a una Helen joven. Nunca había incluido en mi imaginación los años de separación.

—Contar toda la historia llevará mucho tiempo —dijo en voz baja—, pero al menos os adelantaré algunas cosas. En primer lugar, que lo siento. Os he causado mucho dolor, Paul, lo sé. —Miró a mi padre. Barley se removió, violento, pero ella le detuvo con un gesto firme—. Yo me causé a mí misma un dolor todavía mayor. En segundo lugar, ya tendría que habéroslo dicho, pero ahora nuestra hija —su sonrisa era dulce y brillaban lágrimas en sus ojos—, nuestra hija y nuestros amigos pueden ser mis testigos. Estoy viva, no soy una No Muerta. No me atacó por tercera vez.

Quise mirar a mi padre, pero ni siquiera me pude obligar a volver la cabeza. Era un momento que les pertenecía sólo a ellos. De todos modos, no le oí sollozar de manera audible.

Mi madre calló y tomó aliento.

—Paul, cuando fuimos a Saint-Matthieu y me enteré de sus tradiciones, el abad que se había levantado de entre los muertos y el hermano Kiril que le vigilaba, estaba desesperada, y también era presa de una terrible curiosidad. Creía que no era una coincidencia que quisiera ver ese lugar, que ardiera en deseos de visitarlo. Antes de ir a Francia, había realizado algunas investigaciones en Nueva York, sin decírtelo, Paul, con la esperanza de descubrir el segundo escondite de Drácula y vengar la muerte de mi padre. Pero nunca había visto algo semejante a Saint-Matthieu. Mi anhelo de ir a verlo empezó cuando leí la referencia de tu guía. Era un simple anhelo, sin la menor base académica.

Paseó la mirada por la habitación, y su hermoso perfil adoptó una postura lánguida.

—Había reanudado mi investigación en Nueva York porque pensaba que yo había sido la causante de la muerte de mi padre, debido a mi deseo de superarle, de revelar la traición cometida contra mi madre, y no podía soportar la idea. Después empecé a pensar que era mi sangre malvada, la sangre de Drácula, la culpable, y me di cuenta de que la había transmitido a mi hija, aunque parecía que yo me hubiese curado del contacto con los No Muertos.

Se detuvo para acariciar mi mejilla y tomar mi mano entre las suyas. Yo me estremecí debido a la cercanía de aquella mujer desconocida y familiar a la vez, apoyada contra mi hombro en el diván.

—Cada vez me sentía más indigna, y cuando oí la explicación que dio el hermano Kiril de la leyenda de Saint-Matthieu, pensé que no hallaría descanso hasta que averiguara algo más. Creía que si podía encontrar a Drácula y exterminarle, volvería a sentirme bien, a ser una buena madre, una persona con una nueva vida.

Después de que te durmieras, Paul, salí a los claustros. Había pensado en volver a la cripta otra vez con mi pistola para intentar abrir el sarcófago, pero llegué a la conclusión de que no podía hacerlo sola. Mientras me debatía entre despertarte o no, suplicarte que me ayudaras, me senté en el banco del claustro y miré el precipicio. Sabía que no debía estar sola allí, pero el lugar me atraía. La luz de la luna era hermosa y la niebla trepaba por las paredes de las montañas.

Los ojos de Helen se desorbitaron de una manera extraña.

—Mientras estaba sentada allí, sentí que se me erizaba el vello de la nuca, como si algo me acechara. Me volví al instante, y al otro lado del claustro, el que no bañaba la luz de la luna, me pareció ver una figura oscura. Su rostro estaba en sombras, pero sentí, más que vi, su mirada clavada en mí. Bastaría un segundo para que extendiera las alas y me alcanzara, y yo estaba completamente sola en el parapeto. De repente me pareció oír voces, voces agonizantes en mi cabeza que me advertían de que jamás podría vencer a Drácula, de que este mundo era de él, no mío. Me decían que saltara mientras aún era yo, y me puse en pie como una sonámbula y salté.

Se sentó muy tiesa y clavó la mirada en el fuego. Mi padre se tapó la cara con la mano.

—Deseaba lanzarme en caída libre como Lucifer, como un ángel, pero no había visto aquellas rocas. Caí sobre ellas y me hice cortes en la cabeza y los brazos, pero también había un amplio colchón de hierba, así que no me maté ni me rompí ningún hueso. Al cabo de unas horas desperté en el frío de la noche, sentí sangre alrededor de mi cara y mi cuello, vi la luna que se ponía y el precipicio. Dios mío, si hubiera rodado en lugar de perder el conocimiento... —Hizo una pausa—. Sabía que no podía explicarte lo que había intentado hacer, y la vergüenza cayó sobre mí como una especie de locura. Pensé que, a partir de ese momento, ya no podría ser digna de ti y de nuestra hija. Cuando reuní fuerzas me levanté y descubrí que no había sangrado mucho. Aunque me dolía todo el cuerpo, no me había roto nada y me di cuenta de que él no se había abalanzado sobre mí. Me habría dado por perdida cuando salté. Me sentía muy débil y me costó andar, pero rodeé los muros del monasterio y bajé por la carretera en la oscuridad.

Pensé que mi padre se pondría a llorar otra vez, pero guardó silencio, sin apartar ni un momento los ojos de los de mi madre.

—Salí al mundo. No fue tan difícil. Había cogido el bolso, por pura costumbre, supongo, y porque en él guardaba la pistola y las balas de plata. Recuerdo que casi reí cuando lo descubrí todavía colgado del brazo, en el precipicio. También llevaba dinero, un montón en el forro, y lo utilicé con prudencia. Mi madre siempre llevaba encima todo su dinero. Supongo que son costumbres aldeanas. Nunca confió en los bancos. Mucho más tarde, cuando necesité más, lo saqué de nuestra cuenta de Nueva York e ingresé una parte en un banco suizo. Después me fui de Suiza a toda prisa por si intentabas seguir mi rastro, Paul. ¡Ay, perdóname! —exclamó de repente, y apretó más mis dedos. Supe que se refería al hecho de haberse ausentado, no al de haber dispuesto de ese dinero.

Mi padre apretó sus manos.

—Ese reintegro en metálico me insufló esperanza unos meses, o al menos me dio que pensar, pero mi banco no pudo seguir tu rastro. Recuperé el dinero.

Pero a ti no, podría haber añadido, aunque no lo hizo. Su rostro brillaba, alegre y cansado.

Helen bajó la vista.

—En cualquier caso, encontré un lugar donde quedarme unos días, lejos de Les Bains, hasta que mis heridas cicatrizaron. Me escondí hasta poder salir de nuevo al mundo.

Se llevó los dedos a la garganta y vi la pequeña cicatriz blanca en la que ya había reparado tantas veces.

—En el fondo, sabía que Drácula no me había olvidado, y que volvería a buscarme. Llené mis bolsillos de ajos y mi mente de fuerza. No me separaba de mi pistola, ni de mi cuchillo, ni de mi crucifijo. En todos los pueblos donde paraba iba a la iglesia y pedía la bendición, aunque a veces, cuando entraba, me dolía la vieja herida. Siempre llevaba el cuello tapado. Al final me corté más el pelo y me lo teñí, cambié mi forma de vestir, me puse gafas de sol. Durante mucho tiempo me mantuve alejada de las ciudades, y después, poco a poco, empecé a frecuentar los archivos donde siempre había deseado investigar.

»Fui muy minuciosa. Le encontraba allí donde iba: Roma, en la década de 1620; Florencia, bajo los Médici; Madrid; París durante la Revolución. A veces era un informe sobre una extraña epidemia, a veces un brote de vampirismo en algún cementerio, el de Père Lachaise, por ejemplo. Daba la impresión de que siempre le gustaban los escribas, los archivistas, los bibliotecarios, los historiadores, cualquiera que rebuscara en el pasado por mediación de los libros. Intenté deducir a partir de sus movimientos dónde se hallaba su nueva tumba, dónde se había escondido después de que descubriéramos su tumba de Sveti Georgi, pero no hallé ningún dato concreto. Pensaba que una vez que le descubriera, una vez que le matara, volvería y os diría que el mundo era seguro. Os ganaría para mí. Vivía en el terror de que me encontrara antes que yo a él. Y a todas partes adonde iba os echaba de menos... Me sentía tan sola...

Tomó mi mano de nuevo y la acarició como una adivina, y yo sentí, bien a mi pesar, una oleada de ira por todos aquellos años sin ella.

—Por fin pensé que, aunque fuera indigna de ti, quería verte. A los dos. Ya había leído sobre tu fundación en los periódicos, Paul, y sabía que estabas en Amsterdam. No fue difícil localizarte, o sentarme en un café cerca de tu despacho, o seguirte en un viaje o dos, con mucha cautela. Nunca me dejé ver, por temor a que me vieras. Iba y venía. Si mi investigación marchaba bien, me permitía una visita a Amsterdam y te seguía desde allí. Un día, en Italia, en Monteperduto, le vi en la *piazza*. Te estaba siguiendo, vigilando. Fue cuando comprendí que él había adquirido suficiente energía para pasear a plena luz del día. Sabía que estabas en peligro, pero pensé que si te advertía, tal vez el peligro fuera mayor aún. Al fin y al cabo, podía estar siguiéndome a mí, no a ti, o intentando que yo lo condujera hasta ti. Era una agonía. Sabía que debías haber vuelto a iniciar otra investigación, que debías estar interesado en él de nuevo, y por eso habías atraído su atención. No sabía que hacer.

—Fue... culpa mía —murmuré, al tiempo que apretaba su mano arrugada—. Yo encontré el libro.

Me miró un momento con la cabeza ladeada.

—Tú eres historiadora —dijo al cabo de un momento. No era una pregunta. Suspiró—. Durante varios años, te he estado escribiendo postales, hija mía..., sin enviarlas, por supuesto. Un día pensé que podría comunicarme con los dos desde lejos, para informaros de que estaba viva sin permitir que nadie más me viera. Las envié a Amsterdam, a tu casa, en un paquete dirigido a Paul.

Esta vez me volví hacia mi padre, asombrada y enfurecida.

—Sí —me dijo con tristeza—. Pensé que no te las podía enseñar, no podía disgustarte sin antes haber encontrado a tu madre. Ya puedes imaginar lo duro que fue ese tiempo para mí.

Lo imaginaba. Recordé de repente su terrible fatiga en Atenas, la noche que le había visto con aspecto de cadáver en el escritorio de su habitación. Pero sonrió, y comprendí que ahora sonreiría cada día.

—Ah.

Ella también sonrió. Vi profundas arrugas en las comisuras de su boca y alrededor de sus ojos.

—Y empecé a buscarte... y a él.

La sonrisa de mi padre se tornó grave.

Ella le estaba mirando.

—Y después comprendí que debía abandonar mi investigación y seguirle mientras os seguía. Te vi a veces y descubrí que estabas investigando otra vez. Te veía entrar en las bibliotecas, Paul, o salir de ellas, y deseaba comunicarte todo cuanto había averiguado. Después fuiste a Oxford. No había viajado a Oxford en el curso de mis investigaciones, aunque había leído que habían padecido una epidemia de vampirismo a finales de la Edad Media. En Oxford dejaste un libro abierto...

—Lo cerró cuando me vio entrar —intervine.

—Y a mí —dijo Barley con su luminosa sonrisa. Era la primera vez que hablaba, y me alivió comprobar que todavía parecía risueño.

—Bien, la primera vez que lo examinó se olvidó de cerrarlo.

Helen nos guiñó el ojo.

—Tienes razón —dijo mi padre—. Ahora que lo pienso, me olvidé.

Helen se volvió hacia él con una sonrisa encantadora.

—¿Sabes que nunca había visto ese libro, *Vampires du Moyen Âge*?

—Un clásico —dijo mi padre—. Pero muy raro.

—Creo que Master James debió verlo también —dijo Barley poco a poco—. Le vi allí poco después de que le sorprendiéramos en su investigación, señor. —Mi padre puso una expresión de perplejidad—. Sí —dijo Barley—, había dejado mi impermeable en la planta baja de la biblioteca, y volví a buscarlo menos de una hora después. Vi a Master James saliendo de la cripta de la galería, pero él no me vio. Me pareció muy preocupado, como contrariado y distraído. Pensé en eso cuando decidí telefonearle.

—¿Llamaste a Master James? —Yo también estaba sorprendida, casi indignada—. ¿Cuándo? ¿Por qué?

—Le llamé desde París porque me acordé de algo —dijo Barley, y estiró las piernas. Tuve ganas de rodearle el cuello con el brazo, pero no delante de mis padres. Me miró—. En el tren te dije que estaba intentando recordar algo, algo acerca de Master James, y cuando llegamos a París me vino a la cabeza. En una ocasión había visto una carta sobre su escritorio, cuando estaba guardando unos papeles. Un sobre, de hecho, y me gustó el sello, de modo que lo examiné con más detenimiento.

»Era de Turquía, y antiguo, por eso miré el sello, y bien, llevaba un matasellos de veinte años antes; la carta era de un tal profesor Bora, y pensé que algún día me gustaría tener un gran escritorio y recibir cartas de todas partes del mundo. El apellido Bora me llamó la atención, incluso entonces. Sonaba muy exótico. No abrí el sobre ni leí la carta, por supuesto —se apresuró a añadir Barley—. Nunca lo habría hecho.

—Pues claro que no.

Mi padre resopló con suavidad, pero me pareció ver que sus ojos brillaban con afecto.

—Bien, cuando bajamos del tren en París, vi a un anciano en el andén, creo que musulmán, con un gorro rojo oscuro provisto de una enorme borla y una blusa larga, como un bajá otomano, y de repente recordé la carta. Después recordé la historia de tu padre. Ya sabes, el nombre del profesor turco —me dirigió una mirada sombría—, y fui a buscar un teléfono. Comprendí que Master James también estaba participando en la cacería.

—¿Dónde estaba yo? —pregunté celosa.

—En el lavabo, supongo. Las chicas siempre están en el lavabo. —Podría haberme enviado un beso, pero no estábamos solos—. Master James se enfadó mucho conmigo, pero cuando le conté lo que estaba pasando, dijo que siempre podría contar con él. —Los labios rojos de Barley temblaron un poco—. No me atreví a preguntarle qué quería decir, pero ahora lo sabemos.

—Sí —coreó mi padre con tristeza—. Debió efectuar sus cálculos a partir de ese libro antiguo, y se dio cuenta de que habían transcurrido dieciséis años menos una semana desde la última visita de Drácula a Saint-Matthieu. Entonces debió comprender adónde me dirigía yo. De hecho, debía estar vigilándome cuando fue al rincón de los libros raros. En Oxford me preguntó varias veces por mi salud y mi estado de ánimo. Yo no quería arrastrarle a mi investigación, sabiendo los peligros que implicaba.

Helen asintió.

—Sí. Supongo que debí llegar antes que él. Encontré el libro abierto y efectué los cálculos, y después oí a alguien en la escalera y me escabullí en dirección contraria. Al igual que nuestro amigo, comprendí que ibas a venir a Saint-Matthieu, Paul, con la intención de encontrarme y encontrar al monstruo, y viajé con la mayor rapidez posible. Pero no sabía qué tren tomarías, y tampoco sabía que nuestra hija te pisaba los talones.

—Te vi — dije asombrada.

Me miró, y aparcamos el tema de momento. Habría mucho tiempo para hablar. Vi que estaba cansada, que todos estábamos agotados, que ni siquiera podíamos empezar a expresar nuestra alegría por el triunfo logrado aquella noche. ¿Era el mundo más seguro porque estábamos todos juntos o porque él había desaparecido definitivamente de la faz de la tierra? Imaginé un futuro desconocido hasta aquel momento. Helen viviría con nosotros y apagaría las velas del comedor. Asistiría a mi graduación en el instituto y a mi primer día de universidad, y me ayudaría a vestirme el día de mi boda, si algún día me casaba. Nos leería en voz alta en el salón después de cenar, se uniría al mundo de nuevo y volvería a dar clases, me acompañaría a comprar zapatos y blusas, pasearía con su brazo alrededor de mi cintura.

No podía saber entonces que también se aislaría de nosotros en algunos momentos, que no hablaría durante horas, que se acariciaría el cuello o que una enfermedad cruel se la llevaría nueve años después, mucho antes de que nos hubiéramos acostumbrado a su regreso, aunque tal vez nunca nos habríamos acostumbrado a ello, nunca nos habríamos cansado de haber recuperado su presencia. No podía saber que nuestro último regalo sería saber que descansaba en paz, cuando habría podido ser al contrario, y que esta certeza sería desoladora y curativa para nosotros. Si hubiera sido capaz de prever todas estas cosas, habría sabido que mi padre desaparecería durante un día después del funeral, y que aquel pequeño cuchillo guardado en el armario de nuestro salón se iría con él, y que yo nunca le interrogaría al respecto.

Pero ante el hogar de Les Bains, los años que compartiríamos con ella se extendían ante nosotros como una bendición eterna. Empezaron pocos minutos después, cuando mi padre se levantó y me besó, estrechó la mano de Barley con momentáneo fervor y ayudó a Helen a levantarse del diván.

—Ven —dijo, y ella se apoyó en él, su historia terminada de momento, el rostro cansado pero dichoso. Acunó sus manos entre las de mi padre—. Vamos a la cama.

Epílogo

Hace un par de años se me presentó una extraña oportunidad, mientras me encontraba en Filadelfia para dar una conferencia, una reunión internacional de historiadores medievales. Nunca había estado en Filadelfia, y me intrigó el contraste entre nuestras reuniones, que exploraban un pasado monástico y feudal, y la dinámica metrópolis que nos rodeaba, con su historia más reciente de revolución y republicanismo esclarecedor. La vista desde mi habitación del piso catorce desplegaba una extraña mezcla de rascacielos y manzanas de casas del siglo XVII o XVIII, que parecían miniaturas a su lado.

Durante nuestras escasas horas de ocio, me escabullía de las interminables charlas acerca de objetos bizantinos para ver los auténticos en el magnífico Museo de las Artes, en el cual encontré el folleto de un pequeño museo y biblioteca literarios del centro, cuyo nombre había oído años atrás en labios de mi padre, y cuya colección tenía motivos para conocer. Era un lugar importante para los estudiosos de Drácula (cuyo número, por supuesto, había aumentado de manera considerable desde la primera investigación de mi padre), así como para muchos archivos de Europa. Recordé que allí era posible ver las notas de Bram Stoker para *Drácula*, seleccionadas de fuentes conservadas en la biblioteca del Museo Británico, y también un importante folleto medieval. La oportunidad era irresistible. Mi padre siempre había deseado ver esa colección. Me disponía a dedicarle una hora en su recuerdo. Una mina antipersonas le había matado más de diez años antes en Sarajevo, cuando se esforzaba por mediar en la peor conflagración que había conocido Europa desde hacía muchos años. Transcurrió casi una semana antes de que me enterara. La noticia me dejó inmersa en el silencio durante un año. Todavía le echaba de menos cada día, a veces cada hora.

Fue así como me encontré en una pequeña habitación climatizada de una casa del siglo XIX, examinando documentos que no sólo hablaban de un pasado lejano, sino de la urgencia de las investigaciones de mi padre. Las ventanas daban a un par de árboles de la calle y a otros edificios de enfrente, con sus elegantes fachadas vírgenes de añadiduras modernas. Aquella mañana sólo había otra erudita en la pequeña biblioteca, una italiana que susurró en su móvil unos minutos antes de abrir los diarios manuscritos de alguien (me esforcé por no torcer el cuello para mirarlos) y empezar a leerlos. Cuando me acomodé con una libreta y un jersey ligero para defenderme del aire acondicionado, la bibliotecaria me trajo los papeles de Stoker y después una pequeña caja de cartón atada con una cinta.

Las notas de Stoker supusieron una agradable diversión, un ejemplo de cómo tomar notas de una manera caótica. Algunas estaban escritas con letra apretada, otras mecanografiadas en papel cebolla antiguo. Había intercalados recortes de periódicos sobre acontecimientos misteriosos y hojas de su calendario personal. Pensé que a mi padre le habrían gustado, que habría sonreído al ver los inocentes comentarios de Stoker sobre lo oculto. Pero al cabo de media hora las aparté a un lado y me dediqué a la otra caja. Albergaba un delgado volumen, con una pulcra cubierta probablemente del siglo XIX, cuarenta páginas impresas en un pergamino casi impoluto del siglo XV, un tesoro medieval, un grandioso exponente de la imprenta de tipos móviles. La portada era una xilografía, un rostro que yo conocía de mi larga tarea, los grandes ojos, desorbitados pero astutos al mismo tiempo, que me miraban fijamente, el espeso bigote que caía sobre la mandíbula cuadrada, la larga nariz, elegante pero amenazadora, los labios sensuales apenas visibles.

Era un folleto de Núremberg, impreso en 1491, y hablaba de los crímenes de Dracole Waida, su crueldad, sus festines sangrientos. Conseguí entender, porque me resultaban familiares, las primeras líneas del alemán medieval: «En el año de Nuestro Señor de 1456, Drácula hizo muchas cosas terribles y curiosas». La biblioteca había adjuntado una hoja con la traducción, y en ella volví a leer con un estremecimiento algunos de los crímenes de Drácula contra la humanidad. Había asado vivas a personas, las había desollado, enterrado hasta el cuello, empalado bebés aferrados a los pechos de sus madres. Mi padre había examinado folletos semejantes, por supuesto, pero habría valorado éste por su sorprendente frescura, la solidez del pergamino, su estado casi perfecto. Después de cinco siglos, parecía recién impreso. Su pureza me desconcertaba, y al cabo de un rato me alegré de guardarlo y atar la cinta de nuevo, mientras me preguntaba por qué había querido verlo en persona. Aquella mirada arrogante me trapasó hasta que cerré el libro.

Recogí mis pertenencias, con la sensación de haber concluido un peregrinaje, y di las gracias a la amable bibliotecaria. Parecía complacida por mi visita. El folleto era uno de sus objetos favoritos, hasta había escrito un artículo sobre él. Nos despedimos con palabras cordiales y un apretón de manos, y yo bajé a la tienda de regalos, y de allí salí a la calle calurosa, que olía a los tubos de escape de los coches y a comida que se podía conseguir por allí cerca. El contraste entre el aire purificado del museo y el fragor de la ciudad me llevó a pensar que la puerta de roble parecía cerrada de una manera ominosa, de modo que aún me sobresaltó más ver salir corriendo a la bibliotecaria.

—Creo que se ha olvidado esto —dijo—. Me alegro de haberla alcanzado.

Me dirigió la sonrisa tímida de quien te devuelve un tesoro (no le habría gustado extraviar esto), la cartera, las llaves, un brazalete de excelente calidad.

Le di las gracias y acepté el libro y la libreta que me ofrecía, sobresaltada de nuevo, al tiempo que asentía en señal de aceptación, y la mujer desapareció en el interior del edificio con la misma rapidez con que había salido. La libreta era mía, desde luego, aunque creía que la había guardado en mi maletín antes de salir. El libro era... Ahora no puedo decir qué pensé que era en aquel primer momento, sólo que la portada era de un terciopelo sobado y antiguo, muy antiguo, y que me resultó conocido y desconocido al mismo tiempo bajo la mano. El pergamino del interior no poseía la lozanía del folleto que había examinado en la biblioteca. Pese a que sus páginas estaban vacías, olía a siglos de manipulación. La feroz imagen del centro se abrió en mi mano antes de poder impedirlo, y se cerró antes de que pudiera contemplarla durante mucho rato.

Me quedé inmóvil en la calle, invadida por una sensación de irrealidad. Los coches que pasaban eran tan sólidos como antes, sonó la bocina de uno, un hombre que llevaba a un perro sujeto con una correa intentó pasar entre mí y un árbol. Alcé la vista al instante hacia las ventanas del museo, pensando en la bibliotecaria, pero los vidrios sólo reflejaban las casas de delante. No se movía ninguna cortina de encaje, y ninguna puerta se cerró al instante cuando miré alrededor de mí. No vi nada anormal en la calle.

En la habitación de mi hotel dejé mi libro sobre la mesa con cubierta de cristal y me lavé la cara y las manos. Después me acerqué a las ventanas y contemplé la vista de la ciudad. Un poco más abajo de la manzana vi la majestuosa fealdad del ayuntamiento de Filadelfia, con la estatua del pacifista William Penn en equilibrio sobre la parte superior. Desde aquel punto, los parques eran cuadrados verdes formados por copas de árboles. Las torres de los bancos reflejaban la luz. Lejos, a mi izquierda, vi el edificio federal que había sido bombardeado el mes anterior, las grúas rojas y amarillas que trabajaban en el centro, y oí el rugido de los trabajos de reconstrucción.

Pero no fue esa escena la que abarcaron mis ojos. Estaba pensando, pese a todo, en otra, que me daba la impresión de haber visto antes. Me apoyé contra la ventana, sentí el calor del verano, me sentí extrañamente segura pese a la altura que me separaba del suelo, como si la inseguridad perteneciera a un plano de la existencia completamente diferente.

Estaba imaginando una transparente mañana de otoño de 1476, una mañana lo bastante fría para que la niebla se elevara de la superficie del lago. Una barca encalla en el borde de la isla, bajo las murallas y las cúpulas, con sus cruces de hierro. Se oye el suave roce de la proa de madera contra las rocas, y dos monjes salen corriendo de entre los árboles para tirar de ella hacia la orilla. El hombre que desciende está solo y los pies que posa sobre el muelle de piedra están protegidos por unas excelentes botas de cuero rojo, cada una provista de una espuela. Es más bajo que los dos jóvenes monjes, pero da la impresión de que se alza sobre ellos. Va vestido de damasco púrpura y rojo bajo una larga capa de terciopelo negro, ceñida sobre su ancho pecho con un broche muy adornado. Se toca la cabeza con un gorro puntiagudo negro, con plumas rojas sujetas a la parte delantera. Su mano, cuyo dorso está surcado de cicatrices, juguetea con la espada corta sujeta al cinto. Sus ojos son verdes, separados y de un tamaño preternatural, la boca y la nariz crueles, el pelo y el bigote negros veteados de blanco.

Ya han avisado al abad, el cual corre a recibirle bajo los árboles.

—Nos sentimos honrados, mi señor —dice, y extiende la mano. Drácula besa su anillo y el abad hace la señal de la cruz—. Bendito seas, hijo mío —añade en señal espontánea de agradecimiento. Sabe que la aparición del príncipe es poco menos que milagrosa. Es muy probable que Drácula haya atravesado territorios conquistados por los turcos para llegar hasta allí. No es la primera vez que el amo del abad aparece como por intercesión divina. El abad se ha enterado de que los habitantes de Curtea de Arges no tardarán en nombrar de nuevo a Drácula gobernador de Valaquia, y entonces, sin duda, el Dragón expulsará por fin a los turcos de la región. Los dedos del abad tocan la amplia frente del príncipe cuando le bendice.

—Nos imaginamos lo peor cuando no vinisteis en primavera. Dios sea alabado.

Drácula sonríe pero no dice nada, y dirige al abad una larga mirada. Ya han discutido acerca de la muerte en anteriores ocasiones, recuerda el abad. Al confesarse, Drácula le ha preguntado varias veces si él, un hombre santo, cree que todos los pecadores serán admitidos en el paraíso si se arrepienten con sinceridad. Al abad le preocupa sobremanera que su amo reciba la extremaución cuando llegue el momento, aunque tiene miedo de decírselo. No obstante, gracias a la diplomática insistencia del abad, Drácula ha vuelto a bautizarse en la verdadera fe para demostrar su arrepentimiento por haberse convertido de manera temporal a la herética Iglesia occidental. El abad se lo ha perdonado todo en privado, todo. ¿Acaso no ha dedicado Drácula toda su vida a repeler a los infieles, al monstruoso sultán que está derribando todas las murallas de la cristiandad? Pero en privado se pregunta si el Todopoderoso aceptará a ese hombre extraño. Confía en que Drácula no saque a colación el tema del paraíso, y se siente aliviado cuando el príncipe solicita ver los progresos que ha hecho en su ausencia. Pasean juntos alrededor del patio del monasterio, y las gallinas huyen despavoridas a su paso. Drácula inspecciona los edificios recién terminados y los huertos en flor con mirada de satisfacción, y el abad se apresura a enseñarle los caminos que han abierto desde su última visita.

Toman té en la cámara del abad, y después Drácula deposita una bolsa de terciopelo ante el monje.

—Abridla —dice, al tiempo que se alisa el bigote. Está sentado con las musculosas piernas abiertas. La espada omnipresente cuelga todavía a su lado. Al abad le gustaría que Drácula hiciera sus regalos con más humildad, pero abre la bolsa en silencio—. Tesoros turcos —dice Drácula con una amplia sonrisa. Se le ha caído un diente de abajo, pero los demás se ven blancos y fuertes. El abad encuentra dentro de la bolsa joyas de una belleza absoluta, grandes ramilletes de esmeraldas y rubíes, pesados anillos de oro y broches de manufactura otomana, y entre ellos otros objetos, incluida una hermosa cruz de oro engastada de zafiros oscuros. El abad no quiere saber cuál es su procedencia—. Amueblaremos la sacristía y pondremos una nueva pila bautismal —dice Drácula—. Quiero que traigáis artesanos de donde más os plazca. Esto pagará con largura sus servicios, y quedará suficiente para mi tumba.

—¿Vuestra tumba, mi señor?

El abad clava la mirada respetuosamente en el suelo.

—Sí, eminencia. —Acerca de nuevo la mano al pomo de la espada—. He estado pensando en ello y me gustaría que me enterraran ante el altar, con una losa de mármol encima. Me dispensaréis la mejor ceremonia cantada posible, por supuesto. Mandad que venga un segundo coro a tal efecto. —El abad hace una reverencia, pero el rostro del hombre el brillo calculador en los ojos verdes le acobardan—. Además, haré otras peticiones, que recordaréis con exactitud. Quiero que pinten mi retrato en la losa, sin cruz.

El abad alza la vista sorprendido.

—¿Sin cruz, mi señor?

—Sin cruz —afirma el príncipe. Mira fijamente al abad, y por un momento éste no se atreve a hacer más preguntas, pero es el consejero espiritual del hombre, y al cabo de otro momento habla.

—Todas las tumbas llevan la marca del sufrimiento de nuestro Salvador, y la vuestra ha de recibir el mismo honor.

El rostro de Drácula se nubla.

—No pienso plegarme durante mucho tiempo a la muerte —dice en voz baja.

—Sólo hay una forma de escapar a la muerte —contesta con valentía el abad—, y es por mediación del Redentor, si Él nos concede Su gracia.

Drácula le mira durante unos segundos, y el abad se esfuerza por no desviar la mirada.

—Tal vez —dice el príncipe por fin—. Pero hace poco conocí a un hombre, un mercader que ha viajado a un monasterio de Occidente. Dijo que existe un lugar en la Galia, la iglesia más antigua de esa parte del mundo, en que algunos monjes han vencido a la muerte mediante métodos secretos. Se ofreció a venderme esos secretos, que ha anotado en un libro.

El abad se estremece.

—Dios nos libre de tales herejías —se apresura a decir—. Estoy seguro, hijo mío, de que habéis rechazado esa tentación.

Drácula sonríe.

—Ya sabéis que soy un amante de los libros.

—Sólo hay un libro verdadero, el que debemos amar con todo nuestro corazón y nuestra alma —dice el abad sin poder apartar la vista de la mano surcada de cicatrices del príncipe y del pomo incrustado con el que juega. Drácula lleva un anillo en el dedo meñique. El abad conoce bien, sin necesidad de mirarlo, el feroz símbolo grabado.

—Vamos. —Para alivio del abad, da la impresión de que Drácula se ha cansado de la discusión, y se levanta con movimientos ágiles y vigorosos—. Quiero ver a vuestros escribas. Pronto les encargaré un trabajo especial.

Entran juntos en el diminuto *scriptorium*, donde tres monjes están copiando manuscritos al estilo antiguo, y uno talla letras para imprimir una página sobre la vida de san Antonio. La imprenta se alza en una esquina. Es la primera imprenta de Valaquia, y Drácula posa una mano orgullosa sobre ella, una mano pesada y cuadrada. El monje de mayor edad está de pie ante una mesa cercana a la imprenta, tallando un bloque de madera. Drácula se inclina sobre él.

—¿Qué será esto, padre?

—San Miguel matando al dragón, excelencia —murmura el monje. Los ojos que alza están nublados, casi ocultos bajo las cejas blancas.

—Sería mejor el dragón matando a los infieles —dice Drácula, y lanza una risita.

El monje asiente, pero el abad se estremece una vez más por dentro.

—Tengo un encargo especial para vos —le dice Drácula—. Dejaré un esbozo al señor abad.

Se detiene bajo la luz del sol.

—Me quedaré al servicio y tomaré la comunión. —Sonríe al abad—. ¿Tenéis una cama para mí esta noche en alguna celda?

—Como siempre, mi señor. Esta casa de Dios es vuestro hogar.

—Y ahora, subamos a mi torre.

El abad conoce bien esta costumbre de su amo. A Drácula siempre le gusta contemplar el lago y las orillas circundantes desde el punto más elevado de la iglesia, como si buscara enemigos. Tiene buenos motivos, piensa el abad. Los otomanos aspiran a su cabeza año tras año, el rey de Hungría no le tiene en buena estima, sus propios boyardos le odian y temen. ¿Hay alguien que no sea su enemigo, aparte de los residentes en esta isla? El abad le sigue poco a poco por la escalera de caracol, haciendo acopio de fuerzas para soportar el repique de las campanas, que pronto empezará, y que aquí arriba suenan muy fuerte.

La cúpula de la torre tiene largas aberturas a cada lado. Cuando el abad llega a la cima, Drácula ya está apostado en su sitio favorito, con las manos enlazadas a la espalda en un gesto característico de reflexión, de planificación. El abad le ha visto de esta guisa al frente de sus guerreros, dirigiendo la estrategia del ataque del día siguiente. No parece en absoluto un hombre que corre peligro constantemente, un líder cuya muerte puede acaecer en cualquier momento, que debería estar reflexionando en cada instante sobre la cuestión de su salvación. En cambio, opina el abad, parece como si todo el mundo se desplegara ante él.

Acerca de la autora

Elizabeth Kostova se graduó en Yale y posee un MFA de la Universidad de Michigan, donde ganó el premio Hopwood por esta novela.

Visite nuestra web en:

www.umbrieleditores.com